Heinrich von der Haar

Mein Himmel brennt

Heinrich von der Haar

Mein Himmel brennt

Die Geschichte einer Kindheit im Münsterland

KaMeRu Verlag

Handlung und Personen dieses Romans sind frei erfunden. Ähnlichkeiten und Übereinstimmungen mit lebenden oder verstorbenen Personen sind nicht beabsichtigt, sondern zufällig.

2. Auflage 2010

www.kameru.ch – spannende Unterhaltung beginnt hier!

Der Autor im Internet
www.HeinrichvonderHaar.de

Umschlaggestaltung, Satz und Layout: diaphan gestaltung, Zürich
Lektorat: Ruben Mullis
Korrektorat: Mullis & Mullis
Das Korrektorat dieses Buches wurde nach Duden, Band 25 durchgeführt.
Printed in Switzerland

ISBN 978-3-906739-59-5

Bibliographische Information der Deutschen Bibliothek:
Die Deutsche Nationalbibliothek verzeichnet diese Publikation in der Deutschen Nationalbibliographie; detaillierte bibliographische Daten sind im Internet über http://dnb.ddb.de abrufbar.

Gewidmet meinen zehn Geschwistern.

Heinrich von der Haar

I

Einer muss weg

1

»So lange hat's nie gedauert, wir müssen beten«, sagt Vater.

Ich hör Mutter in der Elternkammer hinter der alten Stube stöhnen.

»Was ist mit Mama?« Ich drängle an Paula vorbei und drück die Klinke der Stubentür runter.

Paula zieht mich zurück, legt den Zeigefinger auf den Mund und flüstert: »Psst, Mama hev Koppiene. Heini, geh spielen!«

»Was soll ich denn spielen?«

Handschuhe hängen am Herd, nass vom Schneemannbauen. Immer hat Mutter Kopfweh. Heute, am Sonntagmittag, hat sie nicht mal mitgegessen. Ich renn durch den Flur zur anderen Tür der alten Stube, doch Paula stellt den Fuß von innen dagegen. »Heini, verschwinde!« Die älteste Schwester will immer das Sagen haben.

Es schellt, ich öffne. Meine Taufpatin Tante Maria hängt im Flur Mantel und Pelzhut auf. »Heini, du bist ja gewachsen.« Sie packt Bonbons aus und gibt mir zuerst eins.

»Das ist aber nicht nötig«, sagt Vater.

Tante Trude humpelt herbei, wischt die Hände an der fleckigen Schürze ab, schaut zu Vater. »Die ganze Arbeit mit'n Blagen hab ich, nu noch eins, was solln wir mit so vielen?«

»Erstmal abwarten, ob's gut geht.« Vater geht mit ihr und Tante Maria vom Flur gleich in die beste Stube.

Mit Mutter stimmt was nicht. Ich press ein Ohr ans Schlüsselloch. Die kleine Anna will auch. »Verschwinde«, sag ich. Gleich kratzt und beißt sie, aber ich zieh an ihren Haaren, damit sie nicht vergisst, dass ich ein Jahr älter bin.

»Hein, ihr müsst mir noch eins geben, habt ihr versprochen«, sagt Tante Maria zu Vater. »Opa hat dich im Krieg gerettet.«

O Gott, sie will noch eins. Nur nicht mich! Sie hat schon Otto. Wenn noch eins, dann nicht Anna. Auch nicht Ulla: Mit der spiel ich und vertrag ich mich am besten. Lieber die große, dickfellige Paula oder die dünne Eva mit der Brille, obwohl sie lustig ist.

Ich geh in die große Küche, die ist im Winter warm. Ich hock gern am Herd oder auf der langen, schön glatten Bank hinterm Tisch. Durch die Küche muss jeder durch: Zur Waschküche und zur Räucherbude, über die Diele zum Klo, zur Tante-Trude-Kammer, zum Dachboden mit Paulas Mädchenkammer oder zur alten Stube und der Elternkammer dahinter, wo ich nicht hinkann. Durch die Küche geht's auch übern Flur nach links zur besten Stube, in die wir Kinder – auch wenn Besuch da ist – meist nicht dürfen, daneben zur Kinderkammer für uns Kleine und am Flurende zur Jungskammer der Großen: Jakob und Karl.

Aus den Schälchen mit Resten vom Vanillepudding mit Birnen fressen Fliegen. Viele sitzen schon an der Wand überm Herd, so viele, dass sie schwarz ist. Sie putzen sich die Unter- und Oberseiten der Flügel und wenden jeden einzeln. Wasser kocht in den Töpfen, Dampf durchzieht die Küche und beschlägt die beiden Fenster zur Schweinewiese. Tante Trude, mit schwarzem Kopftuch überm Haarknoten, öffnet die Herdklappe, schiebt Holz nach, humpelt zur Pumpe in die grüne Waschküche und füllt auch den Teekessel.

»Heini, zur Seite.«

Wieder schellt's. Paula ist schneller im Flur, öffnet. »Herein!«

Doktor Löbbert im Anzug und in schwarz glänzenden Schuhen, mit Köfferchen; kalt strömt's mit ihm herein.

»Tach.« Er geht mit großen Schritten über die Küchendielen zur Waschküche, wäscht sich die Hände an der Pumpe überm Spülstein, schlägt nach den Fliegen und mustert mich. »Wie heißt du noch gleich?«

»Heini.«

»Heiiini«, singt er, zieht's *ei* von tief unten in die Höhe, schön und hell. »So feine, lange Löckchen.« Er streicht mir übers Haar und verschwindet durch die alte Stube in die Elternkammer.

Was ist mit Mutter? Ich will hinterher, aber Paula versperrt mir wieder die Tür, ich stoß dagegen.

»Hau ab, du Dickkopf, sonst steck ich dich in die Kiste!«

Die Großen rennen nach heißem Wasser. Dann schreit ein Kleines, alle drängeln um Mutters Bett, ich schlängel mich durch. Igitt! Schmierig wie 'n neues Ferkel. In Vaters Händen sieht das Neue aus, als wär's nicht von uns.

»Woher kommt das?«

»Vom Storch, du Nervensäge.« Paula schubst mich weg. »Dat is nix för kleene Kinner.«

Bin gar nicht klein, bin vier.

»Ein Brüderchen«, sagt Doktor Löbbert, »ist wohl das Neunte.«

»O, wie süß!«, ruft Tante Maria.

Alle schnattern wie die Enten. Wie kann man sich nur über den Mickrigen freuen? Mutter liegt, blass, mit strähnigem Haar, Augen zu.

Mir ist schlecht.

Vater zieht den Doktor in die alte Stube nebenan und gießt Korn ein. »Wir danken Gott, dass es gut ging.«

»Eure Mutter braucht mich gar nicht.« Der Doktor schaut auf das ausgeleierte, verdreckte, braune Sofa, die fettfleckige Tapete, den Stammbaum und setzt sich auf einen nicht löchrigen Stuhl mit Binsengeflecht. »Sicher füttert sie gleich wieder Schweine. Hat es sie vor drei Jahren nicht beim Kartoffelsammeln überrascht, mit Anna?«

»Prost.« Vater lacht und zwinkert ihm mit den grauen Augen zu. »Aber deine Rechnung ist trotzdem happig!«

»Seit dem Krieg geht es auch bei euch Bauern aufwärts.«

»Abwärts! Bei sinkenden Viehpreisen muss man als Kleinbauer froh sein, was zu beißen zu haben.«

»Beim Hamstern hast du doch den Reibach gemacht!«

»Sicher, wir konnten Schinken gegen Zement tauschen, dass es noch vorm neuen Geld fürn Viehstall reichte, aber der Zement bröckelt schon.« Vater zieht die Stirn in Falten. »Seit 'm neuen Geld geht's bergab. Die vierzig DM, die es Juni 48 für Heinis Geburt vom Staat gab, hast du gleich bar auf die Hand gekriegt, obwohl Mama schon wieder melken ging.«

»Mein erstes neues Geld…«

»Ich seh dich hier noch an die Decke springen und tanzen.« Vater zeigt auf den ausgefransten rotbraunen Teppich.

»Bin ich mit 'm Storch vom Dach gestürzt?«, frag ich Vater.

»Kinners dröwt woll allet etten, awer nich allet wetten.«

Ich drängle so lange, bis er erzählt: »Du kamst an 'nem heißen Freitag beim Heuen. Mama ging früher nach Hause und du hast schon gekräht, als der Doktor kam. Wie teuer du gleich warst!«

Doktor Löbbert schüttelt den Kopf und geht. Endlich hat Vater Zeit.

»Papa, einmal Mühle rumwirbeln?«, frag ich.

»Du Quälgeist, kumm up de Delle.«

Auf der Tenne heben die Kühe ihre Köpfe und Kälber strecken den Kopf durchs Gatter. Vater packt mich an Arm und Fuß, ich flieg höher und tiefer, im Kreis, wie auf dem Karussell, und er macht *Uaauaa*. Eva, Ulla und Anna schauen nur zu. Sie trauen sich das nicht. Tennentor, Pferde, Kälber, Rübenschneider, die Dachbodentreppe, Kühe und wieder das Tennentor wirbeln immer schneller rum. Vater lacht, ich auch. Er spielt mit mir und erzählt was, auch Märchen. Dann hab ich ihn lieber als Mutter. Die hat kaum Zeit, immer auf dem Feld oder klagt mit Koppiene in der Elternkammer.

Am Abend kann ich nicht einschlafen. Wo soll der Neue hin? Nicht in unser Bett, das ist voll mit Eva, Ulla und mir. Eins schläft quer zu den Füßen oder überm Kopf, manchmal auch verkehrt rum. Da passt der Neue nicht mehr rein. Auf keinen Fall. Den soll der Storch wieder mitnehmen. Anna hat's gut; die schläft noch im Gitterbett neben Mutter.

Vater sagt: »Ji frett mi de Hoare von 'n Kopp.«

Nur an den Seiten wächst noch graues Gestrüpp. Und jetzt der noch, der alles wegfrisst. Mit den Zehen spür ich was Warmes. Einen Hintern? Wo lieg ich, wie rum, zum Kopf- oder Fußende, an Eva oder Ulla? Fuß im Gesicht, nur nicht bewegen. Ich kann mit dem Zeh nicht fühlen, wer es ist, auch nicht mit der Hand. Eine boxt mir in die Rippen. Ich zieh die Decke zu mir und dreh mich um.

»Aua!« Eva jault gleich. Ulla fängt eine Kissenschlacht an und wir hüpfen auf der dreiteiligen Matratze, Stroh wirbelt raus, das Bett quietscht.

Plötzlich steht Vater in der Tür zu unserer Kinderkammer. »Ihr macht's Bett kaputt! Schluss mit dem Radau! Ungehorsame fressen die Löwen!« Er knipst Licht an, setzt sich mit der Schulbibel aufs Bett und zeigt auf ein Bild. »Wer Böses tut, wird in die Löwengrube geworfen.«

Daniel soll angeblich auch böse sein. Die Löwen, gelb angemalt, liegen schlafend um ihn herum. Eva kann mit acht schon lesen; so klug wie sie, mit Brille, will ich auch sein.

Sie liest: »Die Löwen fressen Daniel nicht. Gott verschließt ihnen die Rachen, weil Daniel unschuldig ist, und man zieht ihn wieder aus der Grube. Aber alle Männer, die ihn schlecht gemacht haben, wirft man zur Strafe mit Frauen und Kindern hinein. Die Löwen fallen über sie her und zerreißen sie.«

Jetzt schlafen. Sich wie Löffelchen aneinander schmiegen und wie auf Kommando umdrehen. Zwischen Eva und Ulla wird mir warm. Mein Kopf ist heiß und … ein Löwe schleicht um die Ecke, reißt brüllend sein Maul auf. Ich will rennen, bin aber am Boden festgeklebt. Er springt auf mich zu, reißt mir den Kopf ab und beißt dran rum. Ich schrei, will ihn zurück … und erwach. Da tappst einer, ich zieh mir die Decke über die Ohren.

»Du Stinktier, wieder eingepinkelt.« Jemand knipst Licht an.

Gott sei Dank kein Löwe!

Am nächsten Mittag isst Mutter wieder mit, ruhig und still. Wir suchen den Namen für den Neuen.

»Hol die Heiligenlegende, neben der Bibel«, sagt Vater zu mir.

Unsere beiden Bücher stehen in der Vitrine in der besten Stube. Ich trag das schwere Buch, rot und mit Goldrand, wie eine Glasschüssel.

»Franz«, sagt Tante Trude. »Der Kleine sieht mit 'm breiten Gesicht aus wie Onkel Franz.« Und zeigt aufs Soldatenbild im Küchenschrank. »Wir müssen mehr Rosenkranz für die Gefallenen beten.«

Vater schlägt das Buch auf. Im Bild liegt einer nackt auf dem Rost überm Feuer, die Bösen mit Helmen ziehen ihm die Haut ab und zwicken ihn mit glühenden Eisenzangen. Vater liest vor: »Der Tapfere sagt: Dreht mich um, die andere Seite ist noch nicht gar.« So kommt er sicher in den Himmel. »Der Heilige Laurentius is 'n Märtyrer. Lorenz soll er heißen.«

»Hab ich auch 'n Martürer?«

»Märtyrer!« Vater blättert und zeigt auf einen mit Krone. »Heinrich, Kaiser, starb am 13. Juli 1024, an deinem Namenstag.«

»Wird der auch gepiesackt?«

»Nein, er ist heilig, weil er viel für Arme tat.«

»Und Franz, mein zweiter Vorname, ist der auch heilig?«

»Und wie. Franziskus hat auf alles verzichtet, auf Kleidung, Schuhe, auf alles und konnte - ganz arm - deshalb sogar mit 'n Vögeln reden. So wurde er 'n Heiliger.«

»Ich will ’nen Märtyrer wie Lorenz!«

Vater klappt kopfschüttelnd das Buch zu.

Wie Laurentius überm Feuer braten, hält man nur als Heiliger aus. Ich will auch Märtyrer werden und versuch, erst bei der zweiten Ohrfeige zu weinen, dann kann man mich nicht zur Tante Maria weggeben und die Löwen fressen mich nicht. Später schleich ich über die schwarzweißen Flurfliesen in die beste Stube, zur Vitrine, und bestaun die Bilder der Heiligenlegende: Einer sticht man die Augen aus. Eine trägt ihre abgeschnittenen Brüste auf einem ovalen Teller vor sich. Blut schießt aus den Wunden wie beim Schweineschlachten. Einer wird zwischen den Beinen zersägt, einer mit dem Schleifstein aufgerieben. Ich weiß, wie weh es tut, berührt mein Finger beim Messerschleifen den Stein. Lässt man sich wehtun und lächelt, kommt man in den Himmel. Nur Böse wehren sich.

Plötzlich steht Vater hinter mir, ohrfeigt mich, reißt mir das Buch aus der Hand, stellt es in den Schrank und schließt zu.

Am übernächsten Morgen – es ist ein kalter Januartag – läutet die kleine Glocke zur Taufe. Ich drängle ans Becken, neben Mutter im schönen blauen Mantel und Eva im Kommunionskleid. Der Kleine blinzelt mit rotem Kopf in die Runde und öffnet die Fäustchen und schließt sie wieder zu. Der Pfarrer greift den Zappelnden mit beiden Händen. »Widersagst du dem Teufel in seiner Pracht?«

»Ich widersage«, sagt Vater. Der Pfarrer taucht Lorenz, der gleich losbrüllt, mit dem Kopf ins Taufbecken.

Paula und Eva backen Streuselkuchen. Heute darf ich den Napf auslecken. Lorenz soll auch was abkriegen. »Ich taufe dich mit Hühnerdreck, dann bist du weg.«

Krümel kullern ihm ins Gesicht, aber er macht den Mund nicht auf.

»Raus hier!« Paula zieht mich am Ohr weg vom Kinderwagen.

Ich renn durch die Waschküche über die Tenne auf den Hof zu den Kaninchen in der Scheune, doch da bedrängt mich Karl: Mach dies, mach das, als wär er schon Bauer, dabei ist er erst zwölf. Auch Jakob meckert und tut so, als sei er als Ältester der Klügste. Er hat einen Kamm und lernt für die Realschule. Nur Ulla spielt mit mir gern Ball, auch wenn sie mit fünf einen Kopf größer ist als ich. Nach Ostern geht sie in die Volksschule.

Wochen später weht Frühlingswind warm über den Hof, es riecht nach frischem Gras, der Wegerich breitet die Blätter in der Sonne aus. Ich tripple einer Henne mit Küken nach, die nach Würmern und Körnern picken.

Mit ihrem Sohn Willi und dem Spitz kommt Brüggen Emma vom Nachbarhaus rübergeschlurft. Spitz legt die Ohren an und stürzt sich knurrend mit gefletschten Zähnen auf mich, um mit mir zu spielen.

»Spitz!«, ruf ich.

Er bleibt stehen, spitzt die Ohren, hält den Kopf schief und sieht mich mit raushängender Zunge an. Dann dreht er ein paar Runden, springt Willis und meinen Steinen nach und rollt sich mit mir im Gras. Plötzlich seh ich: Ich trete auf ein Küken. Es piept jämmerlich. Ich schubs es vorwärts, doch es bleibt liegen.

Am Weg hör ich ein Brummen. Ein grünes Ungeheuer rollt auf uns zu, ich stolpre rückwärts in den Graben. Brockmöllerbur, auf hohem Sitz, fährt heran; hinter ihm tiefe Spuren im Sand.

Vater kommt dazu, die Stirn in Falten. »So 'n *Deutz* können wir uns nie leisten. Kein Wunder, du mit sechzig Hektar hast 'n ersten Trecker in der Bauernschaft *Staden*. Wie komm ich als Kleinbauer ohne aus? Wenn der Hof nur nicht untergeht.«

»Nicht kleckern, klotzen!«, wiehert Brockmöllerbur mit mächtiger Stimme und grauer Löwenmähne und gibt Gas.

»Die Großbauern können's, aber eher geht 'n Kamel durchs Nadelöhr als 'n Reicher in 'n Himmel«, sagt Vater betrübt zu uns. »Doch mit so vielen Kindern kann unserm Hof keiner was.«

Die Glucke lässt das Tote einfach liegen und zieht mit den übrigen Küken weiter.

In der Küche spitzt Brüggen Emma den Mund zum Lorenz im Kinderwagen: »Dududu, oh, feine Locken. Wie du gewachsen bist, nicht möglich.«

So ein Getue. Ich streck mich. Ich bin viel größer. Sieht sie das nicht? Der strampelt nur und klappert mit der neuen Rassel. Als wär's ein Wunder, das ist doch gar nichts. Den ganzen Tag hat er Finger im Mund und glotzt dumm.

»Und wenn ich nicht zu Tante Maria will?«, frag ich Emma.

»Zu uns kannst du immer kommen und mit Willi und Rosa spielen, aber sei froh über deine geduldige Mama. Was die alles erträgt, ohne zu murren.«

»Ich kann nicht gegen unsern Papa an. Maria macht ihn total verrückt«, sagt Mutter, gießt Kaffee ein und setzt sich auch.

»Tina, der spricht doch nur mit sich selbst«, sagt die rundliche Emma lachend. »Ich hab's dir gesagt, heirat den nicht.«

Mutter seufzt und schaut still zum Fenster hinaus. Ich balge mit Willi um Spitz unterm Küchentisch.

Emma erzählt und erzählt von den Nachbarn Gress und Dierks. Und lacht, mit ihr kommt Leben in die Bude. Sie redet immer, anders als ihr großer, hagerer Mann, der Eisenbahner Rudolf. Der raucht nur still Pfeife.

Vater kommt von der Tenne, gießt sich Kaffee ein, ohne die beiden anzusehen. Spitz ringelt den Schwanz und bellt heiser.

»Ich muss wieder zu 'n Schweinen«, sagt Mutter.

»Mein Gott, schon so spät?« Brüggen Emma schlurft los.

»Muss sich das dumme Weib in alles einmischen, als ob sie alles wüsste?«, fragt Vater. »Die größte Klatschtante, sie kläfft wie ihr Hund. Den sollte der Trecker überfahren.«

Ich seh, dass Lorenz den Bär im Arm hat.

»Unser Bär!«, schrei ich. Der gehört Eva, Ulla, mir und Anna. Ich reiß ihm den weg, auch wenn er keine Ohren mehr hat und Arme und Beine aufgerissen sind, weil wir uns immer darum streiten.

»Na!« Vater holt aus. »De brukt den nu.«

»Wozu denn? Der schreit nur, der kann nicht mal greifen mit 'n runzligen Fingern«, sag ich.

Vater haut mir eine und gibt Lorenz den Bär wieder.

Ich renn über die Tenne und den Hof, durch die Pferdewiese erst bis zum Loch in der Buchenhecke. Wenn mich Paula nur nicht erwischt! Weiter zum Opa auf der Milchbank. Sein weißes Haar leuchtet schon von Weitem. Er hockt auf der dicken Bohle vor seinem schönen, roten Bauernhaus an der Ecke, wo unser Sandweg abzweigt von der Teerstraße nach Halverde.

Noch weinend erzähl ich ihm vom Schimpfen und Ohrfeigen. Er spielt mit mir *Hoppe, hoppe Reiter* und bei »Sumpf« schrei ich vor Lachen. Dann sitz ich still auf seinem Schoß. Weidensamen schweben wie

Watte im Wind. Neben der Bank Vergissmeinnicht. Ich seh Tränen in seinen Augen.

»Du weinst, Opa?«

Er sagt nichts.

Mutter kommt nie hierher mit zu ihrem Vater; schade, sie erzählt doch gern von Opas Hellsehen und von ihren vermissten Brüdern.

»Opa, was ist *vermisst?*«

»An der Front.« Der Schnurrbart zittert. Er drückt mich, wischt sich die Tränen weg und streicht mir übers Haar, wie ich es gern hab. Ich frag lieber nicht, was Front ist. Ich leg den Kopf an seine Brust, er atmet tiefer.

Tante Maria kommt, aufrecht, mit festem Schritt. Bei ihrer Tochter eingehakt schleppt sich Oma, mit gerollten Strümpfen, am Stock heran.

»Heini, du hier?«

»Mama hat immer Kopfweh. Und Lorenz klaut unsern Bär.«

Tante Maria regt sich gleich auf. »Der Sandbauer kommt nie zurecht mit so vielen Kindern. Opa, Tina muss mir noch eins geben!«

Opa nickt vor sich hin.

Warum? Ich starr sie an, mein Herz klopft. Will sie mich, weil ich ihr Patenkind bin? Mich soll sie nicht kriegen.

»Wie konnt Tina zu dem Kötter gehen, so 'n Sturkopf. Auf 'm Hof Wasserlöcher«, sagt Oma. »Wie fröhlich war sie damals im Haushaltsjahr beim Roxeler Bauern. Das arme Kind.«

Opa lacht still in sich hinein.

»Heini, geh endlich; der Opa ist nicht ganz dicht.« Oma schiebt mich mit dem Stock weg.

Zu Hause ruft Tante Trude: »Wo warst du? Ungehorsame kommen in die Hölle!« Sie zieht mich am Ohr zu Vater. »Ich kann da als Krüppel nicht hinterher.« Aus ihren Oberlippenwarzen wachsen krumme Haare.

Als sie loslässt, renn ich los, hör noch, wie er zu Paula sagt: »Fang ihn wieder ein!«

Ich renn durchs Tennentor auf den Hof, um durch die Hecke zu entkommen. Diesmal erwischt Paula mich. Wütend, dass sie hinter mir hermuss, zieht sie mir beide Ohren lang und zerrt mich an den Trägern der kurzen Stoffhose nach Hause.

Eines Tages renn ich übern Horizont zum Ende der Welt.

Vater setzt mich, so sehr ich auch strample und schrei, mit Schwung in die Bretterkiste am Küchenfenster zu Anna und Ulla und wirft den Ball hinterher. Für mein »Nein!« gibt's noch eine Ohrfeige.

»Wi möt los, plögen in Harmanns Kamp«, sagt er zu Mutter.

Immer wenn sie aufs Feld oder in die Viehställe gehen, stellen sie uns in die Kiste, schmal und lang wie ein Bett, zu klein fürs Ballspiel. Über die Bretterwände, genagelt an Eckpfosten, seh ich nur die Deckenlampe mit Fliegenfänger und durchs obere Küchenfenster den Wind die Blütenblätter vom Birnbaum in den Himmel tragen. Gern wär ich ein Blütenblatt.

Anna hat meinen alten Schnuller.

»Das ist meiner!« Ich zieh ihn ihr aus dem Mund und werf ihn raus, sie heult.

Wir balgen uns um den Ball. Ulla hat ihn; ich zieh sie an den Zöpfen und zerr ihr den Ball aus den Händen und sie reißt mir Haare aus, ich muss heulen. Anna greift den Ball und hält ihn fest, ich springe sie an, sie schlägt mit der Stirn gegen die Holzwand und weint.

»Heile, heile Gänschen ...« Ulla pustet auf den Fleck. Der wird rot und dick. Alles blöde. Die Puppe sitzt in der Ecke wie ein Huhn mit abgedrehtem Hals, die Arme hängen ihr am Draht runter. Ich hasse sie. Sie starrt vor sich hin, mit kaputten Schlafaugen. Ich drück sie mit den Daumen ganz ein und schrei: »Die Puppe ist dumm!«

Ulla brüllt irre und kaut an den Zöpfen. Es wird still, nur Fliegen summen, die Uhr tickt. Auf der Kistenwand ein dunkles Kreuz, der Fensterschatten.

Ich hol's Röhrchen raus und zeig, wie schön ich Pipi mache.

Ulla hält sich die Nase zu. »Du Stinktier!« Und haut mir eine.

Da greift Anna den Ball und wirft ihn über den Kistenrand.

»Schweinehund!« Ich schubs sie zur kaputten Puppe.

Womit sollen wir jetzt spielen? Wir rufen; keiner bringt den Ball wieder.

Ich hör die Schweine schreien. Anna reibt an ihrer roten Beule. Meine langen Strümpfe sind an den Füßen nass. Ich will die Kistenwand hochklettern, bin aber zu klein. Anna versucht es, sie ist zwar noch kleiner, aber wir schieben sie hoch, höher, übern Holzrand. Auf der anderen Seite fällt sie hinab und plumpst auf. Wieder weint sie – und läuft weg.

Mittags hämmert Vater mit Nägeln zwei Latten oben auf die Kiste, dass ich den Birnbaum nicht mehr durchs Fenster sehe. Mein Schreien bringt nur weitere Ohrfeigen ein.

2

Ich helf mit, für Mutter alles schönzumachen.

Sie darf davon nichts mitkriegen. Hof und Gartenwege im Zickzackmuster harken, Butterblumen pflücken und zum Kranz flechten. Abwaschen, abtrocknen, Küche fegen, Tisch decken, Maiglöckchen in die Vase. Es riecht nach Schokokeksen und richtigem Kaffee, nicht nach Kathreiner.

»Sie kommt!«, ruft Eva.

Mutter strahlt, im blauen Kleid mit weißen Punkten, heute ohne Kittel. Sie bückt sich und wir setzen ihr den gelben Kranz vorsichtig auf ihr welliges, hellbraunes Haar. Sie riecht wie bei hohen Festen nach Frisör. »So was Schönes«, singt sie, mit blauen Augen, glänzend wie sonst nie. Sie hat Zeit, kein Kopfweh. Tante Trude ist zum Friedhof Unkrautjäten. Schön ist Mutter, wenn sie mich anlacht.

»Alles Gute zum Muttertag!« Ich sing *Hänschen klein*. Ihre Hand legt sich um meine; sie drückt mich, drückt ihr glühendes Gesicht an meins.

Ulla drängelt sich heran, hält ihr ein Bild hin, ihr erstes, aus der ersten Klasse.

Paula und Eva geben Mutter einen Kittel.

»Blaulila gefällt mir.« Mutter zieht ihn übers Kleid. »Größe 46 passt und die lange Wickelform, was ich immer such, wenn ich mal in die Stadt komm. Knöpfe reißen bei der Arbeit aus.«

Nach dem Kuchenessen trinkt sie, in Ruhe, wie sie sagt, in der Maisonne auf der Gartenbank schwarzen Johannisbeer-Aufgesetzten und spielt auf der Mundharmonika *Ich hab mein Herz in Heidelberg verloren.* Ich schmieg mich an sie. Selten bin ich mit ihr allein. Der Flieder duftet. Weiße und braune Schmetterlinge wirbeln herum. Die schwarze Katze mit den weißen Pfoten döst auf einem Stein.

»So schön grün is es, so grün, und so rot der Mohn dies' Jahr, so rot.« Mutter summt leise vor sich hin und blickt mich lächelnd an, fröhlich wie nie.

Plötzlich steht Tante Trude im schwarzen Mantel im Flur, zeigt mit dem steifen Finger auf Mutter. »Wie kannst du alles wegessen, sogar Kekse! Und Kaffee und Likör wegtrinken! Mit einem Mal alles rausschmeißen!« Sie knallt die Tür hinter sich zu.

»Wie lange halt ich es noch aus?« Mutter weint, die Augen zu.

Vater kommt dazu. »Ich sag's dir schon so lange: Lass dir's gefallen, du musst mit meiner Schwester auskommen.«

»Ich versuch's ja, schon seit fünfzehn Jahren, seit 'm ersten Frühstück am Sonntag nach der Hochzeit.« Mutter wischt sich die Tränen ab. »Wir saßen am Tisch mit Brot, Fleisch und Zucker. Da kam Trude von der Frühmesse im schwarzen Kleid und schimpfte wie heute. Ich musste den ganzen Tag heulen. Ich hab's mir versprochen, das auszuhalten, aber es is so schwer. Es hört nie auf. Hätt ich nur nicht …« Sie schluchzt auf und krallt ihre Finger um die Mundharmonika.

Ich muss auch schlucken.

Ging's ihr doch wieder gut.

Tante Maria kommt zu Besuch, ihr Haar mit blauen Nadeln hochgesteckt. Sie ist größer und dicker als Mutter. Alle, auch Tante Trude, sind gleich wieder da. Die Fliegen schwirren und summen. Tante Maria reißt eine Tüte auf.

»Erst die Kleinen!« Sie gibt, lachend wie immer, mir zuerst, dann Anna und Ulla und dann den Großen Eva, Paula, Karl und Jakob ein Karamellbonbon. Lorenz im Kinderwagen kriegt nichts. Heute kommt sie mit Otto. Er ist schon groß, in kurzer Hose mit Bügelfalten, Haar nach hinten gekämmt, mit Scheitel, sieben Jahre älter als ich. Er zeigt mir seinen Kamm. So was hab ich nicht.

«Noch 'n Bonbon!« Anna streckt beide Hände hin. Ich auch, bis die Tüte leer ist.

»Ich hab keins abgekriegt!« Ulla zieht Mutter an der Schürze.

»Hast du wohl«, sagt Mutter ruhig.

»Stimmt gar nicht!« Ulla streckt die Zunge raus.

»Haltet mal die Klappe! Den Krach halt ich nicht aus!« Tante Maria geht mit Otto zu Mutter, Tante Trude und Vater in die beste Stube und trinkt Aufgesetzten. Ich schleich hin, späh durch die Tür und hör, dass sie, außer Otto, still neben ihr auf dem beigen Sofa, noch ein Kind will. »Hein, gebt mir *jetzt endlich* noch eins. Der Opa hat dich im Krieg nicht umsonst gerettet.«

»Ach, der Opa … Das müssen wir noch überlegen.« Vater lehnt sich auf dem Eichen-Polsterstuhl zurück, mahlt mit dem Kiefer.

»Sonst krieg ich eins von meiner Schwester Antonia.«

»Red nicht, die hat nur drei, die gibt keins ab. Sicher is es besser, wenn zwei Geschwister zusammen sind. Mit 'nem fremden Kind wird's noch schwerer für Otto.« Vater hustet, als ob er erstickt. »Der weinte so lange, als er wegmusste.«

»Wie wollt ihr neun Stück durchkriegen?« Tante Trude sitzt auch auf dem Sofa, im schwarzen Rock und in einer alten, graugelben Bluse, aber schief wegen der kaputten Hüfte. »Wer kann noch vom Hof leben, mit so vielen Blagen. Nimm ruhig noch eins mit«, sagt sie zu Tante Maria. »Den frechen Heini!«

Ich zittre, zu viele ist schlimm, wie bei den Ferkeln: Sind's mehr als Zitzen, müssen welche verhungern.

»Ja, der Heini«, seufzt Vater.

»Ich nicht!« Ich stürze in die beste Stube und schau Mutter an. Warum sagt sie nichts? Ich hab freiwillig abgetrocknet. »Lorenz«, sag ich, »und ich krieg 'n Bär wieder!«

»Heini, kau nich' Fingernägel«, ruft Vater.

Als Anna und Ulla hinzukommen, zeig ich auf Anna. »Besser die! Die kratzt immer!«

»Ja, ich mein, zu Otto passt vielleicht 'n Mädchen besser.« Tante Maria richtet sich mit roten Backen und schillernder Perlenkette auf. »Ulla, setz dich mal zu Otto.« Tante Maria streicht ihr über die blonden Zöpfe. Ulla kaut dran.

»Aber …« Mutter krallt die Finger in die Tischdecke.

»Nu schwieg men still, ick bin öller«, sagt Tante Maria.

»Ik hev Koppiene.« Mutter springt auf, in die Küche, nimmt eine Tablette und geht melken. Blöd, dass sie wegläuft.

Erschrocken, dass vielleicht Ulla wegmuss, frag ich: »Tante Maria, warum hast du kein eigenes?«

»Der Briefträger ist schuld. Man muss 'n Stück Würfelzucker fürn Storch auf die Fensterbank legen, damit der 'n Kind bringt. Aber der Briefträger, ja, der trinkt bei uns immer 'n Schnaps, der hat den Zucker dazu gegessen.«

Ulla hilft Mutter eifrig füttern, aufräumen und widerspricht nicht mehr, aber Mutter merkt's wohl gar nicht. Ich trockne nur noch ab, wenn ich muss. Sicher nimmt Tante Maria nur ein Braves.

»Kriegt sie wirklich noch eins und wann?«, frag ich Vater.

»Halt 'n Mund, du siehst Gespenster!«

»Wie hat Opa dich gerettet?«

»Schwiech still!« Seine Hand zuckt.

Am Morgen sind Jakob, Karl, Paula, Eva und Ulla zur Schule. Brüggen Emma ist wieder da, mit Fotoapparat. »Wie geht's?«

»Gut, nur ich halt die Trude nicht mehr aus.« Mutter gießt Kaffee ein, nicht mehr traurig. Wie schön.

»Heini, setz dich mal auf Mamas Schoß«, sagt Emma.

Seltsam, nie sitz ich auf Mutters Schoß. Ich schiel sie an. Da greift Emma mich, setzt mich auf Mutters Schoß, zieht mir die Kratzstrümpfe hoch und knipst.

Ich will sitzen bleiben, aber Mutter schiebt mich zu Anna auf die Bank. Anna hält gleich den Kopf weg, dass ich nicht an ihren Haaren ziehen kann.

»Fürn Bauern is es 'n Glück: Du machst genügsam alles mit«, sagt Emma. »Mit 'ner andern gäb's längst Mord und Totschlag.«

»Gutmütig war ich. Der Opa sagte immer, wie kannst du so 'n Sandkötter mit Schulden heiraten.« Mutter schaut zur Schweinewiese, seufzt und streicht die Finger glatt.

»Du hast doch 's Eiergeld«, sagt Emma.

»Das reicht nicht mal für die Mädchen, die Aussteuer. Paula ist schon zehn, Eva neun.«

»Fleißig is dein Mann ja, trinkt nicht, arbeitet bis spät, aber dass du ohne Knecht und Magd bei den vielen Kleinen immer aufs Feld musst. Gut, dass du was zuzusetzen hattest.«

»Davon is nicht viel geblieben, mit jedem Kind weniger.«

»Tante Maria will noch eins!«, schrei ich dazwischen.

»Noch eins?« Emma erschrickt. »Der Drachen! Du bist doch schon vierzig. Lass dir's nicht gefallen!«

»Die Älteste von uns sieben hatte immer 's Sagen, ich kam nie auf 'n Teller«, sagt Mutter gleichmütig. »Opa hält zu Maria. Und Papa sagt: Der Hof muss überleben.«

»Der Opa hat sie nicht alle, der hat ja sogar seine Jungs…«

»Na, quatscht ihr wieder?« Vater kommt zum zweiten Frühstück von der Tenne durch die Waschküche.

Mutter bindet sich die Schürze um, reckt sich und stöhnt übers Kreuz. Sie holt die Pfanne mit Blutwurst und Spiegelei vom Herd, schaut auf den Dielenboden und sagt zu Vater: »Ich brauch mal Muskat, Zimt und Nelken.«

»Wir haben Salz – Gott erhalt's, das genügt.«

Emma geht. Tante Trude humpelt herbei, nimmt's Kopftuch ab, setzt sich mit essigsaurem Gesicht ans andere Tischende, wie immer weit weg von Mutter, schmiert ihr Butterbrot und sagt: »Gress' Jüngster hat unsere Hühner in deren Scheune gelockt, ein Nest gemacht und sie verführt, da Eier zu legen.«

Mutter reibt sich die Schläfen und löffelt Kaffee in den Filter.

Tante Trude schüttelt den Kopf und schielt auf uns. »Immer mehr Fresser in die Welt setzen, das kannste.«

»Du …«, sagt Mutter, stockt und geht schluchzend.

»Jaja, ich bleib auf 'm Hof. Er hat's Oma versprochen!«, ruft ihr Tante Trude nach und streichelt die Geranien am Fenster.

Mutter wehrt sich nicht, lässt sich quälen wie ein Märtyrer, weint aber dabei. Ich fass mit dem Zeigefinger auf die heißen Herdringe und weine fast nicht. Ich werd ein Märtyrer und komm in den Himmel: Dort hab ich einen Engel für mich.

Seit Tagen platschen Tropfen aufs Fensterblech, die Häuser von Gress und Brüggen verschwimmen im Dunst. Anna und Ulla wollen auf der Tenne Seilspringen, ich halt ein Seilende. Erst hüpft Anna, dann Ulla. Wer am längsten durchhält, gewinnt.

»Hopsa, hopsa Liinken springen; dat is 'n Pläseer!«, ruft Vater beim Melken. Aber Anna soll keinen Spaß dran haben, ich schlag nach hohen Seilbögen einen niedrigen: Sie verfängt sich darin und läuft heulend weg. Ulla kichert, sie schimpft mich nie aus und kratzt auch nicht. Mit ihr bin ich einig, in der Küche *Blinde Kuh* zu spielen. Sie verbindet mir die Augen, ich lausche. Anna beißt mir in die Hand und lässt nicht los. Ich nehm die Binde ab und reiß an ihren Haaren, bis sie nachgibt. Ich beguck noch den Abdruck ihrer Zähne, da rennt sie wieder auf mich zu. Ich weich aus und stell ihr ein Bein. Sie fliegt hin, doch gleich springt sie wieder auf und greift mir ins Haar.

»Du blöde Kuh kommst weg!« Ich box auf sie ein.

»Du gehörst nach Lengerich!« Sie kratzt mich. Ich spring über die Bank. Sie rennt mir nach, auch Ulla. Ich werf ihnen Stühle in den Weg, renn um den Küchentisch und wieder über die Bank.

»Ungezogene Blagen, betet lieber Rosenkranz!« Tante Trude greift mich mit der knochigen, kalten Hand und schlägt mich mit dem Löffel. Ich lauf um sie rum und dreh sie wie ein Karussell, schneller, als sie mit der Hüfte kann, bis ihr schwindlig wird.

»Krüppeltrude, Krüppeltrude!«, rufen Anna und Ulla.

Trude schaut giftig. »Mama ist viel zu nachgiebig. Früher kriegten Kinder 'ne Tracht und parierten.«

Anna will schaukeln unterm Scheunenvordach. Ich sitze gern hier in der Mittagssonne, vorm Ost geschützt, neben der Schaukel an der Hühnerstalltür, wo die Hühner zwischen meinen Beinen nach Körnern picken, und ich, weg von Lorenz' Geschrei, das Tennentor und die Pferdewiese im Blick habe.

Anna strampelt, um die Schaukel in Schwung zu bringen, schafft aber nur ein bisschen Auf und Ab. »Schubs mich an!«

»Kannst du allein!« Ich lach sie aus und steck ihr schwarze Käfer ins Kleid, damit sie schreit und die Eltern sich über sie aufregen und sie weg muss. »Du bist fies!« Tatsächlich läuft sie schreiend zu Mutter.

Mutters Gesicht glüht vom Herdfeuer, Mehlteig zischt in der Pfanne. Sie legt Anna Pfannkuchenstücke auf den Teller, aber ich verschluck sie. Sie weint und ich lach sie aus. »Haha, wer hat von meinem Tellerchen gegessen?«

Mutter schüttelt den Kopf, schaut mich nicht mehr an und lächelt mir auch nicht mehr zu. Will sie mich abgeben? Sie schlägt nicht, schimpft nicht mal, aber ich fühl mich so allein. Dann schaukle ich, schau weit über die Schweinewiese und Harmanns Kamp und flieg um die Welt und über die Wolken in den Himmel.

Die ersten Blätter fallen. In Sträuchern Spinnweben mit Tautropfen. Nur Sperlinge lärmen durch die Stille. Tante Antonias Margret liegt in Evas weißem Kommunionskleid in der Kapelle in der weißen Kiste. Ich pieks sie an, doch sie bewegt sich nicht. Im Gesicht sieht man nicht, dass sie vom Auto überfahren wurde. Tante Antonia versteckt den Kopf unterm schwarzen Netz, nur ihre spitze Nase sticht hervor.

Der Pfarrer liest den Totenzettel: »Siehe, ich sende meinen Engel, dass er dich behüte.«

Vater fasst sich an die Stirn, als ob sie platze. »Ich bin doch Taufpate, hätt ich nur mehr gebetet.« Er ist gar nicht so mächtig.

»Margret erspart sich 'n schweres Leben und ist schon bei Jesus im Himmel«, sagt Trude. »Sechsjährige begehen noch keine Todsünden. Heut ist ihr Freudentag.«

Margret muss in die kalte Erde, tiefer als ich Kaninchen und Ferkel in der Pferdewiese begrabe. Aus den Grabseiten ringeln Würmer und purzeln runter. Wie kommen die armen da wieder raus? Der Schreck macht alle stiller und langsamer. Heute keine Ohrfeige, ein schöner Nachmittag.

Aber abends im Bett fürcht ich, plötzlich tot zu sein, ich fall wieder wie Daniel in die Grube. Nur still die Luft anhalten, ich erstick und wach zitternd auf.

»Ein Löwe!«, schrei ich. Doch da ist nichts, nur Regen trommelt ans Fenster.

Eva murmelt: »Du spinnst, halt 'n bisschen die Klappe!«

Was ist schlimmer: weg nach Lengerich oder zu Tante Maria? Als Märtyrer holt mich der Teufel sicher nicht. An der Wand bewegt sich sein Schwanz – oder ist es der Flügel vom Schutzengel? Um nicht einzuschlafen, bet ich ein *Vaterunser* nach dem anderen. Etwas trippelt die Wand hoch oder unterm Bett. Ratten!

Ich weiß, hungrig beißen sie. Wie sie Vaters Ohr im Ersten Weltkrieg angeknabbert haben. Man sieht sie nicht, umso schlimmer, sie sind überall. Wenn sie nur nicht übers Bett kriechen und mir mit den haarigen Bäuchen und nackten Schwänzen übers Gesicht huschen. Ich lieg starr unter der Decke, dann bemerken sie mich nicht, aber sie sind klug und riechen Menschen von Weitem. Es klopft. Sie beißen sich durch die Wand – oder ist es mein Herz? Die Turmuhr läutet wieder Viertelstunden. Ich lieg wach, schau aufs Engelbild überm Bett: Lieber Schutzengel, lass mich mit fünf gleich in den Himmel, dass ich nicht zu Tante Maria muss. Ich halt das Bild schräg und seh ihm in die Augen. Sieht er mich oder nur das Kind im Bild?

»Du bist mondsüchtig.« Mutter weckt mich am Morgen in der Räucherbude, in die man, wenn man böse ist, eingesperrt wird. Verstört bemerk ich, wie ich den Reisigbesen umfasse, an dem dünne weiße Pilze wachsen. Der Löwe hat mich nachts durch Küche und Waschküche gejagt und ich hab mich hier vor ihm versteckt. Ist der Löwe Gott, der die Bösen bestraft?

3

Der kalte Ost rüttelt im dunklen Herbst an der Tennentür. Im warmen Kuhstall riecht's nach Mist und süßer Milch. Vater melkt wieder im Stall und hat Zeit zum Märchenerzählen.

»Papa, erzähl *Wer hat von meinem Tellerchen gegessen?*«

»Nein, lieber *Rapunzel, lass dein Haar herunter!*«, ruft Anna.

»Oder das mit *Blut im Schuh.*« Ulla greift nach einem Schemel.

»Ich muss erst die unruhige Olga anmelken«, sagt Vater. Sie gibt die meiste Milch. Ich streich ihr übern Kopf, sie schaut mich brummend mit großen Augen an. Er setzt sich zu ihr, dreht den Schirm der Kippmütze in den Nacken und presst die Stirn gegen ihren Bauch. Obwohl Olga muhend an der Kette reißt, massiert er die Zitzen, bis sie dicker werden. Er formt Daumen und Zeigefinger zum Ring, presst die Finger von oben nach unten zusammen, bis ein Milchstrahl kommt. Aber sie tritt nach ihm, worauf er fest die Zitzen packt und zu sich her zieht. Dann steht sie ruhig, Milch zischt in den Eimer. Ich setz mich mit einem Hocker zu Ulla in die Reihe mit Anna und Eva hinter Olga. Am Schwanz hängen Mistklumpen.

»Es ging mal 'n Rotkäppchen allein in 'n Wald«, beginnt Vater.

Mir ist gleich mulmig. Allein in den Wald, nie! Und noch vom rechten Weg ab! Weiß die nicht, wie gierig der Wolf sie auf den Märchenbausteinen anstarrt? Nur den Schwanz sieht man nicht, weil zwei Steine fehlen. Ich muss pinkeln.

»Heini Angsthase!«, verhohnepiepelt mich Eva. Mir ist lieber *Sieben auf einen Streich,* schlimm nur das Rotkäppchenfressen. Wie mich nachts der Löwe frisst. Wenn der Wolf die Geißlein schluckt, sind die selbst schuld, warum öffnen sie ihm auch. Als ich zurück bin, hat der Wolf Omas Nachthaube auf.

»Ohren groß wie 'ne Schaufel«, sagt Vater.

Das arme Rotkäppchen. »Der Jäger ist schon da«, sag ich.

»Quatsch! Vom rechten Weg abkommen ist schlimm«, sagt er.

Gott sei Dank kackt Olga los, dass es nur so spritzt. Anna kriegt am meisten ab, hebt die Hände vors Gesicht, lehnt sich nach hinten und fällt krachend mit dem Schemel um. Wir wischen uns mit den Händen die Spritzer ab.

»Der Wolf hat schon im Pökelfass gefressen!«, ruf ich.

»Stimmt nicht!«, brüllt Ulla.

Alle schreien. Vater zielt grimmig mit einer Zitze auf mich, weiße Perlreihen laufen übern Pullover. Olga zerrt an der Kette, tritt nach dem Eimer, dass Milch rausplanscht, und schlägt mir mit dem Schwanz ins Gesicht.

»Rotkäppchen geht nicht zu dem ins Bett!«, brüll ich.

»Is ja wie in der Judenschule.« Er ist fertig mit Olga.

»Papa, was is Judenschule?«, frag ich.

»Schluss jetzt!«

Tags drauf sammelt Mutter mit Paula Rüben. Wie immer passt Trude auf uns auf und bringt uns Beten bei, vor und nach dem Essen und vorm Zubettgehen. Wieder stellt sie Soldatenbilder von Onkel Otto, Franz und Hugo aus dem Küchenschrank auf die Eichentruhe vorm Fenster, zündet eine Kerze an und gibt Eva, Ulla und mir einen Rosenkranz. »Damit meine Brüder aus ’m Fegefeuer kommen.«

Bestimmt schauen sie zu, warten auf Erlösung. Warum nur betet Trude nie für Mutters vermisste Brüder? Könnt Opa doch wieder lachen.

Trude kniet wegen der Hüfte nur auf einem Knie vor der Kiste, besprengt mit Weihwasser die Fotos. »Im Namen des Vaters …« Und beginnt den *Schmerzhaften*: »Muttergottes, bitte für uns, dass sie nicht lange im Fegefeuer büßen.« Meine Rosenkranzperlen sind schon abgewetzt, grau. Sie ergänzt Fürbitten: »Dass Margret gleich in ’n Himmel kommt« und »der Koreakrieg aufhört.« Eine Fliege setzt sich auf Trudes Lippe unter den Barthaaren und bewegt sich mit – »Der für uns gegeißelt worden ist« –, bis sie weiterfliegt. Langweilig! Ich will böse sein und schubs Ulla; sie kippt gegen Eva, ich muss lachen.

»Verkommen bist du«, sagt Trude, mit hängenden Mundwinkeln. »Den ganzen Tag hab ich Arbeit mit euch. Mama erzieht euch gar nicht. Hätt mir die Mähmaschine nicht …!«

»*Duuu* kommst weg, hat Mama gesagt!«, schreit Eva und wirft Trude den Rosenkranz hin. Eva hilft mir immer gegen Trude.

Trude humpelt in ihre Kammer, aber beim Abendessen knurrt sie Vater an: »Wollt ihr mich vor die Tür setzen? Was soll das Gerede? Schöne Christen seid ihr. Ich soll die Blagen hüten und kochen; ohne mich kommt ihr gar nicht zurecht. Als Älteste gehört mir der Hof. Ich müsste hier das Sagen haben!«

Das kriegt sie wieder! Ins Plumpskloloch häng ich mit Ulla eine

Schüssel, gefüllt mit Wasser, leg den Holzdeckel drauf und wir warten. Im Dunkeln setzt Trude sich drauf und schreit.

»Was ist mit der Mähmaschine?«, frag ich Vater tags drauf.

»Schwiech still!« Er liest in der Volkszeitung vom Koreakrieg und von tapferen Amerikanern. Hätten die Russen keine Wasserstoffbomben, könnten Christen ein für allemal die Kommunisten totmachen. Früher hängte man in Münster Ungläubige in Käfigen am Kirchturm den Raben zum Fraß auf.

»In Münster?«

»Ja, deshalb läuten da immer ganz viele Glocken!«

Dahin will ich. Beim Verstecken mit Ulla und Eva in der Dämmerung draußen will ich auch tapfer sein. Je düsterer, desto unheimlicher. Auf Zehenspitzen schleich ich entlang der Sträucher. Es knistert und raschelt: der Wolf? Der Löwe? Ein Schatten rennt vor mir und verschwindet im Dunkeln. Ich kriech untern Busch. Aber wenn sie mich nicht finden? Mir graut's zu sehr. Ich lauf zum Opa auf der Milchbank. Wär's dahin nur nicht so weit.

Selten kommt einer, mal radelt ein Nachbar vorbei. Fremden gucken wir hinter der Gardine hinterher. Fremden ist nicht zu trauen. Gäste, das sind Verwandte und Nachbarn. Wir leben so allein. Von Gressbur trennt uns die Pferdewiese mit der Buchenhecke und deren Garten. Am andern Wegende der Bahnwärter Brügges und hinter uns keiner mehr, nur noch Äcker und Wiesen bis zum Moor. Zu Opa sind's zwei, zum Hauptnachbar Brockmöllerbur schon drei Wege.

Auf Opas Schoß beruhige ich mich. Er krault mich hinterm Ohr. Er hat's gern, wenn ich auf dem Schoß sitze. Streicht er mir übers Haar, brummt er wohlig. Er sitzt starr, zieht an der Pfeife, die Augen tränen. »Meine Jungs kommen mit 'm Ost«, murmelt er und riecht schön nach Tabak. Still spür ich den Druck seiner Hand. Über die Knochen spannt seine Haut wie braunfleckiges Pergament. Wär er doch nicht so traurig. Gern blieb ich für seine Jungs bei ihm. Er streckt einen Arm ins blasse Mondlicht. Fledermäuse fliegen pfeifend drumrum. Er murmelt ihnen zu: »Sie kommen wieder!« Sagen ihm das die Fledermäuse als Geister der Jungs? Mit Gänsehaut renn ich heim.

Eva hänselt mich. »Du bist 'n bisschen 'n Angsthase und 'n Wegrenner.« Und hält sich vor Lachen den Bauch, dass ich auch lachen muss. Aber Paula schimpft, zieht mir ein Ohr lang und sperrt mich in die Kiste. Dann muss ich beim *Eins-zwei-drei-faules-Ei*-Spiel auf der Tenne rumlaufen und hinter irgendwem das Taschentuch fallen lassen, aber sie holen mich ein. Ich will nicht wieder als faules Ei in die Mitte und renn zu Mutter. Vorm Kommodenspiegel in der Elternkammer, ihr Haar mit Nadeln festgesteckt, stopft sie Strümpfe.

»Wieso will Opa, dass Tante Maria noch eins kriegt?«

»Ach, der ist trübsinnig. Er sitzt schon zehn Jahre auf der Milchbank, seit Stalingrad, guckt jeden Tag nach Osten, nach den vermissten Jungs. Könnt er doch noch hellsehen.«

»Hellsehen?«

»Früher konnt er es. Er sah abends im Eichenwald Lichter, ging sogar im Regen raus, erkältete sich und wunderte sich, warum keiner die Lichter sah. Er erzählte es, obwohl Gress sagten: ›Der spinnt, Lichter mitten im Wald, der sieht Glühwürmchen‹, und 'n Schnaps drauf tranken. Doch Strehlers haben da die Eichen gerodet und das rote Backsteinhaus gebaut. Da brennt jetzt Licht«, sagt Mutter sanft, als ob sie singe, in den Augen fröhlich. »Er konnt wirklich vorhersehen.«

»Sieht er voraus, ob Tante Maria noch eins kriegt, und wen?«

Erblasst schaut Mutter mich an. Ich warte, aber sie sagt nichts mehr. Über ihrem Bett hängt die Schmerzensreiche, über Vaters Bett Jesus mit der Dornenkrone, dazwischen ein Kreuz mit geweihtem Buchsbaum. »Lutsch nicht Daumen; im Kuhstall gibt's Märchen.« Ruhig schiebt sie mich raus.

Vater erzählt gern Märchen. »Wie mein Papa, nur beim Melken hatte er Zeit für uns, bis er so früh starb«, sagt er, mit Tränen. »Aber ihr müsst gehorchen und helfen.« Diesmal erzählt er von *Hänsel und Gretel*, die auch wegmüssen, die böse Stiefmutter und die Hexe, die den Hänsel braten will.

Im Bett seh ich die krumme Hexe vor mir, mit dem Raben auf der Schulter, wie sie Hänsels Finger grinsend prüft. Brät die den wirklich? Ich seh mich wieder und wieder, schlimm wie nie, schreiend den Schacht hinabstürzen. Schweißnass kleb ich am Laken und richte mich auf. Der Löwe hat ein Hexengesicht wie Trude. Oder wie Mutter? Aber die ist doch keine Hexe. Ich stell mir Kühe auf der Wiese vor, fürn Moment schweb ich wie mein Schutzengel, doch gleich fall ich wieder in die schwarze Tiefe. Schatten laufen über die Wände. Mir ist übel, es sticht und hämmert über den Augen, Zähne klappern. Jetzt versteh ich Heulen und Zähneklappern in der Hölle. Soll die Hexe doch verbrennen. Besser als in der *Heiligenlegende*, wo man die Guten totmacht.

In den nächsten Tagen seh ich Trude nach, wie sie gebeugt vorbeihumpelt. Auch wenn sie mal nicht schimpft, trau ich ihr nicht. Ich folg ihr und seh sie im Garten schluchzen und über Onkel Bruno als schlimmsten Bruder schimpfen, was ich aber nicht versteh. Als sie mich bemerkt, wischt sie schnell die Tränen ab und schnauzt mich weg.

Zwei Wochen später schneit es.

Vater bindet neben der Kochmaschine Besen. Die alten zieht er vom Stiel und reicht sie mir: »Fürn Schneemann. Und hol Reisig aus der Scheune.«

Als ich mit einem Haufen zurückkomme, wärmt Mutter sich am Herd, sagt: »Du moss Trude rutsetten!« Und wischt sich mit der blauen Schürze Tränen ab.

Vater holt tief Luft, sagt: »Wohin soll sie denn? Wir können für die keine Miete zahlen«, bündelt dürre Zweige und bindet sie mit Draht zusammen. »Nicht mal 'n Kloster nimmt 'n Krüppel ohne Aussteuer.« Er sägt das Reisigbündelende glatt und steckt's auf den alten Stiel. »Die Reste ins Feuer.«

Ich öffne die Klappe und werf sie hinein. Schön knistert und knallt es. Qualm quillt zwischen den Ofenringen hervor.

»Papa, du moss Trude rutsetten«, wiederholt Mutter kühl, ohne ihn anzuschauen. Sie schlägt nicht mal die Augen auf.

Vater hält inne. »Nein, ich hab's meiner Mama versprochen. Die griff noch meine Hand, mit letzter Kraft: ›Versprich mir, du behältst Trude im Haus.‹ Ich hab's versprochen.«

»Du moss Trude rutsetten!«

»Schwiech still! So schlimm sie auch ist; es muss gehen. Das geht mit Gott. Heini, feg mit dem Besen die Küche!« Er bringt die andern neuen auf die Tenne.

Mutter lächelt mir unter Tränen zu, senkt den Kopf und hält ihn schräg wie Muttergottes überm Bett. Ich nick ihr zu. Wär Trude doch schon raus. Mutter legt eine Tablette auf einen Löffel Wasser; das Weiße quillt leise schäumend auf. Sie schluckt's und trinkt Wasser mit der offenen Hand unter der Pumpe. Paula legt wieder den Zeigefinger auf den Mund. »Sei still, sonst ab in die Kiste.«

Ich weiß schon Bescheid. Es genügt, den Finger auf die Lippen zu legen. Nichts sagen, ruhig sein, Mutter wird gleich weg sein. Sie verschwindet mit dem blauweißen Metallröhrchen, ohne aufzublicken, durch die alte Stube in die Elternkammer. Sie hat's wieder, ist nicht zu sprechen, den Nachmittag, den nächsten Tag, tagelang.

Ich feg nicht! Und lauf zu Opa. Gebeugt, Ellbogen auf den Knien, Kinn in die Hände gestützt, murmelt er wieder den Fledermäusen zu und streicht mir übers Haar. Heute redet er wie noch nie: »Ich bin müde, bald bin ich tot. Sind die Jungs dann noch nicht da, kriegst du dies' Taschenmesser!« Er legt's in meine Hand. Ich erschreck, aber freu mich aufs Messer.

Zu Hause geh ich erst über die Tenne aufs Klo, unter der Dachbodentreppe am Kuhstall. Tagsüber fällt ein Lichtstrahl durch den Spalt über der Tür unter der Dachbodentreppe ins finstere Plumpsklo. Ich leg den Holzdeckel zur Seite. Faul riecht die trübe Jauche, sie lauert unten mit trägen Blasen, abgestorbenen Bruteiern und ersäuften Katzenjungen. Ich setz mich auf den Bretterkasten mit dem Loch, groß für erwachsene Hintern, meine Beine hängen in der Luft, stütz die Ellbogen auf die Schenkel, den Kopf in die Hände und lausche, wie die Großen mich suchen. Ich drück und drück. Eine Spinne seilt sich ab. Schmeißfliegen brummen. Wenn nur kein schwarzer Käfer zum Po krabbelt. Endlich plumpst es. Mit Zeitungsstücken vom Nagel putz ich ab. Händewaschen könnt ich in der Waschküche am Spülstein, ginge die Pumpe nicht so schwer.

Vater erwartet mich mit Ohrfeigen und stellt mich in die Kiste.

»Was passiert, wenn man tot geht?«, frag ich ihn.

»Dann bekikse de Kartuffeln van unnen.«

»Warum?«

»Warum, warum? Warum ist die Banane krumm?«

4

Der Schneesturm heult ums Haus.

Auch drinnen ist's eisig, nur in der alten Stube glüht's warm. Am Ofen Strümpfe und Handschuhe. Am gelben Fänger unter der Lampe zappeln noch einzelne Fliegen.

Vater rückt seinen Binsenstuhl vor und hält die Volkszeitung unters Licht. »Immer mehr Höfe versteigert«, liest er Mutter und Karl vor.

»Montag kommt Uphusbur untern Hammer. Wir können 'ne Kuh ersteigern und Wiesen pachten.«

Mutter strickt Pullover. »Wir brauchen Kaffee und Wacholder fürn Aufgesetzten, und Paula mit zwölf Aussteuer.«

»Ach, der neumodische Wacholder. Du schmeißt's Geld raus, wir müssen mehr Land haben«, sagt Vater.

»Fängst du jetzt auch an wie Trude?«, fragt Mutter leise.

»Wir kriegen Brot vom Bäcker für Getreide, Käse und Butter von der Molkerei für Milch, Holzschuh für Pappeln, aber Kaffee und Wacholder kosten Bares.«

»Wir holen noch Gemüse und Obst aus 'm Garten, andere machen Rasen.« Mutter lehnt sich im Sofa zurück.

»Alles kaufen, Marmeladen, Säfte, Eingemachtes?« Vater runzelt die Stirn. »Wir haben alles, Holz, Wurst und Eier.«

»Nichts hat's Uphusbur geholfen, alles auf Schweine umzustellen«, sagt Karl. »Seine Wiese pachten lohnt nur mit 'nem Trecker; wie Brockmöllerbur.« Er liest sowas im *Landwirtschaftlichen Wochenblatt.* Er freut sich auf die Landwirtschaftsschule, sagt er, nach Ostern, wenn er die Volksschule rumhat.

In der Kommode find ich eine Zigarrenkiste. »Papa, was sind das für Bilder?«

»Wühl da nicht rum!« Er guckt nicht von der Zeitung hoch.

»Bist du das; so wenig Haare und abstehende Ohren?«

Der Mann steht im Anzug mit Stehkragen vor einem Fachwerkhaus, mit Vaters Westentaschenuhr.

»Zeig mal!« Er guckt sich das vergilbte Bild an. »Deine Urgroßeltern. Die hatten das Heuerhaus in Voltlage im Emsland erst gepachtet, dann 1880 diesen Kotten in Steinhop gekauft, mit nur vierzig Morgen.«

Neben dem lächelnden Uropa sieht Uroma streng aus, Haare mit Mittelscheitel und Knoten. »Die hat immer geschimpft: Mit denn Kotten hässe di 'n Dorn in 'n Foot rammt, krisse nich weer rut.«

»'n Dorn in 'n Fuß tut weh«, sag ich.

»Jaja, 'n Dorn in 'n Foot rammt. Guck, das niedrige Fachwerkhaus.« Vater legt die Zeitung weg.

»Is das unsere Hofpumpe?«

»Ja, 'n egenen Pütt. Dat hev 't in de Familie noch nich given! Neben dem Bienenschuppen noch Baumholz aus Voltlage. Das Hüerhus war schon über hundert.« Vater schluckt. »O Gott! Viel Arbeit und gespart,

gespart. Mein Opa hat sich als Torfstecher in Holland kaputt geschuftet, bis zu 'n Knien im Wasser, schlief auf Stroh in 'ner Scheune, kam als Wrack nach Haus.« Vater stockt, fängt an zu schluchzen, wie immer, wenn von Vaters Opa und Hofkauf die Rede ist, und bedeckt die Augen mit der Hand, dass ich auch schlucken muss. Könnt ich ihm nur helfen! Wenn ich groß bin, tu ich alles für den Hof.

»Aber er konnt Schulden abtragen, auch das Angeschriebene beim Bäcker«, erzählt er. »'ne schlimme Zeit. Wie viele Heuerleute sind nach Amerika gegangen, haben sich kaputtgesoffen, im Graben umgekommen, wie Fliegen, auch die Kinder, aber mein Opa hat's geschafft«, sagt er stolz, aber er hört nicht auf zu jammern. »'ne ewige Quälerei, doch der Hof ist alles, was wir haben, stimmt's, Mama?«

Sie nickt, als wär's ihr lästig. Sie hat's wohl schon häufig gehört. Ich bin stolz auf unsern schönen Hof und Uropa, will's aber auch nicht mehr hören, halt mir wie Eva und Ulla die Ohren zu und pfeif: *Im Wald, da sind die Räuber ...*

Er redet lauter. »Auch *mein Papa* hat sich als Hollandgänger abgerackert, dass er vor der Zeit mit dreiundvierzig am Ende des Ersten Weltkriegs nach der Mähmaschinensache starb.«

»Mähmaschine?«, frag ich, meine Ohren wieder aufgesperrt.

»Schwiech still! Ich musste mit dreizehn allein mit Mutter 'n Hof durchbringen«, sagt er vorwurfsvoll, »die war dauernd krank. Papa tot, sieben Geschwister, eins schon gestorben, der jüngste erst zwei.« Er wischt sich heimlich Tränen weg.

Ich schubs die Bilder vom Tisch und er haut mir eine runter.

Mutter steckt sich kühl die Stricknadeln in den Dutt. »Heini, hilf aufribbeln!«

Ich halt's Fadenende vom alten Pullover fest und wickle ihn mit gestreckten Armen in Achten auf.

Dann sagt sie leise: »Geht ins Bett, der Ofen ist aus.«

Am Sonntagnachmittag steht überraschend der Pfarrer im Flur. Muss jetzt einer weg? Er hat auch Tante Maria geholfen, Otto zu kriegen. Mutter zieht schnell eine weiße Schürze übern blaulila Kittel. Trude, mit Rosenkranz am Handgelenk auf dem Sofa, sagt freundlich wie nie »Setzt Euch zu mir« und zeigt neben sich aufs Sofa.

Er setzt sich ans andere Sofaende unters Abendmahlbild.

Trude legt gleich los. »Wie soll 'n wir alle durchkriegen? Soll's uns wie Uphusbur treffen? Der Herrgott will, dass der erste Junge Priester und die Älteste Nonne wird.« Sie schaut zu Jakob. »Ich bet jeden Tag, dass du Priester wirst.«

Der sitzt still da und kämmt mit seinem Kamm die Locken.

»Gib Jakob auf die Herz-Jesu-Missionsschule ins Hiltruper Kloster«, sagt der Pfarrer zu Vater und trinkt Aufgesetzten.

»Der is erst fünfzehn«, sagt Vater.

»Jakob kann lernen. Schaffst du die Realschule?« Der Pfarrer dreht sich Jakob zu.

»Ich glaub schon«, sagt Jakob erschrocken.

»Na also, Jakob ist klug«, sagt der Pfarrer. »Der Orden ist die einzige Chance zur höheren Schule. Hier hört er nur Platt und lernt nie Hochdeutsch.«

»In Gottes Namen, dann muss er mal gehen«, sagt Vater, wohl froh, dass der Pfarrer sich auch um Jakob kümmert.

Der Pfarrer sieht mich an. »Willst du nicht zu Tante Maria?«

Will er mich prüfen? Ich lutsche am Daumen. Ich verdrück mich lieber und frag: »Wo sind Anna und Ulla?«

»De Blagen hinkelt buten«, sagt Vater. »Daumenlutscher!«

Beim Hopsespielen auf dem Hof vor der alten Scheune werfen Anna, Ulla und Eva den Stein in eines der Felder, wie ein Kreuz mit Hacken in den Sand gezogen, und hüpfen auf einem Bein zwischen Himmel und Hölle.

Als Anna den Stein wirft, lauf ich hin, greif ihn und renn weg.

Anna kneift die Lippen zusammen und bläst die Backen auf. »Du Nervensäge!«

Und sie jagen mich. Evas Pferdeschwanz fliegt hin und her. Ich bin schneller. Nach und nach sind alle müde.

Ulla schreit: »Friiiede!«

Mit ihr vertrag ich mich gern, sie spielt sogar Fußball mit.

»Lorenz strampelt zu sehr in unserm Bett.« Vater legt ihn am Abend ins Gitterbett, mit unserm Bär im Arm. Lorenz vertreibt Anna wie ein Kuckuck.

»Anna, mit drei bist du groß«, sagt Vater und bringt sie in die Kinderkammer ins Bett.

Anna weint, mit Daumen im Mund. Nun sind wir, mit Eva und Ulla, zu viert, zwischen hohem Kopf- und Fußteil.

Für Anna zauber ich mit den Fingern schräge Schattenfiguren an die Wand und brumm: »Grrrr, der Wolf frisst's Rotkäppchen.«

Anna schreit auf und rutscht unter die Decke, dass ich lachen muss.

»Zu viele. Es is 'n bisschen eng«, sagt Eva zu Vater.

»Einer muss raus, gut Nacht.« Stirnrunzelnd schließt er die Tür.

Ich erschreck, Anna rein und ich soll wohl raus? Ich steck ihr Stroh ins Nachthemd. Sie fuchtelt rum.

Ulla und Eva schlagen mit Kopfkissen nach mir. »Heini, du musst raus!«, schreien sie.

Ich box auf sie ein. Sie rennen kreischend durchs Zimmer und bewerfen mich mit Kissen. Springen, lachen, Federn fliegen, rote Gesichter.

Vater steht in der Tür. »Seid ihr verrückt?«

Er haut *mir* eine.

An einem eisigen Januartag kreischen Raben im alten Birnbaum, fahren auf, am Fenster vorbei, groß und nah wie sonst nie.

Hauptnachbar Brockmöllerbur klingelt. »Ik kumm es Daodsegger.«

Für Opas Totenansage bittet Mutter ihn in die beste Stube, wie jedem Besuch. Sie ist stolz auf ihr beiges Hochzeitssofa, nicht verschmutzt und fleckig wie das Sofa in der alten Stube, auf die Polsterstühle mit Lederbezug, der Ausziehtisch immer mit Tischdecke. Und auf die saubere helle Blumentapete, mit dem Abendmahlbild an der Wand. Nur selten finden Fliegen den Weg aus dem Viehstall durch die Waschküche und die Küche über den Flur hierher.

»Tina, dein Vater ist vor Gram gestorben, weil keiner deiner vier Brüder aus Stalingrad wiederkam«, fängt Brockmöllerbur an, mit weißen struppigen Brauen wie ein Strohdach übern blitzenden Augen. »Er machte ja nie viel Worte, aber am Ende hat er wohl 'n Verstand verloren.«

Vater steht krumm daneben. »Wer soll auch seinen Hof weiterführen, mit nur noch Mädchen?«

»'n hartes Bauernleben und zwölf Jahre seit Stalingrad warten. Der Opa war müde.« Brockmöllerburs Stimme klingt schön wie ein Brummbär, aber unausweichlich zu Vater: »Möchtest du nicht wie Üffungs und Dierks für die Beerdigung einen Leiterwagen und zwei Pferde stellen?« Er trinkt einen Korn.

»Opa kommt wieder«, sag ich.

»Halt 'n Mund und red nur, wenn du gefragt wirst!« Paula klatscht mir eine.

»Opa kommt!« Ich reib mir die Lippe, mir laufen Tränen.

»Jetzt, wo er tot ist? Der ist weit, weit weg.« Paula schüttelt den Kopf, dass die Zöpfe hin- und herfliegen.

»Natürlich kommt er wieder.«

Viele Tote, in Stücke gehauen, stehen wieder auf. Hexen können das, Gott noch viel mehr. Eine vom langen Winter geschwächte Fliege summt am Fenster auf und ab und verharrt unten am Rahmen. Ich zerquetsch sie, Saft quillt aus dem Hinterleib.

Am Abend hab ich Fieber.

Wo schafft man Opa hin? Er hat den Tod vorhergesehen, als er mir das Messer versprach. Eva schließt leise die Tür zur Kinderkammer, als tät ich sterben. Zitternd roll ich mich in die Bettdecke. Den Backstein aus dem Ofen, längst kalt, schieb ich in Ullas und Evas Betthälfte. Alle sind Rosenkranzbeten für Opa. Mit fünf kann ich schon allein sein und bin stark. Hab ich beim Bolzen den Ball, kriegt ihn keiner. Müsste ich nur nicht so husten. Mir ist schwindlig, mein Kopf ist heiß … O Gott! Opas Bauernhaus stürzt auf mich und Opa, drückt auf meine Brust und bricht über uns zusammen. Ich kann ihn nicht wegziehen, er rührt sich nicht mehr.

»Du musst's allein tragen!«, hallt's wie von der Kanzel.

Ich fall an Fensterhöhlen vorbei … Aufgeschreckt bete ich zum Schutzengel, der sich mit blauen Flügeln auf die Wolken stützt: *Lieber Gott, mach mich fromm, dass ich in 'n Himmel komm.*

Was stinkt hier in Opas Haus? Mottenkugeln? Die Lilien in den hohen Vasen?

Ich nicht.

Sein Lehnstuhl ist leer.

Warum verscheucht er nicht die Fliege auf der Lippe? Er murmelt nicht mehr und liegt da wie im Bett, Augen zu, graugelb sein Gesicht; die Händen schrumpelig wie ein alter Boskop, drumrum ein Rosenkranz. Daneben ein Tisch mit Kreuz und Buchsbaum, mit dem man Weihwasser auf Opa sprengt. Wir beten Rosenkranz. Wie Bienengesumm. Warum sieht man nicht, wie einer totgeht? Kaninchen liegen morgens tot im Nest und der Tod ist schon weg, wie auch bei Vaters Patenkind Margret.

Wir gehen los ins Schneegestöber. Sechs Pferde mit schwarzen Decken ziehen Vaters Leiterwagen. Manchmal seh ich den Sarg vorn nicht, hör nur die Hufe klappern. Vor jeder Tür schließen sich Schwarzgekleidete an.

Heilige Maria Muttergottes, bitt' für uns, jetzt und in der Stunde unseres Todes.

Der Schnee knirscht untern Füßen. Die Trauerglocke schallt dem langen Zug entgegen. Hinter mir baumeln die bunten Fahnen der Hubertus-Schützen und vom St. Annenverein mit schwarzen Bändern.

O Herr, erhöre uns.

Ich bin schuld, konnte das Haus nicht tragen. Das Litaneigemurmel zieht durch unsere Bauernschaft Staden. An der Spitze sind sie mit dem *Gegrüßt seist du, Maria* schon fertig, wenn wir in der Mitte *Der für uns gegeißelt worden ist* beten.

»Du hast ja gestern bei Uphusbur günstig 'ne Kuh ersteigert«, sagt der dicke Brockmöllerbur grinsend zu Vater.

»Mal sehn, ob sich's lohnt.« Vater rettet klug den Hof.

»Und ich 'n Drei-Schar-Pflug«, sagt Gress' Gustav. »Wer kommt als Nächster untern Hammer?«

Der Friedhof ist weiß. Frauen mit schwarzen Kopftüchern, Bauern in schwarzen Anzügen mit Zylinder, Messdiener mit Weihrauchkesseln und Weihwasser. Opa, unter Kränzen, rollt auf dem Wagen mit Gummirädern, lautlos, ihn nicht wecken.

»Wir sehen ihn im Himmel wieder«, sagt der Pfarrer. Erkennt Opa mich dann noch? Traufeld redet und redet. »Er war ein guter Mann.«

»Das auch, stimmt's, Heini?«, flüstert Tante Antonia.

Ich schau sie verblüfft an.

»Jetzt sind sie beisammen, er und die Söhne«, sagt Traufeld.

»Aber die sind doch vermisst«, sag ich zu ihr.

»Opa konnt ja nicht stolz genug sein, sie im Militär zu sehen.«

»Hüte deine spitze Zunge. Stör nicht seinen verdienten Frieden«, schluchzt Oma, mir fremd im schwarzen Schleier.

Mutter ist nicht hier.

»Warum geht Mama nicht mit?«

»Die kommt doch schon lange nicht mehr«, sagt Tante Antonia.

»Warum nicht?«

»Sei ruhig, Mama hat Kopfweh.« Paula droht mit dem Finger.

»Haha, wer's glaubt, wird selig!« Tante Antonia lacht. »Die hatte Krach mit Opa und Oma. Hat ihren Otto nicht zurückgekriegt.«

Wieso muss Tante Antonia außer Margret keins abgeben?

Unter der Eiche unweit von Margrets Grab lassen die Nachbarbauern Opa runter.

Herr, gib ihm die ewige Ruhe.

Hoffentlich rutscht die Kiste nicht von den Seilen. So tief, nur nicht reinfallen. An der Schützenfahne, die Gress' Gustav ins Grab hält, könnt ich mich schnell hochziehen.

Der Pfarrer stößt die Schaufel in den Erdhaufen. Brocken poltern ins Loch.

Herr, lass ihn ruhen in Frieden. Amen.

Ich werf vorsichtig Sand auf die Kiste, nur Opa nicht wehtun, und eine Blume. Sand klebt zwischen den Fingern. Bald ist die Kiste unter Blumen versteckt. Vater dreht den Zylinder in den Händen. Trude steht abseits. Warum wirft sie nichts rein? Vorm kalten Wind zieh ich meine Mütze tiefer ins Gesicht. Gut sind meine langen Strümpfe, auch wenn sie kratzen.

Die Messe nach der Beerdigung ist still. Beten klingt dumpfer als sonst. Der Pfarrer predigt von Opa »Requiescat in pace«, sicher was Schönes, und vom Sämann »Der Tote ist ein Bauer. Die meisten Körner verdorren auf steinigem Boden, verschüttet am Wegrand. So verkommen auch manche Menschenkinder.«

Unmöglich, Opa hat nie was verschüttet! Der hat immer aufgepasst und gewartet auf die vermissten Jungs.

Dann sagt der Pfarrer: »Opa ist sicher im Himmel und wir beten für ihn.« Wohl vorsichtshalber, falls er doch noch im Fegefeuer brennt.

»Ich hab Hunger.«

»Psst!«, stößt mich Eva an. »Leichenschmaus nachher.«

»Was?«

»Du bist 'n bisschen dumm«, zischt Eva.

»Brillenschlange!« Immer sagt sie *'n bisschen.*

Es gibt Schnitten, Streuselkuchen und leckeren Bienenstich mit Vanillecreme.

Oma stopft einen Bissen in den zittrigen Mund und sieht mich an:

»Heini, Opa rief noch nach dir. Wollte dir noch was sagen, was mit Fledermäusen. Das ist für dich.«

Das Taschenmesser! Ich steck's schnell in die Tasche. Damit bin ich stark, kann Anna piesacken, Würmer zerschneiden und ritzen. Immer wieder tast ich danach. Opa denkt an mich.

»Mit so vielen Leuten«, Brinkmanns Bernd trinkt einen Korn, »wurd schon lange keiner mehr in die Erde getan. Auch aus anderen Bauernschaften, groat un kleen. Den alten Heymeiers Hein mochten ja wirklich alle.«

»Der hatte 'n Knall! Höchste Zeit, dass er unter die Erde kam, herzlos, wie der war«, sagt Tante Antonia spitz.

Wie kann die so was sagen? Opa sieht und hört uns doch.

Abends sitz ich auf der Milchbank und murmel wie Opa: »Die kommen mit 'm Ost.« Fledermäuse umflattern mich. Eine fliegt mir an den Kopf und beißt mir ins Ohr. Ich fuchtel mit den Armen und schrei. Endlich spannt sie ihre nackten Flügel aus und fliegt davon.

Nie mehr auf Opas Schoß sitzen. Nie mehr streicht er mir übers Haar. Nie mehr drückt er mich.

Ich krampfe die Hände ineinander, die Nägel ins Fleisch. Tränen kullern. Opa tot, hörte das doch auf. *Eene meene mu, raus bist du.* Könnt ich mich doch wie das siebte Geißlein im Uhrschrank verstecken.

Vater liest aus der Kirchenzeitung vor: »Montagmorgen wird das Totenamt, die Sechs-Wochen-Totenmesse gelesen, bestellt für Heinrich Heymeier, gestorben Januar 1954.« Und sagt: »'ne stille Frühmesse ohne Gesang is billiger.«

Auf Opas Grab liegen noch braune Kränze mit verregneten Schleifen. In der Kirche beten Kinder und alte Frauen mit, in Schwarz, mit Kopftuch. Die wenigen Männer im Dorf melken Kühe oder sind sonst auf Arbeit, sagt Vater. Die meisten vermisst oder gefallen. Ich weiß schon, alles geht tot. Das Korn muss auch in die Erde, sonst geht's nicht auf. Aus dem Grab von Vaters Opa wächst eine Eiche.

Lang dauert der Winter, bis sich in den Regentropfen die Aprilsonne spiegelt. Die Kopfweiden sind noch kahl, aber Kätzchen schimmern schon silbrig. Vater schneidet mir einen graden Stock. Zu Hause schnitz ich mit Opas Messer Riefen spiralig in die Rinde und zieh den fingerbreiten Rindenstreifen ab. Mit dem roten Messer kann mir keiner was. In die übrige Rinde ritz ich Kreuze. Oben an den Stock binde ich bunte Bänder und Buchsbaum. In der Kirche weiht der Pfarrer heute am Palmsonntag alle Palmstöcke.

An den Kirchplatzhäusern wehen rot-, blau- und gelbweiße Fahnen. Nach der Messe vergleichen wir die Palmstöcke. Wer hat den schönsten? Löbberts Franz-Josef, der vom Arzt, hat einen mit vielen Schleifen, Brüggen Willi den größten.

»Meiner ist am feinsten geschnitzt«, sag ich.

Wir stoßen uns mit den Stöcken und jagen uns erst übern Marktplatz, dann durch die Straßen. Auf einmal sind alle Jungs weg. Weit und breit nur unbekannte Große. Reden und Lachen wie fremdes Geklapper, dazu das Geläute. Die Fahnen knattern im Wind. Wo geht's zurück? Auf der Mauer räkelt sich eine Katze. Ich geh zu ihr, aber sie springt fort. Will ich zurück? Zu Opa!

Hänschen klein, ging allein.

Wenn ich schon wegmuss, lauf ich lieber weg. *Hans im Glück* geht auch einfach fort. Weint Mutter, wenn ich fort bin? Wenigstens kann sie mich dann nicht weggeben. Plötzlich quietschen Bremsen. Vor Schreck fällt mir der Palmstock aus der Hand.

»Scher dich runter von der Straße!«, schimpft der Mann im Auto. Schlotternd bück ich mich nach dem Stock, renn weinend weiter, weit hinter der Kirche wie noch nie, *in die weite Welt hinein.* Weint Mutter auch um mich?

Auf einmal steh ich vor Tante Marias und Onkel Ludgers rotem Backsteinhaus. Hat mich mein Engel hergeführt?

Sie öffnet die Tür und starrt mich an, als hätt sie mich noch nie gesehen. »Der läuft ja früh weg.« Dann sagt sie: »Du hast 'n schönen Palmstock, aber deine Locken sind ab. Zieh die Holzschuhe aus! Wasch die Hände!« Sie gibt mir Bonbons, auch leckere Schokobonbons, und führt mich zu meinem Bruder Otto ins Zimmer, das ihm ganz allein gehört, mit Bett und Spielzeug, jede Menge, eine Eisenbahn auf Schienen und ein Kreisel: Er sirrt und schwirrt, rattert und knattert, dann brummt und knurrt er, bis er träge umfällt. So was hab ich noch nicht gesehen. Otto spricht gestelzt, nur in Hochdeutsch. Ich sag nichts. Dann hilft er Tante Maria und Onkel Ludger Lampen flechten.

»Heimarbeit für Lampen-Kettler«, sagt er. »Wir nutzen jede Stunde. Morgen werden sie abgeholt.«

Neben Otto auf dem Sofa flicht sie Bast auf Drahtgestelle. Otto macht's ihr nach, für jede Stunde eine Mark, so viel.

»Kau nicht Fingernägel! Putz die Rotznase! Sitz grade!«

Die soll vielleicht meine neue Mutter sein? Ich sag lieber nichts. Hier bleiben Bratenstücke auf der Platte übrig. Ich ess noch eins und noch eins.

Keine Fliegen fressen vom Teller. Fliesen glänzen, man kann vom Boden essen, aber ich will nicht hierher müssen.

Lieber bei Mutter, da macht Dreck nichts.

Tante Maria fährt mich auf dem Rad heim. Ich such Mutter, sie hat Kopfweh.

Vater ohrfeigt mich. »Lauf nie mehr weg, verstanden!«

»Hab mich verlaufen.« Ich setz mich auf die Küchenbank.

Er zieht mich am Ohr wieder hoch. »Du gehörst nach Lengerich!« Und steckt mich wieder in die Kiste und den Buchsbaum vom Palmstock hinters Kreuz über der Bank. »Frisch geweiht, schützt der uns vor Blitz und Hagel und Maul- und Klauenseuche«, flüstert er.

Für einen Augenblick kommt mir unser Haus wie eine Kirche vor.

Am Nachmittag besucht uns der Pfarrer. »Na, Heini, du verlorenes Schäfchen.« Er starrt zu den Fliegen. »Schrecklich.«

»Ach, solange sie fliegen, is's gut«, sagt Vater lachend. »Nur aufpassen, dass sie sich nich hinsetzen.«

Der Pfarrer sieht Mutter zu, wie sie eine Decke auf den Tisch legt und für uns Stutenschnitten mit Leberwurst bestreicht.

»Tina, du bist abgemagert. Sieh zu, dass du wieder Speck auf die Rippen kriegst. Ihr könnt nicht alle durchfüttern, gebt Tante Maria eins mit.« Er trinkt einen Korn.

»Wir sind noch nicht verhungert.« Vater schüttelt den Kopf und schaut aufs Kreuz mit dem Palmzweig. »Jakob ins Kloster, Otto weg, was is das fürn Herrgott? Man kann die Kinder nicht durchfüttern und hat Angst vorm Kuckuck.«

»Versündige dich nicht gegen Gott. Er hat dir neun Gesunde geschenkt und vielleicht noch eins, und du bist undankbar.« Der Pfarrer hebt die Hände. »Guck dir doch an, wie sie hier rumlaufen. Paula barfuß, Jakob im zerrissenen Hemd, Heini mit geflickter Hose. Evas schiefe Zähne vom Daumenlutschen. Schämst du dich nicht? Wer kümmert sich denn hier?« Er zeigt auf Karls Schuhe. »Viel zu groß. Anna hat keine, aber dafür Hautausschlag.« Er lacht, wie über einen Witz. Keiner lacht mit.

Mutter mahlt Kaffee und schluchzt: »Ihr habt versprochen, dass ich Otto ...«

»Sei still«, sagt Vater.

Das überkochende Wasser zischt auf.

»Ach«, sagt der Pfarrer, »wenn die Kinder es wirklich besser haben – das ist doch in Steinhop durch unsern Pastor von Ketteler seit über hundert Jahren Tradition – ist es gut, dass Begüterte ärmere Kinder aufnehmen.«

Mutter geht schweigend.

»Deine Schwester Maria«, ruft er ihr nach, »katholisch, gut verheiratet, großes Grundstück, leeres Haus, macht Heimarbeit, hat Ersparnisse, auch für neue Kleidung und Realschule.«

Ist es jetzt soweit? Wenn die Haustür geht, zittre ich, lauf weg und versteck mich im Heu, falls Paula mich nicht erwischt. Abends lieg ich hundemüde wach, mir ist wieder heiß. Ich schließ die Augen und seh Opa mit weißem Haar auf der Milchbank mir schweigend übers Haar streichen. Bin ich *zu* böse? Sagt Mutter deshalb nichts? Vater will wohl das Schlimmste loswerden. Mäuse trappeln und fiepen auf den Dielen. Sucht sich Tante Maria eins aus? Sicher das *Bravste*. Ich muss *böser* sein! Wirr kreist's im Kopf ohne Ende. Die Tapetenblumen winden sich zu Mäulern mit Wolfszähnen und Teufeln mit Hörnern; ich schrumpf mich zusammen und wälz mich schwitzend hin und her. Die Mehlpfannkuchen kommen mir wieder hoch, ich erbreche mich, alles nass im Bett. Es stinkt, Eva, Ulla und Anna schlagen auf mich ein. Wenn ich wegmuss, will ich gleich weg. Ich versuch aufzustehen, fall aber zurück.

Ich zieh mir die Decke übern Kopf und träum zu fallen, schlimmer denn je, umlauert von Löwen, die nach Strafe brüllen und sich auf mich stürzen. Warum musste ich auch weglaufen. Fette pelzige Ratten mit langen Schwänzen lauern vorm Vollmond zwischen den Vorhängen und schießen mit glühenden Augen auf mich zu. Ich reiß die Augen auf und kann sie lange nicht zumachen. Dann fallen sie mich wieder an und die Lippen schwellen an. Schweißnass schnapp ich nach Luft, kriech durstig zur Pumpe, trinke und kotz wieder.

5

»Dass du dich traust, wegzulaufen«, sagt Brüggen Willi am nächsten Morgen.

»Du glaubst nicht, wie weit ich weg war.« Ich zähl die Tage bis Ostern im Abreißkalender. Eine Woche nach Ostern darf ich mit fünf endlich ins Dorf zur Schule, nicht nur zur Kirche. Seit Wochen häufen wir und die Nachbarn wie jedes Jahr Holz auf dem Eichkamp auf. Vater holt aus Grünbergs Tannenbusch drei Fuder. Unser Haufen ist der größte. Ich kletter mit Willi darin. Auch Mädchen wollen hinauf: die dicke Thea mit roten Backen, vom Nachbar Strehlerbur, und die rothaarige Ferbers Barbara mit den Sommersprossen. Schön, dass sie auch nach Ostern zur Schule gehen, täten sie nur nicht so viel kichern.

Ostern gibt's Korinthenstuten, so viel man will.

»De Osterhase is doarwiehn«, sagt Vater.

Wir stürmen in den Garten. »Wie schleppt der die Eier her?«

»Mit der Kiepe, du dummes Ei!« Eva gackert vergnügt los.

Ich kenn nur den Eierkerl mit der Weidenkiepe auf dem Rücken. Diesmal sind für ihn keine Eier übrig. Ich find viele Zucker- und Schokoeier, Anna kaum welche und soll doch so viel wie ich abkriegen. Tante Maria will nur ein liebes Kind. Ich trampel auf den Eiern, bis Anna petzt und Vater mich verdrischt.

Ich nehm Lorenz unsern Bär wieder weg. Als Anna ihn greift und ihn zurückbringen will, schubs ich sie ins Gras, geh groß im Kreis um sie rum und box sie, bis sie ängstlich auf dem Boden kauert. »Das ist böse, unsern Bär wegzugeben. Wenn du das tust, kommst du nach Lengerich!«

»Jakob steckt dütmoal dat Paoskefüer an«, sagt Vater.

»Osterfeuer heißt das.« Jakob schlägt Feuersteine aneinander, bis Funken Heu unterm Haufen entzünden. Ein Wunder! Könnt ich doch auch das Feuer im Stein wie ein Zauberer wecken. Rätselhaft, wie die Kirchenglocken gründonnerstags nach Rom fliegen und zur Auferstehung zurück sind, wie der Pfarrer sagte.

Mit der Ziehharmonika stimmt Nachbarbauer Brinkmanns Bernd *Großer Gott, wir loben Dich* an. Alle singen mit, lauter, als das Feuer prasselt.

»Weg da, du verbrennst dich«, sagt Jakob.

»Ha, ich doch nicht. Ich halt's aus.« Ich werf einen Zweig rein. Er glüht und krümmt sich, bevor er sich in den Himmel auflöst. Was fürn mächtiges Feuer. Mir läuft eine Gänsehaut übern Rücken. Grad war der Zweig noch da, schon ist er weg. Und morgen Jakob. Brinkmanns Bernd spielt *Das Grab ist leer.* Alle fassen sich an und hüpfen mit roten Gesichtern singend rundherum. Könnt Opa doch auch auferstehen. Hoch wie unser Haus lodern Flammen und wärmen von vorn. Ich will mal noch viel größere aus den Steinen klopfen.

»Lass die Schnapspulle nicht fallen!« Brinkmanns Bernd hält lachend sein Glas hin. »Wenn du unbedingt willst, gieß einen nach.« Er trinkt auch den fünften in einem Zug und schwankt dann mitten in die gelben Forsythien.

»Na, wieder 'n Fuselchen zu viel!« Brockmöllerbur grinst.

Stolz hör ich sie über Opas Hellsehen reden.

Nur Brüggen Emma lacht. »Der hatte 'n Schnaps zu viel.«

»Die weiß immer alles besser.«. Vater harkt missmutig die Restglut zusammen.

Wir rennen durch Rauch und Funken. »Wer springt übers Feuer?« Eva und Paula kreischen. Jakob springt als erster.

»Morgen geht's ins Kloster, freust du dich?«, fragt Gustav ihn.

»Weiß nicht«, sagt Jakob.

»'n Esser weniger am Tisch.« Brockmöllerbur lacht spöttisch.

»Solange ihr noch so viel Eier habt«, sagt Gustav.

Vater lacht. »Wiehnachten satt Flesk, Ostern satt Eier un Pingsen satt Ries.«

Endlich sind die Eier in der Glut gar. Wir essen um die Wette, ich schaff sieben, eins mehr als Jakob.

»Kommen die auch vom Osterhasen?«, fragt Anna.

»Hasen legen doch keine Hühnereier!«

Jakob hat's gut, neue Hose, neues Hemd. Am Morgen näht Mutter auch in diese die Nummer 13. Er packt alles in den Pappkoffer und der Pfarrer bringt ihn mit dem Auto ins Hiltruper Kloster. Gott sei Dank wird Jakobs Bett in der Jungskammer am Flurende frei, sie ist auch schmal wie die Kinderkammer nebenan, aber zwei Betten lang, und ich krieg eine eigene Schublade für mein Schwarzer-Peter-Spiel, Opas Messer, Unterwäsche, Strümpfe. Jetzt schlaf ich allein im Bett. Die arme

Spinne im Netz am Fenster. Kaum eine Fliege findet im Frühjahr rein. An der Wand dösen noch ein paar. Langsam wie sie jetzt sind, fang ich mit der hohlen Hand leicht eine und werf sie ins Netz, aber sie zappelt sich frei. Ich reiß ihr einen Flügel aus. Die Spinne schießt heran und wickelt sie ein.

Mittags bringt der Postbote ein Paket, alle drängeln drumrum.

»Von meiner Tante in Amerika.« Mutter packt Zucker, Seifen und Zahncremes aus. Zahncremes brauchen wir nicht. Wir haben keine Zahnbürsten.

»Kühe putzen auch keine Zähne«, sagt Vater. Beim Lachen zeigen sich nur noch wenige Zähne, vorn nur einer, windschief, mit Goldkrone, und hinten Stumpen als Gebisshalter. Das Gebiss trägt er nicht, weil es nicht passt. »Es geht ohne«, sagt er.

Schokolade und Kekse bringt Mutter gleich in ihre Schlafkammer. Ich bekomm einen Pullover, Anna Handschuhe, Ulla diesmal nichts.

»Warum krieg ich nichts? Ich soll weg, was?« Ulla kippelt beim Essen mit dem Stuhl, bis Paula ihr an den Zöpfen zieht.

Anna, schon seit Tagen bockig, taucht den Löffel langsam in die Suppe, schiebt ihn zwischen die Lippen und zieht ihn halb wieder raus. Eine Nudel klebt unterm Löffel. Sie bewegt sie mit der Zunge hin und her, ohne die Fliege auf dem Löffel zu beachten, taucht den Löffel wieder unter und leer in den Mund, schluckt und taucht wieder.

»Iss», sagt Mutter kühl. Anna stützt den Kopf mit dem linken Arm und schlürft ewig am Löffel Suppe. »Nu iss, magerst ganz ab. Fällst um vor Hunger.« Sie rührt weiter.

Vater schimpft auch, obwohl er sonst sagt: »Wer nicht kommt zur rechten Zeit, muss essen, was übrig bleibt.«

»Ich hab eben keinen Hunger«, flüstert Anna.

Blöd, wie trotzig sie ist. Man muss groß und stark werden, sonst kriegen wir den Hof nicht durch. Oder ist sie auch extra böse, um nicht weg zu müssen? Ich ess schon Pfannkuchen.

»Nun schlägt's dreizehn, gehorche, sonst kommst du in die düstere Räucherbude!« Vater haut ihr eine runter.

Anna zuckt zusammen, guckt nur nach unten, mit Tränen, und rührt in der Suppe. So will Tante Maria sie sicher nicht.

»Ab in die Räucherbude!« Vater zieht sie am Ohr dorthin. »Ungehorsame kamen früher vierundzwanzig Stunden bei Brot und Wasser ins Hundeloch.«

Das geschieht ihr recht. Sie bleibt vor der Bude stehen, presst die Lippen zusammen, drückt die Eisenklinke runter und lässt sie hochschnellen. Der rostige Schlüssel steckt. Sie könnt ihn wegwerfen ins Wasserbecken. Will sie ab durch die Tür zur Schweinewiese? Mit vier ist sie zu klein, längst nicht so mutig wie ich. Sie schreit immer noch übern Schattenwolf meiner Finger auf der Wand und heult los, wenn ich an ihren Haaren zieh. Aber sie verpetzt mich und lacht, wenn Vater mich verhaut. Sie kriegt nie was mit dem Stock. Wenigstens in die Räucherbude, das hat sie davon.

»Los, rein!« Vater schubst sie durch die schmale Tür, schließt ab und legt den Schlüssel ins Schrankfach hinter die Gefallenenbilder. Anna schreit stoßweise, als kriegte sie keine Luft, dann heult und heult sie. So wird sie kein Märtyrer. Ein echter hält's aus.

Vater pflügt den Eichkamp. Den ganzen Nachmittag ist sie schon eingesperrt. Hol ich den Schlüssel und rennen wir weg? Es kratzt und scharrt in der Räucherbude. Ratten?

»Anna?«

Keine Antwort.

Ich sing an der Tür *Hänsel und Gretel verirrten sich…* Sie schluchzt. »Anna, ich mach auf.« Wenn er es bloß nicht erfährt. Ich schließ auf, es knarrt und riecht nach Asche und Räucherwürsten. Sie kauert zitternd in der Ecke neben dem Reisigbesen mit weißen Pilzen, Kopf auf die Arme, Gesicht und Hände ascheverschmiert mit Tränen und Rotznase.

Mutter tut so, als hätte sie mein Aufschließen nicht bemerkt, putzt ihr die Nase und zieht sie in die beste Stube. »Anna, ich hab was für dich!« Ich schleich hinterher. Mutter öffnet die Vitrine und holt hinter der Heiligenlegende was hervor, gelb und krumm. »Sag's nicht den anderen.« Mutter bricht lächelnd die Schale auf und gibt ihr eine halbe Banane.

Ich trau den Augen nicht. Da sind sie versteckt! »Und ich? Wieso krieg ich nie eine?«

Mutter dreht sich erschrocken um. »Ich muss mich um meine Mädchen kümmern, Anna muss was dazu haben.« Sie schiebt mich raus und die Tür zu, aber ich krieg einen Fuß dazwischen und heule. Da gibt sie mir ein zwei Finger breites Stück. Langsam lass ich es im Mund zergehen.

Vater spricht abends Gott sei Dank nur vom Wetter fürs Kartoffelpflanzen und erzählt wieder beim Melken Märchen.

Wir spielen *Hänsel und Gretel.* Kaninchen, Würmer und Marienkäfer müssen mitspielen. Unsere Spielsachen, Bär und Puppe, sind längst kaputt, weil sich alle darum streiten. Ein Marienkäfer klimmt den Grashalm hoch. Dreh ich den um, dreht er auch um und kriecht aufs Neue hoch. Am Ende helfen alle, die Hexe ins Feuer zu stoßen. Nur mit Fliegen spielen ist schwer, sie wollen nicht so wie wir.

»Wir müssen los, Kartoffeln pflanzen.« Vater steckt uns nach dem Frühstück wieder in die Kiste, seit Ostern mit Lorenz, und erhöht sie noch mal um eine Latte. Ulla, Eva, Paula und Karl dürfen früh los, Hände stolz unter die Tornisterriemen. Nächste Woche kann ich endlich zur Schule. Wär ich nur schon groß, ich ging sogar nach Münster, da steckt man mutig Feinde als Rabenfraß in Käfige und läutet dauernd Glocken.

Wie schon die ganze Woche käbbeln und toben wir auch am Samstag in der Kiste. Anna schreit, als ich mich an ihrem Haar festhalte. »Ruhe, Heini, sonst setzt's was!«, schreit Trude beim Kartoffelschälen. »Mama ist Unkrautjäten, wieder mit 'm dicken Bauch. Spielt doch was.«

»Ich wars gar nicht«, sag ich.

»Heini wars wohl.« Sie kratzt mir blutige Streifen ins Gesicht.

»Du musst weg!« Ich box und schubs sie weg.

Als sie brüllt, ohrfeigt mich Trude. Anna hat eingemacht, sitzt mit dem Kleid in der Pfütze und weint. Lorenz schlägt mit seinem Dickkopf gegen die Kistenwand, immer wieder. Ich spring und stoß mit den Händen auch dagegen, so fest ich kann. Anna steht auf und wir rennen zu dritt dagegen, sodass die Kiste zittert. Nochmals alle zugleich gegen die Wand, die Kiste bewegt sich und stürzt mit lautem Knall um. Erst brüllen wir entsetzt, dann rennen wir kreischend an Tante Trude vorbei auf den Hof.

Frisch riecht's Gras. Die Aprilsonne glitzert in Tropfen an grünen Birkenzweigen. Der Hof glänzt vom Regen. In Holzschuhen matsch ich im Schlamm. Eine riesige Krähe hüpft im Birnbaum von Ast zu Ast wie treppabwärts. Der rote Hahn gackert, die braune Henne lockt die Küken unters Gefieder. Die rennen, zu langsam. Die Krähe stürzt sich drauf, ich lauf hin, doch sie erwischt eins, erhebt sich mit dem Zappelnden im Schnabel und fliegt weg. Ich muss heulen.

Am Morgen danach reib ich mir in der Küche die Augen: Die Kiste ist weg! Auf den Holzdielen nur noch die Pinkelflecken. Ich lauf auf dem Platz hin und her. Gesiegt! Ich weiß zwar nicht über was, will's auch lieber nicht wissen und renn wieder auf den Hof. Ich muss viel böser sein und klapp den rostigen Deckel vom Jauchebecken hoch. Es stinkt wie nach faulen Eiern, dass mir schwindlig wird.

Vater kommt gerannt. »Das ist giftig! Tausendmal sag ich dir, gehorche! Das endet schlimm mit dir!« Verprügelt mich mit einem Kälberstrick und bindet mich damit in der Küche ans Tischbein. Wie ich auch zerre und schrei, ich kann's nicht wegziehen, der Knoten wie verhext.

Am Sonntag pfeift ein Unwetter durch die noch kahlen Eichen. Ich spiel mit Ulla und Eva *Mensch-ärgere-dich-nicht.* Wieder hab ich Pech: Ulla fängt mein Männchen kurz vorm Ziel. »Einer muss ja raus, zu Tante Maria«, sagt sie.

Ich räch mich, schmeiß sie auch raus und postier extra eins vor ihrem Ziel. Eva muss raus oder Ulla, ich nicht.

Ulla würfelt eine Sechs. »Ich werf dich raus«, sagt sie zu mir.

»Nicht schon wieder.« Gott sei Dank hat sie noch eins zum Rausstellen. »Bei 'ner Sechs erst aufsetzen!« Immer will sie nur mich rausschmeißen, und sie erwischt mich wieder.

Ich zieh an ihren Zöpfen. »Du blöde Kuh musst weg!«

Ulla haut auf mich ein. Ich schmeiß alles um, stoß das Brett vom Tisch und renn auf den Hof. Die Gänse recken die Hälse und zischeln mir nach. Ich lauf in die Pferdewiese zur Hecke, wo mir aber sicher wieder Gress' Hund auflauert, alle sagen, ein schöner Wolfshund. Kaum kriech ich durch die Hecke, fliegt er bellend auf mich zu und die Kette rasselt; mein Herz hämmert. Unruhig zuckt's in Händen und Augen, ich kann nichts dagegen tun, es wird noch stärker. Zurück! Hinter mir ein Hecheln und Tritte. Ich schau mich um: Da ist nichts. Mein Kopf ist heiß, mir ist schwindlig und mir klappern die Zähne. Hinter der Hühnerstalltür in der alten Scheune lauert sicher der Wolf.

»Mama, kann ich bei dir schlafen?«, bettle ich Mutter an.

»Hier ist kein Platz; stell dich nicht an, du hast nur Fieber.« Ruhig gießt sie mir Himbeerwasser ein.

Vater betet mit mir zum Heiligen Basilius, legt meine Hände überkreuz und segnet sie mit Weihwasser.

Zum Kaffee sitzen Karl, ich und Lorenz wie immer auf der Bank, aber auf der Mädchenseite ist zwischen Anna und Eva ein Stuhl leer: *Ullas* Stuhl!

»Bei Otto hat sie's besser«, sagt Vater, am Tischende.

»Wirklich?« Ich staune und bemerk, dass mir der Mund offensteht, wie auch Anna und Eva.

»Warum grad Ulla?« Karl knibbelt an seinen Nackenpickeln. Er wird Bauer und ist am mutigsten, Vater zu fragen.

»Tante Maria wollte 'n Mädchen, und Ulla passt mit sechs besser zu Otto, Anna zu klein, Eva und Paula zu alt. Es sind noch genug da, die ganze Küche voll, die lange Bank voll. Immer sind welche da. Is der eine nicht da, is der andere da.«

Keiner sagt was dazu. Dann hör ich Mutter hinter der Stubentür weinen. Mir wird schwindlig.

»Vielleicht für sechs Wochen.« Vater schlägt mit der Hand, wie nach einer Fliege.

»Otto haben sie auch nicht zurückgegeben«, sagt Karl.

Mein Fieber wird besser. Gravensteinerblüten fliegen. Schwalben sausen durch den hohen Himmel, schön und blau wie noch nie, alles wie neu gemalt. Die Pferdewiese ein gelbes Löwenzahnmeer. Ein Glückskind muss nicht weg! Ich könnt lachen, schreien, singen. Gesiegt, als böser Märtyrer, nur schade, dass Ulla weg ist. Hätt ich es ihr nur nicht gewünscht. Anna will deswegen nicht mehr mit mir spielen. Ich will nicht mehr böse sein und flechte mit Eva und Anna einen Kranz aus Gänseblümchen für Mutter. Doch sie liegt in der dunklen Schlafkammer starr wie Opa auf dem Bett und schüttelt nur den Kopf, ein nasses Tuch über Stirn und Augen, das blauweiße Röhrchen auf dem Nachttisch. Gesicht weiß und spitz, Hände eiskalt, atmet sie leise, als hört sie gleich damit auf.

»Die hat nur 'n dicken Bauch«, sagt Trude.

Am Küchentisch fehlt nun auch Ullas Stuhl. Keiner spricht mehr von ihr, auch Mutter nicht. Tante Maria hatte Bonbons mit, um noch eins zu kriegen; warum fiel's mir nicht auf? Sie kommt noch mal mit Ulla. Doch die gibt nur an mit neuem Kleid, weißen Socken, roten Spangen, Lakritz und Kaugummis, jede Menge nie gesehenes Spielzeug.

Ich will nicht zu Tante Maria, sag ich Vater. Er setzt mich aufs Knie, spielt *Hoppe hoppe Reiter. Fällt er in den Graben, fressen ihn die Raben…*

»Papa, wie groß ist die Welt?«

»Sehr groß!«

»Größer als ganz Steinhop?«

»Allein bis Telgte ist's weit, zwei Wallfahrtstage. Köln noch viel viel weiter, da war ich auch noch nicht. Aber erst Rom, an so weit ist gar nicht zu denken.«

Morgen geh ich endlich ins Dorf zur Schule, mit Willi. Ich freu mich auf Barbara und Thea. Vom Garten aus seh ich hohe Häuser neben der Kirchturmspitze. Wären da bloß nicht die vielen fremden Dörfler.

Da muss man mit den Wölfen heulen, wie Vater sagt. Und Hochdeutsch sprechen.

II

Weltuntergang?

6

»Heini, mit fünf bist du 'n großer Junge, verlauf dich im Dorf nicht wieder«, sagt Mutter, »geh mit Brüggen Willi immer auf 'n Kirchturm zu.« Und jätet Unkraut, wohl froh, mich los zu sein.

Vater sagt: »Wahr di vör de Dörper!« Natürlich pass ich vor den Dörflern auf. Er warnt immer vor der Versuchung im Dorf: Stolz, Habgier, Unglauben. Und vor Städten: Babylon mit tausend Sprachen, Sodom und Gomorrha. Wenn ich nur nicht Hochdeutsch reden muss. Vorsichtshalber nehm ich den Palmstock mit. Im schweinsledernen Tornister klappern Schiefertafel und Griffelkasten neben der Zuckertüte. Willi, mit abstehenden Ohren, hat eine große im Arm. Seine Mutter drückt ihn und winkt uns nach.

Der kalte Ost treibt uns.

Vor uns der spitze Kirchturm in der Sonne: Sein Schieferhelm blinkt über den roten Dächern von Brinkmanns und Gress und den Nebelschwaden in den Wiesen. Wir laufen am Osterfeuerplatz vorbei, an Opas Milchbank, den Hunden hinter Kerzenkettlers Zaun, an Brockmöllerbur und Strehlerbur, wo die dicke Thea wohnt, übern Sandweg zum *Dicken Leewen Herrn*, wo wir ein Kreuz schlagen. Bis zur Mühlenaa-Brücke kenn ich jeden Busch. Mit dem Palmstock ratter ich an den Metallstäben entlang. Endlich mal weg von zu Hause, raus aus unserer Bauernschaft Staden. Wildenten fliegen auf, Frösche springen ins Wasser. Ich fisch mit dem Stock nach einem alten Schuh, aber Willi zeigt auf die Turmuhr: »Weiter!« Mir ist mulmig. Hinter der Brücke das Dorf, kaum noch Bauern: Da war ich noch nie allein, nur als ich mich am Palmsonntag verlief. In der Straßenkurve zeigt Willi aufs schiefe Fachwerkhaus. »Das Hexenhäuschen!«

Dass mich nur keine verhext.

Ein großer grauer Käfer krabbelt auf mich zu. Sonst hätt ich ihn zertreten, aber jetzt spring ich vor ihm zur Seite. Links der Malermeister mit Cäcilienbild an der Wand, gegenüber die Schmiede, wo Funken sprühen. »Raus!«, schreit der Schmied. Ein Pferdewagen rappelt über Kopfsteine, die sich wie Beulen aus dem Sand wölben. Ich renn mit klappernden Holzschuhen zum roten Automaten beim Frisör und dreh am Griff: Kaugummis, Lakritz, Goldringe.

»Nur mit Pinkepinke!« Willi reibt Daumen gegen Zeigefinger.

Um den Marktplatz mit den Linden alte zweistöckige Häuser, hoch wie nirgends, mit breiten Türen über Steintreppen. Vorm Pfarrhaus zeig ich Willi im Kriegerdenkmal stolz die Namen unserer Gefallenen. Wirtshaus, Sparkasse und Kolonialladen, weiß getünchte, verputzte Häuser, dichtgedrängt an der Kreuzung. Ein *Opel Rekord,* ein Traktor.

»Da geht's nach Rheine, dort nach Ibbenbüren.« Willi kann schon Schilder lesen. Ob ich das je schaffe? Alles ist hier fremd. Keine Hühner und Enten, kein Misthaufen vor der Tür, keine Pumpe, kein Hof. Aus der Wirtschaft kommen Fremde im Anzug. Einer zeigt auf uns und sagt in Hochdeutsch: »Tragen die armen Bauernjungs noch Holzschuhe?«

Schnell biegen wir in den Schulpfad am brennnesselüberwucherten Schutt vorbei. Gegenüber sitzt der Schneider auf dem Tisch am Fenster, näht und nickt uns zu. Wenn der mir Daumenlutscher nur nicht wie im *Struwwelpeter* die Finger abschneidet.

Von Weitem hör ich Schulhofgeschrei. Ich seh die rothaarige Barbara mit den Sommersprossen und Thea, sie packt ihr Butterbrot aus. Und Ulla. »Du hast's doch gut«, sag ich. Sie dreht sich weg, wohl weil ich nicht wegmusste. Ich beiß in den Apfel. Doch ein großer schielender Junge schubst mich, reißt ihn mir aus der Hand und klaut auch Thea ihr Brot. Sie guckt traurig. Ich renn ihm mit dem Stock nach, aber die Lehrerin im schwarzen Kleid und Kopftuch ruft: »Lass den zu Hause!«

Der Junge beißt lachend in meinen Apfel.

Es klingelt. »Die Neuen hierher, Jungs rechts, Mädchen links. Ich bin eure Lehrerin Fräulein Rosing.« Fünfundvierzig zählt sie. In Zweierreihen folgen wir ihr die Treppe hoch. Im Klassenraum ein hoher qualmender Ofen, milchige Kugellampen unter der Decke, über der Tafel ein großes Kreuz.

»Mädchen auf die Fensterseite, Jungen auf die andere!« Sie sieht mit schwarzer Hornbrille klug aus. Getrennt, wie zu Hause am Küchentisch und in der Kirche, stehen wir an den Bänken. Der Schielende boxt sich mit einem, Mädchen kichern, Barbara tuschelt mit Thea.

»Ruhe!«, schreit die Lehrerin. Toll, die Stille. Erstarrt beten wir *Vater unser.*

Ich sitz neben Willi. So viele Gleichaltrige in Steinhop. In manchen Bänken hocken sogar drei. »Proppenvoll ist die Schule«, klagt Rosing, Gott sei Dank in Platt. »Was müssen die Bauern nach dem Krieg auch so viele Kinder haben.« Nicht nur in Staden, in allen Bauernschaften.

»Doofe Bauern.« Ein Mädchen rümpft die Nase und kippelt.

»Cilli, zappel nicht«, sagt die Lehrerin. »Sie heißt so nach der Heiligen Cäcilia.«

»Zappelcilli!«, ruft der Schielende, Caspar. Er sitzt hinter mir, neben Löbberts Franz-Josef, der vom Doktor. Beide wohnen im Dorf und sprechen nur Hochdeutsch, wie die dünne Cilli. Sie klimpert mit bunten Armringen. Ich staune über die Dörfler, mit vielen neuen Sachen, sogar Lederschuhen.

Wir singen *Christ ist erstanden*. Eine guckt auf den Boden.

»Evelyn singt nicht mit!«, ruft Caspar.

»Auch Evangelische singen mit!«, sagt Rosing. Evelyn sei die einzige nicht katholische, Flüchtlinge aus Pommern, ihr Vater der Tierarzt Niemann. Ihre schwarzen Haarzöpfe mit gelben Schleifen sind doppelt so dick wie die der anderen.

Pommernland ist abgebrannt!, singt Caspar. Evelyn ist sicher kein Heiligenname. Von Vater weiß ich, die Evangelischen glauben falsch und kommen in die Hölle. Was wollen die in der katholischen Volksschule? Ich schau lieber weg, dass der Teufel nicht überspringt.

»Warum hat sie so große Ohren?«, frag ich Caspar.

»Ostpreußisches Blut! Die haust in ’ner Nissenhütte«, tuschelt er. »Und wo wohnst du?«

»In Staden, zwischen Gress und Brüggen.«

»So weit hinten in der Bauernschaft?« Er lacht laut.

Rosing zieht an seinem Ohr, bis es rot ist wie ein Feuermelder, und hebt den Zeigefinger: »Jetzt beginnt der Ernst des Lebens: Stellt die Zuckertüte auf den Kopf!« Mit Kreide zaubert sie auf der grünen Schieferfläche quietschend zwei Linien, die oben spitz zusammenlaufen. »Wie die Zuckertüte.« Mit einer Querlinie. »Malt das *A* ab, die Zeile voll!« Langsam kratzt mein Griffel auf der Tafel und – bricht.

Franz-Josef ist bereits fertig. »Das kann ich schon aus 'm Kindergarten.« Er quatscht mit anderen, die er von dort kennt, wo von uns nur Otto hindurfte, weil's was kostet. Viele können schon schreiben und Hochdeutsch sprechen. Schaff ich das je?

»Genug gelernt, schüttet sie aus«, ruft Rosing. Endlich naschen. Aus meiner Tüte purzeln Buntstifte, ein Radiergummi und Lutscher, kein Lakritz. Willi hat Kaugummis, Schokolinsen und rotweiße Zuckerstangen. Franz-Josef saure Drops, Lakritzschnecken und sogar eine Schokolade. Am Ende beten wir wieder stehend und gehen in Zweierreihen raus. Auf dem Rückweg dreh ich nochmal am Automatengriff, vergeblich. Wir sammeln Kletten und warten auf Thea, die den gleichen Heimweg hat. Bald kleben sie in ihren Zöpfen. Sie rennt schreiend weg. Immer heult sie, egal, ob ich sie an den flachsfarbenen Zöpfen ziehe oder mit einem Steinchen treffe.

Täglich lauf ich nun mit Willi den eine halbe Stunde langen Weg zur Schule. Trotz des schmalen Rattengesichts mag ich ihn. Er ist so klein wie ich. Wären die Älteren nur nicht so stark. Mit fünf einer der Jüngsten, könnt ich meinen Stock gut gebrauchen, wenn Caspar, zwei Köpfe größer als ich, breitbeinig dasteht, »Du Mistgeburt!« sagt und mich prügeln will. Ich versteck den Stock unter der Aabrücke.

»Heute malen wir das kleine A, die Schiefertafel voll, schön wie ein Teppichmuster«, sagt Rosing.

Es hagelt, die Körner springen auf der Fensterbank hoch.

»Fertig«, ruft Evelyn. Ich bin noch in der ersten Reihe. Wie können Evangelische gescheiter sein und fixer schreiben?

Caspar stößt Karl-Heinz an: »Guck, die stinkenden Schuhe der blöden Bauern.« Er hält sich die Nase zu, zeigt mit dem Finger auf mich und will nicht mehr hinter mir sitzen. Alle lachen. Ich riech nichts. Ich hab nur eine Hose und das Holzschuhpaar, fütter damit Schweine und streu Stroh im Kuhstall. »Ruhe!« Rosing haut das Lineal auf's Pult. Einige haben Holzschuhe mit Filzschuhen; die stellen die Holzschuhe zum Ofen und laufen in Filzschuhen.

Nur die blasse Thea, neben Cilli vom Viehhändler Poggen Paul, lacht nicht mit. Ist Thea mir noch böse? Schön, ihre dunklen Augenbrauen und lila Zopfspangen.

Karl-Heinz bemerkt, dass ich sie noch zu Pausenbeginn anschaue, und sagt wie immer spöttisch grinsend: »Bauernmädchen sind doof!«

»Stimmt gar nicht.« Die können alles, spielen Fußball mit, klettern im Osterfeuerhaufen, sammeln Kartoffeln und ziehen Unkraut wie Anna und Eva. Bloß Dorfmädchen sind komisch, wollen für sich allein Hopsespielen und sagen »Was glotzt du?«, wenn ich daneben stehe.

Thea guckt zu mir, mit Zähnen wie ein Hase und Augen schreckweit offen.

»Du Angsthase«, sag ich. Unsere Blicke treffen sich, wenn auch nur kurz. Ich werd rot, schau weg und schieb ihre Tasche eine Bank weiter zu Karl-Heinz.

Thea will sie zurückholen, doch Karl-Heinz boxt sie, dass ihre Lippen bluten. Ich stürz mich auf ihn, hau auf ihn ein, bis er sich nicht mehr rührt. Erst freut sie sich, dann schreit sie um Hilfe.

Rosing schimpft. Ich muss die Tafel voll E's malen.

Beim ABC-Schreiben lacht die Lehrerin, aber bei Bibelgeschichten haut sie dem, der kichert oder schwätzt, mit dem Lineal auf den Kopf. Und wer nichts vom St. Georg als Steinhoper Schutzheiligen weiß, dem kneift sie in die Backe. Als Katechismuslehrerin ist sie nah am Papst und Gott, wie der Pfarrer, und weiß, wie man in den Himmel kommt und wie gefährlich es ist, mit Evangelischen zu spielen. Heut lernen wir das Barbara-Wunder, das Vater vorgelesen hat. »Ein Wunder«, sagt sie, »deshalb blühen Kirschzweige, wenn man sie an ihrem Namenstag ins Glas stellt.« Weil Barbara sich taufen lässt, geißeln die Römern sie, aber Christus heilt ihr nachts die Wunden. Wie macht der das bloß? Dann lässt der römische Statthalter sie mit Keulen schlagen, mit Fackeln anbrennen und ihr die Brüste abschneiden. Im Bild seh ich Blut raussprudeln. Auch damit erreicht er nichts, weil sie standhaft glaubt. Dann muss ihr Vater sie mit dem Schwert enthaupten und der wird gleich vom Blitz erschlagen. Alle sehen zu Barbara. Sie läuft rot an, ich meine, ein gelbes Augenfunkeln zu sehen, katzengelb. Im Hexenhäuschen stammt sie sicher von einer Hexe ab, nur wieso hat sie den Heiligennamen?

Auf dem Heimweg folgen Willi und ich Barbara in gehörigem Abstand. Als sie in der Straßenkurve durch den löchrigen Holzzaun des verwilderten Gartens ins Hexenhäuschen schlüpft, knarrt ein Fensterladen.

»Knusper, knusper, Knäuschen, wer knabbert an meinem Häuschen?«, ruft Willi. Im Efeu an der Wand raschelt was, eine Schlange!

Aus dem winzigen Fenster beäugt mich eine schöne blasse Frau mit schmaler Nase und roten langen Zöpfen, wie in *Rapunzel, lass das Haar herunter.*

Schnell gehen wir weiter, zu Willi nach Hause.

Gern spiel ich mit seiner kleinen Schwester Rosa und mit Spitz. Verbeißt er sich in meiner Hose, schüttle ich das Bein und er fliegt hin und her. Und seine Mutter Brüggen Emma streicht mir fröhlich durchs Haar und erzählt von ihrem Eisenbahner Rudolf. Ich will auch in die Weite, als Lokführer. »Ist Barbaras Mutter 'ne Hexe?«, frag ich.

Emma legt den Finger auf den Mund. »Jaja, 'ne Hexe. Nimm dich in Acht vor der, wie die rumstolziert! Dem Uphus Hermann hat sie übel mitgespielt. Erst ging er hintenrum in ihr Häuschen, jaja, 'ne Hexe!« Sie lacht. »Die hat 'n bösen Blick. ›Heut Nacht soll dir die beste Milchkuh verrecken‹, hat sie ihm später dreimal nachgerufen, sagen die Leute, am Morgen danach hatte der 'n Herzschlag. Was machst du für große Augen; was zitterst du? Ob's stimmt, weiß ich nicht, aber sie macht Leute verrückt, das weiß ich. Die hat meinem Hahn Brot zugeworfen, woraufhin der 'n Hals umdrehte und nur im Kreis lief. Ich musste ihn schlachten. Da kroch was aus 'm Herz, wie 'ne Schlange, lang wie 'ne Nadel.«

Wenn die mich nur nicht verhext.

7

Es riecht nach übergekochter Milch. Fliegen summen um Breireste auf dem Tisch. Wo die Kiste stand, bauen Anna und Lorenz mit Märchenklötzen. Ich schmeiß den Tornister ins große Küchenschrankfach, werf die Schranktür zu, dass oben die Totenbilder wackeln, renn in die beste Stube und such in der Heiligenlegende das Bild mit abgeschnittenen Brüsten, doch Trude ruft: »Heini, komm schälen!«

»Ätsch!« Anna reibt schadenfroh Zeigefinger an Zeigefinger.

»Du blöde Kuh kommst auch noch weg wie Ulla!«

»Nu mach«, sagt Trude.

»Wieso ich?«

Hässlich, ihre Warzen auf der Oberlippe.

»Du bist in der Schule und hilfst jetzt mit.« Trude sitzt mit blauer Schürze auf dem niedrigen Schrappstuhl, neben sich den Kartoffelkorb und den Wassereimer für die Geschälten.

Ich erzähl aus der Schule, von der Heiligen Barbara, und frag Trude nach dem Hexenhäuschen.

»Da wohnte früher 'ne Hexe. Die ist eines Morgens mit 'nem Furunkel aufgewacht. Als sie vorm Spiegel dran rumdrückte, sprang der auf und schwarze Spinnen krochen raus.«

»Iiiih!«, schreit Anna.

»Jaja, die verhexte Kühe und Bauern und zerriss Gebetbücher, drum ist sie hinterm Friedhof verscharrt.«

Daher Barbaras rote Haare und Sommersprossen, gefährlich!

»Nu nimm's Messer«, sagt Trude.

Um nicht verhext zu werden, helf ich. Scharf ist es, wenn mein Daumen über die Schneide gleitet. Stück für Stück schnitz ich die Schale ab.

»Papierdünn, zum Durchgucken, schau!« Die Kartoffel liegt ulkig in ihrer Linken. Sie kann kaum greifen, der Ringfinger fehlt, der Mittelfinger hat nur ein Glied, der Zeigefinger steht krumm und steif ab. Festhalten kann sie mich nur mit der Rechten. Renn ich weg, kriegt sie mich nicht, mit ihrer Hüfte.

»Das Messer flach!«

Allmählich gelingt's. Die Fertige plumpst in den Eimer, Tropfen spritzen auf die Holzdielen.

Als Mutter vom Schweinefüttern kommt, ruf ich ihr zu: »Mama, ich kann Kartoffelschälen.«

Sie nickt kühl und geht wortlos in ihre Kammer.

Es dauert, bis die nächste fertig ist. Ewig, bis der Eimer voll ist. Freitags brauchen wir für Kartoffelreibekuchen zwei Eimer voll, sagt Trude. Aus dem Kopftuch lugen mausgraue Haare. »Träum nich, hol noch 'n Korb voll.« Ihre Mundwinkel hängen tief.

»Ich will nicht mehr!« Wütend schau ich sie an.

»Kinners möt gehorsam wirn!«

Ich schluck Widerworte herunter. Die Kellertür knarrt. Vorsichtig taste ich die dunkle Treppe runter. Raschelt eine Ratte? Frisst ein Wolf am Gepökelten im Fass? Modrig riecht's nach faulem Obst und Kohle. Die Glühbirne über den Einmachgläsern auf den Brettern ist schwach, ich seh kaum die Kartoffeln. Schnell füll ich den Korb.

»Mir gehört der Hof, meine Mama wollte das, ich bin drei Jahre älter als euer Papa«, sagt Trude. »Hätt ich hier das Sagen, ging's anders zu.« Und schmeißt, als Anna lacht, eine Kartoffel nach ihr. »So viel Scherereien mit 'n Blagen und das mit der Hüfte.«

Anna duckt sich. Ich lach auch.

»Aua, mein Daumen, ich hab mich geschnitten.« Über meine Kartoffel läuft eine rote Spur. Die Wunde brennt, ich weine.

Trude sticht der welken Kartoffel heftig die Augen aus. »Stell dich nicht so an! Mit dreizehn war *mein* Unglück.« Sie zeigt die kaputte Hand. »Und die Hüfte.«

»Wie is 'n das passiert, eine Hexe?«

»Wie! … die Raben … die Mähmaschine … alles voll Blut!« Trude schnieft. »Seitdem kann ich keinen Korb mehr tragen. Und keiner wollt mich noch.«

Mir steht der Mund offen. »Mähmaschine?«

»Mein Papa zügelte die Wallache vor der Mähmaschine. Ich saß neben ihm auf 'm Eisensitz überm ratternden Messer. Auf einmal … 'n junges Reh im Roggen. Die Gäule … ich … ich … «

»Und die Raben?«

»Lass mich in Ruh!« Trude geht in ihre Kammer.

Anna schmeißt ihr die Kartoffel nach.

»Lass das!«, sag ich.

Tags drauf nach der Schule liegt Mutter mit einer Neuen im Bett: Kathrin, sie schläft. Ich will sie gar nicht sehen. Karl melkt und Paula füttert allein Schweine. Am noch hellen Abend sagt Vater: »Heini, geh mit zu Brockmöllerbur, Land pachten. Putz dir die Rotznase, zieh dir 'n Hemd an.«

Graupelkörner fallen im Aprileiswind, aber Schwalben flitzen schon rum. Wir gehen durchs Tor aufs große Haus mit den gelben Mauern zu. Weißer Kies knirscht untern Holzschuhen. Vaters Hut kreist schon am Eingang in den Händen. Er glättet mir das Haar. Ein Dienstmädchen öffnet. »Wartet hier!«

Wir sehen uns im Flur Bilder, Geweihe und geschnitzte Truhen an.

»Kommt«, sagt sie. Vater hält den Hut vor der Brust und schaut auf den Boden. Er will wohl nicht gern allein zu unserm Hauptnachbarn, dem größten Bauern in unserer Bauernschaft. Bei Brinkmanns und Gress redet man am Küchentisch oder in der besten Stube wie bei uns. Hier stehen wir in einer Kammer am Schreibtisch.

»Heini, du bist heute die Verstärkung?« Der Dicke, neben dem Vater wie ein Hänfling aussieht, lacht laut, dass es mir graust, und legt Vater den Pachtvertrag vor.

Vater sieht die Summe. »Mehr als letztes Jahr?«

»Sonst kriegst du's nicht.«

»Wir haben die Pacht immer auf Tag und Datum bezahlt. Es tropft durchs Dach. Die Balken verrotten. Die Mädchen liegen mir mit der Aussteuer in 'n Ohren…«

»Andere nehmen's für das Geld.« Der Dicke grinst. »Ich biet's dir als Nachbar an, und weil du's seit Jahren hast.«

»Sollen wir 'n Hof abbrennen und von der Versicherung …?«

»Bist doch eh unterversichert. Aber deine Helfer, Karl ist kräftig, Paula, Eva und«, er mustert mich, »wie alt bist du?«

»Fast sechs.«

»Verdien dir was, komm Unkrauthacken, Kartoffelsammeln!« Er strahlt mich breitmäulig mit Zahngold an. »Und bitte: Möchtest Du nicht sonntags fernsehen? Schockemöhle springt wieder.« Bei uns sagt keiner bitte und lacht einem zu. Unheimlich, der hat alles: Knechte, Trecker, Fernseher, Auto, Telefon, sogar Reitpferde und eine eigene Jagd. Nur Kerzenkettler ist reicher. Aber zum Fernsehen sag ich gleich ja. In der Bauernschaft hat sonst keiner einen.

»Sicher helfen die Kinder«, sagt Vater, »sonst ging's nicht. ›Die Bauern dürfen nicht klagen‹, hat Traufeld auf der Kanzel gesagt, aber 's ganze Unglück trifft die Kleinbauern. Wir können keinen Trecker bezahlen. Sollen wir aufgeben, in die Kerzenfabrik wie Strehlerbur?«

Ich schäm mich: Vater hat wohl Angst vor bessern Herrns und ich krieg Angst um ihn.

»Oder ihr holt euch 'nen Erntehelfer.«

»Erntehelfer?« Vater schnappt nach Luft.

»In Kriegszeiten gab's leicht billige Helfer. Bei Spiegelbergs sind zwei finnische Fremdarbeiter, bei uns 'n Pole hängen geblieben. Da habt ihr Pech.« Seine Augen glänzen. »Kluge Bauern setzen später geborene, den dritten oder vierten Jungen, rechtzeitig untern Baum mit reifen Pfundsbirnen und warten auf 'n guten Windstoß. Ein paar auf die Birne, das gibt billige Helfer!« Er wiehert wieder laut.

Ich könnt ihm auf den Fuß hacken. Ich bin der vierte Junge.

»Quatsch!« Vater schiebt die Unterlippe vor, bläst eine Fliege weg. »Du mit 'm günstigen EWG-Kredit für die Schweinemast.«

»Du pachtest auch Uphusbur-Wiese, wie ich höre.«

»Wir brauchen mehr Futter. Mehr Schweine, Kühe, Bullen. Und bei fallenden Viehpreisen …«

»Unterschreib!« Er zeigt mit gestrecktem Finger auf's Blatt.

Als Vater noch sagt: »So teuer!«, zieht Brockmöllerbur ein böses Gesicht und schreit gereizt wie ein Bulle: »Sonst lass ich's lieber gleich verwildern!« Hoffentlich kriegt der keinen Schlaganfall, wie Tante Maria sagt, wenn Dicke sich knallrot aufregen, dann ist's schlimm. »Ich leb doch nicht wie 'n Prumenkötter und guck, ob der Häcksel egal geschnitten und Runkeln gar sind!«, brüllt er Vater an. »Du kommst zu nichts und lebst wie im Dreck!« Und steckt sich eine Zigarre an.

Ich hab keine Angst mehr um ihn und starr ihm ins Gesicht. Hundsgemein, wie er Vater niedermacht.

»In Gottes Namen!« Vater unterschreibt.

Brockmöllerbur nimmt, noch immer brüllend, das Papier und geht.

»Schimpf doch zurück«, sag ich auf dem Rückweg.

»›Mit denn Kotten heve us 'n Dorn in 'n Foot rammt‹, sagte mein Opa schon. Man muss mit 'n Wölfen heulen. Aber Fernsehen ist Teufelszeug, alles gelogen, geh lieber pünktlich zur Andacht.«

»Nie darf ich weg, immer aufs Feld. Franz-Josef fährt mit 'n Eltern an die Nordsee, Willi zum Ibbenbürener Märchenwald.«

»Das kostet Eintritt. Aber gut, Christi Himmelfahrt machen wir 'n Ausflug ins Blaue.«

Ich geh trotzdem am Sonntag fernsehen. Eine Stunde dürfen wir, auch Willi, Thea und Barbara, vor der Andacht Springturniere gucken. Da muss ich mich benehmen: Diener machen, nicht popeln. Ich seh den buckligen polnischen Knecht melken, einen Namen hat er nicht. Angestrengt schaut er aufs Stroh, als hätt er was verloren. Sicher verstellt er sich. Er schlägt grimmig die Kuh und muht dabei. Schnell geh ich vorbei und schiele, ob er mir folgt. Vater sagte, der ist stumm und hat den Verstand verloren, war im Krieg Zwangsarbeiter, dann in der polnischen Besatzungszone im Emsland, wo jetzt die Engländer das Sagen haben. Sonst kenn ich nur Knecht Ruprecht, der unartige Kinder im Sack wegschleppt.

Brockmöllerbur mit Jagdgewehr reitet aufrecht auf den Hof, Stolz ist Sünde! Er lässt den Knecht arbeiten und geht auf Jagd. Er schreit ihn gleich an: »Noch nicht fertig mit 'm Melken!« Der Knecht zittert und senkt wieder den Blick. Brockmöller sieht mich erschrocken und sagt:

»Man muss ihm nur richtig Bescheid sagen, dann ist er zum Arbeiten noch gut.«

Ich geb ihm die Hand, verbeug mich tief, lass den Kopf unten, seh die nächste Hand und mach einen Diener nach dem anderen. Auch Brockmöllersfrau lächelt mich an. Die führen was im Schilde! Brockmöllerbur grinst: »Du wirst auch 'n Reiter.« Er veräppelt mich nur. Ich gehör nie zu den hohen Herrns. Der hält Vater für blöd, wie der sich abrackert und Rosenkranz betet. Nie vergess ich, wie er beim Pachtgeld knallrot tobte.

Wozu so viele Lampen in der großen Diele, Sofas und gestickte Wandbilder, viele Zimmer – mit nur zwei Kindern? Brockmöllersfrau zeigt auf meine Holzschuhe, ich zieh sie aus. Aus den Augenwinkeln seh ich ihren engen Rock, Nylons mit Naht und die weiße Bluse.

»Eure Mama hat's Zehnte gekriegt, Kathrin. Magst du sie?«

»Ich hass Mädchen!«

Kleine machen nur Ärger, wie Klemens.

»Du bist aber empfindlich«, sagt sie.

Im Wohnzimmer sitzen Willi, Thea, Barbara und andere schon in Reihen auf Stühlen davor und starren aufs Flimmern. Zur Barbara setz ich mich nicht. Der Fernseher steht in einer schwarzglänzenden Truhe auf schlanken Holzbeinen. Wir dürfen sie wegen Fingerabdrücken nicht anrühren. Daneben zwei Forsythiensträuße wie bei Opas Sarg. Könnt ich mich doch mit Thea anfreunden. Ich setz mich zwischen Thea und dem neunjährigen Brockmöllers Christoph. Er trägt ein weißes Hemd, sogar mit langen Ärmeln. Er rudert immer mit den Armen, zeigt zapplig auf den Bildschirm. »Da Weltmeister Hans Winckler. Münsterländer gewinnen immer! Die besten Springreiter!«

Brockmöllerbur selbst bringt uns eine Limonade. Das gibt's bei uns nie. Was hat er vor? Ich will keinen Teufelspakt, nur gucken. Schockemöhle und Winckler gewinnen wirklich. Münster ist toll. Dahin will ich.

Thea tuschelt immer nur mit Willi.

»Wie kommen die Reiter in 'n Fernseher?«, frag ich Christoph am Schluss und will ihn öffnen.

»Der teilt Stromschläge aus, auch wenn er ausgestellt ist.«

Ich bin froh, vom Hof wieder runter zu sein. Wenigstens gehen Reiche nicht durchs Nadelöhr.

Am nächsten Tag ruft Vater mich, die Mähmaschine aus dem Schuppen zu schieben. Er zieht die Deichsel, ich stemm mich gegen den Sitz. Eisenräder klacken übern Betonboden.

»Ist das *die* Mähmaschine?«, frag ich.

»Was soll damit sein?«

»Ist Trude nicht in die Mähmaschine ...?«

»Ach, immer die Mähmaschine.« Vater winkt ab und schmiert mit dem Ölkännchen Achsen und Messer.

»Aber Trude sagt, ihre Hüfte ...«

»Jaja, is lange her.«

»Was is lange her? War die Mähmaschine verhext?«

»Du gibst keine Ruhe, nicht?« Er setzt sich.

»'s war August, vor vierzig Jahren, der Erste Weltkrieg fing an. Ich weiß es noch wie heut, 'n Tag vorher läuteten die Glocken Sturm. Endlich geht's los gegen Frankreich, dachte jeder, in vier Wochen sind sie wieder da, als Sieger. Mittags mähten wir in Harmanns Kamp. Trude saß auf dem zweiten Eisensitz. Einer muss doch mit 'm langen Stock 'n Roggen zurückhalten, das zum Binden alle Meter 'n Haufen liegt. Da flogen aus 'n Eichen große schwarze Raben auf uns zu. Die krächzten irre, es hörte sich an wie: Dreht um! Dreht um! Wir haben sie nicht beachtet, doch Trude, die war dreizehn, kriegte Angst und sagte: ›Da stimmt was nicht. Aufhören!‹ Wenn's nur kein Unglück gibt, hab ich noch gesagt. Die krächzen nicht so von ungefähr, wenn sie so krächzen. Aber mein Papa schimpfte: ›Verfluchter Aberglaube, das Korn muss runter, lass sie schreien!‹ und schlug noch härter auf die Pferde ein, wie um auf- und abflatternden Raben zu entkommen. Trude hat nur noch zum Himmel geguckt. Die Raben hinterher, von Eiche zu Eiche und o Gott, wie aus heiterm Himmel scheuen die Gäule und rasen los, als sähen sie 's Unheil voraus. Trude will sich am Sitz festhalten, stürzt aber direkt ins ratternde Messer. Es knirscht schrecklich, furchtbar ihr Schreien. Die Raben krächzen nochmals und fliegen weg. Wär'n wir nur umgekehrt.« Er bedeckt mit den breiten Händen sein Gesicht.

Ich bekomm eine Gänsehaut. »Und dann?«

»Was schon. Mein Papa will Trude auf die Beine stellen. ›Kannst du nicht aufpassen!‹, hat er geschimpft. Aber sie ist zusammengeklappt. Auf 'm Wagen haben wir sie nach Hause gekarrt. Blut tropfte von 'n Brettern.« Vater wischt sich die Augen.

Ich hör begierig zu und frag lieber nicht nach dem Reh, seine Geschichte gefällt mir besser.

Er schließt die Augen. »Noch heut graut mir, wenn ich dran denke. Oma brüllte auf wie 'n wildes Tier: ›Was bringt ihr wieder fürn Unglück!‹ Seitdem haben wir keinen Frieden mehr. Wir konnten doch keinen Doktor rufen. Notdürftig wurden die Wunden abgedichtet und – o Gott, wie hat Trude geschrien – die Knochen grade gelegt. Wir hatten keine Versicherung. Mein Papa fürchtete den Gendarmen. Awa dat ko we nich verschwiegen. Die Dorflehrer sprachen vom Verbot der Kinderarbeit und der Pfarrer von der strafenden Hand Gottes.« Vater bekommt rote Augen. »'n halbes Jahr später, die Onkels waren schon gegen Frankreich im Krieg, hat's sich 'n Arzt angesehen. Alles verwachsen, krumm und schief die Hüfte, das rechte Bein zu kurz, immer 'n Krüppel.« Vater greift sich an den Kopf. »Die hat schlimm gelitten. Die Nachbarn haben lange geredet. Nicht umsonst hätten ihn die Raben gewarnt, zum Zeichen, dass sie Rabeneltern seien. Was das heißt, täten sie am Jüngsten Tag erfahren, wenn sie nicht zur Buße täglich Rosenkranz beten. Mein Papa starb vier Jahre später 1918 vor Gram, der Kaiser dankte grad ab, und ich musste mit dreizehn für alle sorgen. Seitdem …« Er sieht mich streng an. »Du musst jeden Tag Rosenkranz beten.«

Ich weiß, Raben sind die Geister der Gottlosen und Selbstmörder. Ich staune, was Vater alles durchgehalten hat, er tut mir leid und ich muss gehorchen.

Ist Trude eine Märtyrerin? Aber die klagen doch nicht.

8

Hände und Füße ruhig aneinander, lernen wir im Chor: »Zwei mal zwei ist vier, ein Pfund fünfhundert Gramm, ein Zentner hundert Pfund, ein Hektar vier Morgen, ein Morgen drei Scheffelsaaten!« Wie eine Litanei.

»Ihr lernt in der Volksschule, was ein Bauer und Handwerker braucht: Rechnungen schreiben und Briefe ans Amt.« Rosing schiebt ihre schwarze Hornbrille hoch. Willi nennt sie Trauertante. Meist ist sie gemütlich, lässt mich in Ruhe und spricht ohne Ohrfeigen auf mich ein, wenn ich nicht weiß, wie ein Buchstabe aussehen muss. Ich sitz hinten und duck mich kleiner; sie sieht mich nicht, ich kann wegdösen.

Willi neben mir rollt den Federhalter die schräge Arbeitsplatte runter und flüstert über doofe Mädchen. Lachend bieg ich meine verbogene Feder grade, mit blauen Fingern. Aber – Rosing hat mich im Blick. Ich falte die Hände, kneif die Lippen zusammen und schau andächtig auf die ausgewaschenen roten Rechenkästchen der Schiefertafel. Sie kommt. Meine Daumen drehen sich schnell umeinander, mir wird heiß.

»Wieder Dreck untern Nägeln.« In den sonst milden Augen hinter der dicken Brille was Teuflisches, zieht sie mein Ohr lang. Wenn es nur nicht absteht wie Willis.

»Heini, steh auf! Vorrechnen: *drei mal sieben!*« Ich krieg's nicht raus, nie schaff ich es. Alle glotzen und lachen, auch Thea.

»Plemmplemm, die Bauern«, kichert Caspar. »Hat der 'ne rote Birne. Guck die Holzschuhe!« Nur Willi und ich tragen sie. Die Füße krampfen, der Lederriemen drückt auf meinen Spann.

»Nachsitzen«, sagt Rosing. Oh Gott, lieber ihre Backpfeife als Vaters Prügel, wenn ich später heimkomm.

»We möt Erpel potten!«, platzt's mir raus. Wer Kartoffeln pflanzt, muss nicht nachsitzen.

»Strafarbeit: Zwanzig Mal schreiben *Keine Widerworte geben!*« Sie kneift mit Daumen und Zeigefinger in meine Backe, seit sie weiß, dass ich keine Zeit für Hausaufgaben hab, und dreht um, dass ich schrei. So gibt's zum knallroten Ohr eine rote Backe.

Endlich sind andere dran. Caspar, mit immer offenem Mund, hat keine Tafel. »Warum verbummelst du alles?«

»Bummel-Caspar«, ruft Karl-Heinz; dafür muss er in die Ecke.

Theas Ranzen fliegt rum. »Wer war's?«, schreit Rosing.

»Willi war's!« Karl-Heinz lacht spöttisch. Hinterhältig! Sie zieht Willi am Ohr, dass es noch weiter absteht, und fängt auch wie Vater von Löwen an: »Den Bösen schickt Gott die Löwen! Einem Gerechten tun sie nichts. Der ist sicher zwischen ihnen.«

Wie werd ich bloß ein Gerechter? In der Pause wickle ich Schwarzbrot mit leckrem Sirup aus der Kirchenzeitung. Der zieht Fäden am Papier und den Händen. Thea, mit schönen Zöpfen ums runde Gesicht, strahlt wie immer.

»Gehst du nachher vom Marktplatz aus mit mir nach Hause?«, frag ich sie.

Sie schaut auf die klebrigen Finger und zieht eine Schnute.

»Erzählt Geschichten: Wie wird man heilig?«, sagt Rosing im Katechismusunterricht. Ich will ja Märtyrer werden und sag die der Heiligen Barbara auf. Und krieg ein rotes Fleißkärtchen. Ich sei gar nicht dumm. Die Kärtchen sammle ich im Griffelkasten, für zehn gibt's eine 2 und ein Heiligenbildchen. Doppelte tausch ich, nur schwarzweiße Totenbilder wie Opas nicht. Die St. Anna wollen alle wegen der Annen-Prozession.

»Folgsamkeit und Keuschheit ist das Wichtigste, um heilig zu werden.« Die Lehrerin schaut Cilli an und die wird rot. »Cäcilia ist schon als Kind mit Jesus verlobt. Die gottgeweihte Jungfrau schwört ewige Keuschheit, heimlich, weil die Römer Christen umbringen. Aber die Römer finden sie und setzen sie zu Hause ins kochende Wasser, doch das tut ihr nichts.«

Willi stößt mir mit dem Ellbogen in die Seite. »Die spinnt!«

»Willi macht Witze drüber, der glaubt's nicht!«, sag ich laut.

Er boxt mir in die Seite.

»Willi ein Bruder Leichtfuß?«, fragt Rosing. »Es ist ein Wunder: Der Römer lässt Cäcilia sogar enthaupten, dreimal zieht der Henker das Schwert und sie überlebt's, drei Tage.«

Das geht nur bei einer Jungfrau. Köpft Vater einen Hahn, läuft der auch, bis er hinüber ist. Ich frag Cilli, ob sie auch eine heilige Jungfrau werden will. Sie lacht nur und klimpert mit den Armringen. Eine Jungfrau nennt man Fräulein, wie Trude. Auf den Briefen vom Jungfrauenverein steht: *Fräulein Trude von der Tann*. Nicht verheiratet wie Rosing, aber manche Fräuleins sind Hexen. Auch ein hundertjähriges Fräulein mit Frau anzureden, ist beleidigend. Ich will folgsam und keusch sein, um heilig zu werden.

Nach Schulschluss wart ich am Marktplatz. Fremde reden, ein *Deutz*-Trecker, ein Borgward. Große Kinder holen was aus dem *Haribo*-Automaten. Caspar lauert Franz-Josef auf und steckt ihm bei voller Fahrt einen Stock in die Speichen, dass er in hohem Bogen in die Hecke fliegt.

»Sünde!«, ruf ich. »Gottlose holt der Teufel!«

»Armer Idiot.« Caspar beschmeißt mich lachend mit Steinen.

Endlich kommt Thea, aber mit Willi. Mist! Sie spricht nur mit ihm. Ich bewerf sie mit Kletten, es gibt ein Gerenne und Geschreie. Im Ranzen klappert die Tafel am Griffelkasten.

Ich bin schneller, nur das Seitenstechen. Ich halt an und press die Hand drauf, doch das Ziehen hört nicht auf. Willi schnauft heran, schubst mich in den Brennnessel-Graben. Es macht knack, oh Gott, meine Schiefertafel. Sch... Schiete. Eingemacht. Ich wasch's in der Mühlenaa aus. Willi und Thea rufen von der Mühlenaa-Brücke: »Heini Dreckschwein!«

Ich versteck mich hinterm Haselstrauch, leider mit erst winzigen Blättern, und wisch mir den Po mit Löwenzahn ab.

Zu Hause schmeiß ich den Tornister in den Küchenschrank. Ich will nicht mehr zur Schule. Trotzdem muss ich Vater um Federhalter, Tinte und Hefte bitten. »Ihr macht mich arm«, sagt er. Für die kaputte Schiefertafel krieg ich was auf den Hintern.

Dann pflanzen, Kartoffel für Kartoffel ins Loch treffen und drauftreten. Schultern nach vorn gebeugt, die Schürze voller Kartoffeln vorm Bauch, Reihe für Reihe, in der blauen Hitze mit Rückenweh. Fürs Heiligwerden kämpf ich mich vor, noch einen Schritt, noch einen. Nicht nach links und rechts sehen.

Vater, wie Mutter und Karl vorn, sagt: »Heini, schlaf nicht! Mit sechs musst du arbeiten lernen, sonst wird nichts aus dir.«

»Heini geht krumm, 'n Buckel«, sagt Mutter zu ihm.

»Ach, das richtet sich schon.«

Anna, noch langsamer, sieht gar nicht auf, ihr Gesicht zugestaubt. Endlich Pause im Appelhok unterm Boskopbaum, Mutter deckt den Brotkorb ab. Die Brombeerbüsche wär 'n ein schönes Versteck. Auf dem Rücken liegend, streck ich mich. In Münster könnt ich reiten! »Wohin fahren wir ins Blaue?«

»Zu 'nem heiligen Baum und 'nem Schloss«, sagt Vater.

Anna trinkt nur Limonade. »Iss was«, sagt Mutter ruhig.

»Ist zu heiß!« Kämen doch die vermissten Onkel zum Helfen!

»Landluft macht Appetit«, sagt er, »besser als stickige Schule.«

»Mehr Kartoffeln und Korn als je, auch auf'm Pachtland.« Karl beißt ins Wurstbrot. »'n Polen wie Brockmöllerbur brauchen wir«, weiß er, mit vierzehn schon groß, acht Jahre älter als ich, aus der Landwirtschaftsschule.

»Gott bewahre, Polacken!«, sagt Vater.

»Ja, 'n Helfer«, sagt Mutter, »Karls schiefe Hüfte muss operiert werden. Er geht schief, nicht krumm wie du, sein rechtes Bein ist von Geburt an kürzer.« Seine schiefe Hüfte ist mir gar nicht aufgefallen. Erst jetzt seh ich den hinkenden Gang.

Ich warte abends am Mirabellenbaum auf meine Eule. Ich fütter sie, seit sie Ostern aus dem Nest fiel, mit Würmern und Fliegen. Glühwürmchen schwirren. Drehen sie sich, seh ich sie nicht mehr. Ich fang eins, es kribbelt in der Hand. Nicht zudrücken; sicher Irrlichter ungetaufter Kinder. Ich spür Wind an den Ohren. Die Eule streicht vorbei, setzt sich auf die Schulter und späht ins Dunkle. Sie sieht alles und hält zu mir. Hört sie ein Schreien aus dem Schuppen, wo sie nistet, macht sie auch *Huhu!* Du weißt, ich will nicht mehr zur Schule! Da gehör ich nicht hin! Ab der Mühlenaa verkrampft sich mir alles. Für die Älteren bin ich der dumme Heini und Thea ist blöd wie dick.

Willi kommt dazu. »Verrückt«, sagt er, glotzt aber staunend, wie die Eule sich auf meinen Pfiff hin auf die Schulter setzt, nur auf meine, und den Kopf ruckartig mir zudreht.

Als Willi das tags drauf in der Schule erzählt, kriegt selbst Caspar den Mund nicht wieder zu und fragt mich aus.

Ich sag nur: »Die Eule versteht mich.«

Und er: »Ich glaub, ich spinne!«

Christi Himmelfahrt. Mein erster Ausflug.

Mutter legt ihre Arme um Kathrin auf dem nicht mehr dicken Bauch und seufzt nur. Ich nehm ihr Rad, den Sattel runtergestellt. Vater klippst die Klammern an die Beine seiner Sonntagshose, schwingt's Bein übern Sattel und fährt vor. Eva im weißen Kleid mit blauen Punkten und Anna im grünen Kleid folgen uns auf dem graden Sandweg ins Stadener Feld. Wir halten an im Appelhok bei unserm Harmanns Kamp neben Gress Wiese. Vater zeigt auf den hellgrünen Winterroggen: »Der geht gut auf, auch unsre Kartoffeln. Wird sicher 'n günstiges Jahr!« Er legt sich auf den Rücken ins Gras. Apfelblüten duften. Boskopblütenblätter fliegen wie Schnee und Weidensamen wie Watte. Ich reib wollige Kätzchen über die Backe.

»Wie lange muss ich noch mit Holzschuhen zur Schule? Außer Willi haben alle …«

»Bis zur Erstkommunion nächstes Jahr!« Vater schaut mich an. »Bist 'n guter Junge.« Und legt mir lächelnd seine Hand auf den Kopf. Ich zuck zusammen, fast hätte ich mich weggeduckt. Warm durchrieselt's mich wie noch nie, auf dem Rücken, überall. Das Gras riecht frisch,

Bienen summen, Meisen schwirren. Er mag mich doch. Er erzählt Märchen und spielt mit mir Mühle. Mutter hat nur Zeit für Mädchen.

»Heini ärgert mich immer.« Anna dreht sich weg und riecht an rosaweißen Apfelblüten.

»Vertragt euch«, sagt Vater.

»Hat's Ulla besser?«, frag ich ihn. Er will gleich weiter. Komisch, sechs Wochen ist Ulla schon weg. In der Schule seh ich sie im gebügelten Faltenrock, gar nicht wie eine Schwester. Sie spielt nicht mit mir. Was könnt ich auch mit ihr reden? Wie wir aus der Kiste kamen?

Wir fahren an der gepachteten Uphus-Wiese vorbei. Heu duftet süß und schwer. »Von dem haben wir die Kuh ersteigert«, sagt Vater stolz. Daneben unsere Kühe auf der Wiese, gelb mit Löwenzahn und Sumpfdotterblumen. »Rechts Raabehof mit achtzehn Kindern, jetzt mit der dritten Frau.« Vorm Haus Osterglocken und Narzissen. »Da is' unser Heuwagen in 'n Graben gekippt.« Hier liegen wieder Höfe zwischen Äckern und Wiesen. Es riecht nach Mist. »Da Strehlerburs Kartoffeln. Dumm ist der, macht's nur noch nebenher und geht in die Kerzenfabrik.« Warum redet Vater so viel von den Bauern? Eva und Anna wollen's nicht hören und fahren voraus. Ein Specht hämmert. Weit hinter uns blitzt der Kirchturm klein in der Sonne. Strehlers Wiesen stinken nach Jauche. »Drüben Brockmöllers Bullen.«

»Wo war das mit der Mähmaschine?«

»Hör auf damit.« Vater schaut weg.

Durch den Kiefernwald mit Habichtsnest zu den Moorwiesen mit Tümpeln, bis zum Napoleondamm. Hier war ich noch nie. Erstaunlich schmal der Weg. »Warum heißt der so?«

»'ne alte Geschichte«, sagt Vater. »Napoleon ritt hier sein Pferd zu Tode und begrub's unter einer Eiche. Seither heißt der Weg so. Ins katholische Steinhop traute er sich nicht. Papstfeindlich wie er war, wusste er, was ihm blüht, und blieb im Schaler Wirtshaus *Zur alten Post*. Vorm Teufelsmoor biegen wir ab.«

»Ich will gradaus ins Moor!«

»Da is' nichts, nur endlos lange Pfade. Früher hab ich da Torf gestochen. Dahinter Niedersachsen, Protestanten, fremdes Land. Das Emsland war Polnische Besatzungszone. O schaurig ist's, übers Moor zu gehen.« Vater schiebt seine Kippmütze in den Nacken. »Hier sind viele ertrunken! 'n Schuljunge konnt sich beim Kiebitzeierplündern nicht halten. 'n Viehtreiber hat die Moorhexe gepackt. Lampenbur hat's gesehen und sich elendig totgesoffen. Weiter«, sagt er. »Opas Bruder ist im Moor verschwunden. Hier geh'n Geister von Selbstmördern um. Kupperharms Gerd hat sich an 'ner Eiche erhängt. Da wird man verrückt. Davon darf man nicht laut reden«, flüstert er mit dunkler Stimme, die mich frösteln macht. »In Sturmnächten sieht man Irrlichter der armen Seelen. Nicht mal am helllichten Tag ging ich da durch.«

»Tut einem die Moorhexe hier auch was?«, frag ich bange und will auch weiter.

Bald seh ich am Wegkreuz einen Bildstock mit Marienblümchen. Erleichtert mach ich das Kreuz. Ich muss viel frommer sein, dass ich nicht verhext werde. Im Erlenschatten trinken wir Johannisbeerlimonade, Eva wickelt Pflaumenkuchen aus der Zeitung, lecker. Tütvögel schreien, Schnepfen schnarren, fern ein Kuckuck. Vater pfeift *Im Frühtau zu Berge*. In Wasserlöchern des seichten Moorkanals flitzen Fische. Ich kann sie nicht greifen. Wasser gluckert, Frösche schnappen nach Wasserläufern. Ich lass Holzstücke schwimmen. Verfängt sich eins, befrei ich es barfüßig. Der Matsch quillt zwischen den Zehen wie Pudding. Vereng ich den Wasserlauf mit Steinen und Stöcken, fließt's höher. Schiffchen schaukeln und tauchen kreisend unter. Schiffe versenken, so will ich nicht untergehen. Anna reißt Löcher in meine Barriere, breit fließt es wieder dahin. Ich spritz sie nass und wir fahren weiter ums Teufelsmoor.

Von Weitem sehen wir die Dicke Eiche. Hoch ragen ihre Arme empor, einige kahl, wild verworren wie ein Gespenst, andere vom Blitz oder Sturm geknickt. Wir können sie zu viert längst nicht umfassen, der Stamm spaltendurchfurcht und hohl. In den Löchern funkelt es, der Teufel! Ich greif nicht hinein.

»Dies is' 'n heiliger Baum, 'ne Wallfahrtstätte«, sagt Vater. »Nach 'm Dreißigjährigen Krieg waren hier Gottesdienste. Die Recker und Halverder Bauern kamen heimlich. Drüben waren nur Protestanten erlaubt. Diese Eiche mit so starken Wurzeln schafft kein Sturm, so fest muss man glauben. Tausend Jahr alt wie unsere Bauernschaft Staden, ein Gerichtsbaum schon für die Germanen, und neben dem Kreuz stand der Galgen. Wer weiß, wie viele Steinhoper hier baumelten.«

Es schaudert mich. Ich will frommer sein und Anna nicht mehr ärgern.

»Abends sitzen hier Liebespaare. Um Mitternacht die Dicke Eiche berühren hilft bei Unfruchtbarkeit.«

»Bei was?«, fragt Eva.

»Weiter.« Vater lacht, gut aufgelegt. »Wer kann nachsprechen: *Fischers Fritze fischt frische Fische*?«

Schnell stolpern wir darüber. Auch *Der Potsdamer Postkutscher putzt den Potsdamer Postkutschkasten!* geht im Gelächter unter. Lustig schallt's durch den weiten Birkenwald. Gäb's doch mehr so schöne Tage! Birkenstämme blinken weiß zwischen düsterm Kieferngestrüpp und stillen Wassern. Ihre hängenden Haarzweige biegen sich mit jedem Lüftchen, grün leuchten die jungen Blätter im Sonnenlicht. Tief atme ich den Birkengeruch ein. Wir stecken uns Zweige an den Lenker und singen *Der Mai ist gekommen, die Bäume schlagen aus.* Hinter Eichenkronen leuchten rote Dächer und weiße Wolken hängen am Himmel.

»Da Schloss Surenburg mit Heereman, Bauernverbands-Präsident.« Durch eine Buchenallee fahren wir drauf zu, aber Hundegebell hinter Säulen schreckt uns ab.

»Wohnt da der König?«, frag ich.

»Jaja, gegen die Großbauern können wir nicht an.« Vater singt nicht mehr, er will zurück, melken. Wir bringen Mutter Wiesenschaumkraut und Vergissmeinnicht mit.

9

»Du saugender Quälgeist!« Vater schiebt im Stall das Fohlen von der Stute weg, dass es schnaubt. »Gewöhn dir an, selbst zu fressen, sonst schmachtet das Nächste im Pferdebauch.«

Lorenz darf auch nicht mehr bei Mutter sein. Weil der Storch mit Kathrin kam, muss Lorenz in die Jungskammer zu mir ins Bett. Karl räumt für ihn eine Schublade frei. Ich will immer außen schlafen und schieb Lorenz an die Wand. Er knirscht mit den Zähnen. Dreh ich mich im Bett um, fürcht ich, ihn zu erdrücken, wie das Schwein die Ferkel.

Will ich ein Bananenstück, sagt Mutter kühl: »Die Kleinen kommen zu kurz.«

Vater freut sich übers Kindergeld ab dem dritten, aber Trude sagt: »Zu viele Blagen! Die Küchenbank reicht nicht und keiner dankt mir Krüppel die Arbeit.«

Wieder liegt ein Mädchen in der Friedhofskapelle im weißen Kleid. Wieder sagt Trude: »Christa ist zu beneiden: Im Himmel! So Kleine begehen noch keine Todsünden.« Vater steht abseits, mit Tränen in den Augen, und alle sprechen über ihn.

»Sein zweites Patenkind«, sagt Trude. »Seine Mama hat ihn verflucht, die wollte, dass ich den Hof krieg. Hätt nur die Oma sie nicht übergangen.«

Vater verflucht? Unheimlich. Was passiert jetzt Schlimmes? Ich schiel ihn an. Verflucht er mich, dass mir Böses geschieht? Eine Elster streicht vom Pappelnest zu Margrets weißem Marmorstein mit dem Engel. Ihr Feld, kinderwagenklein, mit herzförmigen Stiefmütterchen, muss sie nicht teilen. Ich möcht bei Opa sein.

Wegen der toten Patenkinder, aus zwei Familien, besucht uns der Pfarrer am Montag. Im Anzug mit blanken Lederschuhen, riecht er nach Seife und was Feinem, sicher Kölnisch Wasser. Wenn ich ihn seh, läuft mir ein Schauer übern Rücken. Gegen Vaters Fluch soll er mir helfen, heiliger Märtyrer zu werden. Ich mach einen Diener, Anna einen Knicks. Vater zieht die Sonntagshose an. Mutter deckt den Tisch und gießt Korn ein.

Traufeld sieht die Flecke auf den Dielenbrettern und den wurmstichigen Küchenschrank an, als hätt er so was noch nie gesehen. »Aus der Töddenzeit.« Er streicht übers Eichenholz und sieht durch die Glastüren. »Ein schöner Altar für eure Gefallenen.« Ein gerahmtes Foto von Onkel Franz, Unteroffizier mit Schirmmütze, Wehrmachtspost mit schwarzen Rändern, Totenzettel, eine Kerze fürs Rosenkranzbeten. Eine Schranktür baumelt nur in einer Angel. Unten im Fach liegen Schulbücher, schimmlige Brote, Schwämmchen, Tintenfässer, Federkästen. Ich werf schnell ein rausgefallenes Buch rein, drück den Berg nach hinten und klemm die Tür wieder zu.

»Nehmt euch was«, sagt Mutter.

»Ich bin satt.«

»Ach, ein Brot geht noch rein.« Sie legt eine Stutenschnitte hin und füllt Korn nach. »Auf einem Bein kann man nicht stehen.«

»Gut gemeint, aber ich bin satt.« Sicher kann er uns nicht leiden und kriegt woanders was Besseres.

»Ich bring nur Unglück über meine Patenkinder«, sagt Vater. »Wir beten doch Tag für Tag Rosenkranz.«

»Ein jeder nehme sein Kreuz auf sich!« Immerzu verscheucht er Fliegen.

»Voriges Jahr Margret unterm Auto, jetzt erstickt Christa im Sandhaufen. Ich bin verflucht.« Vater schluchzt.

»Ist nicht deine Schuld!« Traufeld trinkt. Mutter gießt nach. Er wehrt ab und sie sagt: »Ach, der verdirbt 'n Magen nicht.«

»Wer nimmt mich noch als Taufpate?«, fragt Vater.

»Guuut, dass ihr Jakob, den Ältesten, ins Kloster gegeben habt.« Der Pfarrer trinkt noch einen.

»Gott meint's nicht gut mit mir. Als Taufpate muss ich …«

»Gott prüft euch. Schimpft nicht auf ihn. Er hat euch noch die Kathrin geschenkt.«

»Im Traum stand der Tod hinter mir… will noch 'n Patenkind.«

»Papa schreit im Schlaf«, sagt Mutter, »wie im Wahnsinn.«

Der Pfarrer schaut mich an. »Betest du täglich, dass du in den Himmel kommst? Vielleicht hat Gott dich auch für den Priesterberuf vorgesehen.«

»Jeden Abend *Ich bin klein, mein Herz ist rein.*«

»Komm zum Messdienerunterricht! Wenn du 's Credo in Latein kannst, wirst du Messdiener, mit Willi und Caspar.«

Endlich! Ich könnt in die Luft springen. Aber Caspar auch? Ich werd rot und erzähl, wie er dem Franz-Josef den Stock in die Speichen steckte und ich sagte: »Sünde! Gottlose holt der Teufel!«, Caspar aber »Armer Idiot!« schrie.

»Der meint's nicht so. Nennst du ihn gottlos, hasst er dich.«

»Na und? Als Messdiener bin ich standhaft, wenn die Todsünden kommen, und werd Märtyrer wie der Heilige Laurentius, der sich auf dem Rost braten lässt.«

Der Pfarrer nickt, sieht mich aber erstaunt an. Jakob traut sich auch, Missionar bei den Menschenfressern zu werden, alle bewundern ihn. Ich hab eine Heidenangst vor den Heiden. Missionare und Nonnen sind was Höheres, über Königen und Kanzlern, Bauernführern und Präsidenten, und stehen nicht viel tiefer als Heilige. Davon bringt mich keiner ab. Is's möglich, dass meine Familie mit Jakob auch groß rauskommt, wie Jesus mit seiner?

Im Tagtraum seh ich mich im schwarzen Talar. Alle Leute schauen auf zu mir und hören auf mich. Ich leide wie ein Märtyrer, lebe keusch nur für Gott und widersteh mutig dem Teufel. Erst werd ich Messdiener und Märtyrer, dann Papst. Alle Zeitungen schreiben auf der ersten Seite von mir. Ich kämpfe für Arme, vertreib die geldgierigen Viehhändler und droh mit der Hölle. Die Leute fallen vor mir auf die Knie, verneigen sich, beten weinend endlos Litaneien, flehen um Gnade und ich verkünde: »Ich rette euch, vielleicht!« Mir kann Vaters Fluch nichts anhaben. Der betet noch mehr Rosenkränze und spricht kaum noch, wie Opa.

Nach dem Mittagessen geht der Pfarrer.

»Heini, abtrocknen!« Mutter ruft den Geschirrbergen unter der Pumpe in der Waschküche zu. Es klingt nicht wie ein Befehl. Ich helf nun gern, um heilig zu werden und dass sie mich liebhat. Kleben Nudeln am Teller oder Soße am Löffel, soll ich sie ins Spülwasser tun. »Iiih!« Ich fass nicht rein. Fettaugen schwimmen obenauf.

Sie lächelt und bürstet es nochmals. Nach drei klatschnassen Trockentüchern ist alles weggeräumt und das Spülbecken gewischt. Die Kleinen schlafen nachmittags. Auch Vater, zehn Jahre älter als Mutter und jetzt fünfzig. Eva ist gackernd mit Freundinnen weg.

Mutter kocht richtigen Kaffee. Ich lass kostbare *Jakobs*-Bohnen in den Mühlenhals rieseln, schieb den Blechdeckel zu, kurbel sie durch und Mutter brüht's auf. Gern schnupper ich den Duft. Ich stülp den Tropfenfänger mit dem Gummiring übern Kannendeckel und häng den Haken am Henkel ein. Mutter zieht die Arbeitsschürze aus, nimmt entspannt einen Schluck und tunkt Zwieback ein.

»Wenigstens sonntags mal kein Krach und Geschrei.« Sie verschränkt die Arme, der Bauch dicker, lehnt sich auf der sonnigwarmen Gartenbank zurück und schließt die Augen. An der Sonnenwand dösen Fliegen. Kohlweißlinge taumeln in auf- und absteigenden Mückenschwärmen und landen auf Buntnesseln. Der Holunder riecht. Mutter hat ein Lächeln im Gesicht und tut nichts, gar nichts. Füttert nicht Schweine, kocht nicht, macht kein Gemüse ein. Kein *Mama hev Koppiene!* So kenn ich sie nur vom Muttertag, ich sitz gern bei ihr. Ein Wunder, ihr geht's gut. Nicht, wie wenn man fragt: »Wie geht's?« Und man sagt wie immer: »Gut!« Heute ist's anders, das Wetter klarer, der Sand untern Füßen wärmer, die Pfingstrosen riechen stärker.

»Soll ich dir 'n Bild zeigen, als ich noch jung war?« Sie holt die Mundharmonika und aus der Zigarrenkiste ein abgegriffenes Foto mit weißgezacktem Rand: Auf der Bank unter einer Eiche vorm Roggenfeld sitzt sie im langen schwarzen Kleid, bis zum Hals zugeknöpft, Haare mit Mittelscheitel verflochten, Hände übereinander gelegt, mit einem Fremden.

Sie sieht ihn an, er lächelt sie an. »Ein schönes Bild, nicht? Mein Lieblingsbild! Hätt ich den doch geheiratet.« Und spielt Mundharmonika.

Wer ist bloß dieser Fremde?

10

Wieder sind ein Sommer und ein Herbst vergangen, noch immer tuschelt man von Vaters verunglückten Patenkindern und verstummt, wenn er kommt. Jederzeit kann ich tot sein. Ich will gehorsam sein. Seit ich zur Schule geh, hat Vater nachmittags immer Arbeit für mich, auch wenn es schneit. Auf der Tenne riecht's kuhwarm nach Mist und Stroh; Fenster sind beschlagen, Wasser läuft die Wände runter.

Vater befestigt Bindegarn an sechs Haken, die im Kreis auf dem Brett an der Dielenwand verschraubt sind, und spannt die Fäden über die lange Tenne zu einem Haken am Tennentor. »Dreh!«, ruft er, in Manchesterhose und blauem Arbeitshemd, und drückt ein Holzstück mit sechs Kerben, das die Garnstränge trennt, gegen den Haken. Hinterm Holzstück verschlingen sich die Garnstränge zum Seil. Anfangs dreht's sich leicht. Die Wallache, mit langer Mähne über der Tür, schnauben uns zu. Die Kette einer Kuh klirrt. Kälber springen im Stall. Je mehr sich die sechs Fäden verdrehen und spannen, desto schwerer wird's Handkurbeldrehen.

»Warum immer ich?«

»Dann kommst du nicht auf dumme Gedanken. Wir brauchen Bullenstricke und Pferdeleinen.«

»Krieg ich 'n Groschen für Lakritz?«

»Amizeug, rausgeschmissenes Geld! Wir müssen Land kaufen, die Pacht ist zu hoch! Statt fünf bräuchten wir fünfzig Sauen mit Ferkeln und statt sieben Kühe zwanzig. Eisern sparen, sonst kann man sich gleich 'n Strick nehmen, aber noch is' Polen nicht verloren!« Die Kurbel dreht sich so schwer, dass ich stocke. »Dreh gleichmäßig!«, schreit er. Ich kurble und kurble. Mein Arm tut weh. »Vielleicht kaufen wir Grünbergs billigeren Tannenbusch. Nur, den müssen wir erst roden.«

»Nur 'n Groschen!«

»Wir kriegten früher auch nichts. Soll *mein* Opa umsonst als Torfstecher früh an Schwindsucht gestorben sein? Bis zu 'n Knien im Wasser, erstmals 'n eigenen Kotten. Denk ans Hüerhusbild von Opa und Oma mit dem Brunnen. Und *mein* Papa starb mit dreiundvierzig, Ende des Ersten Weltkriegs; soll der sich auch umsonst totgeschuftet haben? We möt sühnig wirn! Den ersten de Dood, den twetten de Noot, den daten dat Broot.«

»Is' doch lange her.« Ich kurble weiter und verdreh die Augen.

»Nichts is' lange her, grad vierzig Jahre: Ich musste mit dreizehn allein den Hof durchbringen mit sieben Geschwistern, eins gestorben, der jüngste zwei Jahre alt!«

Wieder die ganze Leier, wie schon zigmal, als sei ich zu doof, es zu begreifen.

»Der Hof is 'n Unglück und Trudes Hüfte.«

Opa gäb mir bestimmt den Groschen.

Endlich sind die Stränge verdrillt. Vater nimmt von den Haken die Enden und macht daran eine Schlaufe. »So 'nen Strick«, sagt er, »ziehen keine zehn Pferde kaputt.« Mit so einem hat er mich ans Tischbein gebunden, aber Lakritz krieg ich und wenn ich den Automaten aufbreche.

Ich helf Schweine füttern und zieh dann den Bollerwagen mit den vollen Kannen zur Milchbank. In jedem Sandloch klappern sie aneinander. Runterhieven auf die Milchbank. Dass sie mir nur nicht auf die Füße knallen. An der Bank blinkt was, ich stürz wie eine Elster drauf zu: ein Fünfmarkstück. *Morgenstund hat Gold im Mund!* Mein Herz pocht, wie beim Ostereiersuchen. Ein Glückspilz! Aber darf ich es nehmen? Fünf Tage müsste ich dafür Kartoffelsammeln. Führt mich Gott in Versuchung? Oder ist es der Teufel? Lakritz aus dem Automaten! Jede Menge! Mit dem Geldstück in der Hand renn ich singend zurück: *Im Frühtau zu Berge wir gehn fallera.* Der Bollerwagen rumpelt hinterher.

»Ich hab was gefunden«, glucks ich zu Hause raus.

»Gib's mir!« Der große Karl kommt gleich und schubst mich.

»Es gehört mir!«

»Unverschämtes Glück! Was du mit zunen Glotzern siehst, gehört dir.« Eva lacht und greift auch zu. Wir balgen uns. Meine Finger klammern sich darum, ich krümm mich wie ein Igel.

»Unrecht Gut gedeiht nicht. Gib's auf 'm Amt ab«, sagt Vater.

»Ungerecht!«, schrei ich, aber er droht mir Ohrfeigen an, und ich radle mit Tränen zum Fundbüro.

»Der Mensch denkt und Gott lenkt!«, ruft Karl mir nach. Gemein, er immer mit seinen Sprüchen.

Ich kann mein Glück nicht festhalten. Behalt ich es doch?

Komm nicht vom rechten Weg ab, sagt mir eine Stimme, *und führe uns nicht in Versuchung.* Schweren Herzens fahr ich am Lakritzautomaten vorbei, aber vor der Treppe zum Gemeindeamt stock ich. Ich kann's später noch abgeben. Oder nur ein Zweimarkstück. Ich fahr wieder nach Hause.

Eva kichert. »Bist du wieder 'n bisschen miesepetrig?« Und zieht »miesepetrig« so in die Länge, dass ich wie bei *Ach, du armer schwarzer Kater* lachen muss.

»Du kriegst neue Holzschuhe«, sagt Vater.

»Ich will Lederschuhe!«

Abends noch pass ich bei Rühle neue Holzschuhe an. In der Werkstatt riecht's nach Holzmehl, im Regal Pappelstücke, beschlagene Rohlinge, halbfertige Schuhe. Rühlesbur brummt vor sich hin, im zerknitterten Hemdkragen, Hose geflickt, voller Ölflecken. Ich hab keine Angst vor ihm. Rühles sind arm, weiß ich von Vater, und Arme tun einem nichts. Rühlesbur schiebt mich beiseite, spannt den Klotz in die Schraubzwinge, raspelt Späne raus, bis er nicht mehr drückt, und beschlägt ihn übern Wrist mit Leder.

Am nächsten Morgen sagt Rosing: »Heute machen wir einen Ausflug zu Mönchen im Heiligen Meer.«

»Die spinnt«, sagt Willi. Keiner glaubt's, aber alle toben vor Freude. Wir laufen durch die Bauernschaft Breischen zum Dorfende hinaus, in einer langen Reihe, die ruhige Thea neben mir. Ich zeig ihr die neuen Holzschuhe.

»Schön!« Sie blinzelt mir zu. Schön, ihr rundes Gesicht mit stumpfer Nase.

Es nieselt. Wir singen *Wem Gott will rechte Gunst erweisen, den schickt er in die weite Welt.* Bald ist der Kirchturm weit hinter uns. Hier war ich noch nie, Bäume schmal und hoch wie Kirchenpfeiler und zotteligе Tiere.

»Heide mit Heidschnucken und Wacholderbäumen«, sagt die Lehrerin.

»Langweilig! Wie weit noch?«, ruft Karl-Heinz.

»Schön hier«, sagt Willi. Er schmiert sich bei Rosing ein. Plötzlich kriegt er einen Kiesel an den Kopf und heult.

Thea streichelt seinen Arm. »Tut's weh?«

»Und wie!« Willi stöhnt. »Kommst du nachher zu mir spielen?«

Sie nickt und krault in seinem Mecki. Soll sie doch zum Quatsch-Willi gehen! Sie läuft mit vorgebeugtem Oberkörper platsch, platsch wie eine Ente. Ein Bauerntrampel. Wie blöd hat sie mich ausgelacht, als ich in die Hose machte. Und wie sich Willi wegen des Kieselchens anstellt.

Ich geh neben Cilli, sie ist mir viel lieber, ihr Vater Viehhändler. Nur zum Reden weiß ich nichts, dummer Bauernjunge. Ich schau sie von der Seite an und frag, ob sie das Cäcilienbild beim Maler gesehen hat. Sie streicht nickend ihr Haar aus dem Gesicht und lächelt mir zu – nur kurz. Könnt ich mal ihre Haut anfassen, marmorweiß, wie der Engel auf Margrets Grab. Dann fällt mir ein, wie die Römer Cäcilia kochen und köpfen, und weiß wieder nichts zu sagen. Ich zieh die Münze aus der Tasche und zeig sie ihr. Sie blinkt silbern.

»Hast du das geklaut?«

»Ach, wo!«

»Dann lad mich nachher zu 'ner *Sinalco* ein!«

Wir erreichen einen Sumpf mit Brombeerbüschen und Erlen, die neuen Schuhen matschig. Heidschnucken laufen davon.

»Was sollen wir hier?«, sagt Karl-Heinz.

»Leise, hier gibt's ein Kloster mit bösen Mönchen. Dieses Gebiet heißt *dat hillige Feld*.« Immerzu streicht Rosing ihr schwarzes Kleid glatt.

»Waren die nicht heilig?«

»Nein!«, ruft sie lachend, »*hillig* in altem Platt bedeutet *böse*. Drüben seht ihr gleich das Heilige Meer, hier brach vor tausend Jahren die Erde ein, eine Warnung Gottes.«

Ich weiß, jederzeit kann Weltuntergang sein; sagt Vater auch. Sachte tret ich auf, dass nur nicht auch hier die Erde wegsackt.

»Hinter den Zypressen stand das Kloster mit den bösen Mönchen«, sagt sie.

»Die haben zu wenig Rosenkranz gebetet«, sag ich.

»Unzüchtige Mönche haben der *Versuchung* nicht widerstanden. Sie haben eine Frau geraubt und im Kloster versteckt«, sagt Rosing. »Gott hat's zur Strafe in einer Herbstnacht unter Blitz und Donner so tief versenkt, dass dieses Heilige Meer entstand.«

»'ne Geliebte, 'ne Geliebte!« Caspar kichert.

Inzwischen haben wir das Ufer erreicht. Die Erlen sind hier höher und die Büsche dichter.

»Gott ist mächtig.« Die Lehrerin hebt die Arme wie Traufeld auf der Kanzel. »Er spaltete auch für die Israeliten das Rote Meer, ließ sie trocken durch und dann das Wasser zurückfluten, damit die Ägypter ertranken.«

Mir ist, die Erde schwankt. »Böse Mönche im Heiligen Meer?«

»Passt auf!« Sie streicht sich übers Kleid. »In Herbstnächten hört man die unzüchtigen Mönche, wenn man sein Ohr aufs Wasser legt: Sie läuten verzweifelt die Glocken und beten *ora pro nobis*. Alte erzählen, sie haben welche mit langen Bärten im Wasser schwimmen sehen und *Kyrie Eleison* singen hören. Jahrhundertelang klagen und zittern ihre Seelen«, flüstert sie, »in den Tannen und durch die Heide.«

Was ist bloß eine Geliebte? Sicher ist's unzüchtig, wenn Thea zum Bruder-Leichtfuß-Willi geht. Der Versuchung wiedersteh ich. Und der Münze, die mir am Schenkel brennt? Ich knie ans Ufer, seh ich die Turmspitze? Doch der See ist pechschwarz. Nur nicht reinfallen. Ich leg mein Ohr aufs Wasser. »Leise!«

»Nur mitternachts hört man sie«, sagt Rosing.

Auf dem Rückweg machen wir eine Pause in der Wirtschaft *Zumwalde*. Ich beiß in meine Blutwurst-Doppelschnitte aus der Zeitung. Willi klimpert mit Münzen in der Hosentasche und kauft eine *Sinalco*. Ungerecht! Aber, ich könnt's auch.

»Nur wenige sind auserwählt«, sagt Rosing. »Betet zur St. Anna. Die steht euch beiseite. Einer aus der Klasse ist auserwählt! Einer wird den Weg gehen und Priester werden, aber die Versuchung wird groß sein! *Fürchte dich nicht, ich habe deinen Namen gerufen. Du bist mein, spricht der Herr.*« Sie schaut mich an, sie meint mich, ganz sicher. Ich hab doch Glück, ein Glückspilz! Auch ohne *Sinalco*, auch, wenn Cilli enttäuscht ist. Nur, wenn es so endet, werd ich lieber Missionar wie Jakob und kein Mönch. Mich überkommt wieder mein *Ich bin klein, mein Herz ist rein…* und ich träum vor mich hin. Eines Tages flieg ich wie mein Schutzengel und steig über eine lange Leiter in den Himmel. Hätt ich doch eine.

Schweren Herzens leg die Münze dem Amtsmann auf den Tisch. Er mustert mich komisch, geht nach nebenan, wo sie reden und lachen, und schreibt dann alles auf.

Ich hör nie wieder davon.

11

»Fahr zum Kolonialladen, hol 'ne Rattenfalle und bring das vom Bäcker mit!« Vater gibt mir den Einkaufszettel. Lieber als Mithelfen fahr ich ins Dorf. Zum Treten stell ich mich auf die Pedalen von Mutters Rad. Seit Tagen regnet's schwer und es hört wohl nie auf. Schon beim *Dicken Leewen Herrn* tropft's mir aus den Ärmeln. Beim Hexenhäuschen in der Kurve tret ich kräftiger, dass sie mir nur keinen bösen Blick zuwirft, und lug zurück, ob sich die Gardine bewegt. Im Dorf sind immer Leute auf der Straße.

Jedem sag ich »Tach«, nicke und zieh die Mütze.

»Kein schönes Wetter heute«, sagt der Schneider.

Beim Frisör halt ich am roten Automaten. Mit Glück krieg ich Lakritz und einen Goldring, doch der Alu-Griff lässt sich nicht drehen. Bei *Dreilinden* bieg ich links ab, am Metzger und der Molkerei vorbei, und seh hinter der Sparkasse und dem *Pruß*-Textilgeschäft unter der blauen Schrift *Kolonialwarenladen* die Schaufenster mit Scheuerbürsten, Packpapier und Petroleum. Sogar Negerküsse und Schokolade mit schwarzen Heidenkindern! Und knallrote Frösche mit Krone auf der Schuhcremedose.

Überm Ladentisch lächelt die schöne *Persil*-Dame, im rechten Arm einen Wäschekorb, in der linken den Waschpulvereimer, auf dem ein Schild mit der gleichen *Persil*-Dame ist, die wieder einen Eimer mit dem Schild trägt und so weiter. Hinter mir fällt ein Stapel mit Schmierseife und Bohnerwachs um.

»Pass doch auf!«, ruft die Verkäuferin. Auf dem Ladentisch Bonbongläser auf Augenhöhe. Ich brauch nur die Hand auszustrecken.

Plötzlich steht Barbara hinter mir. »Was machst du hier?«

Mir stockt der Atem. »Einka-kaufen!«

»Ich auch!« Sie lacht. Mir wird heiß im Gesicht, ich kann nicht von ihrem Gesicht weggucken: Die Sommersprossen glimmen wie Glühwürmchen. Ich kann nichts sagen und geb der Verkäuferin den Zettel. Fliegenfänger, Rattenfalle, Ata, Kernseife, Welthölzer, 25-Watt-Birne.

Sie addiert den Betrag im Kopf und schreibt's an. Schnell geh ich und seh Barbara mir nachschauen. Die Tür fällt ins Schloss.

Zum Bäcker. Ich stell's Rad an die Backstubenmauer. Das vierflügelige Windrad an der drehbaren Dachkappe auf dem Turm surrt. Hinter der offenen Tür ist es finster. Am Mehlkasten und Steingehäuse vorbei, steig ich die Stufen zum Schüttboden hoch, staubige Spinnweben an den Wänden. Eine Maus flitzt weg. Hier muss es sein, die Streiche von Max und Moritz und das *Rickeracke, Rickeracke! Geht die Mühle mit Geknacke!* Ich schau durchs winzige Fenster auf die Mühlenaa.

»Guck ruhig«, brummt der bärtige Bäcker hinter mir. Er leert den Kornsack in die Schüttmulde und drückt eine Stange runter. Es klappert und der Boden dröhnt. Ich spring die Stufen hinab und hör draußen noch sein Gelächter. Im Laden riecht's süß nach frischem Brot. Auers Bäckersfrau schlurft hintern Ladentisch, sieht zwar auch aus wie eine Hexe, mit langem grauem Haar und dicken Adern auf den Händen, fragt aber nett »Na, Heini, wie geht's?« und holt schon Stuten und Schwarzbrot. Auch hier könnt ich blitzschnell in die Bonbongläser greifen. »Wie mager ist eure Mama. Dass sie zwei weggeben konnte. Und hat wieder 'n dicken Bauch.« Sie nickt mir beim Einpacken zu. Zu spät, um reinzugreifen.

Das dreipfündige Schwarzbrot klemm ich auf dem Gepäckträger fest, rechts am Lenker die Tasche mit der Rattenfalle. Links duften im Beutel die Stuten und ich reiß unterwegs warme Krustenstücke ab. Lecker.

In den Osterferien kommt zu Gress wieder ein Ferienjunge aus Münster zu Besuch. Ich freu mich aufs Spielen mit ihm, fast sieben wie ich und genau so klein. Sein Vater ist Bergarbeiter. Aber er hat keinen Vater mehr, sagen sie. Wie kann man keinen Vater haben, wenn er nicht tot oder vermisst ist? Diesmal hol ich Gregor vom Postbus ab.

»Ich bin mit der Eisenbahn gefahren«, sagt er. Ich hab noch keine gesehen. Wir laufen die zwei Kilometer nach Hause. An Brinkmanns und Heymeiers vorbei biegen wir in den Weg zu unserm Bruchsteinhaus mit den Eichen drumrum ein. Gregor staunt, keine Schilder mit Straßennamen zu sehen. Er versteht nicht, dass unser Weg keinen Namen hat, es ist *der Weg,* und dass die Häuser unserer Bauernschaft Staden durchnummeriert sind.

»Wir wohnen Staden 17.«

Als er fragt, was Staden ist, gehen wir zu Vater, der auf dem Hof den Leiterwagen fürs Mistausfahren fertig macht. Er sagt: »Anderswo heißt's Feldmark. Bei uns Bauernschaft. Um Steinhop gibt's fünf.«

»In Münster gibt's Vororte ums Zentrum«, sagt Gregor.

»Staden geht, so weit ihr gucken könnt.« Vater zeigt nach Osten. »Bis zum Wald, Gresshof, Brinkmanns, Dierks, dort Brockmöllerbur, Uphusbur, wohl vierzig verstreute Höfe. Dort hintern nebligen Wiesen Moor, da ist kein Haus mehr.«

Gregor staunt. »Keins mehr? So allein hätt ich Angst.«

»'ne schlimme Geschichte«, sagt Vater. »Einmal war der Teufel leibhaftig hier und schleppte die Westfalen im Sack, doch der platzte und sie wurden weit rausgeschüttelt. Deshalb wohnen wir noch heut auf 'm Land verstreut, jeder für sich.«

»Bei uns steht ein hohes Haus neben dem andern, die Straße voll Autos«, sagt Gregor. »Unser Haus hat acht Stockwerke. Viele Leute kenn ich nicht, aber zum Freund fahr ich mit Fahrstuhl.«

»Fahrstuhl, was ist das?«

»Damit kann man hochfahren.«

»Wie hochfahren?«

»Das geht von selbst. Bist du blöd?«

Ich kenn keine Wohnung und kein Stockwerk. Unvorstellbar, über und unter ihm Fremde hinter verschlossenen Türen. Wie beim Turmbau zu Babel. Hochfahrende Stühle. Nie geh ich in die Stadt! Nur mal gucken, wenn nicht grad Sodom und Gomorrha ist. Hier kann man sich zwar beim Vogeleiersuchen oder Kühehüten ins Teufelsmoor verlaufen, aber es ist flach.

Gregor steckt Lakritz aus der Hosentasche in den Mund. Ich staune. »Krieg ich auch eins?« Als er den Kopf schüttelt, zeig ich ihm meine Schleuder, um Lakritz zu bekommen. »Selbst gebaut!« Ich spann den Gummiring mit dem Lederstück zwischen Daumen und Zeigefinger, ziel mit einem Stein auf eine Büchse, lass ihn nach vorn schnellen. Es scheppert, als die Büchse zu Boden fällt. »Ich treff auch Spatzen!«

Gregor spricht von Fußballvereinen, die ich nicht kenne, und von Helmut Rahn, der nach einem Rückstand gegen Ungarn Deutschland zum Weltmeister schießt. »Die Deutschen siegen immer!« Er staunt, dass wir kein Radio haben.

Ich biete ihm Schießen an, gegen ein Lakritz. Er will nicht. Als die Schweine vorm Füttern schreien, will er sie sehen, hat aber Schiss vor den geifernden Schnauzen und hält's Schreien nicht aus. Er traut sich nicht mal barfuß in die Ställe. Ich lass ihn mit dem Flitzebogen Katzen jagen. Wir binden der Graumelierten eine Schnur mit Büchsen an den Schwanz, die ihr nachscheppern. Gibt er mir freiwillig Lakritz?

Dauernd denk ich daran, doch Lust auf Süßes ist jetzt in der Fastenzeit Sünde. Zu Mittag gibt's wieder nur Kartoffeln mit Blumenkohl. Komm ich am Wandschrank mit dem Zuckerglas vorbei, will die Hand reingreifen. Ein Märtyrer muss es aushalten. Das schaffen wohl nur Große. Trude erwischt mich beim Naschen und schickt mich zu Vater. Ich erwarte Ohrfeigen. Er sagt nichts, liest Zeitung. Sie knistert beim Umblättern. Ich steh da und schau wie dumm. Anna kommt gucken, wie er mich bestraft, tut gleichgültig, grinst aber spöttisch. Schließlich geh ich bedrückt. Er hat's wohl vergessen.

Am Nachmittag hält Gregor die *Haribo*-Tüte mit roten und gelben Lakritz-Staffetten hoch. »Zehn für die Schleuder!«

Mir läuft's Wasser im Mund zusammen. »Die ganze Tüte! Mit Taschengeld kannst du dir welche kaufen.«

»Du kannst wieder 'ne Schleuder machen.«

»Also gut, zehn Stück«, sag ich.

»Nein, doch nur sieben für die Schleuder.«

»Du hast zehn versprochen!« Ich streck die Schleuder gegen ihn, ziele und zieh schwungvoll mit der Rechten, dass sie sich biegt. Damit bin ich der Stärkste, wie David gegen Goliath. Gregor rennt um die Hausecke. Als ich ihm sage, ich tu ja nur so, kommt er wieder, reißt sie mir aus der Hand und wirft sie auf den Mist. Wir prügeln uns. Ich werf ihm Kuhmist ins Gesicht. Er rennt schreiend zu Gress: »Der beschmeißt mich mit Scheiße!«

Ich will ihm nach und sagen, ich bin einverstanden mit sieben. Wenn nur nicht Gress' Wolfshund auf mich lauert. Diesmal riskier ich es. Ich mach zitternd einen Bogen um ihn, schweißnass. Ich hör noch Gress' Mutter dem Gregor sagen: »Wirf's zurück! Aber Sch... sagt man nicht. Es heißt Mist.«

Ich geh mit Gregor in Gressburs Wagenmacher-Werkstatt. Es riecht nach Tischlerleim und Sägemehl. Toll, wie er ein Wagenrad macht. Ich staun über die kurvigen Linien auf den Eichenbrettern. Gressbur drückt mir zwei Leisten in die Hand, zum Drachenbauen. Mit Gregor umrande ich das Drachenkreuz mit Bindfaden und kleb Papier mit Mehlkleister fest. Den Schwanz nicht zu lang, sonst sackt der Drachen wie eine zu fette Ente ab. Zu kurz schießt er steil hoch und saust kopfüber in den Acker. Gregor isst alle Lakritz. Ich lass ihn nicht Drachensteigen. Im Dunkeln wart ich allein auf meine Eule, vergebens. Seit Tagen schon seh ich sie nicht mehr.

Tags drauf schickt Mutter mich zum Frisör. Von Weitem seh ich unter dem runden Messingschild am eisernen Arm den roten Automaten mit *Haribo macht Kinder froh!* Nur mich nicht. Nicht mal sieben Lakritz gibt mir Gregor für die Schleuder. Mit fünfzig Pfennig fürn Frisör könnt ich zehnmal den Alu-Griff drehen. Sicher hätt ich Glück, Lakritz und ’n Goldring für Cilli.

Ich warte. Wenn der Vorhang aufgeht, seh ich Frauen, auch Barbara. Wenn sie mir nur nicht den bösen Blick zuwirft.

Ich bin dran. »Mit Scheitel oder ohne?«, fragt der Frisör.

»Nein, Mecki!« Gern hätt ich einen Scheitel wie Franz-Josef. Der kommt jeden Monat hierher. Vater, mit Glatze, schimpft über diese Verschwendung, wenn Mutter zum Fest eine Dauerwelle will.

»Wie kurz?«, fragt der Frisör.

»Ab, hat Papa gesagt, sonst lohnt’s sich nicht.«

Er steckt mir kratzendes Papier in den Kragen, dass es mich würgt, stopft mir spitze Härchen wie Juckpulver hinters Hemd und ziept mir Haare aus. Niemand berührt mich sonst so viel. Er klappt mir die Ohren um, als wollt er sie abknicken, und zerkratzt sie, wenn er mit der Schneidemaschine über die Schläfen fährt. Barbaras rotes Haar wird unter der Haube geföhnt und dann geht sie vorbei in roter Bluse. Nach mir dreht sie sich nicht um. Sie sieht, dass ich sie im Spiegel sehe. Auch der Frisör guckt ihr nach. Ist sie wirklich eine Hexe?

Cillis Mutter kommt rein. »Bist du nicht der Heini?« Ich nicke.

»Stillhalten«, sagt der Frisör.

Sie geht nach hinten.

»Hast du’s auch gehört? ’n Wasserkopf!«, sagt sie zu einer. »Man soll’s ja nicht sagen, aber gut, dass es nicht lebt!«

»’n Wasserkopf?«, fragt die andere. »Kurz vorher auf ’m Feld, dann ’ne Missgeburt. Geschieht dem Alten recht!«

»Nach zehn jetzt ’n Verlorenes«, sagt Cillis Mutter weiter.

Die sprechen von uns! Paula hat wieder »Psst!« gemacht, »Mama hev Koppiene!« Ein Verlorenes. Verloren wie ich am Palmsonntag? Der Storch hat’s wohl aus der Dicken Eiche verloren.

»Verlorene sind ’ne Warnung Gottes. Zehn Blagen reichen«, sagt Trude. Es gibt Gefallene und Vermisste. Und Verlorene. Aber was ist eine Mistgeburt? Caspar sagt immer »Du Mistgeburt!« zu mir. Ich bin nicht auf dem Mist geboren, höchstens im Heu. Hab ich auch einen Wasserkopf?

»Haarschmiere für fünf Pfennig extra?«, fragt der Frisör.

»Nein!«

Pfft, pfft! Der rote Gummiball benebelt den Kopf.

»Jetzt bist du schön«, sagt er.

Schön wär’s, wenn es nicht überall kratzte, und richtig schön, wenn Cilli mir mit der Hand übern Mecki fährt und ihre Armringe klingen. Meine Ohren stehen am kahlen Kopf rotglühend ab. Für fünfzig Pfennig! Dafür muss ich eine Stunde Kartoffelsammeln und bin schnell wie die Großen. In der Zeit schneidet er zehn Jungs das Haar und kriegt zehnmal so viel. Ich will nicht Bauer werden.

Draußen wirft Franz-Josef grad eine Münze in den Automatenschlitz und Lakritz rollt heraus. Ich dreh am Griff, erfolglos. Vielleicht mit einem Stein? Aus dem Ibbenbürener Mittagsbus winken Schüler. Franz-Josef gibt mit einer kaffeebraunen Puppe an, Arme und Beine an Gelenken drehbar, wie im Kolonialladenfenster. Auf dem Rückweg guck ich sie mir an: Im Schaufenster sitzt auf der Kakaodose ein nacktes Neger-Heidenkind, nur mit Bastrock und schwarzen Locken.

Das hat ja auch kein Lakritz.

Tags drauf will ich Gregor den Bausteinkasten zeigen, es fehlen Holzwürfel, kein Märchenbild ist vollständig, auch der Roller ist gebrochen. Gregor lacht, dass bei uns alles kaputt ist. Ich schmeiß es an die Wand, beschimpf ihn und wir raufen. Trude ruft Vater, der mit der Weidenrute gleich zuschlägt. Eine Weile ist Ruhe.

Ich will ja gehorchen.

Am Montag ist wieder Schule und das Unglück kommt nach der Messe um sieben. Ich will am roten *Haribo*-Automaten vorbei, doch die Füße schleppen mich über die Kopfsteine zum Glasfenster mit Ringen, Kaugummis und Lakritz. Ein Märtyrer muss es aushalten ohne Lakritz. Die Sünde würgt mir den Hals zu. *O Maria hilf!*

Die Turmuhr zeigt erst zehn vor acht. Ich will vorbeisehen, aber die Augen hängen dran. Noch ist’s nicht zu spät. Doch es kommt schlimm.

Meine Hand hebt sich und dreht am Alu-Knopf. Ohne Münzen kommt nichts, und das Unglück passiert. Die Finger drehen gierig, wie aus eigenem Willen, als glaubten sie nicht an Gott, mit Kraft den silbernen Knopf über jeden Widerstand. Er gibt nach und eine Kugel kullert heraus.

Meine Hand dreht und dreht, Lakritz über Lakritz, ohne Münzen, mein Herz rast. Ein Lachen überkommt mich, ein böses Lachen. Caspar kommt dazu, staunt, will auch, ruft andere. Alle drängen, bis der Automat leer ist. Ich steck eins in den Mund und schleich in die Schule, die Hosentaschen beladen mit Sünden. Sie brennen am Schenkel wie Brennnessel. Warum musste das Böse in mir so heftig den Riegel umbiegen? Vielleicht wird's nicht entdeckt. Ich war's nicht allein. Der Apparat war kaputt. Sie fielen mir so in die Hände. Jetzt packt mich das kalte Grausen erst richtig. Ginge doch alles in Flammen auf! Ich werd nie Märtyrer. Warum lässt Gott zu, dass ich Lakritz mag?

Mit neuem, silbrigem Rad umfährt mich Franz-Josef grinsend, er hat keine genommen.

»Lass mich in Ruh!«, schrei ich.

»Aber meine Hausaufgaben schreibst du ab.«

»Dann schreib ich bei Willi ab. Hau ab, Sauhund!« Ich geh auf ihn zu.

Er weicht den Prügeln aus; die Hose darf ja nicht verdrecken.

Am Dienstag steht der Polizist im Klassenzimmer und fragt jeden einzeln.

»Ich hab nichts!« Taschen umkehren. Brot in Zeitungspapier, Taschenmesser, Lakritz und ein Goldring.

»Das hat ein Nachspiel«, sagt er.

Nur weg, zu Hause renn ich gleich den Wiesenweg zu Harmanns Kamp. Querfeldein, an den Pappeln entlang zum Appelhok mit Gravensteiner- und Boskopbäumen und dem morschen Viehstall, neben Strehlers Wiese und Hülsmanns Kamp; ein brennnesselüberwuchertes Dreieck, mit Brombeergebüsch hinterm Tümpel.

Hier findet mich keiner. Nur Willi kennt mein Appelhokversteck. Wasser steht glasiggrün zwischen Feldsteinen. Ich werd mich verteidigen. Ich werf Opas rotes Solinger Messer gegen den Stamm. Nach einem Purzelbaum steckt's zitternd in der Rinde. Dann schnitz ich aus einem Ast einen Hans im Glück, der allein fortgeht. Erkennt den jemand? Er hat fürs Schwein eine Gans gekriegt, ich will keine, die schlägt mit dem Schnabel. Ich streich übern weichen Grasflaum mit ersten Löwenzahn- und Sumpfdotterblumen und roll mich ins warme Moos. Das Herz pocht langsamer. Die Aprilsonne wärmt schon in der windstillen Bodensenke vor den Büschen. Aber mein Hintern wird nass vom Moos.

Da, meine Glückssterne: Die Milchsterne wachsen nur hier, am starken Stängel, nur für mich. Außen grün, bersten die Knospen, Blütenblatt für Blütenblatt, rollen sich glänzend weiß aus, drehen sich der Mittagssonne zu, strahlen kurz und schließen bald, wieder unscheinbar wie Gras. Ihr bringt mir Glück, weil hier das Glasmännchen wohnt, aus der Geschichte *Das kalte Herz*, welche Rosing in der Schule erzählt hat. Sicher versteckst du dich in den Kopfweiden. Lass die Strafe diesmal an mir vorübergehen. Erfüll mir diesen einen Wunsch! Ich bin doch ein Glückskind, sagt Mutter. Es wird ein Wunder geben.

Den Himmel zu Füßen staun ich den tanzenden Pappelsamen nach. Lerchen trällern: *Vögel des Himmels! Sie säen nicht, sie ernten nicht…!* Wie schön, schweben, wie Jesus übers Wasser gehen. Die Gedanken verschwimmen wie die Lerchen im flirrenden Blau. Leicht flieg ich mit über die grasenden Schweine, die Büsche, höher, rauf und runter, gleite über die Eichen weit hinweg. Ein Specht hämmert. Träum ich? Sicher suchen sie mich schon. Zeit zum Schweinefüttern. Lieber Gott, ich fang sofort ein Leben ohne Klauen und Lügen an! Zur Erstkommunion werd ich's beichten.

Zu Hause fragt Vater: »Wo warst du so lange?«

Rosing steht da, das Jüngste Gericht mit grauen Haaren. Mein *Guten Abend* bleibt unbeachtet. Sie starrt mich an. »Hals und Hände schmutzig, Ohren voll Dreck, Rotzglocke. Wäscht und schnäuzt du dich nie? Was zitterst du? Nur der Ehrliche fühlt sich sicher wie ein Löwe. Du als Anführer von acht Jungs.«

»Ich wa-war's nicht, Caspar war's«, stotter ich, mit Tränen.

Sie kneift mir in die Backe, ich muss fünfzig Mal *Ich darf nicht stehlen und lügen!* schreiben. Das passt nicht auf die Schiefertafel – selbst mit Rückseite.

»Automatenknacker.« Vater schlägt mir links und rechts ins Gesicht. Ich halt lieber still. Meine Backen glühen. Er schaut mich verächtlich an. »Gehst du unter die Diebe und Mörder?«

Ich bereu doch längst. In mir würgt was Finsteres, dass mich friert. »Der war kaputt. Ich wollt nicht …!«, press ich raus.

»Lügner! Ab in die Räucherbude!« Vater verprügelt mich nicht mit dem Stock, weil die Lehrerin da ist. In der Bude, dunkel wie im Bauch von Jonas' Walfisch, riecht's nach Gepökeltem, ich krieg Hunger. Oft hab ich mit der Schippe Glut hergebracht. Ich lausch nach Ratten und Geistern und heul nicht die ganze Zeit wie Anna. Loa di nich bange maken, sag ich mir. Nichts rührt sich. Ich sing leise *Ein Männlein steht im Walde, ganz still und stumm* und such mit Händen die Ecken ab, ob sich nicht doch ein böser Geist versteckt hält. Die Löwen, die mich nachts fressen, kommen hier nicht rein.

In dieser Bude, halb so groß wie ein Bett, hängen an der Decke Schinken und Würste, viel zu hoch, aber sie duften lecker. Mit dem Besen, in der Ecke, schwing ich sie hin und her wie Glocken. Würste schaukeln ist leichter als Schinken. Ich hör sie nicht, aber sie schwingen weiter. Ich spür den Luftzug, einen schwachen von der Wurst, einen starken vom Schinken. Ein großes Glockengeläute. Der Duft und mein Hunger werden noch größer. Ich stoß eine Wurst runter und beiß rein.

Klauen ist Sünde, aber sie schmeckt. Ich will weg, wie Gregor mit der Eisenbahn, und Lakritz kaufen.

Am Ende spricht Vater nicht mehr davon. Ich fürcht ihn aber mehr denn je und erschreck, wenn er plötzlich auf mich zukommt. Beim Melken erzählt er von einem Bauern: »Der schreit: *Hilfe! Wölfe!* Alle rennen hin mit Äxten und Heugabeln, aber der Bauer lacht sie aus. Und so 'n zweites Mal. Und 'n drittes. Als er aber wieder um Hilfe schreit, kommt keiner mehr. Diesmal sind wirklich Wölfe da und fressen ihn. *Wer dreimal lügt, dem glaubt man nicht, auch wenn er dann die Wahrheit spricht*«, sagt er, ohne mich anzusehen.

12

Ich zähl die Tage bis Samstag. Jakob wird uns zu den Sommerferien besuchen. Fällt sein Name, leuchten alle Augen. Sein Foto hängt Vater zum Abendmahlbild in der besten Stube. »Wir beten Rosenkranz, dass er es zum Priester schafft.« So kommen wir auch in den Himmel. Noch dösen Fliegen überm Herd in Massen. Wir halten die Luft an und sprühen *Paral* in alle Ecken, wie immer vor Besuch. Die ersten taumeln und zucken mit den Flügeln. Es riecht bitter stechend, mir wird schwindlig, schnell raus. Später öffnen wir Fenster und Türen. Der Boden schwarz voll Fliegen, wenige zappeln noch; zusammenfegen und auf den Mist. Mutter wechselt auch die Fliegenfänger.

Jakob kommt bei *der* Hitze im weißen Hemd, mit langer Hose und Lederschuhen, und schenkt mir ein Glöckchen, wie es in der Messe zur Wandlung klingelt. Trude, heute freundlich, brät den ersten Kartoffelpuffer für ihn. Aufgeschossen mit sechzehn, spricht er über die Bibel. Wir starren mit großen Augen.

»Gut, dass der Pfarrer dir bei Latein geholfen hat und 'n Wort bei der Klosterschule eingelegt hat«, sagt Vater.

»Die Katechismusnote ist doch die wichtigste.« Jakob lächelt.

»Mit Traufelds Hilfe wirst du was, kriegst 'n hohen Posten wie mein Onkel.« Mutter reibt die Hände an der Kittelschürze. »Bist als Pater bis ans Lebensende versorgt und im Himmel auch.«

Vater kratzt sich am Kinn und sieht Mutter schief an. »Posten? Was redest du wieder fürn Unsinn.«

»Kümmer dich um die Blagen, du verdirbst die total«, sagt Trude.

Mutter lässt den Puffer liegen und geht in ihre Kammer.

Wieso hacken sie wieder auf ihr rum? Ich hack mit Messer und Gabel auf den Tisch und ruf: «Ich werd Bischof!«

»Halt die Klappe«, sagt die stämmige Paula. »Erst klaust du aus 'm Automaten, nu spielst du verrückt, und das vor Jakob.«

»Nur weiter so, dann bist du der Dorftrottel«, sagt Jakob.

»Heini ist verrückt, Heini ist verrückt!«, schreit Anna.

Auch Gregor aus Münster kommt wieder. Er kennt keine verlorenen Kinder, weiß auch nicht, wie Pferde ins Fernsehen kommen und schreit auf dem Hof wegen einer Katze mit Maden auf, die seit Tagen an der Scheune liegt. Um sich mit mir zu vertragen, schenkt er mir Lakritz. »Bin ich dein Freund?«

Das Wort *Freund* hab ich noch nie gehört, auch in der Schule nicht. Wir sprechen nicht drüber. »Wir ärgern Anna!«

Mit einem Gummiring, gespannt zwischen Daumen und Zeigefinger, zielen wir mit geknickten Papierstreifen auf sie. Heulend rennt sie zu Jakob und zeigt ihm die roten Flecken.

»Sünde!« Er nimmt mir das Glöckchen wieder weg!

Ich box ihn und schubs im Vorbeigehen sein Bild von der Wand. Das Glas zerbricht und Vater langt mir ein paar.

Aus Wut spiel ich mit Gregor auf dem Hof Krieg, zünde mit Welthölzern Laub an, werf Zündplättchen ins Feuer, dass es knallt, und zeig ihm Böllern: Zwischen zwei Schrauben leg ich Streichholzzündpulver, dreh sie in eine Mutter und werfs gegen die Hauswand, dass die Hühner in die Schweinewiese flüchten und Jakob erschrocken wieder »Sünde« schreit. Wir lachen uns kringelig und hüpfen auf allen Vieren durchs Gras, bis Gregor sieht, wie ein Huhn von drei Schweinen erwischt wird. Es gackert noch, doch sie zerreißen und fressen es. Gregor rennt hin. »Weg da!« Und schlägt sie mit dem Stock.

Vater droht mit der Hand. »Er macht die Schweine verrückt!«

Ich lauf hin, zieh an Gregors Haar, schubs ihn in die Köddel.

»Das arme Huhn«, jammert Gregor, Hose und Hände voll Mist. »Blöder Heini, mit dir spiel ich nie mehr!«

Die Schweine fressen mit blutverschmierten Mäulern wieder Gras.

»Du bist ungehobelt. Gregor wollte Leben retten«, sagt Jakob.

»Schweine darf man nicht hauen!«

Jakob zieht eine Schokolade aus der Tasche. »Entschuldige dich und du kriegst was ab!« Mit schmalem, klugem Gesicht sieht er aus, als ob er alles weiß, aber wieso entschuldigen? Er steckt sich zwei Riegel in den Mund. Ich schau auf den Rest. Den isst er auch auf und sagt: »Hättst was abhaben können!«

Darauf weiß ich nichts zu sagen, das ist ihm nur recht. Ich pfeffer ihm die Maden-Katze zu. Er duckt sich, sie saust vorbei.

Auch ohne Entschuldigung spiel ich wieder mit Gregor. Als er sich verschiedet, sagt er sogar: »Besuch mich mal in Münster!«

Jakob hilft beim Garbenbinden gern. »Es macht Spaß!«

»Spaß? Du spinnst«, sag ich. Ich such den Himmel nach Raben ab, Gott sei Dank keine. In der Pause spielen wir im Roggen und knicken dabei Halme um.

Jakob sagt lächelnd: »Dafür muss in Afrika einer verhungern!«

Ich staune, dass ich einen verhungern machen kann, und geh raus aus dem Feld.

Als ich am Sonntag unbedingt Fußballspielen will, sagt Jakob, der Kirchzeitung liest: »Auch wenn Deutschland Weltmeister ist, ist Fußballanbeten Götzendienst. Heut ist Mariä Himmelfahrt. Lasst uns den *freudenreichen* Rosenkranz beten: *Jesus, den du, o Jungfrau, vom Heiligen Geist empfangen hast.*« Und zeigt auf die Maria-Statue mit dem roten *Ewigen Licht.*

»Wieso kann Maria in 'n Himmel fliegen?«

»Durch unbefleckte Empfängnis«, sagt er, ohne aufzusehen.

»Wie geht unbefleck-fleckte Empfäng-pfängnis?«

»Durch 'n Heiligen Geist, deshalb ist sie Jungfrau.«

»Heiligen Geist?«

»Ja, Maria ist ohne Erbsünde, sie hat wie ihre Mutter Anna ein Kind unbefleckt empfangen.«

»Unbefleckt?«

»Ach, das geht nur bei Heiligen.« Jakob liest weiter.

»Du nimmst die unbefleckte Empfängnis gar nicht ernst!«

Jakob blinzelt mich an. »Was guckst du ungläubig? Das ist eben ein Wunder. Nur wer glaubt, kommt in den Himmel. Deshalb wallfahren wir zur St. Anna auf dem Breischen, nach Kevelaer und Lourdes. Es blutet sogar aus den Wunden Jesu in der Lourdes-Statue.« Er trommelt mit Fingern auf die Bank und schaut auf meine kurze Hose. »Mach den Pferdestall zu!«

Schnell knöpf ich sie zu. Ich muss Pipi. Als Kathrin letztes Jahr als Zehntes kam, hab ich noch gedacht, der Storch aus der Eiche war's. Caspar spricht von *Ficken wie die Schweine.* Woher die Kleinen beim Schwein kommen, weiß ich. Wir bringen das läufige Schwein zum Eber. Der leckt's unterm Schwanz. Bleibt's still stehen und kriegt er die dünne Ringelröhre rein, kriegt es zwölf Wochen später zwölf Ferkel, jede Woche eins. Steht's aber nicht, wird's nicht trächtig und muss nach vier Wochen wieder hin, und wir müssen es solange umsonst füttern; das ist schlimm. Und wieder hin. Kriegt der Eber die Röhre nicht rein, stellt sich Vater mit der Forke daneben, dass der Eber nicht runterfällt, und steckt die Röhre ein Stück hinten rein. Der Rest ringelt von selbst rein, wenn Vaters sagt: »Nu mach!« Der Eber zittert, pustet und rutscht dann vom Rücken runter. So kommen die Ferkel rein und später da raus. Wie bei den Kühen, nur, der Bulle hat eine glatte, keine geringelte. Eine glatte geht leichter rein. Vater hält hinten die Lappen bei der Kuh auseinander, aus denen wir später das Kalb ziehen. Auch der Hahn springt aufs Huhn. Sonst kann's die Eier bebrüten, wie es will, es pickt sich kein Küken raus. Die Eier sind dann faul, weil der Hahn faul war.

Jakob kann ich alles fragen, wenn auch mit Herzklopfen. »Is befleckte Empfängnis wie bei 'n Schweinen?«

»Bei Menschen ist's wegen der Erbsünde anders!« Er kämmt lächelnd sein welliges Haar, mit eigenem Kamm.

»Schwiech still, Schweineigel!«, ruft Paula auf der Schaukel.

Schade, dass unbefleckte Empfängnis bei Menschen nicht geht. Sonst hätt's fromme Fräulein Rosing ein Kind. Wegen der Erbsünde muss Barbara mit den abgeschnittenen Brüsten leiden und Maria mit sieben Schwertern in der Brust, wie die steinerne Strahlenmadonna unterm Kirchengewölbe. Ich glaub's ja. Deshalb brennt zur Erinnerung vor der Maria-Statue das rote *Ewige Licht*. Um nicht wie die unzüchtigen Mönche im Heiligen Meer unterzugehen, bekreuzige ich mich abends wieder mit Weihwasser und bete zur Jungfrau Maria.

»Es gibt keine Entschuldigung dafür, nicht zu beten«, hat Jakob gesagt. Beim Pipimachen darf ich mein Röhrchen nicht ansehen. Wär's nur nicht so winzig.

Vor der Andacht malen wir uns zum Indianerspielen mit Dreck Streifen ins Gesicht und auf die Arme. Das Wichtigste sind Flitzebogen und Pusterohre. Cowboys haben Knallplätzchenrevolver mit Einzelschusspfanne oder Trommelrevolver und einen Strick zum Fangen. Wir spielen unbefleckte Empfängnis. Anna muss als gefangene Squaw an den Marterpfahl.

»Los Heini, bind die Füße fest, ich die Hände!«, ruft Willi. Im Nu fesseln wir sie am Strommasten mit Bindegarn.

»Aua, nicht so fest!«

Ich kitzle sie untern Armen, sie kichert. Wir kitzeln sie unterm Rock; sie schreit auf und will sich losreißen. Willi piesackt sie mit einem Stock. Lacht sie, mit Tränen? Ich erspäh's nur mit einem Auge: Untenrum hat sie nichts, nicht mal ein Röhrchen. Das hab ich noch nie gesehen. Wie geht bloß Empfängnis? Ich ziel mit Opas Messer, es pfeift über ihren Kopf, hängt im Strommast und federt nach. Willi schießt Holunderbeeren mit dem Pusterohr.

»Aufhören, aufhören!«, heult Anna ohrenbetäubend; sogar die weißen Porzellanköpfe summen oben am Mast.

»Keine Bange, Heulsuse, ich treffe.« Erneut segelt mein Messer und bleibt überm Kopf stecken. Willi trifft daneben, es landet im Gras. Anna schreit noch lauter.

»Schlimmer als Indianergeheul.« Willi bindet sie los. »Spielverderber, Mädchen haben immer Schiss.«

Kein Wunder, sie ist erst sechs, ein Jahr jünger als ich. »Du Pissnudel heulst nur«, sag ich. Sie hat's als kleine Schwester viel schwerer als ich, weil ich ja ihr großer Bruder bin.

»Ihr Teufel.« Sie läuft davon und schlägt's Tennentor hinter sich zu, dass die Kühe muhen.

»Dass ihr mir ja zur Rosenkranzandacht geht«, droht Trude jeden Sonntagnachmittag im Oktober.

Anna redet nicht mehr mit mir und schaut in der Andacht von der Mädchenseite kein einziges Mal zu mir rüber. Über ihr sieht mich der Apostel Thomas mit der Lanze in der Hand grimmig an. Wenn der die Lanze rüberschmeißt, könnte der Matthias auf meiner Seite mit dem Beil antworten, so eins, mit dem ich Holz hacke. Hinter mir ist noch einer mit einem Schwert. Wie lange dauert die Andacht bloß! Wir beten den *schmerzensreichen* Rosenkranz, *der für uns gekreuzigt wurde.* Anna ist zu blöd zum Kreuzigen.

Abends nach dem Pfannkuchenessen ist Anna plötzlich lustig. Hat sie mich wieder verpetzt? Sie will hinter der langen Scheune im Gebüsch verstecken spielen.

Ich bin dran, zähl laut bis zwanzig und los geht's. Die dunklen Baumkronen stochern im Nebel. Seltsam, das Tennenlicht geht aus. Gress' Wolfshund bellt. Der Wind treibt mir Blätter ins Gesicht und Fledermäuse stürzen auf mich zu. Die Scheunenbretter klappern. Anna hat Angst, ich nicht. In den Büschen knackt und raschelt es. Ich renn drauf zu; nichts. Mein Herz klopft. Es stinkt nach Wildschwein. Ich halt die Luft an, duck mich und trau mich kaum, aufzutreten. Geb ich auf, lacht Anna mich aus. Wenn mich nur keiner anfällt. Mir bricht der Schweiß aus. Was Glühendes schwirrt auf mich zu, folgt mir, der Teufel! Mir ist, als greift mir was um den Hals. Ich piesak Anna nie mehr. »Oh Gott, hilf mir!« Ich rase zurück zum Hoftor, es ist verriegelt, alles finster. Ich schlag dagegen, zittre und heule.

Langsam wie von Gespensterhand öffnet es sich.

»Dat hesse dorven. Loa die nich bange maken!« Anna lacht schrill.

»Blöde Kuh, auf der Tenne verstecken ist gegen die Regel!« Gemein, mich draußen umsonst suchen zu lassen.

13

»Morren merrag Erpel söken. Du moss klock twölv tohuse wirn. De Skole fellt ut«, sagt Vater. Schön, dass die Schule fürs Kartoffelsammeln ausfällt. Mittags geht's los mit dem Pferdewagen übern Sandweg, zugewachsen mit Goldrute und Schafgarbe, zum kleinsten Feld *Drei-Scheffelsaaten* hinter Wallhecken. Der Roder rattert auf und ab und wirft die Kartoffeln hinter sich. Barfuß im heißen Sand robben wir nebeneinander und sammeln sie in Weidenkörbe. Ich will alle überraschen, als erster die Reihe fürn Hof fertig haben, schneller als Eva, Paula und Jakob.

»Korb schon wieder voll?« Vater leert ihn erstaunt auf den Wagen.

Die Oktobersonne sticht noch. Ich schwitz und reib mir den Staub aus den Augen. Jakob trinkt mit Vater Schnaps, schwitzt noch mehr und riecht nach Moder. Ich will ein Priester werden, der nicht stinkt. Die Körbe werden schwerer, die Reihen länger, mir wird beim Bücken schwindlig. Am Reihenende wart ich wieder stolz als Erster auf die anderen.

»Sorgfältiger aufsammeln, dass Gottes Schöpfung nützlich wird«, sagt Vater.

Für Gott streng ich mich noch mehr an.

Brockmöllerbur kommt vorbei. »Wie 'n Mohr siehst du aus, schwarzen Pfoten und Knie, schwärzer als 'n Schornsteinfeger.« Er lacht. »Heini, möchtest du nicht bei uns Kartoffelsammeln?« Es klingt nachdrücklich wie drei Rufzeichen. Immerhin fünfzig Pfennig die Stunde, eine *Sinalco.* Dierks und Brinkmanns geben nur vierzig. »Euer Papa hat Glück, 'ne Kinderherde zum Kartoffelsammeln, sogar welche zum Abgeben!« Er wiehert, dass seine Löwenmähne zittert.

»Heini, geh dahin, musst aber auch bei Gressbur helfen!«

»Bei Gress krieg ich kein Geld.«

»Die helfen uns auch beim Mähen und Dreschen. Ohne Nachbarschaftshilfe geht's nicht. Schlimm genug, dass wir jetzt ohne Brinkmanns nur noch vier Nachbarbauern haben.«

In der Pause kauen wir Butterbrot unter einer Eiche. Mutter krümmt sich, beklagt den Rücken. Ich frag nach Anna. Sie hilft heute nicht. Wegen Bauchweh, sagt Mutter. Das hat sie von nichts essen. Eva verrät mir, dass Anna, eingesperrt in der Räuberbude, die weißen Besenpilze gekaut hat. Vater recht die Kartoffelstrünke zusammen, ich zünd die Haufen an. Aus dem dürren Kraut lodern Flammen und blauer, süßer Rauch mischt sich mit Herbstdunst. Könnt ich doch wie Heilige in der Bibel im Feuer sitzen, ohne zu verbrennen. Ich brate Kartoffeln in der Asche und hol sie mit einem Stock aus der Glut. Lecker!

»Gegen Rückenweh hilft nur 'ne Klutenschlacht«, sagt Vater und wir machen eine Schlacht mit Sandbrocken.

Wir sind erst im Dunkeln zurück, völlig erschossen vom tagelangen Kartoffelsammeln. Gestern, stolz als Erster die Reihe fertig, tut mir heute noch mehr der Rücken weh vom Bücken und von vollen Körben. Auch morgen hab ich keine Hausaufgaben, und ich versäum wieder Schulstunden. Die Schwalben sammeln sich in langen Reihen auf dem Telefondraht. Mitfliegen wär schön.

»Papa, krieg ich Kirmesgeld?«

»Du kriss bi de Noababurn fört Erpelsöken Karemstegeld.«

»Willi kriegt Taschen- *und* Kirmesgeld, ohne zu helfen.«

»Was willst du denn damit?«

»Ähm, für Kettenkarussell, Seifenblasen, 'ne Tröte und …«

»Wat 'n Kokolores, spend lieber fürs Heidenkind!«

Nach dem Sammeln weht noch Geruch verbrannten Kartoffelkrauts von Harmanns Kamp übern Hof. Nasskalter Wind zieht durch die Scheune. Der Sortierer rappelt tagelang. Vater schaufelt die Kartoffeln hinein. Endlos greifen: verfaulte und angeschlagene vom Sieb, wie Aschenputtel, schlechte ins Töpfchen. Die guten laufen in Säcke. Alles zugestaubt, außer Augen und Zähnen alles grau. Ich kann nicht mehr. »Gehorche!« Schläge auf die kalten Finger, wenn sie kaputte durchlassen. Ratter, ratter. »Pass auf!« Schläge in den Nacken. »Was heulst du wieder!« Es dunkelt, die Turmuhr schlägt fünf. Plötzlich stellt Vater den Sortierer aus. »Still! Spinn ich? Karl, hess du ok dat Armeseelen-Lüden hört?«

»Die Totenglocke?«, fragt Karl. »Nachmittags doch nicht.«

»Ich hab's aber gehört.« Vater läuft mit Karl übern Hof zum Graben; sie schauen zum Dorf.

Eva, Anna und ich spießen mit spitzen Haselstöcken Kartoffeln auf und schleudern sie in die Wiese. Die getroffenen Schweine rasen quiekend davon.

»Habt ihr's nicht geseh'n?« Vater zeigt über Brinkmanns Feld. »Auf der Straße bei Strehlerbur … auf einmal war der Nebel weg.« Seine Stimme zittert. »'n Trauerzug mit Leichenwagen und Leute mit Regenschirmen.«

»Haha, es regnet gar nicht.« Ich muss lachen.

Vater schaut verächtlich. »Schnell, der Zug … dann Nebel.«

»Ich hab auch was geseh'n, was Dunkles. Nur, es ist in der Bauernschaft keiner gestorben«, sagt Karl, »lange kam hier kein Leichenzug mehr durch.«

Vater will hinradeln, bleibt aber wegen der dreckigen Manchesterhose. »Sagt keinem was davon«, flüstert er, »das tät schrecklich enden.« Die Kartoffelsiebe rappeln wieder. Kann er vorhersehen wie Opa? Keiner redet darüber.

Am Sonntag geht Mutter nicht mit wie sonst zur Kindermesse um acht. »Ich bin müde«, sagt sie. Sünde! Sie ging nur zur Frühmesse um fünf, obwohl Vater sagt: »Werktags genügt einmal, aber sonntags muss man zweimal zur Messe!« Er und Trude gehen außer zur Sieben-Uhr-Messe ins Hochamt. Karl auch, mit vierzehn aus der Schule gilt er als Großer. Mutter kocht Schweineknochen mit Bohnen und trinkt mit Emma Kaffee.

»Eure Mama hat wieder eins verloren«, sagt Emma mir.

Eine Weile ist's still wie beim Fliegengiftsprühen.

»Verloren?«, frag ich.

»Fehlgeburt.« Emma stippt einen Keks in den Kaffee.

»Ist's unter der Pferdewiese bei 'n toten Ferkeln?« Keiner antwortet mir. Das zweite Verlorene, sicher, weil Mutter nicht genug betet. Ihr laufen Tränen über die Backen. Sie steht auf und rührt in den Töpfen auf dem Herd.

Als die Großen vom Hochamt zurück sind, sagt Trude: »Euthymia hat 'n Wunder gewirkt.«

»Wirklich?« Gleich bin ich gespannt.

»Ich hab's selbst gesehen. An Euthymias Grab betete eine Schwester für ihre kaputte Hand. Die war zerquetscht und verbrannt zwischen heißen Bügelmaschinen-Walzen und wollte seit Monaten nicht heilen. Alle beten doch zu Euthymia, die hat im Zweiten Weltkrieg Soldaten verbunden, bis sie umfiel, sich aufgeopfert wie 'ne Heilige. Dann hab ich gesehen, wie die Schwester ihre Hand hochhielt, plötzlich geheilt von der Wundrose. Der Doktor kann sich's nicht erklären. Sicher spricht der Papst Euthymia bald selig.« Trude humpelt auf mich zu, zeigt mit dem steifen Finger auf mich und starrt mich an, als hätt ich was geklaut. »Gott will, dass du 'n heiliges Leben führst. Ich bet jeden Tag, dass du Priester wirst. Der Älteste muss Priester und die Erste Nonne werden!«

Vor Schreck geh ich zurück. »Jaja, aber ich bin der Siebte!«

Sie schaut zu Paula. »Als Älteste musst du ins Kloster.«

»Da wirst du heilig wie Euthymia«, sag ich. Paula lacht nur.

»Verkommen seid ihr«, sagt Trude, Mundwinkel herabgezogen und Haut welk wie ein alter Boskop. »Jeden Tag können die Posaunen von Jericho ertönen.«

Dreißigster Mai ist Weltuntergang, wir leben nicht mehr lang, singt Karl.

Ich leg ihm heimlich drei tote Fliegen von der Fensterbank auf den Tellerrand.

»Schwiech still«, sagt Vater, »der Weltuntergang ist nah. Nostradamus hat's auch vorhergesehen. Die Sünder kommen um durch Seuchen und Überschwemmungen, schlimmer noch als die Hiroschima-Bombe.« Er spricht von Vorzeichen.

Gott vernichtet uns bald, bis auf Auserwählte wie in Noahs Arche. Ohne Rosenkranzbeten hätten wir schon längst die Seuche.

»Essen! Die Suppe wird kalt!«, ruft Mutter gleichmütig.

Karl spricht's Gebet, ich muss kichern. Dann sieht er die Fliegen und schmeißt sie zu mir. »Du Drecksau! Warte nur 'n Weilchen, dann kommt Haarmann mit 'm Beilchen.«

»Warum?« Er, immer mit den Sprüchen.

»Der fängt freche Blagen wie dich und verwurstet sie.«

Einige Tage später überbringt Gressbur die schreckliche Nachricht: Der zehnjährige Brockmöllers Christoph wurde vom Auto überfahren, auf der Stelle tot.

Am Beerdigungstag treiben Nebelschwaden übers Moor, es nieselt nasskalt. Wir reihen uns in den Trauerzug ein, manche mit Regenschirmen. Das Armeseelenläuten setzt ein. Sechs Pferde mit schwarzen Decken ziehen den Leichenwagen.

»Ich hab's vorhergesehen, genau hier, aber redet nicht drüber«, flüstert Vater erschrocken, blass, und schweigt. Ein Fuhrwerk hält an und lässt den Leichenzug vorbei. Beim *Dicken Leeven Herrn* vor der Mühlenaa warten wir, bis der Pfarrer den Zug im schwarzen Talar als Erster hinterm Leichenwagen mit den Sargträgern zum Friedhof führt. Christophs Mutter schluchzt vorm kleinen Sarg. Auch Mutter weint. Sie sagt: »Das Schlimmste, was passieren kann!«

Christoph liegt tief unter Blumen. Nie mehr werd ich mit ihm vorm Fernseher sitzen. Schade!

Die Stimme des Pfarrers schwillt auf und ab: »Es sind Kinder Gottes, er gibt sie, er nimmt sie. Lasset uns beten.«

Sicher erhält Christoph auch einen schönen Engel wie Margret aufs Grab. Durch die letzte Ölung ist er schon im Himmel. Wie schafft der Pfarrer das? Seine Haushälterin sagt, er hat ihm rechtzeitig mit geweihtem Öl Augen, Ohren, Mund und Füße gesalbt.

Bei *Dreilinden* ess ich wie bei Opas Beerdigung meinen Lieblingsleichenschmaus: Streuselkuchen mit Vanille.

Vater, an der Theke bei Gressbur und Brinkmanns Bernd mit einem Klaren in der Hand, fragt hier wie üblich nach dem Wohlergehen. »Wie wird's Wetter?«

»Erst probieren!« Gressbur lässt sich einen Schluck auf der Zunge zergehen, leert den Rest, schüttelt sich und nimmt noch einen. »Du hast's zweite Gesicht! Deine Patenkinder, Christoph: Hast du die auf 'm Gewissen?«, sagt Gressbur zu Vater, »dich nähm ich nie mehr als Taufpaten!« Und geht rückwärts raus.

Mir steigt die Gänsehaut hoch. Vater ist so mächtig! Ich werd mehr gehorchen und beten, aber wieso reden sie im Dorf darüber? Es hat doch keiner erzählt. »Und Trudes Hüfte! Bringt Papa Unglück, weil er 'n Fluch hat?«, frag ich.

»Brockmöllers Mama geht uns auch aus 'm Weg«, klagt Mutter, »Papa sei mit dem zweiten Gesicht Schuld an Christophs Tod.«

»'n Spökenkieker?« Brinkmanns Bernd grinst Vater an. »Geh lieber mal mehr zum Schützenfest, statt sonntags zweimal zur Messe. Prost!« Er lässt 's Glas wieder füllen.

Gemein! Er will nicht wahrhaben, wie mächtig Vater ist. »Das Dunkle im Nebel ... der Leichenzug; Karl hat's auch gesehen.«

»Gutgoan.« Vater winkt ab, mit Tränen, schluckt den Rest, greift den schwarzen Überzieher und ist schon in der Tür.

»Euer Opa hörte auch 's Gras wachsen!«, ruft Brinkmanns Bernd lachend. »Wer sieht schon nachts im Wald Lichter?«

Als wir nach Hause kommen, hören wir Zigeuner singen: »*Lumpen, Knochen, Eisen und Papier …*« Sie wühlen in den Brennnesseln hinter der Scheune, schleppen Eimer ohne Boden ab, in denen Unkraut wächst, verbeulte löchrige Töpfe, Waschschüsseln, verbogene Ofenrohre. Was die alles brauchen können.

Könnt ich doch wie die in die Weite ziehen.

Allerheiligen gibt Trude mir ein Totenbild von Onkel Franz. »Schau, wellige Haare wie du.« Schneidig steht er da, mit blitzenden Stiefeln. Eine Faust ums Gewehr geballt, in der andern eine Zigarre, schaut er furchtlos in die Ferne, sicher nach Sibirien. Wo der überall war, toll sein Gewehr! »Bet auch für ihn 'nen Ablass«, sagt Trude. »Er hat noch 'n Rosenkranz gebetet, bevor er gegen die Russen zog. Drei Wochen später kam der Brief mit schwarzem Rand: *Gefallen für Führer, Volk und Vaterland.*« Wieso fällt so einer und schmort im Fegefeuer? Schon seit Stalingrad piekt ihn der Teufel mit glühenden Eisen. Je weniger lässliche Sünden, desto eher steigt die Seele zum Himmel, sagte Traufeld. Gegen vollkommene Ablässe an Allerheiligen kann der Teufel nicht an und muss ihn freilassen.

Der Herbstnachmittag ist neblig kalt. Gegen Vaters Fluch will ich viele Ablässe beten. Am Kreuzgang gehen Betende still umher. Ein paar knien versunken in den dunklen Bänken. Im Seitenschiff beginn ich mit der ersten Station für Onkel Franz. Ich nick Willi zu, der mit gefalteten Händen schon vorm Kreuzigungsbild steht. Die Schatten der Figuren zucken vom Kerzenlicht.

Das Arme-Seelen-Läuten der Totenglocke hallt durch die Kirche, dass ich zittre. *Und vergib uns unsere Schuld … O Herr, erbarme dich seiner …* Nur kein *Gegrüßet seist du Maria* überspringen, dann gilt der Ablass nicht und er schmort noch länger. Endlich fertig und nach draußen, an einem Grab beten, wie zu jedem Ablass. Am liebsten geh ich zu Margret mit dem weißen Engel. 1953 steht auf dem Stein. Zwei Jahre bist du da schon drin. Nur nicht auf sie treten, sie sieht sicher zu. Überall Lichter, auch auf Brockmöllers Christoph. So eins brauch ich! Ich geh wieder in die Kirche und bete wieder sechsmal *Vater unser, Gegrüßet seist du Maria* und *Ehre sei dem Vater.* Draußen treff ich Willi.

»Ich hab schon dreizehn Ablässe! Und du?«, flüstert er.

»Du schummelst! Ich hab erst neun.«

Er lacht.

»Wenn man lacht, gilt der Ablass nicht«, sag ich.

»Quack! Wer weiß, ob Ablässe aus ’m Fegefeuer helfen.«

»Gar nicht Quack, Trude und Papa sagen es. Papa weiß sogar vorher, wenn man stirbt, wie bei Christoph! Du bist ’n Bruder Leichtfuß, hat auch Rosing gesagt.«

Auf dem düstern Gräberpfad treibt mir der Wind Tropfen und Blätter ins Gesicht, ich zieh den Mützenschirm tiefer. Überall beten welche vor Gräbern. Es riecht nach faulem Laub. Da, ein dunkler Mantel mit Kapuze, ohne Gesicht und Hände. Ich zieh meine Kippmütze, er verschwindet im Nebel, bestimmt einer der unerlösten Geister von Selbstmördern und Verfluchten. Vor Opas Grabstein unter der Eiche senk ich den Blick: Opa, du bist sicher im Himmel. Ein Stück weiter flackern auf einem Grab sogar zwei rote Lichter. Tote brauchen nicht zwei! Schnell greif ich eins, pust es aus und steck’s in die Tasche. Froh, dass die Kirchentür hinter mir wieder ins Schloss fällt, bet ich einen Ablass für Opa, obwohl es für ihn sicher nicht nötig ist, und zum Georg, unserm Schutzheiligen mit der Lanze. Er muss mir helfen gegen Löwen und böse Geister. Seine Knochen sind in der Altarplatte eingemauert, da kommt kein Teufel ran. Und noch einen zur Euthymia. Wenn nur keiner die Beule in der Hosentasche sieht. Draußen zeig ich Willi mein Totenlicht.

»Ooh«, sagt er, greift sich auch eins und wir laufen im Dunkeln nach Hause. Mit Opas Messer schnitzen wir Hexenfratzen in Kürbisse mit großen Augenlöchern und scharfen Zähnen, stellen die Lichter rein und erschrecken mit Betttuch übern Kopf Anna und Lorenz, dass sie schreiend weglaufen.

Beim Einschlafen fürchte ich die Geister. Beklaut man Tote, holen sie es sich nachts wieder.

»Ist’s Sünde, Toten was wegzunehmen?«, frag ich Traufeld.

»Toten kann man nichts nehmen.«

»An Allerheiligen ’n Lämpchen vom Grab?«

»Du sollst nicht stehlen, das siebte Gebot!«

Ums zurückzubringen, kletter ich, als es dämmert, mit dem Lämpchen übern Friedhofszaun, damit mich keiner sieht. Irgendwo lacht wer, der Sand knirscht, die kleine Glocke schlägt an. Ich stolper, mein

Bauch krampft. Sicher steigen Tote nachts aus den Gräbern. Wolken verdecken den Mond. Dunkle Kreuze starren. Nur nicht die Totenruhe stören. Opa unter der Eiche, Margret mit dem Engel. Wo war's Grab nur? Eine Krähe fliegt über mir, etwas schlägt hinter mir ein. Ich renn zurück. Oje, nur nicht in Sünde zur Erstkommunion!

»Was mach ich bloß?«, frag ich Mutter. »Ich find's Grab nicht.«

»Mein Gott, das mit 'm Lämpchen ist nicht schlimm. Stell's unters große Friedhofskreuz, da kommt's allen zugute!«

Erleichtert bring ich es nach der Schule hin.

Am ersten Adventssamstag sind die Fensterscheiben schon fingerdick überfroren. Seit es eiskalt ist, liegt Vater hustend im Bett. »Papa leidet am Hof und am trockenen Husten!« Mutter sorgt sich übers hohe Fieber. Wenigstens kann er mich nun nicht einsperren. In der Waschküche schmelzen die Eisblumen und ein Rinnsal läuft aufs Fensterbrett vorbei an toten Fliegen. Im Wasserdampf beugt sich Mutter übern Waschkessel, in dem sonst Würste kochen, rührt darin mit dem armdicken Wäschebengel und zieht Wäsche hoch. Sauberes lässt sie in die Seifenlauge zurück plumpsen. Manchesterhosen und Hemdkragen bürstet Eva auf dem Waschbrett mit Kernseife. Paula, kräftiger als Eva, schüttet die Wäsche mit der Lauge in die Trommel der Wäscheschaukel. Der Motor mit dem Keilriemen rumpelt sie hin und her. Ich seh mir Schneeflocken an. Sie haften an der Scheibe und rutschen.

»Nur *wir* haben keine elektrische Waschmaschine«, sagt Eva.

»Tannenbuschschulden, Aussteuer, das Angeschriebene«, sagt Mutter. »Heirat bloß keinen Bauern.«

Paula legt ihre Zöpfe zum Knoten, steckt ihn mit Haarnadeln fest und tut überlegen. »Wir haben's Eiergeld!« Sie spült die Wäsche im Fass unter der Pumpe aus. »Heini, pump mal!«

»Sei still, dass Papa es nicht hört«, sagt Mutter.

»Heymeiers und Gress kaufen auch nichts dazu.« Eva putzt missmutig ihre beschlagene Brille.

»Alle haben geredet«, sagt Mutter »Wie kannst du zu dem armen Bauern gehen mit der ewig schimpfenden Trude. Jetzt wundern die sich, dass Papa sogar Land kauft. Heini, fass mit an!« Mutter ist doch stolz, dass Vater alles schafft. Bald tun mir die Hände weh vom Lakenauswringen. »Sei fleißig, sonst überschüttet dich Frau Holle mit Pech. Halt wenigstens fest.« Mutter dreht allein.

Lieber führe ich Schlittschuh wie Willi, hätt ich nur welche. »Aber meine Schularbeiten«, sag ich.

»Später. Saubere Unterhosen sind wichtiger«, sagt Mutter.

»Mit *Persil* gewaschen!« Eva gackert wieder.

Mit krummem Rücken wuchtet Mutter Laken und Bettbezüge im Korb nach draußen, mit der Klammerschürze um den Bauch. »Erst glatt ziehen.« Wir zerren sie hin und her, ich versuch, Mutter umzureißen, aber sie hält lachend Stand. Schneeflocken fallen mir in die Augen. Wir hängen alles auf die Leine zwischen Birn- und Pflaumenbaum. Raben krächzen in den Wipfeln wie im vorletzten Winter, als Opa unter die Eiche kam. Gräser ragen aus den Schneewehen und zittern im Wind. Kohlköpfe, Porree und Endivien sind weiß. Ich stell mich auf die Holzschuhspitzen, um Laken festzuklammern. Wieder rutscht mir eins runter. »Beeil dich, der kalte Ost fährt mir in die Knochen.« Noch flattern die Laken, bald hängen sie wie Sperrholzbretter. Auch die langen Unterhosen schaukeln steifgefroren. Schnell an den Herd. Die Hände brennen beim Auftauen. Trude stellt Kirschzweige ins Glas. Vor den Hausaufgaben such ich Barbara in der Heiligenlegende.

Der Vollmond erhellt die Küche. Nur das ewige Licht glimmt und das Feuer knistert. Lecker schmecken Birnen- und Apfelringe und Pflaumen aus dem Backofen. »Bei Vollmond ist alles verrückt«, sagt Vater, neben Trude am Herd hustend. »Ich hab mal Irrlichter in so 'ner Nacht aus 'ner Kopfweide fliegen sehen. Die zischten um Pferd und Wagen wie Schlangen.«

»Haben die gebissen?« Ich setz mich neben ihn auf die Holzdielen und röste die Füße. Karl setzt sich breitbeinig auf den Stuhl und legt den Kopf auf die verschränkten Arme auf der Lehne. Anna macht's sich zwischen Mutters Beinen gemütlich.

»Man muss auf Gott vertrauen. Meinem Papa is so was im Halverschen Teufelsmoor passiert, 'ne gefährliche Stelle, beidseits des Sumpfs. Er wusste, da gehen Hexen um. Fast vorbei, singt er, sich Mut machen. Auf einmal springen Katzen auf ihn zu, schwarze mit glühenden Augen. Hexen, hat er noch gedacht, sagte er, aber dann wusste er nichts mehr. Als er wieder zu sich kam, lag er hier vor der Tür. Und die Katzen hinterm Haus schrien wie nie.«

»Die Katzen haben wohl die Schnapspulle geleert!« Mutter kichert beim Sockenstopfen. Anna und ich müssen lachen.

»Seid still!« Er blickt verächtlich. »Warum hat Kupperharms Gerd sich grad bei Vollmond an der Eiche erhängt?«, flüstert er. »Wer laut drüber redet und lacht, den trifft 'n Blitzschlag aus heiterm Himmel, stirbt ohne Grund oder wird verrückt.«

Ich starr aufs Flackern durch die Herdringe und aus dem Schürhakenloch. Obwohl hundemüde, kann ich nicht genug davon hören. Endet Vater, fallen mir prompt die Augen zu. Fängt er wieder an, reiß ich ruckartig die Augen auf. Plötzlich pocht und rasselt es an der Vordertür. Vater macht *Psst.* Kühe stehen auf im Stall und muhen.

»'n losgerissener Bulle mit 'ner Kette um 'n Hals?«, fragt Karl. »Aber Hunde, die bellen, beißen nicht.«

»Mönche aus 'm Heiligen Meer oder Geister«, flüstre ich. Sicher wollen die mich wegen des Friedhofslichts abholen. Nachts ist mein Schutzengel zu schwach.

»Man muss sich vorbereiten, es kommen schlimme Tage. Leute werden aus 'n Häusern geholt und verschwinden bis zum Jüngsten Tag«, sagt Trude.

»Oder der alte Landstreicher Vaahlen Franz«, sagt Vater. »Der kam früher freitags reingehinkt mit der Kiepe, verkaufte Schnürsenkel, Welthölzer, Mäusefallen und erzählte, dass er nachts im Wald Leute lachen hört.«

»Der ist doch im Wahnsinn umgekommen«, sagt Mutter.

»Heut Mittag spionierten Zigeuner rum«, flüstert Vater. »Die klauen mehr als sie kaufen, stehlen sogar Kinder. Karl, verriegle schnell die Hintertür!« Bei Fremden muss man aufpassen, sagt Vater immer, einer klopft vorn und hintenrum klauen sie alles raus. Schnell bin ich mit Karl an der hinteren Schweinestalltür und seh, fast hätt ich aufgeschrien, das Herunterdrücken der Türklinke.

»Verschwindet!« Karl schiebt schnell den Riegel vor.

Ich zittre. Schritte entfernen sich. Vater schaut nach, ob alle Werkzeuge, Pflüge und Eggen noch da sind. »Achtgeben auf Zigeuner und Lumpensammler!«, sagt er. »Die laufen in der Dämmerung rum, wie Füchse durch die Wiesen streifen, das Maul mit Hühnerfedern voll gestopft.«

Am Morgen liegt hoch Schnee, ich kann die Tür kaum öffnen und seh keine fremden Spuren. Vermummt stapf ich mit Willi zur Schule. Der Mond steht noch kalt und groß. Sogar mit Stroh in den Holzschuhen sind die Zehen eisig taub. Ich erzähl Willi von dem Fremden.

»Es gibt Widergänger«, sagt er. »Geh nie rückwärts, sonst wird man 'n Gespenst nach 'm Tod!« Ich versteh's nicht.

Unter der Schulbank ist eine Pfütze vom Holzschuhschnee.

»Die Mistgeburt hat eingemacht!« Caspar zeigt auf die Lache und alle lachen. Die wundern sich noch übern Weltuntergang, denk ich mir, werd aber rot.

»So ist das eben bei armen Leuten«, sagt Rosing Willi und mir. Ich weiß dazu nichts zu sagen. Wir spenden sogar für Heidenkinder, die haben nichts, nur große schwarze Augen. Auf dem Schulhofeis knarren die Holzschuhe. »*Es klappert die Mühle am rauschenden Bach*«, singen uns die andern nach.

»Blöde Holzschuhe!« Willi pfeffert sie zu Hause in die Ecke.

»Genier dich nicht!« Emma nimmt ihn in den Arm und streicht ihm übers Haar. »Wir sind eben nicht reich, aber mein Rudolf hat bei der Bahn 'ne sichere Arbeit.« Willi setzt sich auf ihren Schoß und schließt die Augen an den großen Brüsten. Auch die kleine Rosa schmiegt sich an Emma. »Und du, Heini, kriegst 'n Mund nicht wieder zu.« Emma streichelt lachend über Rosas gewelltes Haar. »Auch Spitz hat's Streicheln gern, wie viel mehr der Mensch.« Komisch. Ich lutsche Daumen.

Am Abend flechtet Vater trotz Fieber Körbe. Der Schatten des Herdfeuers springt auf und ab über die schwarzen Fliegendreckpunkte an der Wand. Auf der Herdplatte duften Äpfel. Erst macht er zwei Rundbogen mit Ruten, stark wie ein dicker Finger, nagelt sie ineinander und setzt darin dünnere Ruten als Speichen ein. Bald sind mehrere Korbrümpfe fertig. »Heini, hol Weidenruten aus der Wasserwanne!«

Ich bringe einen Arm voll. Er biegt sie prüfend, ob sie brechen. Diese verfluchten Kopfweiden von Harmanns Kamp treiben so schnell aus. Man kann zugucken, bis die neuen Triebe stark genug sind, mich damit zu verhauen.

»Wann krieg ich Lederschuhe? Sind wir zu arm dafür?«

»Wir sind nicht arm, wollen auch keine Fürsorge.« Er schaut verwundert. »Da müsst man sich was schämen. Sicher, wir könnten etwas früher aufstehen, mehr anbauen, mehr Kartoffeln und Ähren nachsammeln. Aber arm? Mit 'm Hof nicht! Brüggen Rudolf hat als Schrankenwärter nichts.«

»Ich hab nur 'n Paar Holzschuhe!«

»Besser ein Paar als keins. Arm, das war im Steckrüben-Winter. Mein Opa starb nach Torfstechen an Schwindsucht. Wir sind nicht arm und ins Grab kann man nichts mitnehmen.«

»Ich will jetzt Schlittschuhe, nicht erst im Grab«, sag ich. »Papa, wann ist Weltuntergang?«

»Wenn die Uhr stehen bleibt.« Vater spitzt Ruten an und flechtet sie in den Korbrumpf ein.

Ich späh zur Küchenuhr über der Bank. Das Pendel lässt keine Sekunde aus, verliert aber täglich einige Minuten. Als ich mal den Zeiger zurückschob, um nicht zur Schule zu müssen, gab's Ohrfeigen. »Wenn ich's Pendel anhalte?«

Er zieht die Augenbrauen zusammen. »Es gibt wieder 'n großen Krieg, Blut fließt übers Land. Alle kommen um und jeder muss vors Jüngste Gericht.«

»Wirklich?«

»Vor drei Jahren im Herbst, da seh ich 'n Haus brennen und lauf übern Eichkamp dahin.« Er zeigt mit einer Rute zu Dierks neuem Haus. »Aber dann seh ich's nicht mehr und bleib auf halbem Weg stehen. Nicht lange später, Heini, du warst vier, brennt's durch Heu-Selbstentzündung wirklich ab.«

Alles, was Vater vorhersieht, stimmt haarklein wie bei Opa. Ich hab Dierks Haus selbst brennen gesehen. Wieder und wieder piekt Vater Ruten hinein und verschlingt sie, bis alles ausgeflochten ist. Für den Abschluss kürzt er die Ruten und biegt sie ins Flechtwerk zurück.

»Wann ist endlich Weltuntergang?«

Er blickt zornig. »Du guckst ungläubig, lass's dir gesagt sein, alle Vorhersagen treffen ein, wie Christophs Leichenzug.«

Die Dezembertage sind grau und die Wiese ist voller rauer Rabenschreie, Warnungen wie vorm Mähmaschinenunfall. Vater, mit schwerer Lungenentzündung im Bett, spricht wieder von Krieg, Plagen und Weltende. Keiner weiß, was ihm fehlt.

»Der Fieberwahn macht ihn wunderlich, diesen Winter ist's ganz schlimm, sicher wegen der Schulden«, sagt Mutter. »Er hat wieder was gesehen. Wenn er nur nicht stirbt. Heut Nacht hat er wie wahnsinnig geschrien und wollt kein Licht anhaben.«

Er soll nicht sterben. Dann werden wir alle weggegeben oder müssen ins Armenhaus. Neugierig schleich ich in die Elternkammer und blick ihm verlegen, aber lange ins Gesicht. Er starrt, Augen weit offen, zur Decke. Dann schreit er: »Ich seh sie, dort! Ich seh sie!« Und er murmelt weinerlich: »Ich seh sie, Verdammte, im Schnee.« Die Lippen zittern. Weiß er, dass er redet? Spricht er als Verfluchter mit Geistern?

Mit Grausen schleich ich wieder raus und erzähl Trude davon.

»Der ahnt 'n Weltuntergang. Man opfert sich auf mit 'n Blagen, noch Kathrin, und alles geht unter, wie im Dreißigjährigen Krieg.«

Tags drauf erzählt Vater vom Traum. »Ich wach auf und 'n Mädchen kommt auf mich zu«, er bewegt die Hand zweifelnd, »blass und schmal im Gesicht, Haar wirr über die Augen.« Er stockt. »Was bedeutet das bloß?« Wen trifft's diesmal? Verhext er andere? Muss ich jetzt sterben?

Abends find ich mit eisigen Füßen keinen Schlaf und bete Rosenkranz, dass Gott ihm den Fluch nimmt. Den Brockmöllers mit Fernseher und Auto gönn ich es. Die reiten, ohne zu grüßen, vorbei. Zottlige, graubärtige Gesichter drücken sich an die Scheiben. Jemand lauert hinter Karls Mantel. Den Kopf unter der Decke späh ich zur Tür. Am liebsten spräng ich aus dem Bett und liefe weg. Nur wohin? Bei jedem Knacken stockt mein Herz. Ist der Teufel hinterm Vorhang, unterm Bett? Am Morgen sitzen Motten an der Wand.

Seit Tagen rieselt's und flimmert's, dichte Schleier hinter Schleiern, ich seh nur armweit. Unser eingeschneiter Schneemann mit Kohlenaugen, Besen im Arm und Topfhut sieht aus wie ein Fremder. Die Wände glitzern vor Eis. Wir reißen uns um den Platz am Eisenofen, halten Füße und Hände daran, schmoren vorn und drehen uns um. Kalter Ost stößt durch Ritzen und den Schornstein, die Ofentür klappert. Karl umwickelt die Waschküchenpumpe mit Stroh. Die Eisblumen werden dick und dicker. Ich hauch ein Loch rein und seh was blinken, aber es friert schon wieder zu.

Der Schnee ist zu hoch; man kann zu Fuß oder mit dem Rad nicht mehr ins Dorf. Wie allein auf der Welt, aber wir haben alles: Heu fürs Vieh; Milch, Mehl, Holz. Und Stille. Nicht mal Fliegen summen. Vater schlägt nicht, nur mal mit dem Löffel. Kein frühes »We möt los!«, kein Rennen ums Heu vorm Gewitter, pausenloses Kartoffelsammeln, Garbenbinden. Nichts. Nicht mal Weidezäune ausbessern oder Holzschlagen, bei *der* Kälte und *dem* Schnee. Sicher, Schweinefüttern, melken, aber sonst? Nichts!

Es riecht an solchen Wintertagen nach Sonntag, Maggisuppe und

Zigarre. Eva holt die Spielesammlung. Anna wird mehrmals *Schwarzer Peter,* zieht eine Schnute und hört auf zu spielen. »Ihr mogelt! Ihr zwinkert und steckt euch Karten unterm Tisch zu!« Gut, dass sie *Schwarzer Peter* ist. Einer muss es ja sein.

Als ich Vater um Schlittschuhe anbettle, erzählt er, wie immer, wenn ich von Lederschuhen und Lakritz anfange oder Eva von der Waschmaschine, schlimme Geschichten. Erst ist's lustig, dann macht mich sein grusliger Flüsterton zittern. Er nippt am Schnaps, streckt die Hände übers Feuer, starrt hinein und hustet wie ein Rabe. »Bald geht's zu Ende mit mir.«

»Hör doch auf damit!« Mutter sieht ihn ratlos an. »Willst du schimpfen bis zum Jüngsten Tag? Schlaf dein Fieber aus!«

»Auch der alte Uphusbur hat immer erzählt und keiner wollt's glauben«, Vater droht mit dem Finger, »dass er abends beim Zubettgehen 'nen Eichensarg mit 'nem Toten drin sah. ›Ist mir gut bekannt‹, hat der gesagt, ›komm nur nicht auf 'n Namen‹, strich dem Toten aber mit Kohle über die rechte Backe, um ihn wiederzuerkennen. Am Morgen lachten die Kinder: ›Warst du beim Schornsteinfeger?‹ Da wurd der Alte leichenblass. Er wusste, *er* ist im Sarg, doch keiner glaubte es.«

»Und? Stimmt's?«, frag ich.

»Hör zu! Im nächsten Advent erschlug ihn der Blitz beim Baumfällen. Tags drauf lag er in der Schlafkammer im Eichensarg, sein Gesicht rechts schwarz verbrannt.«

»'n Begräbnis vorhersehen kann jeder. Es muss ja jeder sterben!« Mutter schiebt die Glut im Herd zusammen.

»Jaja, du nimmst's nicht ernst.« Vater gießt ärgerlich den letzten Schluck hinab. »Wenn ich so was seh, stimmt's auch! Wie 's brennende Dierkshaus und Christophs Leichenzug. Im Herbst zappelten viele Irrlichter über die Moorwiesen wie noch nie. Verlorene Seelen, auf ewig Verdammte! *Im Namen des Vaters, des Sohnes und des Heiligen Geistes!* Das Jüngste Gericht ist nah. Ich spür's! Ab ins Bett.« Er schlägt ein Kreuz und hustet, als ob er erstickt.

Das Herdfeuer ist aus. Mutter wickelt die heißen Backsteine aus dem Backofen in Tücher und gibt mir einen. Still lieg ich unter der Decke. Lorenz atmet ruhig, rollt wieder zu mir und ich schubs ihn zurück. Der Mond bescheint die Jungfrau Maria an der Wand. *Bitte für uns arme Sünder! Lieber Gott, vergiss die Ablässe nicht, ich gehorche und bete mehr.*

Immer noch rüttelt der Sturm an Türen und Fenstern, dass es mir graust. Wenn nur das Dach unterm Schnee nicht einbricht. Das Jüngste Gericht naht, wie Vater es vorhersieht. Die Teufel, die sonst in Weidenköpfen lauern, sind unterwegs. Auch die Selbstmördergeister aus dem Moor. Ich lausch ins Dunkle. Sind sie im finstern Flur? Ich schieb Lorenz nach außen, quetsch mich an die Wand und zieh mir die Decke übern Kopf.

Eine Woche vor Weihnachten ertrinkt Vaters drittes Patenkind Annegret unter der Eisdecke. Ans Ufer gelegt, hängt ihr Haar wirr über die Augen.

»Genau wie im Traum, ich bin verflucht!« Vater, mit Tränen, rauft sich die wenigen Haare wie irr. »Gottverdammt! Gottverdammt!«

Sein Gesicht fahl und eingefallen, die Backenknochen stechen heraus. Totenstille in der Küche. Mein Mund steht offen. Ich vergess zu schlucken. Kalkweiß im Gesicht, starrt er mich mit leeren Augen an, dass sich meine Arme mit Gänsehaut überziehen. Wirklich, er sieht vorher, weil er verflucht ist!

Die Nachbarn können's nicht wissen, reden aber darüber und meiden Vater; sogar Emma schlurft seltener her.

»Eine Prüfung Gottes, das Weltende ist nah«, sagt Trude.

Vater hat wieder Erstickungsanfälle, schon drei Wochen. Hustet er sich nun tot? Bange horch ich, ob's abflaut. Lieber Gott, mach ihm keine Schwindsucht. Wir beten abends Rosenkranz, dass er nicht stirbt und der Hof nicht untergeht. Gott lässt zur Prüfung Patenkinder sterben, nun trifft's ihn selbst. Alle sind ratlos, selbst das Rabenkrächzen verstummt.

»Wenn's nur nicht mit ihm zu Ende geht«, sagt Mutter.

»Muss nicht der Doktor kommen?«, frag ich.

»Einnehmen tut Papa nichts«, sagt Mutter.

»Wenn ick no 'n Doktor goan wör, läch ick el lange up 'n Karkhoff«, röchelt Vater. Kathrin weint.

»Umschläge mit kaltem Weihwasser«, sagt Trude. »Karl, hol's aus der Kirche!«

Er saust los, es dauert einen Rosenkranz, bis er zurück ist.

Nach Umschlägen ist Vater bald wieder auf dem Damm. »Siehst du, schwerkrank hilft nur Weihwasser. Ferbers starb an Lungenentzündung, weil ihr keiner Weihwasser holte.«

Dann erfährt Vater von Emma, was ich Willi erzählt habe. »Du Quatschtüte bist Schuld am Unglück!« Und langt mir ein paar. Er ist wieder gesund.

14

Dünn ist der Abreißkalender geworden. Fürs Christkind schmücken wir mit Vater in der alten Stube die Tanne mit Silberkugeln. Ich häng Lametta schön grad auf die Zweige, damit es sich freut und mir Schlittschuhe bringt. Letztes Jahr träumte ich vom Kreisel, aber ich bereute die Sünden wohl zu spät und zu wenig: Es gab nur Kniestrümpfe, vom Christkind gestrickt, die ich jeden Tag trug, an Hacken bald dick vom Stopfen. Ich polster die Krippe warm aus und lauf trotz Grausen in den Wald, such hohes Moos und trockne es am Ofen. Christkind soll's schön haben und weich liegen.

Heut Nacht kommt es.

Sicher weiß es: Geklaut und gelogen, aber ich war Ablassbeten wie nie. Den Teller mit meinem Namen stell ich auf den Eckplatz, da übersieht's ihn nicht. Ich riech schon Zimtsterne, Butterplätzchen und Apfelsinen und seh ein Paket für mich. Endlich werden wir unter hellen Kerzen *Süßer die Glocken nie klingen, O Tannenbaum, Laßt uns froh und munter sein* singen und Korinthenstuten statt Schwarzbrot essen. Ich kann die Weihnachtsmesse früh um drei nicht abwarten. Wir werden dick eingemummt übern stockdunklen Weg ziehen, leuchtenden Kirchenfenstern entgegen, und in der übervollen Kirche mit vielen Kerzen und dem Bethlehemstern überm Hochaltar *Heilige Nacht* schmettern.

Vater setzt die Spitze obenauf. »De Lüchterboam is ferrig!«

»War ich nicht artig?«

Er lacht. »Du hast Handschuhe verloren und sitzt nie still.«

»Krieg ich vom Christkind Schlittschuhe?«

»Man muss bescheiden sein.«

»Will ich aber, ich war Ablassbeten.«

»Kinner mit 'm Willen kriegt wat för de Brillen. Unzufriedene kriegen gar nichts.«

»Willi hat 'ne Dampfmaschine mit Anfeuern und Keilriemen. Er geht nicht jeden Morgen zur Messe.«

»Christkind schleppt nur einen Sack pro Familie. In großen gibt's kleinere Sachen.«

Als Willi kommt, zieh ich ihn in die Jungskammer zu meiner Kommodenschublade, wo ich morgen den Weihnachtsteller versteck, damit keiner was klaut. »*Die Schublade* gehört Lorenz und *der Schrank* Karl. Setz dich aufs Bett.«

Willi fragt nach Teddys, Autos und Büchern. Ich schieb Unterwäsche, Gebetbuch und Rosenkranz beiseite und zeig ihm die Zigarrenkiste. Er wühlt darin: Opas rotes Messer, Heiligenbilder, die silberne Jungfrau Maria mit Öse und ein Fernrohr. Er schaut durchs Fernrohr. »Schenk mir's! Ich verrat dir auch was.«

»Nein, ist von Onkel Bruno aus 'm Krieg.«

»Dann das Messer, ich erzähl was Tolles!« Er tut heimlich.

Ich streich über Opas Messer und muss weinen.

»Was hast du?« Willi zögert, blinzelt mich von der Seite an.

»Erzähl und ich leih dir 's Fernrohr einen Tag.«

»Das Christkind gibt's gar nicht«, flüstert Willi.

»Gibt's nicht? Du spinnst!«

»Christkind sind die Eltern.« Er zieht das Rohr auseinander.

»Quatsch-Willi, du verkohlst mich, darum stehen die Ohren ab.«

»Ich hab's im Schrank gefunden«, sagt er seelenruhig. »Ich zeig's dir, bei uns ist keiner da.« Er geht vor, im roten Rautenpullover, sogar mit Reißverschluss, und blinzelt listig. »Aber nicht verraten. Die kleine Rosa weiß's auch nicht.«

»Lügen ist Sünde. Wer dreimal lügt, den fressen die Wölfe.«

»Wart's ab!« Im Schlafzimmer öffnet er eine Schranktür, hebt einen Zipfel der Decke hoch: bunte Pakete. »Das liegt morgen unterm Baum. Da steht *Willi*.« Er zeigt auf ein Schild. »Ich weiß, was ich bekomm«, er lacht über meine großen Augen und sieht mich von oben herab an, »eine Eisenbahn.«

Geschenke nicht vom Christkind? Unmöglich!

»Du kriegst keine Eisenbahn, du lügst.« Ich muss wegsehen, vor Tränen.

Ich renn mit wackligen Knien heim, durchwühl alle Schränke – und find nichts, nur in der Elternkammer Pakete in Packpapier, sicher Aussteuer. Es wär auch unmöglich, meine Eltern lügen nicht. Vater sagt immer: »Wer lügt, kommt in die Hölle.« Wie viel Ohrfeigen für Lügen.

Für alle Geschenke und alle Teller voll könnten die sich gar nicht leisten. Wie sollt ich mich noch auf Weihnachten freuen? Nachts wälz ich mich hin und her, schleich mit klopfendem Puls hin und seh durchs Schlüsselloch. Wer füllt die Teller? Sie sind noch immer leer.

Vor der Messe ruft Vater uns in die Stube. »Christkind war da.«

»Wirklich das Christkind?« Ich schau ihm ins Gesicht.

»Guck doch!« Lachend setzt er sich in den Sessel am Ofen.

Neben Süßem liegt auf jedem Teller was. In Packpapier! Auf meinem Teller – hastig zerreiß ich das Papier: gestrickte Handschuhe. Wieso, will ich fragen, aber ich weiß, für die verbummelten. Eva hat einen Schal. Anna ein Schwarzer-Peter-Spiel. Alle freuen sich und plappern. Mir verschwimmt der Blick, ich muss schlucken, könnt explodieren, losschreien, kann aber nichts sagen. Und: Willi hat die Eisenbahn.

Es gibt kein Christkind! Mich angelogen, immer wieder! Umsonst die Krippe mit Moos ausgepolstert, umsonst brav. Auch das mit dem Storch aus der Eiche: Gelogen! Die Bibelgeschichten, Jesus geht übers Wasser, teilt fünf Brote für Fünftausend. Und das Vorhersehen? Gelogen! Ich schmeiß die Handschuhe ins Jauchebecken und könnt hinterherspringen. Auf die Weihnachtsmesse freu ich mich nicht mehr. Und aus Wut geb ich Willi nicht das Fernrohr.

Tage später klart's auf. Birken glitzern in der Sonne. Wind zieht den Rauch aus dem Schornstein. Schnee liegt so hoch, ich versink darin. Mutter gibt mir für die wieder verschwundenen Handschuhe ihren Kaninchenmuff. »Zwanzig Grad minus. Für warme Hände!« Er hängt am Band um den Hals. Vater bringt Anna und mich auf einem Brett, vom Pferd gezogen, zur Schule. Ich halt mich auf dem eisigen Brett hinten fest, damit es vorn übern Schnee gleitet.

III

Verdorbener Donnerkeil

15

Noch kein Weltuntergang.

Vorbei, so lange eingeschlossen zu sein, und Vaters Husten. Wir roden. Schlag um Schlag hallt durch den gekauften Tannenbusch. Ich atme weiße Wölkchen und der grimmige Ost beißt mir in die Nase. Gress' Gustav hilft mit der Axt. Die Kiefer ächzt und rumort, als breche ein Haus zusammen, wenn die Krone wie eine Faust aufschlägt, Äste splittern und die Erde zittert. Stolz seh ich solche Ungeheuer niederkrachen. Auch die mit dem Habichtsnest. Nach drei Wochen ist der Wald weg. Nur am Rand bleiben einzelne Riesen. Krähen streichen krächzend über die Leere. Mir ist mulmig. Hier hat der Wolf die Großmutter gefressen und Rumpelstilzchen sich zerrissen, hab ich geglaubt. Alles Lüge.

»Heini, träum nicht, sammel Steine! Immer an die Ränder auf 'n Haufen!«

Eiskalt und schwer! Die Arme werden lang und der Rücken tut weh, als steche ein Messer hinein. Karl zieht die Stämme mit dem braunen Wallach zum Weg. Das Pferdefell dampft in der klirrenden Januarkälte.

»'ne Plackerei, aber Pachten ist auf Dauer zu teuer.« Vater schiebt die schwarze Kippmütze in den Nacken und wischt den Schweiß von der Stirn.

»Wir kaufen nichts dazu«, Gress' Gustav stellt die Axt beiseite, »und leben besser. Dierks auch. Ihr von der Tanns wollt mit 'm Kopf durch die Wand. Lohnt sich überhaupt der karge Sandboden? Er wurd seit der Eiszeit nicht mehr beackert. 'n Wunder, wenn hier Roggen wächst. Mist reicht da nicht.«

»Mit Kali und Salpeter wird's 'n gutes Land.« Vater leckt eine blutende Schramme. »Stillstand ist Rückgang. Bei fallenden Viehpreisen bringt's die Masse.«

»Das Schwerste kommt noch.« Gustav knöpft die Jacke auf. »Ohne Schieber kriegst du die Stubben nicht raus! Rundum Gräben ziehen und Sand anfahren für die Wasserlöcher.«

»Das kostet«, Vater putzt die tropfende Nase an der blauen Leinenjacke ab, »allein der Notar nimmt Hunderte fürn paar Blatt Papier mit 'nem Stempel drunter. Pharisäer! Schriftgelehrte! Dafür machen wir Schulden.«

»Tja, du riskierst's! Unsere beiden Jungs bleiben nicht zu Hause. Zwingen kann ich sie nicht.«

»Früher war's auch nicht leicht. Uropa kam vom Torfstechen aus Holland krank zurück und starb an Schwindsucht. Den ersten de Dood, den twetten de Noot …«

»Jaja, Hein, du bist der Fleißigste. Mit dem urbar gemachten Tannenbusch überholst du uns mit unsern sechzig Morgen, hast Glück mit 'm Vieh und alle Kinder gesund.«

Toll, wie zäh Vater das Überleben schafft, und ich kann helfen. Urbar klingt wie kostbar und riecht nach Kiefernharz. Mutter hat immer nur Kopfweh.

Vater stemmt die Hände in den Rücken, biegt sich stöhnend nach hinten, lehnt sich auf die Axt und blickt auf die neue Fläche. Die tiefen Falten verschwinden fürn Augenblick aus dem kantigen Gesicht. »Heute gibt's in Steinhop doppelt so viel kultiviertes Land wie noch vor 'ner Generation. *Macht euch die Erde untertan!* Sind wir 'n Vorfahren schuldig! Schlimm nur, mit mehr Land braucht man mehr Maschinen, Trecker, Miststreuer, 'ne neue Scheune, mit noch mehr Schulden«, sagt Vater, wie schon oft, Gress' Gustav nickt, als kennt er es lange.

»Sind wir jetzt reich?«, frag ich.

»Steinreich!« Vater zeigt lachend auf die Steinhaufen.

»Brauchen Grünbergs den Wald nicht mehr?«

»Nein, schwiech still!« Vater ist wieder ernst. »Sammel weiter!«

Als Mutter Brote bringt, sagt Gustav: »Du musst deiner Tina aber mal 'n neuen Wintermantel kaufen, erbärmlich, ihr dünner, grauer, kann man nicht mit ansehen. Und Heini 'ne neue Jacke, seine alte hat Risse!« Er blinzelt mir zu. »Tut mal was für die Kinder, statt sie wegzugeben.«

Ich streng mich wieder an, Steine zu schleppen.

»Ach Klokschieter! Otto und Ulla wollen um kein Geld zurück. Wie gut gekleidet die auftreten.« Vater setzt sich auf einen Stamm und beißt ins Brot.

»Schulden«, sagt Mutter mit Stirnfalten, »und die Aussteuer?«

»Und ich will 'ne Eisenbahn!«

»Nur auf 'm Acker wächst unser Brot. Aufgeben oder zukaufen. Wie man's macht, is's verkehrt.« Vater knirscht mit den Zähnen und die Backenknochen treten hervor. »In schlechten Zeiten geht alles verloren, nur eigen' Grund nich.«

»Unser Hof geht schon nicht unter«, sag ich. Ich fang mir eine Backpfeife und reib mir die Lippe.

Auf dem Hof lädt Viehhändler Poggen Paul aus dem Viehwagen gleich vier Kälber aus. »Wie geht's?«

»Alles in Butter«, sagt Vater. »Nach der Quälerei mit Grünbergs Tannen muss es aufwärts gehen.«

Wir treiben die Kälber durchs Tennentor in den Stall. Sie lecken mir am Finger, ich geb ihnen Milch im Eimer.

»Und gibt's 'n Trecker wie bei Brockmöllerbur?«

»Bei dem lohnt's sich mit sechzig Hektar, dreimal so viel wie wir.«

»Auch Drostenbur …« Poggen Paul streicht über seine Glatze.

»Ach der«, sagt Vater verächtlich, »um den zu bezahlen, hat der eins der Felder verkauft, für die er den Trecker braucht. Wir müssen Raten zahlen, brauchen Kunstdünger, mehr Vieh, 'ne neue Scheune.« Vater schafft mutig Neues wie keiner.

»Schick Karl in 'ne Lehre oder zur Textilfabrik nach Rheine.«

»Zur Fabrik?« Karl hinkt unruhig rum. «Und wer wird Bauer?«

»Heini, dann musst du ran!« Vater lacht.

In der Küche gießt Mutter Kaffee und Schnaps ein.

»Wie lässt du die Kleinen zur Schule gehen?« Poggen Paul mustert meine Holzschuhe und die geflickte Hose. »Die Leute im Dorf reden.«

»Zum Teufel mit den quatschenden Leuten. Gott hat aus mir 'n Bauern gemacht. Wärn nur deine Kälber nicht so teuer. Alles, was wir kaufen, ist zu teuer.« Vater schüttelt den Kopf.

»Spezialisieren oder aufgeben«, sagt Poggen Paul zu ihm. »Haakbur stellt mit Subventionen auf Schweinemast um…«

»Mit so viel Schulden, dass der Hof der Bank gehört.«

Mutter gießt Schnaps nach. Der Viehhändler sieht die Soldatenbilder im Küchenschrank und sie an. »Hast du von 'n Brüdern gehört?«

»Elf Jahre ist der Krieg vorbei.« Mutter schaut auf den Boden. »Opa hat umsonst gewartet.«

»Habt ihr den übrig?« Er streicht übern Küchenschrank.

»Dat aole Schapp, nee, das hat Uropa noch aus 'n Eichen bauen lassen, in Voltlage im Heuerhaus.« Vater tunkt Zwieback in den Kaffee. »Der hat immer gesagt: ›Mit denn Kotten häve us 'n Dorn in 'n Foot rammt. Krisse nich weer rut! Wie man's macht, is's verkehrt. Gespart, gespart, sühnig wirn. 'n Unglück kann schnell kommen.« Er fuchtelt mit den Armen. »Eins kann reichen, Maul- und Klauenseuche, 'n paar trockene Sommer oder 'n Unfall. Und dann, mit zehn Blagen?«

Der Viehhändler schluckt den Rest eilig und ist schon in der Tür. »Ihr könnt gern vom Schutthaufen Steine für die neue Scheune holen«, ruft er noch und fährt.

»Der tät 'n Küchenschrank fürs Zehnfache verkloppen«, sagt Vater. »'n Halsabschneider! Mit allen Kniffen hat er den braunen Wallach gerühmt. Man merkt's ja nicht sofort, ob's sich weigert, auch nur 'n Millimeter zu ziehen, wenn sich der Wagen nicht gleich bewegt. Hat Zähne gefeilt, gab ihm sogar Arsenik und erschreckt's, dass es lebendiger ist, und statt für zwölf, die es auf 'm Buckel hat, für acht durchgeht. Donner un Doria, wat häff de Swinehund mi anschetten. Hat sogar Schlachtpferde verkauft, der Gauner! Der macht 'n Reibach, seit der alte Viehhändler Grünbergs Emil weg ist.«

»Wieso ist der weg?«

»Schwiech still. Bullen und Kühe füttern.«

Mutter kommt weinend aus dem Hühnerstall in der alten Scheune. »'n Unglück, fast alle Hühner totgebissen, Küken gefressen.« Ein Marder hat geräubert. Sie hat's noch kreischen gehört, aber sich nichts dabei gedacht. Einige hat er in seine Höhle verschleppt, andere im Garten vergraben. Verkrampfte Hühnerbeine und Federn mit Blut ragen aus dem Beet. Stumm, mit großen Augen, trinkt Mutter Aufgesetzten. Sie kann nicht mehr heimlich Eiergeld für die Aussteuer zurücklegen.

»'n Marder«, sagt Vater. »Solange noch 'n Huhn da ist, kommt er wieder.« Abends lauern wir dem Marder auf. Plötzlich steht er auf dem Fenstersims, weiße Brust, spitze Zähne, macht Männchen, duckt sich und faucht.

»Aufpassen«, flüstert Vater, »die beißen furchtbar zu. 'n Marder is zu zäh, den kann man nicht erschlagen.« Durchs Giebelwandloch schlüpft er rein. Vater legt ein Brett vors Loch, schleicht sich rein und sticht mit der Forke zu, dass er nicht wegkann, legt ihm eine Schlinge um den Hals, zieht sie zu und erhängt ihn am Strick. »Damit könnt ihr losziehen«, sagt er.

Wir binden die Pfoten an meinem Palmstock fest und ziehen mit ihm wie an St. Martin von Haus zu Haus, schlagen mit Stöcken auf Topfdeckel und schmettern wie Zigeuner *Lumpen, Knochen, Eisen und Papier, ausgeschlagene Zähne sammeln wir*. Paula, am lautesten, reißt alle mit, auch Anna und Eva, und wenn es noch so schief klingt. Überall gibt's was, meistens Eier.

»Tüchtig, tüchtig, bei uns hat der auch geräubert.« Brockmöllerbur steckt spöttisch Eier und Äpfel in den Sack, Emma Bonbons. Franz-Josefs Mutter schaut uns schief an. »Fürs Totschlagen wollt ihr noch was!« Die haben keine Hühner und Kaninchen. Als wir singen, geben sie uns schnell Nüsse, damit wir weiterziehen. Theas Mutter schenkt uns Kaugummis. Brinkmanns Bernd grölt besoffen: »Eier brauch ich selbst!«, und schlägt die Tür zu. Heymeiers Oma sagt: »Ihr bettelt euch mit dem Hühnerräuber 'ne Menge zusammen!«, und wirft Groschen hinein. Am umgitterten Garten von Kerzenkettlers klingel ich. Es summt, wie von Geisterhand geht's Gittertor auf. Der weiße Kies zwischen hohen Buchen knirscht untern Holzschuhen. Zwei Hunde bellen uns an. Wir umrunden den Mercedes und steigen die breite Treppe zur Villa mit dem Eckturm hoch.

»Was wollt ihr?«, fragt eine Frau mit weißer Schürze.

Wir heben den Marder hoch. Sie überreicht uns vier rote Kerzen. «Für jeden eine, wie wir sie für Rom herstellen. Wir brauchen wieder Ferienhelfer in der Kerzenfabrik.«

Mutter verkauft doch noch Eier und brät Ei mit Wurst. Wir teilen Süßes und Groschen. Ich freu mich aufs Geldverdienen.

16

»In Sünde darf keiner zur Erstkommunion oder Messdiener werden. Euch steht eine schwere Prüfung bevor: Seid ihr Gottes würdig?«, sagt der Pfarrer im Katechismusunterricht, »zum Opfer bereit, wie Abraham? Der nimmt auf Gottes Befehl *Bringe den Sohn Isaak zum Brandopfer dar!* sein Messer, um ihn zu schlachten und zu verbrennen.« Traufeld rollt ein Bild aus und hängt's an der Tafel auf. »Seht, was Verdammten in der Hölle passiert!«

Hölle ist schlimm, wie dauernd Verprügeltwerden. Er zeigt auf einen Strom von Verfluchten, gequetscht, Gesichter schmerzverzerrt. Drachen peitschen mit Schwänzen auf sie ein und jagen sie durch Schluchten. Teufel mit Hörnern spießen sie auf. Thea bedeckt ihre Augen mit den Händen, Cilli kichert, mir wird seltsam kribblig.

»Schaut hin«, sagt der Pfarrer. Ein weiter See voll mit abgerissenen Köpfen, Armen und Schenkeln. Unten im Eis Sünder nackt eingefroren, und Satan mit drei Mäulern zermalmt sie. Traufeld weist auf den Bildrand. »Da stehen die, die für ihre Schuld büßen: Lügner, Selbstmörder, Unkeusche. Unkeusch gegen das sechste Gebot aus dem brennenden Dornbusch. Besser, eins der Glieder geht verloren, als ganz in die Hölle zu müssen. Wird die rechte Hand zum Ärgernis, hau sie ab und wirf sie weg.«

Ich zeig's allen, ich ertrag's wie Märtyrer, lächle, auch wenn ich leide. Alle werden mich bewundern. Das schaff ich, wie Laurentius sich lächelnd enthäuten und rösten lässt.

Aber es kommt schlimm: Statt wie bisher Platt, wie in allen Schulfächern, müssen wir nun in Deutsch Hochdeutsch reden und viele Wörter lernen. Einige kenn ich aus der Bibel: Über den See gehen, Brote vermehren und Blinde sehen. Doch es ist schwer, statt *Schnüss Mund*, *stoan stehen* und *oprüümen aufräumen* zu sagen. Die grauhaarige Rosing, in Deutsch sonst gutmütig wie eine Kuh, nimmt mich oft ran. Sie weiß, ich find nicht die richtigen Wörter, und kneift mir in die Backe. Ich streng mich an, doch mach ich den Mund auf, stottert's nur raus.

»Da da lllie llliegt das – Boot – des Fe-Fe-Fischers.« Die Silbe springt ruckartig mehrfach aus dem Mund oder ich dehn die Buchstaben oder die Lippen pressen zusammen, dass nichts rauskommt. Die anderen grinsen über mein verzerrtes Gesicht. Mir wird heiß. Nie werd ich das können, plötzlich stotter ich dauernd; ich meld mich nicht mehr.

»Dumme Bauern!«, hör ich aus den Mädchenreihen.

»Ich werd Me-Me-Messdiener.« Ich könnt zuschlagen, stotter aber noch mehr und les nicht weiter. Rosing lächelt mir zu und ergänzt den Satz.

»Jetzt schielt der Stotterheini auch noch!« Karl-Heinz grinst. »'n Stotterer ist nicht ganz dicht in der Birne.«

Hätt ich nur Davids Schleuder. »Hoal din Schnüss!«, brüll ich.

»Übersetz es«, sagt Rosing.

»Ha-Halt's Maul!«

»Das heißt: Sei bitte ruhig«, sagt sie. »Du lernst es, hab mal keine Minderwertigkeitskomplexe.« Immer sagt sie das, ich versteh's nicht. Sicher bin ich krank, weil ich stotter. Ich kau am Bleistift, die Backe tut noch weh, doch wieder fragt sie mich. Woher soll ich wissen, dass *Gonsdag Donnerstag*, *Stuten Weißbrot* und *Püüster Flinte* heißt?

»Ich konnt zu Hause nicht lernen, ich musste helfen«, lüg ich. Es hilft nicht. Die Dörfler wundern sich, dass Bauernkinder nicht wissen, dass man *Wichter Mädchen*, *Sprickers Zweige* und *Wetweeten Weizen* nennt. Endlich ist Franz-Josef dran. Der Arztjunge kann's. Er nimmt die Nasenspitze zwischen Daumen und Zeigefinger und zieht dran, als zöge er daraus Wörter. Er weiß sogar: Kerzen- und Elektrokettler sind im Gemeinderat; die Ems fließt zur Nordsee; Adenauer ist Bundeskanzler. Er benutzt Wörter wie *Koreakrieg*, *Toiletten* und *Sowjetische Besatzungszone,* die ich nicht versteh, und witzelt, auch übern Pfarrer. Gekämmt mit Scheitel und sauberen Fingernägeln, hat er immer Geld in der Tasche, sogar ein Radio, und prahlt mit Rad und Nietenhose.

Thea kann auch nur Platt und sagt nichts. In der Pause lächelt sie mir wieder zu, watschelt wie eine Ente auf mich zu, sagt »Schöne Haare!« und streicht mir übern Mecki.

Ich schubs den Bauerntrampel weg. Könnt ich mich doch zur Zappelcilli vom Viehhändler setzen und ihre weiße Haut berühren, mit den schönen Armringen. Der Platz neben ihr ist frei. »Kaas du ok Plattdüütsk küern?«, frag ich sie.

Sie lacht nur, will wohl einen Klugen vom Dorf mit Scheitel, und spielt mit Thea und Barbara Himmel und Hölle. Sie hopst breitbeinig oder auf einem Bein um einen Stein in eins der wie ein Kreuz in den Sand gekratzten Felder. Mit Glück seh ich mehr vom Schenkel als sonst bis zur Stelle, um die es sich bei Männern wohl dreht, auch wenn ich es beichten muss.

Ich lern ja jeden Tag: *Pütt* heißt Brunnen, *Saoterdag* Samstag, *Köppken* Tasse, *Kotten* kleiner Bauernhof. Nach einer Woche lächelt Cilli mir zu – wenigstens kurz, oder bild ich es mir nur ein? Ich will mit ihr reden, aber trau mich nicht, sie anzusehen. Sie errät wohl meine Träume und ich werd rot. Ich leg ihr mein wertvollstes Heiligenbild auf den Platz, von St. Anna, sie schiebt's weg. Ich zeig ihr meine kleinen blauen

Zwei-Pfennig-Briefmarken: *Notopfer für Berlin*. Aber sie verabredet sich mit Franz-Josef zum Spielen.

»Du bist doof, dein Papa kommt als Schweinehund in die Hölle«, ruf ich, »bald ist Weltuntergang.«

»Woher willst du das denn wissen?«, fragt Cilli.

»Mein Papa kann vorhersehen!«

Sie lacht nur hochnäsig, aber ich hab Herzklopfen und träum von ihr. Wieso können die Dorfkinder Hochdeutsch, selbst Barbara mit der Hexen-Mutter. Barbara sitzt traurig allein in der Bank und duckt sich. Ich staune, sie bekommt Hausaufgaben erlassen. Die Lehrerin streicht ihr übern Kopf und sagt: »Sie hat nur noch *eine Mutter!«* Das klingt aufregender als *meine Eltern*. Ihr Vater sei weg. Er ist aber nicht vermisst oder gefallen wie meine Onkel. Wie kann ein Vater sonst weg sein? Der Pfarrer sagt: »Die Sünde geht durchs Dorf, die Eltern geschieden.«

Sogar Evelyn und andere Flüchtlingskinder aus den Nissenhütten reden Hochdeutsch. Aber mit Evangelischen spielen wir nicht. Ich werd Messdiener, nur noch drei Tage bis Aschermittwoch und dem Kommunionsunterricht, und trau mich anzustimmen, selbst der lange Caspar staunt mit offenem Mund und singt mit: »*Evangelische Ratten im Pisspott gebacken, in Salz gerührt zum Teufel geführt ...*«

»Blödmann!«, schreit Evelyn.

Rosing kneift mir wieder in die Backe, egal. Evangelische sind wie schwarze Schafe, können büßen und sühnen, so viel sie wollen, sie sterben doch im Stande der Todsünde und müssen für immer in die Hölle, wie der Pfarrer sagt.

»Mach dir nichts draus!« Caspar winkt mit Lakritz. »Das geb ich dir und zeig dir was auf 'm Jungsklo.«

In der Pause folg ich ihm. »Ich schaff's bis zur Decke!« Er zeigt mir sein strammes Röhrchen. Sünde! Ich will nicht hinsehen, aber wenigstens er soll mich nicht auslachen. Ich knöpf die Hose auf, such mein's und – damit er nicht bemerkt, wie kurz es ist – zieh ich es länger, wie ich das zu Hause quer vorm Spiegel probiert habe.

»Um die Wette!«, ruft Caspar. Die Pisse läuft die Teerwand runter, es stinkt. Ich tu so, als guck ich nicht rüber, aber er steht im Hohlkreuz; ich seh nichts, auch wenn ich die Augäpfel auskugle. Fürn kräftigen Strahl kneif ich vorn zu, aber erst kommt's nicht, dann fängt's langsam an und schon ist's zu Ende, die letzten Tropfen auf der Hose. Wird mein's nie groß? Sicher ist es krank. Caspar pinkelt lachend in hohem Bogen durchs Fenster, immer noch. Hat der eine volle Blase und tolle Stautechnik, unterbricht kurz, macht mit noch mehr Druck weiter und sagt: »Gewonnen, kein Lakritz!«

»Betrüger!«, schrei ich. Er hebt die Faust und ich renn weg. Solchen, die nicht richtig glauben und sogar Witze übern Pfarrer machen, darf ich nichts glauben.

Zu Hause frag ich Vater: »Was heißt in Hochdeutsch: *De Markwart sit in 'n Hüöllernbusk?*«, um ihm zu zeigen, dass ich Hochdeutsch kann und er nicht mal weiß, dass das *Der Eichelhäher sitzt in dem Holunderbusch* heißt.

Er schüttelt nur den Kopf. »Hochdüütsk küert bloß de finen Herrns in 'n Dorpe.«

17

Im Wandkalender beginnt der März. Die Forsythien blühen schon. Aschermittwoch verhüllt der Pfarrer alle Marienbilder und Apostel in der Kirche mit violetten Tüchern und beginnt endlich den Kommunionsunterricht: »Fleisch ist schwach und sündig, deshalb verzichten wir vierzig Tage auf Fleisch. Denkt ans Höllenbild! Sünder schmoren lebendig und Teufel pieken sie mit glühenden Eisenstangen. Wie Jesus in der Wüste fasten wir ab heute.« Auch kein Zucker aufs Brot.

Zu Hause sammle ich jedes Karamellbonbon und Kaugummi im Honigglas; Drops von Tante Maria, gelbe, grüne und himbeerrote, Lutscher vom Bäcker, ein *Nappo* eingetauscht gegen ein Heiligenbild. Die bunte Süße im Glas wächst hoch und höher. Ich sitz vorm Glas, schau sie an, lakritzschwarz, schokobraun, sahneweiß, nehm sie raus und zähl sie: dreiundzwanzig. Ich roll ein Sahnebonbon aus dem Papier, riech daran und wickle es wieder ein. Noch zwanzig Tage, noch fünfzehn. Ich leck meine klebrigen Hände ab, hmm. Wenn Jesus Ostern aufersteht, kau ich sie langsam: erst Schokolinsen, schwarze Katzenzungen oder rotweiße Zuckerstangen? Ich klau Anna und Eva ein paar und hab mehr als sie, dreh's Glas zu und versteck's in meiner Schublade.

Am trüben Samstagmittag ruft Karl: »Heini, Steckrüben aufladen!« Er bringt mich mit dem Pferdewagen zu Harmanns Kamp. »Ich komm nachher wieder, wehe, er ist nicht voll.«

Mit eisigen Fingern schmeiß ich aus der Miete Rüben hoch und vergess alles um mich, allein am Waldrand. Ich bin der Stärkste wie *Sieben auf einen Streich*. Doch dann tun mir die Arme weh, ich setz mich und starr müde dem Habicht nach. Willi muss nicht helfen. Als Karl kommt, schimpft er über den erst halbvollen Wagen. »Dafür musst du sie zu Hause abladen.«

»Ich hab schon letztes Mal!«

»Mach!« Er droht mit dem Zeigefinger und mistet nebenan den Kuhstall aus. Jede Steckrübe einzeln übern Wagenrand zum Rübenschneider werfen, bücken, greifen, werfen, die ersten zwanzig, dreißig, vierzig, das geht zack, zack, noch mal vierzig und vierzig. Gehorchen, ich will ja, kann aber nicht mehr. *Gottverdammt!* Warum ich? *Zum Teufel noch mal!* Paula harkt den rechteckigen Hof, von der Scheune zum Weg. Das tät ich lieber, Reihe für Reihe, grade und schön glatt. Anna hilft Eva Bienenstich backen und darf die Schüssel auslecken. Ich kann mich vor Rückenweh nicht aufrichten. »Mir ist schlecht«, lüg ich.

Karl haut mir so schnell eine runter, dass ich mich nicht abwenden kann. »Los gehorch, sonst kommst du in die Hölle!«

Ich hass es, tun zu müssen, was Karl, Paula und Eva nicht gern tun. Mein Fleisch ist schwach. Wenn ich doch in die Hölle komm, kann ich auch naschen. Von Karl unbemerkt, hol ich mein Bonbonglas, dreh den Deckel ab und schon beiß ich auf Lakritz. Die Süße geht mir durch und durch. Noch ein *Nappo*, Schokobonbon… Ich halt inne und zähl. Nur noch fünfzehn. O Gott!

Plötzlich packt Karl mich am Arm. »Dich Bürschchen krieg ich am Schlafittchen. Ran! Süss steck ick di in'n Waterkumm!«

»Ich muss Hausgaben machen«, lüg ich und will mich losreißen, doch er zerrt mich zum Wasserbecken, schiebt die Bretter weg und taucht mich mit dem Kopf dreimal ins Kalte.

Vor Tränen seh ich die Rüben nur noch verschwommen. Ich lauf zu Vater in die alte Stube und beklag mich. Der sagt nur: »Du moss doan, wat Karl sech! Im Ersten Weltkrieg waren wir froh, Steckrüben zu essen. Bete und arbeite! Ora et labora.«

»Und das nur bei Kartoffelsuppe?!«

»Auch das Obst is alle. Die Einmachgläser-Reihen lichten sich«, sagt Mutter. »Nicht mal den Fliegen reicht's.«

In der Küche rühr ich im Zuckertopf und hab wie von selbst den Löffel voll Zucker im Mund, lecker, aber ich bereu's gleich.

Im Kommunionsunterricht spricht Traufeld wieder von fleischlicher Lust. »Eine Frau lüstern ansehen ist gegen das sechste Gebot. Gott sieht alles und verdammt den Sünder. Unkeusch ist nicht nur eine lässliche Sünde wie lügen, klauen, Widerworte geben, die man, wenn man plötzlich stirbt, noch im Fegefeuer abbüßen kann. Unkeusch ist die Haupttodsünde mit ewiger Verdammnis.« Ich schlimmer Sünder will keusch sein, jeden Morgen zur Messe und abends Gewissen erforschen. Wie krieg ich nur die Seele zur Erstkommunion rein?

Modrig riechen die Tapeten, feuchtkalt meine Betthälfte. Karl ist noch weg, zur Landjugend. Sicher liegt auch ein Fluch über mir. Warum klappt's nicht? Geflucht. Zucker geklaut. Röhrchen angesehen, berührt, Todsünden. Und doch drängelt es wieder, wohlig, wie wenn das Kalb meinen Finger einsaugt, dass mich die Muttergottes traurig von der Eichenkommode auf dem Deckchen anschaut. Ich hab doch die Hand ins Weihwasser getaucht, Weihwasser half auch bei Vaters Husten, und mich bekreuzigt *Im Namen des Vaters,* vorm Schlafen gebetet wie immer *Lieber Gott, mach mich fromm …* Ich will's nicht mehr berühren, nur noch einmal fass ich es an, wie schön, eine Zuckerstange. Man muss sich abtöten, sagte der Pfarrer. Doch je wärmer ich mich einroll, desto schlimmer durchflutet mich die Sünde, Süße bis zu den Haarspitzen, wie Strom am Wiesendraht.

Jesus, du leidest für mich am Kreuz, einen viereckigen Nagel im Fuß. Mach, dass es nicht mehr kribbelt! Er senkt den Kopf mit der Dornenkrone. Du weißt, wie schlimm es um mich steht. Ich leg die Hände auf die Decke, aber es pocht, sie müssen's beschwichtigen, verschlimmern's aber. Warum hilft nicht mein Schutzengel mit den großen Flügeln im Bild überm Bett, wie er auf der geländerlosen Brücke die Hand übers vor ihm gehende Kind hält und es vorm Sturz in den Abgrund bewahrt.

Ich bin klein, mein Herz ist rein …

Um alles wieder gutzumachen, schäl ich Kartoffeln, verbeiß mir Widerworte, jede Wut, und schnapp Geschwistern nichts vom Teller. Im Kopf kreisen Gebete vom Aufwachen bis zum Einschlafen. Ich zähl wieder den leckeren Schatz, zwanzig – und verzichte. Nur ein Zuckerbrot essen? Der Zuckertopf darf in der Fastenzeit nicht auf den Tisch. Als Trude ins Dorf geht, leg ich Butter in die heiße Pfanne und löffle Zucker aus dem Topf im Schrank in die brodelnde Butter. Braungebrannt riecht's lecker nach Karamell. Ich lass es erkalten und schneid sie in Stücke. Ich ess sie ja *jetzt* nicht, nur sammeln, aber Vater haut mir eine.

Vater schlägt immer wieder, nur Mutter schlägt er nicht. Doch heut Abend hör ich sie in deren Schlafkammer wimmern und seh durchs Schlüsselloch: Erwürgt er sie? Im Nachthemd umklammert er sie und ächzt über ihr. Sie kann nicht weg. Sie hält ihn mit beiden Händen fest, ihre Brüste schlaff. Sie hat nichts an. Mein Herz klopft wie eine Trommel. Vater beißt sie ins Gesicht, in die Brüste, in den Bauch und sie atmet schwer. Niemals darf ich da rein, hör aber weiter, wie sie kämpfen.

Wieder schlaf ich nicht ein, wieder die Versuchung. Fleisch muss frieren, dann löscht Gott meine Seelenflecken. Die Hand abschlagen, die Böses tut.

»Eine kalte Dusche hilft«, sagt der Pfarrer. Wir haben keine. Soll ich so müde aufstehen, über die kalten Flurfliesen, durch die Küche zur Pumpe? Mein Röhrchen hat sicher Schwindsucht und ich muss nach Lengerich. Ich steh endlich auf. Alles still, nur Dielen knarren. Das in der Küchenecke flackernde Ewige Licht der Maria-Statue zeigt den Weg zur Waschküche. Ich pumpe, bis Wasser nach oben dröhnt und rausplätschert, und schlag's mir ins Gesicht, über Arme und Beine, übers Röhrchen. Ist das auch Todsünde? Jakob passiert so was als Missionar nicht.

»Was rennst du mondsüchtig rum?«, fragt Karl am Morgen.

Wieder ohne Frühstück, hol ich Willi ab zur Messe vor der Schule. Emma im Bademantel packt ihm das Schulbrot ein.

»Bist du hungrig?«, fragt Willi.

»Immer, aber ich denk nicht immer daran.«

»Willst du von meinem Brot?«

»Nein!« Der Bademantel verbirgt sie kaum, ich kann nicht hinsehen,

ihre Brüste, dick wie Steckrüben. Mir wird heiß, die Sünde! Warum nur sind ihre rund und Mutters flach?
Samstags ist Waschtag in der Waschküche am Spülstein, wo wir Geschirr spülen, Wäsche waschen und schlachten. Ich steh in Unterhose an der Pumpe, das Wasser eisig, Haare mit Kernseife waschen, mich mit dem Lappen abreiben und die Füße im noch lauwarmen Wasser im Eimer säubern, in dem sich Lorenz und Anna gewaschen haben, mit einer Fettschicht wie lange, graue Nudeln obenauf. Das Handtuch liegt nass auf dem Betonboden und riecht.

Als Paula und Eva dran sind, geh ich zu Willi nach draußen. Er zwinkert mir zu und wackelt mit den abstehenden Ohren. Ich lach lautlos, dass Eva und Paula uns nicht hören. Es dämmert, doch sie machen kein Licht. Ich will die Sünde nicht sehen, bin aber zu schwach, und wir schleichen zum Fenster. Paula holt den Teekessel, zieht die Bluse aus und taucht's Haar in die Schüssel. Eva steht Wache an der Tür. Dann beugt sie sich über die Schüssel. Die dicke Paula hat runde, wie Äpfel, aber die dünne Eva keine – abgeschnitten wie bei der Heiligen Barbara?

Willi lacht. »Guck mal, Paula ist 'n Fräulein.«

»Was war das?« Paula drückt die Nase ans Fenster.

»Pst!« Ich verberg mich schnell hinterm Birnbaum.

Eva, im Handtuch, öffnet die Tür, packt Willi. »Was willst du?«

»Äh, Mama backt Marmorkuchen, hat keine Eier, ich soll…«

»Du Früchtchen, lass dich nicht noch mal erwischen.« Sie zieht Willi am Ohr ein Stück nach Hause.

»Viele sind berufen«, sagt Traufeld im Unterricht, »wenige aber auserwählt. Erstkommunion ist der schönste Tag im Leben.«

»Ich krieg 'ne Uhr«, sagt Willi. »Und du?«

»Weiß nicht.« Ich zuck nur mit den Achseln. Man soll sich nicht so viel oder gleich Geld wünschen, selbst dann nicht, wenn man wie beim Glasmännchen drei Wünsche frei hat.

»Ihr schwatzt über Geschenke?« Traufeld verdreht die Augen. »Denkt nach, wie ihr Leib und Blut des Heilands empfangt. Wer zur Erstkommunion nicht im Stande der heiligmachenden Gnade ist, ist des Teufels.« Er ringt die Hände vorm dicken Bauch und stampft mit dem Fuß auf. »Ein Kommunionskind ist ein Tempel des Heiligen Geistes, wenn es keusch ist!« Er hält sich am Pult fest und schreit: »Die Wollust vergiftet den Körper, durch und durch, man muss ihn auspeitschen. Der Geist ist willig, aber das Fleisch ist schwach.« Er beugt sich herab, mäht mit dem Arm über unsere Köpfe, verschränkt die Finger, hebt die Hände samt Augen zum Himmel und beschwört uns: Gehorchen, nicht lügen und stehlen. Wie schaff ich das bloß?

Im Bett find ich keine Ruhe. Emmas Steckrüben und Paulas Äpfel. Todsünden! Ich kühl mich wieder mit Wasser ab und denk an die Lanze ins Herz Jesu, aber so, als verlier ich extra die Gedanken, streck ich die Hände hinunter. Beginnt ab hier die Sünde oder dort, wo ich nur daran dachte? Vielleicht, wenn ich friere! Ich leg mich nackt auf den Bretterboden, zittre bald vor Kälte und steig zu Lorenz ins Bett. Der dreht sich nur um, ich zieh mir die Decke über die Ohren.

Jesus, du lässt dich geißeln für mich armen Sünder, vierzig Peitschenhiebe. Du siehst die Hände auch unter der Decke. Ich greif nach einem Pfeil vom Bogen in meiner Schublade, knie vorm Bett, bete zehn *Gegrüßet seist du, Maria* und *Vaterunser* und schlag mich, leiden ohne Gnade, wie sich Laurentius braten lässt. Schwer, sich auf Rücken und Hintern zu hauen. O Gott, hilf mir! Es muss wehtun, wie Vater mich schlägt. Du siehst, ich mein es ernst! Ich schlag und schlag mich, schneller, mit Tränen, bekomm keine Luft mehr. Gekrümmt, verlassen wie Jesus auf dem Ölberg, lieg ich schweißnass auf dem eiskalten Boden. Ich will Märtyrer werden. Bin ich zur Todsünde verflucht?

Vater hat gesagt, es wird böse mit mir enden. Jakob wird Missionar. Karl ist fleißig, lernt in der Landwirtschaftsschule und wird Bauer. Die kluge Ulla bei Tante Maria und Onkel Ludger darf auf die Realschule. Sicher geht auch der Hof wegen mir unter. *Bitte für mich armen Sünder!* Lorenz knirscht wieder mit den Zähnen. Endlich schlaf ich ein und … träum, der rechte Zeigefinger berührt das Röhrchen, mit roter Beule und dicker Kruste. Es riecht und wird geschält wie eine Möhre. Unter mir liegt im Stroh eine tote Ratte mit langem Schwanz.

»Iiih!«, schrei ich in Panik. Oh Gott, sogar im Traum gesündigt und wieder eingepinkelt. Mutter bemerkt nicht, dass ich es war, Lorenz tut's ja auch.

Der Pfarrer ist zu Besuch. Ich fürchte das Schlimmste. Er trinkt einen Korn und noch einen. Mein Mund steht offen, als er sagt: »Es gibt was anzustoßen! Gut gelernt: Du trägst am Karfreitag eine Fahne und ein Messdienergewand zur Probe!«

Vater verspricht mir Lederschuhe und einen Anzug vom Schneider. Vielleicht wird doch noch alles gut. Was aber, wenn ich zur Erstkommunion noch in Sünde bin?

Schneider Budde näht im Schneidersitz auf dem Tisch. »Du kriegst ’nen Anzug aus gestreiftem Tuch!« Er kramt Bandmaß, Papier und Bleistift aus der Schublade. »Drei Jahre muss er halten: Im ersten zu groß, im zweiten passt er und im dritten zu klein!« Er vermisst mich von oben bis unten, auch um Bauch und Beine. Komisch, er fasst auch an den Hintern. Ich lass es über mich ergehen. »Mit Umschlag, den kann deine Mama rauslassen, dann hält er vier Jahre.« Später muss ich das mit piekenden Stecknadeln gespickte Gestell anprobieren. Er grinst, als er mich darin sieht.

Schon frühmorgens brüllen Kühe und Bullen im Stall.

»Mariä Verkündigung, die Winterruhe ist vorbei«, sagt Vater.

Das Vieh muss auf die Wiese. Erste Schwalben sausen übern Köpfen und kleben Nester an die Tennendecke. Die Sonne scheint heller, der Schnee schmilzt, Wasser tropft von der Dachkante. Die rotbraune Henne führt die Küken auf den Mist und spektakelt gleich, als sich eine Elster nähert. Endlich raus!

Ich lauf erstmals wieder über die Pferdewiese und den Eichkamp zu meinem Appelhokversteck im Brombeergebüsch, mit Moos ausgepolstert. Vater spricht über die sumpfige Mulde zwischen unserm Harmanns Kamp und Sierings und Hülsmanns Wiese nur ärgerlich von unnützem Dreieck. Hier ist’s im frühen Frühling wärmer, vorm Nordost durch Wallhecken mit Krüppelweiden und Viehstall geschützt, hier taut der Schnee früher. Die Erde duftet schon, die Klarapfelknospen gehen auf. Wie ein Reisigbündel steckt ein Taubennest noch in der Krone. Birkenzweige schimmern violett, goldgelbe Weidekätzchen schaukeln im Wind. Zwei Kiebitze, so früh zurück, fahren schon aufeinander los. Wann zeigen sich meine Milchsterne und das Glasmännchen? Könnt doch Vater den Hof halten! Aber sich Geld wünschen darf man nicht.

Ich schließ die Augen, warm brennt die Sonne, leuchtend rot. Wie lange hab ich mich hier versteckt wegen der Lakritze. Aus dem Versteck unterm gefrorenen Laub buddle ich Opas rotes Messer aus. Meine Erdhände streich ich an der Cordhose ab. Dem Caspar mit den Witzen über Holzschuhe, Platt sprechen und stottern werd ich es zeigen, auch Cilli und Franz-Josef. Ich klapp’s Messer auf.

Ein erster Falter taumelt und schwingt sich im windstillen Moment zittrig auf, über verharschte Schneebrocken in den Ackerfurchen. So früh, bei dem bisschen Mittagswärme? Ein Nachtfrost genügt. Ob *der* Ostern noch da ist und *ich* Messdiener bin? Als Messdiener werd ich was. Aber meine Todsünden! Lieber Gott, hilf! Noch gut eine Woche bis zur ersten Beichte. Auf einmal hab ich mir in den Finger geschnitten. Ich bind mein Taschentuch darum und lauf heim.

18

Es ist düster und windig kalt.

Wie schwarze Blätter sitzen Stare in den Marktplatz-Linden und schwarze Fahnen flattern aus dem Turmloch. Die Uhr zeigt zwei, es läutet nicht. Nach vierzig Tagen fasten mit nur Kartoffelsuppe. Das ganze Dorf wartet vorn Töddenhäusern. Alles schwarz, Frack und Zylinder, Kopftücher. Stumm und geneigt, Hunde bellen leiser. Mit Willis Ratschenknarren geht's los. Ich stülp den Gurt übern Kopf, stell die schwarze Fahne in den Halter und trag sie hinterm Kreuz her. Mich hat Traufeld ausgesucht, nicht Caspar. Mit fast acht geh ich endlich nächste Woche zur Beichte. Auch Rosing sagt, ich bin auserwählt. Und Mutter: ein Sonntagskind. Jeder sieht, ich trag die Fahne grade und schreite eine Woche vor der Erstkommunion extra großschrittig in glänzenden Lederschuhen und strahlend weißem Messdienerhemd, feierlich mit heiliger Würde: Als besonderer Bauernjunge geh ich der Prozession am Karfreitag voran. Alle folgen gedämpft, als wage keiner aufzutreten. Nur Brockmöllerbur mit der Schützenfahne stampft wie ein Pferd. Ich seh keinen an, durch alle hindurch, zum ersten Steinbild des Kreuzwegs *Jesus wird verurteilt.* Jeder sieht, wie gut ich es kann. Vor der Station verbeugen wir uns, bis Traufeld, im dicken Talar wie eine Tonne, fertig gebetet hat. *Und vergib uns unsere Schuld.*

Ich nick Caspar zu. »Du darfst keine Fahne tragen.«

Er zeigt ein Lakritz. »Kriegst du, wenn du sie mir mal gibst.«

»Und du wirst kein Messdiener.«

»Wirst du ja sehen!«, ruft er.

»Leise! Der Pfarrer …«

»Ach was, gib die Fahne!«

Der Pfarrer räuspert sich und durchbohrt uns mit den Augen. Ich erstarr gleich wieder. *Wie wir vergeben unsern Schuldigern.* Wir folgen den Stationen zur St.-Annen-Wallfahrtskapelle und knien vor der Steinfigur. *Christus schleppt das Kreuz.* Neben mir verneigen sich die St.-Annen-, St.-Georgsfahne und die der Hubertus-Schützen. *O Herr, führe uns nicht in Versuchung.* Karl guckt in sich versunken an mir vorbei. Sieht er nicht, wie schwer das Halten der Fahne gegen den Wind ist? Da seh ich Schlachter-Gerd mit Eva schäkern. Sie lacht ihm sogar zu; Sünde! Die Ratschen führen uns weiter. *Christus fällt unter dem Kreuz.* Wär's schon Karsamstag, es gibt zwar nur eine Griessuppe, aber voll mit prallen Rosinen, im Emailletopf, so groß, dass sich Kathrin darin verstecken kann.

Ein anderer trägt das Kreuz. Wie kann ich dafür würdig sein? Könnt ich doch beim Rübenabladen gehorchen. Fleisch ist sündig. *O Herr, erbarme dich unser.* Wiesen und Felder voller Litanei, sie schallt vom Wald zurück. Zwischen den Wallhecken glotzen Kühe her. In den Regentropfen an den Birkenzweigen und Weidekätzchen blitzt die Aprilsonne auf. Sind meine Flaschen schon voll? Der Saft angeschnittener Zweige tröpfelte gleich los. Lecker, wenn ich ihn mit Zucker süße. *St. Anna, bitte für uns.* Wir beten den schmerzensreichen Rosenkranz. *Der für uns gekreuzigt worden ist.*

Jesus, du siehst, ich faste, vierzig Tage, ja, der Zuckertopf, und Röhrchen berührt, Süße bis zu den Haarspitzen. Meine Seele hat Flecken, wie Roststellen auf der Baumsäge. Aber lieber Gott, denk dran, ich hab gefroren, bis ich es nicht mehr aushielt, und die Sünde selbst aus mir geschlagen. Mach mich bei der Beichte von den Sünden frei und lass mich zur Erstkommunion und Messdiener werden! Ich wag dich kaum zu bitten, du leidest viel schlimmer. Ich ertrag's auch tapfer; auch vor Löwen nachts wollt ich nicht davonlaufen, ich schaff's aber nicht, sündig sogar im Traum. Du lässt dich für meine Sünden geißeln *und fällst zum dritten Mal.*

»Guck, der Hengst!« Caspar zeigt aufs Pferd mit dem schwellenden, armdicken Rohr unterm Bauch hinter der Stute. Erstarrt schau ich weg. So kommt der nicht in den Himmel.

Christus wird entkleidet und gekreuzigt. Nackt, nur mit Lendenschurz. Wie weh tut lebendig an Nägeln hängen. *Mea culpa – mea maxima culpa!* Du opferst für mich dein Blut. Du siehst mich hier mit Messdienergewand, Lederschuhen und Fahne. Still knien alle nieder. *O Haupt voll Blut und Wunden* rollt dunkel wie ferner Donner über die Breischener Felder. Ich denk an sonst nichts, nicht ans rotaugige Kaninchen mit den Jungen, nicht daran, dass ich nicht mehr in Holzschuhen zur Schule muss. Andächtig bei Jesus allein, opfer ich mich als Märtyrer. Du erträgst's am Kreuz, obwohl du dich retten könntest, gehst ja übern See und lässt Blinde sehen. Ich will auch leiden bis zum letzten Blutstropfen, Gottlose besiegen, lass mich nie von Heiden überwinden, bis in den Tod, ins Paradies. Das sollen alle Teufel der tiefsten Hölle hören, *fest soll mein Taufbund immer stehen*, denk auch nicht an Emmas Steckrüben und Paulas Äpfel. Ich verbeug mich, *ich will die Kirche hören, sie soll mich allzeit gläubig sehn …* Für mich vergießt du dein Blut. Wie unser Schwein auf der Leiter. Warum nur fällt mir das ein? Eines Tages ist Weltuntergang, wie das Roggenfeld einbricht, eine Warnung, aber lieber Gott, lass den Hof nicht untergehen! Vor der letzten Station verneige ich mich mit der Fahne lange, wie vor Opa im Grab: Ein großes Steinkreuz, *Christi Tod,* bleiche Gesichter, Kraftlose brechen zusammen, Maria weinend gebeugt. Ich schau auf, Wolken wie graue Pilze. Hände und Füße von Nägeln durchbohrt, schwebt er in den Himmel, durch meine Sünden gekreuzigt.

Wie ein breiter Strom tönt das *Großer Gott, wir loben dich* noch auf dem Heimweg fort.

Mutter kocht leckeren Milchreis mit Rosinen und Zimt. Alle sind stiller, langsamer, genügsamer. Kein Schimpfen, keine Ohrfeigen.

Ostern lauer ich hinter der Gardine nach dem Osterhasen. Diesmal erwisch ich Vater beim Eierverstecken im Garten. »Du lügst wie beim Christkind!«, will ich schreien, kämpf aber meine Wut nieder und sag nur: »Du, Osterhase!«

Er lacht. »Hilf mir, die Gefundenen für Kathrin, Lorenz und Anna wieder zu verstecken.«

Ich erzähl Eva vom Lügen. Sie grinst. »Du bis 'n bisschen doof, dass du's geglaubt hast.« Wieso wusste sie das? Als ich nach dem Kämpfen in der Elternkammer frag, lacht sie nur. »Dazu bist du noch 'n bisschen klein.«

Zu Anna sag ich: »Wie dumm, du glaubst noch an 'n Storch!«

Dann bemerk ich: »Mein Bonbonglas ist leer.«

Lorenz grinst; immer klaut er, wie schon früher den Bären, aber ich verdresch ihn heut nicht, so kurz vor der Beichte.

Am Samstag geh ich zur ersten Beichte. Ich darf nur geweiht in die Kirche.

»Einen guten Katholiken erkennt Gott daran, wie er die Hand ins Weihwasser taucht und sich bekreuzigt«, sagte Traufeld. Ich tunk die Fingerspitzen ein und bekreuzige mich langsam, damit er es sieht, knie mich auf die Bank zu Willi auf der Seite der Jungs und zieh den Zettel der Gewissenserforschung aus der Tasche: Gelogen zwanzig Mal, geklaut dreizehn Mal, unkeusch … Nur keine vergessen, sonst vergibt er mir nicht.

»Ich hab neun Lügen, du sicher 'n Berg voll«, flüstert er.

»Nein, so viele nicht.« Noch eine Lüge. Der Sündenberg erdrückt mich, wie Opas Haus im Traum. Ich falte die Hände, senk den Kopf und geh den Beichtspiegel durch. Mir fehlen noch Sünden. Geflucht: *O Gott o Gott, Gottverdammmich.* Aus den Schlangen beiderseits des Beichtstuhls geht wieder einer hinein.

»Du bist dran!« Willi scharrt mit dem Schuh. Will er sich schon anstellen? Der nimmt's nicht ernst. Noch ganz verwirrt, lass ich andere vor, stütz die Ellenbogen auf und leg's Gesicht in die Hände. Nur nicht mit vergessenen Todsünden zur Kommunion, das Schlimmste überhaupt. Und ich muss bereuen, aber wie? Lieber Gott, ich besser mich! Genügt es, sich nackt auf dem kalten Boden zu schlagen? Und doch wieder ans Röhrchen gedacht; es berührt. Paula und Eva nackt gesehen. Zum Filmplakat *Die Sünderin* hingeschielt. Anna am Marterpfahl gepiesackt. Jesus, du leidest an den Nägeln viel mehr und doch ist mein Leiden kaum erträglich. Staub flimmert im dünnen Sonnenlicht um die Strahlenkranz-Muttergottes, ihr Kopf geneigt; sie weiß, wie traurig es mit mir aussieht. Wie Vater sagt: »Mit dir nimmt's 'n schlimmes Ende.« Warum hass ich auch Trude? Warum fallen mir Emmas Steckrüben ein?

Der Teufel hat mich im Griff. Ich seh im Höllenbild den dreiköpfigen Satan Unkeusche und Lügner zermalmen. Ich kann so schnell tot sein, wie Opa im Grab, wie Vaters Patenkind Annegret unterm Eis oder Katzen im Wasserbecken. Ewig in der Hölle brennen. Lieber das Auge ausreißen, die Hand abhauen. Still ist's, als wär *Jüngster Tag*, nur Murmeln im Beichtstuhl und leise Schritte. Willi scharrt wieder. Ich schüttle den Kopf. Er steht gleich auf, die Beichtstuhltür klappt hinter ihm zu, das Geflüster geht los. Am schlimmsten die Sünden gegen das sechste Gebot: Unschamhaftes gesehn, gehört, gedacht, geredet, getan. Und wenn er nach Steckrüben und Äpfeln fragt? Wär ich doch schon auf der Seite, wo die knien, die frei sind und Buße beten. Nach Willi geh ich rein.

Der Beichtstuhl knarrt, ich knie. »Im Namen des Vaters… In Reue und Demut bekenn ich…«

»Lauter!« Der Pfarrer hinterm Gitter verdeckt mit der violetten Bußstola an der Schläfe Wange und Blick.

Ich zähl alles auf. Hoffentlich hören die mich draußen nicht. Auf einmal weiß ich nicht weiter.

Er räuspert sich. »Und? Ist das alles?«

»Nein, ich…« Was wollt ich noch sagen? Das Wichtigste! Ich bin schon lange drin, sicher am längsten. Jeder bemerkt, wie sündig ich bin. »Todsünde gegen 's sechste Gebot, unkeusch.«

»Wie denn?«

»A-A-Angesehen, angefasst.« Mir bricht der Schweiß aus.

»Was denn?«

»U-Unten berührt. O Herr, sei mir armen Sünder gnädig.«

»Das sind lässliche Sünden!« Er murmelt. Verhandelt er mit Gott? Er hebt die Stola. »Ego te absolvo!«

Zur Buße nur fünf *Gegrüßet seist du, Maria*, viel zu wenig. Ich hätt mich wieder schlagen können. Er wendet sich im Singsang zum Nächsten. Erlöst knie ich tief zum Altar hin. Morgen Kommunion, ein neues Leben. Nie mehr sündigen, nie mehr mit Caspar die Klowand hochpinkeln. Erleichtert tret ich nach der Buße blitzblank auf den blendend hellen Kirchplatz. Rein, abtrocknet die Sünden auf der Seele, wie eine Spinne wegschrumpelt, die ich ins Feuer schubse. Das Böse besiegt. Auch zu Hause bin ich mit allen versöhnt, selbst Trude lächelt mir zu. Wie noch nie.

Für die neuen Schuhe muss ich ab sofort samstags alle Schuhe in der Waschküche putzen, auch die mit den abgelaufenen Absätzen. Nach dem Bürsten bohr ich mit dem Lappen übern rechten Zeigefinger Creme aus der Dose. Vater lobt mich, wie gut ich sie verschmiere, und zeigt mir, wie ich sie in die Ledernahtstellen kriege; und wienern. Glänzend stehen sie in der Reihe.

Er streicht mir übers Haar. »Bist 'n guuuter Junge!« Endlich zufrieden. Nach dem Händewaschen mit Kernseife bleibt ein stinkender Zeigefinger übrig. Die Creme ist durch den Lappen in den Finger eingedrungen. Auch mehrmals einseifen hilft nicht. Ich riech lange dran, irgendwie stolz.

Am Weißen Sonntag wach ich früh auf und freu mich wie auf Weihnachten. Sicher bekomm ich auch eine Uhr wie Willi. Vater bindet mir die Schuhschleifen zu. »Anzug und Schuhe trägst du nur zur Kirche und Schule, und mach große Schritte, sonst leiden sie zu viel!«

Sein Anzug ist dreißig Jahre alt. Alles riecht nach Schweinestall, nur der nicht. Er kämmt mir lachend das Haar mit Wasser glatt. Dass mir draußen kalt am Kopf wird, macht nichts. Es läutet zu *meiner* Erstkommunion. Endlich. Der Kirchturm glänzt in der Sonne, der schönste weit und breit. Narzissen und Osterglocken blühen. Erstmals schreite ich, stolz wie Oskar, im taubenblauen Anzug, auch wenn er weit ist, zum Reinwachsen, in der Kirche in großen Schritten, mit gefalteten Händen, zum Altar und knie mit Knurren im Bauch auf der Kommunionsbank vor vielen Kerzen. Die Orgel braust auf: *Fest soll mein Taufbund immer stehen.* Hell leuchtet der Lichterkranz um die Muttergottes. Standhaft gegen die Todsünde atme ich tief und ruhig den Weihrauch ein. Jetzt wird alles gut. Sicher komm ich in den Himmel. *Der Leib Christi – Amen.* Den Kopf im Nacken, schließ ich die Augen, streck die Zunge raus und zieh sie mit dem heiligen Heiland wieder ein. Ich senk innig den Kopf und beweg betend die Lippen, geh zurück, nein, ich schwebe, leicht und feierlich langsam, dass sich der Abstand zum Vordermann vergrößert und alle mich im Anzug, in weißen Kniestrümpfen und schwarzen Lederschuhen bewundern. Durch den Liderspalt seh ich alle herschauen. Es hat sich gelohnt: Fasten, frieren, sich schlagen. Auf der anderen Seite gehen die Mädchen in weißen Kleidern und Kniestrümpfen mit Blumenkränzen auf dem Kopf. Thea lächelt verschämt.

Die Hostie klebt am trocknen Gaumen. Nur nicht mit Fingern den Heiland verdrecken oder kaputt kauen. Ich zerdrück sie mit der Zunge, sie knistert und schmeckt nach nichts. Ich muss schlucken; fürn Augenblick fürcht ich zu ersticken.

Schließlich ziehen wir mit der geweihten Kommunionskerze von Kerzenkettler, beklebt mit dem roten Herz Jesu, in der Hand an allen vorbei nach draußen! Ich kann's Grinsen nicht vermeiden. Schwindlig stolzier ich mit Willi wie der gestiefelte Kater nach Hause, aber Caspar will sich mit uns prügeln.

»Blöder Heini!«, fängt er an und schubst mich zum Straßengraben.

Ich weich aus und sag: »Spinnst wohl, du kriegst noch die Hucke voll!« Wär ich nicht grad im Stande der Gnade, hätt ich es ihm gleich gegeben. Die Flecken auf den Schuhen beseitige ich mit Spucke. Unterwegs schwankt ein riesiger Mann auf uns zu, Gesicht gedunsen und blau. Mit großen Augen grinst er uns wie der Teufel an und grölt, es klingt wie: »Dich krieg ich noch!« Schnell wechseln wir die Straßenseite. Dann seh ich, es ist nur Brinksmanns Bernd.

In der besten Stube feiern wir, mein erstes Fest, extra für mich, sogar mit Decke auf dem Geschenktisch. Meine Taufpatin Tante Maria ist schon da, ohne Ulla und Otto, aber mit der zahnlosen Oma. Die stützt sich gebeugt zitternd auf den Stock, mit dem Beil gekürzt, sagt sie, weil sie schon wieder kleiner wurde. Wieso Oma? Die kommt sonst nie. Mutter liegt mit Kopfweh im Bett. Sie sagte, wenn die mitkommt, geh ich. Paula und Eva decken den Tisch.

Trude schenkt mir einen Rosenkranz. »Das Silberkreuz mit Elfenbein-Leichnam, sehr kostbar«, sagt sie.

Tante Maria reicht mir eine Tüte Bonbons und alle piesacken mich: »Gib was ab!« Alles soll schön sein, ich kann nicht nein sagen und schon ist die Tüte leer. Tante Maria gibt mir noch was, bunt eingepackt, mit Schleife und tut ganz wichtig. »Vorsichtig, was Schönes.«

Anna, Eva, Lorenz und Paula unterbrechen das Ballspiel, kriegen Lutscher und Tröten und gucken zu. Wieso bekommen die auch was? Ich reiß das Papier auf: ein weißes Schäfchen, übersät mit Spiralen aus weißem Zuckerguss.

»Aus Biskuitteig mit Buttercreme drin«, sagt Tante Maria. »Früher brachten wir Ostern ein Lämmlein aus Kuchenteig mit Eiern zur Kirche, und geweiht aßen wir's zu Hause.«

Wieso krieg ich keine Uhr? Ich sag aber nichts. Heut sollen alle vergnügt sein. Ich stell's Schäfchen mitten auf den Geschenktisch, die Kerze mit rotem Herz nach vorn, Rosenkranz und leere Bonbontüte drumrum.

Anna sagt: »Gemein: Alles neu, Anzug, Schuhe, Kerze!«

»Du verstehst nichts von Erstkommunion.« Sie ist erst nächstes Jahr dran.

Oma rollt abschätzig die Augen und sagt zu Tante Maria: »Wo is 'n Lappen? Die Blagen haben 'n dreckigen Hals. Tina soll froh sein, dass nicht zwei mehr hier rumhampeln.« Die Giftnudel wischt mit verkniffenem Mund den Tisch, an der Nase ein Tropfen. »Verlottert is's hier; bei uns steht immer 'n Zuckertopf auf 'm Tisch für Milch, Kaffee und Brot. Was hatte Tina fürn großes Wort beim Roxeler Bauern – jetzt nichts als heulendes Elend, arm wie die Kirchenmäuse.« Immer hackt sie auf Mutter rum! Der Tropfen hängt noch. Die anderen spielen noch Ball. Die Großen quatschen, Oma schimpft weiter: »Tina kommt nicht mehr zu uns. Schämt sich, was fürn Hungerleider sie geheiratet hat. Hab ich gleich gesagt: Trude hätt rausgemusst und wie still Tina ist, spricht mit keinem mehr.« Tante Maria nickt nur.

»La-La-Lass Mama in Ruh!«, ruf ich.

»Wie oft hab ich ihr gesagt, geh nicht dahin. Und man sieht, der Alte ist verflucht, die Patenkinder sterben wie Fliegen.«

»A-A-Aber Papa kann wie Opa vorhersehen«, sag ich.

»Schwiech still«, sagt Oma, »stotterst ja.«

Da fliegt der Ball auf den Tisch: Meine Kerze zerbricht. Aus dem Schäfchen, Kopf und Beine platt, quillt Buttercreme, wie bei einer Fliege, die ich zerdrück.

»Schei-Scheiße!«, schrei ich, mit Tränen. »A-Arschlöcher!«

»Das kann nicht mal blöken«, lispelt Lorenz, schnappt sich das Kerzenstück mit dem roten Herz und rennt weg.

»Warum krieg ich keine Uhr?«, brüll ich.

»Verzogene Blagen! Stottern is 'n Teufelsfluch. Dir sind Geschenke wichtiger als der Heiland!«, schimpft Trude. »Mir wurd im Leben nichts geschenkt. Das Wichtigste ist der Rosenkranz. Sei froh, du bist gesund.« Sie humpelt weg.

Vater, vom Frühschoppen zurück, schenkt mir ein Gebetbuch. Ich zieh ihn am Ärmel und zeig aufs kaputte Schäfchen. »Stell dich nicht wie 'n Kleinkind an«, sagt er. »Ich ging wie alle früher nur vier Jahre zur Volksschule. Am Ende war Erstkommunion und man war erwachsen.«

Die Großen reden weiter – als ging's nicht um mein Fest und als wär nichts passiert – davon, wo es Kranke gibt, wer gestorben ist oder wohl bald stirbt, welcher Bauer aufgegeben hat oder bald aufgibt.

»Strehler geht halbtags in die Kerzenfabrik? Dann is 'es bald mit 'm Hof vorbei.«

»Dem Brinkmanns Bernd wachsen die Schulden übern Kopf. Sein Hof gehört nun auch der Bank. Nu süpp he sik dood!«

»Was fürn Lärm hier«, sagt Oma zu Tante Maria. »Die von der Tanns sind die Hinterwäldler aus ’m Brooke. Wir wohnen ja an der Teerstraße, aber hier versinkt man im Schlamm.«

»Ach, ihr Heymeiers guckt immer auf uns herab«, sagt Vater, »weil einige Pfarrer und Professoren waren. Das macht böses Blut. Für euch waren wir nichts als Dreck! Zu unserer Hochzeit kam keiner von euch, auch später nicht. Immer hieß es, der armselige Sandkötter. Ich hab zu Gott gebetet, dass wir’s schaffen. Wir sind nicht schlechter als ihr, auch die Kinder nicht. Bildet euch nichts ein, vor Gott sind alle gleich.«

Jetzt fällt der Tropfen. Oma sieht Vater grimmig an. »Du hattst nur Glück im Krieg: Warst unabkömmlich, weil du für unsern Hof mitreklamiert hast. Sonst hättst du trotz der vielen Blagen nach Stalingrad noch weggemusst.«

So hat Opa also Vater gerettet!? Ich find alles irre und brülle, aber keiner hört mir zu. Sie reden lauter, weil auch die Geschwister schreien. Ich geb’s auf und heule, komm mir verloren vor wie am Palmsonntag, alles kaputt, Schäfchen, Kerze, Bonbontüte leer. Alle tun so, als seien Gebetbuch und Rosenkranz was Tolles. Wütend zünd ich den Kerzenstummel an, wie der Lichterkranz der Muttergottes. Er fällt um, Wachs läuft auf die Decke, es riecht verkokelt.

Vater ohrfeigt mich. »Du wirst noch alles abbrennen!«

Wär ich doch gleich nach der Erstkommunion gestorben und in den Himmel gekommen.

19

Samstags geh ich mit den Jungs meiner Klasse zum Messdienerunterricht. Nur Franz-Josef und Karl-Heinz nicht. Wir lernen Gebetbuch umtragen, klingeln und vorbeten. Ich kann’s nicht erwarten, dass mich alle als Messdiener am Altar sehen. Um Vater zu überraschen, verrat ich es ihm nicht. Könnt ich nur schon alle Gebete in Latein und wär’s Credo nicht so lang. Wir sitzen vorn in den Kirchenbänken. Traufeld erzählt Bibelgeschichten, auch, wie Gott die Welt erschuf.

»Der Mensch stammt vom Affen ab!«, ruft Caspar.

Ich grüble: Opa, Oma, Vater Affen? Und ich? »Sind wir Tiere?«

»Das ist Gotteslästerung!« Der Pfarrer steht breitschultrig mit dickem Bauch vor mir wie ein Stier. »Im Glauben muss man stark sein wie die Dicke Eiche. Schlagt die Bibel auf, da steht's doch!« Er findet aber die richtige Seite nicht und schüttelt den Kopf, dass die spärlichen weißen Haare hin- und herfliegen.

»Was ist groß am Pfarrer?« Caspar sagt's selbst: »Das P!«

Ich muss mitlachen, sag aber: »Sünde, lass das!«

»Dummer Affenarsch!« Caspar schubst mich.

Wär er nicht so groß und stark. Seine Arme hängen lang wie ausgerissene Puppenglieder. Ich will schweigen, sag aber: »Dich holt der Teufel, bald ist Weltuntergang.«

»Was weißt du, Blödmann, schon?« Er schielt mich böse an.

»Mein Papa kann vorhersehen, wie Opa!«, ruf ich stolz.

Der Pfarrer schaut auf. »Vorhersehen kann nur Jesus. Er wusste: Ehe der Hahn dreimal kräht, verleugnet ihn Petrus dreimal, und so kam es.«

»Aber Papa hat Christophs Tod vorhergesehn beim Kartoffelsortieren, ganz sicher, ich war dabei.«

»Manche meinen vorherzusehen, andere glauben an Hexen. Alles Aberglauben.«

»Aber Brockmöllers Christoph war dann tot.«

»Aberglaube und an Gott zweifeln ist Gotteslästerung!«, spricht er laut, sieht mich mit dunklen Augen ernst an und sein Arm schwingt energisch hin und her. Nur Gott ist allwissend. Vaters Vorhersagen sind Lügen wie beim Christkind, Osterhasen und Storch. Dass ich das nicht vorher bemerkt habe. Barbaras Mutter kann wohl auch nicht hexen. Der Pfarrer muss es doch wissen.

Bei der Messdienerprüfung stock ich ein paar Mal, aber Traufeld sagt: »Du bist morgen im Hochamt Messdiener. Nur warum beugst du dich so krumm vor? Kopf hoch und Hände waschen! Und komm weiterhin zum Messdienerunterricht.«

Caspar kann's Credo nicht, er macht bloß *bla bla* und *brumm brumm*. Was hat er davon, dass er am höchsten die Klowand hoch pinkelt?

»Ätsch, du darfst nicht«, sag ich.

Er zeigt mir den Vogel. »Du Angeber plapperst die lateinischen Sprüche nur nach. Der Himmel ist bloß Luft.«

»Der Teufel in dir sagt das.«

Endlich Messdiener. In der Waschküche will ich es Vater sagen. Er wetzt wie jeden Samstag bei den Milchkannen das Rasiermesser am

Riemen und erzählt Mutter und Emma, die in der Küche Kaffee trinken, vom Pachtzahlen bei Brockmöllerbur. »Diesmal in der großen Stube, die hatten Besuch, das hättet ihr sehn sollen«, er schlägt im zerbeulten Aluminiumnapf Schaum. »'n richtiger Festsaal, da war ich noch nie, Stuck, hohe Spiegel, Goldleisten, 'n Büfett mit Kristallgläsern. Da sieht man: Wir Kleinbauern stinken. Schon recht, wie der auf uns herabguckt.«

»Papa, ich bin ...«

»Und wer alles da war, Kerzenkettler, Treckerkettler, all die im Dorf das Sagen haben, Herrns aus Münster, der Landrat. Dann kam Brockmöllersfrau, 'ne versimpelte Flenntrine.« Er seift die Backen mit dem Pinsel schneeweiß ein.

»Die muss nicht mitarbeiten«, wirft Mutter ein.

»Wie die auftrat, im langen schwarzen Kleid. ›Kiek, dor kump dat Rostbäf, mine Herrns‹, ruft sie«, sagt Vater spitz, »wir sind Hungerleider. Die Großen wissen, wie man mit Subventionen groß rauskommt. Brockmöllerbur spottet über Strehlerbur, dass er aufgibt und zur Kerzenfabrik geht. Letztes Jahr der Kuckuck bei Uphusbur. Wer weiß, ob wir 'n Tannenbusch abzahlen können.« Vorm Spiegel, mit blinden Stellen, verzerrt er das Gesicht zu lustigen Fratzen, zieht die Lippen tief in den Mund, sieht aus wie Oma ohne Zähne, dehnt den Mund in die Quere wie ein Froschmaul, bläst eine Wange, und das Eisen kratzt über die Stoppeln.

»Land kaufst du, nur Tina keinen Wintermantel«, sagt Emma.

»Was habt ihr denn?«, fragt Vater. »Eisenbahner! Keinen eigen' Boden untern Füßen.«

»Aber 'n Feierabend und freitags wissen wir, was mein Mann in der Tüte hat. Hat eure Mama noch nicht Feierabend?«

»Lästermuul, pass up, dat du nich in de Kohschiete pattkest!« Vater hebt drohend das Rasiermesser. »Unsereiner hat keinen Feierabend. Wir ackern, bis wir ins Bett fallen. Du gehst ja bei nur zwei Kindern nicht mal arbeiten.«

»Mein Rudolf will's nicht. Ist unwürdig, sagt er!« Emma lacht wieder. »Wir fahren im Sommer mit Hauszelt an 'n Bodensee campen in Urlaub. Rosa und Willi freuen sich auch drauf.«

»Urlaub? Kennen wir nicht, nur Fronturlaub. Wir füttern und melken morgens und abends, aber wir können die Arbeit frei einteilen. Arbeiter sind wie Sklaven.«

»Und wir sind deine Sklaven.« Eva lacht, Mutter auch.

»Arbeiter können sich heut alles leisten: So viel Geld, Urlaub und um fünf Feierabend. Jetzt streckt ihr die Nase hoch, aber es kommen wieder schlimme Zeiten.« Vater wischt mit dem Tuch sein Gesicht ab und zeigt nach oben. »Unglücke, neuer Krieg und Weltuntergang. Wart's ab, ihr werd's erleben.«

»Nur Gott kann vorhersehen«, sag ich.

»Jüngelchen, was weißt du schon.«

»Stammt der Mensch vom Affen ab?«, frag ich.

»Glaubst du, wir sind irgendwelche Affen?«, fragt er verächtlich. »Aua!«, schreit er, mit einem Schnitt am Hals.

Natürlich will ich kein Affe sein, das wär schrecklich. Ich bin Messdiener.

Aber das weiß er noch nicht.

Sonntag darf ich mit Willi messdienen. Unterwegs treff ich die dicke Thea im blauen Kleid und erzähl ihr davon. Sie zweifelt, ob ich das könne. »Na klar können wir von der Tanns das«, sag ich, »Jakob wird Missionar, der macht sogar Neger fromm.«

In der Sakristei bring ich mit Spucke mein Strubbelhaar zum Liegen. Werd ich alles richtig machen? Mit feuchten Händen und heißem Kopf zieh ich den roten Rock an und stülpe zum zweiten Mal das würdevolle, weiße Messdienerhemd über.

»Schwarze Fingernägel, dreckiger Hals«, sagt Traufeld.

»Ogottogott«, sag ich.

»Du sollst den Namen Gottes nicht unnütz führen!«

Ich zeig ihm die glänzenden Schuhe, seh aber meine von Creme an den Knöcheln geschwärzten Kniestrümpfe und lass schnell den Rock wieder runter. Vor ihm gehen wir aus der Sakristei übern Teppich zum schönen Altar: Blumen, goldverzierte Kerzen, gebügelte Decken.

Traufeld rasselt das *Confiteor* in Latein runter, aber ich weiß, wann ich *mea culpa* rufen muss und *mea maxima culpa*. Nun das rote Messbuch nach rechts, nicht schwanken oder gar stolpern. Einmal vergess ich es, er stellt es ohne aufzusehen rüber. Ich schiel zu den Mitschülern der ersten Reihe, aber keiner bemerkt's. Der Pfarrer schnauft die Kanzel hoch. Willi und ich sitzen ernst seitlich am Altar. Wie sicher der den Leuten ins Gewissen redet. Er kann alles, in der Beichte sündenfrei machen, ein Brautpaar für ewig zusammenschmieden und sogar Gläubige durch die Letzte Ölung in den Himmel bringen.

Nach der Predigt ziehen wir mit ihm durch den Mittelgang, Willi mit Weihwasserkessel. Der Pfarrer mit der Stola um die Schulter segnet alle mit dem Sprengel. Die Köpfe neigen sich für die Weihe. Ich reck mich, will mehr heilige Spritzer abkriegen. Sie vertreiben die Geister gottloser Seelen. Ich schwenk kerzengrade den silbernen Weihrauchtopf und atme die Schwaden tief ein, schwebe und steig auf mit dem Rauch. Schön riecht's nach Würde, gewiss bleibt der Duft im Anzug. Keiner kann sagen, ich stinke. Sieht Vater mich? Ich seh ihn hinter all den Köpfen nicht. Nur, es pickt mich in der Hose. Der Pfarrer stößt mich an. Was will er? Ich atme tief ein, umso berauschter schweb ich, auch der gepanzerte St. Georg scheint sich vom Sockel zu erheben und die weiße Taube vom Gewölbe zu lösen. Er stößt mich wieder an. »Langsamer!« Hinterm Quergang reden Gress' Gustav und Brinkmanns Bernd. Wie kann man nur vorn beten und hinten quatschen, wenn man gesegnet wird?

Vor der Wandlung Wein in den Kelch und Traufeld Wasser über die Hände gießen, rechtzeitig klingeln, niederknien und sich verbeugen. Willi und ich wechseln uns ab: »*Ad Deum, qui laetificat juventutem meam. Sicut erat in principio …*« Alles hängt von mir ab. Ich sag: »*Deo gratias!*« Alle sagen: »*Amen.*« Könnt ich mich nur mal am Po kratzen. Erst mit dem kleinen Glöckchen einmal klingeln. Das verwandelt Wein in Christi Blut und Brot in seinen Leib, besser als in Schweine und Raben wie im Märchen. Der Pfarrer kann's, er schwenkt den Goldkelch aus dem Tabernakel mit Wein, trinkt und spricht: »*Hoc est enim corpus meum*«, hebt den Kelch hoch zu Gott. Mit durchbohrten Händen und Füßen schwebt der überm Altar in den Himmel. *Hic est enim calix sanguinis mei.* Ich steh als Messdiener höher und näher bei Gott als alle anderen. Hände gefaltet, dreh ich die Augen zum Himmel und bete: »Lieber Gott, ich bin dir ewig treu und lass mich beim Fasten nicht mehr vom Teufel verführen. Rett unsern Hof und nimm den Fluch von Vater, dass nicht noch mehr sterben!«

Arme kommen eher in den Himmel, ich bin dabei. Die Fenster leuchten bunter, der schleppende Männergesang dröhnt tiefer als sonst. Bei Liedern, die ich nicht kenn, beweg ich den Mund gewaltig, mach ohne Ton die Lippen spitz, rund und breit, dass jeder sieht, wie gut ich bin. *Novi et aeterni testamenti.* Mit spitzen Fingern bricht Traufeld die

Hostie und säubert den Kelch mit weißem Tuch. Mucksmäuschenstille. Hier schreit man nicht durcheinander. Ich knie auf der unteren Altarstufe, senk Kopf und Blick und schlag die Glocke dreimal, schenk ein und sag: »*Deo gratias*.« Traufeld hebt die Monstranz mit der geweihten Hostie übern Kopf und segnet alle. Ich klingle die silberne Schelle, alle müssen aufstehen und hinknien, ich hör's Rauschen hinter mir. *Per omnia saecula saeculorum. Amen.* Ich bete vor bis zum *ite missa est. Deo gratias.* Jeder sieht, nichts ist wichtiger, und muss mitbeten. Sicher staunen alle, dass ich Latein kann. Das kann Franz-Josef nicht. Mädchen auch nicht, Evelyn erst recht nicht. *Misereatur vestri omnipotens Deus …* Vater kann nur dummes Platt und weiß nicht mal, was *Kramsbeeren, Markwart* oder *dat Aohr* auf Hochdeutsch heißt. Traufeld legt mir das schwere Messbuch offen in die Hände, die bunten Bänder fließen seitlich raus. Ich press es mit all den Geheimnissen gegen den Bauch, stolpre, fang mich aber wieder und leg's auf den Ständer.

Dann reicht der Pfarrer die Hostien, *Corpus domini nostri jesu christi …* Der Mund klappt auf, die Augen zu, wie bei einer Puppe mit Schlafaugen. Die Zunge schnellt vor, zieht sich mit der Hostie zurück und die Augen gehen wieder auf. *Amen.* Beim Sanctus dröhnt die Orgel mit eintausendsiebenhundert Pfeifen, viele wie sonst keine, sagte der Pfarrer, so stimmgewaltig das *Großer Gott, wir loben dich*, dass ich Gänsehaut bekomm.

Alles geschafft! Endlich kann ich mich kratzen. Stolz verstau ich in der Sakristei die Klamotten. Traufeld gießt Rotwein nach, schlürft ihn und schaut mich spöttisch an. Ich sag lieber nichts, werd rot und schau fromm nieder. Zweifelt er an mir, weil ich das mit dem Aberglauben gesagt habe? Ich erzähl, ich verkauf bald Heiligenbildchen und katholische Kalender. Dann stockt's Gespräch. Sorgt er als Gottes Vertreter dafür, dass über Vater kein Fluch mehr liegt und der Hof überlebt? Ich tu alles, was er sagt, sogar Hals und Fingernägel säubern. Ich lösch noch die Kerzen mit dem Blechhut. Dampfwölkchen entweichen. So fliegt die Seele nach oben. Ich will fromm sein und Priester werden, dass meine Seele nicht mit Flecken in die Hölle sinkt. Zu Hause schneid ich Birkenzweige an und häng Gläser drunter, Haarwasser, dass ich besser rieche.

Zur Suppe kommt Vater vom Frühschoppen, wie immer stattlich im Anzug mit silberner Uhrkette in der Westentasche, mit Überzieher und schwarzem Hut. »Zu solchen Stunden kann man 'n lieben Gott 'n guten Mann sein lassen.«

Im Gesicht ein feines Lächeln, glaub ich jedenfalls. Hat er mein Messdienen bemerkt? Schau ich lange hin, bin ich unsicher. Am liebsten hätt ich es rausgeschrien, aber ich sag's extra nicht. Immer redet er nur mit Karl. Streng sieht sein Gesicht wieder aus. Unruhig wird nach dem Pudding noch getuschelt in der besten Stube. Ich hör ihn klagen. »Wieder einer, wo der Kuckuck klebt. Wann sind wir dran mit Aufgeben? Wie sollen wir Geld für Dünger und Pacht aufbringen und für die kaputten Dachziegel? Eines Tages stürzt das verrottete Gebälk ein.«

Heut Nachmittag macht's mir nichts. Ich schnupper an meinen Händen. Selbst sie duften nach Weihrauch, wie mein Hemd. Alles ist gut. Jesus sorgt für mich – und der Pfarrer. *Ticktack* macht's Pendel der Küchenuhr. Die Sonne wirft den Schatten vom Birnbaum und Fensterkreuz auf die Holzdielen. Fliegen suchen darin nach Essenskrümeln. Viele sitzen schon überm noch warmen Herd zur Mittagsruhe an der Wand, wie schwarze Wolken. Staub schaukelt auf den Strahlen nieder. Ich schmeck noch Karamellpudding auf der Zunge. Verklungen das *Confiteor* und *Ad Deum,* die Glocken, *Großer Gott, wir loben dich.* Als Messdiener mit neuen Lederschuhen.

Vorbei das Schreien der Geschwister, Klirren der Teller, Klappern des Bestecks. Sonntagnachmittags schlafen die Großen und ganz Kleinen. Keine Tür geht, keine Karre poltert, kein Eimer scheppert. Sonntagsstille. *Ticktack.* Vaters Zigarrenduft hängt noch in der Luft. Er treibt nicht zum Hacken oder Pflanzen. Natürlich Viehfüttern, zur Messe, um drei zur Andacht, aber sonst nichts. Ich kann spielen, wär'n nicht alle weg. Der Fußball liegt am Küchenschrank. Eva belegt den Tortenboden mit Pfirsichen, geht auf den Hof zu ihren Freundinnen, sie verschwinden kichernd zwischen den Hofeichen. Sie will mich nicht dabei haben. Mit Willi geh ich zwar zur Schule, aber er kommt nicht zu uns. Ich darf niemand ins Haus bringen, die machen noch mehr Unruhe. Der Kuchenduft steigt mir in die Nase. Hmm! Rechtzeitig hab ich gefragt: »Mama, darf ich heut 'n Teignapf auslecken?«

Ich durfte. Lecker! *Lecker* kommt von *auslecken.* Mir lief's Wasser schon im Mund zusammen, als der Teig im Backofen aufquoll. Sonntags gibt's Kuchen, natürlich nicht in der Fasten- oder Adventszeit. Aber sonst oft. Mal Korinthenstuten mit Butter, mal Stuten mit Zucker statt Schwarzbrot. So ein Kuchen hat zwölf Stücke; wer da ist, kriegt eins. Ohne lange zu fackeln wie bei Ulla und Otto, wo Tante Maria geziert auf Hochdeutsch sagt »Bitte, nimm dir gern 'n Stück oder mehr, wenn du magst« und »Guten Appetit« und es gibt feine weiße Damast-Servietten und Kuchengabeln. Das brauchen wir nicht. Ich nehm ein Stück und beiß rein. Zwölf passen, ein Stück für mich. Nichts bleibt übrig, nicht mal eine Randkruste oder ein Pfirsichstück in der Mitte, nichts. Nur Krümel für die Fliegen. Fürs Größte muss ich der Erste sein, wie ich vor der Schule versuch, von Mutters Schnitten die höchste zu erwischen. Noch ist's nicht so weit. Noch schläft auch Trude, sie wird schimpfen: »Verzogene Blagen, ihr geht zu spät zur Andacht!« *Ticktack*. Die Graumelierte schleicht zwischen den Fliegen auf den Holzdielen. Sonst werfen wir Löffel nach Katzen. Lautlos geht sie. Die Muttergottes flimmert im *Ewigen Licht* in der Küchenecke. Auf der Tenne klirrt eine Kette. Eine Kuh legt sich wohl im Schlaf um. Eine Fliege summt um meine Nase und lässt sich darauf nieder. Ich schiel nach ihr. Sonst fang ich sie, werf sie auf den Fliegenfänger und wir wetten, welche zuerst mit beiden Flügeln festklebt. Aber heute ist Sonntag. *Ticktack*.

Beim Kuchenessen will ich Vater fragen, ob er mich als Messdiener gesehen hat, aber er hört nicht zu. Aus Wut greif ich ein zweites Pfirsichstück, aber Karl droht: »Wenn du dat dös, kasse dine Knocken numereern loaten!«

»Nur *ein* Stück Torte?«, fragt Willi mich auf dem Weg zur Maiandacht. »Ich hab mir was ausklamüsert: Unser Kuchen stand zum Kühlen im Keller und ich hab ihn an zwei Stellen angeknabbert, wie Mäuse das machen. Alle haben geschrien und ich durfte die zwei Stücke allein essen.«

»Du Betrüger kommst nicht in 'n Himmel!« Ich erzähl's seiner Mutter und er haut mir eine rein.

20

Abends prasselt Hagel auf die Fensterbank.

»Die kalte Sophie lässt die Obstblüten erfrieren.« Vater, auch im Sitzen größer als ich, liest *Volkszeitung* und zeigt auf ein Bild mit Männern in langen Mänteln am Bahnhof, ausgemergelt, mit Bündeln auf dem Rücken. »Die letzten Rückkehrer aus Sibirien.«

»Opa hat umsonst auf die vier Jungs gewartet«, sagt Mutter leise mit gesenktem Kopf und stopft weiter Socken.

»Ach *die*«, Trude winkt ab. »Gott weiß, warum die fielen.«

»Hat der Theodor nicht gesoffen?«, fragt Vater, »und ist seine Frau nicht verrückt geworden?«

»Ihr zieht wieder über meine Brüder her«, seufzt Mutter.

Trude, wie immer spinnefeind mit Mutter, wendet das Gesicht ab. Es vergeht eine Stunde ohne ein Wort. Dann sagt Trude: »Bald geht's mir im Himmel besser. Heini, ich geb dir als Messdiener was von *meinem* Bruder.« Schön, wenigstens sie hat's gemerkt. Ich will so fromm sein und gern Rosenkranz mitbeten. Sie holt aus ihrer Kammer eine große, schimmernde Muschel mit gezähntem Rand und hält sie mir ans Ohr. »Von Onkel Franz beim Fronturlaub, bevor er in Russland fiel. Hörst du's brausen?« Als ich zurückzuck, verzieht sie ihr Gesicht zum schiefen Lächeln. »Die hat's Meerrauschen eingefangen, weit weg bei deinem Heidenkind.« Ich halt sie ans Ohr, kurz, dass mich kein Ungeheuer in die Tiefe zieht.

»Guck, sein Bild als Unteroffizier.« Sie zeigt sein schwarz gerahmtes Foto, neben Totenbildern, Briefen mit schwarzem Rand und der Kerze fürs Rosenkranzbeten. Mutig ballt er eine Faust ums Gewehr, wohl gegen böse Russen in sibirischen Wäldern, und raucht weltmännisch eine Zigarre.

»Wo der überall war«, sag ich.

»Ja, überall«, sagt Mutter, »*mein* Bruder Job hat mir aus Holland 'n weißen Kapotthut mitgebracht, aus Paris handzisilierte Weingläser und aus Oslo 'n Pelzkragen.«

»Jaja, und aus Russland kamen die Totenbriefe.« Vater blickt von der Zeitung hoch. »Wer dahin musste, war schon halbtot. Onkel Otto war in Stalingrad. Ich weiß es noch wie heute, am Fenster flog 'ne Krähe vorbei. Da wusste ich, der ist tot. Mama hatte 'n dicken Bauch und ich dachte: Wird's 'n Junge, soll er Otto heißen. Und so kam's.«

»Nur Jesus kann vorhersehen. Du hast nicht mal gesehen, dass ich Messdiener bin«, sag ich.

Vater schaut verdutzt. »Messdiener? Na endlich! Aber schlimm, was die Kommunisten in Russland mit Katholiken machen. Gott sei Dank hat Adenauer die verboten. Er sollt' die Sozis mitverbieten. Wenn ich schon Brandt und Wehner hetzen hör.« Er gähnt, wie immer ohne Hand vorm Mund.

»Der Krieg ist 'ne Prüfung Gottes«, sagt Trude. Wieder trägt sie schwarz, eher verwaschengrau. Mit Hängebacken und faltiger Haut sieht sie eh traurig aus. »Kau nicht an 'n Nägeln; da liegt er.« Ihre Krüppelfinger zeigen auf ein Foto mit nur Wald.

»Ich find ihn nicht.«

»Auf dem Birkenkreuz hängt sein Stahlhelm.«

»Gefallen, mitten im Wald? Nicht wieder aufgestanden?«

»Die haben ihre Pflicht erfüllt. Bet 'n Rosenkranz mit!« Sie kniet und faltet die Hände. Anna kniet auch, fügsam wie immer.

»Ich hab schon und ich hab Hunger«, sag ich.

»Beten! Mai ist Rosenkranzmonat.« Sie droht mir mit der Hand.

Ich dreh ihr aus sicherer Entfernung eine lange Nase und streck die Zunge raus. »Die sind bereits erlöst. Traufeld sagt: ›Jesus ist schon dafür gestorben‹!«, schrei ich, geh in großen Schritten durch die Küche und lass mich fallen wie Onkel Franz. Trude wär's wohl lieber, ich wär an seiner Stelle tot. Lorenz rennt mir nach, knallt auch hin. Vater droht mit Prügel und mir fällt ein, ich will ja fromm sein und bet freiwillig Rosenkranz vor. Die Totenbriefe guck ich mir später an.

Der Klee blüht.

Nach den Eisheiligen kann ich endlich barfuß übers Gras laufen. Weg mit Holzschuhen, Strapsleibchen, kratzigen Strümpfen. Trude jätet bei den Pfingstrosen. »Wenigstens hier bin ich mein eigener Herr.« Sie richtet sich auf und zeigt auf die Beete, schnurgrade umrandet mit Buchsbaum, zwischen blühenden Apfel- und Pfirsichbäumen. »Schön duften die Nelken, für die Kirche zu Pfingsten.«

»Ich will 'n Beet, da vorm Kohlenfenster steht nur Unkraut.«

»Viel zu schattig, und die nächste Kohlenladung macht alles kaputt. Es kann nicht jeder eins haben.«

»Ich will aber was Eigenes!« Sei's noch so klein, nicht nur Rosenkranz und Gebetbuch wie zur Erstkommunion.

Trude streut Hühnermist aufs Beet. »Erst Mist untergraben, dann geb ich dir was mit Wundern!«

Tät's nur nicht stinken. Ich greif den Spaten und grab um. «Was mit Wundern?«

»Lakemeiers Lieschen aus 'm Jungfrauenverein hat mir aus Lourdes die Muttergottes in 'ner Schneekugel und 'ne Flasche Weihwasser mitgebracht. Maria erschien 'nem Hirtenmädchen in der Grotte und ließ dort 'ne heilige Quelle aus 'm trockenen Berg sprudeln. Das Wasser heilt: Lahme gehen. Blinde sehen. In allen Sprachen haben sie gesungen. Zigtausende Pilger, auch Nonnen, Priester, Mönche. Wer an die Muttergottes glaubt, ist nie allein.«

Ich muss viel mehr beten. Endlich ist ihr Rosenkohlbeet fertig, sie gibt mir die Glaskugel. Schüttel ich sie, schneit es. Wieder lass ich es schneien und seh die Schmerzensreiche nicht, den Kopf leidend geneigt, die Hände gefaltet, seh nicht die Krone, ihr weißes Kleid mit blauem Gürtel und roten Rosen, bis es wieder klar wird. Käm sie mir doch zu Hilfe! Ich wirble die weißen Flocken herum. Mach, dass Vater nicht mehr schlägt, ich nicht immer helfen muss und sie mich in der Schule nicht auslachen! Ich träum mich als Messdiener neben dem Pfarrer stolz mit dem Weihrauchkessel durch die Kirche und Cilli lächelt mir zu.

Bevor es dämmert, pese ich mit dem Spaten los, grab Glückssterne, Butterblumen und Gänseblümchen im Appelhok aus, rupf im Kohlenfensterbeet das Unkraut raus, stell mittenrein die Muttergottes-Schneekugel und pflanz alles drumrum, damit keiner sie findet. Ich hab's schönste Beet.

»Heini, hol die Kühe!«, ruft Vater. »Mit acht kannst du melken lernen.«

Gehorsam lauf ich zu Brinkmanns Wiese. Sie stehen schon am Tor mit dicken Eutern, kauen mit glasigen Augen, trunken vom frischen Gras. Träge trotten sie heim, alle rot-bunt mit Heiligennamen auf A: Anja, Olga, Herta, Nella, Magda, Sophia und Katharina. Im Stall schiebt Vater mir den Schemel unter. Hertas pralles Euter hängt mir vorm Gesicht. Ich zieh an einer Zitze, aber die Kuh schlägt mir den Eimer weg. Auch Olga hinter mir muht unruhig.

»Streicheln, bis sie entspannt die Milch herablässt.« Vater krault Herta zwischen den Hörnern. Die Zitzen füllen sich. Ich zieh dran, aber wieder schlägt sie aus.

Anna schleicht sich an. »Du kannst's eh nicht.«

»Finger zusammendrücken und von oben nach unten abrollen!« Vater macht's mir vor. Nun spritzt Milch raus. Ich ziel Anna ins Gesicht, sie rennt schreiend weg. Der weiße Strom springt leise schnurrend in den Eimer. Vater sagt: »Ich wusste, du kannst es.« Schön, mit der Stirn an der warmen Kuhflanke, sie runter bis übers Euter streicheln. Tief drinnen brummt's wohlig, sie hält still. Ich bin Messdiener und kann melken!

»Hol 'n Eisenkamm und kratz Herta den trocknen Mist ab!«

»Ich muss Gleichnisse lernen.«

»Erst kratzen, bürsten, ausmisten und Milch wegbringen. Dann lernst du. Ich hör's dir ab und wehe, du kannst es nicht.«

Willi darf Fußballspielen. Ich kratze und kratze, bis mein Arm lahmt, striegle und bürste, bis ich mich im Fellglanz spiegeln kann, schieb mit der Forke den Mist aus der Rinne zum Haufen und streu frisches Stroh. Dann wedelt Herta mit dem Schwanz, braun quillt's aus dem Loch. »Schiete!«

Muttergottes hilf!

Als Vater auch mit der wilden Katharina fertig ist, bringen Mutter und ich die Kannen zur Milchbank am Straßeneck. Mutter hängt mir zwei kleine und sich zwei große an den Radlenker. Sie fährt sogar über Baumwurzeln und durch Sandlöcher. Das will ich auch, aber mir verdreht der Lenker. Das Rad kippt um, Milch verläuft im Sand.

Mutter hält sich entsetzt die Hand vorn Mund. »Sag Papa nichts, der is 'n Gnötterpott geworden.« Sie schimpft nicht, schimpft nie, aber ich weiß, Milch verlieren ist schlimm. Still fahren wir heim.

Der Mond wartet schon wie eine halbe Hostie hinterm Kirchturm.

Jetzt die Hausaufgaben in der alten Stube. Eva und Paula lernen am Tisch, voll mit Klecksen. Lorenz und Anna spielen auf den Dielenbrettern mit Märchenbauklötzen. Kathrin blättert im *Struwwelpeter*. Die Rechen- und Schreibaufgaben schaff ich eh nicht. Aber fürn Pfarrer muss ich zwanzig Geschichten aus dem Neuen und Alten Testament lernen und als Messdiener will ich das können. Ich schau mir in Vaters Sessel am Ofen die Geschichten an: Wie Jesus übern See geht, Blinde sehen lässt und mit fünf Broten und zwei Fischen fünftausend Leute satt macht, mehr als unser ganzes Dorf. Jonas steckt im Fischbauch, Herodes lässt alle Kleinkinder schlachten. Ich kann's nicht behalten, mir fallen die Augen zu. Abraham will den einzigen Sohn Isaak verbrennen, hat schon Holz aufgehäuft, ihn gepackt und an Händen und Füßen verschnürt drauf gelegt. Das Bild geht mir nicht aus dem Kopf: Isaaks Kleidung feuerrot. Abraham will mit dem gekrümmten Dolch zustechen, Gott sei Dank kommt ein Engel. »Tu dem Knaben nichts zuleide.« Gott belohnt Abraham, weil er den Sohn verbrennen will, und macht deshalb seine Nachkommen zahlreich wie Sterne. Wir sind erst zehn Kinder.

»Weißt du, wie viel Sternlein stehen?«, summ ich der kleinen Kathrin vor. Dauernd schreit sie, ihr linkes Augenlid zuckt. Sie reißt wieder Blätter aus dem *Struwwelpeter*. Woher kommt sie bloß? Keinesfalls vom Storch, alles Lüge. Ich will zu Mutter, aber die zu kräftige Paula wieder mit dem *Psst! Mama hev Koppiene!* Der gerettete Isaak kriegt nur einen Sohn, den Jakob, der aber zwölf. Davon ist ihm Joseph am liebsten. Der kriegt neue bunte Kleidung, worauf die andern neidisch sind. Ich auch. Sie verraten ihn und man fängt ihn. Aber Joseph kommt wieder raus mit der spannenden Geschichte der sieben fetten und mageren Jahre zu Pharaos Träumen und wird Herrscher über Ägypten. Könnt ich doch auch so gut erzählen. Kriegte ich was Neues, wenn ich abhau und als verlorener Sohn wiederkomm, und ginge Vater das beste Kalb fürn Freudenmahl schlachten? Der tät mich verhauen und nach Lengerich schicken. Mutter würd Socken stopfen und aus alten Hosen neue nähen.

Eva mit der Brille hört mir die Gleichnisse ab, fasst sich aber bald an den Kopf. »Kürbis gedeihe! Alles 'n bisschen falsch!« Und schmeißt mir die Schulbibel hin.

Hätt ich eine Brille, könnte ich auch so gut lernen wie sie. Ich sag aber: »*Du* hast nur Stroh in deiner Rübe.«

»Ruhe!« Paula, auf einem Binsenstuhl, schreibt Aufsatz. Mit dreizehn kommt sie bald, ein Jahr vor Eva, aus der Schule. Jetzt hört sie Anna die Sechser-Reihe des Einmaleins ab.

»Nicht so laut«, sag ich, »kannst nicht mal das kleine Einmaleins.«

»Strohdoof!«, ruft Anna. »Du Blödmann lernst's eh nicht.«

»Halt die Klappe!«, schrei ich.

»Lengerich mach die Tore auf, Heini kommt im Dauerlauf.«

Ich will ihr an den Zöpfen ziehen, aber sie springt übers Sofa und die Stühle. Ich ihr nach, ein schon löchriges Binsengeflecht bricht ein, weiter, vorbei an Paula.

»Neue Kleckse im Heft. Hier kriegt man 'n Rappel!«, schreit sie. Lorenz schmeißt mit Bauklötzen. Ich zieh im Vorbeirennen sein Ohr lang, er brüllt. Eva und Paula sind hinter mir her. Die Lampe mit zappelnden Fliegen am Fänger schaukelt überm Tisch. Das Kreuz überm Sofa hängt schief. Sie packen mich, ich stürze, wir kloppen uns. Anna haut mich mit *Struwwelpeter*-Seiten.

»Lange nix mehr achter de Ohrn kreegn, wat?«, schreit Trude aus der Küche. »Faul und sündig; ihr müsstet auf Knien nach Lourdes rutschen; ich sag's Papa.« Vater kommt und schlägt gleich mit dem Stock zu. »Was soll der Radau? Und der Stuhl?«

Der Stock pfeift ins Leere, weil ich mich wegduck. Dann zieht er mir brennende Streifen übern Rücken. Gemein, aber ich war ungehorsam. »Heul nicht«, sagt er. »Los, aufsagen!« Ich bring alles durcheinander, sogar die Mengen der Brote und Fische. »Denk nach! Bist du verrückt?« Er haut mir wieder eine. Ich muss wieder und wieder aufsagen und sag's wieder anders. Er erzählt Märchen auch immer anders. Trotzdem schimpft er. Andere Schulaufgaben interessieren ihn nicht.

»Ich kann's, nur nicht aufsagen.« Mir ist zum Heulen.

»Bist du so blöd oder verstellst du dich?«

Immer kriechen andere Wörter heran, als stecke der Teufel dahinter. Warum behalt ich so schlecht? Ich hass die Gleichnisse, will aber in den Himmel. »Werden von fünf Broten wirklich fünftausend Leute satt?«, frag ich. Wir allein essen jede Woche zehn Brote.

»Was in der Bibel steht, stimmt; sonst stünd's nicht geschrieben. Die ist schon alt und so viele Leute kennen sie.«

»Bei uns sind nur Krümel für die Fliegen übrig.«

»Quatsch nicht, zehn Körbe voll bleiben übrig.«

»Nein, nur sieben.«

Ärgerlich nimmt er die Bibel. »Tatsächlich, sieben!« Und fängt an zu klagen, er habe immer schon schlecht behalten und konnte deshalb nicht Priester werden.

Ich als Messdiener weiß besser, was ein Katholik glauben muss. »Du-Du gibst auch nur an mit Vo-Vorhersehen. Weltuntergang is noch lange nicht. Du lü-lügst! Der Pfarrer …«

»So frech! Kein Wunder, dass du stotterst!« Er haut noch mal zu. Er hat ja recht. Widersprechen ist Sünde; Vater und Mutter nicht ehren Todsünde. Meine Sünden wuchern wie Unkraut. Schrecklich, auch noch zu stottern.

Am nächsten Morgen sag ich in der Schule das Gleichnis mit Fischen und Broten auf, erstmalig seit Langem ohne Stottern.

Traufeld staunt. »Dafür bekommst du ein Marienbild und eine Eins.« Sogar Franz-Josef schaut verwundert.

»Ich kann auch melken«, sag ich stolz.

»Zu blöd, 'n Eimer Wasser umzukippen!«, ruft Caspar.

»Der war heut Morgen nicht in der Messe«, sag ich.

Der Pfarrer gibt ihm eine Fünf.

21

Pappelsamen tanzen vorbei. Mit dem neuen Leiterwagen geht's nach der Schule los zum Heuen.

»Schön, der neue Ringstenwagen«, sagt Vater stolz, aber die Räder rollen durch verkrustete Kuhfladen und gleich klebt Mist dran. Tief atme ich in Brinkmanns Wiese süßen Heuduft ein und verspür unbändige Kraft. Das gestern Gemähte und Gewendete recht Vater mit dem Rechen zu Zeilen zusammen. »Makt dat in Düwe!«

Mit der dreizinkigen Forke mach ich einen Haufen nach dem andern. Ich will wie beim Kartoffelsammeln alle überraschen, als erster die Reihe fertig haben, dass er Raten zahlen kann und der Hof nicht pleitegeht.

»Düftig, düftig«, lobt er mich. Ich treib auch Anna an. »Sei nicht lahmarschig!« Stolz auf mich und Vater seh ich, wann nachzurechen ist, wenn Karl das Heu hochsticht. Man muss mir nicht sagen, wann eine Kuh ausgemolken ist, Schweinekartoffeln zu kochen und Rüben zu schneiden sind. Ich will wie Vater sparsam und fleißig sein. Er tut's aus Liebe für uns und den Hof, sagt »Ora et labora!«

Ich bewundre ihn. Ich will bescheiden Gutes tun und von Frau Holle, wie in Vaters Märchen, Gold ernten, anders als die habgierige Pechmarie. Unzufrieden sein, wenn man nichts kriegt, ist Sünde. Zur Pause bringt Mutter Johannisbeersaft, Brote und Klaräpfel im Korb, mit Tuch abgedeckt. Ich schau, auf dem Rücken, Grashalm kauend in den Himmel. Streich ich mit dem Halm über die Lippen, kribbelt's schön. Ein rostbrauner Distelfalter hängt mit geschlossenen Flügeln still wie eine Blüte am Grashalm. Ich stups ihn und er fliegt los. Löwenzahnschirme und Speere wilden Weizens schweben vorüber. Der Wind trägt in Wellen das zackige Klappern eines fremden Grasmähers her.

»We möt wer ran!« Die Schatten untern Eichen werden länger. Die Reihe will nicht aufhören, und noch eine und noch eine. Hitze kocht überm welken Gras. Mir ist schlecht, ich mach ein Loch, kotz hinein, schieb's zu und arbeite weiter. Ich lauf verschwitzt zum Wasserbecken in der Bullenwiese, pump an und halt den heißen Kopf drunter. Tagelang setzen wir schon Heu in Haufen. Wenn es trocknen muss, sammeln wir Käfer ab in langen Kartoffelreihen und hacken Unkraut zwischen den Runkelrüben. Willi spielt Fußball, kriegt Taschengeld, ohne was zu tun, und lacht über mich. Ich will ja gehorsam mich anstrengen, dass der Hof überlebt, kann aber nicht mehr. »Warum muss ich wieder?«

»Papa braucht jede Hand«, sagt Mutter.

»Nu mach nich schlapp. Was denken die Nachbarn?« Vater schiebt die verschwitzte Kippmütze nach hinten und gabelt Heu hoch. Mutter baut auf dem Wagen das Fuder auf, ich rech nach mit zitternden Armen. Wär nur der Rechenstiel nicht so lang. Ich könnt mich hinwerfen, heulen. Der Himmel donnert schwül. Vater drängt. »Träum nicht, wir müssen vorm Gewitter nach diesem Fuder noch das letzte schaffen!«

»Ich will heute zum Messdienerunterricht«, sag ich.

»Ich brauch dich hier!«

Mit der Forke hinkt der dünne Karl hinterher. »Wir brauchen 'n Polen, wie Brockmöllerbur. Sonst ist Hopfen und Malz verloren.«

»Die Großen kriegen billige Europakredite.« Vater wirft ohne zu stoppen Heu hoch.

»Wenn kein Helfer, dann 'n Trecker und 'n Heugebläse.«

»Wir haben schon 'n Leiterwagen, Heuwender, Heurechen und Schulden genug«, sagt Vater. Ich schau weg; tausend Mal gesagt, der Hof darf nicht in die Fänge der Bank geraten und untern Hammer kommen wie Uphusbur. Er schaut mich böse an. »Heini, mach weiter! Nichts wird uns geschenkt. Früher haben wir alles mit der Sense gemäht. Und mein Opa verkaufte in Holland selbst angebauten Tabak und Leinen, stach Torf im Winter, dem fror sogar 'n Stück Ohr ab, durch nichts ließ er sich abschrecken. Steh nicht rum, zum Donnerwetter! Aber du hast dich ja sonst gut benommen, darfst den Heuwagen zehn Schritt vorfahren.« Ich nehm die Zügel. Die Pferde werfen die Köpfe hoch und spitzen die Ohren. Der Wallach zieht stärker als der schwedische Hengst. »Hea!«, feuer ich sie an. Es riecht nach Pferdeschweiß. Bremsen beißen sich an ihre Hälse. Mit flacher Hand erschlag ich die Quälgeister, sie hinterlassen Blutflecke.

Auf den vollen Wagen schieben wir den Heubaum, fangen ihn an den Enden mit einem Seil ein und spannen ihn fest, dass das Heu nicht runterfällt. »Hü!« Vater läuft mit den Zügeln nebenher. Wir sitzen oben und singen so laut *Wildgänse rauschen durch die Nacht*, dass ich eine Gänsehaut bekomm. Plötzlich schlägt mir ein Ast ins Gesicht, ich duck mich. Zweige streichen über uns hinweg. Wenn nur der schwankende Wagen nicht in den Sandlöchern umkippt. Die Pferde ziehen das Fuder durch das große Einfahrtstor auf die Tenne unter die Luke. »Prrr, abladen!« Karl sticht's Heu zum Heuboden hoch, Vater und Paula werfen's weiter, ich stampf's untern Dachschrägen fest. Staub verstopft die Nase und würgt mir in der trockenen Kehle. Gern tät ich mich verstecken. Tief im Heu zwischen den Sparren fänden sie mich bis zum Jüngsten Tag nicht. Es donnert stärker. Mit leerem Wagen soll's gleich losgehen. Ich kann und will nicht mehr mit und versteck mich, aber Vater brüllt los: »Zum Donnerwetter, komm!«

»Nein!«, schrei ich, »morgen!«, erschreck aber über die Wut und den Ungehorsam: Eltern nicht ehren, eine Todsünde.

»Heini ist mit allem unzufrieden«, sagt Paula hochnäsig.

»Dumm wie Bohnenstroh!«, brüllt Karl. »Weißt du nicht, dass sich nasses Heu auf 'm Dachboden entzündet, wie bei Dierksbur?«

Ich steig doch auf den Wagen. Grad noch vorm Regensturm wird die letzte Fuhre fertig. Wenn nur Gott mit dem Blitz nicht bei uns einschlägt, um mich Ungehorsamen zu treffen. Wieder auf dem Wagen, reiß ich von vorbeigleitenden Zweigen Eicheln ab. Ein Zweig ist stärker als ich und zieht mich runter. Ich falle, mir ist schlecht und am Hinterkopf schmerzt eine Beule.

»Muss Heini nicht zum Arzt?«, fragt Mutter Vater.

»Zum Kurpfuscher? Is' bloß 'ne Gehirnerschütterung, das verwächst sich. Die Kasse zahlt nichts mehr.«

»Du bist nur 'n bisschen plemm plemm«, sagt Eva mir.

Die Delle am Hinterkopf fühl ich genau. Zu Hause reicht Trude mir einen Löffel Lourdes-Weihwasser, bald ist mir wohler. Ich hol den Rosenkranz und zünd die Kerze für Onkel Franz an. Heute streit ich mich nicht darum, wer zuerst die Füße im Eimer wäscht und den ersten Mehlpfannkuchen kriegt. Regen tropft auf die Fensterbänke. Es ist spät, ich fall gleich ins Bett. Lieber Gott, verschone mich mit der schweren Arbeit. Hab ich so schwer gesündigt? Ich streng mich doch an. Oder bist zu hoch im Himmel und hörst mich nicht?

Die Sommerferientage schleppen sich eintönig hin, früh aufstehen, Schweinefüttern, in die Messe, aufs Feld Garben binden, Unkrauthacken, Rübenernten, essen, ins Bett. Könnt ich doch wieder zum Messdienerunterricht.

Arbeit gibt's immer, fertig sind wir nie. Ich nicke oder schüttle nur den Kopf, wenn man mich was fragt, mach die Arbeit und versuch, meine Wut schweigend hinterm gehorsamen Lächeln zu verstecken. Am liebsten pfleg ich mein Kohlenfensterbeet mit den schönen Milchsternen und bin bei meinen Kaninchen in der alten Scheune, aber ich schaff's kaum, sie zu streicheln und Löwenzahn und Klee zu sammeln.

Dann die Einmachzeit. »Los, Johannisbeeren abmachen!«, ruft Trude. Zu spät verdünnisiert. Wer geschnappt wird, ist dran: »Pflück Stachelbeeren! Ernte Bohnen! Schneide Rhabarber!« So viele Gemüsebeete und Obstbäume. Hätt Trude mich nicht erwischt, tät Vater oder Mutter rufen: »Schweinefüttern! Kühe holen! Runkelrüben vom Wagen werfen!« Karl und Paula schikanieren mich auch und ohrfeigen mich. Erntezeit: die schlimmste Zeit. Einen Johannisbeerbusch nach dem anderen rupf ich leer und hab keine Lust mehr.

»Ich geh zum Messdienerunterricht«, sag ich zu Trude.

»Du hilfst hier!« Sie kratzt an ihren Warzen.

Ich seh Spatzen trotz Vogelscheuche mit Anzug und Hut in den Erdbeeren picken und sag zu Eva: »Los, zu 'n Erdbeeren!«

»Klauen ist Sünde!«, schreit Trude und folgt uns. Ich renn den Strohmann um und nehm mit Eva Reißaus über die Beete.

»Nicht durch die Blumen!«, brüllt Trude.

Ich reiß Kirschen ab und spuck ihr Kerne entgegen.

»Hundsgemein bist du!«

Ich schieß den Fußball in die Löwenmäulchen.

Sie bewirft mich mit einem Napf. »Ab in die Küche, Johannisbeeren abpulen, sonst sag ich's Papa!«

Da schleichen wir doch lieber in die Küche. Ich streif die Erbsen mit dem Daumen raus und lass sie in den Blechnapf kollern – oder in den Mund. Lecker. Aber ich hab's bald satt. Brächte doch Dornröschens Spindelstich alles zum Stillstand.

»Träum nicht, spül Gläser«, sagt Trude.

»Ich hab die Hexe satt!«, zisch ich leise zur Eva.

Trude kann's nicht gehört haben, aber sie schreit: »Du Lausebengel brauchst 'ne Tracht!«

»Wau, Wau!«, bell ich und stachle Eva zum Fangenspielen an. Mit dem Besen humpelt Trude schimpfend auf uns zu. Wir springen über die Stühle auf die Bank hinterm Tisch. Als sie mit dem Besen droht, rennen wir zurück, wie eine Treibjagd.

»Krüppeltrude!«, schrei ich. Ich rutsch am Fenster aus, die Geranien kippen um. Trude kommt, ich bewerf sie mit Kissen. »So was machst du Nichtsnutz schon mit acht!« Stirnrunzelnd schlägt sie mit dem Besen zu. »Übergeschnappt, gehörst nach Lengerich, völlig verzogen. Mama betet nicht mit euch.«

»Ha-Halt die Klappe! Immer ma-machst du Mama schlecht!«, stotter ich und schmeiß den *Struwwelpeter* gegen sie. Glühende Pantoffeln wie Schneewittchens Stiefmutter tät ich ihr anziehen. Sie schwankt, ich reiß ihr den Besen aus der Hand, sie humpelt zurück. Ihre Wangen hängen im bleichen Gesicht wie leere Täschchen und zittern bei jedem Schritt. »Hexe! Hexe!« Ich schwenk den Besen vor ihrer Nase. Eine echte Hexe hätt uns längst in Schweine verwandelt.

»Verdammte Bande«, heult sie. »Mama schickt euch nicht zur Andacht und keins geht ins Kloster.«

»Werd du doch Nonne!«, ruft Eva lachend.

»Seid nicht gemein«, sagt Anna, »vielleicht werd ich Nonne.«

Da hält Trude inne und sagt weinerlich mit Rosenkranzblick: »Jede Erstgeborene sollte Nonne werden. Ich wär ja gern, aber der Erste Weltkrieg, meine Hüfte, und Papa starb, und ich allein mit vielen Kleinen und der kranken Mama?« Sie schaut wieder böse. »Bald ist Weltuntergang, bei Sonnenfinsternis verschwinden viele Leute zur Strafe. Die Bösen werden von den Guten getrennt und abgeholt. Überall in den Straßen werden morgens welche fehlen. Sie hält mir einen Rosenkranz hin. »Bete! Jeden Augenblick kann 's Schrecklichste passieren.«

Ich lass den Rosenkranz um den Zeigefinger kreisen. Sie greift ihn, ich halt aber fest: Er zerreißt, Perlen rollen auf den Dielenbrettern und in die Ritzen. Thes schreit mit verzerrtem Gesicht: »Du verfluchter Lumpenhund wirst noch wie Onkel Bruno!« So eine hässliche Hexe! Sie kriegt sich wieder ein und humpelt mit Weihwasser heran. Ich will nicht.

»Jetzt gibt's Knüppel aus 'm Sack, ich sag's Papa«, sagt sie.

Anna zieht an der Unterlippe. »Sicher geh ich ins Kloster!«

Lorenz und Kathrin sehen mich scheu wie den Teufel an.

Vom Unkrauthacken zurück, kommt Vater gleich in die Küche. »Was ist bloß mit dir? Du warst doch sonst so fleißig!«

»Nichts is.« Ich schau an ihm vorbei. »Ewig Johannisbeeren pflücken, langweilig, abpulen, Erbsen döppen, Rhabarber …«

»Trude hev segg, du hes nix makt!«

»Sti-Stimmt gar nicht, a-aber ich muss Hausaufgaben …«

Er packt mich am Arm. »So nicht, Bürschchen.«

Grimmig steht Trude da, ihre dunklen Oberlippenwarzen tief in den Mundwinkel runter gezogen. »Dor sit de Düwel drin! Kein Wunder, dass er stottert. Der steckt mehr in 'n Mund als in 'n Eimer, hört nicht und wirft sogar 'n Besen nach mir!«, schimpft sie, unter Tränen. »Müsstet ihr so was wie ich durchmachen, wärt ihr demütiger. Ich sorg dauernd für euch, mit *der* Hüfte! Was hab ich davon? Nichts hab ich davon. Ausgelacht wird man. Die Mama ist dauernd auf 'm Feld und kriegt wieder eins. Wohin mit der ganzen Brut? Ich hätt 'n Hof gekriegt! Als Erstgeborene gehört der mir! Und ihr gehorcht nicht. Hat einer heut schon 'n Rosenkranz gebetet? Keiner!«

»Vergiss es nicht!« Vater drückt fest meinen Arm, es tut weh.

»Aber Eva hat doch auch …«

»Zum Donnerwetter, gehorche!«, sagt Vater. »Ji möt helpen, süs geht nich. Ven nix kümp nix. Keine Fisimatenten, sonst setzt's was!«

Ich staune: nur einige blaue Flecken, nicht mal in die Räucherbude. Weil ich stotter?

Mutter zwinkert mir sogar zu. »Ärger dich nicht übern ewigen Trauerkloß. Trude rennt ja ständig zur Kommunion und Beichte. Als hätt die noch was zu beichten, wo die jeden Tag 'n Rosenkranz betet oder auch zwei.«

Von nun an entbrennt zwischen Trude und mir ein Kampf, still und erbittert. Sie hasst mich. Ich hass sie, kann ihr nichts recht machen und will auch nicht. Ich schütt ihr Pfeffer ins Kopftuch und sie niest. Sie verpetzt mich bei jedem Anlass bei Vater und übertreibt. Unersättlich will ich sie ärgern, auch wenn ich dabei zu Hause stärker denn je stottre.

Wär sie doch tot! Aber ich bin entsetzt: Wie kann ich plötzlich so böse sein? Ich beichte es. Wie schön war die innere heilige Leere zur Erstkommunion nach der ersten Beichte vor zwei Monaten. Wie erleichtert war ich nach den wöchentlichen Beichten. Doch nun bin ich schnell wieder mit Lügen und Ungehorsam aufgefüllt und das schlechte Gewissen rappelt lauter in mir bis zur nächsten Samstagsbeichte. Die Stelle am Arm schmerzt noch. Was wird, wenn ich nicht aufgebe und Buße tue? Komm ich auch weg wie der alte Viehhändler?

Ich schweig länger, tagelang, stottre wieder stärker und schäm mich. Auf der Milchbank starr ich dumpf vor mich hin und muss weinen. So komm ich nie in den Himmel. So viel Liebe wie Vater für uns und den Hof hab ich nicht. Was kann ich tun? Nichts, nur beten, aber *Mein Herz ist rein* passt nicht mehr. In finsteren Gedanken seh ich alles feuerrot in Flammen aufgehen. Ich könnt böse wie das brennende Paulinchen alles anzünden. *Reden ist Silber! Schweigen ist Gold!* steht auf dem Kalenderblatt. Schweig ich sauer und sitz wie erstarrt, spottet Paula: »Schlappschwanz, sei kein Frosch.« Und Eva flachst: »Lass ihn, den stört heut die Fliege an der Wand.«

Gedankenlos reiß ich Grashalme ab, spür die scharfe Kante auf der Zunge und zerschneid sie mir, bis sie blutet. Immer wieder ritze ich und leck süßes Blut. Ich kann doch leiden wie ein Märtyrer, Blut tropft in den Sand. Im Spiegel seh ich meine zerfurchte Zunge. Nach den Ferien muss ich wieder ins Dorf zur blöden Schule.

22

Als ich nach dem Messdienen auf der Kirchenmauer Willis Hausaufgaben abschreibe, sieht Rosing mich. »Dein Heft sieht aus, als seien Hühner drüber gelaufen, über und unter die Linien, mehr Kleckse als Wörter. Keine Hausaufgaben?«

»Wir müssen heuen, einmachen…«

Sie kneift mir in die Backe und trägt's ins Mitteilungsheft ein, das gibt Ohrfeigen. Heute lässt sie mich nicht wegträumen. »Sag's Hochdeutsch: ›Was hast du gestern gemacht?‹ «

Mein Kopf ist leer. Die Wörter aus den Gleichnissen helfen mir nicht. Soll sie doch den Angeber Franz-Josef drannehmen, bei dem man zu Hause nicht Platt reden darf. Die meisten in der Klasse können Platt und Hochdeutsch. Ich stotter los, bis sie die Geduld verliert. Jetzt hilft's nicht, sie sagt: »Sag's auf Platt!«

»Upn Spiker biet Prumen inmaken flög Eva ne Huornte achte de Brill. Un et durde nich lange, dat Oage wöd dick äs ne Prume. Un Mama segg me: Go no 'n Doktor henn!«

»Versteh nichts«, sagt Evelyn. Sie kann gar kein Platt. Da weiß man gleich, dass sie eine Fremde ist.

»Popel nicht, Heini übersetze«, sagt die Lehrerin.

Karl-Heinz sagt vor: »*Spiker* heißt *Speicher, Prume Pflaume, Huornte Hornisse* und *duren dauern*«, aber ich brauch lange.

Rosing lächelt mir zu und erklärt, dass das Geschlecht von *de Brill* in Platt männlich, in Hochdeutsch weiblich ist: *die Brille.* So auch bei *de Groat – die Gräte* oder sächlich *dat Aohr – die Ähre,* aber es verwirrt mich nur.

Noch mehr schwirrt mir der Kopf beim Sätzebilden. Heißt *Se segg me*: *Sie sagt mir* oder *Sie sagt mich*?

»Platt hat nur drei Fälle, kein *Mir* oder *Mich*, nur *Mi*«, sagt sie.

Ich versteh nichts und als ich bemerk, die Sätze in Hochdeutsch sind auch noch verdreht – statt *Go no 'n Doktor henn! – Geh zum Doktor!* –, kommen mir Tränen. Ich geb's auf und schmier den Popel untern Tisch. Soll sie doch Thea triezen, die kann auch nur Platt, oder Caspar, der hinter ihr eine Nase und andere Faxen macht. Wieder kommt sie auf mich zu. Ich kann's wohl nicht, weil ich auf den Kopf gefallen bin. Ich zeig ihr die Delle am Hinterkopf. »Bin ich komisch?«

»Schon der alte Claudius schreibt«, sagt sie lachend, »dass ein im Juni geborener einen eingedrückten Kopf, aber starke Hände und eine feste Gesundheit hat und viel schreiben wird. Du schaffst es! Wer so im Gottesglauben zu Hause ist, mit dem hat Gott Großes vor, aber lies mehr!« Und sie schenkt mir die *Geschichte des Alten und Neuen Testaments.*

Ich glotz Rosing mit Kuhaugen an. Sie sagte schon am Heiligen Meer, dass ich auserwählt bin. Wenigstens kann ich gut rechnen, das kann ich in Platt. Ich will auch eine gute Katechismusnote, geh immer vor der Schule zur Messe und sonntags zur Andacht. Heute bin ich Messdiener, eines Tages werd ich mächtig wie der Pfarrer oder sogar Papst.

»Spricht bei dir zu Hause gar keiner Hochdeutsch?«

»Alle kürt Platt.«

»We snaakt Platt, heißt das«, sagt Karl-Heinz.

»Ein paar Dörfer weiter«, sagt Rosing, »heißt *sprechen snaaken* oder *proten*. Hier sagen wir*: Wi küert Steinhoper Platt.* Typisch für unser Platt ist das harte *A* in *Harreken* für *Harke*, *Farreken* für *Ferkel* und *Karreken* für *Kirche.* Im evangelischen Schale sagen sie *Kerke* für *Kirche.*«

»Warum sind die Schaler evangelisch?« Franz-Josef, mit Brille und grübeliger Stirn, drückt sich mit vielsagender Miene klug aus, alle staunen. Ihm ist Platt nicht fein genug. Bei ihm liegt statt ein Holzbrett Plastik auf dem Klo und er nennt's *WC-Brille.*

»Früher waren hier alle evangelisch«, sagt Rosing, durch die Reihen gehend, »wir gehörten dem evangelischen Grafen Konrad von Tecklenburg. Der Landesherr bestimmte den Glauben der Untertanen. 1541 verkaufte er Steinhop dem Bischof von Münster und alle mussten katholisch sein.«

»Hätten sie euch nicht verkauft, wärt ihr evangelisch, bäh«, sagt Evelyn. Gott sei Dank, sonst kämen wir in die Hölle.

Schrecklich, ihr rotes Kleid. Ich schleich zu ihr, zieh eine gelbe Schleife von den dicken schwarzen Zöpfen, flüstre: »Rapunzel, lass dein Haar herunter« und sing *Evangelische Ratten im Pisspott gebacken…* Sie hält sich die Ohren zu.

Rosing kneift mir wieder in die Backe und erzählt: »Damals fand man das hölzerne St.-Anna-Bildnis beim Fällen einer Eiche, darin versteckt von Gläubigen im Dreißigjährigen Krieg vor mordenden Soldaten. Es stand unbeachtet in einer verstaubten Ecke der alten Breischener Schenke.« Sie hebt den Zeigefinger. »Und als betrunkene Gottlose Fastnacht um die Statue tanzten und sie herumwarfen, zersplitterten bei blauem Himmel alle Fensterscheiben, ein Wunder. Sie hat hier viele gewirkt, um zu zeigen, dass man glauben muss: Einen Banditen bestrafte sie mit Lepra und ein Krüppel sprang von den Krücken auf. Deshalb ist Steinhop ein Wallfahrtsort und Mariä Himmelfahrt die Wallfahrtswoche mit der Annen-Prozession. Heute geschehen hier Wunder durch Euthymia.«

»Wieso gibt's hier in Steinhop Evangelische?«, frag ich Rosing und schau auf Evelyn.

»Solange Steinhop dem Bischof von Münster gehörte, gab's hier keine. Hätt der bloß nicht 1803 Steinhop fürn paar Thaler an Preußen verkauft. Berlin war damals schon Sodom und Gomorrha. Unser Pastor Ketteler hatte dagegen gewettert und als der preußische Feldmarschall Blücher in Steinhop einzog, waren die Wege leer und die Gardinen zu. Der Gendarm aus Berlin war hier der erste Protestant. Wir Katholiken galten dem Bismarck als antipreußisch, der war ja ein gottloser Antichrist.«

»Ein Gottloser? Darüber müssen wir nachdenken.« Franz-Josef fällt wieder was Neues ein.

»Ein Gottloser ist ein Atheist, einer, der mutwillig nicht an Gott glaubt, obwohl er weiß, dass es ihn gibt«, sagt Rosing. »Welche Heiligen nehmt ihr euch zum Vorbild?«

»Ich will 'n Heiliger wie Franziskus sein, nach meinem zweiten Vornamen Franz, und mit Vögeln reden«, sag ich.

»Ob's stimmt?«, murmelt Willi und knabbert mäuslig am Brot. »Oder hat er sich's ausklamüsert, um 'n Heiliger zu werden?«

»Du hast schon 'n Vogel«, flüstert Caspar mir grinsend zu.

Ich frag zu Hause, ob wir Preußen sind. Trude singt gleich *Wir wolln unsern alten Kaiser Wilhelm wiederhaben*, wie immer, wenn von früher die Rede ist. »Das mussten wir in der Schule singen.« Und sie erzählt vom Ersten Weltkrieg: »Die Einberufenen jubelten: ›Endlich geht's mit Glanz und Gloria gegen die Franzosen und Engländer. In paar Wochen erledigen wir die!‹ Weihnachten sind wir wieder da, hieß es.«

»Mein Papa musste unser Pferd abliefern«, sagt Vater, »und das schrie, als es abgeholt wurde, ein Schrei, der wie 'ne große schwarze Krähe übers Land flog. August Vierzehn, wir mähten Roggen, die Glocken läuteten Sturm. Oma sagte noch: ›Jetzt fängt's Sterben an.‹ Keiner von Opas Brüdern kam wieder und der Kaiser verzog sich. Das hatten wir von den Preußen. Die katholischen Steinhoper wollten nie Preußen sein, auch wenn wir vom Alten Fritz die Kartoffeln haben.«

Am Nachmittag poltern Kohlen übers Schüttbrett durch mein Kellerfensterbeet: Glückssterne, Gänseblümchen, Butterblumen, alles platt, mit schwarzem Staub. Und die Muttergottes-Glaskugel? Sicher kaputt, aber ich find sie nicht. Tränen kullern über die Wangen. Von Neuem muss ich alles einpflanzen.

Ich renn durch die Küche zu Trude in ihre dunkle Kammer, wo der kalte Ost draufsteht, aber nie die Sonne, weshalb sie Rheuma hat, wie sie klagt. Ich will mich mit ihr wieder vertragen. Mit dem Rosenkranz in der Hand kniet sie mit mistigen Holzschuhen vorm Nachtschränkchen, darauf ein Kruzifix und ein wächserner Engel. An der Wand Heiligenbilder, auf dem Wandbrett gesammelte Bibeln. Ich erzähl vom Unglück. »Sie ist weg. Ist das 'n Wunder?«

Sie schlägt ein Kreuz und gibt mir einen Löffel Lourdes-Weihwasser. »Sicher ein Wunder. Die passt auf dich auf!«

Doch dann kommt Lorenz mit der heilen Kugel, ich staune.

»Ich hab sie aufbewahrt!« Er grinst verschämt. Der Dieb.

Ganz Steinhop putzt sich für die Prozession heraus, streicht Häuser, räumt Baustellen ab, harkt Gärten und schmückt Kirche, Häuser und

Wege mit Blüten, Kerzen und Fahnen. Nachbarn errichten Blumenbögen über den Straßen.

»So 'ne schöne Prozession gibt's in ganz Norddeutschland nicht«, sagt Vater.

Das Dorf versammelt sich vorm Kriegerdenkmal neben dem Pfarrhaus auf dem dreieckigen Kirchplatz zum Segen. Anna trägt einen Blumenkorb und ich wieder eine Fahne mit dem Halsledergurt, heute im rotweißen Messdienergewand, nicht schwarzweiß wie am Karfreitag.

»Wir gedenken der gefallenen Helden«, spricht Traufeld vor. »St. Anna, bitt für uns!« Und hebt sie hoch. Sie hält die Muttergottes mit dem Jesuskind im Arm und lächelt zu mir herab, ihr Gesicht nicht so faltig wie Mutters. Ich erstarre: Wirkt sie jetzt ein Wunder? Die Fahnen senken sich und der Kriegerverein legt einen Kranz nieder. In einer Litanei beten wir Fürbitten für Papst, Bischöfe und Priester, Brüder und Schwestern in der Zone, Gefallene und dann stumm jeder für sich. St. Anna, mach das Wunder, dass ich Hochdeutsch kann und ich, wirklich auserwählt, nach Münster komme.

Der Pfarrer trägt das Annenbild unterm Baldachin zur Breischener Kapelle, vorweg die St.-Annen- und St.-Georgs-Fahne. Drosten Walter, einer der Träger des Baldachins, in Uniform mit Zylinder und weißen Handschuhen, blinzelt Eva zu und sie schäkern miteinander. Sünde! Ich zeig ihr einen Vogel. Caspar geht extra aus der Reihe, zeigt auf einen und sagt: »Guck, unser neuer Lehrer Mauser, der hat immer 'n Rohrstock griffbereit!« Und macht Grimassen. Alle recken die Hälse. Vorm ersten Blick graut mir.

Wir Messdiener laufen in Zweierreihen mit Fahnen gegen den Wind vorweg, alle mit dem Rosenkranz in der Hand hinter uns her, über die Bunte Straße, vorbei am Kolonialladen, der Post und Tierarzt Niemann in der Aa-Siedlung. Ich seh Evelyn hinter der Gardine zuschauen und komm dabei aus dem Tritt. Tante Maria hat vor ihrem Haus einen Pfingstrosen-Teppich gelegt und einen Außenaltar errichtet, der nur bei guten Familien aufgebaut werden darf. Auch hier hält die Prozession an. Birken, Teppiche aus großäugigen Margeriten und Astern verschönern die Stationen, auch die mit Jesus am Kreuz, gar nicht traurig wie Karfreitag. Heute beten wir den glorreichen Rosenkranz mit *Jesus, der dich, o Jungfrau, im Himmel gekrönt hat.* Vorn angestimmt dringt das Murmeln nach hinten. Stolz bet ich mit, in Hochdeutsch, ohne Stottern. Sogar *Ave Maria* und *Maria hilf* sing ich laut. Aber die Frauen hinter der Marienfahne vom Jungfrauenverein, mit schwarzen Kopftüchern, Trude in der ersten Reihe, hör ich noch lauter.

Auf den Stoppelfeldern scharen sich Stare. Ein gelbroter Hahn schwingt sich auf einen Zaun, schlägt mit den Flügeln und fällt fast runter, als die Glocken zum Hochamt mit Predigt unter freiem Himmel läuten. Wir nähern uns der Kapelle. Davor sammeln sich alle um den Altartisch.

Der Pfarrer stellt's Annenbild drauf. »Diese Kapelle ist der Wunderort«, predigt er. »Wir vertrauen auf St. Anna: Als Steinhoper Tödden auf stürmischer See mit Leinen in Seenot gerieten, schwörten sie, im Fall der Rettung fürs Bild eine Kapelle zu bauen, hier, wo die hohle Eiche mit dem Gnadenbild stand, was sie auch taten.« Plötzlich strahlt dem Pfarrer ein Licht ins Gesicht. Er stockt, dann ist das Licht wieder weg. »St. Anna wurde Patronin dieser Händler, vor der Reise beteten sie hier für ihre Geschäfte und es geschahen weitere Wunder.« Wieder blitzt es den Pfarrer an. Die Leute murmeln. »Und immer mehr Pilger kamen zur Annenwallfahrt. Der Papst bewilligte sogar dafür den vollkommenen Ablass, durch den man sicher in den Himmel kommt.«

»Wer es glaubt, wird selig«, sagt Willi.

»Du spinnst.« Da seh ich Willi den Pfarrer mit einem Spiegel blenden. »Willi, lass das«, ruf ich mutig. Die Leute sehen her, ich werde rot. Ich war's doch nicht, ich zeig auf Willi.

»Es geschehen noch Zeichen und Wunder«, sagt Traufeld.

»Petze« nennt Willi mich und boxt mich.

»Wieso wirkt St. Anna Wunder für geldgierige Händler?«, frag ich Vater.

»Wunder sind für alle.«

23

Die Birken sind schon kahl, Wildgänse ziehen hoch über den gelbroten Eichen.

Am Samstag nach der Schule steht Vater mit Pferd und Leiterwagen am Schuttberg neben Poggen Pauls Haus, wo Cilli wohnt, und buddelt zwischen Holunder und Brennnesseln rote Backsteine für die Scheune aus.

»Hau Mörtel ab!« Er gibt mir den Hammer. An manchen Steinen

kleben Fliesen mit komischen Zeichen und Kerzenleuchtern. »Noch vom Krieg«, sagt Vater auf meine Frage hin. Ich steck ein buntes Stück ein. Rundum stehen zweistöckige Häuser. Vater sagt, das *Kettelerhaus* und *Dreilinden* am Marktplatz seien alte Töddenhäuser von den Leinenhändlern. Poggen Pauls Haus auch.

Das Vorderhaus mit Ecktürmen, hohen Fenstern, ohne Gardinen, steht leer, die Beete überwuchert, eine Holzbank unter der Blutbuche.

»Hier wohnte vorm Krieg der Viehhändler Grünbergs Emil, bis er wegmusste«, sagt Vater.

»Wie, wegmusste? Nach Lengerich?« Mein Herz klopft.

»Ach, 'ne schlimme Zeit.« Vater packt Stein um Stein auf den Wagen und spricht von Fremden, Russen, der roten Gefahr, und Chinesen, der gelben. Die reißen Kirchen ab, sperren Katholiken ein, foltern sie hinterm Eisernen Vorhang und machen Gehirnwäsche.

Ich weiß nicht, was das ist, aber es ist schlimm. Stein für Stein pule ich aus dem Schutt, manche geschwärzt. Es riecht verkohlt. »Hat's hier gebrannt?« Ich wisch die schwarzen Hände an der Hose ab. Sie jucken von Brennnesseln.

»Jaja, schwiech still!«

Bald ist der Wagen voll. Erst holpert er über Kopfsteine, dann übern Teerweg, an der Milchbank in unsern Sandweg, in den die Räder tiefe Furchen mahlen. Wir lagern die Steine auf dem Hof am Wegrand. Tagelang pack ich sie nachmittags aufs Gerüst und schieb Karren nassen Zements. Muskeln brennen, Knochen ziehen und die Hände werden schwielig.

Tage später steigt Poggen Paul auf dem Hof aus dem weißen *Opel,* im Anzug mit Spazierstock, zwei Goldringe am Finger. Ich renn gleich hin. Er staunt, wie schön die neue Scheune den Hof zum Weg abschirmt. In der Tennentür sieht er Vater durchs Schlafkammer-Guckloch zur Tenne blicken, winkt ihm, geht am Klo vorbei zu den Bullen, schaut sich jeden an, treibt liegende hoch und schüttelt Vater die Hand. »Diesmal sieben?«

»Die können noch stehen. Mit 'm Roggen aus 'm kultivierten Tannenbusch werden die dick und rund. Was gibt's Neues?«

»Was soll's geben?« Sacht streicht Poggen Paul sich über die Glatze. »Na, Lorenz, was guckst du so scheel?«

»Ich bin Heini!« Ich lass ihn nicht aus den Augen. Er will Vater wohl wieder wie beim Pferdekauf betrügen.

»Ihr seid ja so viele, nicht auseinander zu halten, nicht mal zu zählen, so viele seid ihr, und es werden wohl noch mehr.«

»Warst du auch im Krieg?«, frag ich ihn.

»Klar! Dein Papa hat sich am Kriegsende vorm Volkssturm in Brinkmanns Wiesenstall versteckt.« Er dreht seine Goldringe.

»Wir haben genug geblutet.« Vaters Stimme zittert. »Drei Brüder in Russland verscharrt. Tinas vier vermisst. Beim Jüngsten war's am schlimmsten: Otto war immer schwach, mit Kopfweh, brach sogar die Gärtnerlehre ab, dann zum Arbeitsdienst«, er stockt, mit Kloß im Hals, »der hing noch so an uns. Als er loszog, sagte er: ›Ich zieh in 'n Krieg, bleib du hier. Ich geb für dich mein Leben.‹« Vater wischt sich Tränen weg.

Poggen Paul fährt davon.

»Ist verstecken nicht feige?«, frag ich Vater.

»Du bis noch grön achte de Ohren! Gegen die Großen kommt man nicht an, war früher so, ist heute so.«

»Poggen Paul hat sich nicht versteckt.«

»Du hast von Tuten und Blasen keine Ahnung. So einer hat's Dritte Reich überlebt, 'n ganz Schlimmer. Hat uns zur Hochzeit noch großartig *Mein Kampf* überreicht.«

»Mein Kampf?«

»Ach nichts, pack Steine aufs Gerüst!«

Vater ist gar nicht mutig. Wir spielen abends *Licht aus! Messer raus! Drei Mann zum Blutrühren!*

»Das ist kein Kinderspiel!« Vater zieht mir am Ohr. »Im Ersten Weltkrieg haben Offiziere das gerufen, von hinten im Dunkeln, um die Soldaten vom Rückzug abzuhalten, hat Opa erzählt. Lief man von der Front zurück und wurd erwischt, wurd man gleich 'nen Kopf kürzer gemacht. Macht Hausaufgaben!«

»Bin müde.«

Bald ist die neue Scheune für mehr Roggen fertig. Traufeld segnet sie und trinkt einen Korn.

Abends brennt in der Küche noch still das Feuer, der Kessel pfeift vor sich hin, Vater liest *Volkszeitung.*

»Ich will zu Weihnachten Schlittschuhe«, sag ich.

»Hör auf mit 'm Gedöns!« Er sieht nicht auf. »Man kann nicht alles haben. Wer unzufrieden ist, macht sich unglücklich.«

»Du kaufst so viel, die Schweine ferkeln gut und die Roggenähren waren dick wie 'n Daumen, hast du gesagt.«

»Früher waren wir froh, was zu beißen zu haben. Ich zeig dir 'n Foto.« Vater greift sich das Album aus dem Schrank, schlägt's auf und zeigt aufs erste Bild. »Mein Opa.« Er steht kerzengrade mit weißem, steifem Kragen im schwarzen Anzug neben dem Tisch mit gedrechselten Beinen und schaut ernst.

»Der hat ja abstehende Ohren und keine Haare wie du.«

»Mein Opa hat sich als Torfstecher im Akkord abgerackert, dass er vor der Zeit alt wurde, kam zur Ernte krank zurück, und Oma musste die ganze Arbeit mit den Kindern tun. Erst Krieg und Inflation, dann der Schwarze Freitag 29 und wieder Krieg und Inflation. Im Steckrübenwinter durfte man nicht mal Rüben verfüttern. Dabei schmeckte die gelbliche Pampe holzig, nicht wie heut der Rübensirup.«

Auf dem Bild legt Vaters Opa die Linke auf Omas Schulter. »Meine Oma Karolina, gebürtig aus Voltlage«, sagt Vater. Sie trägt ein langes schwarzes Kleid, bis zum Hals zugebunden. Kopf nach vorn geneigt, wie die Jungfrau Maria. Haare mittig gescheitelt und hinten zusammengebunden.

»Waren die so vornehm?«

»Ach was, nur fürs Foto, gleich ging's Rackern weiter. Meine Oma hat hochnäsig über Opa als armen Kötter hergezogen. Ihre Vorfahren sind als Bauern und Tuchhändler in Holland zu was gekommen. Ich weiß es noch wie heute, wie sie fürn guten Kaffee Wasser aufsetzte, sich durch nichts stören ließ, durch gar nichts, 'n Holzdeckel abnahm, die teuren Bohnen in die Mühle zwischen den Knien schüttete, mit der Kurbel drehte und dann beim Kaffee gut gelaunt war.«

Im geöffneten Jackett blinkt die Kette der Westentaschenuhr. »Hast du die jetzt?«

»Die hat meine Oma mir übergeben zum einundzwanzigsten Geburtstag, mir gratuliert zum Hoferben und Mama beim Erbe übergangen. Das ist meine Mama!« Er zeigt aufs nächste Bild. Steif und ernst im Festtagskleid, blickt sie mich unsicher an. Ihr Haar wie Omas gescheitelt, Augen und Mund, als weint sie, dass ich traurig werde, aber ich seh keine Tränen.

»Meine Oma sprach abfällig über sie, weil sie nichts mitbrachte, immer kränklich war und bei 'ner Geburt fast starb.« Er liest den eingeklebten Totenzettel: »*Sie starb nach langem, mit musterhafter Geduld ertragenem Leiden.*« Ihm kommen Tränen. »Bald nach meiner Oma. 'ne traurige Zeit, ganz allein mit den Kleinen und der verkrüppelten Trude. Nie konnte ich spielen. Aber am Ende kann man eh nichts mitnehmen. Wer die *Letzte Ölung* nicht kriegt, ist wirklich arm dran. Ach, was gewesen ist, dafür gibt der Jud nichts mehr.«

Arm sein ist nicht schlimm, ich bin für Großes auserwählt, will bescheidener und zufrieden sein. Was brauch ich Schlittschuh. Ich verdien mir was für Notzeiten und spar mehr.

Lange stehen die sieben Bullen noch im Stall.

Geh ich zu den Schweinen, rennen sie brüllend und schnaubend auf mich zu, dass ich fürchte, sie stürzen mit den Hörnern das Eisengatter um. Im Spätherbst treiben der Viehhändler Poggen Paul und Vater sie mit dem Elektrisierer auf den Viehwagen.

Gott sei Dank kein Kabeljau oder Pellkartoffeln mit Heringen wie sonst freitags. In der Küche mit heißem Kartoffelpufferdunst schnapp ich mir einen, noch dampfend, löffle Apfelmus drauf und beiß rein, mein Lieblingsessen. Mutter dreht sie vor der fleckigen Schürze in der Pfanne. Vater stolziert von der Tenne herein, mit einem Packen blauer Scheine. So große hab ich noch nie gesehen. Er hängt die Mütze auf den Stuhl und setzt sich. »Bullengeld! Mama gieß 'n Aufgesetzten ein!« Wie alarmiert kommen alle her, aus der alten Stube, dem Flur; Dielen knarren, Türen scheppern. Trude humpelt aus ihrer Kammer herbei. *»So ein Tag, so wunderschön wie heute«*, summt der dünne Karl. Nach dem Gebet essen wir uns rund und dick.

»Bullengeld! Endlich können wir Düngemittel, Miststreuer und Leiterwagen bezahlen«, sagt Vater gutgelaunt. »Bäcker und Kolonialladen streichen das Angeschriebene durch.«

Mutters Augen strahlen. »Ich kümmer mich um Aussteuer, und wir lassen neu tapezieren.«

Vater zieht die Augenbrauen zusammen. »Wir müssen 'n Tannenbusch abzahlen. Nichts bleibt übrig, nichts!«

Mutter schweigt.

»Papa, Weltspartag!« Ich klapper mit der grünen Spardose.

»Du hast beim Kartoffelsammeln bei 'n Nachbarn verdient.«

»Aber ich krieg kein Kirmesgeld und nie Taschengeld.« Er schaut erstaunt, als wüsste er es nicht. Bekomm ich jetzt nichts, dann nie. »Ich helf jeden Tag.«

Vater streicht sich lachend übern kahlen Schädel. »Ihr fresst mir die Haare vom Kopf.« Und steckt ein Fünfmarkstück hinein. Es plumpst dumpfer als Pfennige oder Groschen. Eva, Anna und Lorenz schütteln auch ihre Spardosen. »Und das könnt ihr auf 'n Kopp haun: Jeder noch 'ne Mark, nicht fürs Sparschwein, nicht für Heidenkinder. Für die Kirmes.«

»So viel? Nicht bei Trost!« Trude schlägt ihre Kammertür zu.

»Trude braucht nichts, nur Rosenkranz und Wasser mit Schwarzbrot.« Mutter spielt abends Mundharmonika, wie lange nicht mehr. Es gibt doch noch was anderes als Vaters *ora et labora.* Alles ist leichter. Die beste Stube soll neu tapeziert werden. Nicht dass Geld übrig bleibt, weniger geackert wird oder es abends nicht dunkelt, aber heut ist ein schöner Tag.

24

Kaum verklingt das Hochamt mit *Großer Gott, wir loben dich*, dröhnt vom Pferdchenkarussell der neue Schlager *Heini is doof.* Alle drängeln sich am Weihwasserbecken und wollen als Erste zum Marktplatz.

»Heini, die spielen für dich!«, ruft Cilli lachend. Blöde Kuh, heute gar mit Halsringen.

Kirmessonntag läuft's eine Stunde umsonst, immer mit demselben doofen Schlager aus der Orgel wie zehn Leierkastenmänner. Schimmel mit rotem Sattel und blauem Zaum an silbernen Stangen richten sich vorn auf. Den Fuß in die Steighilfe, zieh ich mich mit Schwung am Zaum hoch. Das Karussell dreht sich. Ich kann mich nicht an der Mähne festhalten, nur am Zaum, und umklammer mit den Beinen den Bauch. Cilli sitzt auf dem Pferd mit feuerrotem Schweif vor mir.

Hüa! Schneller, sogar übern Köpfen der Leute, vorbei am Kettelerhaus, *Dreilinden*, Kriegerdenkmal und den Linden mit der Kreuzwegstation. Bunte Lichter glitzern in Spiegeln mit Goldrahmen. Ich überflieg alles leicht und hoch. Cilli dreht sich um, schreit mir »Heini is doof!« zu. Alle grölen mit, auch die Großen, mit Bier in der Hand. Ich will die Ohren zuhalten, muss mich aber festklammern. Dann steh ich schwindlig und wacklig auf der Erde und komm mir noch kleiner vor.

Lange schallt's auf dem Heimweg »Heini is doof!«

Zu Hause frag ich Vater: »Wieso heiß ich Heini?«

»Nach Mamas vermisstem Bruder Onkel Hein. In jeder Familie heißt einer so, ich, Opa, Uropa, Gress' Hein, Kettlers Hein...«

»Auch Mama heißt Hein«, sagt Eva kichernd, »auf ihrem Zeugnis steht Martina, aber auf jedem Brief an sie heißt sie *Frau Bauer Hein von der Tann*.«

»Bei Bauern«, sag ich, »andere heißen Heiner, Heinz oder Karl-Heinz. Heini ist nicht echt. Echt ist Heinrich wie in der Heiligenlegende und im Zeugnis.« Ich fang mit der Rechten eine Fliege im Fluge. Wieder lachen alle. Ich halt mir die Ohren zu.

»Du bist 'n Heini«, sagt Vater.

»Ich will nicht mehr so doof Heini ...«

»Kinner mit 'm Willen, kriegt wat vor de Brillen!«

Als Auserwählter werd ich Kaiser, liegt mir auf der Zunge, mächtig mit großem Reich wie mein Heiliger Heinrich vor tausend Jahren, stark wie die Brockmöller-Eiche, die wir nur zu Neunt umfassen können. Aber ich schweige.

»Du hast noch Franz als schönen Vornamen«, sagt Vater.

»Onkel Franz durfte weit weg.«

»Weißt du, wie schlimm's war, wenn wieder Feldpost kam?«

»Heini, dein Hosenschlitz.« Eva zeigt auf meine Hose und singt *Heini is doof!*

Dann seh ich Lorenz meine Lakritz naschen. Ich reiß an seinem Haar, bis er es wieder ausspuckt. Vater droht *mir* statt ihm mit Ohrfeigen. Ich renn weg.

Am Mittag liegt Olga mit grässlich dickem Bauch im Stall, alle Viere von sich gestreckt. Nichts hilft, weder Tierarzt noch der Quacksalber, wie Vater sagt. »Wenn die nur nicht kaputt geht, los, Heini, lauf, kauf 'ne Kerze und zünd sie vor St. Anna an!«

Er gibt mir zwei Groschen mit. Wozu Kerze, schenk ich ihr lieber Lakritz? Es verlockt wie Röhrchen reiben. Ich kauf Lakritz. Der Weg ist lang, sicher macht ihr eine kurze Schnecke nichts aus, sie wird noch kürzer. Einen Kringel leg ich ihr zu Füßen. Fremd lächelt St. Anna mich an. Durchschaut sie mich? Ich nehm auch jede Buße auf mich, aber sie bleibt stumm.

Zu Hause erzählt Vater, wie der Teufel mit Donner und Schwefel aus Olga gefahren ist, als ich in der Kapelle die Kerze anzündete. St. Anna hat extra Olga gerettet, ein Wunder, um mich zu warnen, aber doof bin ich nicht.

Wie konnten Onkel Franz und Onkel Bruno aus Steinhop weg? Die Feldpostkarten auf dem Dachboden!

Ich schleich die Treppe hoch. Ich darf hier nicht hin. Die Stufen knarren, ich öffne die Dachkammertür. Es riecht nach Staub, Körnern und Mäuseköddeln. Spinnennetze hängen untern Dachsparren, überm alten Schrank und Uropas Eichentruhe. Unter der Schräge dicke Leinenballen, löchrige Weidenkörbe, alter Kram. Hat hier Rumpelstilzchen für Schneewittchens Kind Flachs zu Gold versponnen? In schlechten Zeiten braucht man alles, sagte Vater. Fahles Dachlukenlicht fällt auf die an der Wand stehenden Heiligenbilder mit Engeln und Jesus mit Dornenkrone. Ich öffne die Schranktür: Onkel Brunos Uniform, Koppelschloss, Lederstiefel vom Krieg. Ich häng mir die tolle Offiziersjacke um und steig in die Stiefel. Warum benutzt das keiner? Etwas war früher anders, nur spricht keiner davon. Wieso hat Onkel Bruno als einziger Bruder von Vater überlebt und ist heute reich? Ich zerr seinen Kriegspappkoffer aus dem Schrank. Darunter liegt ein geschwungener Säbel, groß wie ich. Vorsichtig zieh ich den aus der Scheide, blitzblank. Als Krieger mit glänzenden Stiefeln ball ich meine Faust gegen die Bösen, sing »*Slah em dot, den Engelsman, slah em dot, den Hollandsman …*«, fuchtel mit dem Säbel rum und stech in die Luft. Warum singen sie *Heini is doof*?

Ich könnt mich zerreißen, wie Rumpelstilzchen: *Heißt du Otto? Nein. – Bruno? Nein. – Heißt du etwa Heini? Das hat dir der Teufel verraten!* Ich könnt mich mit dem Säbel mitten entzwei schlagen. Aber ich bin auserwählt! Ich würd mutig in die sibirischen Wälder marschieren und großartig eine Zigarre wie Onkel Franz rauchen. Wo der überall war! Sicher hat er dort wie Franziskus mit Vögeln gesprochen, aber wohl nicht allem entsagt, sonst wär er nicht im Fegefeuer. Plötzlich bin ich traurig, aber in der Enge dieser Rumpelkammer versteckt sein, gefällt mir.

Was ist in Onkel Brunos Koffer? Ich öffne ihn. Aus einem eisernen Schaft zieh ich mit Herzklopfen einen zweischneidigen Dolch und entziffer auf der scharfen Klinge *Blut und Ehre*. Ein Wurfmesser! Das nehm ich mit in die Schule. Caspar und Karl-Heinz werden staunen! Von wegen *Heini is doof* oder *Stotterheini*! Ich werd grimmig dreinsehen wie der Mann im gerahmten Bild mit schmalem Schnauzer und geknicktem Kreuz auf dem Ärmel. Er blickt mich streng an, ich kann die Augen kaum abwenden. Im Koffer find ich noch ein Fernrohr, in Pappe eingeschlagene Hefte, alte Geldscheine, ein Eisernes Kreuz und Soldatenfotos mit Jungengesichtern, bis in die siebte Reihe zu erkennen, ernst in Uniform, als wüssten sie, dass sie fallen. Noch mehr Briefe, Totenbilder, Feldpostkarten; die Briefmarken auch mit geknicktem Kreuz. Und ein großes Bild mit Onkel Bruno in Uniform, auch mit schmalem Schnauzer. Er streckt sich kerzengrade, Augen fast zu und Fäuste geballt. Ich setz mich auf den Boden, lös die Schnur und entziffer.

Onkel Bruno schreibt: *Ich bin gesund und munter. Hier geht's alle Tage lustig zu. Heiß ist der Tag und blutig die Schlacht.* Wieso ist Krieg lustig? Ich les weiter, mit zitternden Fingern: *England bombardiert uns? Die sind besiegt, dass sie das nicht einsehen wollen. Ich hätte Lust, diese Kriegstreiber mit dem Gewehr zu durchlöchern.* Die Treppe knarrt, die Tür ist nur angelehnt, ich halt die Luft an – es bleibt ruhig. Onkel Franz schreibt aus Russland: *Ich höre: Die Juden, auch Viehhändler Grünberg, Swine-Emil mit den Jungs, verlassen Steinhop. Wir haben für sie wohl keine Verpflegung mehr.* Und: *Unfassbar, dass Otto nicht mehr zurückkommt, aber es war Gottes Wille. Wie wollen sich die Kriegsanstifter vor Gott verantworten? Es ist hier wie in der Hölle. Der Herrgott hat mich hierhin gestellt. Zum Sterben bin ich bereit, bloß den Russen nicht lebend in die Hände fallen. Nur Gott kann den Sieg für die Deutschen retten.* Von Krähen les ich nichts. Was sind bloß Juden? Wer ist Kriegsanstifter? Und warum darf ich nicht nach Grünbergs fragen? Wir haben doch seinen Tannenbusch.

Dann schreibt uns, schwer lesbar, ein Oberleutnant von der Front: *Franz von der Tann ist beim Vormarsch auf Cholin in Russland den Heldentod im großen Ringen um Freiheit und Lebensraum gestorben. Sein Opfer trägt zum Endsieg bei. Mit deutschem Gruß!* Mit komischem ß. Wär doch schon Endsieg! Jedenfalls soll er vorm Weltuntergang sein. Warum hat Gott Onkel Franz fallen lassen und den Sieg nicht gerettet? Er war doch auch Messdiener.

Es fiept. Mäuse? Unterm Schrank blinzeln mich flinke schwarze Glasperlenaugen an. Ich rühr mich nicht. Wie von Geisterhand öffnet sich die angelehnte Tür. Arme Seelen, die nachts ums Haus heulen? Ich erstarre, die Mäuse sind weg. Die Graumelierte schleicht herein, stolz wie eine Prinzessin. Verwandelt sie die Rumpelkammer in einen Palast? Sie kriecht nur untern Schrank. Ich pack alles weg, scheuch sie runter und schieb den Dolch in meinen Tornister.

25

Am Herz-Jesu-Freitag betet der Pfarrer für Rosing: »Sie erlag einem Herzschlag.« Sicher ist sie bei Opa im Himmel, aber die Beerdigung macht mich traurig – wie eine Fliege, die erschlagen wird. Was wird aus ihrer Vorhersage, dass ich auserwählt bin? Kommt das Wunder für mich noch?

Unser neuer Lehrer Mauser aus Münster, schneidig mit straff anliegendem Haar im Nacken und seitlich hochrasiert, spricht nur Hochdeutsch. Er nimmt den Stift aus dem Mund und schreit: »Ist das hier eine Irrenanstalt, eine Judenschule?« Wie ging's da zu? Über Tisch und Bänke, wie bei uns zu Hause? »Jan, warum tut dein Vater im Gemeinderat nichts gegen den Verfall? Auch der Pfarrer lässt die katholische Volksschule verkommen!« Solche Töne übern Pfarrer sind mir neu. Jetzt seh ich erst Putz bröckeln, Fensterfarbe abblättern und kaputte Kugellampen.

Caspar, vor mir, flüstert: »Der brüllt wie 'n Affe.«

Mauser redet und redet: »Die Leute heucheln, belügen sich und andere. Haltet ihr euch an die Gebote? ›Du sollst Vater und Mutter ehren!‹ Liebt ihr sie jederzeit? Jeder belügt sich, täglich.«

Alle schweigen. Willi stößt mich an: »Liebst du deinen Papa?«

»Schon, oder?«

»Ganz wirklich?«

»Manchmal hass ich ihn, aber Trude noch mehr, die hat …«

Schon zieht mir Mauser mit dem Stock scharfe Streifen über die Hand. Die Kuppen schwellen, ich kann nicht schreiben.

»Flenn doch nicht«, sagt Willi.

Täglich schlägt Mauser die meisten Jungs. Bald hassen wir ihn. Barbara bringt ihm Äpfel und Birnen mit. Mit ihr scherzt er. Sie schreitet mit der Tüte durch den Gang an mir vorbei, ohne mich anzusehen, und lächelt, nicht richtig, zieht nur Mundwinkel hoch. Doch eine Hexe? Mir fallen wieder die abgeschnittenen Brüste ein. Mauser schlägt sie nicht. Aber sie kann die Neuner-Reihe des Einmaleins nicht, muss vorn knien und die Schiefertafel mit Händen hochhalten, worauf steht: *Ich bin dumm!*

Thea singt vor, zaghaft und zittrig: »Meine Mi, meine Ma, meine Mutter schickt mich her, ob der Ki, ob der Ka, ob der Kuchen fertig wär.« Weiter kann sie nicht, ihre Ohren glühen rot. Mauser haut ihr das Lineal auf den Kopf. Ich tät ihr ja helfen. Sie lacht immer gemütlich und sagt mir wieder was Nettes.

Ich bin dran. »*Hä-Hänschen klein, gi-ging allein …*«, press ich krächzend raus, halb erstickt, mit schwitzigen Händen.

»Falscher Ton!« Ich versuch's erneut, rot bis hinter die Ohren. »Was piepst du? Eine Fünf! Setzen.« Er trägt's ins Mitteilungsheft ein. »Man kann alles, wenn man will, nur böse Menschen haben keine Lieder.« Noch eine Fünf auf dem Zeugnis. Er sieht meine Tränen und redet auf mich ein: »Man muss zäh wie Leder und hart wie Kruppstahl sein. Ich werde eisern durchgreifen.«

»A-Aber ich b-bin doch a-auserwählt!«

»Auserwählt?« Er lacht laut. »Du stotterst und schielst!«

Ich lass den Kopf hängen. Ärgerlich, ich stottre in der Schule und schiele wie Caspar. Verraten die Schielaugen Vaters Fluch? Sicher krieg ich auch schielende Kinder, die Erbsünde.

Wegen fehlender Hausaufgaben muss auch ich mich für Stockschläge vors Pult einreihen. Ich erheb mich wie benebelt, sieben, acht Jungs vor mir. Mein Herz klopft, mir wird übel. Als er Willi schlägt, schleich ich gebückt zurück. Mauser bemerkt's nicht. Ich hass ihn und sing nur noch im Schweinestall Vaters *Slah em dot* und *Sing man tau, von Herrn Pastor sie 'n Kauh.*

Caspar sind die Prügel wohl egal. Er ärgert umso mehr: Dem Willi stellt er ein Bein, Thea zwickt er. Als ich einen Holzschuh auszieh, tritt er mit durchgestecktem Bein dagegen, der Schuh rumpelt zwei Reihen vor. In Unschuldsmiene tut er, als schreibe er, flüstert aber: »Du Grünschnabel stinkst nach Schweinestall.«

Alle starren zum Lehrer, einige lachen.

Mit dem Dolch piek ich Caspar in den Rücken.

»Aua«, schreit er, obwohl es sicher nicht wehtut.

»Was hat der schmächtige Heini da?« Mauser kommt grinsend auf mich zu. »Den nehme ich mal mit und rede mit deinem Vater.« Er liest: »*Blut und Ehre*! Woher hast du das?«

»Von Onkel Bruno, der war in Russland.«

»In Russland? Soso. Die Russen nageln Kinder mit der Zunge am Tisch fest, Bauern ans Scheunentor und schlitzen Müttern den Bauch auf. Und was mach ich mit dir?« Er schlägt mir hart auf die Hand; rote Streifen glühen wie Würmer. Diesmal schrei ich nicht, als Märtyrer. Stunde für Stunde verblassen sie wieder, aber es wird schlimm, wenn Vater es erfährt.

Auf dem Schulhof stellt sich Thea still zu mir, verzieht nur den Mund. Mit mir stimmt was nicht, langweilig und langsam, wie ich bin, was sie mir sicher ansieht. Cilli und Barbara gucken auch weg. Gott sei Dank ruft Willi mich zum Kriegspielen.

Verlierer, die totzuschießen sind, sind Russen.

»Wir wandern in den letzten zwei Stunden zur Einsegnung der neuen Töddensäule als Denkmal«, sagt Mauser.

Unterwegs stößt mich Willi an. »Soll ich dir mal von Barbara erzählen? Ich sag zu der: ›Zieh ’n Rock hoch und ich lass die Hose runter.‹ Erst kreischt sie, dann sag ich: ›Du kannst mein Dingsda anfassen, wenn ich’s auch bei dir darf.‹ «

»Quatsch-Willi, Sünde!«

»Doch.« Er zeigt mir den Vogel.

»Hat sie wirklich?«

»Und ob!«

Der Bürgermeister Mehlberg redet von der großen Töddenzeit: »In Steinhop gab’s zähe Kaufleute, die waghalsig Leinen in der Ferne verkauften. Und wie kam’s?«, fragt er mit Blick auf uns. »Die bitterarmen Sandbauern hier auf den Heideböden hatten als Reichtum nur eins«, er zeigt zum Himmel, »flinke Kinderhände, die aus Flachs Leinen spinnen. Ein Mädchen, das nicht spinnen konnte, durfte nicht heiraten. Ohne Leinen war es nichts wert. Überzählige Jungs verkauften Leinen als Tödden, als Leinenhändler. Manche lebten als Hausierer von der Hand in den Mund. Einige wurden sesshaft wie C. und A. Brenninkmeyer und bauten die Barockhäuser. Deshalb ist Steinhop das schönste Dorf im Münsterland.«

Die Kriegervereinskapelle spielt einen Tusch.

Reich wird man in der Ferne. Was soll ich sonst damit anfangen? Ich bin froh, als wir zum *Haus Nyland* weiterlaufen. »In dem Fachwerkhaus schrieb ein Josef Winckler den *Pumpernickel.* Er zeigt die Steinhoper als Schelme und Trottel, über die man lachend die Nase rümpft«, erzählt Mauser.

»Der war mutig!«, ruf ich.

»Aber Winckler hat gemerkt, mit Steinhopern darf man sich nicht anlegen. Der Schmutzroman besudelt Steinhop, schimpfte der Pfarrer von der Kanzel. *Lügenjöbken* und *eingebildeter Schreiberling* hieß er nun, und er traute sich nicht mehr her.«

An der Windmühle grasen schwarz- und rotweiße Rinder. Auf dem Rückweg fragt Evelyn mich lachend: »Wie macht ihr das mit der Beichte? Erzähl, wie wirst du die Sünden los?«

Will sie mich veräppeln? Mir wird heiß, wie bei offenem Hosenschlitz, ich kann nichts sagen. Wie andere Dorfmädchen ist sie schön braun, weiße grade Zähne, und spricht feines Hochdeutsch. Sie trägt Glanzschuhe, ihr rotes Kleid riecht toll nach Waschpulver. Schade, dass sie als Evangelische eh verdammt ist.

Für Schulaufgaben bin ich zu müde vom Kartoffelsammeln. Wie krieg ich nur die Unterschrift unter die Fünf und den Tadel. Mutter stopft noch Strümpfe in der Schlafkammer vorm fleckigen Spiegel. Das Licht fällt aufs Strumpfloch, das sie mit Nadel und Faden umkreist. Ich bring ihr ein Schokobonbon.

Sie lächelt. Ich schieb ihr das Heft hin. »Singen hat nicht geklappt.« Hört sie mir zu? Sicher ist sie ganz woanders, froh, Ruhe zu haben. Die Kleinen schlafen endlich. Wieder geht's mit der Nadel auf und ab zwischen Stirn und Knien. Manchmal sagt sie: »Ogottogott, Jungejunge« oder »Lass es Vater nicht wissen«, schlägt aber nie, blinzelt mir nur zu und unterschreibt alles. Jetzt schaut sie aufs Heft. »Tadel wegen fehlender Hausaufgaben?« Sie macht t-t-t, stößt mich an. »Und 'ne Fünf? Das ist kein Pappenstiel.« Ihre Hand mit der Nadel sinkt, als wüsste sie nicht weiter. Sie blickt mich ernst an, wohl in Angst, es kommt noch schlimmer: »Das muss Papa unterschreiben.«

Das gibt Prügel! Wehe, er erfährt auch vom Dolch. Lieber mach ich die Unterschriften nach. Mutters gleichmäßige ist leicht: Buchstaben fein gewölbt, rundbogig, mit schwingenden Linien. Vaters ist schrecklich hartkantig steif und knorrig ausschweifend, Sütterlin, wie er sagt.

Ich übe und übe und werf die Zeitungsränder zerknüllt in den Ofen. Wieder schlägt die Uhr eine Stunde. Ich zeichne die splitterige und gequetschte Schrift nach, bald besser als er. Seine krakeligen Buchstaben bleiben nicht mal auf der Linie. Die Wörter schaukeln wie Schiffe im Sturm. Der kann gut mit Pferden und Bullen umgehen, aber schreiben kann er nicht.

Drei Tage später kommt Lehrer Mauser zu uns und sagt zu Vater: »Gebt dem mickrigen Heini Lebertran, der schläft im Unterricht.«

Vater, in blauem Arbeitshemd, Manchesterhose und Holzschuhen, gibt ihm die Hand. Mauser, kleiner und schmaler, legt den Dolch auf den Küchentisch. Ich knabber am Daumen.

»Daumenlutschen ergibt ein Mäusegebiss«, sagt Mauser.

»Immer hat er 'n Daumen im Mund«, sagt Mutter.

Ich spürs Gesicht rot anlaufen und starr aus dem Fenster.

»Du schnüffelst in Brunos Kram?«, sagt Vater, mit Händen in Hosentaschen. »Zur Strafe Holzhacken!«

Sie gehen in die beste Stube. Durchs Schlüsselloch hör ich Mauser wieder auf Gemeinderat und Pfarrer schimpfen, dass die Schule weniger als ein Schweinestall geweißelt wird.

»Jaja«, sagt Vater. Fürn Moment hör ich nur Korn glucksen.

»Bildung ist heute wichtig, Heini muss lernen«, sagt Mauser.

»Alles Flausen, wir machen nicht alle Moden mit.«

»Der ist unaufmerksam und kann nicht mal singen.«

»Wir sind eben unmusikalisch«, sagt Vater.

»Ich kann Mundharmonika spielen«, sagt Mutter zu ihm.

»Jaja, Heymeiers singen, aber uns liegt's nicht im Blut.«

»Heini macht kaum Hausaufgaben und so viele Fünfen?«

»Fünfen?«, fragt Vater mit Blick zu Mauser.

»Steht unterschrieben im Heft.«

Sie rufen mich. Ich komm erst beim dritten Ruf. Ich soll 's Heft zeigen. Ich find's nicht, kratz hinterm Ohr, fahr mit den Fingern durchs Haar.

»Du musst nach Lengerich!«, droht Vater.

»Du hast auch gelogen, übers Christkind.«

Wie er mich ansieht, gibt's Prügel. Ich versteck mich lieber und renn zum Appelhokversteck. Ich komm erst wieder, als Vater melkt. Er versohlt mich dennoch. »Und geh holzhacken!«

Trotzdem mach ich Unterschriften nach. Für Fünfen und Tadel verhaut er mich auch. Manchmal erspar ich es mir.

Ein schwüler Oktoberdienstag. Ich zerklüfte Baumstümpfe, hack und hack. Schweiß rinnt mir von der Stirn, das Hemd klebt auf dem Rücken. Nur die Wade nicht treffen. Meine Arme zittern, wenn ich mit der Axt im Holzstück auf den Pflock donnre. Ich hack alles kaputt. Mauser als Erstes. Und Vater. Verflucht, alle beide! Der Haufen Holzscheite im Schuppen wird höher. Rasch verdunkelt sich der Himmel, Blitze zucken.

»Wie 'ne Sonnenfinsternis, komm Rosenkranzbeten«, sagt Vater. Ich setz mich zu den andern am Küchentisch. Der Donner brummt erst, dann kracht er los, wie Vater, wenn ich was verbrochen habe, und dröhnt im Gebälk, dass die Türen scheppern. Lorenz schreit auf, Anna presst die Hände an die Ohren und Kathrin rutscht untern Tisch. Tropfen platschen gegen die Fenster. Die Schweine kauern in der Wiese aneinander. Dann ist's still, nicht mal Fliegen summen, nur die immer munteren Eintagsfliegen. Trude zündet die Taufkerze an und betet den *Schmerzensreichen* vor, *der für uns gegeißelt worden ist.* Alle, auch Kathrin, haben einen Rosenkranz in der Hand. Meiner mit braunen Perlen von der Erstkommunion ist noch wie neu. Vaters ist abgenutzt, die schwarzen Perlen grau. Das *Ewige Licht* mit dem Buchsbaum wirft zitternde Schatten.

Es prasselt und hagelt, die Fenster klirren. »Wie 'ne Sintflut«, sagt Vater. Lässt St. Anna wieder alle Scheiben zerspringen? Bläulich flammt's durchs Fenster und es donnert. Vater stockt. Wir ducken uns am Küchentisch. Ich könnt mich drunter verkriechen. Gott ist böse mit mir wegen des Dolches, der Unterschrift, ich bete zu wenig. Mir läuft's eisig übern Rücken. Er trifft jeden Sünder mit dem Blitz. Vergib mir, ich werd mehr beten! Stark wie die dicke Brockmöller-Eiche ist mein Glaube. Wieder finster, setzt Vater das *Gegrüßet seist du Maria* fort. Vorher nur mitgeplappert, bete ich nun ängstlich mit. Perle um Perle gleitet durch die eiskalten Finger. Wo schlägt Gott jetzt ein? Nur Mutter ist eingenickt. Als wieder Blitze in die Küche zucken und es aufs Dach dröhnt, zuckt auch sie zusammen. Wie mächtig ist Gott, wie klein bin ich.

Vater guckt unruhig raus. Sieht er wie Christophs Tod voraus, dass Gott bei uns einschlägt? O Herr, verschone uns! Treff lieber Brinkmanns Bernd, der auch werktags säuft und manchmal nicht zur Messe geht. Ich lach nicht mehr mit bei Caspars Witzen übern Pfarrer, dass der sich durchfrisst und trinkt, bis er platzt. Bullen brüllen im Stall. Bei jedem Blitz schlagen wir ein Extrakreuz. Dann ist das Licht aus: Sicherungen sind durchgebrannt. Vater flickt sie gleich mit Draht, die Hände zittern, er hat auch Angst! Gott lässt nicht mit sich spaßen, wie er Schwefel und Feuer auf Sodom und Gomorrha regnen ließ. Schickt er nun den Weltuntergang mit dem Strafgericht, wie Hiroschima, wie Vater sagt? Der Orkan heult ums Haus. Blitz, Donner, Blitzblitzdonner, Blitzblitz. Das ganze Haus bebt.

»Dunnerkiel, wu dat rummst hev«, stottert er.

Eine Scheibe klirrt entzwei. Karl stürzt nach draußen. Durchnässt zurück ruft er: »Die Dicke Eiche!«

Alle rennen raus. Die Eiche ist mit der Krone aufs Dach geschlagen, eine Wurzelseite ragt wie ein Riesen-Spinnennetz aus dem Boden.

Plötzlich hört der Sturm auf. Die Luft kühl; niedrig jagen die Wolken zerfetzt nach Süden übern Kirchturm hinweg.

Mit einer Winde zieht die Feuerwehr noch am Abend die Eiche vom Dach, verstümmelt wie mit gebrochenen Armen.

»Wir haben Glück, nur kaputte Ziegel«, sagt Vater. »Aber wie kann die uralte Eiche nur umfallen? 'ne Warnung Gottes!«

O Gott, schone uns, bete ich im Bett, du siehst alles und wirfst allmächtig selbst die stärkste Eiche um. Vater ist viel zu schwach, Blitze zu verhindern; nicht mal das Umstürzen hat er vorhergesehen. Aber warum lässt du zu, dass Vater und Mauser mich so schlagen? Mit Weihwasser bin ich geschützt. Ich bete ein *Vaterunser* nach dem anderen, um nicht einzuschlafen. Im Wandbild zeigt Jesus, mit langen braunen Haaren und traurigen Augen, auf seine Brust mit großem Herz, daraus züngeln Flammen bis zum Bart. Warum löscht sie keiner?

Ich schlaf ein und … bete Rosenkranz, zehn *Gegrüßet seist du Maria*. Oder sind's erst neun? Gleiten die feuchten Finger zu früh zur nächsten Perle? Doch die Perlen laufen übern Tisch, Raben fliegen damit weg. Weinend hack ich mit der Axt danach. Ich schaff den Rosenkranz nicht, mein Kopf dröhnt. Schlimmes passiert im düstern Haus. Ein alter Mann wird mit der Axt erschlagen. Ich hör Tütataa, erstarre. Meine Hände blutig, schuldig! Brandgeruch. Ich erstick im Rauch, hör Schreie. Von mir? Nur ein Traum! Durchatmen, mein Schlafanzug ist nass. Lorenz und Karl schlafen. Ich stolpre im Dunkeln zum Fenster, öffne es und zuck zusammen. Der Wind schlägt einen Fensterladen hin und her.

In der Schule besprechen wir, woher das Unwetter kommt, und ich melde mich: »Gott schickt die Blitze, in unsere Eiche, auch in die Sicherungen, aber Vater kann sie flicken.«

»Sicherungen darf man nicht reparieren, aber Gewitter hat nichts mit Gott zu tun«, sagt Mauser. »Es kommt meist vom flachen Nordwesten und bleibt bei uns vorm Teutoburger Wald hängen, ein Regenloch! Blitz ist Elektrizität, kein Geist, der einen umbringt, wenn man darüber spottet.«

»Das ist Aberglaube«, sagt Vater zu Hause dazu. »Wer sich 'n Marienkreuz umhängt, dem kann der Blitz nichts.«

»Aber Mauser hat's gesagt!« Lügt Vater, wie beim Christkind?

»Gott bestraft die Sünder, auch in der Ernte.« Vater erzählt vom alten Dreyerbur, der am Sonntag statt zur Kirche aufs Roggenfeld ging und vom Blitz erschlagen wurde. »Der Mauser aus der Stadt stänkert hier rum, auch gegen den Pfarrer. Der soll sich mal vorsehen!«

26

Alle Kartoffeln sortiert, die umgestürzte Eiche kleingesägt, Vater pflügt für die Wintersaat. »Die neuen Herz-Jesu-Kalender aus Hiltrup sind da«, sagt er am Samstag. »Anna verkauft Richtung Bäcker, Heini, du nach Halverde, jeder zwanzig, auch die Heiligenbildchen vom Diasporawerk!«

»Ich werd mehr los als du!«, ruft Anna und fährt schon.

»Angeber!« Zu Vater sag ich: »In Halverde war ich noch nie.«

»Fahr wie beim Maiausflug übern Napoleondamm. Auch zu Euthymias Klinkerhaus, die hat bei ihrer Beerdigung die verbrannte Hand einer Schwester kuriert. Jeder hat's Wunder…«

»Weiß ich schon von Trude und Rosing.«

»Ich hab zur Euthymia gebetet, dass du Priester wirst. Die hat sich aufgeopfert, bis sie tot umfiel und«, ruft er mir nach, »sie ist wie du das siebte von zehn.«

Ich schwing mich auf Mutters Rad in den nasskalten Wind. Siebtes Kind ist was Besonderes, der Bundespräsident als Pate. »Du bist zu was

Höherem ausersehen«, sagte Rosing. Ich will mich auch aufopfern, Buße tun fürn Dolch, die Unterschriften. Sicher erleb ich ein Wunder, wie St. Anna Krüppel aufspringen und Fensterscheiben platzen lässt.

Bei den Nachbarn werd ich schnell Heiligenbildchen los, wie letztes Jahr, Stück 'n Groschen.

»Die Mission, ist ja fürn guten Zweck«, sagt Heymeiers Oma.

»Sparst du noch fürs Heidenkind?«, fragt Brüggen Emma.

»Fünfzig Pfennig jede Woche vom verdienten Kartoffelgeld.« Ich denk ans Foto auf der Kommode, Augen groß und glänzend, Haare schwarz und kraus. »Ihr könnt zusätzlich spenden für die Negerkinder! Mit einundzwanzig Mark eins retten, ein Jahr lang. Ohne Taufe muss's in die Hölle.« Emma winkt ab. Nur Raabe mit achtzehn Kindern gibt mir fünf Mark extra. Schön! Ich werd wieder eine Tüte mit einundzwanzig Mark in den Opferkasten der Kirche plumpsen lassen.

Bloß Willi fragt: »Spielst mit Fußball?«

»Keine Zeit.« Ich zeig ihm meine Tasche.

Er verdreht die Augen. »Du Doofi! Läufst wieder von Pontius zu Pilatus mit Heiligenbildchen wie Sauerbier.«

Warum ärgre ich mich gleich? Wozu alles, beten, messdienen, fasten, keusch sein, wenn ich nun nicht helfen tät, Heidenkinder vor der sicheren Hölle zu bewahren. Ich bin auserwählt und beweis es. Vater wird stolz sein, auch der Pfarrer. Ich rette viele Heidenkinder, damit er mir hilft, Priester zu werden.

Überall nehmen sie was: Gressbur beim Wagenmachen, Rühlesbur beim Holzschuhdrechseln, auch der besoffene Brinkmanns Bernd nimmt den Abreißkalender. Ich überzeug sie, auf Vorrat Heiligenbildchen zu kaufen, alle gesegnet. Sie können's mir aus einer Familie mit zukünftigem Missionar nicht abschlagen, auch die nicht, bei denen kein Kreuz in der Küche hängt. Ich tu's ja für Gott. Ausreden hilft nicht. Ich komm gern wieder, Geld abholen. Nur der Schützenfest-Wirt, im letzten Haus, sagt glatt: »Wir haben noch welche vom letzten Jahr.«

»Aber das sind alte!«, ruf ich.

Dann fahr ich an Kerzenkettlers Fasanen-Freigehege vorbei, vorm Tor ein Schloss. Die Armen: Flügelfedern gestutzt; könnt ich sie nur freilassen, vor allem den mit der schönen blauen Schwanzfeder. Ich will auch ein Tier: Ein Eichhörnchen soll mir Glück bringen. Wie das Glasmännchen in der Geschichte vom *Kalten Herz* aus der Schule. Ich fang eins, das zaubert mir was.

Auf nach Halverde. Wär ich nur erst durch den Wald. Ich trample gegen den kalten Ost. Die Teerdecke glänzt vom Nieseln. Böen blasen mir nasse Blätter ins Gesicht. Mein erster Weg ins letzte Dorf. Seitab das evangelische *Schale*, nur nicht dahin verirren. Dahinter nichts, nur das düstere Teufelsmoor, endlos lange Wege, nichts. Ich zieh die Mütze tiefer über die Ohren. Regen läuft mir die Hosenbeine runter. Viehställe mit bemoosten Dächern ducken sich in den Wiesen, übersät von krächzenden Raben, raue, trockene Vogelschreie, Flattern und Rascheln: Geister gottloser Seelen von Selbstmördern, Ehebrechern und ungetauft gestorbenen Kindern. Mutig sing ich *Wildgänse rauschen durch die Nacht*… Die Wälder vor mir dicht wie eine Wand. Eichen sind hier höher, Tannen dunkler, Haselbüsche dichter und der Weg schmaler. Ich fass den Lenker fester. Ich kämpf gegen den Sturm, wie Märtyrer. Umzingeln mich Wölfe im Gebüsch? *Heilige Euthymia, bitt für uns!* Hierher in den Osten zeigte Opas Finger, zu den Gefallenen in den Sümpfen, wo Teufel in Weidenköpfen lauern, einen in den Schlamm hinabziehen und wo am Ende der Welt die Moorwiesen ins Höllendunkel hinabfallen.

Hinter Eichen und Hecken leuchten rote Dächer: Halverde. Elstern streichen aufgescheucht davon. Ein Hund bellt mich böse an, wie einen Landstreicher. Schnell weiter. Jemand lauert hinter der Gardine, ich klopfe vergeblich. Ein feiger Blick folgt meinen Schritten, ich spür's, ohne mich umzusehen. Halverde ist doch katholisch! Die nächsten haben angeblich schon welche. Ein anderer sagt verächtlich lachend: »So was brauchen wir nicht.«

Auch Kinder belauern mich. Warum kaufen sie keine? Die letzten loswerden ist mühsam. Mir kommen die Tränen, möchte umkehren. Aber ein Märtyrer muss wie Euthymia durchhalten. Beten ist leichter, oder sich selbst schlagen. Unsicher seh ich zu, wie sie die Bildchen durchblättern, und stottre nur noch, wenn sie mich ausfragen.

Erleichtert seh ich das Klinkerhaus mit Buchsbaum und verkrüppelten Obstbäumen vor niedrigen Fenstern. Das grüne Gartentor quietscht und fällt laut ins Schloss.

Eine alte Frau in der Tür stemmt misstrauisch die Hände in die Hüften und starrt mich an. Ich bin doch kein Zigeunerkind. Sie wird auch nicht nett, als sie von Heiligenbildchen hört. Dreh ich um? Mutig sag ich: »Fürn Herz-Jesu-Orden!«

Sie hält abweisend die Tür in der Hand. Will sie sie mir vor der Nase zuschlagen?

»Hi-Hi-Hier wohnte doch Euthymia mit dem Wunder.«

»Woher hast du die?«

Ich hab sie doch nicht geklaut. »Von Jakob, der Missionar…«

»Ach, Jakob, bitte komm rein! Zeig mal.« Wie ausgewechselt zählt sie sich fünf Bildchen ab. Sie sind ihr wohl egal, doch sie gibt mir das Doppelte und nimmt den letzten Kalender. Als ich noch mal von Euthymia anfange, holt sie ein Totenbild. »Die bringt dir Glück, steck's in die Hosentasche, immer dabeihaben, dann passiert dir nichts!« Auf dem Bild sieht Euthymia aus wie die Muttergottes und mir ist, ihr Kopf nickt mir zu.

»Du zitterst?«, sagt die Frau, »bist ja klatschnass. Keine Regenjacke, keinen Schirm?« Sie schiebt mich nach draußen.

Es wird düster. Der Regen schlägt mir auf den Rücken. Gott sei Dank treibt mich der Ost. Immer der berühmte Jakob, der Erste, ich nur der Siebte. Als Siebter trägt man nur Altes, fährt Räder, die einem nicht gehören, macht Witze der älteren nach und wird rumkommandiert. Den Waldweg kenn ich schon, ich seh bald wieder den Steinhoper Kirchturm und spür's Totenbild in der Hosentasche. Sicher wirkt sie ein Wunder für mich: zur Priesterschule nach Münster, als Missionar weit weg! Ich werd ihr Bild zu den Heiligen- und Totenbildern ins Gebetbuch legen.

»Alle verkauft!«, ruf ich zu Hause Vater beim Melken zu.

Er nickt. »Gut gemacht.«

»Warum haben die Fasanen beschnittene Flügel?«

»Die setzt Kerzenkettler zur Hubertus-Treibjad aus, um sie zu bejagen, nur aus Spaß. Er hat auch noch welche im Käfig, mit nicht gestutzten Flügeln. Wegfliegen können sie alle nicht. Die wär'n 'n gefundenes Fressen fürn jungen Drostenbur, der wildert.«

»Ist Wildern nicht Sünde?«

»Doar sit de Düwel drin. Dass es unredlich Gut ist, wissen auch die Abnehmer, Lehrer, Ärzte, alles feine Leute, essen gern Wild und er bringt's billiger.«

Ich weiß, Reiche können nicht durchs Nadelöhr.

»Kerzenkettler will dich als Treiberjunge.«

Obwohl ich ihn hasse, freu ich mich aufs Geld. Als Vater dann sagt:

»Geh Schweine füttern«, probier ich, mit Euthymias Bild am Po, mein Glück. »Nein, ich fütter nicht!«

Ich spür die Ohrfeige. Da stimmt was nicht. Lügt die Frau, von der ich das Bild hab?

Anna wurde nur drei Kalender los.

»Sie hat Angst allein«, sagt Mutter, »fahr mit ihr!«

Am Jagdtag treffen sich die Jäger auf dem Osterfeuerplatz, auch Treckerkettler, der dicke Brockmöllerbur und der grinsende Drosten Walter mit dem Gewehr. Und Leute mit Krawatte aus der Stadt, sogar von der Regierung in Münster. Es dampft aus den Mündern. Ich verrat nicht, dass Drosten Walter wildert. Kerzenkettler bläst Waidmannsheil. Als kleinster Treiberjunge mit Willi und anderen Jungs in einer Reihe ruf ich und hau mit einem Stock gegen Stämme, den Jägern entgegen, die am Waldrand warten.

Kühler Herbstwind wühlt im Laub, dünner Nebel zieht über die Wiesen, meine Finger kalt. Ein Eichelhäher fliegt in die Birke. Fasanen und Rebhühner schrecken auf. Entfernt prasseln Schüsse. Als ein Hase weghoppelt, tastet Brockmöllerbur nach dem Abzug.

»Hoal den Püüster stille«, sagt ihm Drosten Walter mit tiefer, rauer Stimme. »Süss geht de die dör de Lappen.« Es knallt, ich zuck zusammen; der Hase überschlägt sich, zappelt und quäkt und ein Jagdhund schnüffelt dran. »Rex, lass das!« Drosten Walter schlägt dem Hasen mit der Handkante ins Genick. »Früher ging ich mit Uphus Hermann auf Jagd«, erzählt er grimmig, »und immer lief uns in Harmanns Kamp ’n fetter Hase nah vor die Flinte, aber wir trafen nie. Das musste ’n verhexter sein. Da tat Hermann mit Weihwasser besprengtes Schrot in ’n Püüster und schoss, als wir den Hasen wieder sahen. Der überschlug sich – und war weg! Rex fand auch keine Spur. Da wussten wir, was los war. Abends hörten wir an *Dreilindens* Theke, dass die Ferbers Schrotwunden im Hintern hatte. Es gibt schon Düwelswichter!« Und pfeift so unzweideutig, dass alle schallend lachen und ich verlegen werde.

»Ist die Mama von Ferbers Barbara ’ne Hexe?«, frag ich.

»Genau die!« Drosten Walter grinst und riecht nach Schnaps.

»Und wenn sie nicht gestorben sind!« Brockmöllerbur wiehert.

Am Tannenwald rast ein Fuchs durch die Büsche. Rex beißt zu und Drosten Walter hält den zappelnden Fuchs an den Hinterbeinen. Der Fuchs zieht sich hoch und will ihm in die Hand beißen. Aber Walter schießt ihm brutal lachend in den Kopf und hängt ihn, noch röchelnd, an den Stock mit dem Kopf nach unten, Blut tropft heraus. Sind Arme dadurch, dass sie arm sind, wirklich die Guten? Walter kann auch des Teufels sein. Kerzenkettler legt das Wild feierlich zur Strecke, dankt Gott und bläst das große Halali. Er verbläst, wie er sagt, die Hasen, dann die Fasanen, auch den mit der blauen Feder, und den Fuchs extra. Schade.

Nach der Sonntagsandacht lauf ich mit einem Kartoffelsack los zu Kerzenkettlers Tannenwald, ein Eichhörnchen zu fangen. Elstern streiten sich in den Kieferkronen. Mitten im Wald ruf ich *Ach, wie gut, dass niemand weiß, dass ich Heini heiß…*, leise erst, dann lauter und fang an zu springen.

Nichts regt sich. Doch da! Zutraulich sieht's mich an und putzt sein Mäulchen. Das Glasmännchen! Es soll mir drei Wünsche erfüllen. Blitzschnell will ich verschwinden, wenn mich jemand verprügeln will. Ich will berühmt wie Jakob und Priester werden. Und Geld, um zum Lakritz-Gregor nach Münster zu fahren. Ich näher mich ihm, aber es ist so fix, dass ich die Füße nicht rennen seh. Dann blinzelt's mich listig an.

Du Glücksbringer erfüllst die Wünsche, wenn ich dich habe! Mir ist, es nickt mir zu. Aber ich bin misstrauisch, als könnte sich der Schatz vorn Augen in eine faule Kartoffel verwandeln. In der Tat, wieder ist's weg. Doch ich find den Habichtshorst, den es ausgepolstert hat. Ich kletter hoch, stülp den Sack ums seitliche Loch, stoß an den Bau und es zappelt im Sack. Ich öffne ihn erst im großen Kaninchen-Drahtkäfig an der Scheunenwand. Das fuchsrote Eichhörnchen springt im Kreis rum und lauert mich wie irre an. Näher ich mich, rast es rum. Sicher will's raus, aber ich kann's auch nicht. Du gehörst mir! Ich werf Nüsse rein und stell Milch hin. Mit Vater stell ich eine Tanne rein. Schön wild tobt's rum, die Schale kippt um. Anna zeigt neidisch auf den Glücksbringer.

Samstag. Jakob ist wieder aus dem Kloster zu Besuch. Schon am Abend seh ich ihn und Kerzenkettler, mit Jägerhut, breitbeinig vorm Käfig stehen. Jakob zeigt mit dem Finger drauf und erzählt von meinem Fang.

»Das bringt mir Glück«, sag ich.

»Was soll's Gerede vom Glück im Käfig? Ein Wildtier sperrt man nicht ein. Als Jäger hab ich die Verantwortung.« Er öffnet das Törchen, und es schießt wie eine Kugel raus.

Vor Wut wein ich. Mein Glück, nur drei Tage, das verzeih ich nie. Ich sammel Kartoffeln, bin Treiberjunge für den, und der klaut mein Glück, wo er selber Fasanen im Käfig hat. Nur wohin mit meiner Wut? Ich will in der Kerzenfabrik verdienen.

Jakob hält mir Schokolade hin. »Tut mir leid, dass er's freiließ.«

Wieder eine ganze, wie im letzten Jahr zur unbefleckten Empfängnis! Mir läuft's Wasser im Mund zusammen, aber ich schüttle den Kopf. Ich lass mich nicht ködern. Ich kann auch Latein, werd nicht rauchen wie er und ein besserer Priester. Ich red nicht mehr mit ihm, nie wieder.

Dann macht er mit spitzem Mund wieder *mmh.*

Ich nehm sie doch. »Ich bin ewig sauer und sag dem Pfarrer, dass du in der Fastenzeit Schnaps getrunken hast, wenn du mir nicht Schlittschuhe kaufst!«

Er lächelt. »Du spinnst!«

Ich verschling die Schokolade und kann nicht mehr so sauer auf ihn sein, das sollte ich aber. »Du bist hier nur zu Besuch.«

»Stimmt!« Er kämmt wieder sein welliges Haar und raucht eine *Nil.* Er lässt sich hier anhimmeln. Sein neues Foto hängt wie ein Heiligenbild in der besten Stube, er reist nach Münster zum Bischof und noch weiter.

Mit seinem Feuerzeug brenn ich das Bistumsblatt an. »Wieso wirst du Priester?«

»Rosing hat gesagt, einer aus der Klasse wird den Weg gehen.« Jakob schlägt's Feuer aus. »Da hab ich gewusst, sie meint mich, und hab Latein gelernt, um Priester zu werden.«

»Wirklich?« Ich seh ihn mit großen Augen an. Bin ich doch nicht auserwählt, wenn Rosing das immer so sagte?

Drei Wochen später glitzern die Birken schon im Raureif. Kohlköpfe, Porree und Endivien sind weiß überzogen. »Solch ein Frost war lange nicht mehr«, sagt Vater auf dem Hof, nachdem er mit dem Horn zum zweiten Advent geblasen hat. »Der beißt sich sogar in die Mieten und macht die Kartoffeln übersüß. Und Meisen fallen tot von 'n Eichen.«

Ich darf aufs Eis, mit einem langärmeligen, kratzigen Wollunterhemd. Viel hilft's nicht ohne Winterjacke und Handschuhe. Auf dem abschüssigen Weg schliddre ich, bevor ich das Glatteis bemerke, und rutsch auf allen Vieren auf Willi zu. Ich steh auf, fall gleich wieder hin und rutsch weiter. Willi, schon auf Schraubendampfern, lacht und erzählt, dass Thea auch kommt. Ich hol Vaters Ohrwärmer mit Blechbügel, Karls Schlittschuhe und große Schuhe, zieh so viele Socken an, bis sie passen, und schraub die Eisenkufen drunter. Mit Glück krieg ich neue vom Christkind.

Wir quietschen über Wassergräben mit hohl anschwellendem Grollen und stelzen wie Störche über eingefrorene Gräser, Zweige und Schneefelder. Laufen, schlittern, purzeln, schreien. Doch über eine Eisscholle stürz ich, ein Schlittschuh löst sich. Ich will ihn wieder festdrehen, aber eine Backe greift nicht. Der Absatz lockert sich schichtweise, ich find nur schwer einen festen Punkt. Die Hosenbeine eishart wie holzgeschnitzt, wie die Hände; ich verreibe Schnee, bis sie glühen. Meine Nase läuft dauernd.

Thea kommt. Unter ihrer Mütze, tief ins Gesicht gezogen, lächelt mich ihr rundes Gesicht an. Rücklings lassen Willi und ich uns in den Schnee fallen und schlagen mit Armen Engelsflügel in den Schnee. »Für dich«, sag ich. Thea lacht. Sonst ein Trampeltier, läuft sie gut und fällt auch mit einem Bein in der Luft kein einziges Mal hin. Ich verlier mitten im besten Schwung wieder den Schlittschuh und den Hacken dazu, stürze an der Kreuzung zweier Gräben, wo die Strömung das Eis dünn bleiben ließ, und brech mit einem Fuß ein. Mit nassem Fuß sitz ich am Graben, und sie lacht mich von oben herab aus. Ich steck verlegen die Hände unter die Achselhöhlen und streck die Zunge raus. Die Schneeflocken prickeln wie Brausepulver. Sie lacht weiter. Ich starr sie noch fünf Schneeflocken lang an, spring auf, schubs sie um und seif sie ein. Sie hält still. Wartet sie drauf, sich herrlich mit mir im Schnee zu wälzen? Nein, sie schreit los, springt auf und stellt mir ein Bein. Ich hab mit ihr kein Glück. Bald tobt eine Schneeballschlacht. Mit einem Stein im Schneeball treff ich sie noch besser. Sie sucht das Weite.

Schon geht der Mond auf. Mit dem losen Schlittschuh schnell zum Ofen. Hände und der nasse Fuß brennen beim Auftauen.

»Scheiß-Hackenreißer«, schimpft Karl, »das dauert, bis der Schuster den wieder dranhat.«

»Mak de Dörn to! Ick hebb koale Föte.« Vater liest Zeitung. »Die Maul- und Klauenseuche ist in Halverde. Brinkmanns haben sie schon, kein Schwein darf raus.«

»Gott bewahre!« Mutter zieht die Stirn kraus. Sie stochert in der Asche und legt Holz nach. Mit Hitze von vorn beten wir Rosenkranz gegen die Seuche. Am Adventskranz brennen zwei Kerzen. Tücher und Socken trocknen auf der Stange. Dann setzt sich Mutter an die Nähmaschine, wie jeden Abend. Tagsüber hat sie dazu keine Zeit. Immer sagt sie, sie wird mit der Arbeit nicht fertig. Nähen ist keine Arbeit. Sie näht alte Hosen um und lässt aus zu kurzen raus, was rauszulassen ist. »Zu schade, wegzuwerfen.« Sie wippt mit den Füßen das *Singer*-Nähmaschinenbrett, die Nadel rattert. Dann stopft sie die schon häufig gestopften Strümpfe und Pullover, vor allem die verdickten Ellbogen, die ich in der Schule verstecke, und flickt meine Hose. »Die ist noch zu retten!«

»Willi hat alle paar Tage 'ne andere an, und auch 'n andern Pullover. Warum muss ich immer dasselbe…?«

»Wenn wir noch die Seuche kriegen, ist's aus«, sagt Vater.

»Jammer nicht, du hast den Tannenbusch kultiviert und Bullen gut verkauft.« Mutter lächelt ihn an.

Vater ist zäh, kann alles. Er will noch was sagen, weiß aber nicht mehr was. Er sagt nur: »Wi möt sühnig wirn!«

»Wie du meinst.« Mutter legt seufzend die Nadel weg und die Arme fürn Augenblick um den dicken Bauch. Das Holz knackt im Ofen. Ich leg meine Heiligen- und Totenbildchen auf dem Boden aus, die von Opa in der Mitte.

Wieder klagt Vater über Uropas Hofkauf, Schulden und *Dorn in'n Foot*, mit langen Pausen zwischen den Wörtern. Jedes Wort kenn ich, die Geschichte Neunzehnvierzehn und -achtzehn, die vom Rübenwinter mit der Rentenmark, vom schwarzen Freitag 29 und den Gefallenen. Mal wird er laut: »Wör dat bloß mit de Mähmaschine nich wirn!« Dann reden sie wieder wenig, über die Kuh, die Seuche und über Brüggen Emma, die ist nichts wert, liest Bücher am helllichten Tag, und dass der Mann auch nichts wert ist, weil er es duldet.

Alles aussichtslos. Nach langer Pause frag ich: »Papa, krieg ich vom Christkind Schlittschuhe?«

»Du Nervensäge!« Vater schaut gähnend in die Zeitung.

»Warum nicht? Und die Lederschuhe sind zu eng.«

«Sind noch gut, im Sommer läufst du barfuß, im Winter in warmen Holzschuhen.«

»Aber …«

»Keinen Mucks mehr!« Mit einer Handbewegung schickt er mich ins Bett.

Ich will auch eine Eisenbahn, aber das können die nicht bezahlen. Ich geh, aber späh durchs Flurtürglas.

»Heini war letztes Weihnachten schon wegen der Socken unzufrieden.« Mutter stopft weiter.

»Der hatte wie alle 'n Teller voll Süßes.«

»Ja, aber …« Sie trinkt einen Schluck Aufgesetzten.

»Was is?« Vater klappt die Zeitung zu.

»Ich strick ihm doch 'n Pullover.« Sie leert 's Gläschen.

»Ach, warum gießt du mir nicht noch einen ein?«

Von Onkel Bruno aus Münster und Tante Antonia kommen Postkarten, mit der 2-Pfennig-Briefmarke. »Notopfer für Berlin«, entziffer ich. »Wieso?«

»Für Sünden der Nazis muss man Buße tun«, sagt Vater.

»Was sind Nazis?«

»'ne Gottlosenpartei! Schwiech still.«

Die Postkarten gleichen sich, mit Tannenbaum und Krippe. »Frohe Weihnacht! Ihr Lieben! Uns geht's gut. Wir hoffen, Euch auch. Schöne Grüße!« Höchstens noch, wie das Wetter ist.

Frühmorgens vor der Weihnachtsmesse liegen auf meinem Teller Goldpapier-Taler, Spekulatius, ein Schokoladenmann. Keine Schlittschuhe, keine Eisenbahn! Einen kratzigen Pullover pack ich mit Tränen aus. Nichts klappt. Immer verlier ich alles, die Eule, Opa, das Erstkommunionsschäfchen.

27

»Erst der strenge Winter, der Boden steinhart gefroren, dass man nicht mal Runkeln und Möhren aus 'n Mieten holen konnte«, sagt Vater. »Seit Fastenbeginn regnet's. Viel zu nass fürs Einsäen von Runkelrübensamen, Wintergetreide ersäuft.«

»Im Münsterland *plästert's* oder es läuten die Glocken«, sagt Mutter. »Sonst reden alle übers Wetter, jetzt übern Regen.«

Tropfen trommeln aufs Scheunendach, aus den Rinnen schießt es.

Anna und ich mantschen mit klitschnassen Füßen in Holzschuhen im Schlamm und singen: »*Es regnet, Gott segnet…*«

Unser Kartoffelsack ist dauernass. Was können wir noch spielen? Nur schaukeln unterm Scheunenvordach. Könnt ich doch über die Wolken in den Himmel fliegen. Lustlos häng ich in der Schaukel und kau an Nägeln. Wie eine Wand steht der Regen in der Luft. Hof und Wege aufgeweicht, Gras morastig, Mulden voll. Das hört nie auf! Die Krähen in den noch nackten Eichen lassen die Flügel hängen. Dunkle Wolken hängen so niedrig, als kämen sie direkt aus dem evangelischen *Schale*. Nicht mal die Kirche seh ich. Der Wind jagt einen Schauer nach dem andern übern Hof. Wenn's nicht prasselt, trieft's, tropft's oder nieselt's. Die Mühlenaa füllt die Gräben, dann die Wiesen. Pfützen werden Seen, Seen ein Meer. Immer mehr scheinen die verstreuten Einzelhöfe, Wallhecken und Wälder im Meer zu schwimmen. Es steigt ums Haus, im Keller, die Sintflut! Wir brauchen eine Arche wie Noah. Abends beten wir Rosenkranz am Küchentisch, diesmal gegen die Überschwemmung. Gott macht Hof und Ernte kaputt, auch weil ich lüge, ungehorsam und unkeusch bin. Wenn er nur nicht das Haus ins Moor spült! Das Weltende mit dem Jüngsten Gericht. Im Traum bricht das Haus über mir und Opa zusammen und ich ertrinke.

»Gress ist 'ne Kuh im Graben ertrunken. Gress' Berta heult nur noch«, erzählt Karl, »und Gress' Gustav hat geflucht: ›Gott hat die ganze Schweinerei unter Wasser gesetzt. Der sollte Nägel mit Köppen machen, dass endlich Schluss wär!‹ Die wollen jetzt die Kühe aufgeben und den Ältesten nicht auf 'm Hof behalten, der soll in die Schlosserlehre.«

»Der Anfang vom Ende«, sagt Vater. »Kühe weg, Schweine weg. Nur noch Bullen. Wintergerste verfault, Sommerroggen wird nichts. Weshalb straft uns Gott so?«

»Macht Gott das wirklich? Blitze sind auch nur Elektrizität.«

»Fang du auch noch an zu lästern.« Er haut mir eine runter. »Du hast jetzt Zeit für Schulaufgaben!«

Ich brüte über Rechenaufgaben. Eine der wenigen wintermüden Fliegen ärgert mich. Sie tritt sich die Füße auf meiner Hand ab und brummt mir was ins Ohr. Schlag ich nach ihr, ist sie weg. »Dich krieg ich!« Nehm ich mir die Aufgabe vor, summt sie wieder rum und setzt sich auf die Stirn. Ich schlag zu und treff nur mich. Wenn es nur eine ist, hat

Vater gesagt, ist es die Geldfliege. So lange sie da ist, geht's Geld nicht aus, die soll ich in Ruh lassen. Das mach ich nur, wenn sie sich auf mein Sparschwein setzt. Ich tu so, als rechne ich, schließ fast die Augen und atme ruhig. Sie muss kommen. Dich krieg ich, meine geöffnete Hand bereit, sie im Flug zu fangen. Sie kommt nicht. Wieder schlägt die Uhr eine halbe Stunde. Wie weiß die Fliege, wann ich wirklich rechne? Ich denk nur an sie. Warum kommt sie nicht? Ich hab kein Glück. Dann seh ich sie – in der Milchtasse ertrunken, die durchsichtigen Flügel ausgebreitet, die Beine wie Würzelchen von sich gestreckt.

»Faul wie 'n Bohnensack! Warum machst du nicht Hausaufgaben?«, sagt Vater. »Weißt nicht mal, was drei mal sieben ist.«

»Doch, einundzwanzig.«

Zur Schule bringt Vater uns mit dem Leiterwagen. Er hält die Zügel. Dem Pferd reicht's Wasser bis zum Bauch, dem Wagen über die Deichsel. Nur nicht vom Weg abkommen wie Gress' Kuh. Wasser rinnt mir aus dem Haar übers Gesicht. Bis in die Holzschuh durchnässt und regenblind, seh ich im Dorf Barbara wie einen Storch durchs Wasser stapfen und den Rock heben. Lange dreh ich mich nach ihr um und seh so viel, wie man nicht darf. Die Sünde geht mir nicht aus dem Sinn.

»Jederzeit kann die Sintflut kommen!« Traufeld erzählt im Katechismusunterricht vom Hockenden Weib. »Damals schon hat die Flut das flache Münsterland bis zum Teutoburger Wald gefüllt. An derem Fuße wohnt eine große Mutter. Sie spinnt und ihre Kinder spielen, als ein großes Meer über die Schwelle in die Stube schießt. ›Wir ertrinken‹, schreien die Kleinen. Die Mutter greift sie, trägt sie durch die Flut, die ihr schon bis zu den Knien reicht, auf die Bergspitze und sieht entsetzt das Wasser folgen. ›Steigt mir auf die Schultern! Herr im Himmel, wenn ich auch ertrinke, lass die Kinder leben!‹ – ›Warum ist deine Hand hart und kalt wie Stein?‹, schreit die Kleinste. ›Deine Schultern auch, alles an dir ist wie Stein.‹ Hockend, Kopf gesenkt, Arme gegen die Brust gepresst, trägt sie die Kleinen, bis die Flut sinkt, erstarrt zum Felsen, die Dörenther Klippen. So rettet sie mit dem Glauben die Kinder.«

Mein Herz klopft. Straft Gott uns Sünder mit der Flut? Wenn auch stotternd, trau ich mich laut den Pfarrer zu fragen: »Ma-Macht Gott die Überschwemmung wirklich?«

»Wer's glaubt, wird selig«, tuschelt Caspar.

»Wehe den Ungläubigen: Wer zweifelt, erstarrt wie Lots Frau zur

Salzsäule.« Traufeld kommt auf mich zu. »Du hast ’n Hals gewaschen, aber die Fingernägel!«

Ich streck die Ellbogen raus: Alle sehen den neuen Pullover.

Drei Tage später scheint die Sonne.

»Schönes Wetter heute«, sagt Vater. »Endlich ist die Frühjahrsüberschwemmung vorbei, schlimm wie lange nicht mehr. Aber Herta ist trächtig, die gibt gute Milch.« Er kauft neues Saatgut. Ich bekomm die versprochenen Kniestrümpfe nicht, krieg gar was auf den Hintern, weil ich die kratzigen Strümpfe nicht mehr anziehen will.

»Die trägst du bis Ostern!« Vater sät aus dem Tuch, über der Schulter verknotet, erneut Getreide ein. Später ruft er: »Hilf Jauche ausfahren! Zeit zu düngen und pflügen.« Er schiebt mit dem Wallach den Jauchewagen rückwärts hintern Misthaufen zum Jauchebecken und hebt den Eisendeckel hoch. Auf allen Vieren kriech ich an den Rand und blick hinab zum dunklen Jauchespiegel, vorsichtig, jederzeit kann der braune Arm vom Eisenhans rausgreifen und mich runterziehen. Die grünen Blasen stinken, mir wird schwindlig.

Ich muss mit aufs Feld, den Eisenhebel hinten hochziehen. Anfangs spring ich zu langsam zurück, die Jauche sprüht mir die Beine voll. »Du Döskopp«, ruft Vater.

Ein dicker Strahl sprudelt aus dem Wagen, wie Blut aus dem Schweinehals, übers gekrümmte Blech, in der Sonne goldschimmernd, bis es nur noch tröpfelt. Überall liegen zerweichtes Papier vom Bistumsblatt, braune Hühnerknochen, Krallenfüße und Schnäbel. Fette Raben machen sich drüber her. Die Graumelierte beißt mit dem Eckzahn in ein Schweinsauge, es knackt, bläulicher Schleim spritzt ihr ins Gesicht. Sie schüttelt sich und geht mit gespreizten Beinen davon. Plötzlich steckt der Wagen im Schlamm fest. Vater kriegt ihn nicht flott. Er wischt sein verschwitztes Gesicht am Ärmel ab und wirft sich aufs Knie, ums Kreuz durchzudrücken und Atem zu holen. »Verflucht! Schieb, Schlappschwanz! Willst du die Ärmchen wie ’n Mädchen schonen?«

»Fluchen ist Sünde!«

Er glaubt wohl selbst nicht dran.

»Halt ’n Mund und schieb!«

Zusammen schaffen wir es.

Dann schickt Vater mich mit einem Groschen in den Kolonialladen. »Kauf ’n Packen *Owiedumm*!«

Im Geschäft halten sie sich die Nase zu und sagen lachend: »Leider ausgegangen.«

Und zu Hause: »April, April! O wie dumm!«

Ich darf nicht alles glauben. Ich sitz dösend hinterm Haus auf dem ersten Grün und streich über die pelzigen Halme. Die Graumelierte mit grün schlitzigem Blick räkelt sich auf dem Blätterhaufen. Ich hör dem Schwirren der ersten Schwalben zu. Hell und warm strömt die Sonne in mich hinein. Mutter geht müde und krumm wie das Hockende Weib mit dickem Bauch vorbei, mit Eiern in der hochgerafften, blauen Schürze. Emma sagt, sie ist verschlossen, weil sie Ulla und Otto nicht wiederkriegte. Ich weiß nichts von Mutter. Ich harre, verharre, weiß nicht, worauf, barfuß im warmen Sand, und saug Akazienblüten-Rüssel aus, der Nektar schmeckt süßer dieses Jahr. Nach dem Frost und Hochwasser duftet's Gras frisch. Meine Angst vor der Flut ist weg.

Irgendwas stimmt nicht dran, dass Gott an allem Schuld ist.

28

Tauben gurren und Schwalben zwitschern heute lauter als sonst, als ich vom Hochamt zurückkomm. Trude rasselt mit Herdringen. Mutters Stöhnen ist im ganzen Haus zu hören. »Heini, hol Papa schnell vom Frühschoppen!«, ruft Paula. »Mama hat Bauchweh!«

Ich rase los. Wenn sie nur nicht stirbt.

Im dünnen Nebel blinkt der Kirchturm, umrundet von Dohlen. Ich stell's Rad zum *Haribo*-Automaten beim Frisör ans Schild. *Rheine 18 km. Ibbenbüren 16 km.* Vorm Wirtshaus *Dreilinden* am Dorfplatz Poggen Pauls weißer *Opel.* Ich drück die Eichentür zum Windfang in den Schankraum auf und find Vater mit Gress' Gustav am Stammtisch, und Poggen Paul. Wieso trinkt Vater mit dem Bier? Der Betrüger mit der Glatze lästert doch über Bauern. Ich starr den Viehhändler an. Im schwarzen Anzug sieht er fremd aus. »Du gehst in Cillis Klasse?«, fragt er.

Ich nick und zieh Vater am Ärmel. »Mama hat Bauchweh.«

»Gleich!« Vater spendiert mir eine *Sinalco.*

Unter der Balkendecke eine Zeigerwaage, in der Petroleumlampe glüht eine Birne. An der Wand Truhen, eine Standuhr, dunkle Bilder. Auf Brettern altes Porzellan, Hausrat, Zinnkrüge.

Gressbur steckt sich die Pfeife an und redet davon, bei welchem Bauern es schlecht steht. »Maul- und Klauenseuche bei Brinkmanns, ob der's übersteht? Dreyerbur kommt nicht mehr zum Frühschoppen. Der soll ganz trübsinnig sein.«

»Bei den Überschwemmungen wird man auch trübsinnig«, sagt Vater, »Wintersaat kaputt, alles umsonst. Man gewöhnt sich nicht dran, dass wieder welche aufgeben. Ihr gebt Kühe auf. Lipperts Hof gehört schon der Bank, hört man.«

»Die Bauern sind sture Drömelpötte, zu stierhaft klotzig gradaus, sich umzustellen!« Der stämmige Schlachter-Gerd, mit Igelschnitt, trinkt stehend am hohen Tresen Bier. »Aber seid dickköpfig, wie ihr wollt, ihr scheitert trotzdem und malocht euch zu Tode. Seit 'n Tödden ist hier nichts mehr los, seit zweihundert Jahren stirbt Steinhop, es merkt bloß keiner. Nur in Prozessionen und Schützenfesten sind wir groß.«

»Ach was, der westfälische Bauer ist erst bedächtig langsam, aber dann legt er los. Steinhoper geben nicht auf, nicht wie Städter, wenn man uns nur in Ruh wirtschaften lässt. Früher wurde Steinhop an 'n Bischof verkauft, jetzt an Brüssel. Adenauer macht alles kaputt. Alle sollen größer werden, aber Kleine können nicht mit.« Gressbur sitzt mit trüben Augen vorm halbleeren Bier, schaut wie durch mich hindurch und redet von Unglücken: Einer kam mit dem Arm in die Häckselmaschine. Einem traf ein Huf in die Hüfte.

»Was wollt ihr Bauern mir bloß erzählen, noch nicht übern Dickenberg 'rüber gekommen.« Schlachter-Gerd hebt das Glas. »Ihr könnt euch auf 'n Kopf stellen, Steinhop ändert sich, Flurbereinigung, Europa, alles.«

»Et sall sick wol oal riegen. Höhen und Tiefen gab's früher auch.« Gressbur lehnt sich ruhig in den Binsen-Armstuhl zurück. »Handwerk hat goldenen Boden.«

»Ach, vor zehn Jahren gab's drei Schmieden. Scheepers, der letzte, gibt auch bald auf.« Vater zieht an der Zigarre. »Früher standen die Bauern zum Beschlagen an, jetzt kommt nur noch einer die Woche. Zwecklos, wenn die Leute Traktoren kaufen. Et geht allet de dale!«

»Der Holzschuhmacher hat nichts mehr zu tun.« Schlachter-Gerd setzt sich schwankend auf den Hocker. »Leute kaufen in der Stadt Lederschuhe und 'n Anzug von der Stange. Der Schuster flickt nur. Der alte Schneider Budde ist tot, macht der Junge weiter? Schaffst du Schweine ab, hab ich bei dir nichts mehr zu schlachten.«

»Und ich brauch dann zu dir auch nicht mehr kommen«, nickt ihm der Viehhändler zu, trinkt einen Schluck und setzt sein Bier auf dem blanken Eichentisch ab. »Kaufst du 'n Miststreuer, hat Wagenmacher Gress nichts mehr zu tun. Nach 'm Krieg hatten wir viertausend Einwohner, heute nur drei. Die Jungen müssen wohl in die Stadt. Wir brauchen 'n neuen Bürgermeister. Der alte Mehlberg hat keine Gewerbe angesiedelt, nichts.« Poggen Paul dreht an seinen Goldringen.

»Gewerbe hier?« Schlachter-Gerd schüttelt den Igelkopf. »'ne Stunde mit Rad zur Bahnstation! Der Kettlerclan, Kerzenkettler hat mit Kesselkettler 'ne Bahnlinie über Steinhop verhindert. Sonst könnten Bauernjungs glatt woanders arbeiten, aber seine studieren!« Er lacht höhnisch. »Kerzenkettler will auch, dass der alte Bürgermeister bleibt, damit sein Acker Bauland wird.«

»Jaja.« Vater zündet die Sonntagszigarre an. »Schlimme Zeiten kommen, schlimmer als Krieg, ihr werdet sehen!«

Poggen Paul lacht auf. »Von der Tanns Hein steht sich gut mit höheren Mächten, hat 'n direkten Draht zum Himmel. Man muss vorsichtig sein, was man sagt.«

»Quatsch nich!« Gressbur schnellt mit Fingerspitzen eine Fliege vom Bierglas. »Vorhersehen können nicht viele.«

Mir schwirrt der Kopf. Das Dorf ist mir fremd. Ich bin baff, dass Schlachter-Gerd frech Bauern verhohnepiepelt und Vater hier nicht das Sagen hat, sondern freundlich tut. »Komm!« Ich zieh ihn wieder am Ärmel.

»Gräben ausheben, bloß die Maloche ist nur was für Junge.« Vaters Asche fällt auf die Steinplatten. »Strehlerbur verdient ja in der Kerzenfabrik. Kesselkettler will nur Schweißer und Treckerkettler Schlosser. Doch Lampenkettler…«

»Heimarbeit fürn Hungerlohn?«, fragt Schlachter-Gerd. »Lieber unter Tage in Ibbenbüren oder zur Textilfabrik Kümpers, aber für die Fabrik seid ihr Bauern zu dickköpfig. Wer selbstständig und an Frischluft gewöhnt ist, lässt sich nicht kommandieren.«

Ich trete von einem Fuß auf den anderen und stoß Vater an den Arm. »Papa, komm! Mama ist todkrank!«

»Betest du auch fleißig?«, fragt Schlachter-Gerd mich, die Augen nach oben verdrehend, dass nur das Weiße zu sehen ist, als Vater den Überzieher anzieht und den Hut aufsetzt.

Auf dem Rückweg frag ich Vater: »Was ist Kettlerclown?«

»Kettlerclan! Kettlers haben's Sagen im Kirchenvorstand und Gemeinderat. Gegen die geht nichts.«

»Müssen alle in die Stadt?«

»Früher ging man nicht über die Gemeindegrenze, heute in alle Welt, mit Gottlosen, Protestanten. Sodom und Gomorra.«

»Aber mit 'n Bauern geht's bergab, urbarmachen hat sich nicht gelohnt!«, sag ich. Vater schüttelt nur den Kopf.

»'n Junge! Die Fußballmannschaft is' komplett!«, ruft Karl uns zu. Klemens heißt er. Willi hat längst erzählt, dass nicht der Storch aus der Eiche, sondern Mutter die Kinder kriegt, sicher, weil Vater sie in die Brüste biss. Trude klagte doch: »Die hat wieder 'n dicken Bauch.« Nur warum hab ich nichts bemerkt? Sogar Willis kleine Schwester Rosa weiß es.

»Wie hat Mutter den gekriegt?«, frag ich Vater.

»Schwiech still!«

Wieder gibt's viel Getue um den Neuen.

Gravensteiner- und Boskopblüten wehen wie Schnee über die Hofwiese. Bienen und Wespen summen in der Stille. Schweine wälzen sich in der Sonne. Onkel Bruno schreibt zur Geburt auf einer Glückwunschkarte, mit weißen Federn der Heilig-Geist-Taube: *Getauft ist man ein Licht gegen die Finsternis der Hölle.*

»Und wenn man nicht getauft wird?«, frag ich.

»Ungetauft wächst einem Mausfell um 'n Bauch oder 'n Pferdefuß oder man bleibt immer Stotterer«, sagt Trude.

Einen Korinthenwecken, groß wie ein Schiebkarrenrad, bringt Klemens Patentante Antonia am Tauftag. Den essen wir den ganzen Tag mit Butter, auch zum Kaffee am Küchentisch.

»Klemens is 'n unruhiger«, sagt Mutter, ihr geht's wieder gut. »Der Nachkömmling schreit mehr als Kathrin und Lorenz.«

Ich stopf noch ein Kuchenstück in den Mund.

»Bei euch wimmelst von Schreihälsen.« Tante Antonia zeigt auf uns. »Den Lärm halt ich nicht aus und im ganzen Haus stinkt's. Schimmlige Brote zwischen Büchern und Heften.«

»Wenigstens nicht wieder 'n Verlorenes«, sagt Vater. »Poggen Pauls Hedwig kriegt's im Krankenhaus, als wär's 'ne Krankheit.«

»Wie viel wollt ihr noch?« Tante Antonia, mit spitzer Nase, kleiner und dünner als Mutter, nimmt noch Kaffee.

»So viel uns der Herrgott gibt.« Vater starrt Antonia an, er ärgert sich wohl wieder über ihre spitze Zunge, wie er sonst sagt.

»Ich will auch so viele«, sagt die stämmige Paula angeberisch.

»Stall voller Kinder. Ihr müsst die Stühle nummerieren und abends Unterhosen nachzählen, ob alle da sind!« Antonia lacht.

Mutter lächelt verlegen Vater an. »So viele groß zu kriegen, ist doch was.« Das find ich auch. Gemein, wie auch noch Tante Antonia über uns herzieht.

»Das reicht«, sagt Trude. »Verlängert den Küchentisch.«

»Das reicht! Das sieht 'n Blinder mit 'm Krückstock!« Karl nickt.

»Halt du 'n Mund!« Vater schüttelt den Kopf.

»Elf Stück ist Spitze.« Tante Antonias Daumen zeigt nach oben.

»Nein, Raabebur vorm Wald ist Spitze mit neunzehn.« Vater lacht.

»Aber drei Frauen dabei verschlissen«, sagt Antonia.

»Und wie viel haben Döhrings?«, fragt Vater.

»Da kommt man nicht mehr mit, jedes Jahr eins«, sagt Mutter. »Döhrings Mama hat mit 'm Ersten drei, mit 'm zweiten, dem Schulz, zehn und da is wohl noch eins unterwegs.«

Zum Kaffee kommen Brockmöllerbur und Traufeld. »Wie geht's?« Der Pfarrer gibt mir die Hand. »Habt ihr Probleme?«

»Wir Probleme? Wieso?« Ich dreh mich zur Seite, ihm nur nicht in die Augen sehen. Warum geben Fremde einem die Hand? Wir fassen uns nie an.

»Wir helfen uns gegenseitig.« Eva macht lustig einen Knicks.

»Der Bundespräsident muss wieder mit 'ner Urkunde und fünfzig Mark ran«, sagt Tante Antonia.

»Ich bin der Siebte. Bei mir war er auch Taufpate«, sag ich.

»Und wie heißt du?« Der Hauptnachbar sieht mich an.

»Heini!« Wieder weiß er es nicht.

Die pausbäckige Kathrin macht die Hände vor die Augen und ist nicht mehr da. Mit drei holt sie schon Holz fürn Herd. Lorenz füttert mit viereinhalb Hühner.

Brockmöllerbur stößt an. »'n Haufen Kinder ist was Herrliches. 'n guter Baum hat viele Früchte. Rund um 'n Tisch 'ne Schar Esser, die herzhaft ins Butterbrot beißen. Da weiß man, wofür man lebt.« Er hat nur zwei. »Und braucht keine Knechte und Mägde.« Grinsend dreht er sich zum Pfarrer. »Die Leut hier sind gut: einfach, fleißig, gottesfürchtig. Kleinbauernkinder lernen früh richtig zupacken, halten zäh die Arbeit aus, ordnen sich gern unter und verlangen nicht viel.«

Keiner sagt was.

»Überall Geschrei und Geschubse, die Blagen lärmen wie verrückt.« Antonia hält sich die Ohren zu. »Türen klappern, selbst die Fliegen hauen ab.«

Vater schaut Paula an. »Los, kümmer dich um die Kleinen!«

»Gott sei Dank ging's diesmal gut«, sagt Antonia zu Mutter. »Elf Kinder, mein Gott, und zwei verlorene, meine Güte, ist doch genug, also wirklich!«

»Der Herrgott weiß, wozu 's gut ist.« Vater trinkt einen. »›Seid fruchtbar und mehret euch‹, steht schon in der Bibel.«

»›Sich regen, bringt Segen!‹, steht in Mamas Kleiderschrank auf dem Deckchen.« Paula lacht verschämt.

»Ist der Kindersegen nicht zu Ende?«, spöttelt Brockmöller.

»Wo zehn sind, können auch elf sein«, sagt Vater.

»Im Krieg hattet ihr schon fünf«, sagt Brockmöller, »bis Stalingrad galt 'n Bauer mit fünf Kleinen ja als unabkömmlich.«

»Jaja«, sagt Vater, »1939 Jakob, 40 Karl, 41 Otto, 43 Paula und 44 Eva. Und 'n paar sind zur Reserve immer gut. Auch im Ersten Weltkrieg kamen alle Onkels um.«

»Zu viel is zu viel«, sagt Trude. »Is rappelvoll auf der Bank, um 'n ganzen Küchentisch. Ich soll mich drum kümmern und was hab ich? Weyers Elsbeth hat wenigstens 'n Frontkrüppel abgekriegt.«

»Ein jeder nehme sein Kreuz auf sich«, sagt der Pfarrer.

»Fürn kleinen Hof war's doch genug. Warum jetzt noch eins, wo ihr zwei weggegeben habt«, sagt Antonia.

Vater lacht grimmig. »Noch was zu quatschen?«

»Kinderweggeben gab's schon immer«, sagt Traufeld, »wie man Ferkel aus dem Wurf nimmt und anderen gibt, die wenig haben. Gab nicht Schuster Bloomen August von achtzehn die ersten zwei dem kinderlosen Bruder?«

»Doch, doch«, sagt Vater, »und vier starben klein.«

Als alle weg sind, hebt Vater die Hand. »Wird die Antonia mit der spitzen Zunge noch mal frech, schmeiß ich die achtkantig raus.«

»Die Leute reden so oder so«, sagt Mutter.

Den Schreihals behalten wir und Kathrin muss ins Gitterbett.

In der Schule reden wir auch übers Kinderkriegen. »Wie viele Geschwister?«, fragt Lehrer Mauser mich.

»Zwei Hände voll.« Alle lachen.

»Wie viele Schwestern und Brüder?«

»Jeweils eine Hand voll.« Alle lachen.

»Bist du der Älteste?«

»Der Älteste von den Jüngeren und der Kleinste von den Älteren.« Alle lachen.

»Mäuse oder Fliegen vermehren sich wahllos. Der Natur ist schnuppe, ob Essen da ist«, sagt Mauser. »Kinder sprießen wie Grassamen auf, auch wenn für die meisten kein Platz ist.«

»Und wie vermehren sich Mäuse?«, frag ich aus Spaß.

»Du weißt nicht, wie Tiere sich vermehren?«, sagt Willi.

»Natürlich, aber denkst du, wir sind Mäuse? Wir kommen in 'n Himmel«, sag ich.

»Sicher tröstet der Glaube, Gott hat dich für den Himmel ausgesucht.« Mauser lacht.

Auch im Katechismusunterricht reden wir darüber. »Selig die Armen im Geiste, aber reich an Kindern. Ihrer ist das Himmelreich«, sagt Traufeld. »Der Mann hat die Pflicht, so viele in die Welt zu setzen wie es die Vorsehung bestimmt, und die katholische Frau muss ihre ehelichen Pflichten erfüllen, sich dem Manne beugen oder mit ewiger Verdammnis rechnen.«

»Wir sind 'ne Fußballmannschaft«, sag ich stolz, zu einer großen Familie zu gehören. Gott meint's gut mit uns. Wir *von der Tanns* sind überall, in jeder Klasse, ich bei den Messdienern, Paula in der Jungfrauenkongregation, Karl in der Landjugend, Trude im Jungfrauenverein.

»Mein Papa sagt«, sagt Willi, »so 'n Haufen Kinder in die Welt setzen, ist unverantwortlich, rammeln wie Karnickel.«

Alle lachen. »Ihr seid und bleibt arm«, sagt Franz-Josef.

»Du bist arm dran, ganz allein«, sag ich. Einzelkind, unnormal! Die ohne Kind oder mit nur einem sind arm. Ohne Geschwister tät ich vor Langeweile sterben. Das Schwein mit bloß drei Ferkeln wurde gleich geschlachtet. *Ein* Kind ist *kein* Kind. Außer Franz-Josef ist nur Barbara allein.

»Ist deine Mama krank oder verhext, dass sie nur eins kriegt?«, frag ich sie.

Sie zeigt mir den Vogel und streckt die Zunge raus.

»Warum hast du keine Geschwister?«, frag ich Franz-Josef. »Sind die krank oder haben die Krach?«

»Verstehen sich deine gut?«, sagt er.

Das hab ich mich nie gefragt. Bass erstaunt, weiß ich nichts zu sagen, nur: »Sie streiten sich nie.«

»Die mit vielen Geschwistern sind ungehobelt«, sagt er, »die stottern, kauen Fingernägel und stinken.«

Gemein! Aber noch schlimmer, ich bin wirklich so, deshalb hab ich *Minderwertigkeitskomplexe*, wie Rosing sagte.

Hülsmanns Theo, mit sieben Geschwistern, sagt mir: »Einzelkinder sind meschugge, mit denen kann man nicht.«

Beruhigt pul ich am Zahn, krieg ihn aber nicht raus.

Abends fliegen Maikäfer gegen die Hoflampe und stürzen ab. Ich sammle die Brummer in einer Zigarrenkiste mit Buchenblättern. Sie krabbeln über die Hand und zwicken. Steck ich Anna einen in den Nacken oder vorn in die Bluse, rennt sie heulend weg. Und ich muss es beichten, sicher fragt Traufeld wieder nach, und ich komm mit puterroter Birne aus dem Beichtstuhl. Ich schüttle weitere von der Hecke und tausche mit Willi die *Müller* mit der weißen Brust gegen glückbringende *Schornsteinfeger*. Sie drücken gegen den Kistendeckel, dürfen aber nicht raus, wie ich. Nach ein paar Tagen lahmen und stinken sie. Ich lass sie frei, sing *Maikäfer, flieg* und kipp sie vorn Hühnern aus, *dein Vater ist im Krieg, Mutter ist in Pommernland,* es knackt, wenn ein Huhn den *Schornsteinfeger* zerpickt. *Pommernland ist abgebrannt.* Auch die zwei Flügel- und drei Beinpaare helfen ihm nicht. Habt mir kein Glück gebracht. Nur der *Müller* mit der weißen Brust pumpt sich auf und hebt ab, bevor ihn ein Huhn erwischt. *Maikäfer, flieg.*

Das Zahnweh hört nicht auf.

Der Flieder verblüht, der Kuckuck ruft und Raps leuchtet gelb.

Eines Mittags sagt Mutter zu mir: »Verwahr Klemens!« Ab sofort muss ich nach der Schule eine Stunde an der Wiege aufpassen. Paula kümmert sich um Lorenz, Eva um Kathrin. Gehorsam seif ich Klemens Kopf und Hals ein und wasch ihn, auch wenn er noch so brüllt. Mutter macht *eijajei,* piekt Klemens in den Bauch, dass er quiekt, und sagt: »Ich kann die Kleinen nicht mehr sehen.« Sie hackt seit der Geburt lieber Unkraut.

Vorsichtig wie eine volle Schüssel Milch trag ich Klemens in die alte Stube. Plötzlich wird er ruhig, der muss tot sein, aber er ist nur listig, damit ich ihn nicht stehen lasse, und er plärrt wieder ausdauernd. Ich kann's nicht mehr hören und leire *Maikäfer, flieg* und *Drei Tage ist das Häschen krank* herunter. Das Wimmern, Heulen, in den Schlaf übergehende Quengeln und Greinen macht mich kirre. Ich schaukle und schaukle den Korbwagen, mit Tränen. Der brüllt sich noch tot.

»Nachkömmlinge werden eh nichts«, sagt Trude, »sind meist faul.« Hoffentlich stirbt der bald! Wochen geht's so. Warum muss ich immer? Ich hass ihn. Trude hat doch recht, wir sind zu viele! Die Fingerchen greifen nicht mal, krallen nur hilflos auf und zu und finden nirgends Halt. Draußen lockt die Sonne. Weiß er, dass ich mich mit ihm langweile und lieber Vogeleier suche? Müsste ich nur nicht nachher noch in den Runkelrüben Unkrauthacken.

Willi kann am Sonntag nicht Fußballspielen. Er liegt krank im Bett und seine Mutter pflegt ihn. Meine hat nie Zeit, nicht mal, wenn ich tagelang krank wär, aber ich bin ja nie krank. Ich stopf Klemens die Flasche ins Schreimaul. Soll doch die dämliche Pulle, an der er nuckelt, im Schlund stecken bleiben! Ich hau drauf, aber er kotzt alles voll, ich muss es wegwischen. Ich könnt ihn ersticken, schieb ihm das Kissen aufs Gesicht, aber er strampelt wie verrückt. Ich krieg ihn nicht ruhig. Es lenkt mich auch nicht vom Zahnweh ab, so sehr ich ihm auch das Kissen aufs Gesicht drücke. Ich schaukle wieder den Wagen, heftig, um ihn rauszuschleudern. Der schreit nur. Einer von den freien Vögeln des Himmels, wovon Vater spricht, sät nicht, erntet nicht und schreit doch. Ich brüll gegen ihn an und trample auf den Boden. Der Pfarrer redet vom verdammten bösen Bruder Kain. Paula streichelt Klemens. »Süß, so blaue Augen. Sei still, als wärst du nicht da.« Ich schleich mich weg. Fürn Moment ist er still, dann schreit er um so lauter, als wär's ein Spiel. Ich muss noch abtrocknen. Aus Wut fällt mir eine Tasse runter, Scherben springen übern Boden und Paula ohrfeigt mich.

Mutter zieht mich in die beste Stube und gibt mir eine halbe Banane. »Tu sie weg, sonst wollen alle was.« Lecker!

Im Traum lauf ich in der Küche barfuß in kurzer Hose über Misthügel mit Wespenlöchern und fürchte, auf Wespen zu treten. Ich will die Löcher verstopfen, aber die Blutsauger stechen. Rot fließt's aus den Stichlöchern. Ich schlag mit brennenden Kerzen um mich. Eine fällt mir aus der Hand ins Stroh. Es brennt lichterloh, himmelhoch. Ich erstick im Qualm – und erwach vom eigenen Schreien, mit Zahnweh, die Bettdecke in den Fäusten, und Angst, alles abzubrennen, wie Vater zur Erstkommunion vorhersagte.

Erst nach vielen Wochen geht's mit Klemens besser. Ich spiel mit ihm *Dort ist der Daumen, der schüttelt die Pflaumen*. Er lacht hellauf, greift mir ins Haar und schleckt meinen Finger ab wie ein Kalb. Wie frei der lachen kann! Wär ich doch auch so quietschvergnügt! Er schlingt mir die Arme um den Hals. Ich staune, dass ich ihn mit *Maikäfer, flieg* zum Lachen bringe, ich zärtlich glucksend »Klemens« rufe und meine Fingerspitzen beruhigend die Händchen und Öhrchen abtasten. Auf einmal krieg ich ihn still, durch die Art, wie ich seinen Kopf in die Hände nehme, wenn er weint.

Mutter sieht mich verwundert an. »Siehste, es geht doch!«

Ich bin wieder stolz auf unsere Fußballmannschaft.

29

Ich will auch mal einen Hahn köpfen. Lange beknie ich Vater, bis er sagt: »Ja, wenn du den schwarzen Wallach zum Beschlagen bringen kannst.«

»Immer straff die Zügel halten, sonst geht er durch! Sei geduldig, bis er dir vertraut, aber du wirst mit ihm fertig!« Ein Pferd spürt, ob man sich aus Angst verstellt. Es wiehert mich zornig an, zieht die Lippen hoch, zeigt die gelben langen Zähne und schlägt mit dem Kopf hin und her. Ich red auf ihn ein: »Ruhig Blut«, geh von vorn seitlich auf ihn zu, dass er mich sieht. Er spitzt die Ohren und schnaubt nur noch. Langsam streck ich die Hand aus, streichle ihn am Hals und sprech sachte weiter. Er scheint zu verstehen. Doch erst, als er mir Zucker von der flachen Hand leckt, beruhigt er sich. Wie ein Däumling sitz ich oben, mit Mühe, mich auf dem riesigen Rücken zu halten. Mit abgespreizten Beinen schwank ich auf ihm zu Scheepers-Schmied. Die Leute schauen mir sicher bewundernd nach: Wer mit einem so mächtigen Gaul fertig wird, ist ein besonderer Junge. Caspar steht an der Ecke, guckt ungläubig, sagt: »Nachher hol ich dich runter« und bückt sich nach Steinen.

In der Schmiede riecht's nach Holzkohlenfeuer. Der Schmied, in Lederschürze, hilft mir abzusteigen. Er hält mit der Zange ein Eisen ins Feuer und sagt keine Silbe. Ich tret den Blasebalg, die Glut faucht. Die Kohlen leuchten auf und werden wieder grauschwarz. Er legt das weißglühende Eisen auf den Amboss, spuckt drauf und schlägt mit dem Hammer zu. Die Funken spritzen, ich erschrecke. Er biegt sich vor Lachen, wirft's in den Wassereimer, in dem es zischt und dampft, winkelt einen Huf ab, klemmt ihn zwischen die Beine und beschneidet die Kanten mit dem Hufmesser. Dann hält er das noch mal erhitzte Eisen prüfend dran, taucht's kurz ins Wasser und presst's rotglühend ins Horn. Der Rauch beißt widerwärtig. Mir steckt ein Schrei im Hals, aber der Wallach steht seelenruhig, auch noch, als der Schmied sich vierkantige Nägel in den Mund klemmt, sie durchs Eisen in den Huf hämmert, mit der Zange abzwickt und umnietet. Ich feg die Pferdeäpfel zusammen und reite zurück. Caspar wartet an der Ecke; als er trifft, macht der Gaul einen Satz. »Hör auf!«, schrei ich und lenk ihn auf Caspar zu, dass der Reißaus nimmt.

Das Pferd trägt mich fromm auf dem warmen Rücken nach Hause.

Das Federvieh trippelt herbei. Ich fütter es im Stall. Sie wissen ja nicht, dass dies ein besonderer Samstag ist. Euch mit schlappen Kämmen lass ich raus, aber du Kikeriki mit den schwarzen Federn musst dran glauben. Noch krähst du den roten an und bespringst als stärkster, schönster jedes Huhn. Ein paar Mal ahm ich sein Krähen mit langem *Goook* nach, wie er die Hennen anlockt. Er krächzt entrüstet, stolziert zwischen den Hühnern, ohne mir auszuweichen. Ich stups ihm mit dem Stock in die Brust. Flügelschlagend stürzt er auf mich, pickt rasend in meine Beine, dass Blut tropft. Ich trete nach ihm. Er fliegt mir nach, schießt auf mich herab und zieht mit der Kralle eine Spur auf dem Kopf. Ich erwisch ihn am Bein und schleuder ihn weg. Er trippelt keifend zu den Hennen und springt's Erstbeste übern Haufen, dass die Federn nur so fliegen.

Es tut mir leid um dich, aber endlich darf ich. Wasser aus der Hofpumpe ins Schleifsteinbecken gießen und rund geht's. Ich halt's Beil mit der Linken schräg auf den Schleifstein und dreh mit der Rechten die Kurbel. Karl schaut zu. »Wenden und es wird scharf«, sagt er, »dass es prickelt, wenn du mit dem Daumen über die Kante fährst.« Damit kann ich gut umgehen, spalte Körbe voll Holz. Wenn der Hahn nur nicht wieder auf mich einhackt. Ich schleich mich an und schnapp zu – er entwischt mir. Er weiß wohl, was ihm blüht. Mein Herz klopft. Wieder greif ich vorbei, in den Hühnerdreck. Er kräht und flattert wie irrsinnig. »Jeder fängt mal klein an!« Karl lacht, mit Händen in den Hosentaschen. Dann werf ich mich auf den Gockel, pack ihn an den Füßen, wirble ihn kreisend rum, bis er erstarrt verstummt, renn mit ihm zum Holzpflock, leg den Kopf drauf und hau ihn ab.

Geschafft! Zitternd lass ich das Beil fallen. Der Kopf am Hackstock blickt starr aus dem gelbgeränderten Auge. Die Graumelierte holt ihn sich. Aber der Gockel reißt sich los, Blut sprudelnd, wie der enthauptete Paulus im Katechismusbild. Halb torkelt, halb fliegt er; zieht eine rote Spur nach sich und bleibt im Gras hängen. »Der Mensch denkt, Gott lenkt«, sagt der Sprücheklopfer grinsend.

Ich spurte hin, klemm den Zappelnden zwischen die Knie und lass ihn ausflattern. Die Krallenfüße zucken, als könnt ich mit ihm wie Münchhausen auf der Kanonenkugel fliegen. Stolz trag ich mit blutigen Knien den Sonntagsbraten in die Küche und freu mich aufs Herz und einen Schenkel! So was Leckeres zum Reinbeißen gibt's nur sonntags. Gehst du dann leer aus, musst du wieder sieben Tage warten. Mutter rupft und nimmt ihn aus.

Sonntagmittag reißt Vater wieder ein Blatt vom katholischen Wandkalender und liest: »Reden ist Silber, schweigen ist Gold!« Aus dem Suppentopf riecht's nach *Maggi*.

Vater unser, der du bist im Himmel … Wie krieg ich das Herz? Spring ich zu früh von der Bank auf, macht Vater Ärger. Greif ich zu spät die Kelle, hat's ein anderer. Meine Hände zittern. Am Topfrand warten Fliegen. *Gelobt sei Jesus Christus*, mein Arm schnellt vor, *in Ewigkeit*, ich greife, *Amen!* Ich hab die Kelle! Haa, mein Bauch dehnt sich, lecker so ein knackiges Herz. Schöner Sonntag. Sicher, auch Nudeln und Eierstich sind lecker, aber erst das Herz – doch ich find's nicht, nur Flügelknochen.

»Mach nicht so 'n Brimborium. Noch 'n Mucks, dann setzt's was!« Vater droht mit dem Löffel. Das macht mir nichts. Er kann mich am Tisch nicht mehr schlagen. Zwischen ihm am Kopfende und mir sitzen Kathrin, Lorenz und Anna der Größe nach auf der Bank. Nur wehe, ihm wird's zu bunt. Gibt's Prügel oder sperrt er einen ein, ist's still wie bei der Beichte.

»Endlich trocknen die Felder ab. Wenn die Eisheiligen bloß nicht die Apfelblüten verfrieren.« Vater mit dem Wettergerede.

»Mühsam ernährt sich das Eichhörnchen.« Nur Karl sagt was. Wir müssen still sein. Mutter legt die Hände in den Schoß.

»Spiegelbergs haben auch die Maul- und Klauenseuche.«

»Wenn wir die noch kriegen, dann gut Nacht«, sagt Karl.

»Es is so eng hier.« Eva spricht mit vollem Mund.

»Zappelphillip, zieh die Käsequanten ein«, sagt Karl zu mir.

»Ruhe!« Vater nagt ein Flügelstück ab. »Hülsmanns Hein war nicht in der Messe, ist der am Sterben oder ist 's Pferd krank?«

Klemens plärrt in der alten Stube. Paula würzt *Maggi* nach.

»Kerzenkettler wollte den Mehlberg wieder als Bürgermeister und so kam's«, sagt Vater. »Wer will gegen den was sagen?«

Eine Fliege zappelt mit tobenden Beinchen in Annas Suppe.

»Du musst 'n Tisch verlängern!« Trude saugt am Flügel.

Mutter holt Soße, Kartoffeln und Möhren vom Herd. Die Uhr schlägt halb eins. Auf der Tenne brüllt eine Kuh. Eva fällt 's Messer runter. Kathrin, mit Rotz unter der Nase und zuckendem Augenlid, brüllt, weil Lorenz sie getreten hat, und lässt den abgenagten Knochen untern Tisch fallen.

»O Maria hilf, ich werd verrückt.« Trude verdreht die Augen.

»Ich wallfahr bald wieder nach Telgte«, sagt Vater.

Anna isst nichts. Ärgert sie Vater, der sie oft einsperrt?

»Ist der schwarze Hahn der Papa vom roten?«, frag ich Eva.

»Falsch, der schwarze ist älter.« Paula nimmt sich Möhren.

»Sag ich ja.« Ich nehm mir einen Schlag Kartoffeln und Soße.

»Hast du gar nicht gesagt!« Anna zeigt mir den Vogel.

»Du bist dumm.« Ich tret ihr unterm Tisch vors Schienenbein.

»Lange nicht so dumm wie du.« Eva wirft einen Knochen.

Ich beug mich zur Seite. »Dadidada.«

»Kannst nicht bis drei zählen, sei 'n bisschen still.« Eva lacht.

»Dadidada, hab ich nicht verstanden.«

»Hast du wohl, Idiot, Idiot, Idiot!«, ruft Anna.

»Selber Idiot.« Ich sing *Maikäfer, flieg.*

»Du hast 'n Jagdschein.« Karl haut mir in die Rippen.

Blöde Sprüche. Ich schubs sein Messer in die braune Soße.

Endlich bringt Mutter die Platte mit dem nackten Hahn. Wie teilt man den unter elf? Jesus könnte aus zwei Beinen zwölf machen, aber das klappt bei uns nicht. Blitzschnell greif ich das Herz und hab's auf dem Teller. Aber nein, Anna fischt's mit dem Löffel raus. Ich knurr sie an, will an ihren Teller, doch sie wehrt mit Händen ab. Derweil grapscht Lorenz nach dem Herz, steckt's in den Mund und kaut schadenfroh drauf rum. »Schiete! Du Dieb!« Ich drück seine Backen ein, aber er verschluckt's.

»Mach keinen Aufstand«, sagt Paula. »Du bis'n Rüpel, wenn du nicht kriegst, was du willst.«

Ich schmeiß den Löffel weg. »Lorenz hat sich im Kaninchenstall im Pinkelstrahl die Hände gewaschen.«

»Stimmt gar nicht!« Wieder lispelt er, hat aber schon die Ohrfeige. Mutter sitzt am Eck und blickt wie im *Struwwelpeter* stumm auf dem Tisch rum.

Ich seh Karl und Paula die Schenkel aufknacken, typisch! Ich erwisch nur den Hals und hau mit Fäusten auf den Tisch.

»Du Dickkopf hast 'n Schatten.« Paula schiebt die Unterlippe vor und bläst eine Haarsträhne weg. »Gierig wie 'n Wolf und tust wie 'n kleiner Junge.«

»Ruhe!« Vater wedelt wieder mit dem Löffel. »In Ungarn wurd 'n Aufstand niedergeschlagen.«

»Selber Ruhe«, sag ich. »Ich will auch 'n Aufstand.«

»Halt's Maul!« Vater haut mit der Faust auf den Tisch und wirft den Löffel. Ich bin platt: keine Prügel. Gegen so viele ist er schwach. Ich knack die Halsknochen und lutsch sie aus. Nichts bleibt übrig vom Hahn, nur Knochen, sauber wie aus Horn.

Im Traum frisst der Löwe wieder meinen Kopf.

30

Nordwind jagt über die Pferdewiese zwischen den beiden Scheunen übern Hof, auf den Hausgiebel zu, dass die Tennentür klappert. Die Kleinen sind heute früher ins Bett und die Kühe eiliger gemolken. »Herta kalbt!« Der Termin im Wandkalender ist längst vorbei. Sie platscht den grünlichen Rübenkot ins Stroh. Spritzer kleben wie Fliegen an der Kalkwand.

»Es kommt, oben schon weich«, sagt Vater. Die Scheide geht leicht auseinander. Er schiebt den Jackenärmel hoch und tastet nach den Vorderfüßen. »Der Kopf liegt nicht zwischen 'n Beinen. Wenn's nur nicht draufgeht!« Zitternd macht er an den Strickenden Schlingen, schiebt sie über die Hufe und wir ziehen, schaffen's aber nicht. »Klopf bei Gress' Gustav ans Fenster, der weiß Bescheid.«

Als ich poche, springt er aus dem Bett und rennt in Holzschuhen los.

»Das wird schwer.« Vater hält uns zwei Seile hin. »Heini, du mit Gustav auf der Leiter, Eva hilft mir auf dieser.«

Karl drückt Finger und Daumen in die Nüstern und hält so Hertas Kopf unten, dass sie nicht aufsteht. Vater schiebt die Holzleiter auf dem Boden gegen Hertas Hintern. Wir lehnen uns am Strick zurück, stemmen uns mit den Stiefeln gegen Jaucherinne und Leiter und ziehen. »Rutsch nicht im Mist aus, die Hacke gegen die Sprossen. Zusammen, hau ruck!« Die Scheide gibt nach, zieht aber die Hufe wieder ein, raus, rein, minutenlang. Wenn das Kalb nur nicht totgeht. »Hau ruck!« Herta schnauft schwer durch die riesigen Nüstern, dann brüllt sie, wie Kühe nie brüllen. »Ziehen, ziehen!« Arme Herta. Lieber Gott, lass es nicht schiefgehn! Das ganze Haus ächzt. Sie brüllt hoch, durchdringend – und gibt nach. Das Kalb quillt blutverschmiert heraus, die Scheide schnappt hinter ihm zu. Aufatmen. Herta röchelt, mit großen Augen ohne Glanz, unterm Schwanz blutiger Schleim. »Mehr können wir nicht machen.« Gustav trinkt einen Schluck und krault sie zwischen den Hörnern. Vater lässt sich auf den Hocker fallen, knöpft 's Hemd auf und lehnt sich seufzend zurück, die Backen blähen sich auf.

Ich rubble mit Stroh das blutigglitschige Fell des Kalbs ab. Es prustet! Will aufstehen, taumelt aber in die steifen Knie, poltert hin, lang ausgestreckt, bäumt sich hoch und fällt wieder um.

»Mein Zahn pocht.« Ich zeig auf meine Backe.

»Trink 'n Schnäpschen«, sagt Gustav, »'n Bindfaden um Zahn und Klinke und wirf die Tür zu.«

»Und wenn der Faden reißt?«

Vater wischt sich den Schweiß von der Stirn. »Herta blutet, hol 'n Tierarzt!«

»Wieder den Evangelischen?«

»Du rennst, sofort!«

Ich rase durchs Dorf in die Aa-Siedlung und klingle. »Ich bin's, Heini von der Tann. Herta is krank.«

»Aus Staden?« Er will mir die Hand geben.

Ich nick und halt die Hände hinter mir. Evangelischen geb ich nicht die Hand. In den Flurbildern fliegen Häuser, Menschen und Tiere, in wirren Farben; nichts mit Jesus oder Engeln, babylonische Verwirrung. Mulmig fahr ich im Käfer mit.

»Schau, wir haben jetzt auch eine Kirche«, er zeigt auf einen Neubau mit dünnem Turm wie ein Rufzeichen, »eine evangelische, kannst ja mal mitkommen.«

Mir läuft's kalt übern Rücken und ich seh weg.

Auf den Hof fällt Licht aus dem Tennentor, das mir der Wind aus der Hand reißt. Links glotzen sechs Kühe, rechts zwei Pferde, drei Kälber. Mitten auf der Tenne Vater breitbeinig auf dem Schemel neben der Kuh. »Zu spät«, schluchzt er, das Gesicht in Händen, blutige Streu an der Manchesterhose. Herta hat in einer Blutlache alle Viere von sich gestreckt, mit noch größeren Augen, den Hals durchgeschnitten.

Das Kalb steht knacksig auf zittrigen Beinen, springt täppisch rum und lutscht an allem. Es reibt mit der rauen Zunge am Zeigefinger und saugt ihn stark ein. Ich muss mich dagegen stemmen. Gierig drückt's die Lippen um den Finger, die Zunge voran, und lutscht ihn ab, und wieder von vorn wie bei einer Zitze. Es kitzelt mir den Arm hoch, über Bauch und Beine, überall. Schön! Immer wieder mach ich es kitzeln. »Bring Milch, es saugt«, sagt Karl. Ich hol einen Eimer Milch. Es öffnet's Maul, gurgelt in der Kehle und schlägt die Augen mit den langen Wimpern auf. Wie es mich ansieht, weiß ich, dass es mich versteht. Ich werd's füttern, mit Klemens.

»Trinkt noch 'n Schnaps mit.« Paula gießt ein.

»Die beste Kuh im Stall, vierzehn Liter Milch täglich, wie soll's weitergehen?« Vater schüttelt den Kopf.

»Nach der Ertrunkenen haben wir die Kühe verkauft, kriegen ja Milch und Eier von euch.« Gustav setzt die Schirmmütze auf.

»Hühner aufgeben, Kühe aufgeben. Dann kannst du bald alles aufgeben. Auf 'm Land und keinen Tropfen Milch für die Kinder, nicht mal fürn Kaffee. Wie soll man sie noch satt kriegen?« Vater legt den Kopf auf die Arme und schluchzt: »Man kann sich 'n Strick nehmen. Mit 'n Kotten heve us 'n Dorn in 'n Foot rammt! Krisse nich weer rut!«

»Ja, die Maul- und Klauenseuche, unsere ertrunkene Kuh«, sagt Gress' Gustav mitleidig, »jetzt eure Herta. Brinkmanns Schweine haben Rotlauf. Das Vieh ist verhext.«

Mir tut Vater auch leid. Er ist gar nicht so mächtig, konnt's nicht mal vorhersehen. Sicher gehen wir alle mit dem Hof unter.

»Brüggen Rosa soll auch krank sein«, sagt Trude.

»Ich hab alle Hände voll zu tun.« Der Tierarzt zieht den Kittel aus. »Unerklärlich, wie's zusammenkommt.«

»Im Heiligen Meer läuten schon mitten im Jahr die Klosterglocken.« Trude bindet ihr schwarzes Kopftuch straff unterm Kinn zusammen. »Alles Vorzeichen.«

»Wenn nur keine böse Hand im Spiel ist«, sagt Vater. »Die verfluchte Ferbers Alte schleicht wieder rum. Hat mehr damit zu tun, als wir wissen. Ihre Schweine haben kein Rotlauf.«

»Ich hab's ja als Evangelischer nicht so mit dem Teufel«, sagt Tierarzt Niemann, »aber auf Dauer muss man ja annehmen, dass der wahrhaftig die Hand im Spiel hat. Überall klagt man, sogar über Fliegen, aber sicher wird's nächstes Jahr besser.«

»Zwei Totgeborene«, sagt Vater, »die Überschwemmung.«

»Das Jüngste Gericht, es kommt noch schlimmer! Die nicht genug beten, werden aus 'n Häusern geholt und verschwinden bis zum Jüngsten Tag.« Trude kämpft gegen Tränen, murmelt was von Onkel Bruno in der Gottlosenpartei und Gottesverrat, ich versteh's nicht. Sie geht in ihre Kammer, sicher heult sie wieder und betet wie jeden Tag Rosenkranz vorm Papst Pius überm Bett. Der Pfarrer sprach doch von Sünde, an Hexen und Vorhersehung zu glauben. Ich sag's lieber später. Aber Traufeld kennt sich bestimmt mit verhextem Vieh nicht aus.

In dieser Nacht heult Gress' Wolfshund noch lange. Im Haus ist's seltsam still. Vater und Mutter sitzen wortlos beieinander. Vater sagt müde, mit schwerem Atem und wässrigen Augen: »Ich kann doch kein Auge zumachen.« Er knirscht mit den Zähnen und die Backenknochen treten hervor. Adern dick und rot bis zu den Schläfen. »Sich bucklig arbeiten, sühnig wirn, alles umsonst.«

Mutter schnieft. Weint sie auch, um ihn zu trösten? Sie streicht ihm über die Stirn, diese Geste ist mir neu. »Weißt du noch, wie schön 's auf unserer Hochzeit war?« Und spielt auf der Mundharmonika *Dat du min Leevsten büst.*

Der nächste Tag ist schwül. Pusteblumenschirme pendeln wie Geister über die Wiese. Die magere Schildpattkatze tappt nach einem Kohlweißling. Schwer das Einmaleins der Neuner-Reihe! Mein Zahn pocht schlimmer. Oh! Die hagere Schwarze stolziert mit acht Jungen die Heubodentreppe runter, acht weiße Lätzchen, achtmal vier weiße Pfoten, sonst alles schwarz.

Vater schüttelt den Kopf. »Zu viel ist zu viel. Die Rotgesprenkelte hat acht, die Schildpatt sechs.«

»Die fangen selber Mäuse und Ratten.«

»Ohne Herta haben wir noch weniger Milch. De schwatten Katten möt in 'n Waterkumm!«

»Ich hol Milch.«

»Du kriegst was hinter die Ohren!«

Die Kleinen in einen Kartoffelsack stecken ist nicht schwer, aber als ich die ersten greife, faucht mich die Schwarze mit tiefer Stimme an. Ich erschreck über ihre großen Augen. Sie macht einen weiten Sprung von der Treppe, landet an meinem Bein, kratzt und beißt. Es sticht wie mit glühenden Messern. Ich schrei und schlag um mich, renn mit dem Sack in die Waschküche, werf schlotternd die Tür hinter mir zu und schnapp nach Luft. »Du Aas, dich schlag ich tot!« Meine Beine bluten, tiefe Kratzstellen rundum. Ich greif den Stock vom Küchenschrank und lauf, mir Mut anschreiend, durch die Waschküche zur Tenne. »Du Aas! Du Aas!« Ich seh sie durch meine Tränen wegspringen, sammle die letzten Kleinen ein und tauch sie ins Wasserbecken. Sie zappeln noch eine Weile.

Bei Brügges hält Dr. Löbberts Mercedes. Sein Auto vorm Haus kann leicht Unglück bedeuten. Ich renn hin. Willis jüngere Schwester Rosa ist wirklich krank, Haut an Armen und Beinen schlaff, Gesicht welk und Haar grau.

»Gesund ins Bett und morgens gelähmt, alles schlaff, die Schulter schlottert. Wer spielt uns so übel mit?«, sagt Emma.

Der Arzt betrachtet Rosa. Wachsbleich schließt sie die Augen. Er guckt durchs Fenster, dann blinzelt er ihr zu. »Nur die Hoffnung nicht aufgeben«, sagt er, bevor er geht.

»Der starrt sie an wie eine aus 'm Grab.« Emma schlurft zitternd zu Rosa. »Wenn der sagt, man soll die Hoffnung nicht aufgeben, dann muss es schlimm sein.«

Nach einigen Tagen stottert Rosa wie ’n Greis und kann nur noch auf Krücken im Garten auf und ab.

«Eure Anna lacht und spielt mit Hullahup-Reifen«, schluchzt Emma. Tät St. Anna doch ein Wunder wirken!

Der Heilige Geist kommt übers Dorf und mich, nicht über Rosa. Sie fehlt zur Firmung. Kirchenfahnen senken sich, der Bischof selbst streicht mir heilige Schmiere auf die Stirn. Der Vikar wischt sie ab und es braust *Großer Gott, wir loben dich!*

Rosa schleppt sich seltener in den Garten, abgemagert, die Haut blaurot, dunkler, das Haar wirr im Gesicht. Wie eine krumme Hexe mit Klumpfuß sitzt sie noch einige Tage im Haus. Traurig schenk ich ihr Glanzbildchen aus meiner Sammlung, doch sie streckt mir die Zunge raus. »Du kriegst die Pest.« Ich streck auch die Zunge raus und krieg von Emma eine Ohrfeige. Rosa reicht mir die Hand, will was sagen, aber lallt nur, ihr Gesicht graublau und faltig. Ich fass sie nicht an, nur noch Haut und Knochen, und besuch sie nicht mehr. Glück gehabt: Mich hätt die Hexe auch treffen können.

Nach drei Wochen stellt Löbbert den Totenschein aus. »Der neue Impfstoff aus Amerika kommt für sie zu spät.«

»Wo war Gott, als Rosa die Kinderlähmung kriegte?« Emma kann nicht mehr stillstehen. »Wenn da nur nicht Ferbers Hexe die Hand im Spiel hat.«

Macht die doch Leute verrückt, stürzt sie mit einem Blick ins Unglück und der Pfarrer weiß es nicht? Oder musste Rosa sterben, weil Emma nicht auf Gott vertraut? Gott schickt die Krankheit Sündern zur Strafe, dass sie beten und Lourdes-Weihwasser nehmen.

»Das war sicher Gott«, sag ich zu Emma, »Herta ist auch tot.«

»Ach, eure Kuh. Euer Papa heult über die Kuh. Frau und Kinder sind ihm scheißegal!«

31

Oben hab ich zwei neue riesige Hasenzähne, aber die verfluchten Milchzähne. Die rechte Backe ist dick und schmerzt. Ich zeig sie Vater. »Muss ich mit zur Kirche?«

»Beten kann man immer, es sei denn beim Todesfall, aber nur beim eigenen.« Er lacht. »Nicht lange rumdoktern. Alle Milchzähne gleich raus. Die Bauernkasse zahlt nur achthundert Mark im Jahr. Den Rest müssen wir berappen, Bares haben wir nicht.« Ist man krank, gibt's Lourdes-Weihwasser. Krank bin ich nie.

»Da müsste man schon hoch fiebern, dass man phantasiert«, sagt Vater. Mal erkältet, ja, er selber hustet auch im August Nächte durch, aber krank ist bei uns keiner. »Herta ist hin, Karls schiefe Hüfte muss operiert werden, sonst wird er nicht Bauer, und du noch. Sollen wir zur Fürsorge? Da kann man 'n Leuten nicht mehr in die Augen gucken.«

In der Messe verabrede ich mich mit Willi und Franz-Josef zum Fußballspiel am Nachmittag.

»Euch Bauerndeppen machen wir fertig«, sagt Franz-Josef, als wär er mit dem Arztvater was Besseres.

Zu Hause verknote ich eine neue Schweineblase, drück sie in die Lederhülle, zieh die Strippen zu, pump sie auf. Nur, mein Zahnweh! Einen wackelnden Milchzahn schieb ich mit der Zungenspitze vor und zurück, er muss doch rausgehen.

Eva fasst sich am Bauch. »Ich spiel nicht mit, Bauchweh.«

»Geht Eva tot wie Rosa?«, flüstert Anna beim Küchenbodenscheuern, als wär'n *wir* krank.

Mutter hebt die Schultern, schiebt die Lippen vor und kräuselt die Stirn. »Sagt's nicht Papa, der schickt Eva zum Quacksalber oder gleich in die Fabrik, dass sie 's Geld für 'ne Unterleibsoperation reinbringt.« Mutter spare heimlich Eiergeld dafür. Keiner sagt mir, was Eva hat.

In der Pferdewiese liegen erste reife Birnen. Willi und Franz-Josef sind schon da. Und Fritz, Theas kleiner Bruder.

»Mauser is 'n scharfer Hund«, sagt Willi.

»Ich find den schneidig«, sagt Franz-Josef. »Mir tut der nichts. Ich bring ihm Äpfel mit und spiel mit seiner Tochter Klavier.«

»Ihr seid reich.« Ich ramm die Torstöcke ins Gras.

»Quatsch, wir essen nicht jeden Tag Fleisch wie Kerzenkettler und Benzingeld reicht nur fürn Sonntagsausflug«, sagt er.

Mir bleibt die Spucke weg. »Wir tippen«, sag ich. Fünf Schritte entfernt setzt jeder abwechselnd einen Fuß vor, sagt dabei *Piss* und *Pot*. Mit Glück krieg ich den letzten Fuß in die Lücke.

»Du Oberdepp, Querfuß war nicht abgemacht«, sagt Willi.

»Du has'se wohl nicht mehr alle, war immer so«, sag ich.

Fast kloppen wir uns, aber die meisten meinen, noch mal von vorn, mit halbem Fuß. Willi siegt, nimmt Franz-Josef. »Wir gewinnen«, brüllt er. Himmel, Arsch und Zwirn, aber mit dem Angeber will ich gar nicht. Lieber Heymeiers Heinz. Eine Null in der Schule ist nicht schlimm, aber im Fußball ist es das Letzte.

»Heinz ist ’ne Flasche, euch Bauernnulpen stecken wir in die Tasche!«, ruft Willi. Er hat die nächste Wahl und nimmt Fritz.

»Gib nicht an, weil dein Papa Bahnwärter ist.« Wen nehm ich? Anna steht nur im Weg und schreit gleich, wenn man sie anstößt. Lorenz findet nie das gegnerische Tor. »Der Rest ist mir schnurzpiepegal.« Mein Zahn pulsiert.

Willi tippt sich an die Stirn. »Die Pflaumen nicht!« Und ruft, als Karl kommt: »Hinkefuß zu uns!« Mit achtzehn zählt er für zwei.

»Sonntagsruhe! Morgen könnt ihr nicht beim Roggenbinden!«, ruft Vater, von der Tenne aus. Er, über fünfzig, spielt nie mit.

»Jaja!« Karl spielt doch mit. Dass er sich das traut. Er spielt bei uns, darf aber kein Tor schießen. Der Rest für die Anderen. Keiner hat eine Uhr. Wir spielen, bis eine Seite fünf Tore hat.

»Wer hat Anstoß? Pfennig, Kopf oder Zahl?« Willi gewinnt. »Haut se, haut se, immer auf die Schnauze!«, brüllt er. Pass, Flanke, Kopfball, Tor. Schon haben wir einen drin.

»’ne Bombe, wie Fritz Walter im Fernseher«, sagt Franz-Josef.

»Gilt nicht, Heinz war noch nicht im Tor.« O Gott, meine Backe.

»Na klar gilt das, ihr trägen Bauerntölpel.«

»Zieht euch warm an!«, ruf ich. Mit Karl und Heinz fummeln wir uns verbissen durch. Hab ich den Ball, kriegt ihn so schnell keiner, sonntags lange Tricks geübt, an Franz-Josef vorbei, Tor, 1:1. Als ich zu Heinz köpfe, ist’s, als ob mein Kopf explodiert. Heinz reißt Anna um. »Du Transuse!«, schreit er. Franz-Josef reicht ihr die Hand und hilft ihr auf. Was soll das? Er macht schon mit Cilli rum. Anna, wohl gebauchpinselt, lächelt ihm zu. Wenn ich die noch mal an den Marterpfahl krieg!

»Langweilig!«, ruft Anna. Wie kann einem beim Fußballspiel langweilig sein? Franz-Josef tuschelt ihr was zu. Sie lacht.

»Dumme Gans!«, schrei ich.

»Du Schweinehund!« Sie hält sich die Ohren zu.

»Pissgurke!«, brüll ich und zu Karl: »He, hierher die Pille!« Ich stopp den Ball, an den Kleinen vorbei, die mir quirlig um die Beine wuseln, und ich stocher vor Franz-Josefs Füßen rum. Ich hab’s Zahnweh satt, hau ihm mit der Hacke vors Schienenbein und hämmer den Ball ins Tor.

»Heinz hat Hand gemacht, Elfer!«, ruft Willi, hochrot.

»Heinz ist Torwart, doof wie Bohnenstroh!«, schrei ich.

»Nicht so weit vom Tor weg, Schlawiner«, sagt Willi. Also gut, Elfer. »Jetzt kommt Helmut Rahn.« Mit Anlauf donnert er drauf.

Dann die Parade von Heinz, ein Hechtsprung wie noch nie. *»Der Theodor im Fußballtor«,* singt Karl.

»War nur Glück!« Franz-Josef gibt an mit Fallrückzieher, am Tor vorbei in die Buchenhecke. Wieder geht der Ball hin und her. Barfußschießen tut weh. Fußballschuhe hat nur Franz-Josef. Vorm Tor hält Willi mich an der Lederhose fest und zieht sie runter. Ich verlier den Ball. Ohne Hosenträger hätt er sie mir ganz runtergezerrt. Er weiß, ich bin stolz auf die grüne Hose, auch wenn sie mich noch zu groß und sperrig umsteht.

»Elfer!«, brüll ich. »Der wär drin gewesen!«

»Quatsch Elfer, du Schweinepriester!«, ruft Willi.

»Seid nicht so stur.« Ich wisch mir den Schweiß an der speckigen Hose ab. Der Ball eiert zum 4:4 ins Tor.

»Hinhechten«, raunzt Willi Fritz an. »Der Ball ist wie 'ne Schnecke ins Tor gekrochen. Und wie hast du Knirps geschrien: ›Ich mach 'n Torwart!‹ «

Fritz guckt, als verkröch er sich am liebsten wie ein Regenwurm.

»Karl, Kühe holen!«, ruft Vater. Das Gleichgewicht ist zerstört.

»Nein, behaltet Anna mal schön«, sag ich. Wir kriegen für Karl Fritz. Der Dussel schießt erst aufs falsche Tor. Ich fummel wieder um Franz-Josef und Anna rum, mein berühmtes Dribbling und der geniale Pass, aber »Scheiße!« Ich rutsch auf Birnen aus, der Ball im Aus, verflucht, Hemd und Hose dreckig.

Ich dribble wieder auf Willi los, schnell mit dem Knie gegen sein Bein, trete auf seinen Fuß und vorbei. Geb rüber zu Heinz, der, einen Pass zu mir, ich tricks um Franz-Josef rum. Der glotzt, wie schnell ich vorbei bin. Was fürn Herzklopfen. Anna springt zurück. Wie bei einer Karnickeljagd drauf und los und hastenichgesehn mein Schuss ins untere linke Eck, unhaltbar! 5:4!

Bauernjungs gewinnen doch!

Großer Gott, wir loben dich donnert's durch die Bauernschaft, die Schweine drehen sich zu uns. Mir läuft ein Schauer übern Rücken, wie sonst nur beim Hochamt. Jetzt hört er nicht mehr auf und das Zahnweh ist nicht mehr schlimm.

»Ihr holzt nur rum, Fußball is ’n Proletenspiel.« Franz-Josef schlägt den Ball in die Schweinewiese und haut ab. Anna schaut ihm bedröppelt nach und sagt: »Mit euch spiel ich nicht mehr.« Mit Heinz greif ich sie, zieh ihr den Rock hoch und wir schmeißen sie in die Brennnesseln. Steil springt sie hoch, bringt vor Schreck und Scham kein Wort über die Lippen und reibt sich den Hintern.

Am Montag nach den Ferien käuen wir in der Schule mit dem Pfarrer wieder den Katechismus durch, Fragen und Antworten, aber ich vergess alles und kann nicht nachdenken. Der Teufel macht mich irre. »Hexe, Hexe!«, ruf ich Ferbers Barbara zu. Sonst erleichtert, an ihr vorbei zu sein, ist mir alles schnurzegal. Sicher hat sie mit ihrer Mutter Herta tot und Rosa verkrüppelt und schwarz gemacht. Sie wird rot, dass ich kaum die Sommersprossen seh. »Warum mussten Rosa und Herta totgehn?« Ich zeig auf sie.

»An Aberglauben zu glauben und andere als Hexen zu verdächtigen, ist Sünde«, sagt Traufeld wieder.

»Das war Gott nicht, niemals!«, ruf ich.

»Wer an Gott zweifelt, endet leicht in der Verzweiflung und verzweifelt auch an sich. Die Ungläubigen sind verdammt. Die Verzweiflung probiert die Organe des Körpers eins nach dem andern und sucht die für den Todesstoß leichteste Stelle. Nur Gott weiß, warum sie auch bei Rosa eine fand. Mit dem Glauben stärkst du als Kind deine Seele, damit du nicht verzweifelst. Hoffnung, in Not gelernt, Starkgläubigkeit, ist wie ein zusätzliches Organ. Wie die Zuversicht, man kann eine große Familie ernähren, zäh und eisern mit innerer Stärke.«

Mein Kopf dröhnt, mit dicken Backen geh ich zum Zahnarzt.

»Der Nächste!«, ruft er, im weißen Kittel. »Heini ist ein schöner Name. ’n großer Junge hat keine Angst.«

»Erst neun.«

»Sind ja alle faul. Nie Zähne geputzt?«

»Keine Zahnbürste.«

»Mund weiter auf!« Mit einer Zange treibt er mir Tränen in die Augen. Eh ich schreien kann, zieht er einen, grässlich, als haut er mir einen Nagel rein, dass ich schreien muss. Ich schmeck Blut. Dann derselbe Schmerz noch mal, ich bin zu überrascht. Die Schwester hält mich fest. Er sperrt meinen Mund mit den Fingern auf und setzt wieder die Zange an; wieder kann ich nicht schreien. Es knirscht, als dreht er mir eine Schraube in den Kopf. Die Schwester wischt Blut weg, ausspülen. Ich kann weinen. Er steht noch mit der Zange vor mir.

Ich halt's nicht aus, Jesus am Kreuz, noch einen Nagel, noch einen. Blut schwimmt im Mund und läuft über die Lippe. Jesus erträgt's auch, Mund und Kopf ein einziger Stich. Neun Zähne reiht er auf. Schwindlig steh ich draußen und tast mich wie blind am Geländer entlang. Es tropft rot und dick auf den Boden.

Gleich ins Bett; im Fieber wölben sich die Wände und schmelzen. Der Schutzengel verschwimmt zu einer riesigen Hexe, Stimmen schreien tonlos und hallen nach. Stöhnend heb ich die Knie an den Mund. Der Mond zieht eine Fratze, stundenlang, denk ich, aber er steht still. Ich hör's murmeln in der Küche. O Gott, du bestrafst mich! Ich muss wie Jesus leiden für die Sünde, dass ich an die böse Hand glaube und am Pfarrer zweifle. Mir ist, er nickt mir auf dem Heiligenbild zu. Ich will ja dem Pfarrer glauben, ich bete Rosenkranz und glaub's fürn Moment wieder. Bin ich auserwählt, zu leiden? Ich hör im Sturm Stimmen, Teufel, die mich irreführen. Märtyrer halten im Feuer sitzen aus, sicher auch Zahnziehen. Aber war ich so böse, dass es *so* wehtut und du mich allein lässt, mutterseelenallein? Ich hab mich doch geschlagen, nackt frierend auf dem Boden wegen Unkeusch- und Ungehorsamsein, Zuckerklauen und Lügen. Mit Sündenlisten Rosenkränze gebetet. Du bist allmächtig, nur, machst du das wirklich: Herta, Rosa, Zahnweh, alles?

Aber die Tore schieß ich doch!

32

Reise ich lieber ins Gebirge oder ans Meer?, schreibt Lehrer Mauser gestochen scharf an die Tafel. »Ein Aufsatz in gutem Deutsch, nicht in Platt!«

Was soll ich bloß schreiben? Mein Blatt auf dem schrägen Holztisch, tauch ich die Feder ins Tintenfass und verteil unter der Überschrift die Worte *Einleitung*, *Hauptteil* und *Schluss*. Mir fällt nichts ein. Nachher binden wir wieder Garben. Ich starr an die Decke, weiße Kugellampen, vorn das Kreuz und Mauser mit dem Lineal am Pult. Die Wunden brennen noch, die Zunge will in die Löcher. Ich war nie im Gebirge. Das ist hoch, man kann runterfallen. Und nie am Meer. In den Wellen geht man unter und wird verschluckt vom Wal wie Jonas. Cillis langes, braunes Haar glänzt in der Sonne. Wenigstens kann ich ihr ein Herz malen mit drei Pfeilen. Ab geht meine stille Post. Sie öffnet sie, rührt sich aber nicht.

Wohin verreise ich lieber? *Reise nach Jerusalem* spiel ich gern, um Stühle rennen und schubsen, dass ich einen Platz finde. Könnt ich doch nach draußen! Es riecht nach reifem Hafer. Die Augustsonne ist warm und ein Specht hämmert.

»Auch der dümmste Bauer schreibt was, besinn dich!« Ich spür Mausers Spucketropfen im Gesicht. Ich zieh die Oberlippe über die neuen vorstehenden Schneidezähne, so gut es geht. Er schleicht rum, bohrt Erich den Daumen in den Rücken, zieht Willis abstehendes Ohr lang. Erwischt er mich als nächsten? Was soll ich lieber wollen, ins Gebirge, auf dem Ölberg Buße tun, allein? Oder ans Meer, untergehen wie Mönche im Heiligen Meer? Mit noch einer Niete kann ich nicht zur Realschule.

Ein Zettel fliegt zur Barbara. »Wer war's?«, bellt Mauser scharf. »Ich bring euch Zucht und Ordnung bei.« Caspar mit dem Gummiring? Mir sagt er, ich sei zu feige, auch nur einem Frosch den Kopf abzubeißen. Wieder und wieder will ich ihm eins auswischen, doch wie? Dem gönn ich richtig Prügel. Als Stärkster gewinnt er jede Klopperei und hört nicht auf, wenn er mich im Schwitzkasten hat, nicht mal, wenn ich schrei.

»Heini, warum steht da nichts? Wird's bald!« Ich kann's eben nicht. Vater sagt, im Ausdruck war er auch schlecht, das liegt im Blut. Ist endlich die Stunde um? Franz-Josef vor mir, in einer Hose mit Gürtel, schreibt aus dem Handgelenk mit sicherer Handschrift Seiten voll. Ich muss noch Hosenträger tragen. Der Angeber war mit dem Arztvater mehrmals zur Nordsee, was wir nur vom Hörensagen kennen, und kann Hochdeutsch wie all die feinen Dorfleute. Etwas kann ich schon: *He satt duhne upn Gatt* heißt: *Er saß besoffen auf dem Hintern. He kann nix liggen laoten. Er stiehlt. Bescheed seggen* heißt *ausschimpfen.* Ich kau am Federhalter. Schreib ich was, wimmelt's am Ende von roten Zeichen am Rand. Ein Fragezeichen geht ja, aber bei Dreier-Frage- und -Rufzeichen ist Hopfen und Malz verloren.

Nach dem Mittagessen hilft Gress' Gustav Garben binden, wie wir ihm sonst helfen. »Tach, Hein«, sagt er bedächtig.

»Was gibt's Neues, Gustav?« Vater gibt ihm die Hand.

»Tja, es is, wie 's is. 's wird auch nicht besser.«

»Auskommen tun wir ja, aber die Aussteuer der Mädchen.«

»Kaufst du Pfennigfuchser nach 'm Tannenbusch noch 'n Stück Land?« Gustav zieht spöttisch die Mundwinkel hoch.

»Et kömp 'n Schur, segg Uphusbur.« Vater guckt zum Himmel. »Et treck wer weg, segg Wibbelich Knech. Dann spann men an, segg Poggen Jan.« Er sieht bei der Kaffeetasse eine Fliege Zuckerkrümel fressen. Die Hand saust auf sie nieder, streift den Henkel und Kaffee kippt über Gustavs Hose. »We möt los.«

»Hoffentlich hält's Wetter.« Gustav wischt sich die Hose ab.

Alle aufs Feld. Auch Bernd, Paula, Anna. Nur Eva nicht, über die Operation spricht keiner. Die Hitze flimmert überm Roggen. Mutter bindet sich den weißen Kapotthut mit langen Bändern fest. Die Krempe flattert schattenspendend um ihr Gesicht. Vater zügelt die Pferde vor der Mähmaschine, Gustav sitzt überm langen Messer und schlägt alle zwei Schritte den Roggen mit dem Stab um. Blitzschnell läuft's Messer hin und her. Dass so eins Trudes Hüfte zerschnitten hat. Wir binden eine Garbe nach der anderen, mit Knoten aus gedrehtem Strohseil, und stellen sie auf, ich schneller als Anna. Je drei gegeneinander und beiderseits zwei dazu. In der Roggenstiege kann ich mich gut verstecken. Steht ein Garbenhäuschen krumm, schimpft Vater: »Euch sticht wohl der Hafer!«

Lang ist der Nachmittag. Grashüpfer zirpen. Die Sonne brennt auf den Kopf und der Sand untern Füßen. Schnell heb ich sie, nur nicht auf die scharfen Stoppeln treten. Mühsam, zwei Garben schleppen und aufstellen. Anna stellt zwei dagegen. »Nicht so schief!« Sie fallen um, nochmal hochstemmen. Die Arme zittern, Schweiß läuft, ich bleib möglichst im Schatten der Stiegen oder Eichen. Selbst Raben verstecken sich. Die Zunge klebt am Gaumen, trockenes Schlucken kratzt im Hals. Eine Bremse sticht mir in den Arm, der Fleck wird dick, rot und juckt.

Den Sandweg kommt ein Lachen und Kichern hoch. Gress' Verwandte aus Münster spazieren vorbei, mit Gregor. Zwei Jahre war er nicht mehr hier. Sein Vater, mit weißer Hose und Sonnenschirm, sagt: »Schön sommerlich das Wetter.«

»Jaja«, sagt Vater, »auch mal wieder da?«

»Man muss sich doch erholen.«

»Jaja, erholen.«

Die Kühe nebenan heben die Köpfe übern Draht und starren auf die Leute. »Herrlich ist es hier«, ruft der Mann. »Wogenden Roggen mit Korn- und Mohnblumen liebe ich über alles. Reife Brombeeren, duftende Gravensteiner, Lerchen in der Sonne, wie im Himmel. Ihr müsst hier glücklich sein. Frische Luft, schöner Fernblick, Heuduft und reiche Ernte. Moment, 'n Foto.«

Vater schüttelt den Kopf und lässt ihn stehen. Dass er sich traut, feine Leute zu verärgern. Wie geht bloß *erholen?*

Gregor erzählt mir, dass er zur Realschule geht. Diesmal hat er Lakritz für mich. »Besuch mich mal in Münster!«, ruft er noch.

»Weiter«, sagt Vater, das Gesicht im Kiephutschatten, »'s wird spät, vergiss die Schulaufgaben. Wenn's nur nicht hagelt.«

Ich wisch mir den Schweiß von der Stirn. Die blutigen Stoppelkratzer an den Beinen brennen. Die Hinterkopfdelle sticht wieder. Müde und schwindlig lass ich mich auf den Feldrain fallen. Warum immer ich? »Ich will zur Realschule!«

»Das is' nichts für unsereinen.«

»Ich kann in Hochdeutsch sogar 'n Gedicht aufsagen: *Der Herr von Ribeck zu Ribeck im Havelland …«*

»Vielleicht schaffst du's doch«, staunt Vater, »aber stell dich nicht so an, hau ran, das Gewitter!«

Anna verdreht die Augen und schleppt fleißig weiter. Mutter sagt nichts. Mir kommen Tränen. Schwer fällt's mir, aufzustehen. Tagelang binden wir schon Garben und Tage braucht's, bis wir sie trocken einfahren. Und tagelang zu Hause Garben mit der Forke weiterwerfen. Lieber Schule. Franz-Josef kann was lesen, der schafft's zur Realschule. So schaff ich das Aufsatzschreiben nie. Aber nur nicht unzufrieden sein, wie Trude. »Die is 'n Unglück«, sagte Mutter. Ich will ja helfen.

»Wir brauchen 'n Selbstbinder wie Brockmöllerbur«, sagt Karl.

»Jaja, die Großbauern! Was das kostet, wir haben Schulden genug, und aufstellen muss man die Garben doch. Vorn paar Jahren haben wir noch mit der Sense gemäht.«

»Selbstbinder – und meine Aussteuer?«, ruft Paula.

Mutter nickt. »Immer alles fürn Hof.«

»Solange bei euch so viele Kinder mithelfen, geht's noch ohne«, sagt Gress' Gustav. »Wir leihen uns einen.«

Die Turmuhr schlägt sechs. Eine Brise weht schwarze Wolken wie Pilze mit scharfen blauen Rändern heran. Es donnert, einzeln, dann schneller, lauter. Es ist finster, es riecht nach verbrannter Milch. Dicke Tropfen fallen auf die Haut. »Wir werden nicht fertig. Hagel!«, sagt Vater leise, als hätt er Angst, ihn herbeizurufen. Wie schön, jetzt aufzuhören! Es blitzt und donnert, dann beides zugleich, ein Getöse wie beim *Großer Gott, wir loben dich*, es hagelt, dann regnet's wie Strippen, das Feld und die Stiegen dampfen. Wir essen Brot in einer Stiege. Mauser hat gesagt, Blitz ist Elektrizität, nicht Gott. Gott macht nicht jedes Unwetter. Anna und ich warten, bis man zwischen Blitz und Donner bis zehn zählen kann, springen in den Regen und schlagen Rad, obwohl Vater warnt, und – es passiert nichts.

Auf dem Heimweg stampf ich barfuß in die Pfützen, werf mich lang in den Matsch, dreh mich und schmeiß mit Schlamm um mich. »Jetzt ist er völlig bedeppert und reif für Lengerich«, sagt Karl lachend. Ich renn, bin Erster unterm Regenfallrohr und zieh alles aus: Endlich duschen. Das Wasser stürzt auf Kopf, Rücken, Bauch, rundum, ha, aufatmen. Jetzt sind mir Bremsenstiche und Stoppelkratzer egal. Anna will auch untern Wasserschwall. Ich schubs sie weg. »Bin Erster.«

»Papa, gehst du auch mal mit mir spazieren?«, frag ich.

Vater lacht. »Wir rennen 'n ganzen Tag feldauf, feldab, rein in 'n Schweinestall und raus. Spazieren, verrückt!«

»Bitte einmal!«

»Niemand spaziert hier, die Hühner vielleicht. Hilf Mama Schweine füttern, Anna Pfannkuchen backen!«

Mit einem Vater in Münster könnt ich spazieren.

Mauser gibt den Aufsatz zurück. »Franz-Josef: Sehr gut, du bringst es weit.« Dann steht er vor mir. »Heini, lies! Wird's bald!«

Mir wird heiß. Ich stottre was vom Untergetauchtwerden ins Wasserbecken.

»Papperlapapp!« Er klatscht mir mit dem Lineal auf den Kopf. »Stotterst dir wieder was zurecht, zu blöd für die Realschule. Schaffst ja nicht mal die vierte Klasse.«

Gemein! Der versteht mich eh nicht. Ich will ihn böse anstarren, schaff's aber nicht.

Mit der Fünf versuch ich es wieder bei Mutter. »Mama, unterschreiben.« Ich öffne ihr das Heft, senk den Kopf, warte.

»Gottogott, du jagst mir 'n Schrecken ein. Du kommst noch auf 'ne Hilfsschule.« Ich spür den Blick auf mir. Ich enttäusch sie. Fürn Moment wird sie zornigrot, wie eine Runkelrüben-Laterne. Übrig bleibt ein graues Gesicht mit traurigen Augen. Sie kann mir ja nicht helfen. »Wenn Papa das sieht! Sieh zu, dass du die acht Volksschuljahre schaffst.« Will sie, dass er mich versohlt? Sie unterschreibt kopfschüttelnd. »Nu lauf mal.«

Die Kirchglocke schlägt acht.

»Mauser kommt!« Alle rutschen in die Bänke und stehen still. Diesmal ärgern wir ihn. »Miauuu!«, kommt's verabredet vielstimmig aus den Kehlen. Er guckt uns scharf aus dem schmalen Rattengesicht an und greift den Rohrstock von der Wandtafel. Keiner lacht mehr. Er spricht abgehackt: »Gu-ten Mor-gen! *Va-ter un-ser…*« Kaum haben wir es hergesagt, fällt er über einen her, mit Ohrfeigen. »Du quasselst!« – »Du grinst!« – »Du schläfst!« Immer unverhofft. Sich bockig anstellen, verschlimmert's noch. Er blickt durchbohrend rum. Mein Kopf ist leer. Meld ich mich, dass er mich nicht drannimmt, oder senk ich die Augen, dass er mich nicht sieht?

»Heini, schreib an die Tafel: *Dohle, Dom, Mehl, Meer!«* Ich versuch's. »O Gott, mehr Fehler als Wörter«, sagt er. Ich flieh zur Tür, winselnd wie ein getretener Hund, aber er stoppt mich. »Knie in die Ecke, mit Gesicht zur Wand!« Knien auf dem Holzscheit, die scharfe Kante gräbt sich ins Knie. Davon erlöst er mich: Ich muss stehen mit Büchern auf ausgestreckten Händen. Wehe, sie sinken! Dann knallt ein Stockschlag übern Rücken. Da war mir Rosing lieber, die in die Backe kniff und umdrehte. Mauser schlägt grimmig immer wilder. Mehr Jungs müssen sich anstellen. Wenn Tinte von der Feder tropft oder ein Tintenfass umfällt. Selten, dass keiner Schläge kriegt. Wer sieben mal zwölf nicht rechnen kann, die Hausarbeit nicht hat, lacht, redet oder aufsteht, kriegt drei, fünf oder zehn Stockschläge auf die Hand oder den Po. »Nach vorn, anstellen!« – »Bück dich!« Schon knallt's. Nur nicht weinen, auch wenn ihm heulend um Gnade betteln gefällt. Aber Caspar und Erich, abgehärtet, schon zehn und größer, spotten: »Schwächling! Milchbübchen!« Sie reißen Witze und machen mit gespreizten Fingern dem Mauser Ätsch hinterher. Die verstehen so wenig wie ich, rechnen schlechter als ich, lachen aber, als machten denen Prügel nichts aus. Wär ich doch so mutig!

Stille Post fliegt auf meinen Tisch. *Kuss! Kuss! Für Heini!* Drumrum blaue Tintenherzen. Von Cilli? Sie gibt's aber nicht zu. Ich möcht wieder mit ihr reden. Sicher weiß sie von ihrem Viehhändlervater, dass ich melke und Ferkeln helfe.

»Schön kannst du messdienen«, sagt sie mit Augenaufschlag in der Pause. »Lass mich Rechenaufgaben abschreiben.«

Ich öffne mein Heft und leg meine Hand neben ihre helle, weiße. Sie riecht nach Birkensaft, Dorfmädchen sind schöner als Bauernmädchen. Sie spricht auch Hochdeutsch, kann Fernseher anstellen und weiß, wo das Kupplungspedal im Auto ist. Zierlich schreibt sie die Zahlen ab. Ich schieb meine Hand an ihre warme; schöne Fingernägel, neben meinen abgeknabberten. Sie lässt sie liegen und lächelt mir trotzdem zu. Ewig schon kau ich sie ab, bis sie ins Fleisch stechen.

Willi will auch abschreiben. »Ich hab keine Lust zu rechnen.«

»Ich tät sogar Textaufgaben erkniffeln, müsst ich zu Hause nicht so viel helfen.« Wie komm ich sonst zur Realschule.

»Du Langweiler«, sagt Willi. »Auch als Letzter bin ich nicht dümmer als 'n Streber.«

»Du schreibt Falsches von Heini ab«, pflaumt Franz-Josef Cilli an. Weil sie weiter schreibt, fragt er mich hämisch: »Lumpensammler, was macht dein Schweinestall?«

»Du Angeber weißt nicht, wie's ist, wenn das Beil mit Blut und Federn im Hackstock steckt und der Hahn blind wegsaust. Kannst nicht mal 'n Karnickel fassen, ihm richtig hinter die Löffel hauen und das Fell über die Ohren ziehen.«

»Ich hab 'n neues Klavier und kann drauf spielen.« Und er lese lieber ein Buch als Schweine füttern.

»Du bist kein Messdiener«, sag ich. Er aber witzelt über mich als naiver Frömmling, der die Beichte zu ernst nimmt.

Lehrer Mauser kommt in die Klasse und wettert wieder über den bröckelnden Putz: »Unerhört, der Schweinestall hier! Noch nicht gestrichen. Heini, wie oft streicht ihr die Ställe?«

»Jedes Jahr widdeln wir.«

»Und die feinen Herrn Gemeindevertreter? Jan, sag du es als Klassensprecher deinem Vater! Das Gemäuer aus Kaiserzeiten fällt uns auf den Kopf. Kinder hält man hier schlimmer als Ferkel. Feiglinge. Gegen den Kettlerclan sagt niemand was im Dorf. In Münster glaubt's mir keiner. Volksschule katholisch, aber Kirchenvorstand und Pfarrer tun nichts.«

Dass er sich das gegen die Oberen im Dorf wieder traut!

Immerzu schau ich zur Cilli. Aufrecht sitzt sie, die Schönste. Ich spür noch ihre warme Hand und den Birkensaftgeruch. »Willst du Heiligenbildchen sehen?«, flüster ich ihr zu. Sie schielt auf meine Hosenflicken und dreht sich weg.

Caspar reißt vom Butterbrot einen Riesenbissen ab, stellt dem Mauser ein langes Bein in den Gang und zieht mit vollen Backen eine schielende Grimasse, dass man das Augenbraune nicht sieht. Wie mutig, wo sein Maurervater ihn zu Hause auch schlägt. »Steh auf, du stinkendes Faultier!« Caspar erhebt sich und verschränkt die Affenarme. Mauser haut ihm links und rechts eine runter. »Du wirst sitzenbleiben!« Caspar setzt sich gleichgültig, doch Mauser zieht ihn am Ohr wieder hoch. »Keine Hausaufgaben, aber quatschen und essen! Dich sollte man wie die Wiedertäufer mit glühenden Zangen piesacken, die Zunge rausreißen und in den eisernen Käfig am Lamberti-Kirchturm in Münster als Rabenfraß hängen.« Er schleppt ihn am Ohr nach vorn und nimmt den fingerdicken Zeigestock. »Über den Tisch, aber dalli, Gesicht nach unten!« Caspar fuchtelt jaulend mit den Armen. Mauser kennt keine Gnade. Der Stock pfeift viele Male durch die Luft. Alle starren mucksmäuschenstill.

»Hähä, jetzt bist du dran«, feixt Willi. Ich gönn's Caspar auch, wie hat er mich geprügelt.

»Willi auch über den Tisch«, schreit Mauser. Ungerecht, will ich schreien, bleib aber stumm.

Lang hängen Füße und Beine vom Tisch, Po oben, Cordhose stramm. Willi wimmert schon vorm ersten Schlag. Das feine Pfeifen endet im dumpfen Hieb, die Füße schnellen hoch. Willi jammert auf und hält sich krampfhaft an den Tischbeinen fest, ein Querstreifen auf dem braunen Cord. Ich leg die Hände flach vors Gesicht, wie nach der Kommunion.

»Hinsehen, Hände auf den Tisch, sonst bist du dran«, schreit Mauser. Mein Herz stockt bei jedem Schlag. »Ihr sollt gehorchen!« Schlag. »Gehorchen!« Schlag. Jedes Mal klappen meine Lider zu. Mit jedem Schrei läuft mir ein Schauer übern Rücken, ich schwitze. Man muss leiden wie Jesus mit den durchbohrten Füßen. Seltsam, bei jedem Schlag schmerzt meine Hinterkopfdelle, ich spür, wie Hass gegen Mauser eindringt. Meine Hände falten sich auf dem Tisch. Die Lippen zittern. Muttergottes, bitte für uns, den bringe ich um! Mauser holt weit aus und schlägt, Gesicht dunkelrot verzerrt, so hart er kann, nochmal zu. Willi liegt wie tot, richtet sich dann benommen auf, reibt sich den Po und springt vor Schmerz hin und her, wie um zu tanzen.

»Setz dich!«

»Tut zu weh«, heult er.

»Dann knie!«

Die Luft ist stickig und schwül. Ich binde doch lieber Garben.

Mauser nimmt mich in Deutsch ran, Sätze mit *mir* und *mich* zu bilden. Warum bin ich träge und schweigsam? Sobald ich den Mund aufmachen will, schallt's aus dem Hinterkopf: *Halt 'n Mund! Schwiech still!* Lange stotter ich, um ein Wort rauszubringen, und schäm mich, rot zu werden. Ich will mich lustig machen über ihn, aber elendig das Stottern, schon vier Jahre lang. Ich schäm mich meiner Scham und grinse, um sie zu verbergen, alle Fingernägel und Stifte zerkaut. Verflucht! Immer noch weiß ich nicht: Heißt es: Ich gratulier *dir* oder *dich*? Ich leg mir Sätze zurecht und versuch, nicht rot zu werden, aber immer glotzt einer abschätzig oder lacht. Und denk ich an meinen krummen Rücken und die neuen Hasenzähne, schäm ich mich noch mehr. Mein Gesicht wird heiß, mir versagt die Stimme, ich sag nichts mehr, erst recht nicht in Hochdeutsch. Dafür muss ich mich für drei Schläge bücken. Ich tät's allen zeigen, wär ich nicht zurückgeblieben, wie Vater sagt. Aber feige bin ich nicht, nur weil ich Fröschen den Kopf nicht abbeiße. Ich halt bei Mauser nur den Mund.

Aber dauernd denk ich: Wie kann ich mich bloß gegen ihn wehren? Ich beklag sein Prügeln bei Vater. Der sagt: »Wer nicht hören will, muss fühlen. Unser Rektor Bucksard schlug immer fuchsteufelswild um sich. Wir flüchteten auf 'n Schulhof in die Kastanienbäume. Oben kriegte der uns nicht. Und aus uns ist doch was geworden. Nur Bucksard kam später in die Lengericher Klapsmühle.«

Komm ich hier nicht weg, dreh ich auch durch. Ich leg mich in die Wiese auf den Rücken und lass mir rotgoldene Mirabellen schmecken. Schäfchenwolken wandern am Kirchturm vorbei zu Cilli, ihre hellen Hände. Sogar ihr Viehhändlervater hat mich gelobt: »Du bist tüchtig, kannst schon gut mit Schweinen umgehen! Wer das kann, kommt auch gut mit Menschen zurecht.« Er kommt rum und weiß Bescheid.

Mädchen haben's bei Mauser besser. Die piekt er nur mit dem Lineal, zieht ihnen am Ohr oder sie kriegen einen Stockschlag auf die Finger, höchstens drei. Evelyn ist wegen Quatschens dabei. »Evangelische Ratten, im Pisspott gebacken«, flüster ich. Etwas ist heute anders. Sie geht aufrecht nach vorn, sieht Mauser in die Augen, die Hand zur Faust verschlossen. »Finger ausstrecken! Für jedes Zurückziehen einen Schlag mehr.« Ich schau gespannt. Man hört nur Krach von der Nachbarklasse.

Evelyn schließt die Augen, wartet, hält noch die Faust hin und öffnet sie ganz behutsam, als säßen schlafende Schmetterlinge darin. Drei Hiebe treiben ihr Wasser durch die geschlossenen Lider. Lautlos schließt sie langsam wieder die Hand und geht ruhig zurück. Mir ist, sie verkneift sich zu lachen. Mauser schaut verwundert. Komisch die Evangelischen! Bestimmt brennt ihre Hand, als hätt sie auf den glühenden Herd gefasst. Bald schwellen die drei roten Striemen dick an, wie aufgeblasen, und sie kann nicht mehr schreiben. »Ich zeig's meinen Eltern.« Sie geht. Ihr Tierarztvater fährt kurz drauf mit dem Käfer auf den Schulhof und schreitet mit Evelyn zum Rektor. Die Tür knallt hinter ihm zu. Mauser wird gerufen. Kreidebleich kommt er danach ins Klassenzimmer, sein Mund wie ein dünner Querstrich. Er schlägt Evelyn nie mehr, nimmt sie nicht ran und spricht kein Wort mehr mit ihr, als sei sie gar nicht da.

»Wie hast du das gemacht?«, frag ich sie bewundernd.

»Mit 'ner Zwiebel hab ich mir vorher die Hand eingerieben, dann quillt sie von Schlägen dick auf. Und Vater hat mit Polizei und Zeitung gedroht.« Und sie gehe zur Realschule. Könnt ich es dem Mauser doch auch geben.

Dass die Steinhoper mutlos und feige sich alles gefallen lassen, lass ich nicht auf mir sitzen.

33

Vater redet in der letzten Zeit verzweifelt wie noch nie nur noch von Flurbereinigung. Als ich danach frage, brüllt er gleich los: »Die machen die Kleinbauern kaputt, schwiech still!«

»Frag Onkel Bruno morgen«, sagt Mutter. »Und kümmer dich um deine Kaninchen, Papa holt gleich eins.«

Dünnes Licht fällt durch die Schuppenritzen auf meine Kaninchen. Fliegen hängen wie Trauben in der Luft. Mit dem Korb zieh ich los für Löwenzahn und Klee, lästig, auch noch ausmisten und Klemens versorgen. Ich füll die Traufen mit Heu. Die fetten Biester kratzen und beißen. Das Graue liegt mir weich und schwer im Arm und mümmelt mir aus der Hand. Löwenzahn knackst untern Zähnen. Hilflos schlafen winzige Junge im Wollnest. Wieder sind welche tot, ich begrab sie in der Wiese. Das rotäugige Weiße hat seine Kleinen gefressen, dem zieh ich die Ohren lang: Dich soll Vater schlachten.

Aber Vater hält's Graue an den Ohren in die Höhe und fühlt's Fleisch an. »Dem ziehen wir's Fell über die Löffel.«

O Gott, das nicht! »Nein! Totmachen ist Sünde.«

»Was Gott fürn Menschen erschuf, darf man essen.« Er streichelt's und haut's mit Handkantenhieb in den Nacken tot. Schade, aber ich trag was zum Kochtopf bei und hab noch sechsunddreißig, mit den Jungen. Willi nur zwei, bloß zum Spielen.

Am Sonntag brutzelt's schon seit der Frühmesse auf dem Herd. Bratenduft zieht durchs Haus. Als ein Auto auf den Hof brummt, zieht Mutter die Schürze aus und Vater den besten Strickpullover an. Aufgeregt machen sich alle schön, kämmen sich, und laufen ums blaue Auto rum, ein nagelneuer *Opel Rekord*. Selbst Trude ist freundlich. Ich öffne Onkel Bruno und Tante Irma mit einem schönen Diener die Türen und streichel das Auto. So was Tolles gibt's in Münster. An solchen seltenen Besuchstagen will ich glücklich aussehen. »Ihr habt den tollen Kä-Käfer nicht mehr?« Schlimm, das Stottern.

»Ein bisschen Komfort gönnt man sich doch.« Tante Irma gibt mir die Bonbontüte. »Für alle!«

Komfort versteh ich nicht; so ein Großes, nur Brockmöllerbur hat hier ein Auto. »Einmal mitfahren?«, frag ich Onkel Bruno.

»Mal sehn!« Er riecht fein nach Tabak und hat einen großen Schnauzer. So einen will ich auch.

Erst essen, heute mit Goldrandtellern aus Mutters Aussteuer. Nach dem Beten die schreckliche Blumenkohlsuppe: Ich rühr nur mit dem Löffel darin.

»Du Suppenkasper.« Vater holt aus. Will er mich schlagen? Er verscheucht nur Fliegen. Die anderen fangen schon mit Kartoffeln und Kaninchen an.

»Iss erst die Suppe, sonst gibt's nichts.« Onkel Bruno lächelt, mit Blick aufs Kaninchen, legt den Kopf schief wie ein Huhn, das einen Marienkäfer anäugt, bevor es ihn aufpickt, greift's beste Stück, den Schenkel, und nimmt noch mal, ehe ich drankomm.

Mir ist heiß vor Wut. »Warum darf der zweimal?«

»Schwiech still!« Vater holt mit dem Löffel aus. Ich duck mich. Am Ende bleibt mir von meinem Grauen nur ein Rippenstück.

Vater geht mit Onkel Bruno übern Hof. Ich folg auf Schritt und Tritt und zeig ihm Spatzennester in Mauerlöchern und Tabak auf dem alten, vermoosten Scheunendach.

»Den hab ich nach 'm Krieg gepflanzt, gut zum Eintauschen.«

»Schenkst du mir 's Fernrohr aus 'm Krieg?« Nach Uniform und Säbel frag ich lieber nicht.

»Ach, das alte kannst du haben.« Er runzelt die Stirn.

»Warst du Hauptmann für die Gottlosenpartei?« Er nickt nur und ich frag: »Wann ist Endsieg?« Ich versuch, ruhig zu atmen.

»Was soll das? Schweig!« Er streicht über seinen Schnauzer.

Ich wag nicht zu fragen, warum er die Engländer durchlöchern wollte und wieso Grünbergs wegmussten.

Er zeigt auf morsche Sprossenfenster, abgeplatzten Mörtel und kaputte Ziegel. »Es regnet durch. Ihr müsst sanieren!«

»Kühler Wind«, sagt Vater, »gehn wir in die beste Stube.«

Onkel Bruno geht vor, *Ernte 23* in der Hand, aufrecht, mit breiten Schultern, größer als Vater. »Aha, die Vitrine aus 'n Dreißigern, das Abendmahlbild überm Sofa, alles wie vorm Krieg.«

»Nein«, sag ich, »da hängt Jakobs Foto. Und 'n neuer Ofen, seit Herbst beheizen wir zwei Räume.«

»Die Blagen halten 'n Mund.« Vater greift einen Polsterstuhl.

An Mund halten, Diener machen und Besuchern die Hand geben, immer sonntags im Anzug, gewöhn ich mich nie.

Irma steht mitten in der Stube. »Wo kann man sich hinsetzen? An den Stühlen reiß ich mir Laufmaschen.«

»Ins Chaiselongue.« Breit lachend setzt sich Onkel Bruno und zündet sich eine an. Rauchfäden ziehen hoch und lösen sich in Nichts auf. Ich verdrück mich auf den Stuhl am Ofen; warten, mucksmäuschenstill, dann vergessen sie mich. Wie beim Maulwurfstechen: Nicht graben, nicht bewegen, nicht mal scharf hingucken. Absichtlich warten verscheucht schon das Reden über Kinderweggeben und Geld. Los geht's wie immer: »Lebt der alte Gress noch? Was ist mit Strehlers Ältesten? Hat man was von Tante Maria gehört?« Meist kurze Geschichten. Vater erzählt, alle lauschen. »Warum sich Kupperharms Gerd erhängt hat? Der Pleitegeier bei 'n Kleinbauern! Am Ende hat er alles versoffen, den selbst gebrannten Schnaps in der Milchkanne am Bett. Brauchte bloß mit der Suppenkelle zulangen.«

Tante Irma lacht laut und schlägt ihre schönen hellen Beine übereinander. Der obere der roten Stöckelschuhe wippt hin und her. Neben ihr die rote Handtasche auf dem Sofa. Sie raucht *Steuvesant* und erzählt, wie ihr in Münster ein spitzer Absatz abbrach und ein Kläffer den schnappte, und lacht am meisten. Eine Fliege brummt mir ins Ohr. Ich rühr mich nicht.

Vater hört ihr nicht zu. »So viele geben auf«, sagt er. »Was kommt mit Adenauers Flurbereinigung auf uns zu? Der hält mit 'n Großen, die kriegen die besten Äcker. Mama, gieß noch 'n Korn ein.« Meine Beine kribbeln.

»Ach, jeder meint, er hat's Beste und kriegt's Schlechteste. Bodenneuordung muss sein. Wasserläufe begradigen und vertiefen, dass im Frühjahr nicht alles absäuft. Für große Maschinen sind eure kleinen Äcker zwecklos.« Onkel Bruno schafft's, Vater eins auszuwischen. Er führt jetzt das große Wort, der einzige Studierte von Vaters Verwandten. So toll will ich auch Hochdeutsch reden und deshalb zur Realschule.

»Wer kann sich 'n Mähdrescher oder Vollernter leisten? Nicht mal 'n Trecker haben wir«, sagt Vater.

»Aus schmalen Tüchern werden große Äcker. Die Großbauern brauchen sie für die Maschinen. Das ist die Zeit. Wer nicht mitmacht, wird enteignet. Freiwillig will kaum einer seins fürn anderes eintauschen. Auch der unnütze Appelhok muss weg.«

Wie wichtigtuerisch! Mein Versteck mit den Milchsternen! »Wieso auch der Appelhok?«, schrei ich.

»Raus hier!«, brüllt Vater.

Ich schleich zum Auto. Die Chromstoßstangen glänzen und so viele Schalter ums Steuer. Leider verschlossen. Dann hör ich Vater schluchzen: »Was soll ich bloß machen? Ich soll Moorwiesen kriegen, im Brooke am Napoleondamm. Viel zu weit! Ich brauch was zu Harmanns Kamp dazu.« Stille. Er schnäuzt sich. Neugierig wart ich am Fenster. »Die müssen mir doch Harmanns Kamp lassen. Nächste Woche kommt der Landvermesser wieder. Man kann nicht mehr schlafen. Alles geht 'n Bach runter. Gerodet, entwässert, kultiviert, wofür?« Ist Vater so verzweifelt? Er vertraut nicht auf Gott. Er weint sonst nur über die tote Kuh, Uropas Hofkauf und die Inflation. »Kannst du mir helfen«, er holt tief Luft, »dass ich Harmanns Kamp behalte und Strehlers Wiese kriege? Du kennst doch als Vermessungsingenieur die Herrns in Münster.«

»Jaja, vielleicht«, sagt Onkel Bruno zögerlich, »ich red mal mit dem Zuständigen.« Ein Streichholz zischt, noch eine *Ernte 23*.

Die Treppe knarrt. Trude kommt zum Kaffee herunter. »Sünde, du hast das größte Stück Kuchen«, sagt sie zu Mutter und presst die Lippen zum Strich. Mutter nimmt ihr Stück mit in die Schlafkammer. Trude wendet sich freundlich Onkel Bruno zu und beklagt, dass die Blagen nicht hören.

Als Trude später aufs Klo geht, sagt Vater zu Onkel Bruno: »Trude gönnt Tina nicht mal 'n Dreck untern Fingernägeln.«

»Woher kommt's wohl. Verbittert seit 'm Hüftunfall wie Oma. Die lief dreißig Jahre mit 'm Gesicht zur Erde, anspruchslos wie Geranien auf der Fensterbank, klagte aber auch ewig.«

Danach der bei Besuch übliche Gang in die Viehställe und den Garten über die geharkten Wege. Schlapp hängen rote Dahlien und blaue Astern in der Sonne. Trude verjagt einen Starenschwarm aus den Johannisbeeren und zeigt auf dicke Bohnen, Erbsen und Zwiebeln. Kirschen funkeln dunkelrot. Vater prüft mit spitzen Fingern die noch grünen Pfirsiche, ohne sie vom Zweig zu lösen.

Onkel Bruno sieht zu mir. »Was knabberst du an 'n Nägeln?«

»Einmal mitfahren?« Für den Kaninchenschenkel. Ich darf, Anna auch. Der Motor rappelt. »So 'n tolles Auto will ich auch mal.« Wir fliegen an Eichen und Strommasten vorbei. »Da ist Willi, hup mal! Gib richtig Gas.« Der macht Augen und ich wink ihm zu. Ich staune, Onkel Bruno fährt und erzählt von Münster, von vielen Autos, großen Kirchen, dauernd läuten Glocken. Könnt ich doch mit ihm dahin.

»Onkel Bruno, muss der Appelhok wirklich weg?«

Er nickt. »Ach, die alten Gravensteiner- und Boskopkrüppel. Wer kann noch so viel pflücken und einmachen? Alles weg, der ganze Zipfel zwischen den drei Feldern, der alte Stall, der Graben mit der Wallhecke; den Tümpel zuschütten. Kleine schiefe werden große rechteckige Felder.«

Alles weg? Appelhokversteck, Milchsterne. Wieso hat er wieder ein neues Auto und wir keins? »Du hast viel zu viel vom Kaninchen gekriegt!«

Er lacht nur und streicht sich über den Schnauzer.

Beim Aussteigen schlottern meine Knie. Dann macht er ein Foto. Eine Kamera hat nur er. Ich kämm mich heimlich und wir stellen uns vorn *Opel.* Wie ein Zauberer dreht er an den Knöpfen. »Hände aus der Tasche! Heini, dein Hosenschlitz.« Alle lachen. Mit roter Birne lauf ich weg, aber Vater ruft: »Alle sollen drauf!« Ein Foto gibt's sonst nur zur Hochzeit. Ich verdrück mich nach hinten, doch Paula schubst mich vor.

Zum Abschied gibt Mutter ihnen eine Blutwurst mit. Tante Irma steckt sie in die rote Handtasche und sie fahren.

»Wie der raucht, eine nach der anderen«, sagt Trude, wieder griesgrämig. »Der sollte mal mehr zur Kirche gehen.«

»Geht der nicht?«, frag ich.

»Nach 'm Krieg ist er wieder fromm geworden.«

»Wieder fromm?«

»Dein Onkel Bruno studierte anfangs Pfarrer. Dein Papa als großer Bruder bezahlte alles, Realschule, Gymnasium. Aber dann marschierte Bruno bei Hitler mit, wollte alles besser wissen und konnt nicht genug gegen die Kirche sein. Das musste ja schlimm enden.«

»Der is doch reich.«

Sie schüttelt den Kopf. »Du bist eigensinnig wie der. Wenn du nur nicht auch eines Tages nicht mehr zur Kirche gehst.«

»Schwiech still«, sagt Vater zu mir. »Schweine füttern!«

Hat Onkel Bruno Auto und Kamera, weil er mit dem Teufel im Bunde ist? Wie kann man mal katholisch sein und wieder nicht?

Sicher weint Trude deswegen.

Der Scheunendrescher brummt wie die Schützenkapelle.

Gleichmäßig stampfen die Kolben auf und ab, lange Keilriemen drehen die Räder. Gress' Gustav tut ganz wichtig, gefährlich sei's, zu nah zu kommen. Wie ein Drache schluckt die Dreschmaschine ratternd Garben. Hoffentlich erwischt sie mich nicht. Alle auf ihre Plätze. Nachbarn helfen, wie wir ihnen. Gustav wirft eine Garbe nach der andern oben ins Maul des Riesen. Der schneidet sie auf, lässt sie langsam in den Kasten rauschen und wirft unten gepresstes Stroh raus und Körner in die Säcke. Jeder volle Sack ein Doppelzentner. Wie armselig ist dagegen Dreschen von Rüben- und Senfsamen mit dem Dreschflegel. Ich will helfen: Den Sack schaff ich. Aber so sehr ich mich anstrenge, dass der Nacken wehtut und mir vorn Augen schwarz wird, ich krieg ihn nicht hoch. Die Nachbarn halten sich lachend den Bauch. Gustav schiebt den Rücken drunter, buckelt den Sack auf, zieht sich Sprosse für Sprosse die wippende Leiter zum Dachboden hoch und lässt ihn übern Nacken abrutschen, als wär nichts.

Karl, Paula, Vater, Mutter und ich werfen mit der Forke Garbe um Garbe in einer Reihe zum Drescher. Es ist so laut, dass wir uns durch Schreien und Nicken verständigen. Die Augen brennen von Staub und Schweiß. Die Stunden werden länger, die Garben schwerer. Mich piekt's unterm Hemd, der Rücken schmerzt. An Schultern und Beinen jucken Mückenstiche. Beim Kartoffelsammeln kann man sich wenigstens mal auf den Rücken legen. Die Garben stapeln sich bei mir. Ich will nicht heulen, will zeigen, ich halte mit, dass der Hof überlebt, wenn mir die Arme auch wehtun.

»Stell dich nicht so an!«, schreit Karl. »Unkraut vergeht nicht.«

»Heini heult schon wieder«, sagt Mutter zu Vater.

Mein Kopf dröhnt, ich japs nach Luft und klapp schwindlig zusammen. Einer gießt Wasser über mich: »Der is ja puterrot.«

Am nächsten Tag steht eine graue Sonne über dem nässenden Hof. Wind dreht zwischen den Scheunen die Strohhalme in Kreiseln. Der Landvermesser ist da. Er wiegt einen Gravensteiner in der Hand und beißt hinein: »Statt *Strehlers Wiese* könnten Sie *Wittes Spitzen* kriegen.«

»Den soll er behalten, auf 'm Sandbülten wächst nur Heide.«

»Alle stellen sich quer, aber die winzigen Parzellen bleiben nicht.« Der Vermesser schnippt den Apfelkitsch weg.

»Ich geb 's beste Ackerland nicht her, nicht für Moorwiesen, nicht für Heide.« Vater krempelt die ganze Zeit die Ärmel hoch.

»So gut ist Ihr Boden nicht.« Er nimmt eine Hand voll und lässt den dürren Sand durch die Finger rinnen. »Die Großbauern im südlichen Münsterland haben Böden fett wie Kuchenteig. Fetter sind da auch das Vieh und die Frucht. Für ihren mageren wird nicht viel angerechnet.«

Vater gießt ihm zitternd Schnaps ein, wohl um sich selbst zu beruhigen. »Mager?«, bemüht er sich, sachte zu sprechen, stottert aber zornigrot: »Ich ge-gebs nich her, is mein Recht; da könnt ihr euch in Münster auf 'n Kopf stellen.« Er schüttelt die Faust und schlägt sie vor seine Brust, behämmert sich, wie um zu sagen *mea culpa, mea maxima culpa.*

»Recht, Gesetz, alles Quatsch, dickschädlig ist das!«

Vater auf einmal gefasst, aber laut: »Dann geh ich vors Gericht. Kannst mir 'n Hintern putzen!« So langsam, dass sich mir Wort für Wort einprägt. Ist er wirklich dickköpfig und kriegt deshalb kein gutes Land? Er hat's doch zäh geschafft, Land urbar gemacht, Scheune gebaut. Lieber Gott, erhalt den Appelhok und gib uns Strehlers Wiese, sonst lohnt sich kein Trecker. Ich muss noch mehr mitarbeiten.

Am Montag steht Brockmöllerbur unterm Scheunenvordach auf dem Hof. »Kein schönes Wetter. Morgen regnet's auch.«

Vater gibt ihm einen Boskop. »Kriegen wir nicht gutes Ackerland fürn Trecker zusammen, gehn wir zugrunde. Auf unserm moorigen Grund sackt der ein.«

Erst sieht der dicke Brockmöllerbur milde und spöttisch drein. »Man muss dreinschlagen und zeigen, was 'ne Harke ist!«

»Der Appelhok muss bleiben!«, ruf ich.

»Recht so!« Brockmöllerbur grinst mich an und rülpst.

»Was kann unsereiner schon ausrichten.« Vater wirft den Kopf hin und her, wie um Fliegen zu verscheuchen.

»Das muss man schon den Kindern beibringen.« Er wird laut zu Vater. »Deine Jungs sind viel zu schwach und ängstlich! Du musst die erziehen, draufzuhauen!« Ich zuck zusammen. Wenn der wüsste, wie Vater draufhaut. »Nur mit Strehlers Wiese, überleg dir's lieber noch mal.«

»Dein fruchtbarer Mergelboden auf 'm hohen Esch wird nicht überschwemmt«, sagt Vater schroff. »Immer soll man klein beigeben. Wofür ackert man sein Leben lang? Ein Unglück nach 'm anderen, Kuh verreckt, Einsaat abgesoffen. Und noch *Harmanns Kamp* abgeben, statt Strehlers Wiese dazu zu kriegen. Aber vielleicht hilft ja Bruno.«

Der Hauptnachbar lacht lauthals. Mit grauer Löwenmähne und

Doppelkinn sieht er aus, als ob er grad einen gefressen hat und mir noch den Kopf abreißen will.

Wär's doch endlich vorbei! Obwohl Vater nicht davon erzählt, spricht es sich im Dorf schnell rum, sagt Gressbur an der Milchbank: Sich mit dem Vermesser anzulegen, ist nicht gescheit. Gressbur, mit dem sich Vater sonst am besten versteht, beschimpft ihn sogar, er schlage mit Onkel Brunos Hilfe Vorteile für sich bei der Zuteilung der Ländereien heraus. Die Bauern sind sich uneinig, selbst darüber, wie das Wetter gestern war. Monate geht's schon hin und her, man geht sich aus dem Weg.

»Verdirb's dir nicht mit allen«, sagt Mutter zu Vater. »Die Nachbarn gegen uns, so viel Wut und Missgunst war noch nie in der Bauernschaft.«

Vater liest gereizt Zeitungsmeldungen zur Flurbereinigung vor, ängstlich und verzweifelt, dass Mutter ihm sogar tröstend den Arm um die Schulter legt, was ich bei denen noch nie gesehen habe, und er mir leidtut. Ich wär mutiger. Karl rechnet wieder vor, wir brauchen Strehlers Wiese fürn Trecker, dass sich der Hof lohnt. Er hat's aus der Landwirtschaftsschule. »Das sieht 'n Blinder mit 'm Krückstock, auch mit vielen Kindern schaffen wir auf Dauer die Arbeit nicht.«

Verhungern wir, wenn wir aufgeben müssen? Ich bete einen Rosenkranz fürn Appelhok. Vater redet wieder im Sessel in der alten Stube mit sich selbst, bis er eines Abends sagt: »Ich wallfahr für Strehlers Wiese fünfzig Kilometer zur Telgter Gnadenkapelle der schmerzhaften Mutter, mit Schwarzbrot und Wasser und schlaf in der Scheune auf Stroh.«

»Und ich wallfahr mit 'm Jungfrauenverein nach Kevelaer«, sagt Trude. »Kevelaer hilft auch bei meinem Rheuma.«

»Wirklich?«, frag ich.

»Der Papst hat zig Heilungen anerkannt! Auch bei dicken Beinen und Kinderlosigkeit. Nur für schwere Fälle wie Krebs muss man nach Lourdes.«

Am letzten Septembersamstag geht die Prozession zu Fuß los, Vater mit Hut und Stock, aus der Kirche über die Bunte Straße. Hinterm Kolonialladen verliert sich der Bittgesang des freudenreichen Rosenkranzes, bis es nur noch summt.

Ich hüte wieder Klemens. Ein halbes Jahr alt kriecht er und zerrt an allem, reißt Zeitung in Stücke und stopft sie in den Mund. Er röchelt mal und weint, dann lacht er wieder. Lieber fütter ich das Kalb oder pass auf, dass die Sau keine Ferkel totliegt. Die balgen auch quiekend um Zitzen, aber dann ist Ruhe. Klemens schläft nie. Ich sitz nicht brav am Tisch still und hüte nicht Klemens. Ich zerr Anna an den Haaren, tret ihr vors Schienenbein und sperr sie in die Räucherbude ein. Ich bohr in der Nase und trampel auf Blumen rum, egal, ob Mutter dann traurig ist. Müde und leer sag ich mir: Ungehorsam! Aber Sünden wachsen in mir wie Unkraut.

Am Sonntag ist zwischen Mittagsbraten und Andacht endlich Zeit zu spielen. Bei der *Reise nach Jerusalem* rennen wir in der Küche um die Stühle. Ich will unbedingt einen Platz, schubs Anna hin und schmeiß Stühle um, bis Trude uns auf die Tenne verscheucht. Auf Paulas »*Wer fürchtet sich vorm Schwarzen Mann?*« am Tennentor brüllen wir am Tennenende: »*Niemand! – Wenn er aber kommt? – Dann laufen wir!*«

Kühe heben die Köpfe aus dem Mittagsschlaf und käuen wieder. Kälber springen auf und recken den Kopf mit Zunge voran durchs Gitter. Ausgerechnet mich erwischt er zuerst. Eva, wieder gesund, will als Gewinnerin Mutter bei *Mama, darf ich verreisen* sein. Anfangs hab ich Glück, nehm mit Anlauf drei Riesensprünge nach *Paderborn*, für jede Silbe einen Schritt. Dafür lässt sie mich büßen, *nein* und nochmals *nein*. Anna, schon auf meiner Höhe, darf nach *Jerusalem*. Ich versuch nur einen Schritt wie der Sputnik mit *Mond*: »Darf ich?« Beim zweiten Mal bejaht sie, doch beim nötigen dritten Mal lehnt sie ab. Ich stampf wie mit dem Teufelsfuß auf, dass eine Kuh muht, und schummel mich vor, muss aber zur Strafe zum Anfang zurück. Nie darf ich verreisen, nicht mal mit der Klasse. Willi hat in der Jugendherberge sogar Cilli geküsst, erzählte er. Nur eine Fahrt ins Blaue zur Dicken Eiche. Bloß weil Vater auch nie verreist, nur mal zum Ibbenbürener Rechtsanwalt und wie jetzt nach Telgte. Ich bin dran. Eva sagt spöttisch: »Ja, wohin?« Ein Ziel mit vielen Silben wie Amerika mit dem unschamhaftigen Bubikopf wird sie gleich ablehnen.

»Nach *Lengerich!* Da gehörst du hin!«, ruft Paula. »Oder 'ne einfache Fahrt zur *Hölle*.«

Genügsam sein: Hauptstadt *Bonn* oder *Köln* mit dem größten Dom? Nein. »Münster!«, ruf ich. Ich darf nicht und geh lustlos.

Vater, Sonntagabend zurück, erzählt beim Pfannkuchen, dass viele Steinhoper mitwaren, sogar Königschultenbur, und der Telgter Pater vom Sputnikflug gepredigt hat. »Die Russen werden uns überrennen, das Böse ist der Kommunismus. Die stecken in der Ostzone die Katholiken ins Gefängnis und schicken sie nach Sibirien. Die bringen Priester um und machen aus Kirchen Lagerhäuser.«

»Was ist Kommunismus?«, frag ich.

»Man wird eingesperrt und darf nicht hin, wo man hin will«, sagt er.

Auf 'm Rückweg hocken wir noch in der Wirtschaft Brot essen, weil's schier endlos plästert. Königschultenbur stößt versehentlich meinen Schnaps um und legt gleich los: »Was soll eure Plackerei mit Grünbergs Tannenbusch? 'n Sandboden! Ihr Kleinbauern lebt nur von der Hand in 'n Mund.« Was der sich bloß einbildet! Der hat wieder 'ne Wiese verkauft. Was wird nur, wenn Großbauern schon aufgeben?

Zwei Wochen später bläst ein kühler Ost die Wolken weg. Hofpfützen spiegeln wieder blau. Um Pfundsbirnenreste streiten sich Eichelhäher und Schwarzdrosseln. Breitbeinig steht der dicke Brockmöllerbur neben seinem *Mercedes* mit Strehlerbur auf dem Hof bei der neuen Scheune.

Vater tritt mit der Forke vom Kuhstallausmisten aus der Tennentür und versucht freundlich auszusehen: »Moin, moin.«

»Lasst uns als Nachbarn mal in Ruhe reden«, fängt Brockmöllerbur grinsend an, »die ganze Bauernschaft wird verrückt. Harmanns Kamp mit Strehlers Wiese will jeder gern, ich auch, is 'n gutes Stück Land.« Er glänzt wie angebratener Speck, lacht verschmitzt und streicht sich mit der Hand übern Mund, wie ums Grinsen zu verstecken. Ich trau ihm kein Wort.

»Du mit 'm riesigen Schweinemaststall?«, sagt Vater zittrig. Er stützt sich auf die Forke. Er kann doch ruhig sein; mit der Wallfahrt kriegen wir sicher Strehlers Wiese.

»Ich meine Wiese abgeben, direkt vorm Hof?«, fällt der schmale, aber kerzengrade Strehlerbur ein. »Im Gegenteil, es is praktisch, wenn ich deinen Harmanns Kamp dazukriege.«

Vater fingert fahrig durch den grauen Haarkranz um seine Glatze. »Harmanns Kamp ist mein bestes Ackerland. Nur wenn's erweitert wird, lohnt sich 'n Trecker.«

»Strehlerbur hat auch nicht viel, gönn's ihm!« Brockmöllerbur lacht laut. »Du kriegst im Brooke 'n großes Stück als Ausgleich.«

»Ausgleich?« Vater schluckt. »Da ist Brache, Wasserlöcher, jede zweite Ansaat versäuft. Und soweit weg, niemals!«

»Gib mir Harmanns Kamp, das ist Nächstenliebe.« Strehlerbur verschränkt die Arme.

»Gott wird's richten«, sagt Vater zittrig wie noch nie, »aber du hast die Kühe abgeschafft, 'n Feierabendhof, verdienst in der Kerzenfabrik. Wir müssen mit 'n Kindern davon leben.«

»Pa, immer 'n lieben Gott im Mund! Willst nur 'n Dickkopf durchsetzen!«, schreit Strehlerbur, dass ein Starenschwarm spektakelt, »im Dorf scheinheilig für Jakob und die Mission sammeln und hintenrum kleine Leute bescheißen. Die Wiese vorm Hof is's letzte, was ich freiwillig aufgebe, drauf kannst du Gift nehmen! Und der Vermesser hat's mir versprochen.«

»Dir versprochen?« Vater starrt ihn an, hält mit der Rechten die Stirn, als würd sie platzen, und stottert: »Das kö-können die mit mir nicht machen!« Und atmet schwer wie nach dem Abladen eines Roggenfuders. «Dann kann ich mir gleich 'n Strick nehmen.« Er stößt die Forke in den Misthaufen.

Strehlerbur, rot im Gesicht, erhebt grimmig den Finger gegen Vater. »Wenn du up min Land gehst, hau ik di dood!«

In den nächsten Tagen ist Vater stiller, sieht alt aus und murmelt *Gottverdammich* vor sich hin. Mutter sagt: »Der ärgert sich noch zu Tode und schläft nicht mehr.« Er ist wirklich verzweifelt, weiß nichts und kann nicht vorhersehen, sonst tät er nicht ewig hilflos klagen. Er hat keine Nächstenliebe und zweifelt selbst, ob die Wallfahrt hilft. »Man soll auch seine Feinde lieben«, sag ich. Er sieht mich irre an. Wenn ich nicht aufpass, auf seinen Blick, auf den Stock, aufs Zucken im Mundwinkel, und mich zeitig verdrück, krieg ich die Prügel ab.

Ein paar Tage später, Vater hackt grad Holz unterm Scheunenvordach, kommt Brockmöllerbur wieder auf den Hof. »Schon gehört? Polizei hat Strehlerbur eingesperrt.«

»Was?« Vater fährt entsetzt herum.

»Der hat rotgesehen, dem Vermesser die Mistforke in 'n Bauch gerammt, mittenrein, als der hört, er kriegt deinen Harmanns Kamp nicht *und* verliert seine Wiese. Aufgespießt, mit allen drei Zinken. Der lag da gleich auf 'm Rücken und hatte noch Glück, Dr. Löbbert war schnell da.«

»Wie geht's bloß aus? Man redet, schreibt, macht Eingaben und jetzt Mord und Totschlag.« Vater hustet wieder.

»Eigentlich ist Strehlerbur ja 'n gutmütiger Kerl.« Brockmöller grinst. »Lammfromm. Nur, tut man Unrecht, ist er 'n Hitzkopf. Seine Frau rief noch: ›Werd kein Mörder, denk an die Kinder!‹ ›Ich denk ja grad an die‹, schreit er und stürzt wie 'n Blitz mit der Forke voran auf 'n Vermesser. Der schreit auf und bricht mit der Forke im Bauch zusammen.«

»Verdammt, verdammt!« Vater hackt weiter Holz. Wie besessen blitzt das Beil auf und ab. Mit einem Schlag haut er selbst die größten Klötze entzwei. Er kann sich doch freuen, die Telgte-Wallfahrt hat geholfen.

Am Sonntag nach dem Hochamt sprechen alle auf dem Marktplatz vorm Frühschoppen von Onkel Bruno. Vater redet nett: »Ich kann doch nichts dafür!« Und bietet eine Zigarre an. Die Leute gucken feindselig, keiner sagt ihm *Guten Tag*.

»Von dir nehm ich keine mehr, du und Strehlers Wiese!«, brüllt Drostenbur mit erhobener Faust. Als Vater sieht, es fruchtet nicht und keiner nimmt eine, winkt er ab und geht heute und auch an den nächsten Sonntagen nicht zum Frühschoppen. Beim Essen spricht er kaum noch, sitzt dann auf der Hofbank an der Giebelwand, stützt den Kopf in die Hände und starrt und redet vor sich hin. Mutter setzt sich dazu. Sie sitzen lange still beieinander, ohne viele Worte.

Am Erntedanksonntag tragen wir Kürbisse in die Kirche, zu Weizengarben, Broten groß wie Wagenräder und Körben voll mit Trauben und Zwiebeln.

»Unsere Kürbisse sind die dicksten«, sag ich. Willi zeigt auf riesige Brote. »Die sind von uns.« Franz-Josef auf Apfelkörbe.

Bei der Prozession darf ich die Stange mit dem Kreuz und Willi die Kirchenfahne vorantragen, über blumenbelegte Wege an Roggen und Bullen vorbei. Hinter uns wie eine Raupe: Kinder mit Lehrern, Frauen, Männer. Die Litanei durchströmt die Wiesen zum Wald und rollt als Echo dunkel zurück. Unter dem Baldachin, getragen auch von Kerzenkettler und Brockmöllerbur in weißen Handschuhen, segnet der Pfarrer alles mit der Monstranz: »Wir danken Gott für Priester und Nonnen aus Steinhop und für die gute Ernte.«

Kerzenkettler nickt mir zu. Der Gemeine! Ich verzieh keine Miene.

»Was heißt gute Ernte?«, schimpft Brinkmanns Bernd, »die halbe ist abgesoffen.« Wieso danken wir Gott trotz Flurbereinigung, Überschwemmung, Herta und Rosa mit *Großer Gott, wir loben dich*?

34

Als ich in der Schule von der Forke im Bauch rede, setzt sich Rektor Neuhaus vorn auf den Tisch, schlägt die Beine übereinander und erzählt als Heimatvereinsvorsitzender. »Der hartköppige Westfale braucht lange, bis er aus dem Gleichgewicht ist. Dann ist kein Halten mehr. War schon im Dreißigjährigen Krieg so. Fühlt er sich ungerecht gepeinigt, trumpft er auf und hasst. Da ist nachts kein Schlafen mehr. Da lauert man hinter Gardinen und Hecken. Da ist der Friede lange gestört. Kommt die Wut hoch, dann radikal wie bei den Wiedertäufern in Münster.«

Ich fürchte auch um meine Wut. Wär ich doch auch in Münster, und könnt so mutig reden wie Onkel Bruno, nicht so ängstlich verzweifelt wie Vater. Wär ich frech wie Caspar; er schwänzt sogar die Schule.

»Wo warst du gestern?«

Ich muss zu dem Großen hochsehen.

»Keine Lust, du glaubst es nicht! Mein Alter suchte mich, mit ’m Stock in der Hand. Ich lag im trocknen Mühlengraben.«

»Hat er dich gefunden?«

»Der? Viel zu besoffen!« Der lange Caspar lacht. »Aber Mama kam später mit Rex vorbei. Der schnüffelte los und bellte mich an. Ich sagte ihr: ›Ich sammel für die Schule Kamilleblüten.‹ Die war so doof und glaubte mir’s.«

»Dass du dich das traust.«

»Heini ist feige«, stimmt Caspar an, wie *Heini is doof*.

»Mein Alter«, sagt Hülsmanns Theo, »hat mich versohlt, weil ich nicht in der Messe war. Das muss man aushalten. Ich geh trotzdem nicht mehr jeden Morgen hin.«

»Dann gibt dir der Pfarrer in *Katechismus* ’ne Fünf.«

»Mir schnurzpiepegal«, sagt Theo. Mutig.

Die Stunden mit Mauser fangen wie üblich an. Wer zu spät kommt, ohne Heft oder Unterschrift, wer schwätzt oder Aufgaben nicht kann:

Anstellen, wortlos Hand oder Po hinhalten. Fürs fehlende Rechenbuch krieg ich zwei Schläge. Dann Hausaufgaben. Franz-Josef und Jan heben die Hand. »Gut, Franz-Josef, so muss man's machen, du kannst auf die Realschule.« Mauser lächelt ihm zu. »Jan, du auch.«

»Mauser lässt mich in Ruh«, flüstert Jan. »Ich hab Papa vom Schimpfen auf 'n Pfarrer und Gemeinderat erzählt.«

»Nun ein Schwätzer. Caspar, wiederhol die Aufgabe«, sagt Mauser scharf, mit den Armen schlenkernd.

»Welche?«

»Wer kann dir was beibringen?« Er kriegt gleich was drüber.

Barbara hält 's Heft vors Gesicht, als ob sie liest, verdreht die Augen und flüstert mir zu: »Bist du so dumm, zu glauben, der Storch bringt die Kinder?« Mir wird heiß.

»Heini, lies vor!«, schreit Mauser, alle sehen zu mir. Ich schau ins Heft und beiß auf die Lippe. »Na los!«

»Ha-hab keine.« Die Unterlippe blutet, dass es brennt. Ich streich mit der Zunge darüber, bittersüß.

»Warum nicht, Schlafmütze? Sprich in ganzen Sätzen!« Er sieht mich böse an. Könnt ich doch dem Blick standhalten. Ich muss schwitzen. Mir fällt kein ganzer Satz ein: *»Nomerrags dösken.«* Ich bohr Löcher ins Löschpapier.

»Nuschle nicht, Zähne auseinander!« Er wiederholt scharf in Hochdeutsch: *»Nachmittags dreschen.* Dummes Bauernvolk. Mogeln bei der Erdkundearbeit und Unterschrift fälschen! So einer will zur Realschule? Dreschen ist wichtiger als Lernen, was? Was kann man in einem Bauernkaff schon erwarten.«

Wütend stier ich ihm nun doch in die Augen. Ich bin Messdiener, geh täglich zur Messe, Jakob wird Missionar. Und es schreit aus mir, ich wundre mich: »Du-Du bist dooof!« Und ich zeig ihm den Vogel. *Du Arschloch!* will ich noch ergänzen, verschluck's aber. Abrupt hören alle zu lachen auf, Barbara sieht mich mit großen Augen an.

»Du bekommst später deine Tracht!« Mausers Augen blitzen.

Fürn Stundenrest steh ich vorn und seh, das Gesicht zur Wand gebeugt, auf meine Lederschuhe. Endlich hab ich es allen gezeigt; aber muss ich mich auch wie Willi mit dem Po noch oben übern Tisch legen?

Als alle weg sind, sagt Mauser: »Komm mit!« Zögernd folg ich ihm die Treppe runter, raus aus der Schule. Wohin will er? Zu seinem Käfer! Mein Herz rast. Erstarrt greifen meine Hände um die Tornisterträger.

»Was soll ich bloß mit dir machen? Lass es unterschreiben!« Er schreibt was ins Mitteilungsheft und fährt los.

Mir wird leicht, ich hol tief Luft und spring los. Ha, geschafft! Diesmal ohne Prügel. Ich renn nach Hause und erzähl's Anna: »Ich hab's dem Mauser gegeben!«

Die Kartoffelsuppe dampft in der Schüssel und auf den Tellern. Vater redet über Flurbereinigung, dass alles aus ist. Mutter schlägt Eier in die Pfanne und brät sie mit Speck.

Anna grinst. »Papa, Heini muss was unterschreiben lassen.«

Die Petze! Es kommt, wie es kommen muss. Mutter schaut besorgt. Vater, gleich auf hundert, brüllt: »Zeig!«

Zitternd hol ich das Heft.

»Jetzt reicht's!« Er kriegt große Augen und schreit, rot im Gesicht: »Fünfen! Unterschrift gefälscht! Mauser ist doof!« Sein fast zahnloser Mund offen wie ein Drachenmaul, die Stirnadern schwellen an wie Regenwürmer. »Dich müsste man ersäufen wie 'ne Katze, komm!«

»Der wird noch wie Onkel Bruno!«, kreischt Trude.

Totenstille, keiner löffelt mehr Suppe. Er packt mich am Arm. Ich schrei und reiß mich los. Er erwischt mein Bein. Ich wälz mich auf dem Boden. Er zieht mich hinter sich her und greift den Stock vom Schrank. »Zur Tenne!« Die Katzen springen davon. Wenn er mich nur nicht erschlägt wie ein Kaninchen, mit der Handkante oder dem Knüppel ins Genick.

»Ich wollt's nicht!«, heul ich. Die Kühe brüllen.

»Hose runter!«

Ich halt sie fest. Er schlägt auf Rücken und Beine. »Hose runter!« Ich zieh sie runter. »Bücken!« Er packt mich im Genick, legt mich übers Knie. »Warum tust du das? Uns geht's schon schlecht genug.« Hiebe zerschneiden den Po. »Du Teufel! Hätt's Mama bei der Geburt doch in 'n Graben gehalten!« Mit einer Stimme wie eine Axt. Ich halt die Hände auf den Po.

»Hände weg!« Schlag. Tränen tropfen.

»Hilfe!« Mein Schrei hallt auf der Tenne, ich hör Anna und Eva in der Küche mitheulen.

»Ich helf dir!« Schlag. »Ich treib's dir aus. Ora et Labora!« Heftig knallt's. »Gehorsam!« Schlag. »Demütig!« Schlag. »Ehrlich!«

»Nein!« Ich versuch zu entkommen.

Er würgt meinen Hals. »Du Satan! Wir haben mit 'm Kotten genug Unglück.« Er boxt mich, ich fall hin; er tritt nach mir und schlägt mit dem Stock auf mich ein. »Schulden, Flurbereinigung, wir gehn zugrunde und du gehorchst nicht.« Jesus am Kreuz, du hältst's mit durchbohrten Händen und Füßen aus, dein Herz. Ich krieg keine Luft, huste heiser, röchle. Er schlägt rasend. Mir wird dunkel, ich sterbe, mein Herz kalt, muss einmachen, alles nass, der Po wie Feuer. Es knallt in den Ohren, wie Mauern brechen und krachen.

»Mein Gott, schlägst ihn ja tot! Bist außer dir!«, ruft Mutter, ohne näherzukommen.

»Besser 'n krummen Satan als 'n verdorbenen Donnerkeil! Zur Strafe jeden Nachmittag Rübenziehen und melken!«

Durch die Waschküche stolpre ich tränenblind raus, am Birnbaum vorbei durch die Schweinewiese, an der Eichenwallhecke entlang zum Appelhok und kriech ins alte Versteck. Alles brennt, wie von Messern zerstochen. Bullen sollen ihn tot rennen! Der Blitz soll ihn erschlagen! Das Haus über ihn einstürzen! Das vierte Gebot *Vater und Mutter ehren, auf dass du lange lebst auf Erden!* Nie mehr! Früh sterben, am liebsten gleich! Tot sein, wie das dreizehnte Ferkel.

Hätt's Mama bei der Geburt doch in 'n Graben gehalten! Vaters Worte dröhnen mir im Kopf. Ich kann nicht aufhören zu zittern und beiß mir die Unterlippe wund. Ich steck in der Falle, wie früher in der Kiste, hier im Brombeergebüsch mit schon welken Blättern. Was soll ich noch mit dem Versteck? Alles kalt. Ich hau ab und komm nie wieder! Aber wohin? Tante Maria will keine mehr. Ulla hat's da doch besser. Ich bin nicht verzweifelt, das wär Sünde, aber ich will nicht mehr leben. Ich geh in den faulen Tümpel mit dem braungrünen Schaum. Anna, die Petze, kriegt bloß Ohrfeigen. Die muss nur in die Räucherbude. Wie kann der mich so schlagen? Bei der letzten falschen Unterschrift versohlte er mir bloß den Po. Und ich hab diesmal statt drei nur in Deutsch und Singen Fünfen. Das kann der doch auch nicht. Nicht mal mein Schutzengel hilft. Ich werd mich mit Onkel Brunos Dolch rächen, grimmig wie der Mann mit schmalem Schnauzer und geknicktem Kreuz, zustechen, zustechen, alles niederbrennen bis zum Endsieg, Vater auch. Alles wegbomben wie Hiroschima. Sie werden um Gnade winseln. Ich hab keine Tränen mehr, aber Wut, Wut, Wut. Nie verzeih ich das, nie!

Ich hol Opas Messer aus dem Versteck. Im Dunst blitzt was durchs

Gebüsch. Mir verschwimmt's vor Augen, im Kopf hallen unheimliche Stimmen. Wieder überfällt mich ein Weinen, springt mich an wie eine kreischende Fledermaus im Dunkeln. Ich hör mich *Hänschen klein, ging allein* singen, aber bei *Mutter weinet sehr* muss ich schluchzen, dass die Striemen glühen. Hielte nur einer zu mir! »Du bist zu Höherem ausersehen«, sagte Rosing, wohl zu jedem. Das Böse führt mich an den Abgrund. Rücken und Backen brennen wie Feuer. O Gott, du hilfst mir nicht. Du lässt solch Prügeln zu. Prüfst du mich? Ich will als Märtyrer alles ertragen. Auf einmal erschreck ich: Nie hab ich so gehasst. Führt mich der Teufel in die Irre? Ich muss mehr beten, denk an Jesus' Dornenkrone, die Lanze in seiner Seite, Hände und Füße von Nägeln durchbohrt. So böse kann Vater nicht sein! Er sorgt sich doch nur um den Hof. Nur für uns Kinder. Es ist doch seine Liebe. Es ist gerecht, weil ich nicht gehorche. Verflucht, könnt ich nur gehorchen. Verflucht, ich hass mich. Wie stolz war ich auf ihn – anders als auf Mutter mit dem Kopfweh – aufs Urbarmachen, Vorhersehen, Märchenerzählen.

Ich hab mich verrannt. Warum Unterschrift fälschen, Mauser sagen, du bist doof? Selbst schuld, nicht mehr fromm wie zur Erstkommunion: *Ich bin dein, mein Herz ist rein*. Es schnürt mir die Kehle zu wie ein schwarzes Monster. Allein wie auf Golgatha. Urplötzlich zuckt mein ganzer Körper, ich krieg wieder keine Luft, keuche und wimmre schwitzend gekrümmt auf allen Vieren. Lieber Gott, sterbe ich jetzt? Wie du Märtyrer hart prüfst, will ich Prügel und harte Arbeit ertragen, auch den Tod, aber lass mich als Märtyrer in den Himmel.

Stundenlang hock ich schon hier. Der Nebeldunst schmeckt feucht. Gress' Wolfshund heult. Ich kann nicht aufhören zu wimmern. Ich richte mich mit einem Ruck auf, es tut weh, als ob wieder jemand Hintern und Rücken zerschneidet. Alles geht verloren. Die Flurbereinigung macht mein Versteck weg, Vogelnester, Tümpel, alles, auch meine Milchsterne. Wie blöd, zu hoffen, als Glückskind drei Wünsche frei zu haben, wenn man sie ansieht. Gepflückt, verwelken sie schnell. Ich versuch sie zu auszureißen, schaff's aber nicht und trampel drauf rum. Wenigstens kann Vater dann aus den Kopfweiden keine Stöcke mehr schneiden. Tränen tropfen auf die Lederschuhe. Wie stolz ging ich damit vor zwei Jahren zur Erstkommunion. Gehorchen, Eltern nie widersprechen, hab ich geschworen für die Schuhe. Brauchte wenigstens sonntags keine Holzschuhe mehr tragen. Jeden Staub gleich vom glänzenden schwarzen Lack geputzt. Jetzt drücken sie, viel zu eng. Ein kleines Loch im rechten versuch ich, mit Händen aufzureißen. Verdammte Schuhe, mit Opas Messer hack und hack ich, bis sich das Leder von der Sohle trennt. Nie wieder lass ich mir das gefallen! Ich räch mich, ich weiß nicht, wie, aber ich räch mich.

Im Dunkeln schleich ich ins Haus. Ich spür keinen Hunger, streif mit zusammen gebissenen Zähnen die Hose ab und leg mich bäuchlings ins Bett. Bin taub, oder nein, entsetzt, oder nein, hilflos. Es würgt und heult in mir. Lorenz schläft neben mir, als wär nichts. Karl schnarcht im anderen Bett. Ich dreh mich zur Wand, roll mich zusammen und beiß in meine Hand. Ich merke, ich bete zu Gott und brüte dabei Rache aus. Ich glaub nicht mehr, dass noch alles gut wird. Mein Kopf glüht. Die Wände wellen sich, wie im tobenden Wasser fürchte ich zu ertrinken. Weinend schlaf ich ein und seh im Traum mich wieder fallen und Löwen meinen Kopf fressen. Ein Löwe mit Vaters Kopf schießt brüllend auf mich zu: »Ich hab's dir vorhergesagt!« Vater steht da, reißt sich die Brust auf: Eine Wunde klafft, aus der Blut sprudelt, wie Jesus sich opfert. Aus dem Blut wachsen Kinder und er stirbt, ist tot, aber die Kinder leben. Ich erwach vom Schreien, mit Erstickungsgefühl, stürz aus dem Bett und versuch, mich, schweißnass nach Luft japsend, an der Gardine aufzurichten.

Karl wird wach. »Was heulst du die ganze Nacht?«

In der Schule tut's Sitzen noch gehörig weh, aber das Stechen lässt nach und geht in ziehendes Brennen über. Nicht dran denken. Wie betäubt muss ich am Nachmittag mit Mutter in Harmanns Kamp Rübenziehen. Es friert, der Boden ist noch matschig. Ich zieh bei jedem Schritt die Holzschuhe aus dem Schlamm, gebückt, mit eisigen Fingern und Tränen.

»Armes Kind, ganz verweinte Augen«, sagt Mutter. »Papa meint's nicht so, er hat Pech bei der Flurbereinigung.«

Immer Flurbereinigung. Ich kann nichts dafür, dass sie ihm das beste Land nehmen. »So prügeln ist nicht Nächstenliebe.«

»Der ist verzweifelt.«

»Dauernd haut er. Der vertraut nicht auf Gott.«

Mutter starrt mich an. »Hab ich mich nicht genug um dich gekümmert?« Und zieht weiter Rüben.

Auf dem Rückweg sammle ich Steine und lauf durch Gress' Wiese. Der Wolfshund grollt wie Donner und fliegt wie ein Blitz aus der Tonne knurrend auf mich zu; jeden Moment muss die Kette reißen. »Na warte, heute kriegst du's!« Ich treff seinen Bauch mehrfach. Er bellt noch wütender und rast in die Kette, überschlägt sich, es reißt die Vorderbeine hoch. Doch er schnappt wieder nach mir mit den weißen Zacken im roten Höllenschlund.

Die letzten Steine hageln auf ihn und er heult.

35

»Was machst du?« Jemand fasst um meine Schulter.

Ich steh im Garten und starr umher. Es ist still und hell vom blanken Mond. Ich dreh mich um und versteh nicht, wie im dichten Nebel. Vater schüttelt mich. »Du bist mondsüchtig. Dich treiben finstre Geister um.«

Ach, deshalb erwach ich mit sandigen Füßen und scheuern im Bett Körner. Und wieder eingepinkelt, Laken und Hose nass und kalt. Ich versuch, es trocken zu reiben, doch Mutter bemerkt's: »Stinkst wie 'n Baby!«

Morgen hau ich ab, schwör ich. Ich sündige extra, schleich zum Zuckertopf, leck den Zeigefinger ab, bis er nass ist, steck ihn tief in den Zucker und lutsch ihn ab, erst die Spitze und Stück für Stück tiefer in den Mund. Ich lass mir den Hass nicht anmerken, geh Vater aus dem Weg und red nicht mit ihm, heute nicht, morgen nicht. Er soll ein schlechtes Gewissen haben. Fragt er, was los ist, schweig ich, duck mich und umlauer ihn wie ein wildes Tier, auf der Hut vor Schlägen.

»Bist 'n bisschen bockig«, sagt Eva. »Helf ich dir zuwenig?«

»Nimm 'n Löffel Lourdes-Wasser«, sagt Trude. Ich schlag gegen die Flasche, sie zerbricht, und gleich geht's mir etwas besser, auch wenn Trude aufheult.

Tage brauch ich, um den schlimmsten Hass niederzukämpfen. Gott, warum lässt du das Prügeln zu? Ich plag mich matt und leer mit Melken und Füttern und krieg Rückenweh dazu. Ich verleg mich aufs Grinsen wie angewachsen, selbst nach Ohrfeigen, dass Vater sich beruhigt. Ich gewöhn mir einen singenden Ton an, nicht weinerlich, nicht klar, unsicher, nur nirgends anstoßen, find aber keine Ruhe, auch sonntags nicht.

Wie schön war früher der Sonntagskuchen, geharkter Hof, Vaters Zigarre. Mein Kopf wie vereist und leer, alles geht an mir vorbei, Schlager aus Willis neuem Kassettenrekorder, Barbara mit Eis am Stiel, das weiße Milchsternleuchten.

Die Wochen quälen sich dahin. Keine Nacht, ohne dass ich verschwitzt aus Träumen aufschreck und seltsame Geräusche hör wie von Glocken, Scharren vor der Tür, dumpfe Stimmen.

»Nu ist genug«, sagt Mutter, »jeden Morgen Kopfkissen nass, und du machst wieder ein.« Wachte ich doch woanders auf. Nur Traufeld kann mir helfen. Mir fällt die Schule noch schwerer und ich stotter mehr. Ich muss auch Mauser loswerden. Der haut mir auf die Finger. »Wieder das Blatt voll Kritzeleien; Monster wie Sumpfblasen.« Wir schreiben mit Kugelschreiber statt Feder. Die Finger halten nicht still, krickeln alles voll: Oma, was hast du große Augen und scharfe Zähne. Die Geister gehen unter im Gekrakel, im Kopf wie Ameisenkribbeln hinter der Stirn. Ich beiß mir die Fetzen von der wunden Lippe.

Nachmittags sitz ich im Gras und ritz mir wieder mit Halmen die Zunge, links, rechts, immer wieder, es muss wehtun. Blut fällt aus dem Mund, Tropfen um Tropfen wie aus Jesus' Seite.

Traufeld sucht für die neue Krankenhauskapelle Messdiener für die Fünf-Uhr-Messe. »Zur Not genügt einer.« Keiner will.

Willi will nur zu sieben. »Mama sagt, Zehnjährige halb fünf für die Nonnen in die Eiseskälte schicken, ist Kinderschinderei.«

Nach der Stunde ruft mich der Pfarrer. Ich wisch die Hände an der Hose ab, geb ihm die Rechte, schau fromm auf den Boden. Weiß er noch vom Lakritzklauen und Lügen? Ich erzähl von Heiligenbildchen, dann stockt's Gespräch.

»Wir glauben und kümmern uns nicht um die Meinung Zweifelnder. Du bringt es als fleißigster Messdiener weit, Gott hilft dir. Du schaffst auch die Fünf-Uhr-Messe, eisern wie dein Vater. Solche wie er sind im Gottesglauben zu Hause und vor Verzweiflung geschützt.« Statt ein *Gut* gibt er mir ein *Sehr gut*.

»Ich mach's.« Ich kämpf gegen Tränen. Wenn du wüsstest, wie verzweifelt Vater prügelt, verbeiß ich mir. Der Pfarrer ist mächtig, verwandelt Wasser in Blut und verbindet ein Brautpaar bis zum Tod, dass sie keiner trennen kann, indem er die Goldringe beim Eintauchen verzaubert.

Das Glasmännchen erfüllt mir keinen Wunsch, aber er wird mir helfen. Es kommt auf mich an. Lass ich den Jauchebeckendeckel offen, stürzen Lorenz oder Kathrin rein und kommen um. Fluch ich unterm Regenbogen, ist mir der Himmel ewig verschlossen. Knick ich im Roggen spielend Halme um, verhungert einer in Afrika. Zünd ich Welthölzer an, bin ich mächtig über Leben und Tod. Sicher bin ich zweiflerisch wegen der Hinterkopfdelle, weil ich vom Heuwagen fiel. Aber wer an Gott zweifelt, kommt in die Hölle. Was geb ich auch Widerworte? Ich hass Vater nicht, das ist Sünde. Ehrt man gehorsam Vater und Mutter, wird man reich und alt, heißt es. Ich hasse mich. Ich bete den Kreuzweg, nie wieder zweifeln! Eine Kerze brennt im dunklen Winkel vorm Herzen Jesu. Ich spür bei jedem Schritt, er schaut mir nach.

Statt zu sieben fahr ich nun zu fünf Uhr zur Kapelle, bei eisigem Ost wieder in ausgeleierten Kratzstrümpfen, im Leibchen mit Strapsen und kalten Metallklammern zum Einhaken. Die kackbraune Wolle piekt, von Mutter mit dem Größerwerden nachgestrickt und gestopft. Willi hat karierte Kniestrümpfe. Ich bin fromm, das muss jeder im Dorf zugeben. Frommer ist keiner, ich lass mich als guter Messdiener blaufrieren, allein ohne Frühstück und Handschuhe. Nur Einzelne tauchen auf dem dunklen Weg schattenhaft auf.

Endlich bin ich da, die eisigen Fingerspitzen ins Weihwasser. Die Kapelle ungeheizt, es riecht nach Wachs und Kaffee, die Schwestern nicken freundlich. Ich stolper die Altarstufen hoch und seh verblüfft nur wenige hinten sitzen. Sie schauen mich an, aber mein Auge erkennt im Vorbeistreifen niemand. Ich kann alles, das *Credo* in Latein, *Mea culpa* und *Amen* an der richtigen Stelle sagen. Im Düstern frühmorgens klingt Singen und Beten tiefer als sonst; mir ist, die Steine murmeln mit.

In der Stille hör ich die Schwere meiner Schuld, es graut mir vorn tiefen Schatten der dunklen Holzbänke und ich bete und singe inbrünstiger, falte die Hände so fest, dass die Adern dick hervortreten. Die Sünde, Vater zu hassen, drückt mich auf die Knie, *per omnia saecula saeculorum*. Der Kelch. Blut Christi wird vergossen, wie beim Schlachtschwein, fällt mir ein, warum nur? Die Versuchung! Ständig aufstehen, knien, murmeln und singen. *Mea culpa, mea maxima culpa.* Gott meint's ernst mit der Prüfung. Beim Fußball gewinn ich leichter. O

Herr, mach, dass ich nicht mehr messdienen muss! Hilf, dass ich nicht zweifle! Warum klappt die innige Vereinigung und Erlösung wie zur Erstkommunion nicht mehr?

»Der Leib Christi.«

»Amen.«

Man muss sich abtöten, aber wieder hab ich Zucker geklaut. Anna macht das nicht, sie ist so überirdisch fügsam. Ich vergess die Sünden. Doch es sammeln sich wieder neue.

»Was bist du blöd, wochenlang um fünf messdienen?«, sagt Caspar. Ihn schickt Gott zur Versuchung, aber muss es ein so Großer sein? Die Dorfjungs der hohen Herrns messdienen nicht. Die können nicht durchs Nadelöhr, sind aber beliebt bei den Dorfmädchen. Willi darf spielen mit neuen Sachen. Einen Scheitel wie Franz-Josef krieg ich auch nicht, keine Hose mit Gürtel oder Pullover mit Reißverschluss, und darf auch nicht mit auf Klassenfahrt zu den Dörenther Klippen. Ich trag Jakobs und Karls große Hemden und den Rautenpullover. Ich füg mich ja und bete, *es komme dein Reich*, aber ist das wirklich das Reich der Armen? Ich kühl mein Kopfweh mit Schnee. Der liegt hoch, und strenger Ost überzieht alles mit Glatteis.

Die Küchenuhr schlägt viertel vor fünf.

Zu spät! O Gott, rett mich. Mit Mutters Rad ras ich am *Dicken Leewen Herrn* vorbei über die Mühlenaa-Brücke. Eine Krähe hockt verloren rum, den Kopf im Gefieder. Die Turmuhr zeigt schon fünf! In schneller Schussfahrt in die Kurve vorm Hexenhaus. Ich seh über die schmierigen, vereisten Blätter den Reifen vorn wegrutschen und wie in Zeitlupe den Lindenstamm auf mich zukommen. Mir ist, ich hör noch ein Lachen aus dem Hexenhaus.

»Heini!« Die Bäckersfrau beugt sich über mich und bringt mich heim. Im Haar ertast ich Blut. Meine Schuld, ich hab mich nicht bekreuzigt vorm *Dicken Leewen Herrn*. Die Strafe fürs Zweifeln. Ich will's wieder gutmachen; Trude gibt mir zwei Groschen für eine Kerze mit einem Wunsch.

Ich fahr zur Kirche, werf die Münzen am Marienaltar in den Schlitz und zünd eine Kerze an. Muttergottes hilf, dass ich nicht zweifle und Gottes Prüfung besteh! Ich blick zu ihr und den Heiligen an der Kirchendecke mit hellen, wallenden Gewändern, lachenden Gesichtern, weichen Locken und dicken Engeln mit Blumen und Harfen. Ich werd gehorsam, keusch sein, gern messdienen, Rosenkranz beten. Die Jungfrau Maria hält den Jesusknaben auf dem Schenkel und zeigt auf ihr tomatenrot blutendes Herz, mit zarten weißen Händen, nicht schwielig braun wie Mutters. Ich bete an jeder Kreuzwegstation, Ablässe kann man nie genug kriegen, dass Gott mir die Zweifel nimmt, so lange, bis der Docht nur noch glüht und weißer Rauch aufsteigt. Wieder erlischt ein Lebenslicht, wie immer, wenn eine Kerze ausgeht.

»'n bisschen plemmplemm«, heißt's in der Schule und zu Hause. Die im Haar versteckte Delle zählt nicht. Bestaunt wird Willis lange Stacheldrahtnarbe am Bein, wie vom Schwert.

36

Der neue Vermesser, hager und schmal im Gesicht, mit Schlips im dunklen Anzug, auf dem Sofa, nimmt einen Brief aus der Tasche und legt ihn auf den Tisch. Vater liest ihn und gibt ihn Mutter. Sie sehen sich an, als raten sie Rätsel. Der Besuch faltet 's Papier wieder und steckt's weg. »Heini, verschwinde!«

Hinter der Tür hör ich sie streiten: »Ich geh vors Gericht – Strick nehmen – hauen einen übers Ohr – Wiese *und* Kamp gehen an Brockmöllerbur.« Deshalb hat der immer gelacht! Als der Vermesser geht, lassen sie die Köpfe hängen wie Kühe und schweigen auch so.

Danach ist Vater krank und braucht Ruhe. Mutter zuckt nur mit der Schulter. Unter Tränen klagt er: »Brockmöllerbur und Haakbur kriegen die fruchtbaren Felder.« Und spricht vom Gericht, meint aber nicht das Jüngste Gericht. »Wir müssen beten, es kommt schlimm.«

Sind wir jetzt dran mit Aufgeben wie Strehlerbur und Dierk?

Die Wallfahrt war umsonst. Wie ein Jammerlappen weiß er sich nicht zu wehren, traut sich nicht mal zur Sonntagszigarre in die Wirtschaft, geht allein durch den Stall oder steht im Hof am Misthaufen, redet mit sich selbst, laut vor sich hin: »Dorn in Foot rammt – sühnig wirn – alles geht 'n Bach runter« und sticht mit der Forke in die Luft. Gesicht teuflisch verzerrt, stiert er lange still vor sich hin, dann trampelt er auf, Arme zittern, und spricht wieder von schlimmen Vorzeichen. Wird er verrückt? Ich versuch, nirgendwo anzustoßen. Sonst spricht er von Gottvertrauen, aber er verlässt sich nicht auf Gott. Vorhersehen ist doch Sünde. Ich schäm mich für ihn, er tut mir leid. Alle sagen, Münsterländer sind stur, dickköpfig. Das stimmt nicht. Vater ist schwach und verzweifelt, dass Brockmöllerbur unser bestes Land kriegt. Mich kann Vater halbtot prügeln, aber da weiß er nicht weiter.

Die Mittagssonne scheint, aber noch ist der April frostig. Brinkmanns Bernd stapft wie ein altes Pferd durch den Hofschlamm und die schmuddligen Schneereste und blinzelt in die Eichen. »Wie wird's Wetter?«

»Alles zwecklos«, sagt Vater, mit roten Augen. Soll er doch auch den Rest versaufen, denk ich, verschluck's aber.

»Mach 'ne Wallfahrt«, sagt Trude zu Vater.

»Wir sollen die moorige Haaken-Wiese kriegen – Onkel Bruno hatte doch versprochen, zu helfen.«

»Wer's glaubt, wird selig. Der hat auch versprochen, Priester zu werden«, sagt Trude. »Auf den ist kein Verlass, auch wenn er wieder zur Kirche geht. Heini, du kommst auch auf die schiefe Bahn, wenn du nicht Priester wirst!« Eine Kuh brüllt brünstig. Mir läuft ein Schauer übern Rücken.

»Euer Onkel Bruno hat's Hakenkreuz nur mit 'm christlichen vertauscht. Der buckelt bei 'n Großbauern für die Karriere.« Brinkmanns Bernd hält 's Glas wieder hin. »Was die mit der Flurbereinigung wollen, große Flächen, Kunstdünger, Maschinen: wie Turmbau zu Babel. Der Herrgott lässt die Bäume nicht in 'n Himmel wachsen, eher schickt er Seuchen und Plagen. Wenn nur noch große Maschinen über die Felder rattern, brauchen die uns nicht mehr.«

»Die hohen Herrns machen den Reibach. Wir rackern wie blöde und bleiben arm wie 'ne Kirchenmaus«, sagt Vater.

»So arm, selbst die Mäuse laufen davon. Schiet-Maloche. Prost!« Brinkmanns Bernd kippt ihn rein und wankt davon.

»De olle Brinkmanns versöpp allet, Hus un Hoff! Gebt dem keinen mehr. Der Gerichtsvollzieher war wieder dort«, sagt Trude. »Immer fängt's mit 'nem Gelegenheitsschnaps an, hat seine Schwester erzählt. Er hätt viel nachzuholen, sagt er. Solange seine Frau lebte, durft er nicht. Wenn er 'n paar intus hat und, wie hier, was dazukommt, säuft der blindlings alles leer, taumelt duhn mit Händen an der Mauer lang und fällt zu Hause wie 'n Sack wie tot um, wenn er soweit kommt. Oder er schläft als Schnapsleiche irgendwo im Graben und man muss ihn zu viert heimtragen. Morgens weiß er nicht, wer er ist und lallt wirr von Krieg und Wunderwaffen.«

Zwei Wochen vor den Zeugnissen sagt Mauser: »Evelyn, du kannst zur Realschule, Franz-Josef auch, Heini, du nicht!«

»Hähä!« Franz-Josef zeigt lachend auf mich. Von den Bauernjungs schafft's nur Jan.

Der Tag ist windstill bis auf kleine Böen, die Laub rumwirbeln. Nie war ich so allein.

»Kann ich trotzdem zur Realschule?«, frag ich Vater.

»Lorenz, du bist in der dritten Klasse …«

»Nein, in der vierten, ich bin Heini.«

»Realschule? Wer hat dir den Floh ins Ohr gesetzt?« Er schaut mich an, als sei ich ein Narr. »Sieh zu, dass du die letzten vier Volksschuljahre schaffst.«

»Aber Franz-Josef …« Ich seh auf meine abgekauten Nägel.

»Der ist gescheit, dem fliegt's zu. Arztkinder können auf 'ne höhere Schule, Kaufmannskinder, natürlich die Kettlerkinder. Wir sind keine Krösusse. Wer Priester werden will, dem hilft der Pfarrer. Der weiß 'n Orden, die Herz-Jesu-Missionare. Wer soll sonst bezahlen? Aber mit den Fünfen«, sagt er enttäuscht.

Mich wundert seine Enttäuschung. »In *Katechismus* krieg ich 'ne *Eins* und als Messdiener kann Traufeld …«

»Ach, wer zur Realschule geht, muss 'n Kopf mit viel Zeug vollstopfen und eisern durchhalten. Ich konnt auch nichts behalten, Bauern sind zu dumm fürs Studieren.«

»Aber Ulla bei Tante Maria darf …«

»Ach die.« Vater winkt ab.

Am Sonntag riecht's zu Hause nach Kaninchenbraten. Mutter schneidet grad Petersilie. Da kommt Rektor Neuhaus zu Besuch. »Heini, warum wächst du nicht? Sieh zu, dass du Speck auf die Rippen kriegst.« Zu Vater sagt er: »Die Kinder fehlen im Unterricht, nicht nur in der Erntezeit. Heini lernt zu wenig zu Hause. Er vergisst alles und ist morgens müde, wenn er bis spät hilft. Was soll aus ihm werden?«

»Wir Bauern sind einfache Leute«, sagt Vater. »Ich war nur vier Jahre zur Schule. Aber wir wissen, was sich gehört. Ich hab gegeben, was ich kann. Vielleicht sollt er länger in der Schule bleiben, aber ich brauch seine Hilfe.«

»Es würde nicht schaden, mal anderes zu sehen. Vielleicht ist er zu anderem geeignet. Vielleicht später zur Realschule oder Ibbenbürener Handelsschule.«

»In Städten rumlungern?« Vater spuckt den Halm aus. Sein Gesicht verschließt sich. »Nein, meine nicht, sind zu sehr mit 'm Land verwachsen. Die gehn nicht fort, gehn nicht fort.«

Am nächsten Morgen finde ich meine Kaninchen starr, die Pfoten von sich gestreckt. Nur ein fettes Biest zuckt noch mit Schaum vorm Maul. Alles mach ich falsch. »Die Seuche«, sagt Vater. Ich grab in der Pferdewiese ein großes Loch und finde Knochen früher Vergrabener. Nur Knochen bleiben übrig. Ihr habt eure Ruhe, mit einem Kreuz aus Birkenästen, wie auf Onkel Ottos Grab in Russland.

Mauser teilt Zeugnisse aus. Nur Vierer und Fünfer. Nach der Schule seh ich mich auf der Mühlenaa-Brücke im Wasser und mir kommt die Idee, zu springen. Unten gluckert 's Wasser. Mit einem Sprung alles hinter mir lassen. Den letzten Blick auf die Wolken. Und ich würd's beim Aufschlag platschen hören. Nicht auf die Realschule.

»Bei den Noten muss man sich ja was schämen«, wird Mutter sagen. Vater wird zum Stock greifen. »Dein Zeugnis kann man keinem zeigen. Werd Maurer oder Straßenfeger.«

Ich balle die Hände, öffne sie wieder, umklammer 's Geländer und versuch, das kalte Eisen zu verbiegen. Ich schließe die Augen. Immer die spöttischen Blicke der Großen. Aber auf ewig verdammt und ohne weißen Engel im Dunkeln im Wald verscharrt? Ich saug an den wunden Lippen. Gefräßige Elstern hüpfen umher. Ich hass ihn doch noch. Endgültig Schluss machen, aber dann kann ich ihn nicht mehr hassen. Warum nimmt *er* nicht endlich den Strick? Ohne Hochwasser ist die Aa zu flach. Ratten huschen am Ufer entlang. Lange verfolg ich den Strom und seh darin den Himmel. Jesus, du hast umsonst für mich gelitten. Du Muttergottes bist enttäuscht, dass du mir nicht hilfst. Mein Starren ins gurgelnde Nass verschwimmt in Tränen. Seh nicht mehr die angeschwemmten Hölzer, den alten Schuh, hör nicht mehr den Schmied hämmern, aber spür die Schläge ins Gesicht, auf Rücken und Po und die Verachtung in seinen Augen.

Auf einmal zieht Mutter mich vom Geländer. »Was machst du? Du weinst, is's so schlimm?« Sie setzt sich mit mir ans Ufer auf die ersten Grashalme, lässt auch die Beine zum Wasser baumeln und erzählt, wie schön es für sie in Münster beim Bauern war, wo der Fremde auf dem Bild auf der Bank seinen Arm um sie legte. »Eines Tages findest du auch eine und es wird schön, glaub mir!« Sie redet wie sonst nie mit mir. Weiß sie, wie ich Vater hasse? Über ihn spricht sie nicht. »Eines Tages hast du's besser, du gehst weg und hast 'n schönes Mädchen, 'ne viel schönere als Cilli. Du wirst sehen!« Sie streicht mir übern Kopf. Versteht sie mich doch?

Meine Tränen sind getrocknet, ohne dass ich es gemerkt habe.

Onkel Bruno besucht uns wieder.

»Du wollst helfen, und? Nichts!«, brüllt Vater in der besten Stube im Stehen. »Wieso kriegt Brockmöller unsern Kamp *und* Strehlers Wiese?«

»Bei den Großen kann man viel zusammenlegen.« Sein Schnauzer bewegt sich mit. «Aber ich bin nicht zuständig. Viele Kleine überleben nicht.«

»Überleben nicht? Wo sollen die Kinder hin? Wir müssen, was sonst? In 'n Pütt, in die Fabrik, nach Amerika? Mich nimmt mit fünfundfünfzig keiner mehr. Alles hab ich für dich bezahlt, 'n Schulplatz, und du hast 'n Herrgott verraten! 'n anderer hätt für dich Priester werden können! Du hast 'ne große Schuld auf dich geladen, sie nicht gesühnt, ich zahl sie heut noch ab.«

»Was tust du?«, fragt Onkel Bruno ungläubig.

»Ich zahl jeden Monat nach Peru, dass in der Herz-Jesu-Mission 'n Pater ausgebildet wird, seit zwanzig Jahren, ums wieder gutzumachen. Und du bist feige.«

Vater zahlt für ihn, wo der Hof untergeht?

Onkel Bruno starrt, mit offenem Mund. Immer im Anzug, er raucht, hat den *Opel Rekord,* eine Frau mit roten Stöckelschuhen und spielt falsch gegen uns.

Stille in der Küche, nur Fliegen summen. Meine Hand schiebt sich gespannt, unmerklich langsam vor eine Fliege. Sie kann nur vorwärts starten. Kommt die Hand blitzschnell von vorn, hat sie keine Chance. Ich bin Herr der Fliegen, ich hab sie, schleich in den Flur und spieß sie mit Stecknadeln an seiner Jacke auf, sieben nacheinander. Sieben auf einen Streich. Beim Verabschieden schreit Tante Irma auf. Einige zappeln noch. Ich verdrück mich lieber.

Keiner kriegt meinen Hass mit. Caspar nicht, der mich piesackt, Cilli nicht, die gleich wegschaut, und Thea nicht, die mir zublinzelt. Nur Traufeld sieht mich an, als wüsste er alles. Er fragt nach dem Messdienen: »Steigst du Ostern mal mit mir auf den Kirchturm?«

Er muss mir helfen!

IV

Was wird nur aus dir?

37

Am Osternachmittag glänzt der Schieferhelm der Kirche in der Sonne.

Vorm Marienaltar knien einige Frauen mit schwarzen Kopftüchern. Ich bekreuzige mich mit Weihwasser und stapfe mit Traufeld die finstere Treppe am Seil hoch, viele Stufen, vorbei an den stillen Glocken. Die Balken rumoren, durch die Luken zischt der Wind. Der dicke Pfarrer lehnt sich pustend an die Mauer, hält sich den Bauch, putzt Spinnweben von der schwarzen Soutane und sieht mich an. Ich schau weg. Kann er mir gegen die Prügel helfen und irgendwann nach Münster wegzukönnen? Weiter auf die Leiter zur Luke nach oben.

Dann steh ich wacklig zwischen Himmel und Steinhop im blendend Hellen, rundum nur das weiße Holzgeländer. Dohlen schießen los. Wind bläst mir ins Gesicht. Ich kann kaum atmen, so nah am Himmel. Ich umklammer erschreckt zwei Pfosten, leg mich auf den Bauch und späh in die Tiefe: kleine Dächer und Lindenwipfel, Strommasten mit weißen Porzellanknöpfen. Post, Sparkasse, Amt, Wirtschaft, Krankenhaus, Schule ducken sich um die Kirche, und schon verliert sich das Dorf in die Bauernschaften. Ich staune mit offenem Mund, ein riesiges Land, wohin ich mich auch dreh, und so klein Steinhop-Dorf! Da sprechen sie Hochdeutsch. Na und? Ich werd ruhig. In der blassen Ferne gibt's gar keine Leere. Beim Maiausflug dachte ich noch, hinterm schwarzen Waldrand käme nur endlos Moor, das Ende der Welt. Vater spricht von Babylon hinterm Dorf. »Wo ist Sodom und Gomorrha und Afrika mit meinem Heidenkind?«

Der Pfarrer guckt mich zweifelnd an und zeigt zur Windmühle an der Mühlenaa. »Da im Osten liegt Berlin, Moskau, Sibirien!« Da sind die Onkel vermisst. »Dort im Westen geht es nach Rheine, Paris, Amerika! Und dort, das Tecklenburger Land streckt sich flach zum Teutoburger Wald, den Dörenther Klippen, den *Preussag*-Schornsteinen auf dem Dickenberg, Ibbenbüren und dahinter Münster.«

»Mit den Käfigen an der Lamberti-Kirche?«

Der Pfarrer nickt. Ich staune, Münster so nah. Und Ibbenbüren. Dort geht Eva seit Ostern zur Handelsschule. Wenigstens dahin will ich. Plötzlich dröhnt's gewaltig, der Turm bebt, ich halt mir die Ohren zu. Wenn er nur nicht umkippt. Die Glocke schlägt vier, die von Halverde und Recke schallen zurück. Dohlen umkreisen uns kreischend – *drru krrie krrie –,* fallen, steigen und verschwinden.

»Is es Sünde, das Papa mich verprügelt?«

Traufeld lächelt mich an. »Du sollst Vater und Mutter ehren!«

»Immer Arbeit und Prügel. Das ist keine Nächstenliebe!«

»Sei demütig, Stolz führt auf die schiefe Bahn.«

»Jakob raucht. Ist das nicht Sünde?«

»Neid ist Sünde. Willst du Obermessdiener sein, Neue anleiten? Du bekommst auch ein Abzeichen.«

Ich starr ihn an und bring zu den Fragen nichts mehr raus.

»Stark wie die *Dicke Eiche* muss dein Glaube sein. Mit zehn hast du noch alles vor dir.« Er legt mir die Hand auf die Schulter. Ich brauch vor ihm keinen Bammel zu haben. »Willst du nicht nach der Volksschule zu den Herz-Jesu-Missionaren auf die Schule in Münster und Priester werden?«

»Und ob!« Mein Herz klopft. Raus aus Steinhop, berühmt wie Jakob, und Papst werden! »Wann kann ich nach Münster?«

»Nach der Volksschule. Lern gut und sei fleißig Messdiener!« Traufeld zeigt ins Blaue übers Heilige Meer. »Dort ist Münster, weit dahinter der Papst. Werd Priester, es ist Gottes Wille!«

Ich nicke. Wieso wählt er grad mich aus? Bin ich doch auserwählt, obwohl ich in der Schule stottre und schiele?

»Und komm zu mir, bevor du in die Mühlenaa springst, ja? Sei mutig wie ein Löwe. Und lese!«

»Ich hab kein Buch.«

»Leih dir was aus der Pfarrbücherei. Lesen, lesen, lesen!«

Eine kleine Dohle piepst ängstlich. »Ein gebrochener Flügel, nimm sie mit!« Wir steigen hinab. Als ich, mit der Dohle im Arm, zum Turm hochseh, weiß ich, wie klein Steinhop ist.

Vorbei die ersten vier Volksschuljahre, wie ein Alptraum. Danke Gott, dass ich eines Tages wegkann. Ich halt's im Haus nicht mehr aus und will Ostermontag früh Vogeleier suchen. Vom letzten Jahr hab ich noch einige Ausgepustete. Gott zuliebe mach ich einen Vogeleier-Rosenkranz, das schwör ich! Wenn ich das kann, schaffs ich auch zur Missionsschule nach Münster. Ich beweise, ich bin starkgläubig, mutiger, als alle denken. Ostern ist spät dieses Jahr, die Tage heller, der Schnee längst geschmolzen.

»Wetten, ich find auch Habichtseier«, sag ich zu Willi.

»Du hast Schiss«, sagt Willi.

»Quatsch-Willi! Leihst du mir Karl Mays *Schatz im Silbersee*, wenn ich es schaff?«

»Sicher! Aber du spinnst: Kriegen dich Habichte in die Krallen, dann gut Nacht.« Willi zeigt mir den Vogel.

»Immer mit 'm Kopf durch die Wand, du brichst dir 'n Hals«, sagt Paula. »Hilf erst Garten umgraben!«

»Jaja, nachher.« Ich streck ihr die Zunge raus.

»Du hast 'n Vogel, ich sag's Papa!«, ruft sie mir nach.

Soll sie doch. Ich hab vor nichts Angst. Ich bestreu ein Brot mit Zucker, schling's runter und hol einen guten Apfel aus dem Keller, nicht mehr erst angefaulte und verschrumpelte. Mein Magen ist nicht leer, aber ich hab Hunger, ich weiß nicht, auf was. Ich greif die Mütze und schleich durch die weit offene Tennentür raus. Eine Jacke brauch ich nicht mehr.

Der Himmel wolkenleer. Gress' Wolfshund bellt. Der Graben hinter der Pferdewiese noch voll Wasser, die Schweinewiese überschwemmt. Es wächst noch wenig, nur Klarapfelknospen räkeln sich. Ein erster Kohlweißling taumelt im Flug. Ich hol mein Messer, Schnur und Schere aus dem Appelhokversteck. Auf einer Eiche find ich ein Nest, leider leer. Im Wiesenstall lugt über dem Stroh eine Drossel mit schwarzen Augen übern Nestrand. Franz von Assisi könnte mit ihr reden. Ich greif zu, sie flattert unheimlich wie eine Fledermaus umher. Fünf blauweiße Eier sind die ersten im Beutel fürs *Gegrüßet seist du, Maria*. Ich lauf erstmals wieder durch Wiesen, an Gräben und Hecken entlang mit Weidekätzchen und Hagebutten.

Was wird nur, wenn mit der Flurbereinigung Appelhok und Wallhecken wegmüssen? Blässhühner schreien auf: *Köw-köw-kröck-kröck*. Frisch riecht die Erde. Neue Maulwurfshaufen. Ein Tütvogel schreit,

Vater nennt sie *Gülwert.* Die Moorwiesen verschwimmen im Nebel. Mit der blassen Sonne steigt schnell der Nebel. Bäume und Wiesenpfähle wachsen aus dem Boden. Von den Nadeln tropft Tau. Grashalme, vom Regen gedrückt, heben sich in der Sonne. Ein alter Bussard, ich erkenn ihn an weißen Brustfedern, kreist hoch und frei. Ich brauch mich nicht zu ängstigen. *Die Vögel säen nicht… und Gott ernährt sie doch.* Der Pfarrer hilft mir.

In Brinkmanns Wiese schnurren Kiebitze wie aufgezogen los und verharren dann reglos. Lauf ich hin, fliehen sie gaukelnd mit *Kiuchiwiwi! Wiuchi!* Ich finde ihr Gelege im Gras. Hinunter den Pfad. Im Brombeergebüsch blassblau gesprenkelte Singdrosseleier. In der Birke keckert eine Elster. Jetzt hol ich dir was weg. Ein silberner Ring glitzert zwischen den Eiern. Den klau ich! Ein Eichelhäher schreit. Seine Eier nehm ich für *Ehre sei dem Vater.* Holztauben gurren. Das dünne Taubennest in der Birke seh ich von Weitem. Ich finde vier Geschlüpfte. Wenige Tage noch, und sie fliegen aus. Ich werd die saftigen Täubchen in Butter braten. Ich stutze ihre Flügel und binde sie mit der Schnur an den Füßen im Nest fest.

Ich kann mit dem Suchen nicht aufhören. Alles dreht sich in mir. Ich hab Lust auf Rauben, eine Lebenslust, groß wie nie. Was fang ich nur mit mir an? Im lichten, windschiefen Fichtenwald find ich Mäusebussardeier und ein Taubennest, aber mit aufgebrochenen Eiern. Schreckliche Räuber, Eichhörnchen oder Marder! Wo ist ein Habichtsnest? Vor mir eine trockene Lichtung mit Märzenbechern und Veilchen in der Sonne, hier war ich noch nie. Es riecht nach Moos und Kiefer. Ich streck mich mit dem Rücken ins warm duftende Gras und kau einen Halm. Ich glaub fest an Gott und verzweifel nie. Der Eier-Rosenkranz beweist es. Wenn Paula nur keinen Ärger macht.

Wolken fliegen vorbei: Ein Riese mit dicker Nase verwandelt sich in eine Kuh, dann in eine Hexe. Ein Stück weiter springt ein Hase aus einem Baum. Ein Löwe kommt von hinten auf ihn zu, will ihn fressen, löst sich aber in Nichts auf. Da seh ich ihn: Ein Habicht kreist über Kerzenkettlers Wald. Raben hacken nach ihm und treiben ihn höher. Behutsam leg ich die Eier unter einen Ginster und bahn mir den Weg durch den Sumpf. Der Boden rülpst und blubbert. Bloß keine Wölfe, in jedem Busch seh ich ihre Augen, nur weiter. Kerzenkettlers Wald ist finster. Raben ziehen krächzend ab. Ich höre schärfer, sehe mehr. Efeu, wilder Stachelbeer, klebrige Ranken. Ein hohler Eichenstamm.

Mein Herz rast, nur nicht verlaufen ins Teufelsmoor, ins Niedersächsische.

In der Fichte ein Nest, ich klettre hoch, bloß ein dicht verwachsener Zweig. Ich folge Wildschwein- und Fuchsfährten, kriech tiefer durch dunkle Dornenbüsche, reiß meine Beine blutig, laure bange aufs Rauschen, Knistern, Knacken. Endlich: im Tannenwipfel ein Riesennest. Ich klatsch in die Hände, ein Habicht rauscht davon. Ich hab keine Angst. Nur wehe, die Jungen sind geschlüpft. Die Kiefer turmhoch, die unteren zwei Drittel astlos, wie ein Strommast. Den Stamm fest zwischen den Oberschenkeln, zieh ich mich mit den Armen hoch und höher. Die Muskeln zucken. Pause. Weit noch zum ersten Ast. Ich schaff alles, was ich will. Höher! Arme und Beine schlottern. Noch höher! Nur nicht in die Tiefe schauen. Und wenn er doch kommt? Ich verschnauf auf dem ersten Ast. Muss mich beeilen. Dann häng ich unterm Horst, taste mit der Rechten gierig wie eine Schlange nach der warmen Beute. Es kribbelt in den Fingerspitzen. Eier! Drei fürs *Vaterunser!* Es rieselt mir durch und durch. Mein Herz rast. Unter die Mütze passen sie nicht. Ich leg sie zitternd ins Taschentuch, verknote es, nehm den Knoten in den Mund und steig hinab.

Da, die Habichte! Kreischend umflattern sie mich. Ich kann nicht schreien mit dem Knoten im Mund, nicht klatschen, muss mich festhalten. Einer stürzt auf mich zu, hackt mir mit dem Schnabel in den Arm. Ich rutsch runter, kratz mir Hände, Schenkel und Brust blutig, achte nur auf die Beute, fall und verstauch mir den Hintern, schwindlig wie beim Springen vom Karussell. Geschafft, geschafft! Braun gesprenkelte, groß wie Hühnereier. Willi wird's nicht glauben. Ich renn zurück, sing *Wildgänse rauschen durch die Nacht*, bis ich den Kirchturm seh und den Eierbeutel finde.

Zu Hause bestaunt sogar Karl die Armwunde und die Schrammen. »Habichtseier, unglaublich. Klein, aber oho!«

Willi gibt mir aber den *Schatz im Silbersee* nicht. »Muss es noch zu Ende lesen.« Und dann der Bücherei zurückgeben.

Gemein. Ich werd mir selber was ausleihen!

Anna und Eva helfen auspusten und Mutter braten. Stolz seh ich die volle Pfanne. Ich zieh die Eier auf eine Schnur.

»Wo warst du solange?« Vater holt aus, verscheucht er Fliegen?

Nein, Ohrfeigen. Macht nichts. Leicht und frei wie zur Erstkommunion nach der ersten Beichte vor zwei Jahren häng ich den Eier-Rosenkranz aufs Engelbild übers Bett. Ich schaff's zur Missionsschule nach Münster.

Tage später hol ich die flüggen Täubchen, Mutter brät sie. Lecker.

Nur Trude sagt, Leben extra zerstören ist Sünde.

38

Nach den Osterferien der Freudentag: Lehrer Mauser ist nach Münster strafversetzt. Nicht wegen Prügelns. Weil er auf den Pfarrer und Kirchenvorstand schimpfte, sagt Emma.

Alles ist anders in der fünften Klasse. Unser neuer Lehrer, der Rektor Neuhaus, prügelt nicht. Und seit die Realschüler weg sind, bin ich auch ohne Hausaufgaben nicht mehr so schlecht. Kratzen die Stifte übers Papier, hört man es seufzen wie bei schwerer Arbeit. Damit ich eines Tages als Priester wegkann, tu ich alles fürn Pfarrer, sammle Altpapier für Heidenkinder, geh pünktlich messdienen, zur Christenlehre und Andacht.

Caspar liest flüsternd aus der *Bravo* vor. »Der Priester verführte eine Minderjährige in der Friedhofskapelle nach Beerdigung der Mutter.«

»Alles Lügen, Papier ist geduldig«, sag ich wie Vater. Warum hör ich es mir nur gern an? Und wie geht *verführen*? Tut's der Pfarrer, bleibt sie sicher Jungfrau. »Caspar war heute nicht in der Kindermesse«, sag ich zum Pfarrer.

»Wer nicht zur Kindermesse und sonntags nicht zur Christenlehre und Andacht geht, kriegt kein *Ausreichend.*« Er sieht Caspar an, aber der schaut einfach weg und droht mir zischelnd Prügel an. Ich zeig ihm den Vogel.

»Du Streber«, sagt Willi zu mir und stimmt *Heini is doof* an.

»Brügges haben 's Fasten gebrochen, ich hab's gerochen!« Ich zeig auf Willi. »Mitten in der Fastenzeit Fleisch gekocht und sich noch drüber gefreut.«

»Du spinnst, Pharisäer«, belustigt sich Cilli, heute in Nietenhose und ohne Kopftuch.

Der Pfarrer stellt sich vor ihren Tisch. »Sittenverfall, wenn Mädchen wie Jungs kurze Haare und Hosen tragen. Zieht wenigstens eine Schürze drüber.«

Ich bekomm in *Religion* wieder eine Eins und darf als Obermessdiener mit Abzeichen sogar Hausaufgaben im Katechismusunterricht machen.

Meine kleine Kirchturmsdohle pickt mir schon Körner aus der Hand. Aufgepäppelt glänzt sie mattschwarz und ist handzahm. Sie wirft sich hochmütig in die Brust, schaut mir nach und stolziert mir treu hinterher. Nur mir. Halt ich an, stoppt sie auch. Nur wenn *ich* sie rufe, kommt sie.

Selbst Karl schaut mit großen Augen zu. »Wie machst du das?« Er erschreckt sie. Sie bleibt aber bei mir und spricht mir Wörter nach. Realschule klingt wie Rabenschuh. Ich darf ihr auch mit dem Finger am Hals lang streichen, sie pickt nicht danach. Warum, weiß ich selbst nicht.

Ich muss noch auf Klemens aufpassen. Er kann noch nicht mal laufen. Wieder nass und eingeschissen. Ich bin schuld, hab ihn nicht auf den Topf gesetzt. Jetzt muss er sitzen, bis was kommt. »Pinkle nicht daneben!« Er glotzt mich blöd an. Wenn er nur nicht drin steckenbleibt. Er spielt nur und kippt um. Ich hau ihm eins auf den Po und er schreit.

»Wisch auf; leer rechtzeitig 'n Pisspott!« Paula langt mir eine.

»Scheißpisspott!« Ich schlag mit dem Fuß dagegen, dass er durch die Stube rollt. Ich fang mir noch eine Schelle ein und Trude humpelt wieder mit Lourdes-Weihwasser heran. Nur Mutter lächelt. »Mach keine Geschichten, du warst früher so brav!« Und Anna äfft nach: »So brav!«

Doch dann drängelt Klemens an meiner Hand. *Tap, tap, tap* patschen seine nackte Füße über die Dielen und er taumelt vor, seine ersten Schritte. »Klemens, du läufst ja allein!« Er will zum Hof. Übermütig haut er mit einer Weidenrute in eine schlammgrüne Pfütze und fällt hinein. Er schreit weniger. Vater wirft ihn in die Luft. Wär Vater doch mal stolz auf *mich*! Ich erzähl ihm vom Pfarrer, ich könne in Münster Priester werden.

»Ach, wo du's nicht mal wie Jakob zur Realschule schaffst.«

»Papa, du musst noch mal den Küchentisch verlängern«, sagt Paula. »Wenn ich groß bin, krieg ich zwölf, eins mehr als ihr.« Alle lachen und er sägt ein Verlängerungsbrett.

Ich hab den Eier-Rosenkranz geschafft und will auch weniger zu Hause arbeiten und mehr lesen. Ich schleich auf den Dachboden und finde Jakobs stockfleckige Buch *Die Griechischen Heldensagen.* Odysseus geht auf Abenteuer.

Doch bald steht Mutter hinter mir und nimmt's mir weg. »Hol Brot und komm nach aufs Feld!«

»Heute an meinem Geburtstag nicht!«

»Lass es Papa nicht hören, der braucht deine Hilfe.«

»Der Teufel soll ihn holen.«

»Dein Papa! Bist du frech, muss ich es ausbaden. Fahr!«

Nur nicht den Einkaufszettel verlieren und Zucker statt Salz mitbringen. Mit Wind von hinten fährt 's Rad fast von selbst, vorbei an Spiegelbergs und Thormanns Wiesen, gelb mit Löwenzahn und Hahnenfuß. Beim *Dicken Leewen Herrn,* noch mit rot- und gelbweißen Palmsonntagsfahnen, bekreuzige ich mich. Aus der oberen Mühlenturmluke grinst der bärtige Bäcker. »Euer Papa muss mal wieder Roggen fürs Schwarzbrot bringen!«

Ich stell 's Rad an die Backstubentür. Süß riecht's nach knusprigen Stuten.

»Na Heini, wie geht's?«, sagt die Bäckersfrau nett.

»Gut!« Ich leg den Zettel neben die Gläser mit Bonbons und Lakritz. Wie verrückt war ich früher danach.

Sie holt alles zusammen. »Wie geht's deiner Mutter?«

»Hat Kopfweh.«

»Blass und mager saß sie wieder auf dem Friedhof, wohl ihre einzige Erholung. Noch ein Elftes bekommen, und ich seh sie heuen und Unkraut hacken.« Plötzlich sieht sie mich an.

»Was kosten die?«

»Lutscher zwei Pfennig, Rolle Drops einen Groschen.« Sie packt alles in die Beutel. »Deine Mama hat nichts für sich und glaubt dennoch ans Gute, obwohl euer Papa ein Sturkopf ist, und Trude schimpft ja auch viel, oder?« Ich nick, lass mich aber nicht ausfragen.

»Wie hält sie das bloß aus? Sei froh, dass du so eine Mutter hast, so demütig, eine Heilige, ohne dauernd Händefalten. Andere trinken bei so viel Kummer Schnaps, fluchen oder wären längst gestorben. Sie schickt sich geduldig in die Arbeit. Hilfst du ihr auch genug? Kinder sind heutzutage so ichsüchtig.« Sie blickt mich an. Du auch?, scheint ihr Blick zu fragen. »Euer Papa gönnt ihr nichts, oder?« Mir kommen die Tränen. »Wein doch nicht«, sagt sie. Sie weiß nicht, es ist wegen der Prügel. »Sie liebt ihn doch und lässt sich ihre Liebe durch nichts versauen, eine Heilige! Was die aushält, würde keiner von uns aushalten, eine Märtyrerin. Auf deine Mutter kannst du stolz sein, das ganze Leben eine Qual und immer ein Lächeln übrig. Hat alle gegen sich, mutterseelenallein, eine Mutter mutterseelenallein.« Sie lacht. »Hier die Rabattmarken und ein Lutscher dazu. Hilf ihr mehr, hörst du!«

»Wiedersehn!« Auf dem Rückweg tret ich gegen den Wind in die Pedale. Vom warmen Stutenende unterm Gepäckträger reiß ich Krustenstücke ab, lecker. Soll ich weinen oder lachen? Eine Märtyrerin, wie die Heilige Barbara? Ich bewundre Mutter, sie wehrt sich auch nicht und lässt sich quälen. Ich bin böse, wenn ich weniger helfen will. Ich denk ans Bild über ihrem Bett, das Herz Mariens mit Dornenkrone, ihr Kopf kummervoll geneigt. Sie weiß, wie traurig es um mich steht. Ich helf Mutter mehr. Ich mag sie, hätt sie nur mehr Zeit für mich. Doch sie schwindelt, verkauft heimlich Eier gegen Vaters Willen für Aussteuer. Aber Märtyrer lügen auch.

Petrus hat Jesus ja dreimal verleugnet.

Ich enttäusch Mutter nicht.

Zum Feld *Drei-Scheffelsaaten* gibt Trude mir Johannisbeerlimonade, Milchreis und einen Brotbeutel mit. »An Kaisers Geburtstag hatten wir schulfrei. Der hing in jedem Klassenzimmer, bis er abdanken musste am Kriegsende, vor vierzig Jahren!« Und stimmt *Wir wollen unsern alten Kaiser Wilhelm wieder haben* an, mit glänzenden Augen, und bewegt den Arm im Takt.

Ich lauf durch die Junisonne übern Sandweg mit Kletten und Brombeerbüschen. Es riecht nach Ginster und Holunder. Aus dem Beutel auf der Schulter duftet's nach Zimt. Ich ess den Milchreistopf halbleer. Hoffentlich bemerkt's keiner.

Vater, Mutter, Karl, Eva und Anna hacken schon Quecken. Wir müssen für mehr Schweine mehr anbauen und haben schon tagelang Runkelrüben verzogen. Heute rupfen wir Melde, barfuß durch die aufgehäufelten Kartoffelreihen, grade, wie mit einem riesigen Kamm durchzogen.

»Das Gänsefußgewächs wuchert wie verrückt nach 'm warmen Regen, und das Teufelszeug blüht schon.« Vater schnipst Kartoffelkäfer von den kniehohen Pflanzen. »Die müssen wir auch absammeln.« Schrecklich die pralle Sonne. Als Lohn für die fertige Reihe sitzen wir im Heckenschatten.

»Zum letzten Mal hier«, sagt Vater. »Die Wallhecken werden gerodet, Bäche begradigt und vertieft, Tümpel und Gräben eingeebnet. Der Fußweg weg. Will Brüssel so. Gressbur kriegt dies *Drei-Scheffel-Saaten.*«

«Is ja nur 'n Morgen, wirklich klein«, sagt Karl.

»Wir müssen dann weit in 'n Brooke.« Strehlerbur, dem das Nachbarfeld gehört, sieht man kaum noch. Nur haarscharf kam er für die Mistforke in den Bauch am Gefängnis vorbei. Sieht er Vater von Weitem, spuckt er aus.

Mir gleich. »Ich will wie Willi 'n Buch aus der Bücherei lesen.«

»Du stiehlst dem lieben Gott die Zeit.«

»Wozu dauernd arbeiten, sparen, keine Zeit zum Lernen? Ich soll lesen, hat der Pfarrer …«

»Dummes Zeug! Davon hat man nichts zu essen. Bleib im Land und nähr dich redlich. Guckst du jeden Tag nach 'm Feld, findest du jeden Tag 'n Stück Geld. Lesen hat Zeit bis zum Winter.« Er steckt sich den letzten Bissen in den Mund und wischt sich die Hände an der blauen Leinenjacke ab. »Wir müssen, Unkraut vergeht nicht.«

»Wir marschieren *links, links, links, zwo drei vier.«* Karl singt: *»In dem schönen Westerwald, ja da pfeift der Wind so kalt …«* Einen Moment macht's Unkrautziehen im Takt Spaß.

»Ich muss noch Schularbeiten machen!«

»Ach, Schule, ich brauch dich hier. Stehst rum wie 'n Ölgötze.«

»Papa, Willi hat mich zu seinem Geburtstag nächste Woche eingeladen. Der kriegt 'ne Uhr und ich?«

»Am Geburtstag sollte man freihaben!« Eva unterstützt mich.

»'n eigenen Geburtstag, sich selber feiern ist hoffärtig. Stolz ist Sünde. Gehst du dahin, musst du 'n Geschenk mitbringen, ihn auch einladen. Wir feiern Namenstag, unter uns.«

Ich schmeiß den Arm voll Unkraut auf den Haufen. »Zum Namenstag krieg ich auch nichts. Darf nicht mal auf Klassenfahrt zu 'n Dörenther Klippen.«

»Du kriegst was hinter die Ohren! Geschenke für elf?! Weißt du, wie's vor vierzig Jahren war?«

Ich kann's nicht mehr hören. Die Sonne brennt mir auf den Kopf und mein Hemd klebt am Rücken, was meine Wut noch schürt. Sicher krieg ich auch nichts zur Kirmes. Hätt ich doch den Milchreis ganz gefressen! Vater redet laut, mit dicken Adern an den Schläfen: »1918 starb *mein* Papa, Mama dauernd krank. Ich musste mit dreizehn allein den Hof mit 'n Schulden durchbringen und …«

»Zu schwer!«, schrei ich, schweißnass. Manche Melde, größer als ich, ist stark verwurzelt. Sie wächst wohl heimlich nach.

»Ja, es is 'ne Quälerei.« Er zieht sie raus und sagt mit feuchten Augen leise, aber bestimmt: »Sparen, sparen, sonst wär der Hof längst am Ende. Wie Opa schon sagte: ›Dorn in 'n Foot rammt. Krisse nich weer rut! Wi möt sühnig wirn!‹ «

»Aber Trude sagt, sogar Kaisers Geburtstag …«

Er hebt die Augenbrauen. »Lass den gottlosen Kaiser, wir feiern nicht, basta!«

»Aber Geld für Peru, weil Onkel Bruno nicht Pater wurde.«

»Schwiech still!« Scharf haut er mir ins Gesicht, dass ich ins Brombeergebüsch fliege.

Ich heul nicht, auch wenn die Arme von den Stacheln brennen. »Vielleicht könnt *ich* zur Herz-Jesu-Missionsschule.«

»Ich brauch dich auf 'm Hof.« Er schlägt mit der Hand, wie nach Bremsen. Pause, ausstrecken im Schatten mit Rückenweh.

Wir kauen Mettwurstbrot. »Schmeckt nicht«, sag ich.

»Man isst, um satt zu werden.«

Danach Milchreis essen. Karl hinkt herbei. »Is wenig heute.«

Mutter verrät's nicht. Wieder eine Lüge gespart.

Fertig sind wir erst im Dunkeln, wenn alles Unkraut auf den Graben geworfen ist. Acht schlägt's vom Kirchturm.

Zu Hause riecht's schon auf der Tenne nach Pfannkuchen. Ich will jede Menge! Im Nu sitzt jeder auf seinem Platz am Tisch, wie die Kühe auch ihren im Stall gleich finden. Karl, dran mit Vorbeten, nuschelt: »*Wir danken dir für Speis' und Trank.*« Holzscheite knistern unter der Pfanne. Zu müde zum Waschen, meine braunen Hände riechen nach Erde.

»Neger, Neger, Schornsteinfeger«, sagt Anna. Ich zieh an ihren Zöpfen, damit sie nicht vergisst, wer der Stärkere ist. Trude, die auf die Kleinsten aufgepasst hat, setzt stöhnend Pfannkuchen auf den Tisch. Der Handbreit hohe Stapel ist im Nu weg. Karl hat einen verschlungen, bevor ich einen hab. Mist, wieder keinen. Lorenz' Gabelzinken kratzen auf dem Teller. Vater schreit mich an und schlägt mit dem Löffel nach Lorenz. Den nächsten Berg Pfannkuchen brät Mutter mit gesenktem Kopf am Herd, in der blaulila Kittelschürze vom Muttertag. Ich beobachte sie, seit die Bäckersfrau von ihr als Märtyrerin sprach. Mutters

Stuhl steht an der Tischecke in der Mädchenreihe, aber sie setzt sich nur sonntags zum Pudding dazu.

»Hab hier keine Ruhe zum Essen«, sagt sie, lächelt verlegen, blinzelt mit den blauen Augen und dreht den Pfannkuchen um. Sie backt noch jede Menge. Der Nächste kommt! Die Teller schnellen nach vorn, wie Spatzenschnäbel. Mein Arm ist länger, ich erwisch ihn, beschmier ihn mit Apfelmus und roll ihn zusammen. Mus tropft raus. Lecker! Mit Milch, kannenweise. Ich sitz am Bankende der verlängerten Tischplatte. Neben Lorenz und Kathrin drängelt auch schon Klemens auf der Bank, den Tisch nah ran, dass er nicht runterfällt. Klemens kleckert Apfelmus auf die Bank. Er trägt ein Lätzchen, wenn eins da ist. Vater füttert ihn. Kathrin ist so still, dass sie nichts abkriegt. Sie verschmiert ihre Schnute mit Mus. Anna, Eva und Paula sitzen auf Stühlen gegenüber, damit sie abräumen helfen. Ich stoß Eva unterm Tisch an. Sie passt nicht auf und kriegt den neuen nicht.

»Treck diene Quanten in!« Karl tritt mir vors Schienenbein und ergattert den neuen. »Wer zuletzt lacht, lacht am besten.«

»Du Sprücheklopfer frisst wie 'n Scheunendrescher!«, ruf ich.

Lorenz heult los, mit glühenden Ohren, bis zum nächsten. Krach wie ein Düsenjäger. Einer schreit immer, aber nicht immer kriegt der Lauteste ihn.

»Halt's Maul, du Klauer!« Ich bin stärker. Mein fünfter.

»Ihr braucht wieder 'ne Tracht.« Trude legt den Kopf seitlich wie eine Drossel, die eine Schnecke am Stein zerschmettert.

Vater guckt mich böse an. »Klemens, Schluss, abwaschen!«

»Den Tellerberg? Ich heiß Heini, hab zehnten Geburtstag.«

»Abwaschen!« Er schlägt hart zu.

39

Schwäne fliegen schreiend nach Süden.

Die neue Scheune voll Roggenkorn, Runkel- und Steckrüben im Silo, Kartoffeln und Möhren in der Miete. Fallobst zu Mus verkocht, Gepflücktes gelagert oder eingeweckt. Wir schlachten ein Schwein, widdeln Ställe, putzen Fenster, fegen Spinnweben. Wie im letzten Oktober verkauf ich Heiligenbildchen und Abreißkalender: Wieder einundzwanzig Mark fürn Opferkasten, wieder ein Heidenkind gerettet. Endlich drei Tage Kirmes und Montag und Dienstag um zehn nach dem Viehmarkt schulfrei. Vater ist aber unzufrieden. Er erzählt keine Märchen mehr und spielt nicht mehr mit den Kleinen, aber es gibt mehr Ohrfeigen. Unsern Harmanns Kamp kriegt wirklich Brockmöllerbur. Ich hass den und geh nicht mehr zu ihm fernsehen und Kartoffelsammeln. Mein Appelhokversteck mit dem Tümpel wird planiert. Traurig: nie mehr leckere Gravensteiner und schöne Milchsterne.

Seit Wochen spar ich, Stunde um Stunde Kartoffelkörbe gewuchtet, zwei Mark fürn Nachmittag bei den Nachbarn, und heute Kirmessonntag will ich was erleben und bei Mädchen angeben. Könnt ich nur schon los. Den Elsterring nehm ich für Cilli mit. Ich drück die Sparschweinzähne mit dem Messer um und schüttle die Münzen raus: nur acht Mark. Willi hat zwanzig. Vater muss mir was dazugeben.

Ich schnuppre Bratenduft. Zu Mittag gibt's Eierstich-Suppe, Schweinebraten und Wackelpudding mit Vanillesoße, lecker. Zur Kirmes besuchen uns Verwandte von sich aus. Einladen säh aus, als wolle man Geschenke, sagt Vater, vom Frühschoppen, wo er wieder hingeht, zurück. Schon auf dem Hof an der Einfahrt neben der neuen Scheune geht 's Reden los.

»Wat ist dat för ne Doorerei. Alle haben mit allen Krach«, sagt Vater zu Onkel Bruno und Tante Irma.

»Onkel Bruno, du bist schuld, dass wir Strehlers Wiese nicht kriegen und der Appelhok weg ist.« Ich schau ihn an, so böse ich kann. Ich find ihn nicht mehr toll, trotz neuem Auto.

»Ach, Jüngelchen.« Er streicht über den Schnauzer.

»Mein bestes Stück Land für 'ne Moorwiese weit im Brooke, statt für Eschland, wo auch 'n Trecker fahren kann. Die haben schon *Drei-Scheffel-Saaten* planiert und die Wallhecken gerodet.« Vater fingert durch seinen Haarkranz. »Die alten Fußwege weg, nur noch kahles Land und Zäune.«

»Schade um Harmanns Kamp, aber sei froh, dein kleines *Drei-Scheffel-Saaten* los zu sein. Man muss mit der Zeit gehen. Tümpel einebnen, Bäche vertiefen, Moorwiesen trockenlegen. Natürlich verschwinden Wallhecken beim Zusammenlegen kleiner Parzellen.«

»Große Äcker für PS-starke Maschinen, nur mit Mais bebaut«, sagt Vater verächtlich. »Die alten Gravensteiner und Boskop braucht man nicht mehr, nicht mal 'n Schatten, in dem man 'n Most und Brot kühlstellt, 'n Kind im Wagen schlafen lässt oder sich in der Pause mal ausstreckt.«

»Papa kann nicht schlafen, er nimmt's schwer«, sagt Mutter.

»Für kleine Höfe ist der Zug abgefahren. Du bist vom alten Eisen.« Onkel Bruno zündet eine *Ernte 23* an. »Wir müssen mit italienischem Käse, dänischer Milch und französischen Kartoffeln mithalten.«

»Et get alles de dale. De Kleenen möt upgiven. Brinkmanns Bernd droht der Pleitegeier. Herta verreckt! Uns wachsen die Schulden auch übern Kopf. Unser Kotten, jetzt doppelt so groß wie Uropas, ist noch nicht groß genug. Adenauer und Brüssel machen uns kaputt mit der EWG. Was hat man von der ewigen Quälerei? Mein Opa sagte immer: ›Den ersten de Dood, den twetten de Noot, den daten dat Broot!‹ Und jetzt nehmen die uns wieder das Brot.«

»Ich krieg nichts zum Geburtstag, aber zur Kirmes!«, ruf ich.

»Die fördern Schweinemast mit Trockenfutter, auf Rosten mit Gülle, oder auf Kühe umstellen mit Kühlanlage.«

»Für unsere sechs Kühe? Da trinken wir die Milch selber oder verfüttern sie an die Schweine.« Vater kratzt an Nackenpickeln. »Europakredite kriegen nur Großbauern. Frerksbur hat so 'nen neuen Hof mit Einscheiben-Isolierglasfenster, Kunststoff-Rollläden und Fernsehantenne. Ob's gut geht? Spiegelbergsbur ist auch kein eigener Herr mehr: Erst investiert er in Schweinemast, die Preise fallen, jetzt bleibt's Tennentor zu. Von 'n Stadener Bauern hat eine Hälfte schon kapituliert, jetzt sind wir dran. Die Alten sitzen in ihrer Kammer ohne Licht, beten Rosenkranz oder saufen sich tot. Das Bauernsterben geht um. Manche Jungs sind allein auf 'm Hof mit den Alten. Wer will noch 'n Bauern? Manche fangen's gar nicht mehr an.«

Mit viel Besuch gehen wir in die große Küche statt in die kleine beste Stube. Tante Irma kommt vom Klo und schüttelt sich. »Man muss sich ja in euern fensterlosen Verschlag reinquälen. Asseln, Fliegen und die Zeitungsstücke. Auch eure Viehtenne im Wohnhaus ist altmodisch.« Sie sieht mich an. »Wann hast du's letzte Mal geduscht?«

»Beim Sommergewitter unter der Dachrinne.«

Sie spricht lachend über schwarze Kopftücher, waschen an der Pumpe samstags und dass wir mit Mistholzschuhen sogar in die Schlafkammern gehen. »Wie alt bist du?«

»Dreißig zusammen mit Jakob, dem Ältesten, und Klemens, dem

Kleinsten.« Ich zeig's den Blöden, auch, dass ich auf die Realschule gekonnt hätte.

»Wie alt sind die?«

»Neun Jahre älter und neun Jahre jünger als ich.«

»Bist ja 'n ganz Kluger«, sagt Onkel Bruno. »Nur, was hast du fürn krummen Rücken?«

»Ach, das verwächst sich«, sagt Vater.

»Mit zehn kannst du schon 'n ganzen Tag hacken, heuen und Schweinefüttern. Harte Arbeit macht stark«, sagt Onkel Bruno zu mir, und zu Vater: »Solchen Kindern muss man nicht sagen, wo die Arbeit ist. Die finden die Arbeit und mucken nicht. Wer die später anstellt, kann froh sein.«

Warum sagt er so was? Er ging doch selbst weiter zur Schule. Dann geht's langweilig um Steckrübenwinter, Geldentwertung und Warten auf Onkel Otto nach dem Krieg. Manchmal weiß ich schon im Voraus Wort für Wort, wie sie dreinsehen und wann sie lachen. Ich hol Onkel Franz' Muschel, halt sie mir ans Ohr und hör 's Meer brausen.

»Warum fällt Onkel Franz und Onkel Bruno nicht?«, frag ich Trude.

»Bruno musste nur kurz zur Front, als Nazi ging er studieren.«

Nur Fliegen summen. In die Stille frag ich: »War Onkel Franz auch in der Gottlosenpartei und gegen Kirche und Juden?«

Vater wird unruhig. »Schwiech still!«

»Onkel Franz war im Kolping«, sagt Trude vorwurfsvoll zu Onkel Bruno, »und betete noch 'n Rosenkranz gegen Krieg, bevor er loszog. Die Nazis haben gehetzt gegen die Kirche und du…« Sie schweigt, kämpft gegen Tränen an, wie immer, wenn es um ihn geht, und geht in ihre Kammer, beten.

Onkel Bruno winkt ab. »Trude ist versauert. So 'nen Krüppel heiratet keiner. Was soll die außer beten? Aber die Jammerei is 'n Unglück. Stopf der mal 's Maul!«, sagt er zu Vater.

Vater zuckt nur mit der Schulter. »Einen Korn kannst du noch vertragen.« Er schluckt ihn und schüttelt sich.

»Und was war mit 'n Juden?«, frag ich Onkel Bruno.

»Wer sich auf die einlässt, ist schon betrogen. Vieh- und Textilhändler hauen Bauern übers Ohr, wo sie können.«

»Es war nicht alles schlecht, nur das mit 'n Juden am Ende hätt nicht sein müssen«, sagt Vater.

»Wie war 's Ende?«, frag ich.

»Halt 'n Mund!« Er schickt mich raus. Als ich wiederkomm, hören sie auf zu reden und verscheuchen mich. Abtrocknen!

Dann darf ich zur Kirmes. Vater legt nur eine Mark fürs Kartoffelsammeln dazu. »Aber alles ausgeben ist Sünde.«

»Du sagst doch selbst, sparen führt zu nichts. Neun Mark sind viel zu wenig! Willi hat zwanzig.«

»Ihr seid nur aufs Vergnügen aus, schlimm wird's enden. Unterm Pfarrer Ketteler hätt's Kirmes, Karneval und Silvesterfeier nicht gegeben! Erst recht nicht, wo jetzt Papst Pius tot ist.« Trude hat eine schwarze Schleife an sein Bild über ihr Bett gehängt. »Spend's lieber fürs Heidenkind, statt es für Tand rauszuschmeißen!«

»Ich hab genug fürs Patenkind in 'n Opferkasten getan.«

»Verstocktes Blag«, krächzt Trude wie die Kirchturmsdohle, »an Gott glauben macht glücklich, nicht Geld.«

Zu den neun Mark nehm ich die einundzwanzig Mark fürs Patenkind mit. Mit dreißig Mark und dem Elsternring in der Tasche hol ich Willi ab. Für jeden Kirmestag zehn Mark. Ich muss sie ja nicht ganz ausgeben. Später verdien ich die einundzwanzig Mark wieder.

Wildgänse ziehen schnatternd vorüber. Reife Eicheln fallen. Ich raschle durch die rotgoldenen Blätter, dass sie auseinander stieben, werf sie rennend dem Herbststurm entgegen und schrei *Bunt sind schon die Wälder*. Ich treff in der Schießbude, gewinn die freie Auswahl an der Losbude oder ich kauf ein Honigkuchenherz für Cilli. Wir hören schon das *Bum-Bum* der Musik. Lichter glitzern, ein Strömen um die Buden, lachende Gesichter. Fürs Pferdchenkarussell mit dem doofen Schlager *Heini is doof* bin ich viel zu groß.

»Aufs Kettenkarussell!«, ruft Willi.

Fünf Stufen rauf und ich sitze. Ein Mann hakt die Kette ein und nimmt mir zwei Groschen aus der Hand. Dafür muss ich wohl zwanzig Körbe Kartoffeln sammeln. Es dreht sich, ich schweb höher, weit nach außen, Füße voraus. Schön! Die Leute, der Zuckerwattestand, Lichter und Farben schwirren vorbei, immer kleiner, und verschwimmen. Ich überflieg alles, höher, schneller, über Baumkronen und Dächer, am Kirchturm vorbei, schwindlig mit tränenden Augen. Ich werd Pilot, flieg nach Amerika. Im Nu wird's langsamer und ich steh wacklig auf der Erde, flau im Magen, unsicher wie zuvor. Die Leierkasten dudelt weiter. Ich will noch mal, aber wieder zwei Groschen? Willi zieht mich weiter.

Lieber Raupe fahren, Autoselbstfahrer oder Schiffschaukel? Zuerst Lose, Glücksrad oder Hau-den-Lukas? Heute kann ich Geld ausgeben wie sonst nie: *Sinalco,* Eis, Pommes! Wüsste ich nur, was ich will. Willi hat gesehen, an welcher Schnur bei der Glücksbude ein Gewinn hängt. Er zieht fürn Groschen und ein Kuschelbär gehört ihm.

»Betrug, Gott sieht alles, gib's zurück.« Ich zeig mit von Himbeerdrops rotem Zeigefinger zum Himmel.

»Bist du blöd?« Willi steckt ihn ein.

Die an- und abschwellende Sirene *Cindy, oh Cindy, dein Herz muß traurig sein* zieht uns zur herumjagenden Raupe. Erich, Caspar und große Jungs lehnen sich lässig am Geländer, Halbstarke, wie Vater sagt, mit hoher pomadiger Stirnlocke. Daneben die pummlige Thea, schön ihre stumpfe Nase im runden, rot glänzenden Gesicht, und die dünne Cilli mit gespannten Augen.

Ich will Cilli grad den Elsterring geben, da schwingt sich Willi mit ihr auf die Bank und sagt: »Unterm Verdeck passiert Unglaubliches!« Wütend seh ich das Verdeck mit heulendem Ton sich über sie senken und die bunten Lampen rasen. Wie krieg ich eine in den grünen Höllenwurm? Auf der Plattform kauf ich Fahrscheine für zwei.

»Thea.« Ich halte ihr einen hin – und den Ring.

»Ach du, Heini.« Es hört sich enttäuscht an, aber sie steckt den Ring an den kleinen Finger und steigt mit ein. *Rote Rosen, rote Lippen, roter Wein.* Der Wagen ruckt an und rasselt rauf und runter. Schon die ersten Drehungen drücken uns nach außen, Thea an mich ran, meine Nase in ihrem Haar. Die Sirene heult auf, das Raupenverdeck senkt sich über uns, stockdunkel. Das Herz klopft. Sie berührt meine Wange, ein Kuss? Der Sirenenton läuft aus. Die Raupe öffnet sich, grelles Licht blendet und der Schlager kreischt von *Liebe im siebten Himmel.* Mit verschwommenem Blick steigen wir schwankend aus und fassen uns fürn Augenblick an. Ich muss lachen. Sie lacht mit und strahlt, stellt sich aber wieder zu Cilli.

Wie soll 's Geld reichen? Ich hab Lust zu allem. An der Losbude gibt's als freie Auswahl auch schwarze Heidenkinder, nackt, nur mit Baströckchen, dicken roten Lippen und großen runden Augen wie mein Patenkind. Es ist arm, aber lacht mit Blumenkranz um den Hals unter einer Palme. Wie im Rausch kauf ich zehn Lose, greif in den bunten

Plastikeimer nach den streichholzlangen Halmen. Nieten, Nieten, nur ein Trostpreis, ein Tröte mit Abrollband. Ich bin kein Glückskind. Franz-Josef tritt vor mit blitzenden Augen. *Hauptpreis. Freie Auswahl!* Die Frau am Mikrofon zieht ihn die Stufen hoch. Er nimmt den riesigen Braunbär in die Arme.

Unser schmuddeliger Bär liegt mit ausgerissenen Armen und Beinen unterm Schrank.

Aber auf Autoselbstfahrer freu ich mich. Willi steigt in einen roten Wagen, krallt sich am Steuer fest und fährt auf andere los, bis es kracht und die anderen kreischen. Mit zitternden Knien setz ich mich auch in einen Wagen, verdreh aber das Lenkrad, werde angerummst, aus der Bahn geworfen, gleich noch mal, und komm nicht vorwärts. Durchgeschüttelt, bin ich froh, auszusteigen. Lieber eine Fahrt mit der Schiffschaukel mit Anschieben und Schwung holen. Schön das Erschrecken beim Hochgetragenwerden, den Boden nicht mehr spüren, bis die Schaukel oben steht, als trüge sie mich weiter, bevor sie zurückschwingt; doch bald schleift sie übers Bremsbrett.

Wir taumeln von Bude zu Bude. *Hau den Lukas!* Caspar schafft's mit dem dicken Holzhammer, dass sich der kleine Herkules oben an der Stange ein paar Mal dreht. Mann, hat der Kraft! Er verdient eine Rose. Bei mir reicht's nicht. Zur Glücksdrehscheibe! Ich will gewinnen, dreh noch mal und noch mal. Nie bleibt die Spitze auf *Freie Auswahl* stehen. Es reicht bloß für Seifenblasen. Eine *Sinalco* trinken, *Si-nal-co*, ich wiederhol die schön klingenden Silben und trink die Flasche leer, krieg aber noch mehr Durst. Ist ja nur Zuckerwasser, wie Vater sagt, Milch ist gesünder. Ich hab nur noch kleine Münzen. Wie konnt ich leichtsinnig ausgeben, was für drei Tage reichen sollte. Süß riechen gebrannte Mandeln, Zuckerwaffeln, Honigkuchen. Wie teuer! Rote Liebesäpfel, aber der harte Zuckerguss! Zuckerwatte, klebrig wie Spinnenfäden. Ich kann selbst Zuckerbonbons braten, Pfanne erhitzen, Fett rein, Zucker dazu, umrühren und gleich in viereckige Teilchen schneiden.

Seltsam, obwohl ich viel ausgebe, bin ich unglücklich und traurig. »Allerlei Klimbim«, wird Vater sagen. Fürs letzte Geld ein Lebkuchenherz: *Ich liebe dich!* Vielleicht für Thea? Aber sie geht grad mit Franz-Josef in die Raupe. Ich schleich nach Hause, mit Tränen, ich werd's Mutter mitbringen. Ich will nicht mehr sehen, wie die Schiffschaukel immer noch steil ins Blaue steigt und nicht mehr den Schlager *Rosamunde, schenk mir dein Herz und dein Ja* hören.

Am Fensterkreuz von Brinkmanns Haus baumelt was, eine überlebensgroße Puppe. Über den grauen Socken behaarte Beine, Arme schlaff, der Bauch sticht hervor. Glasige Augen quellen aus den Höhlen und starren mich an, die Zunge hängt aus dem Mund. Kopf graublau, der Mund mit dem Kinn zur Grimasse verzerrt. Ein Bullenstrick gräbt sich in den Hals. Mir stockt 's Herz und ich schrei abgehackt: »Brinkmanns Bernd!« Es kriecht mir über die Brust in den Kopf übel hoch, heiß und kalt, und sitzt mir im Nacken. Nur weg, ich rase wie sonst nie. Ich habe gesündigt: das Geld für den Opferkasten!

Zu Hause drück ich Mutter wortlos das Herz in die Hände.

»Was bist du so blass, hat Papa dich verhauen?«

Ich erzähl von Brinkmanns Bernd. Trude schimpft gleich: »Das kommt davon. Dem grauste es schon lange vorm Deubel und glaubte sich nur sicher in seiner Kammer und soff, mit der Kelle aus der Milchkanne, weil er 'n Glauben verloren hatte, verkommen, Sodom und Gomorrha. Sich erhängen ist 'ne Schande, die hängt der Familie für Generationen an.«

»Der hat 'n Glauben verloren, weil er soff«, sagt Vater. »Man nimmt nur 'n Strick, wenn der Teufel schon an 'ner Kehle sitzt. Der Postbote kam mit 'm Kuckuck. Seinen Hof hat die Bank.«

Nie wieder schmeiß ich Geld unnütz raus. Vater und Trude haben recht, das führt ins Verderben. Ich beichte es. Dazu Vaters Schläge, weil der Pfarrer nach dem Geld für die Heiligenbildchen fragte.

Im Dunkeln wird der Nachbar verscharrt, keiner sagt mir, wo. Sicher in Hollings Busch hinter der Friedhofsmauer. Sonntag redet der Pfarrer über die Seligen, die da sterben im Herrn, und was es doch für ein Trost sei, in geweihter Erde zu ruhen.

40

Nach der Kirmes nur noch Rübenziehen.

Der Nordwest treibt tiefe Wolken übers Land mit ständig neuen Regenböen. Dann klart's auf, bunt und mild, weiß bewölkt. Eichenblätter sinken gelb, alles ruhiger. Willi erzählt von Karl-May-Abenteuern, wie Winnetou mit der Eisenbahn weit zu Indianern fährt. Ich geh nach dem Messdienen zur Pfarrbücherei. Mit Sonntagsgefühl betaste ich andächtig die Bücher, eine Reihe mit Kreuzen und Goldschrift auf den Rücken. Eine heilige Stille. Die Küstersfrau zeigt auf Bücher mit Bildern auf dem Deckel. Ich zuck mit der Schulter, dumm bin ich. So viele hab ich noch nie gesehen. Ich seh Indianer kämpfen. Neger schlachten einen Weißen. Im Urwald trotzt ein Junge einem Krokodil. Ein Buch zeigt einen Mann mit Bogen, Speer und Ziege. Schon mit dem ersten Satz flieg ich davon: *Das Leben und die unerhörten Abenteuer des Robinson Crusoe …* Der will von zu Hause weg und lebt allein auf einer Insel, steht auf dem Umschlag. So einer will ich auch sein. Fürn Groschen stempelt die Küstersfrau es ab.

Wo mich Brinkmanns Bernd am Fensterkreuz anstarrte, fahr ich schneller, ich will nicht, muss aber an ihn denken. Nur nicht so enden. Nachmittags les ich beim Kartoffelkochen. Ich riech das Meer und hör Möwen schreien. Robinson geht gegen Vaters Willen auf ein Schiff und überlebt einen Sturm, auf einer Insel. Da wär ich auch gern.

»Der Ofen ist aus. Du hast Licht an«, schreckt mich Vater auf. Er blättert im Buch, als suche er Bilder. »Was willst du damit?«

»Der Pfarrer sagt: ›Lesen ist wichtig.‹ «

»Wir erleben auf 'm Hof genug. Papier ist geduldig. Alles Lug und Trug!« Er knallt es auf die Mehltruhe und geht.

Ich feure den Ofen an und lese: Robinson, allein, baut eine Hütte, macht Feuer, Pfeil und Bogen, baut Gerste an, später mit Negerknecht, komisch. Was Robinson kann, kann ich auch.

Plötzlich pflanzt sich Vater grimmig vor mir auf. »Du hast Rosinen im Kopf! Wer liest, ist zur Arbeit nicht zu brauchen.«

»Es is doch nur 'n Buch. Du liest ja auch, die Zeitung.«

»Viele werden durch Lesen verrückt und gottlos. Wir brauchten früher auch keine Bücher. Schulbibel und Gebetbuch mit 'n Liedern konnten wir auswendig. Geh Holz hacken!« Er verbietet das Lesen. Unser einziges Kinderbuch: *Die Rätselstiege.* Der Einband abgerissen, mit losen Seiten, Fettflecken und Kritzeleien, war nur noch als Kaninchentunnel gut. Eva hat's gut: Sie liest, wie sie feixend sagte, für die Handelsschule und hat sogar ein Buch in Ibbenbüren *gekauft*, im Geschäft extra für Bücher; schon auf dem Umschlag ging's um Liebe. Ich muss mit Robinson die Insel erkunden. Er kommt ohne Hilfe durchs Jahr. So ein Bauer wär ich gern. Ich versteh's, auch in Hochdeutsch.

Als Vater sieht, dass kein Holz gehackt ist, gibt's Ohrfeigen. »Willst du 'n Bücherfresser werden? Schreiberlinge tun nichts, nur rumwühlen in Wörtern wie in toten Fliegen. Alles Schwindel. Tu was Nützliches!

Mein Papa hat was erreicht, auch wenn er nach nur vier Schuljahren kaum den Namen schreiben konnte und gleich weglegte, was man ihm zum Lesen zeigte. »Lies die Bibel, dann sündigst du nicht!«

Heimlich les ich weiter. Doch hüte ich Klemens, schreit er, kann ich nicht lesen, und nach dem Rübenziehen im November muss ich für Vater und Karl auch im Winter Körbeflechten, Seildrehen, Viehfüttern, Silorüben holen. Gott sei Dank geht Paula nun ein Jahr zur Hauswirtschaftsschule; wenigstens sie kann mich nicht triezen. Zum Holzhacken renn ich übern Hof wie Robinson mit erhobenem Arm wie mit einem Speer. Abends im Bett, wenn Lorenz schläft, verschling ich Seite für Seite. Jetzt versteh ich, dass Willi und Franz-Josef gern lesen. Ist die Hand kalt, die das Buch bei Eisblumenfenstern und Frostglitzerwänden hält, nehm ich die andere. Geht Karl ins Bett, les ich mit Taschenlampe unter der Decke, auch wenn er »Mach die Funzel aus« schimpft. Wird 's Licht schwächer, richte ich den Strahl aufs einzelne Wort, bis die Batterie leer ist. Toll, wie stark und mutig der schwache Robinson wird. Wie würd ich in der Fremde leben? Ich träum vor mich hin, ich bleib nicht im Dorf hocken, will Abenteuer bestehen. Als ich das Buch durchhab, lass ich die Ausleihfrist verlängern.

»Gefällt's dir?«, fragt die Küstersfrau.

»Ich les es wieder von vorn. Mein Lieblingsbuch!«

Anna und Lorenz klagen, dass ich sonntags kaum mitspiele. Mir egal. Auch Kathrin, so still sie ist, interessiert mich nicht. Lieber als mit Märchenklötzen spiel ich mit Willi *Räuber und Gendarm* oder *Winnetou und Old Shatterhand* mit Pfeil und Bogen. Wie Robinson mach ich einen Haselbogen und leichte Vogelbeerpfeile. Anna läuft schon nach einem Streifschuss schreiend davon. Klatsch ich in die Hände, sind die im Ginster lärmenden Spatzen ruhig, aber nur kurz. Ich leg den Pfeil mit der Kerbe auf die Schnur, umspann beides mit Zeigefinger und Daumen, ziel, einen Spatzen im Blick, spann die Hand, den Arm, den Körper bis zu den Fußspitzen, halt die Luft an und – *ssst* – surrt der Pfeil los. Vorbei, ich muss ihn wieder suchen. So sehr ich übe, mehr als eine nahe Kartoffel treff ich nicht. Lieber les ich in der wenigen Zeit. Weil ich aber die Arbeit vergess und Mutter klagt, dass ich Klemens trotz Schreiens nicht versorge, verbietet Vater mir, noch ein Buch auszuleihen. Ich schleich wieder auf den Dachboden, lese Jakobs *Die Griechischen Heldensagen* und staune: Odysseus zieht zwanzig Jahre rum und keiner erkennt, was fürn Held er inmitten der Schweine ist.

41

Im Frühjahr ziehen wir wieder mit der Heuharke über der Schulter los zur Wiese und mit der Hacke aufs Feld, Rüben vereinzeln, Unkrauthacken. Im Mai streicht Vater noch sanft übers Getreide. »Gut steht's auf 'm Halm.« Dann regnet's wochenlang nicht. Unser sonst süßes Wasser wird braun und schmeckt rostig. Er weckt mich früh. »Es geht nur bei Sonnenaufgang, hilf mir!« Mit dem gegabelten Haselstock locker in den Händen geht er die Pferdewiese auf und ab. Die Wünschelrute wippt wie eine Bachstelze. Über eine Stelle geht er mehrfach, immer wippt sie. »Hier bohren wir für 'ne neue Leitung. Grabe!« Beim Schaufeln stoß ich später an was Hartes und buddle eine rostige Dose aus, in der was klappert.

Vater schiebt die Kippmütze in den Nacken und drückt den Deckel auf. Unglaublich: Kreuz, Uhrkette, Scheine, Münzen.

»Sind wir jetzt reich?«

Vater lacht. »Altes Zeug aus der Kaiserzeit, hat Opa wohl im Ersten Weltkrieg verbuddelt. ½- und 1-Mark-Silbermünzen haben Wert, aber Scheine…« Er blättert den Packen durch.

»Damals waren wir reich!«

»Hätten wir doch damals Land gekauft. Alles verloren mit der Geldentwertung 23. Kriegte Opa Geld, rannte er gleich los und kaufte was. Stunden später gab's nur noch die Hälfte dafür. Erst kostete 'n Brot Hunderttausend, dann 'ne Million, Milliarde, am Ende 'ne Billion.« Vater stützt sich auf die Schaufel, starrt in die Ferne, wie immer bei Inflation, Uropa und Mähmaschine kommen ihm die Tränen und wieder die Leier mit *Dorn in'n Foot rammt* und *Immer sühnig wirn!* »Aber am Ende kann man eh nichts mitnehmen. Grab weiter!«

Nach dem Pfannkuchenessen spiel ich mit den Münzen. Eine rollt über die Dielenbretter in den Spalt. Ich stocher mit dem Messer darin, kann sie aber nicht rauspulen. Vater nimmt's mir weg, bürstet die Dose und stellt sie zur Zigarrenkiste.

Nach einer Woche ist die neue Wasserleitung fertig.

Der heiße Himmel hängt weiter über uns. Nur kleine weiße Wolken umstehen den Kirchturm. »'ne schlimme Plage«, sagt Vater, »die Russen sprühen mit Fliegern was in die Wolken, dass die sich dort ausregnen.«

Obst fällt verdorrt vom Baum, Getreide wird nur notreif. Wir schneiden den vertrockneten Roggen als Schweinefutter.

Der Sparkassenmann will fürn Tannenbuschkredit wenigstens Zinsen. Vater vertröstet ihn aufs Bullengeld. »Wir können's uns nicht aus 'n Rippen schneiden! Der karge Boden braucht viel Kunstdünger und mit der Dürre ist's umsonst.«

Letztmalig stunde er uns die Rate, sagt der Mann.

»Wieso hat Uropa grad in 'ner Sandgegend 'n Kotten gekauft?«, fragt Karl.

»Hier war's billiger, kaum Bauernhöfe, viele Heuerhäuser. Wir müssen's nehmen, wie's ist.«

Könnt ich doch helfen, dass Vater nicht so griesgrämig ist und der Hof überlebt. Ich streichle Olga über die Stirn. Du Arme! Wenn wir pleitegehn, kann ich dich nicht mehr kraulen.

»Das *Jüngste Gericht* naht«, sagt Trude. »Es gibt keine Gerechten mehr.«

Wir beten mehr Rosenkränze, erflehen in Bittgottesdiensten Regen und ich erforsch mein Gewissen gründlicher, bereu, Kirmesgeld verplempert und trotz Vaters Verbot von Robinson gelesen zu haben, doch die Dürre bleibt.

»In der Wiese verhungern die Kühe, nur noch Haut und Knochen, geben kaum noch Milch«, sagt Vater zu Ferienbeginn. »Es geht ums Ganze. Heini, hüt sie am Wegrand!«

»Kann er das allein, wenn die Kühe ausbüxen?«, sagt Mutter. »Er muss an 'n Bullen vorbei. Riechen die eine bullige Kuh, hält kein Stacheldraht sie auf!«

»Das schaff ich, bin schon elf«, sag ich, ich will ja mutiger sein, wie Robinson, und helfen, doch ärger ich mich gleich, dass ich nicht zu Willi Fußball spielen und schwimmen kann.

»Bist doch nicht auch noch zu dumm zum Kühehüten! Nimm die Uhr und 'n Stock mit. Steck 'n dir in 'n Rücken, dass du grade gehst! Was hast du auch fürn krummen Rücken.« Er reicht mir seine silberne Westentaschenuhr. »Um sechs wieder hier!«

Olga trottet als Erste aus dem Stall zum Tor und blinzelt ins Morgenlicht. Die nächste drängelt und muht. Dann preschen alle los zum Brooke, ich barfuß mit dem Stock im Rücken hinterher. Halt ich sie wirklich zusammen? Allmählich beruhigen sie sich. Endlich Frieden, keine Schläge, keine plärrenden Geschwister. Ich sing von *Pastor siene*

Kauh. Der Morgen hellblau. Tau tropft von den Boskopzweigen. Feuchter Sand klebt an den Füßen, endlos der grade Weg durchs Stadener Feld. Fern brüllen die Bullen, oje. In diesem Sommer ist ihre Wut groß, nicht nur gegen Fremde. Selbst Vater traute sich nur mit dem Knüppel in die Wiese und rollte vorn anstürmenden Bullen unterm Zaun weg.

Die Kühe finden kaum einen Halm am Wegrand, ich treib sie an den Äckern vorbei. Doch Olga und die wilde Katharina mit nach außen gebogenen Hörnern springen auf Gress' Rübenfeld und fressen gierig. Ich schmeiß mit Steinen, vergeblich. Ich renn hin, schrei und schlag ihnen zwischen die Hörner. Noch wilder weichen sie im Zickzack aus und zertrampeln Rüben. Als ich sie endlich raushabe, sieht 's Feld schlimm aus und andere fressen gegenüber in Lipperts spärlichem Roggen. Hoffentlich bemerken Gress und Lipperts das nicht. Bei Brockmöllers Teichen schauen alle plötzlich unruhig: Bremsen umschwirren uns. Erna rast los, Schwanz kerzengrad in die Höh, auch die andern stellen die Schwänze hoch und rennen heiser muhend heimwärts. Die schlaffen Euter schlagen im Galopp hin und her. Ich flitz vorbei, stell mich ihnen entgegen, schrei vor Angst und schlag mit dem Stock. Wild brechen sie wieder aus und bleiben erst nach einer Weile keuchend stehen, dass ich sie zusammentreiben kann. Meine Füße schmerzen, blutig von Dornen und Steinen. Ärgerlich, immer zu ängstlich. Wie beim Beichten, beim Gebetbuchrumtragen als Messdiener und beim Aufsagen in der Schule. In Zukunft stell ich mich ruhig vor die Viecher, nur den Stock erhoben, ohne Schlagen und Schreien.

In der nächsten Wiese rasen Brockmöllers Bullen in einer Staubwolke auf uns zu, schnauben, brüllen und bäumen sich am Stacheldraht hoch, mit langem spitzem Rohr unterm Bauch. Die Luft zittert. Die Kühe laufen durcheinander. Ich schlag auf sie ein, weiter, weiter. Vorbei. Endlich. Doch Katharina dreht um und rennt auf mich zu. Ich steh ruhig, den Stock hoch. Rennt sie mich übern Haufen? Ich zittre und staune: Sie stoppt und senkt den Kopf. Sogar diese wilde beruhige ich! Ich seh ihr in die Augen. Sie beäugt mich vertraut und lässt sich streicheln. Vater wird staunen.

Die dünn verschleierte Mittagssonne glüht. Durch Kerzenkettlers Wald schleichen die Gerippe vor mir her und rupfen vom dürren Gras im Graben unter den etwas kühleren Fichten. Nadeln regnen herab, die Borke platzt. Es knistert und riecht nach Harz und brenzligem Stroh.

Durstig sind wir bald in Brinkmanns Wiese mit der einzigen Pumpe. Die Knochigen drängeln, ich pumpe. Dann seh ich zu, wie sich schwarze Wasserkäfer und Kaulquappen im Becken tummeln und abtauchen. Olga trottet zu mir. Ich schmieg mich an ihren Hals, kraul ihr zwischen den Hörnern und riech den vertrauten Fellduft. Sie senkt dösend den Schädel. Dir ist wohl auch langweilig. Träumend stell ich mir vor, der Hof ist pleite, Vater todkrank, Schwindsucht, und ich heil ihn und rett den Hof. Alle sehen: Ich bin spitze.

Sie sieht mich wiederkäuend an, hebt den Schwanz und ein grüner Haufen platscht herab. Ihr Muhen bleibt im trockenen Rachen stecken. Müde kau ich das Wurstbrot. Auf dem Kuhfladen schillern grüne Mistfliegen. Weiter in den Brooke. Am Moorkanal, häufig überschwemmt, jetzt nur ein Rinnsal, stehen Sumpfdotterblumen mit fleischigen Blättern in Büscheln. Ich war hier nur beim Maiausflug zur *Dicken Eiche* mit dem Galgen. Nie mehr hat Vater mit uns eine Radtour gemacht. Die Kiebitze schweigen. Nur Raben krächzen matt. Ein Flirren über den Wiesen. Der kreisende Habicht hat sicher neue Eier gelegt. Die dürren Kühe mahlen dösend oder rupfen Baummoos. Vaters Uhr scheint zu stehen. Der Sand glüht untern Füßen.

Kommt mit der Hitzeplage der Weltuntergang? Gott, lässt du alles Getreide am Halm verbrennen und die Kühe hungern, so unbarmherzig? Letztes Jahr die Seuche, vorletztes Jahr Überschwemmung. Immer mehr Anzeichen fürn *Jüngsten Tag*. Ich seh 's ganze Dorf abbrennen. Birkenäste hängen schlapp mit gelben Blättern wie Pergament, gerollt und durchsichtig. Dumpf sing ich *Heiß brennt die Äquatorsonne auf die öde Steppe nieder – nieder* lang gezogen, dass der Schall vom Wald dreimal zurückrollt. Hier hört mich niemand, so allein. Alles still, nur nicht verrückt werden. Vaters Prügel fallen mir ein. In Tränen verschwimmt der Wald. Mauser ließ mich nicht auf die Realschule; sogar in Musik eine Fünf: »Wenn du sogar bei *Hänschen klein* nur stotterst!«

Verschwitzt zieh ich alles aus, räkle mich, alle Viere lang, und schlag einen Adler mit gestreckten Armen, wie für Thea im Schnee, und verreib heißen Sand über Röhrchen und Po. Schön prickelt's, ein göttliches Vergnügen, wie sich Schweine nach warmem Gewitterregen suhlen. Olga dreht den viereckigen Kopf zu mir und macht große Augen. Vom glasigen Blick krieg ich eine Gänsehaut. Sicher weiß sie, ich muss es beichten. Und es juckt: Po voller Ameisen. Sündige ich, straft Gott sofort. Ich komm noch später in den Himmel, wenn überhaupt. Ich blinzle gegen den Kirchturm fern im Hitzeflimmern. Ob ich je nach Münster kann und Priester werde? Ich zieh mich wieder an. Das Brot hab ich längst verputzt und die letzten frühreifen Brombeeren gerupft. Gegen das Ziehen im Bauch kau ich Sauerampferblätter und schleich den langen Rückweg den Kühen nach.

Von Weitem seh ich Vater. »Wie war's mit Katharina?«

»Gut«, sag ich.

»Schön.« Vater bewundert mich, oder? »Du kannst das, jeden Tag«, sagt er, »und abends fütterst du ab jetzt auch die Schweine, solange Paula zur Hauswirtschaftsschule muss.«

»Ich hab Ferien. Anna ist faul, die kann das.«

»Du musst!« Auf mein Nein schlägt er mir hart ins Gesicht, die Backe brennt.

»Widerworte sind Sünde! Früher war man froh, wenn man sich schon in der Volksschule als Hütejunge oder Erntehelfer bei Großbauern verdingen konnte gegen Kost und Logis.«

Blöde Ferien! Anna hilft fügsam einmachen, geduckt wie ein ängstliches Huhn, als erwarte sie auch Schläge. Die Großen sind bei der Noternte. Voll Wut geh ich in den Schweinestall und brüll Vaters Lied *Slah em dot*… Und weil das Schwein mit dem vom Stacheldraht aufgerissenen Ohr nach dem Fressen erst nicht in die Wiese will und dann den falschen Weg nimmt, geb ich ihm mit dem Stock hart eins auf die Schnauze. Ich merk gleich, das war zu hart. Grad, weil es erkältet ist, die Haut gerötet, ist es empfindlich, empfindlicher als Menschen, und könnt zuschnappen. Mit dem Ohrriss und den Hängebacken sieht's immer traurig aus, aber jetzt blickt mich das Auge unterm hängenden Ohr erst böse, dann gar nicht mehr an. Es dreht ab und läuft, ohne sich wie sonst am Tor zu suhlen, nach hinten in die Wiese. Anders als das lange Schwein, aus der neuen holländischen Züchtung mit Plastikmarke am Ohr, länger und mit mehr Fleisch auf kürzeren Beinen, mit glattem Schwanz: Das springt übermütig rum. »Die alte deutsche Hausschweinrasse stirbt aus«, sagte der Viehhändler. Die nimmt er uns nicht mehr ab: zuviel Fett, zu lange Beine.

Als ich abends »Pigpig!« rufe, springen alle zur Pforte, wollen als Erste am Trog sein und quieken ihr *Oinkoink*. Ein Gegrunze, Geschubse, Gequieke. Bei mir geht keins leer aus. Ich kipp immer gleich viele Kartoffeln mit Mehl in den Trog. Nur das Beleidigte fehlt. Ich lauf in die Wiese. Es riecht mich doch und kennt meine Stimme: »Pigpig, komm endlich!«

Mit wässrigen Augen schaut's mich kurz an und wendet sich ab, als kenne es mich nicht. »Du arme Sau stirbst aus.« Ich streichle es übern Rücken, wie es das gern hat. *Los, komm schon, es tut mir leid!* Ich schieb's an. Es bewegt sich, langsam, noch sauer, wie Vater manchmal tagelang sauer ist, der, wenn trotz Schlagens und Schimpfens alles schiefgeht, uns nicht anschaut und nicht mit uns spricht. Dieses Schwein geht mit und ich schütt extra leckeres Mehl in den Trog, doch es frisst kaum, wie die dünne Anna, bei der auch Schläge und Einsperren nichts helfen. Erst nach drei Tagen guten Zuredens und Streichelns grunzt es *Oink-oink*, will sich wieder vertragen, liebäugelt mit mir, erst scheu, dann übermütig und springt los, als fiel's ihm wieder ein, wie schön suhlen ist. Auch das eingerissene Ohr hängt nicht mehr so tief überm Auge.

Eintönig ziehen sich die Hitzetage dahin, jeden Tag mit den Kühen raus. Aber es kommt noch schlimmer. »Dat krich Farreken. Du gehs vannachte in 'n Swinsstall«, sagt Vater.

Auch das noch! Nachts brauchte ich noch nie allein Ferkeln helfen. Karl soll mich um Mitternacht ablösen. Ich schau nach, ob die Türen verriegelt sind. Tritt man jedoch gegen die Tür, reißt der Riegel am dünnen Haken gleich aus. Ein Fremder im Stall und das Schwein kann wie eine Wildsau rumrasen, mich beißen und die Kleinen zertrampeln. Ich setz mich zum Schwein. Unter der glühenden Infrarotlampe macht es ruhig *Oink* und drei Kleine schmatzen schon. Wie die meisten hat es zwölf Zitzen. Ob's wohl auch zwölf Ferkel kriegt? Das Spitzohrschwein mit bloß sieben Ferkeln wurde gleich geschlachtet. Schlimm auch, wenn es mehr als zwölf sind: Überzählige müssen sterben. Wieder putz ich ein neues Ferkel mit Stroh ab, wickle die glitschige Nabelschnur um den linken Zeigefinger, das lose Ende um den rechten, zerreiß sie und verknote den Rest unterm Bauch. Es stolpert, die Schnur ist zu lang, ich verkürz sie durch einen zweiten Knoten. Munter torkelt es los. Winzige Adern schimmern durchsichtig blau unter rosiger Haut. Das Schwein leckt den Schleim ab. Dass es nur nicht das Ferkel frisst!

Das Große mit dem schwarzen Punkt hat ein Junges gleich totgebissen und wurde verkauft. Dieses schnauft ab und zu und drückt noch eins raus. Es riecht süßlich wie nach Pfannkuchen mit gezuckerter Milch, nach Blut, Schweiß und Mist. Ich streich mit dem Handrücken übern Bauch an den Zitzen lang. Das Schwein entspannt sich und grunzt die Ferkel zu sich, an einigen Zitzen balgen sich mehrere, aus andern tropft Milch. Ich setz welche um, eine Zitze ist noch frei. Es wird ruhig. Holt die Sau Luft, kommen die Zitzen mit fließender Milch den Kleinen entgegen. Die schnappen und saugen. Wenn sie schlucken, atmet das Schwein aus, zieht den Bauch ein und die Zitzen zurück. Auf dem Melkschemel wird's mir behaglich. Hühner murmeln im Schlaf. Birnbäume knarren. Die Samtschnauzen schnuppern an meinen Fingern, suchen nach Zitzen. Das Schwein strengt sich wieder an und röchelt. Es kommt nichts? Ich ertast ein Köpfchen und zieh ein bisschen. Erstickt es im Ausgang? Ich weite ihn. Das Schwein drückt und streckt die Beine von sich, als wollt's sich auf den Rücken drehen, und kackt auch noch. Ich zieh den Mist mit dem Stroh weg, leg neues Stroh aus. Dann das Zwölfte! Tief seufzt die Sau, alle Zitzen besetzt. Ich hab's geschafft! Ich kann alles und eines Tages bin ich weg nach Münster.

Doch die Sau streckt sich wieder, noch ein Junges schießt raus mit viel Blut und Schleim. Das Dreizehnte bringt Unglück. Wohin damit? Ein anderes Schwein bisse es tot, es sei denn, es kriegt auch Ferkel und man streicht das Überzählige mit seinem Schleim ein. Mit Glück riecht's das ihm Untergeschobene nicht. Wie bei Menschen, erzählte Tante Maria, da sagen alle: »Ja, Papi, das Kindchen sieht aus wie du!« Und glaubt er es, ist es seins. Mit den Totgeburten sind wir auch dreizehn! Man muss stark sein, genug ergattern. Aber o Gott, es wirft sich um! Mehrere quiekende Ferkel darunter. Ich versuch, das Schwein zu heben, schaff's aber kaum. Ich tret gegen die Sau. Du blöde Sau. Andere gucken sich auch vorm Umlegen nach den Kleinen um. Sie hebt sich etwas. Einige kommen frei, eins steht nicht auf, ich zieh's drunter heraus, halt's an die Wange; noch warm, aber schon tot, unschuldig wie ein Märtyrer. Aber es war zu viel, es musste sich opfern.

Käme mich doch Karl ablösen! Nebenan schnarcht ein Schwein. Sicher träumt das mit dem Ohrriss auch vom Weglaufen. Nur nicht einnicken, dann ist wieder eins erdrückt. Im Kreis der Infrarotlampe ist's warm, der Bauch mit den Zitzen, der Haufen schlafender Ferkel. Hinten ist mir kalt. Die Tür klappert, ein Luftzug. Im Stroh raschelt es, Zigeuner? Sind sie schon drin? Es drückt mir die Kehle zu. Wispert es bei den Kühen auf der Tenne? Ich duck mich, schau nicht über die Stallwände, dann sieht er mich nicht, und sing leise: *»Slah em dot, den Engelsman …«* Das wird ihm Angst machen.

Die Turmuhr schlägt zwölf. Die Sau keucht wieder. Nicht noch eins! Doch! O Gott, dreizehn lebendige, wieder eins zu viel! Noch eins muss sterben, das Arme. Wieder quieken, schubsen, schmatzen. Ich nehm ein Starkes von einer Zitze und setz ein Schwaches dran. Aber das Starke schubst es weg. »Bleib hier, du Nimmersatt!« Den halt ich fest. Es quiekt los. Das Schwein hebt den Kopf und starrt mich grimmig an. Ich muss den Drängler loslassen. Es stürmt vor, verdrängt wieder eins, das sich dann mit anderen um eine Zitze balgt. Wie beim Pfannkuchenessen. Auch das Schwein wird unruhig. Auf dem blau Angelaufenen sitzen Fliegen. Ich werd's in der Pferdewiese begraben. Liegen Mutters Totgeburten dort auch?

Endlich kommt Karl, er gähnt.

»Fertig, es hat schon die Nachgeburt gefressen«, flüstre ich.

»Nicht aufgepasst?« Karl zeigt aufs Tote in der Ecke.

»Es hat noch gequiekt.« Mir kommen die Tränen.

Am nächsten Tag fressen schwarze Käfer am Toten.

Ich nehm's auf die Schaufel und vergrab's zu den Früheren und den Kaninchen, wo das Gras grüner und höher wächst, und mach wieder ein Birkenkreuz wie auf Onkel Ottos Grab in Russland.

Karl ist melken. Ich muss die spitzen Ferkelzähne abbrechen helfen, dass sie die Zitzen nicht zerbeißen. Ich trag die Ferkel im Korb in die Waschküche, nehm eins in den Schoß und halt mit einem Finger im Mäulchen es offen. Vater kneift mit der Zange die Zähnchen ab. Es schreit wie verrückt, wie die andern im Korb und das Schwein im Stall. Mir wird schlecht davon. Noch schlimmer später das Quieken der männlichen Ferkel. Ich halte sie an den Beinchen fest, Vater drückt nach zwei Schnitten mit der Rasierklinge die Eierchen raus, und ich pinsel die blutigen Stellen mit Essig sauber.

Eins der dreizehn wird Tag für Tag schwächer.

Dann liegt's tot im Stall.

42

Ich kann Habichtseier ausnehmen, Kühehüten und Ferkeln helfen und verdien mir selbst in der Kerzenfabrik was, da Vater mir nichts gibt. Die an Willi verlorenen Glasmurmeln will ich auch zurückgewinnen. Auf dem Schulhof dreh ich mit dem Absatz ein Loch im Sand und streich die Bahn glatt. Im Nu stehen fünf Jungs am Abwurfstrich. Wer die letzte Lehmkugel einlocht, gewinnt alle. Jeder wirft zwei. Willi fängt an. »Hast du den Wurf gesehen?«, gibt er vor Cilli an und wackelt mit den abstehenden Ohren. Sie lacht ihm zu. Karl-Heinz zielt daneben. Caspar stößt mit dem Zeigefinger zwei ins Loch, nur die beiden letzten schafft er nicht. Erich auch nicht. »*Bruder Jakob, schläfst du noch?*«, sing ich. Meine Chance. Viele drängeln an der Bahn, feuern mich an oder buhen mich aus. Ich streich noch mal die Bahn glatt, leg den Finger an und hol tief Luft. Das Gejohle wird größer und – es knickert! Schön hell klingt's. Alle für mich.

Caspar geht mit Fäusten auf mich los. »Du hast geschoben!«

»Du spi-spinnst wohl.«

Mit ihm ist nicht zu spaßen. Raufl ustig und grob, ihn meiden sogar Ältere.

»Licht aus! Messer raus! Drei Mann zum Blutrühren!«, brüllt Karl-Heinz. Alle schreien: »Haut se, haut se immer auf die Schnauze!« Die Keilerei ist im Gange. Ein Gewühle, Geschiebe, Gedränge ums Loch. Ich komm nicht ran an meine Kugeln.

Gott sei Dank trennt uns Lehrer Neuhaus. »Hört ihr die Klingel nicht? In Reih und Glied aufstellen!«

Verschwitzt leer ich das Loch und stell mich mit zehn Kugeln mehr im Säckchen an und tausch zwei Glaskugeln bei Willi ein. Und ich heimse Glanzbildchen und Heiligenbildchen ein. Da macht's mir nichts, dass ich die neue Strophe vom *Lied von der Glocke* nicht kann. Caspar hat einen Zahn verloren. Er heckt was aus, will weiterknickern. Na und? Ich übergeh seine Drohungen. In der nächsten Pause stehen noch mehr ums Loch. Diesmal mit drei Kugeln Einsatz. Wieder bin ich bis zum Schluss dabei, Caspar auch. »Verdammt!«, blafft er mich mit zusammen gezogenen Augenbrauen an, »diesmal gewinnst du nicht.« Er schafft auch den Knicker ins Loch wie ich. Gleichstand.

Mit neuen Einsätzen ein Stechen um alles, einundzwanzig, mein Herz hämmert, alles oder nichts, er oder ich. Wie geschmiert rollen die Kugeln ins Loch; ich schaufle sie ins Säckchen, wie sieben fette Jahre.

»Du Sauhund bescheißt wieder!«, schreit Caspar hochrot, stürzt sich auf mich und reißt am Säckchen. Auch der blöde Erich und der dicke Karl-Heinz zerren an mir. Mit beiden Händen halt ich es fest und beiß um mich.

»Hört auf!«, ruft Cilli, aber sie, mit großen Augen, vergnügt sich wohl daran.

Die drei ziehen mich zum Drahtzaun am Schulhofrand. Sie stecken meinen Kopf zwischen zwei Drähte und drücken sie zusammen, ich krieg keine Luft. O Gott, hilf mir! »Gib sie her!«, schreit Caspar. Ich schwitze in Panik, atemlos, Ohren heiß, wie im Schraubstock, und geh in die Knie, mit Tränen. Ungerecht! Ungerecht! Ich beiß die Zähne zusammen: Durchhalten. Er würgt mich noch mehr. »Wi-Willi!«, ruf ich erstickt, er kommt nicht. Meine Hände verkrampfen sich vorm Bauch ums Säckchen. Jungs johlen »Heini is doof! 'n Stotterer hat 'nen Schatten!« Die freuen sich wohl, einen stotternden Heini leiden zu sehen.

»Gib ihm welche ab, sei nicht so knickrig!« Cilli lacht provozierend. Das tut mehr weh als mein Hals, aber ich kann die Knicker nicht loslassen. Mir wird schwindlig, eigenartig ruhig um mich, allein wie um Leben oder Tod. Jesus stirbt auch einsam als Gerechter am Kreuz.

Wieder rettet mich der Lehrer. »Knickern endet immer im Krach.«

Zur Strafe stehen wir die Stunde vorn, mit Gesicht zur Wand. Auch ungerecht. Dass mir eiskalt ist und der Hals wehtut, macht nichts, ich hab gewonnen. Cilli kichert Caspar und Erich zu. Die sind wohl auch wegen ihr grausam zu mir. Caspars Schielaugen irren rum, er macht eine Faust gegen mich. Er ist der größte, aufgeschossen wie Salat, im Beet vergessen, sagte der Lehrer, hat aber nichts in der Birne und bleibt sitzen. Er und die Zahnlücke sind mir unheimlich.

Nach Schulschluss lauert er vor Poggen Pauls Trümmerplatz, wo wir Backsteine für die Scheune herholten. »Dich Feigling schlag ich zu Brei!«, brüllt er, das knochige Gesicht wie versteinert. Der Geruch verbrannten Horns weht von der Schmiede her. Ich greif den Stock, zögre aber, weil ich in seiner Hand einen Stein seh. »Komm doch!« Ich versuch zu grinsen, die Knie zittern, ich dreh mich um und geh lieber doch. Da brennt mir was auf dem Kopf, mir wird übel, alles schwarz um mich. Wie aus tiefem Schlaf kehr ich zurück, der Stein neben mir. Die Sonne blendet, der Kopf schmerzt. Ich setz mich auf, die Finger fühlen Blut im Haar. Ich schrei auf und taste nach den Knickern. Ha, sie sind noch da!

Zu Hause wäscht Mutter mir den Kopf und wickelt einen Stoffstreifen darum.

»Na, hesse wer 'n Bühl vull Knickers«, sagt Vater nur.

Nach der Rübenernte ist Zeit zum Spielen. *Schwarzer Peter, 17 und 4* oder *Mau Mau* gewinn ich meist gegen Anna und Lorenz, doch sie quengeln und Lorenz klaut Karten. Lieber spiel ich samstagabends Doppelkopf. Ungeduldig räum ich den Tisch ab, hol Karten und mische schon. Gegen Vater gewinn ich oft, er redet von der Flurbereinigung und vergisst, mit wem er grad spielt und welche Karten weg sind. »Ich bin alt«, sagt er. Mal sind Tante Maria und Onkel Ludger dabei. Onkel Ludger spielt mit und sagt: »Wir kloppen bei *Dreilinden* Doppelkopf. Springst du Samstag ein?«

Vater will's nicht erlauben. »Willst du Geld verpulvern, wie auf der Kirmes? In der Wirtschaft, und so spät?«

»Ich bin schon elf«, sag ich, »Onkel Ludger ist doch dabei, Schlachter-Gerd und Königschultenbur.«

»Jaja, wu de ut 'm Dorp över us kürt. Früher ging's den Königschulten gut, als sein Uropa noch die hannöversche Uniform trug, mit Aufträgen von König Georg von Hannover. Weißt du überhaupt, seit wann Steinhop zu Preußen gehört?«

»Natürlich! Seit 1803.«

»Seitdem ging's mit ihm bergab. Heute spielt die Fuselnase Karten, sitzt bis nach Mitternacht dick in der Wirtschaft, quatscht und versäuft 'n Hof.«

»Ich hab jeden Tag Kühe gehütet, Schweine gefüttert ...«

»Aber wehe, du hast nachher 'ne Fahne«, gibt Vater nach.

Ich könnt in die Luft springen. Onkel Ludger ist nett, seit er und Tante Maria Ulla und Otto von uns haben. Ihn bringt so schnell nichts aus der Ruhe.

Am Samstag stochre ich mit Opas Messer das seit der Kirmes Gesparte aus dem Sparschwein.

Ich werd was dazu gewinnen.

Schwer geht bei *Dreilinden* die zweiflüglige Eichentür zum Fachwerk-Töddenhaus auf. Es riecht nach Bier und Schnitzel. Manche murmeln, an andern Tischen wird palavert. Einige mustern mich in der geflickten Manchesterhose, wohl als dummen Bauernjungen. Zitternd greif ich den Stuhl mit der hohen Lehne und setz mich. Noch nie war ich abends in der Wirtschaft. Aber denen zeig ich es. Ich sortier die Münzen der Größe nach. Onkel Ludgers Zigarrengeruch geht mir durch und durch. Er hält mir auch eine hin. Ich schüttle den Kopf: Sünde! Auf Wahlplakaten am Eichenschrank seh ich Russen als gefräßige Drachen: *So wütet die russische Soldateska! Das taten sie wehrlosen deutschen Frauen an! Alle wählen CDU!*

Alle bestellen Bier und Schnaps. »Probier ein Bier, ist nur ein kleines. Wir sind stumm wie ein Grab«, sagt Königschultenbur gestochen hochdeutsch. »Bei euch gibt's wohl keins, was?« Er fingert lachend an der roten Nase.

»Bloß Mama trinkt Aufgesetzten gegen Kopfweh.« Mir wird heiß. »Ihr sa-sagt wi-wirklich nichts?« Sie halten sich die Bäuche vor Lachen, nicht ängstlich wie Vater beim Frühschoppen. Ich geb mir einen Ruck, bestell mein erstes Bier, abends mit lauter Männern, alle aus dem Dorf. Zur Beruhigung bau ich ein Kartenhaus: Herz- und Pikdame tragen quer den Herzkönig; darauf hochkant As und Kreuzzehn, Deckel Herzbube. Beim dritten Stock halt ich den Atem an. Er schwankt, aber hält. Schaff ich wie sonst den vierten Stock? Nur ruhig Blut.

»Na, habt ihr genug Rosenkranz gebetet? Was soll man hier im verregneten Kaff auch sonst?« Schlachter-Gerds verfluchter Spott lässt's Kartenhaus einstürzen. Ich stier ihn an. Er öffnet grinsend seine Lederjacke und streicht sich übern Igelkopf: »Bete für meine schwarze Seele. Ich guck lieber fern, als zur Kirche zu gehen.« Mir stockt der Atem. Ich glaub's nicht. »Was sitzt ihr hier rum?«, ruft er Bauern zu, die ernst und wenig gesprächig am Nachbartisch Bier trinken. »Nichts zu tun?«

Gemein, wie er über Bauern witzelt.

Doch Onkel Ludger sagt: »Lass die Bauern, meine Maria ist 'ne fleißige Bauerntochter, die hält sparsam alles zusammen.«

Schlachter-Gerd zündet eine Zigarette an und gibt Karten aus. Sortieren kann ich längst. Höchster Trumpf: Herzzehn, dann Damen und Bauern. Die verführerisch lächelnde Herzdame unterliegt den strengen Pik- und Kreuzdamen, die Kreuzdame die höchste. Kirche oben, Bauern unten, leicht zu merken. Nur nicht verlieren. Die Männer spielen seit Jahren jede Woche mit allen Tricks. »Re!« Ich steck den Stich ein.

Bier und Schnäpse kommen. »Wat wirn mot, mot wirn!« Schlachter-Gerd klopft sich auf den Bierbauch. Wir stoßen an. Gleich wachs ich ein Stück. Er trinkt, ohne abzusetzen, aus und stellt seufzend das Glas ab. Ist das ein Mann. »Na, warst du heut schon in der Kirche?« Er grinst mich schräg an. »Was gibt's Neues in Staden, jammert euer Papa noch?« Er antwortet lachend selbst: »Wer richtig klagen kann, dem geht's gut.«

»Woher weißt du das?« Ich kichre nur verlegen.

»In diesem Kaff kennt sich doch jede Fliege persönlich.«

»Mit 'n Kleinbauern is's vorbei. Man sieht immer weniger auf 'n Feldern«, sagt Königschultenbur. »Wer sammelt noch von Hand Kartoffeln, verzieht Rüben und bindet Garben? Man hört's kaum noch dengeln.«

»Ja, wozu eigentlich noch so viele Kinder«, Schlachter-Gerd blinzelt mich an, »wo nur noch selten Leiterwagen voll mit Frauen und Kindern aufs Feld rappeln?«

Hinterhältig! Meine Hinterkopfdelle schmerzt wieder.

»Strehlers Agnes geht ins Kloster«, sagt Onkel Ludger. »Nur in Steinhop werden so viele Priester und Nonnen.«

»So 'n hübsches Ding bei 'n Nönnekes, eine Verschwendung!« Schlachter-Gerd macht runde Augen und hustet. Der Husten geht in Lachen über, bis es wieder im Husten endet. »Gott ist der Mann im Mond! Siehst du nicht, wie böse er schaut.« Und: »Eure Trude glaubt doch, dass Selbstmörder wie Brinkmanns Bernd von hohen Tannen runterrauschen und ihr schrecklich heulend nachlaufen, um in die heilsame Nähe einer guten Christin zu kommen.« Ich soll wohl an Gott zweifeln, aber da hat er sich geschnitten. Nach dem dritten Bier und Schnaps glänzen seine Augen. »Dein Papa is 'n fleißiger Idiot!«

»Papa sagt«, brüll ich, dass manche aufsehen, »du bist 'n verstockter Sünder und dein Papa is' schon in der Hölle!«

Er lacht los. »Die Steinhoper Bauern sind stockkatholisch bis in die Katakomben der Steinzeit zurück. Eure Schweine beten vorm Fressen und grunzen nur zum Lobe Gottes.«

Ich sag nichts mehr. Die blöden Dörfler! Die trinken, rauchen, lästern über Bauern und Kirche. Nun versteh ich Vaters Warnung: »In die Wirtschaft gehen ist unmoralisch.« Aber ich zeig's denen beim Doppelkopf. Ich probier am Schnaps.

»Warum verziehst du 's Gesicht?« Schlachter-Gerd grinst.

Wer spielt gegen wen? Meine Finger zittern. Spiel ich solo gegen alle? Saugefährlich! Gefragt sind Trümpfe. Man muss was in der Hinterhand haben, wie mit dem richtigen Glauben. Diesmal mach ich sie mit dicken Damen und Herzzehn nieder, knall wie Königschultenbur auf den Tisch, dass die Gläser rappeln. Gewonnen. Schlachter-Gerd schmeißt die Karten hin. Meine Groschen- und Fünfertürme wachsen. Bald kann ich die einundzwanzig Mark zurückgeben. Warum tuscheln sie nur und sehen mich spöttisch an? Ich bekomm kalte Füße.

»Hast du viel gewonnen?«, sagt Königschultenbur.

»Über fünf Mark, zehn Stunden Kartoffelsammeln.«

»'n Heidengeld, so viel Pinkepinke!« Lachend reibt er Daumen an Zeigefinger und ich reib mir vergnügt die Hände, aber im Kopf dreht's sich immer mehr. Welche Karten sind schon weg?

»Beschwipst, was?« Er grinst. «Schau, mein tolles Blatt.«

»Sieh an, nur Trümpfe!« Auch Schlachter-Gerd lacht. Angeber! Nur komisch, trotz vieler Trümpfe schmelzen meine Türme. Die Beine schlottern. Die eichenen Balkendecken biegen sich zu krummen Linien und das russische Ungeheuer reißt sein Maul weiter auf. O Gott, hilf mir, ich verlier alles.

Zitternd steh ich dann kläglich klein auf dem Marktplatz wie nach Karussellfahren. Traurig, aber auch stolz wank ich nach Hause und pfeif *Lustig ist das Zigeunerleben*. Schlaflos wälz ich mich im Bett. Lorenz schieb ich auf die Seite. *Alles verloren*, dröhnt im Kopf, wühlt im Magen, flimmert über die Wand. Sünde, Geld aufs Spiel setzen, aber ich verdien's mir wieder in der Kerzenfabrik, auch die einundzwanzig Mark.

Im Traum flieg ich mit dem russischen Drachen.

Nach der Schule werf ich den Tornister ins Schrankfach, mach ein Leberwurstbrot und lauf zur Kerzenfabrik. Zwischen vereinzelten Höfen hat sie den höchsten Schornstein, höher als Kesselkettler und Molkerei. Ich will bis Heiligabend jeden Nachmittag dahin. Ich schaff das! Pünktlich um zwei: Hitze schlägt mir entgegen, es riecht nach Wachs.

»Da, dein Spind!« Strehlerbur im blauen Kittel zeigt auf den Hocker vorm Topf mit heißem, rotem Wachs. »Du färbst Altarkerzen. Kerzenkettler hat die größte Altarkerzenfabrik Westfalens, sogar Aufträge vom Papst. Die Kerzen reisen nach Rom, England und Österreich.« Er ist der Wichtigste im Dorf, im Gemeinderat und Kirchenvorstand und ich helf stolz Kerzen machen, die für Gott brennen.

»Den Docht zwischen Daumen und Zeigefinger, die Kerze gleichmäßig eintauchen und zum Trocknen auf die Nägel stellen. Pass auf, dass keine reinfällt. Löst sich eine weiße Kerze darin auf, muss man's wegwerfen.« Strehlerbur macht's vor. Das geht leicht, siebzig Pfennig die Stunde, mehr als beim Kartoffelsammeln. Wenn er mir nur nicht Ärger macht, weil er unsern Haarmanns Kamp nicht gekriegt und den Hof aufgegeben hat. Manche laufen vorbei, alle im blauen Kittel. Einer verziert Kerzen, einer verpackt sie. Strehlerbur prüft Schnüre, die über Rollen durch Wachsbottiche laufen, bis sie kerzendick sind.

Schiete! Zu tief eingetaucht. Die Fingerspitzen brennen. Die Zeit schleicht nur, endlos eintauchen, eine nach der anderen, nicht zu tief, dann verbrenn ich mir die Finger, aber tief genug, sonst reicht der Überzug nicht bis zum Docht und der Papst ärgert sich. Wär's nur nicht so heiß. Neben mir sitzen andere Kinder.

»Nicht quatschen, sonst passt ihr nicht auf«, sagt Strehlerbur.

Endlich Pause. Schnell in den Keller, Kopf mit Wasser kühlen und Brot essen. Als einer von fünfzig Arbeitern sag ich wie die anderen: »Mahlzeit!« Dann wieder in die Hitze, schlimmer als beim Kühehüten. Ich stier auf die Kerzen und die Finger, sie zittern. Nicht wieder verbrennen. Ich zähl zehn, zwanzig, dreißig, hunderte, Fingerspitzen taub. Vor Rückenweh kann ich nicht mehr sitzen, Beine kribbeln und krampfen. Könnt ich dem Kerzenkettler fürs Eichhörnchen doch eins auswischen. Verdammt, eine Kerze plumpst rein.

Strehlerbur kommt gleich gerannt. »Heini, was träumst du? Bist du dazu nicht zu klein?«

»Bin schon in der sechsten Klasse. Ich pass besser auf«, versprech ich unter Tränen. Wenn er mich nur nicht wegschickt!

Er sagt nur: »Das versaute rote Wachs ziehen wir dir ab!«

Die Tage schleppen sich, abends zu müde für Hausaufgaben, bis Samstag zur ersten Lohntüte.

»Was stolzierst du, 'n Kopf so hoch?«, fragt Emma unterwegs.

»Ich komm von der Arbeit!« Ich winke mit der Tüte. Die kurzen Hosenbeine passen nicht mehr zu mir. Ich will eine lange Hose. Zu Hause zähl ich siebzehn Mark fünfzig vor. Anna glaubt's nicht. »Dafür bist du zu klein«, sag ich, stolz wie nie. Ich verdien in den nächsten Wochen noch viel mehr, bring die einundzwanzig Mark erleichtert dem Pfarrer. Über dreißig Mark sind übrig.

»Wie viel kriegt dein Heidenkind?«, fragt Vater.

Das gehört mir allein, so viel wie noch nie. »Zwei Mark«, sag ich. Der Rest fürs Sparbuch, wenn der Hof pleitegeht oder für eine Klassenreise und zwei Mark für Doppelkopf am Samstag.

Im Traum fressen sich beim Kerzentauchen Bremsen tief in meine Haut und saugen Blut. Ich schlag auf mich ein, Blut fließt aus den Stichen, die Kerzen fallen mir aus der Hand in den Topf. Strehlerbur im blauen Kittel, mit Warzen wie Trude, kommt drohend und nimmt mir das Sparbuch weg.

43

Nach einem langen Winter komm ich Ostern in die siebte Klasse. Sobald ich nach den Osterferien Staden mit der Mühlenaa hinter mir lass, freu ich mich wieder aufs Dorf: Biergeruch aus Frieses Tanzsaal, Duft beim Frisör, Mädchen mit Eis am Stil, kreischende Stimmen beim Gummitwistspiel. Cilli gibt mir in der Schule ihr Poussieralbum! Ihre weißen Hände, Ringe, Birkensaftgeruch, süße Stupsnase, schön! Hat sie was im Auge oder zwinkert sie mir zu? Sie ist nicht mehr dürr, hat schon Brust und versteht mit ihrem Viehhändlervater was vom Vieh. *In allen vier Ecken soll Liebe drin stecken* hab ich mir für sie aufgehoben. Mehr fällt mir nicht ein. *Reden ist Silber – Schweigen ist Gold, Immer treu und redlich* und *Hochmut kommt vor dem Fall* schreib ich in andere Alben.

Trude schlägt vor: »Gedenk deines sündigen Lebens, in der Hölle ist es vergebens!«

»Was schreib ich noch ins Poussieralbum?«, frag ich Eva.

»Poesiealbum!« Sie lacht. »Poesie kommt nicht von poussieren. Denk dir was aus, je verrückter, desto besser.«

Reimen macht Spaß: *Hast du lange Zöpfe, steck sie in die Töpfe!* oder *Hast du keine Kartoffeln, dann nehme die Pantoffeln!*

Umklebt mit Glanzbildchen, geb ich es Cilli zurück. Sie, im neuen Kleid mit weißen Socken, wie aus dem Ei gepellt, klimpert mit den Armringen, rote, gelbe, grüne, auf beiden Seiten fünf. Kein verschämter Bauerntrampel wie Thea. Cilli war schon im Kino. Könnt so ein Dorfmädchen doch meine Freundin sein. Immer muss ich zu ihr schauen, auf ihr glattes Haar, was auf ihre Brust fällt. Aber sie sagt: »Guck auf deine schwarzen Pfoten und abgeknabberten Nägel!« Ich werde rot. »Süß, wie er sich schämt«, kichert sie Thea zu, mit den Ringen klappernd, sie balge so gern mit mir im Heu: Heißer Heuduft mache sie spitz.

»Mit dem Jungen stimmt was nicht.« Durchs Schlüsselloch in der alten Stube riech ich Pfefferminztee und seh Vaters Glatze vor der Zeitung.

»Poggen hat erzählt, Heini stellt ihrer Cilli nach.« Mutters Stricknadeln klappern. »Die macht alle Jungs verrückt. Sie nimmt Heini auf die Schippe und der merkt's nicht. Die kann ihn nicht ausstehen, weil der …«

Verdammt, ich versteh's nicht, so sehr ich auch das Ohr ans Schlüsselloch drücke.

»Heini soll sich von den feinen Pinkels fernhalten«, sagt Vater. »Da können wir nicht mithalten. Aber sag's ihm nicht, er ist so empfindlich.« Dann wieder nur Stricknadelklappern.

Ich geh betäubt, wie nach einem Schlag auf den Kopf. Alle wissen immer alles, nur ich nicht. Ich bin falsch im Dorf und gehör nicht dazu, trotz gewelltem Haar und blauer Augen.

Später frag ich Mutter. Sie sagt: »Cilli redet über dich, brauchst du aber nicht zu wissen.«

»Will ich aber! Hast du was gegen die?«

»Ach, die Dörfler«, sagt sie nur, reglos am verkleckststen Tisch.

»Nie hilfst du *mir*, nur den Mädchen. Betest nie Rosenkranz.«

Sie schließt die Augen. Ich hör sie leise schluchzen.

Sonst geh ich nach der Schule gleich heim. Vater wartet, zu tun ist immer: Kartoffel sammeln, Kühe hüten, Unkraut hacken, Rüben ziehen, heuen. Heute trödle ich mit Cilli. Franz-Josef kurvt mit neuem *Göricke*-Rad, sogar mit drei Gängen, scharf um uns. Bei dem kurzen Schulweg braucht der doch gar keins.

»Du liebst den Heini«, sagt er zur Cilli.

Lachend klingelt sie mit den Armringen. »Den? Niemals!«

Das meint sie nicht so. Ich starr sie nur an, ihr schönes braunes Haar, ihr helles Gesicht, die weißen Arme.

»Was macht dein Schweinestall?«, ruft Franz-Josef mir zu.

»Du bist blöd!« Ich zeig ihm einen Vogel.

»Du miefst, du stotter, stotter, mit dir red ich gar nicht.«

»Angeber, tust du doch die ganze Zeit.«

Er wirft lächelnd die Locken mit geschicktem Kopfdrehen aus der Stirn. »Zu dumm, 'n Eimer Wasser umzukippen.«

»Gar nicht dumm. Ich kann Habichtseier ausnehmen, Kerzenmachen und als Obermessdiener …!«

»Wie naiv! Mach dich doch nicht ins Obermessdienerhemd!«

Lieber nicht nachfragen, was *naiv* heißt. Sonst denken sie noch, ich wär wirklich blöd. Ich kann Ferkeln helfen, will ich sagen, aber das interessiert doch nicht. Ich sag: »Du weißt nicht mal, wie's ist, wenn nach 'm Köpfen der Hahn wegläuft.«

»Du belämmerter Einfaltspinsel!« Der muss nicht arbeiten, höchstens mal als Erlebnis. Die haben statt Gemüsebeete im Garten nur Zypressen und so was aus dem Ausland. Der verkauft keine Heiligenbildchen und Kalender von Haus zu Haus, glaubt nicht mal ans Wunder der Brotvermehrung und lacht über Euthymias Wunder. Wieso himmelt Cilli den an? Könnt ich nur lernen wie er. Er dreht eine Runde um uns. Spurte ich jetzt los, ihn vom Rad schubsen? Doch Cilli stellt sich zu ihm und kichert ihm zu. Ohne sie tät ich es ihm schon zeigen, bin kleiner, aber zäh und im Ringkampf stärker. Wieso kriegen Realschüler jedes Mädchen?

»Du mit der stinkender Dreckshose«, sagt Franz-Josef zu mir und zur Cilli: »Lass doch den kleinen Volksschüler, er hat nicht mal 'ne lange Hose.« Sicher sieht sie die Flicken und die löchrigen Kniestrümpfe.

»Ich bin schon zwölf!« Ist nicht übertrieben, nur um einen Monat. »Und geh *später* zur Realschule oder nach Münster.«

Sie schaut mich an, als hätt ich geblökt. »Träum weiter!«

»Dein Vater is 'n Betrüger!« Es tut mir gleich leid. Ich will sie fragen, wie sie meine Haare findet, aber ich halt den blauen Augen nicht stand. Vor Herzklopfen räuspre ich mich nur.

»Dein Rücken ist krumm und du stinkst wie 'n *gaaanzer* Schweinestall!« Sie verzieht ihr Gesicht.

Und er: »Hau endlich ab, blöder Fingernägelkauer!«

Ich schwitze vor Scham; mir ist, ich versink im Moor, und geh mit Fäusten auf beide los. Sie flüchten gleich. Er hat wohl Angst um die neue Hose und das gebügelte Hemd.

Am nächsten Tag petzt Cilli es dem Lehrer. Eine Strafarbeit.

Und ihre Mutter beschwert sich, *ich* verdrehe Cilli den Kopf.

»Was wär denn schlimm dran?«, sag ich, obwohl ich mich schäme. »Außerdem geht Cilli mit Franz-Josef.«

»Der weiß, was er will, und ist gut in der Realschule!« Sie droht mir und verjagt mich wie eine lästige Fliege.

Cilli ist blöd, die affigen Ringe, ihr hochnäsiges Plappern, sie soll mich kreuzweise. Nichts stinkt, ich erst recht nicht. Doch ich sag's wieder nicht, Angsthase! Zur Dorfjugend gehör ich nicht, mir ist wie ein Ferkel, vom Schwein beim Umlegen erdrückt.

Zu Hause ruft Vater aus der Scheune. »Heini, Erpel kocken!«

»Nicht schon wieder! Ich will 'ne lange Hose, aber nicht von Karl und Jakob.«

»Hoal dien Muhl. Lange nix achter de Ohrn kreegn, wat?«

Jeden zweiten Tag muss ich nun in die Schweineküche. Paula arbeitet nach der Hauswirtschaftsschule nun als Haushaltshilfe bei Haakbur. Ich schlepp Kartoffeln aus dem Keller, steig auf die Fußbank und stemm sie übern Rand. Zwölf Weidenkörbe, bis der Schweinekessel voll ist. Wasser dazu. Der riesige Deckel knallt drauf. Holzscheite schlagen, Stroh unter Reisig mit Welthölzern anfachen und gut belüften, dass es prasselt und losheult. Auf der Fußbank schau ich zu, wie die Scheite anbrennen, bis es gleichmäßig summt. Süß riecht's nach Holzrauch.

Stinkst wie 'n ganzer Schweinestall! Warum sagt sie das? So kratzbürstig! Es schnürt mir den Hals zu. »Ach, die dumme Gans«, sagt Willi, »man riecht eben mit Haut und Haar. Stinkst du nicht nach Schweinestall, müffelt's wie in 'nem Karnickelstall.« Und Eva sagt wie Rosing: »Hab keine Minderwertigkeitskomplexe.« Als sei ich krank. Sie hat gut reden. Sie macht nach der Handelsschule sogar eine Postlehre. Mutter wollte damals auch lernen, durfte aber nicht. Wenigstens eine Tochter soll's dürfen, auch wenn Gress und Dierks sich das Maul zerreißen: »Warum behältst du die nicht zu Hause? Will die was Besseres sein?«, wenn Vater sie um Hilfe fragt.

Das Wasser brodelt. Diesig ist's, Tröpfchen verschleiern die Spinnweben am Fenster. Ich muss noch einen Schweinestall ausmisten. Mit der Forke werf ich den Mist auf die Schubkarre. Sie gefüllt, ohne umkippen, in den Bullenstall fahren und auf den großen Haufen leeren, ist schwer. Wieder Holz nachlegen in die heiße Glut. Ich halt Heu und Reisig dran. Hell knistern Flammen auf. Ich tät Cilli auch einen ganzen Beutel voll Knicker schenken. Leise sing ich: *»Ein Männlein steht im Walde ganz still und stumm.«* Mit Tränen. Sie ist so blöd zu mir und die Dörfler lachen über mich. Erschiene doch Gott in dieser Flamme wie im brennenden Dornbusch und verkünde: »Heini, du bist der Beliebteste der ganzen Klasse. Du hast Wunderkräfte und kannst diesen Stock in eine Schlange verwandeln. Cilli wird dich bewundern, alle andern auch. Sonst wirst du das ganze Dorf mit Rauch überziehen, in Schutt und Asche legen, wie Sodom und Gomorrha.« So wird's sein. Wie die Spinne, die ich in die Glut werfe, wegschrumpft. Auch das

Reisig neben dem Ofen verbrennt schnell. Ich erschreck, wie das Feuer wächst, tret drauf und lösch es.

»Was kokelst du? Du brennst noch alles ab!« Vater kippt Roggen gemahlen in die Eichentruhe. Es riecht fein säuerlich.

Immer noch sind die Kartoffeln nicht gar. Langweilig. Ich fang eine Fliege und steck sie ins Mehl. Mühevoll krabbelt sie sich frei. Ich steck sie tiefer rein, sie gibt nicht auf. Bald bin ich weiß gepudert. Aus dem Jahre 1675, les ich auf der Truhe. Urgroßvater hat darin Leinen nach Holland verkauft und sein Geld gemacht, heißt es. Eines Tages hau ich auch ab.

»Man soll seine Talente nicht verscharren«, sagte der Pfarrer. »Niemand zündet ein Licht an und stellt es unter den Scheffel.« Plötzlich spür ich Opas Hand mir übers Haar streichen. Ich schau mich um. Er ist doch tot.

Endlich sind die Kartoffeln weich. Mit der Schöpfkelle füll ich sie in den Eimer, mit Mehl und Wasser. Die Säue springen schon auf beiden Gangseiten mit den Vorderpfoten auf die Holztüren, kreischen großmäulig und schnappen mit scharfen Zähnen nach mir. Na wartet, eins wird bald geschlachtet. Ich duck mich zitternd an den geifernden Schnauzen vorbei. Ihre Atemstöße berühren mich heiß im Nacken. Wie macht Odysseus das nur? In Jakobs *Die Griechischen Heldensagen* wird er nach dem Trojakampf Schweinehirt und kommt groß raus. Auch wenn der Pfarrer das eine heidnische Geschichte nennt, staune ich, wie Odysseus, mittendrin, die Schweine furchtlos füttert. Nur beim Ferkeln kann man in den Stall, nie beim Füttern. Ich brüll gegen den höllischen Lärm: *»Slah em dot, den Engelsman.«* Mir ist, sie werden noch wilder. *»Slah em dot, den Hollandsman …«* Karl hat für die in Russland Gefallenen dazu gedichtet: *»Slah em dot, den Russenman!«* Russen sind am schrecklichsten. Ich halt den Kopf nach hinten, nicht zu weit, sonst beißen die mich auf der andern Seite, und gieß blitzschnell den Fraß in den Trog. Manche stehen quiekend mit Pfoten im Trog und strecken mir den Rüssel entgegen, auch wenn ich ihnen die Brühe übern Schädel schütte. Plumpst der Brei, erlischt das Kreischen schlagartig im gierigen Schmatzen. Was stinkt nach Schweinen? Nichts, überhaupt nichts! Ich zahls ihr heim. Es riecht nach garen Kartoffeln, Holzglut und frischem Mehl. Der Emaillenapf scheppert in die Truhe und ich lass den Deckel runterknallen. Mit einem Stock schab ich Mist von den Holzschuhen. Warum spricht Lehrer Neuhaus abfällig von *Perlen vor die Säue werfen?* Man darf die empfindlichen

Schweine nicht beleidigen. Lange war das mit dem Ohrriss sauer. Ich pell eine Kartoffel, lecker. Dann lass ich die Säue raus zum Suhlen. Was weiß Cilli schon davon, wie schön es ist, sich im warmen Sand zu wälzen, mit den Füßen zu stampfen, mit Händen zu kneten, sich mit nacktem Hintern in einer sonnenheißen Kuhle zu aalen, verschmieren auf der Haut überall. Suhlen muss fürn Schwein göttlich sein.

Wie eine tolle Fußballflanke oder wie Habichtseier finden.

Am nächsten Morgen lass ich Cillis Rad Luft ab. Als sie es wieder aufgepumpt hat, mops ich das Ventil. Leider seh ich nicht, wie es sie wurmt, wenn sie das Rad nach Hause schiebt. Ich muss sie mehr ärgern. Tags drauf schubs ich ihr Rad mit Wucht den Hügel runter, mit Karacho gegen die Schulmauer. Das ist bestimmt im Eimer.

»Poggen Paul kommt morgen«, sagt Vater beim Abendbrot, »er droht dir Prügel an. Was machst du für Geschichten?«

»Die Kacke ist am Dampfen«, Eva streicht sich mit der Zunge über ihre schiefen Zähne, »du kommst in Teufels Küche.«

»Dann schloh wi em'n Stohl up'n Kopp«, sagt Karl.

»Et wett nich so heet etten, äs et kokt wed«, sagt Vater beruhigend. Genau will er es wohl nicht wissen.

Er und Mutter murmeln noch in der alten Stube. Im Bett lausch ich lange. In mir verkrampft's sich. Hat's doch einer gesehen? Ich beiß mir auf die Unterlippe und bet mit trocknem Mund ein *Gegrüßet seist du Maria* nach dem anderen. Die Erwachsenen gewinnen am Ende immer. Aber Poggen Paul hat als Viehhändler Vater beim Pferdekauf übers Ohr gehauen. Und hat Dreck am Stecken mit dem jüdischen Viehhändler. Was bloß? Nur keine Angst, nichts zugeben wie beim Lakritzklauen, jetzt nicht mehr!

Im Traum verwandelt sich die Tenne unter meinen Füßen in Sumpf. Wölfe rasen heulend auf mich zu und nehmen mir alles weg, auch mein Sparbuch. Am Morgen zieh ich aufgeregt meine Hose erst falsch rum an.

Mittags steht Poggen Paul in der Küche, mit Spazierstock.

»Wie wird's Wetter?«, sagt Vater, wie immer, wenn er nicht weiter weiß.

»Der Verbrecher hat ihr Rad demoliert: Vorderrad verbogen, Lampe kaputt!« Ich spür seine Spucketröpfchen, er rollt die Augen, hochrot bis zur Glatze. »Der gehört in die Hilfsschule!«

»Ich weiß nichts.« Mit gesenkten Schultern zwischen Vater und Karl starr ich auf die zwei Goldringe an seinen Fingern. Ich schlag die Augen nieder. Keiner bemerkt, dass ich Mist von den Holzschuhen gekratzt habe.

»Guck mir in die Augen! Hast was zu verbergen?«

Ich muss grinsen. Das macht mich verdächtiger. Ich werd auch noch rot. Aber da ich immer rot werde, wenn man mich streng ansieht, bin ich es noch längst nicht gewesen.

»Man wird aus dir nicht klug! Warst du's?« Vater Hand zuckt.

Ich schüttle nur den Kopf. Meine Backen glühen.

Der Viehhändler guckt mich verächtlich an. »Du Lügner!«

»Ich war's nicht! Ich war's nicht!« Ich muss heulen.

»Euer Heini tut so, als könnt er keiner Fliege was zuleide tun. Der reißt Cilli den Ranzen runter, schubst sie in den Graben und bewirft sie mit Pferdeäpfeln.« Breitbeinig steht er da.

»Gar nichts hab ich getan.« Mir ist kalt und heiß. Tränen tropfen auf den Boden.

»Nana, *so* schlimm is's doch nicht.« Vater schlägt mir auf den Rücken, als hätt ich mich verschluckt. Der fasst mich doch sonst nur zum Prügeln an.

»Ci-Cilli zieht immer über mich her.«

Vater schaut zum Viehhändler. »Heini ist doch gutwillig.«

Ich nick und vergess perplex weiterzuheulen.

»Barbara hat's aus 'm Fenster gesehn«, schreit Poggen Paul.

»Wenn he segg, he wör dat nich, dann was he dat ok nich!« Vater ist froh, wenn ich es nicht war. Wie steht er da? Unsere fromme Familie, alle spenden für Jakob, und nun so was.

»Schwör, und du verbesserst deine Lage: Hast du 's Rad demoliert? Ja oder nein?« Er greift den Spazierstock.

»Ich weiß nichts.«

»Zum allerletzten Mal, ja oder nein?«

»I-I-Ich war's nicht!« Ich heul wie verrückt. Wortlos geht er, endlich. Ha, gut gelogen! Lage verbessern? So dumm bin ich nicht. Es hätt nur Prügel gegeben. Bloß, wie beichte ich es?

Am nächsten Morgen knallt mir Cilli mit ihrer hellen Hand eine, mitten in der Klasse, und lacht böse. Das ist wie mit offenem Hosenlatz erwischt werden. Ich hasse sie! Wär ich doch unsichtbar unter der Märchenkappe, denk ich, aber dann behandle ich sie wie Luft. Ich lass mich von der Eingebildeten nie mehr kleinkriegen, nie mehr blöd auslachen. Das schaff ich, wie Vater sich zäh durchbeißt. Ich bin stolz auf ihn, dass er mir half, nicht kleinbeizugeben. Auch Realschüler sind mir wurscht, mit denen red ich nicht mehr.

Vater hat lange Krach mit Poggen Paul und verkauft ihm die nächsten Schweine nicht. Dann erzählt der, dass es doch wohl ein anderer war, der so ähnlich aussieht wie ich.

44

Seit die sechste Klasse bei uns in der siebten ist, ist alles noch leichter.

»Die alten Schüler können's«, sagt Neuhaus und nimmt die jüngeren dran. Gott sei Dank gibt's schlechtere. Sitzenbleiber Erich schreibt statt *Apfelsinen Aposien*. Er kann *gar* nicht rechnen und schreiben, stampft auf den Boden und legt den Kopf auf die Arme. Wir lachen, aber Neuhaus schüttelt den Kopf. »Wir haben zu wenig Lehrer! Die wollen selbst mit *Sibirienzulage* nicht in unser Dorf, trotz Barockkirche und schöner Töddenhäuser.«

Ich melde mich nun statt mit Zeigefinger lässig mit ganzer Hand und erröte nicht mehr wie früher in Holzschuhen. Für Münster, um Priester zu werden, will ich mir alles merken. Ich kann schon viele Worte in Hochdeutsch, aber schwer ist das Sätzebauen. Fürn Aufsatz entnehm ich dem Buch Satzstücke, füg sie schwitzend zusammen und zweifle am Sinn der Sätze.

Neuhaus gibt mir das Heft mit viel Rot zurück. »Eine krakelige Sauklaue, als wäre ein ganzer Hühnerhof darüber gelaufen«, sagt er freundlich, »schreibst du nicht gern?« Es stört ihn nicht groß, dass ich es nicht kann und in der Erntezeit kaum Hausaufgaben mache. Sagt höchstens: »Setz dich auf den Hosenboden, dann geht's auch. Stille Wasser sind tief!« Er sieht mich an, als bedaure er, dass ich viel mitarbeiten muss. »Ja, ein Bauer ist schwerblütig und einsilbig, sagte schon unser Josef Winckler: Karg wie das Lachen, tröpfelt bedächtig Wort für Wort im Schweigen der alten Wohnküche; misstrauisch gegen Fremdes, typisch fürs Land der roten Erde, weit weg von großen Verkehrswegen. Ängstlich geduckt, wie der Regen hier dicht ist und der Himmel nah über Hof und Felder, aber mit weitem Blick fürs Moorland.« Er mag mich wohl.

Bei der nächsten Klassenarbeit streng ich mich an und schreib aus dem Buch auf meinen Schenkeln ab. Eine Sechs fürs Mogeln, peinlich! Nur keine *Minderwertigkeitskomplexe*, sag ich mir. Noch ein Jahr und die Schule ist aus.

»Du bist 'n echter *von der Tann*, dickköpfig, ähnlich wie dein Vater: volle Lippen, kantiges Gesicht, schwaches Kinn, vorstehende Zähne, schlaksig, nur 'n bisschen lütt und krumm.« Auch der Schularzt sagt, wie krumm mein Rücken ist.

Willi ist zwar auch klein und hat abstehende Ohren, aber ihm fällt Witziges ein. »Köln, Münster, Paderborn, wie schreibt man das?« Er antwortet selbst: »Mit drei Buchstaben: D-A-S!« Oder: »Es läuft durchs Zimmer und kriegt 'n immer längeren Schwanz! Was ist das? – Die Garnrolle!«

Die Mädchen werden schamrot und rennen ihm in der Pause nach, weshalb ich allein bleibe. Mich als Kleinen aus der Bauernschaft suchen sich die Dörfler, vor allem Caspar und Erich, immer noch aus zum Ärgern. Cillis »O Gott, wie hast du 'n Atlas verschmiert, überall Tintenflecke« übergeh ich. Caspar bekritzelt meine Tischplatte mit Schweinereien. Ich streck ihm die Zunge raus. Aber als Barbara sagt: »Heini, willst du 'n Spekulatius? Nimm dir«, ich Dussel ein Stück abbeiße und sie prompt schreit: »Heini klaut!«, krieg ich Wut, sie zu verkloppen. Als Erich auch noch auf sein Buch spuckt und frech behauptet, ich hätt's getan, reicht's mir. Hinterm Rücken von Neuhaus blick ich ihn finster an und diesmal ball *ich* die Rechte. Verwundert tut er das Gleiche und wir kloppen uns in der Pause auf dem Trümmerplatz vor der Schule. Ringen und hauen, höchstens beißen und kratzen. Erich kann mich nicht besiegen, ich bin zu zäh. Ich komm mit blauem Auge und geschwollener Nase davon, stolz vor den Mädchen. Aber er prahlt: »Wie haben wir gestern gesoffen und geraucht, den Neuhaus angelogen und den blöden Michael aus der Sechsten verprügelt, dass er die Knochen nicht mehr zusammenkriegt.«

»Angeber«, sag ich. »Wirklich Mutige verstecken das Kreuz!«

Er nimmt's wirklich von der Wand und versteckt's im Schrank.

Die Religionslehrerin bemerkt's in der nächsten Stunde. Dann verhört uns der Pfarrer. Er muss es dem Bischof melden und droht Erich den Rausschmiss an. Stille im Klassenraum. Er müsse in die Hilfsschule; nur Steinhop hat keine.

Erich macht ihm eine lange Nase. «Ätsch, bäh!«

Dann soll er sitzenbleiben. Gott sei Dank.

Nur den Caspar schaff ich nicht. Verrufen wie keiner, macht er sogar vor der nächsten Katechismusstunde einen stinkenden Haufen in die Ecke, dass die Stunde ausfällt. Er leugnet alles, auch in der Klassenkonferenz lacht er nur und macht den gestelzten Gang von Neuhaus nach, fängt eine Fliege und reißt ihr die Flügel aus. Das petz ich.

»Caspar, was tust du Gottes Geschöpfen Böses an«, sagt Neuhaus. »Das graue Fliegenweibchen mit den vier dunklen Längsstreifen auf dem Rücken legt jährlich zwanzigtausend Eier, aus denen sich Larven entwickeln. Ein Wunder!«

»Scheißfliegen«, sagt Caspar, mit Zunge in der Zahnlücke.

»Dein freches Maul muss man brechen«, sagt der Lehrer.

»Dat ist waor!«, ruf ich, »awer Katten do we ersupen!«

»Sicher ertränkt man überzählige Katzenjungen«, Neuhaus nickt mir nett zu, »und schlachtet Schweine. Im Schweiße deines Angesichtes sollst du dein Brot essen.«

Aber Caspar brüllt: »Lächerlich dein Platt, stinkender Bauerndepp! Red deutsch!« Alle lachen.

Neuhaus setzt sich vorn auf den Tisch und schlägt die Beine übereinander. »Wir müssen das Plattdeutsche pflegen. Müssten eure Eltern Hochdeutsch sprechen, hätte das manchen Mund verschlossen. Platt ist die Muttersprache, Heimat, und Hochdeutsch Fremdsprache.« Ich muss mich gar nicht schämen. »Selbst todmüde hält der Bauer noch im Schlaf ein Auge offen, horcht nach dem Vieh auf der Tenne tagein, tagaus, ohne Pause und Urlaub. Sklave seines Ackers, aber er macht's gern.« Er soll ruhig reden, ich hab eh keine Hausaufgaben. »Ein Bauer will sich ernähren ohne Benachteiligung, aber aus ihm presste man immer gnadenlos alles raus. Der Bauernaufstand 1525 war die einzige große Revolution der deutschen Geschichte. Stadtbürger, Geistliche, sogar Ritter machten mit. Doch mörderisch niedergeschlagen, war der Bauer nur noch Ausbeutungsobjekt, der Untertan schlechthin. ›Der Bauer ist an Ochsen statt, nur dass er keine Hörner hat‹, hieß es. Der Boden saugt ihm alle Kraft aus. Er stumpft ab und übrig bleibt ein Pflichtgefühl, sich abzuplagen. Armselig rackert der Kleinbauer von früh bis spät, früher in der Mehrheit, und überlebt es doch nicht. Ein Unglück kann reichen: Die Kuh erstickt, der Blitz trifft das Pferd, die Tierseuche kommt, der Regen zu früh oder zu spät, Steuern zu hoch. Viehpreise zu niedrig. Kein Steinhoper konnte sich denken, dass die neue Technik alles schnell infrage stellt und die Leute sogar weniger zur Kirche gehen.«

»Mein Bruder Jakob wird Missionar«, sag ich stolz, »ich geh immer zur Beichte, Kommunion und Andacht und messdiene jeden Morgen in der Frühmesse.«

»Scheinheiliger!«, ruft Caspar.

»Ohne Beten zur St. Anna gäb's Steinhop gar nicht.« Neuhaus schaut in die Runde. »Wisst ihr überhaupt, warum unser Dorf Steinhop heißt?«

Willi kichert. »Weil Mädchen Hopse spielen.«

»Gott hatte die St. Anna zum Schutz nach Steinhop geschickt«, fängt Neuhaus wie Rosing vom Kloster im Heiligen Meer an, »und ihr zu Ehren baute man schon vor über tausend Jahren das Kloster. Weil aber damals nur einige zur ihr beteten, hatte sie zu wenig Kraft und Gott hat alle versenkt, wo man noch die Glocke hört. Seitdem ist dort für Teufel und Hexen der Eingang zur Unterwelt. Die Leute flüsterten mit Grauen von Männern mit roten Hörnern und Pferdefuß und Frauen mit roten Haaren: ›Fraulüde und Mannsbilder hebt nackend up'n Hop setten.‹ Und stellten überall Steinkreuze und -bilder auf, dass sie nicht nachts aus der Unterwelt aufsteigen. Keiner verließ morgens sein Haus, ohne sich mit Weihwasser zu bekreuzigen, weil niemand wusste, in welcher Gestalt die wieder hochkamen. An roten Haaren erkannte man sie. Man wisperte nur *up'n Hop setten*, auf 'm Haufen sitzen, noch kürzer *Hop s'ten* oder umgedreht *Steenhop* und bekreuzigte sich, dann wusste man Bescheid. So kriegte dieser Ort den Namen *Steinhop.* Er musste viel aushalten, Seuchen, Feuersbrünste, Dreißigjähriger Krieg, die Gewalttaten vom Tecklenburger und Osnabrücker Grafen. Deshalb wallfahren wir noch heute zur St.-Anna-Kapelle.«

»Up 'n Hop setten? Nee! De Düwels hebt hier up ‘n Hop schätten«, flüstert Caspar.

»Na, du übrig gebliebene Hexe«, sag ich zu Barbara, »sicher stammst du davon ab.«

»Quatscht nicht«, sagt Neuhaus.

»Wer war denn der erste Steinhoper?«, frag ich.

»Als Christus durch den Steinhoper Eichenwald kam, fragte Petrus: ›Willst du nicht einen Menschen für diesen flachen, mageren Boden machen? Es muss aber ein starker sein‹ «, holt der Lehrer aus.

»Da stieß der Herr einen Erdbrocken an: ›Werde Mensch!‹ Der Klumpen streckte sich hoch auf und rief: ›Wat stört he me!‹ Das war der erste Steinhoper.«

»In der Bibel steht aber«, sag ich, »Gott hat Eva aus Adams Rippe gemacht und wir stammen davon ab.«

Neuhaus lacht nur.

»Du stammst von Schweinen ab«, zischelt Caspar.

Könnt ich es ihm nur einmal heimzahlen.

»Ich weiß«, sagt Willi, »wo Nackte auf 'm Haufen sitzen: In Frieses Kino, 'n Film aus Amerika. Da ist alles viel freier!«

»Das soll Freiheit sein?«, sagt Neuhaus. »Der Film hat mit Liebe nichts zu tun. Alles Schund aus Amerika!«

Nach der Schule ich geh mit Willi zum Kino: drinnen rotsamtene Sessel und Bilder mit nackten Schenkeln. Das neue Filmplakat *Die Sünderin* mit Hildegard Knef anschauen ist Sünde genug.

Fürs Kino hab ich kein Geld.

45

Vater hat mit dem Behälter auf dem Rücken alle Apfelbäume und Kartoffelkäfer mit DDT und E 605 gespritzt und setzt sich an den Küchentisch. »Das erspart Käfer absammeln, nur die Meisen fallen tot vom Himmel.« Er stinkt nach Gift wie *Maggi,* kratzt sich am Kopf, kaut missmutig am aufgewärmten Eintopf mit mageren Rippen und klagt: »Strehlerbur knattert erst um sieben mit 'm Moped zur Kerzenfabrik und ist um fünf zurück. Ich muss früh von halb fünf bis abends spät durcharbeiten und unterm Strich bleibt weniger.« Er schlägt die Zeitung auf: Auf dem Foto ziehen Soldaten Stacheldraht. *Präsident Kennedy in Berlin mit Bürgermeister Willy Brandt* steht in der Überschrift. «Die Sozis, all die Evangelischen und Kommunisten sind die Schlimmsten, das gibt Krieg«, sagt er.

Trude murmelt den Rosenkranz lauter, als höre sie schon die Posaunen von Jericho. »Ich spür's in 'n Knochen, nach Dürre und Überschwemmung kommen neue Krankheiten wie die Spanische Grippe mit Millionen Toten.« Gefährliche Trichinen haben den Schlachter-Gerd befallen, sagt sie, ein rostiger Nagel hat Frerksburs Fuß vergiftet und Gürtelrose erstickt Wesslings Lisbeth. Ich komm mir wie eine Fliege vor, die eingesponnen wird.

Vom alten Flugplatz Steinhop, Fliegerhorst nennt man ihn, fliegen nun die neuen Starfighter. Sie jagen im Tiefflug rum wie Unglücksraben. Drehen sie auf, dröhnt's durchs Haus und ich halt mir die Ohren zu. Jedes Mal erschreck ich, wenn beim Durchstarten der Knall hereinbricht. Genau über uns müssen sie durch die Schallmauer und zerkratzen mit weißen Streifen den Himmel. Ich such Felder ab, wenn die Fenster klappern, find aber keinen Starfighter. Willi hat Glück, sieht einen vom Himmel fallen, sammelt im Roggenfeld blinkendes Blech ein und bringt mir ein Stück mit.

Im Dorf verteilen Ami-Soldaten Kaugummi. Alle reden vom Weltuntergang, über die Russen mit dem Sputnik, China, die gelbe Gefahr, Atombomben und Krieg wegen der Mauer, dass mir angst und bange wird. Traufeld spricht Fürbitten fürn Starfighter-Absturzpiloten. Jeder gehe in sich und versöhne sich mit dem ärgsten Feind. Täglich kann Jüngster Tag sein. Ist mit der Atombombe alles aus? Wie ein Zeichen Gottes dröhnt wieder Jagdbomberlärm durchs Haus. Ich spende für Heidenkinder doppelt so viel vom mit Kerzen Verdienten und beichte häufiger. Vorm Beichtstuhl stehen lange Schlangen.

Der Mond ist voll, ich kann nicht schlafen, Gress' Wolfshund bellt nachts. Überall können die Gottlosen zuschlagen. Woran erkennt man sie? Am Hinkefuß? Am roten Auto? Hängt man sie an Poggen Pauls Rotbuche auf?

Am Samstagnachmittag kommt Eva von ihrer Postlehre strahlend mit Kurzhaarfrisur, kurzem Rock und Hullahup-Reifen aus Rheine, schleppt ein neues, braunes *SABA*-Radio herein und will zur Schlagerparade tanzen üben und schwoofen gehen. Karl montiert ein Wandbrett über der Nähmaschine in der alten Stube, neben unserm Stammbaum. Er will nur Landfunk hören, Trude Papst-Ansprachen, die Enzyklika und den Rote-Kreuz-Suchdienst, Vater Nachrichten, Paula Kochsendungen, Eva und ich Schlagerparaden und Krimis. Ich schalt's Radio ein. Es brummt; ein grünes Licht leuchtet wie ein Auge. Auch mein Finger davor wird grün. Dreh ich den Knopf, schrillt's und pfeift's, bis Musik kommt.

Eva zieht Perlonstrümpfe an und macht sich fein mit Kölnisch Wasser. »Ich trag keine Kittelschürze mehr. Wenn Gäste da sind, erst recht nicht, und in der Schule auch nicht, wie Kerzenkettlers Tochter.« Sie dreht sich stolz vorm Spiegel. Der Petticoat lugt schief unterm Kleid hervor. Als ich ihr sag: »Aber du hast Biberzähne«, dreht sie verschnupft das Radio auf. Seit eine Lehrerin ihr sagte »Dass du lachst, passt bei den Zähnen nicht zu dir«, ärgert sich Eva über die vorstehenden Zähne.

»Allet Kokelores. Stell dat Geduddle ut, Katzenmusik! Wie schön ruhig war's vorher.« Vater schüttelt den Kopf.

»Da kichern ja die Hühner. Dienst ist Dienst und Schnaps ist Schnaps.« Eva bringt aus der Stadt gute Laune mit. Vater hat nicht mehr allein das Sagen. Toll, was Eva seit der Postlehre alles Neues macht und wie lustig sie ist. Sie hilft mir auch gegen Vater und Trude. Endlich mal schöne Stimmung. Mutter singt beim Kartoffelschälen lachend den Refrain mit. Sie will die vergilbten Tapeten in der alten Stube überstreichen lassen und mal andern als Pfefferminztee aus dem Garten trinken.

»Radio und Bubikopf ist Teufelszeug. Geh Rüben schnitzeln«, sagt Vater und klagt: »Alle wollen braune Eier der neuen Züchtung. Immer hatten wir Hühner mit weißen Eiern.«

Ich staune, kurz vorm Weltuntergang streitet man um die Eierfarbe.

»Ach, die Gnötterpötte«, sagt Mutter mit Kopfwehblick zu Eva.

»Man darf nicht mal lachen, was?«, Eva dreht in ihrem Haar. »Wie selten kann man hier tanzen gehen. In der Fasten- und Adventszeit gar nicht. Selbst Karneval ist verboten, was sogar in Münster und Köln erlaubt ist. So was wie Steinhop gibt's kein zweites Mal. Hier ist *Steinhop* und Malz verloren.«

»Das ganze Übermütige mit dem Mummenschanz machen wir in Steinhop schon seit Ketteler nicht«, sagt Vater, im Sessel.

»Du würdest sogar 'n Tanzkurs verbieten. Das Leben ist beschissen, wie 'ne Hühnerleiter, von oben bis unten. Deshalb ist das Huhn mit der Leiter das Steinhoper Wappentier.«

»Wir waren so sühnig für euch und du bist maßlos.«

»Willst du nicht auch tanzen?«, fragt Eva Karl.

»Wenn's geht, ja. Wenn nicht, dann nicht. Mal sehn.« Karl arbeitet abends lange im Stall und widersetzt sich Vater nie.

»So viele schlechte Leute kommen her«, brummt Vater. «Die halten nichts von 'n Bräuchen, meinen, die brauchen St. Anna, den Rosenkranz und Ablass nicht.«

»Die Steinhoper Bauern sind sture Einöder.« Eva zeigt lachend einen Vogel. »Wat de Bur nicht kennt, dat frett he nich.«

»Die Leute wollen 'n Fernsehen, Telefon und 'n Auto, verreisen zum Gardasee, maßlos, der Untergang kommt. Aol dumm Tüch«, klagt er müde mit schwerem Atem und wieder mit dem *Dorn-in-'n-Foot-rammt-* und *Wi-möt-sühnig-wirn-*Blick.

»Tanzlieder sind hochmütiges Dichtwerk, sagt der Bischof. Radio und Ausgehen zum Amüsieren ist Sünde.« Trude dreht stirnrunzelnd das Radio aus und beginnt Rosenkranzbeten.

»Was tun wir denn Schlimmes, mit siebzehn? Mit Dierks Vroni und Spiegelbergs Carola gehn wir ins Kettelerhaus zur Jungfrauenkongregation, häkeln, erzählen was und machen 'ne Radtour zum Recker See, baden und Eis essen. Mit Carola mach ich 'n Tanzkurs und geh mal aus. Die kriegt 'n schönsten Mann von Steinhop, Helmsings Ernst von der Molkerei.« Eva dreht's Radio laut auf, dass Trude sich in die Kammer verzieht.

»Die Carola ist frühreif.« Vater schüttelt den Kopf. »Mit vierzehn hatte die schon was unterm Hemd.«

Inzwischen kichern Vroni und Carola unter den Hofeichen.

»Warum darf ich nicht mit?«, frag ich Eva.

»Guck nicht mürrisch; bist noch zu klein.«

»Bin dreizehn. Ist küssen und tanzen nicht Sünde?«

»Blöd, aber unverdorben. Mit siebzehn sind wir dummen Kinder vom Lande noch nicht so entwickelt wie Vierzehnjährige in Rheine. Was meinst du, wie die sich schon abknutschen.«

Sie wollen gleich los. Doch ein Gewitter zieht auf, die Bienen surren um unsere Stöcke. Als Eva ihr Rad aus dem Schuppen holt, toben sie in ihrem Haar, stechen ihr hinters Ohr und ins Genick. Sie schlägt sich schreiend auf den Kopf. »Der Kopf fühlt sich riesig an.« Sie kühlt ihn mit Wasser und bleibt zu Hause. Das gönn ich ihr, aber ich will auch tanzen lernen.

Brüggen Emma schlurft wieder her, mit Pflaumenkuchen. Den kann Vater nicht zurückweisen. Sie muss das Neueste erzählen, ums Neueste zu erfahren. »Schöne Perlonstrümpfe«, sagt sie zu Eva, »und erst der Petticoat. Du angelst dir 'n Schönsten, anders als Spiegelbergsfrau. Die schämt sich, hat sie gesagt, hätt nicht genug Reize, einen anzulocken, der für sie sorgt. Ihr Dussel hatte nichts, nur das auf 'm Leib. Sie wusste nicht, dass er abgebrannt war, mit Schulden bei der Kasse.

Nicht mal ’n Hühnerflügel habe er ihr gegönnt und im Winter das Schlachtschwein weggeschafft für Zinsen, hat er gesagt. Aber alles nur versoffen! Ach du lieber Himmel!« Emma lacht, dass ihre dicken Brüste wackeln und sie Brustweh kriegt, sagt sie. Selbst Trude kommt nicht mehr zum Klagen. »Nach ’m Krieg gibt’s hier nur ganz Junge oder Alte!« Emma redet, unterbrochen nur durch Schlucke teuren Kaffees. »Guckt’s euch an, nur schwarze Kopftücher laufen zur Messe. Weßlings Lisbeth heiratet ’n alten Opa. Eure werden groß, Lorenz hatte schon Erstkommunion. Hätt’s die Polioschutzimpfung früher gegeben, würd meine Rosa noch leben«, bricht’s weinend heraus.

»Kommt jetzt der Weltuntergang?«, frag ich sie.

»Gott wird doch seine eigene Welt retten«, sagt sie und geht.

»Das Plappermaul sagt, sie hat keine Zeit, quatscht aber ewig«, schimpft Vater ihr nach.

Dann hör ich wie immer sonntags Radio. Die Höfe müssen sich umstellen, will der Landfunk, sonst hätten Kinder auf dem Hof keine Zukunft. Er spricht auch von Hitzesommern in den Dreißigern. Ist Dürre kein Weltuntergangszeichen? Auch Eva glaubt’s nicht. Vater lügt wie beim Vorhersehen. Alles Quatsch.

Im Radio nennt Adenauer die Sozis Willy Brandt und Herbert Wehner Vaterlandsverräter. Dann redet Willy Brandt über Gerechtigkeit, ganz neue Töne. Ich will auch freihaben und Taschengeld. Aber wie können Gottlose gerecht sein?

Da ich die Rede nicht abstelle, ohrfeigt Vater mich. »Ich hab’s hundert Mal gesagt: Sozis, Kommunisten, alles Kroppzeug! Früher gab’s in Steinhop keine. Bloß durch die Flüchtlinge haben die hier Fuß gefasst.«

Erst als der Papst gegen die Pille spricht, stimmt das Radio.

Mein Namenstag fällt auf einen heißen Mittwoch. Weil ich zum dreizehnten Geburtstag leer ausging, darf ich im Recker See baden.

»Sei nicht jieprig, erst ausdreschen, schön im Takt«, sagt Vater.

Ich schlag mit dem Dreschflegel auf die Senfsträucher ein und schrei, weil es schön hallt auf dem noch leeren Dachboden. Das Ausgedroschene werf ich auf den Weidenspankorb und schüttle ihn, Spreu fliegt weg, Samen bleibt liegen. Es staubt furchtbar. Dann geht’s mit einer Mark für Eintritt und *Sinalco* los. Karl fährt die zehn Kilometer auch mit, mit einer Badehose.

Barbara und Franz-Josef sonnen sich dort im Sand und tun nichts in den Ferien. Man muss doch die Sonne meiden! Wo immer es geht, suchen wir Schatten beim Kartoffelsammeln. Barbara liegt auf dem Rücken. In den Wassertropfen auf ihrer Haut spiegelt sich die Sonne. Sie schielt zu mir und steckt sich ihr Haar hoch, dass ihre Brust aus dem Bikini quillt. Die meisten Mädchen tragen einteilige Badeanzüge. Sie dreht sich beiläufig auf die Seite, was mich wahnsinnig macht, und ich kann nicht wegsehen. Sie blinzelt mich an. Lieber hätt ich die Brüste ganz gesehen. Soll ich mich dazu legen? Ich hol die *Sinalco.* Klackend springt der Metalldeckel weg. Quittengelb die Limonade, riecht fruchtig und sprudelt, das ist weite Welt, Amerika.

»Prost«, sag ich zu ihr, setz die taillierte Glasflasche an die Lippen, wie die Großen Bier trinken, aber verschluck mich und huste, als ich seh, wie Barbara sich aufrichtet und die Brüste wieder aus dem Bikini rutschen. Für so was braucht's den Namenstag des Heiligen Heinrich. Mein Herz rast, aber ich leg mich starr hin wie gelähmt und stell mich schlafend. Lange halt ich Rumliegen nicht aus und geh schwimmen.

Karl ist schon im Wasser. Ich rufe und er wirft mir seine Badehose zu. Hinter der Imbissbude zieh ich sie an und folge ihm in den See. Alle sehen doch, ich kann nicht schwimmen. Einen Schritt weiter, wo ich noch stehen kann, tu ich so, als ob ich schwimme, spür aber plötzlich keinen Boden mehr untern Füßen, als zöge mich ein Wasserungeheuer in die Tiefe. Ich schlag um mich und schluck Wasser, bis ich paddelnd wie ein Hund oben bleibe. Karls rutschende Badehose zieh ich wieder hoch, geh aus dem Wasser, wechsle die Hose und werf sie ihm wieder zu.

Dann setz ich mich auf die Mauer und lass die Füße im lauen Wasser baumeln. Frösche rufen ab und an im Gras. Silbrige Fische schnellen durchs Wasser. Ein kleiner Junge klettert auf eine Erle. Plötzlich fällt er, schlägt aufs Wasser und geht sofort unter. Ich starr wie gelähmt. Blasen zerplatzen auf der Oberfläche. Hinterherspringen? Ich kann nicht schwimmen. Er kommt nicht wieder hoch. Auch keine Blasen mehr. Endlich schrei ich.

So laut hätt er noch keinen schreien hören und er hätt eine Gänsehaut gekriegt, sagt der Mann, der mit einem Hechtsprung ins Wasser schießt, wohin ich brüllend zeige, und den Kleinen rausfischt. Sein Gesicht ist rot. Für nichts werd ich als Held gefeiert und bekomm noch eine *Sinalco*. Barbara schaut mich bewundernd an und beugt sich zu mir, ich seh die Brüste ganz, sogar die kleinen rosa Warzen.

Vielleicht geht die Welt doch nicht unter.

46

Paula flicht ihr Haar zum Zopf, legt ihn zum Knoten, steckt Haarnadeln hindurch und springt auf, als ein Fremder im blauen Sonntagsanzug mit Schlips und Hut durch den Garten in den Flur kommt, wie sonst nur Verwandte oder Nachbarn. Viehhändler gingen über die Tenne. In der Küche zerbricht sich Paula vor Höflichkeit beinah die Zunge. Er dreht unsicher den Hut in den Händen und wehrt Paula, die, stämmig wie er, ihn umarmt, nicht ab. Seine Arme hängen, als gehörten sie ihm nicht.

Ich starr den Neuen an: Lögers Job, Halbglatze. Durch die O-Beine könnt ich Stuten werfen. Vater sagt, O-Beine kommen vom frühen Säckeschleppen. Den Bauch kriegt Job nicht in die Hose. Er zieht lachend die rechte Backe hoch über riesige Zähne, wie ein Pferdegebiss, und berührt mit den Lippen Paulas Ohr. »Sag doch was.«

»Was soll ich sagen? Der freche Heini.« Paula zeigt auf mich.

»Quatsch, blöde Kuh«, sag ich grinsend.

»Seid ihr verliebt?«, fragt Anna und wird krebsrot. Wie peinlich! Sieht sie nicht, dass er mit Paula freit?

Immer samstags kommt Job nun ins Haus, mit witzigen Sprüchen, dass ich loslachen muss. »Das is 'n Klo, als hätt schon Moses reingeschissen! – wie altmodisch der Herd und die Pumpe mit dem Terrazzospülstein, aber mit schönem Blick über die Schweinewiese.« Er spricht nett zu mir, als wär ich der Hofherr und ich pump für ihn, Gänsewein. Er trinkt aus den Händen. »Euer Wasser schmeckt nach Kupfer.«

Nach dem Essen putzt Karl seine Schuhe blank und glättet sein Haar mit Wasser. Trotz dreckigen Fingernägeln und Grind hinterm Ohr will er im Anzug und weißem Hemd mit Schlips los zu Frieses Tanzsaal.

»Wie der hinkt, kann der gar nicht tanzen«, sag ich.

»Der muss bald in Münster operiert werden«, sagt Mutter.

»Er geht mit einer von drei Dörfern weiter«, zischelt Eva.

»Du bildest dir wohl was auf die blonde Klapperdürre ein!« Vater schaut ihn böse an. »Bauernfrauen müssen was zuzusetzen haben, wie Mama mit hundertachtzig Pfund zur Hochzeit aufgeblüht war. Da hatte man bei Tina noch was in der Hand!« Er lacht. »Gertenschlank hält's keine durch.«

»Mit erst einundzwanzig kannst du noch warten«, sagt Mutter ärgerlich. »Bei so vielen Kleinen is's zu früh für 'ne Neue im Haus. Und die soll wohl auch noch die Kasse haben.«

»Ewig warten, ihr macht alles kaputt!«, brüllt Karl. »Wann krieg ich endlich den Hof?« Die Arme hängen ihm bis auf die Knie. Jetzt sind ihm wohl die Sprüche ausgegangen. Er sieht Mutter nicht mehr an und redet nicht mehr mit ihr.

Mutter blickt ihm müde nach, sieht auf die welken Hände und bewegt die Rechte sachte hin und her, als ob sie was beiseite schiebt. »Papa muss sich um die Jungs kümmern. Ich kümmer mich um meine Mädchen«, sagt sie leise, brüchig, trinkt Aufgesetzten und singt: *»Am Brunnen vor dem Tore.«* Mundharmonika spielt sie schon lange nicht mehr.

»Geht *ihr* doch mal tanzen.« Eva lacht, trotzt schiefer Zähne.

»Euch juckt 's Fell, wie Kälber im Frühjahr auf der Wiese«, sagt Vater.

Mutter guckt ihn verlegen an. »Sei nicht albern«, sagt er. »Was gibt's zu feiern, wir sind verheiratet.«

»Oder ladet welche zum Kaffee ein«, sagt Eva schelmisch.

»Ach, die Weiber quatschen nur.« Vater winkt ab.

Eva hat auch einen Freier, aber das hält nicht lange.

»Liebe ist wie Aprilwetter«, sagt Vater. Noch ein Fremder kommt und noch einer, wie nach einem Dammbruch. Gut an Freiern ist, dass sie Doppelkopf spielen. Aber sie wünschen sich wohl lieber weit weg auf eine einsame Wiese mit den Schwestern.

»Die werden von Luft und Liebe satt und wollen gar nicht mit an 'n Tisch.« Mutter schiebt sie doch ran. Samstagabends sind wir nie mehr unter uns. Nach dem Wurstbrotessen ist die beste Stube besetzt.

»Die sollen wegheiraten«, sagt Trude. Selbst sie ist nicht mehr so griesgrämig und ich halte Vaters Jammereien besser aus. Eva und Paula dürfen mit siebzehn und achtzehn poussieren. Ich seh im Garten durch die Gardine Kerzenschein. Es riecht nach reifen Pfirsichen. Sicher knutschen Job und Paula. Als ich die Tür öffne und Licht anmache, sitzen sie hinterm Tisch auf dem Sofa, kneifen die Augen zusammen und setzen sich verlegen grade. Paula schmeißt ein Kissen nach mir wie nach einer Katze. Lange stehen sie noch am Gartentor. Job beugt sich über sie, macht killekille, sie kichern. Dass Große so kindisch sein können.

Eva geht auch samstags tanzen, sagt aber nicht, mit wem und hat's nicht eilig, ihn mal mitzubringen. Sie riecht nach *4711* und rutscht ausgelassen auf dem Stuhl hin und her, dass alle verstohlen zu ihr blicken. Mit dem Verehrer stimmt was nicht. Sicher kein Bauer!

»Wenn's nur kein Evangelischer ist«, sagt Mutter.

Überhaupt ist Eva in letzter Zeit eigensinnig. Soll sie abends nach der Postlehre noch helfen, sagt sie: »Papa kann 'n Erntehelfer holen, ich muss lernen.«

»Da bist du schief gewickelt!« Paula bindet die blaue Haube um den Haarknoten. »Du hilfst, solange ich noch als Haushaltshilfe zu Haakbur geh, und leg den Urlaub in die Erntezeit, sonst büßt du's bei der Aussteuer.« Und zu Mutter: »Eva wird total ichsüchtig, ist nur aufs Vergnügen aus.« Paula will als Älteste und Kräftigere alles bestimmen. Sie spart jeden bei Haakbur verdienten Pfennig und schimpft Eva aus, wenn die einen Petticoat kauft oder zum Frisör geht.

»Alles öde, vergammelt, immer bis zur letzten Minute zu tun und nichts anzuziehen. Wie soll ich mich noch schönmachen und tanzen üben?« Eva beugt sich lachend über die Schüssel, taucht den Kopf hinein und wäscht sich statt mit Kernseife mit einer süß duftenden, sicher vom Verehrer.

Plötzlich steht Vater in der Tür. »Haarwaschen abends, hack erst Unkraut, ich warn dich!« Jäh verstummen alle, als wär die Fröhlichkeit zur anderen Tür wieder raus.

Eva zieht trotzdem ihr neues Kleid mit Petticoat an, dreht sich darin und legt sich unser Marderfell um. »Wie süß, seht mal, wie der Nerz mir schmeichelt, so weich und wie der wärmt. Den trag ich im Dorf spazieren, geschmeidig um 'n Hals. Die Fleischerin sagt: ›Der ist aber schön.‹ Und zerhackt neidisch die Wurst. Und ich sag nur zum Verhohnepiepeln: ›Schaun die Augen nicht verzückt?‹ « Evas Zunge streicht über die schiefen Zähne. Könnt ich doch auch so ausgelassen sein.

»Du bist 'n Flittchen«, sagt Trude, »wie Gress' Älteste, die heiratet 'n Wildfremden in der Stadt, wo sie keinen kennt.«

Wieder kommt Emma, für eine Tasse Kaffee. Sie erzählt, dass Lippertburs Junge mit Spiegelbergs Carola was hat, was die weinend ihrer Mutter beichtet, die es ihrem Mann erzählt, und wie der den hinbestellt, nach Strich und Faden verbläut, bis der die Heirat winselnd zusagt, und das Aufgebot bestellt.

»Paula kriegt den Job mit O-Beinen«, sag ich.

»Schon sicher?« Emma guckt zu Paula. »Ungeduldig wie Eintagsfliegen, als würd gleich der Zug abfahren. Ach, du lieber Himmel. Willst du auch so viele Kinder?«

»Jedenfalls mehr als Mama«, sagt Paula.

»Es gibt jetzt die Pille«, sagt Eva fidel.

»Du spinnst. Pass auf, dass Papa es nicht hört«, sagt Paula.

»Hast du schon eine, die du gern hast?«, fragt Emma mich. Ich grinse nur. Kommt Emma vorbei, hat Vater zu tun. Er sagt, er erträgt ihr Geschwätz und die neugierigen Fragen nicht. Diesmal aber will er von ihr wissen, ob Eva einen Freier hat.

»Sicher hat die einen. Die heiratet bald, is doch 'n ganz Schönes«, sagt Emma. »Eva und Paula blühen auf wie Flieder im Mai. Ist das die Möglichkeit! Eure drallen Mädchen bringen auf jedem Fest die Tänzer zum Schwitzen.«

»Na und«, sagt Eva.

Vater sieht Flecke an ihrem Hals und zieht bedrohlich die Augenbrauen hoch. »Da steckt 'n Mann dahinter! Eva, dass du's weißt, die Leute reden von dir und von dem, mit dem du ausgehst. Was treibst du dich rum?« Sonst muss er sich ständig um die Ernte sorgen und jetzt auch noch um Eva.

Eva geht wortlos raus auf den Hof. Ich folge ihr neugierig. Die macht ja vielleicht Sachen. Sicher was Unmoralisches.

Eva zeigt mir ein Foto von einem Alois mit Schmalztolle. »Wir wollen uns auch verloben.«

»'n Evangelischer?« Was Ernstes mit 'nem Evangelischen?!

Sie nickt. »Ja, ich hab den gern, mehr als gern. Am liebsten würd ich gleich mit dem abhauen. Muttergottes, hilf! Ich hätt doch auf Wallfahrt gehen sollen. Wenn ich an den denk, bricht mir die Hitze aus.« Sie senkt die Schultern und heult. »Üffings Konrad aus meiner Klasse hat sich im Wiesenstall erhängt. Sein Papa hat ihm die Freundin verboten.« Weint sie wegen Konrad oder Alois? »Meinst du nicht, ich krieg Papa zur Verlobung rum, wenn ich im Urlaub kräftig bei der Ernte helf?«

»Mit 'nem Evangelischen? Nie im Leben, der bringt dich um.«

»Ich werd kirre. Krieg ich den nicht, heirat ich nie. Eher bring *ich* mich um!«, schreit sie, dass die Amsel im Flieder zetert.

Eines Samstags kommt Lögers Job piekfein in die beste Stube, aber schüchtern mit Rosen hinter sich, die ich durch die O-Beine sehe. Er hält Mutters Hand länger als üblich und überreicht ihr den Strauß.

Mutter sagt baff: »Papa kümp gliks. De is bit Swine foarn.«

Als der krummbeinige Job Paula umfasst, errötet sie und singt: *»Ich weiß nicht, was soll es bedeuten …«*

Lächerlich!

Nach dem Schweinefüttern geht Vater mit Job in die beste Stube, hat aber noch die mistigen Holzschuhe an, dass Mutter ruft: »Treck de Holsken ut!«

Schließlich sagt Vater: »Slo män Eier in de Panne, he is 'n richtiger Kärl.« Es gibt Spiegelei mit Schinken und Schnaps. Er ist also akzeptiert. Alle rätseln, wann Verlobung ist. Job legt den Arm um Paulas runde Hüfte, flüstert was und sie lacht los. Stolz wie nie schreiten sie zum Tanzen. Sie sehen nur sich.

»'ne gute Partie, 'n schönes Paar. Endlich 'n bisschen Leben in der Bude.« Mutter, mit glänzenden Augen, streicht in der Schlafkammer über Leinentücher und Damastbezüge im Schrank. Auf Schildchen an Handtüchern steht *50 Pf. Textilfabrik Kümpers Rheine.*

Nur Trude schimpft: »'n Bauer? Das Bauernsterben ist längst beschlossen. Sogar Heymeiers Heinz übernimmt 'n Hof nicht und wird Schlosser.«

»Wie soll's weitergehn, wenn der auch aufhört.« Vater starrt wie abwesend durchs Fenster. »Ohne Nachbarschaftshilfe schaffen wir 's Roggenmähen und Kartoffelernten nicht. Als Dierksbur die Kühe aufgab und tags drauf auf die Tenne kam, hat er geheult. Der Hof ist alles, was wir haben!«

Paula packt umso kräftiger mit an, ohne Ach und Oje, redet nicht lange und ist, seit sie ans Verloben und Weggehen denkt, noch sparsamer und strenger, was Vater freut.

Nur die dünne Eva merkt nichts. Lachend und zu Scherzen aufgelegt, kommt sie ausgelassen mit neuer Kurzhaarfrisur aus Rheine von der Postlehre, fegt die Küche, räumt auf, schleppt Stühle und Kissen hin und her und singt: *»Horch, was kommt von draußen rein …«*

Sicher denkt sie an Alois.

Beunruhigt packt Vater packt sie am Arm. »Ist nicht wahr, dass du mit ’m Evangelischen aus Schale läufst? Rede!«

Sie schlägt die Hände vors Gesicht und schüttelt den Kopf.

Sag nichts, will ich schreien, aber es drückt mir die Kehle zu.

»Wir waren nur tanzen«, schluchzt sie.

»Also doch! Was freist du nach dem evangelischen Schale, dreckig und verfallen, wie das ist! Verkommene Leute, gehen selten in die Kirche! Deren Platt versteht man kaum; das nutzen die zum Lügen und Verleumden. Bei jeder Kirmes gibt’s Schlägereien mit denen.«

»Ich bin hier wohl nur zum Arbeiten da!«

»’ne Schande vorm ganzen Dorf! Was denken die Leute?«, brüllt Vater. »Einen aus ’ner Flüchtlingsbaracke! Mit nichts als ’nem Koffer von drüben aus der Ostzone, keinen eigenen Grund untern Füßen, kein Geistlicher und keine Nonne in der Familie. Nimm einen wie Paulas Job, gut katholisch mit Nonnen in der Familie, Kühen und was dazugehört, auch wenn der Hof klein ist. Bei der Liebe nimmt man ’n Verstand zusammen.«

»Bist ja bescheuert, so einen mit O-Beinen nie!« Eva bleibt am Tisch stehen und sieht Mutter eindringlich an.

»Du fliegst achtkantig raus«, sagt Vater. »Keinen Verstand im Kopf? Es gibt genug andere.«

»Aber sie liebt den doch«, sag ich.

»Du verstehst so viel davon wie ’n Hahn vom Eierlegen. In ’n Düstern sin alle Katten schwatt. De Leewe kümp van sülwst!«

»Bring ’n Opfer! Die St. Anna hilft hier nicht. Mach ’n Bittgang zu *Unserer lieben Frau von Telgte* mit Gelübde«, sagt Trude.

»Du alte Schreckschraube bist mit ’m schon drei Jahre toten Papst Pius XII. verheiratet.« Eva zeigt ihr einen Vogel. «Der hängt bei dir noch überm Bett.«

»Schamlose! Reif für die Klapsmühle! Ich pilger nach Kevelaer mit ’m Jungfrauenverein für dich, dass du zu Verstand kommst.«

»Ihr mit eurer Kirche, immer Kirche, ich geh nicht mehr hin, ich halt’s hier nicht aus.«

»Kür nich son dumm Tüch! Mit ’nem Evangelischen kümms’te mi nich in ’t Hus!«, donnert Vater. »Zum letzten Mal: Den siehst du nicht wieder, sonst gehst du ins Kloster!«

»Nie und nimmer!«, schreit Eva, es schallt im ganzen Haus.

Vater haut mit der Faust auf den Tisch und läuft rot an. »Kriegst keine Aussteuer!«

Eva stößt ihren Stuhl mit der Hand um, rennt raus wie aus einem brennenden Haus und knallt die Tür hinter sich zu.

Erschrocken sind alle still. Vater bläst die Backen auf. »Der Teufel steckt drin. Die ging doch immer zur Kirche; nu so was.«

Als Mutter »Essen kommen« ruft, geh ich extra noch aufs Klo. Gemein, dass Vater Eva die Liebe verbietet. Alles zieht sich in mir zusammen vor Wut, die Kopfhaut kribbelt, die Delle schmerzt. Ich hör Mutter den Topf auf den Tisch setzen und rufen: »Die Hühnersuppe wird kalt.« Die Löffel klirren schon. Ich lauf in die Küche. Mist, zu spät fürs Hühnerherz.

»Zum Donnerwetter, pünktlich essen«, sagt Vater.

Als ich am nächsten Nachmittag in die Küche komme, muss was Schreckliches passiert sein. Eva sitzt gebeugt am Tisch, zitternd, mit Striemen auf den Armen. Heulend putzt sie Gemüse und sieht keinen an.

»War Papa das?«, frag ich. Hass steigt in mir auf.

»Sei still«, sagt Mutter. »Die bringt Unglück über die Familie. Papa hält's nicht aus.«

Den ganzen Tag sind alle bange, tauschen unruhig Blicke, essen hastig und flüstern, als hätten die Wände Ohren. Alle stellen sich gegen Eva und den Evangelischen.

»Muss Eva nach Lengerich?«, frag ich.

»Wer mal da ist, kommt nicht wieder, wie Lakemeiers Lieschen«, sagt Mutter besorgt. »Eva ist spitznasig, dünn wie eine Bohnenstange. Wenn die sich nur nichts antut.«

»Dat hesse nu von *diene* Wichters«, sagt Vater, mit stoppligem Gesicht, zu Mutter. Immer sagt er *deine Mädchen,* wie Mutter zu ihm *deine Jungs* sagt.

Schweigsam macht Eva die Hausarbeiten, ihr Gesicht fahl, Augen rot verweint, nimmt auch Tabletten und lässt sich sonst nicht sehen. Am Tisch isst sie kaum und sitzt starr mit glasigen Augen, als war sie nie witzig und albern.

Die Liebe kaputtmachen tät ich Vater nie verzeihen. »Ich leih dir mein Erspartes«, sag ich ihr, »wenn du abhauen willst.«

»Ich kann nicht, Alois ist auch in der Postlehre«, flüstert sie.

Eva darf nur zur Lehrstelle aus dem Haus, weder tanzen noch zur Kirmes. Ihre lustige Art fehlt mir. Ich könnt sie umarmen, aber das findet sie sicher verrückt.

Vaters Moralpredigten häufen sich: »Schlimmes Ende! – In die Hölle! – Unglücklich machen.« Dann: »Ach, die Launen vergehen. Die läuft 'ne Weile wie 'n geköpftes Huhn rum, gar nicht drum kümmern. 'n verrücktes Huhn steckt man in 'n Sack und hängt's drei Tage an die Wand, bis es sich beruhigt.«

Er ist so starrköpfig, mit dem Glauben stimmt was nicht.

»Die Liebe aufgeben, kann Gott nicht verlangen«, sag ich zu ihm.

»Liebe ist Zeitvertreib zum Kinderkriegen, aber nicht mehr.«

»Der kann sich doch taufen lassen, wie mein Patenkind. Das lieb ich doch auch.«

»Du hast noch Eierschalen hintern Ohren.«

Am liebsten brüllte ich wie irre *Ich halt's nicht aus!* Aber die anderen halten's aus. Ich bete Rosenkranz, damit Eva ihn kriegt und der sich taufen lässt, wach aber nachts wie ein Verbrecher mit Hass auf Vater auf. Ich bin anders, ich tät mit so einer abhauen. Die muss mit mir durchbrennen.

Doch Eva gehorcht. Paula sagt zu ihr: »Sei froh, dass du 'n Gottlosen los bist.« Dann fällt über Alois kein Wort mehr.

Ab jetzt ärgre ich Trude und Vater!

Am Sonntag ist Bundestagswahl. In der Messe beten wir fürn Sieg des Glaubens übern Unglauben. Der Kampf gegen Sozis ist der Kampf gegen Luzifers Reich.

»Wir Katholiken wählen christlich, Adenauer«, sagt der Pfarrer. »Alles andere ist Sünde und führt ins Verderben. Denkt daran, der schlaue Teufel verkleidet sich als Sozi oder Evangelischer. Die Sozis mit ihrem schlechten Charakter sind nur neidisch. Liebe Christen, die Versuchung ist unter uns. Die Fremden haben schon im Dreißigjährigen Krieg die Kirchen im Münsterland niedergebrannt. Evangelische bleiben immer im Stande der Todsünde und entrinnen nie der Hölle.«

Alle Steinhoper sind für Adenauer, der, als Präsident des Katholikentages auf dem Plakat zu sehen, bei *Dreilinden* klebt. Als zukünftiger Priester wähl ich nie Sozis. Keiner tut's, nur Evangelische, der Tierarzt Niemann.

Als der Tierarzt zum Impfen kommt, fragt er: »Schlagen die Lehrer euch noch?« Ich nicke und er sagt: »Seit der Anzeige wegen Mausers Prügel redet kein Lehrer mehr mit mir.«

Vater sagt kein Wort dazu. Nur: »Auch den Evangelischen zeigt die Turmuhr der katholischen St.-Georgskirche die Zeit an.« Sonst spricht er scheu über Studierte, aber mit dem redet er auch beim Schnaps kein Wort mehr als sein muss. Vater will ihm noch ein Glas Honig mitgeben. »Dat hev we süms makt.«

»Nein, danke«, sagt der Tierarzt betont in Hochdeutsch und geht mit erhobenem Kopf zum Auto.

Als ich beim Doko-Spiel von Eva erzähle, lästert Schlachter-Gerd: »Da habt ihr ja wieder viel zu beten, dass sie einsieht, wie fehlgeleitet sie ist. Euer Papa lebt hinterm Mond.« Und zum Tierarzt sagt er: »Die haben was gegen 'n Evangelischen, weil der 'n Haus gebaut hat, 'n *Mercedes* fährt und seine Evelyn aufs Gymnasium geht.« Er blinzelt mich an. »Sollen die Bauernkinder nicht neidisch sein, mit 'm Plumpsklo, Holzschuhen, immer nur Wurstbrot und zu mehreren 'n Zimmer teilen?«

Der Igelkopf ist gar nicht so verrückt, wie ich dachte.

Verblüffend das Ergebnis am Wahlsonntag: Bei dreitausend Katholiken und zweihundert Nichtkatholiken in Steinhop über dreihundert Sozi-Wähler. »Wieso gibt's bei zweihundert Protestanten dreihundert Sozi-Wähler?«, frag ich Vater.

»Es gibt viele Sünder.«

»Schlachter-Gerd sagt, Bauern wählen rückständig.«

»Der reißt's Maul zu weit auf. Armeleutekinder im alten Fachwerkhaus, Heuerlinge, einer von drei Köttern auf Weßlings Hof, haben sich aufgerappelt, aber tun so, als seien sie vom feineren Stamme, weil er jetzt Schweine stempelt. Und seine Frau ist auch nicht viel wert.« So heißt es, wenn jemand länger krank ist. Was sie hat, sagt er nicht.

Eva geht doch auf Wallfahrt, die Heilige Jungfrau um Rat bitten. Sie ist lange still, lässt vom Lehrgeld ihre Biberzähne ziehen und neue reinschrauben. Sie zieht sogar das braunblaue Kleid an, das sie nicht mag, für einen Richtigen.

47

Die Krähe landet bei den reifen Birnen im Baum.

Karl schleicht sich mit dem Luftgewehr an, trifft und hängt sie zur Abschreckung an einen Ast. Er übt Scheibenschießen, um Sonntag beim Stadener Hubertus-Schützenfest König zu werden und zeigt mir, bei Kimme auf Korn abzudrücken. Mal treff ich auch die Zwölf. Ich könnt auch König werden. Ich streck mich, bin aber immer noch einer der Kleinsten in der Klasse. Eine Drossel putzt die Flügelfedern. Ich knick 's Gewehr auf, fummle ein Geschoss in den Lauf, das platte Ende voran und lass den Lauf einrasten. Die Wange ans glatte Holz, kneif ich das linke Auge zu, krümm den Finger bis zum Druckpunkt, die Drossel in der Kerbe, und drück ab. Dumpf stürzt ein flatterndes Federbündel zu Boden, ihr Auge sieht mich an. Karl nimmt mir das Gewehr wieder weg.

Heute warten wir an der Milchbank auf den Schützenzug, die Straße geschmückt mit Girlanden und Birken. Von Weitem hör ich die Trommel. Gress' Gustav mit Orden auf der Brust und mit mächtigem Hut aus schwarzgrünlich schillernden Hahnenfedern trägt die Vereinsfahne vornweg. Hinter ihm schwingt Strehlerbur kerzengrade den Kommandostab mit silbernem Knopf. Ein Trommler lässt mit dem Schlegel in der Hand den Donner rollen. Es knattert und knallt; Heymeiers Oma, mit Brügges und Strehlers am Weg, hält sich die Ohren zu. Kathrin geht mit Blumenstreumädchen dem alten Schützenkönig Lippertbur voran. Er hat auf dem Bauch die Kette mit blinkenden Silberschildchen, graviert mit Königsnamen und dem Schutzpatron St. Hubertus. Dahinter die Schützen ernst in tollen Uniformen mit Federhüten, nur Drosten Walter grinst.

»Schaut, da mein Rudolf!«, schreit Brüggen Emma. »Sieht er nicht stattlich aus? Guckt nur gradaus aus Stolz, dass ihm die Beine nicht aus 'm Takt geraten.«

»Mal so gegen den Eisernen Vorhang marschieren, der würd von selbst umfallen!«, ruft Brockmöllerbur und wiehert.

»Schützenfest is' nur noch 'n Saufgelage«, sagt Trude.

Mit Willi stampf ich der Trommel nach, groß und fürchterlich. Mir rauschen die Töne in die Glieder, wenn wir Schritt halten und das *Taramtamtam* im Staub schmettern, bis zu Feldmanns Festwiese. Auf dem Plakat überm Tor steht *Kinderbelustigung*. Wir drängeln nach Limonade und Rosinenbrötchen. Zum Schiebkarrenrennen hol ich Anna. Sie läuft auf den Armen, ich halt ihre Beine. Dem Schnellsten winken Zuckerwaffeln. Es reicht fürn Lutscher als Trostpreis. Ich mag nicht mehr, auch nicht Sackhüpfen. Mit dreizehn trink ich lieber Bier, mit Mädchen. Alle Stadener drängeln sich um Buden und Schießstände auf dem Hof. Karl schießt bis zur Endrunde mit. Als der schwankende Gress' Gustav nur die Sechs trifft und Karl ruft: »De is duhne, he kann nich mehr kieken, ik werd König«, schimpft Vater: »Lass's, wer soll's bezahlen?«

Atemlos seh ich Karl daneben schießen, andere auch. Gressbur wird König. Selbst dabei betrügen die Erwachsenen!

Franz-Josef sieht auch zu. »Beim Schützenverein *Eintracht Steinhop-Dorf* in Hollings Busch kann man nicht mogeln. Da zielen die bessern Herrns auf'n Holzvogel auf der Stange, der kommt ganz zufällig runter. Mein Vater ist CDU-Gemeinderat«, sagt er stolz. »Bauernpräsident Heereman macht auch mit. Zu diesem Kleinbauern-Schützenfest kommt der nicht.«

»Unseres ist viel älter: Staden feiert bald Tausendjähriges und wir haben 'n St. Georg als Schutzpatron.«

Er schaut mich stumm an und ich bin froh, dass er geht.

Die Bänke und Stühle unterm Zeltdach, mit Lichtern und Girlanden geschmückt, sind dicht besetzt. Nicht nur Bauern, alle feiern mit. »Vor zehn Jahren war 's Schützenfest doppelt so groß«, sagt Vater. »Früher gab's in Staden viel mehr Bauern.« Der Herbstabend ist warm. Anders als Mutter und Paula im langen Kleid und Haarknoten im Nacken, kommt Eva mit ihrer Freundin Vroni im kurzen Rock und mit kurzem Haar.

»Unschamhaftig, das Neumodische aus Amerika. Der Bubikopf führt ins Verderben«, sagt Vater laut. Wie peinlich. Manche schielen nach Eva und reden von Alois. Drosten Walter mit klumpigen Pickeln auf der Stirn grinst wie ein Mondgesicht und tanzt als Erster mit ihr. Ich kann nicht wegsehen, wie er an sie randrängelt. Mit vierzehn, noch ein halbes Jahr, will ich auch tanzen lernen wie Eva, aber ich lass mir meine Liebe nicht von Vater kaputtmachen. Gress' Gustav am Ehrentisch gibt einen aus. Er schüttelt den Kopf, sagt »Brrr«, wischt sich mit der Hand übern Mund und schlenkert sie von sich. Dann sucht er schwankend die neue Schützenkönigin, seine Frau. Angeschwipst brüllen wir das Steinhoper Lied: »*Steinhop, das ist nicht zu malen, sim se rim . . ., schönster Ort in ganz Westfalen . . .«* Paula tanzt mit dem krummbeinigen Job Walzer.

»Woll'n wir nicht mal wieder tanzen?«, fragt Mutter.

Vater schüttelt den Kopf. »Wir sind keine Turteltauben mehr und wir haben auf der Kirmes noch getanzt.«

Mutter lacht eigentümlich. »Is fünf Jahre her.« Dann tanzt Vater doch und sagt danach: »Kinners, wat is dat nen Pläseer, Tina!« Zärtlich kann er ihren Namen aussprechen. Mutters Augen leuchten wie Paulas, wenn sie mit Job freit. Vater singt: *»In einem Polenstädtchen, da lebte einst ein Mädchen, die war so schön, so wunderschön . . .«*

Ich will auch so eine Schöne.

»Willst du mal hören, wie's Lied endet?« Walter singt mit rauer Stimme: *»Das Polenmädchen sich erhängt, einen Zettel um den Hals, worauf geschrieben stand: Ich hab's einmal probiert und bin krepiert. Nimm dir ein deutsches Mädchen bloß, das nicht beim allerersten Stoß krepieren muß.«*

Was bedeutet es, überleg ich noch, als Cilli und Barbara zur Bierbude schlendern, ohne mich anzusehen. Barbara in weißen Halbstiefeln, ihr kurzer Rock wippt hin und her. Ich muss aufs obere Ende der Perlonstrümpfe starren, Willi auch. Sie lächelt, zieht die Mundwinkel hoch, sonst nichts, die Einzige mit rotem Lippenstift. Abscheulich schön, eine Hexe! Seit dem Baden denk ich ständig an ihre Brüste. Sogar den Vogeleierkranz gäb ich für sie her.

»Bist du in die verknallt?«, fragt Willi.

»Ach, nie!«

Wir gehen ihnen nach. Sie trinken Bier. Barbara fährt mir mit der Hand übern Mecki. »Schöne Haare!« Mir wird heiß und sie lächelt mich an. »Süß, rot wie 'n Rotkohl.« Die blöde Kuh, größer als ich, schon fünfzehn, riecht nach Leberwurst. Es dauert, bis ich sie wieder ansehe. Blinzelt sie mir zu? Ich schlag die Augen nieder, ich zittre, unsicher: Ärgerlich, man sieht's mir an.

Sie lehnt sich beschwipst an die Theke. »Der neue Vikar ist toll. Wär doch wieder Samstag«, sagt sie lachend. «Erst beichte ich: genascht, ungehorsam, gelogen. Das geht schnell, aber das Wichtigste kann ich nicht erwarten und ich stocke. ›Ist noch was?‹, fragt er, das Ohr am Gitter. – ›Unschamhaftig‹, sag ich nur. – ›Wie hast du gesündigt, mein liebes Kind?‹ Warm sein Atem. – ›Ich weiß nicht‹, sag ich dann, ›unten rum kribbelt's!‹« Barbara kichert, dass die Sommersprossen hüpfen, und Cilli lacht mit.

Es empört mich. »Du übrig gebliebene Hexe lügst«, sag ich.

»Doch, der Vikar schnauft: ›Erzähl mein Mädchen: Hast dich berührt?‹ – ›Ja, mit der Hand.‹ – ›Wie mit der Hand?‹, haucht er mir übers Gesicht, dass es mir durch und durch geht. – ›Unten im braunen Haar kribbelt's und ich muss reiben.‹ «

»Ach, wirklich?«, sagt Willi grinsend. »Das stand in der *Bravo!*«

Lachend streicht sie übers toupierte rote Haar und wird rot.

»Ich spendier 'n Bier«, sagt Willi. Ich setz die Flasche auf der Unterlippe an und trink seufzend wie die Großen.

Es dämmert. Müde machen wir uns auf den Heimweg. Die Fahnen sind weg, Schießstände verlassen, an den Buden noch Bierreste in Gläsern, die Deckel voller Striche. »Warum ist nur einmal im Jahr Schützenfest? Langweilig im Dorf!«, sagt Willi.

»Du kannst Fußball spielen und musst nicht helfen«, sag ich.

Er schweigt.

Hintern Büschen am Wiesenbullenstall hören wir es stöhnen. Wir schleichen uns an und sehen im Dämmerlicht Barbara mit einem Älteren wie Fliegen im Doppelpack knien. Er schiebt ihren Rock hoch und sie beschnuppern sich wie Hunde. Dann wälzen sie sich wie besoffen im Gras. Er stößt auf sie herab und federt zurück, sie zieht ihn ran. Wild schreit er. Drosten Walter! Der Schweinskerl! Sie krallt ihm den Mund zu. Er schüttelt sich und wispert ihr ins Ohr, sie stammelt vom Teufel, hält ihn gefangen und grunzt tief. Hat sie das auch aus der *Bravo*? Ich halt mir die Ohren zu, etwas. Dann umklammert er sie von hinten, sie streckt den bloßen Hintern raus und er immer ran wie der Eber mit der Sau. Plötzlich kribbelt's bei mir. Könnt ich doch auch so was. Wüsste ich nur, wie! Aber wenn der Pfarrer es sähe. Die spielen wohl *ein Kind anhängen,* wogegen er auf der Kanzel wettert. Ich befühl mich tief in der Hosentasche, es durchrieselt mich bis in die Fußspitzen, wie ich mit Willi Anna am Strommast piesakte. Da ist der Teufel am Werk, Todsünde! Barbara lacht wie irre.

»Die machen Liebe«, sagt Willi. Nichts wie weg. Wieso sündigen die und leiden nicht darunter? Die Beichte, Unschamhaftes gesehen zu haben, fällt mir schwer, was sich nicht mildernd auf die Buße auswirken wird.

Tags drauf seh ich dort am Haselzweig ein langes, weißliches Gummi wie vergessener Weihnachtsschmuck hängen. Ich puste das klebrige Ding mit Schnullerzipfel riesig auf.

»Pfui! ’n Pariser, fass’s nicht an, du ekliges Ferkel«, sagt Karl, »du holst dir ’ne Krankheit.«

»Was ist das?«

»Wenn du’s nicht weißt, sag ich’s auch nicht. Was Dreck ist, erfährst du noch früh genug.« Es riecht stechend, giftig wie die Sünde. Es steigt mir dunkel vom Hals herauf, rot ins Gesicht.

Dem Walter soll ’s Grinsen vergehen. Als er die Kühe in der Wiese zusammentreibt, robben Willi und ich uns an und wir summen auf- und abschwellend. Erst tut sich nichts, nun zuckt eine Kuh heftig mit dem Schwanz, andere blicken sich unruhig nach Bremsen um, dann schießen alle Rinderschwänze hoch: Sie rasen wie vom Teufel gejagt in alle Richtungen. Walter flucht, er weiß nicht, welchen er zuerst nachrennen soll.

Im Beichtstuhl schüttelt Traufeld den Kopf und gibt mir fünf *Vaterunser* extra fürs Hinsehen auf. Lieber Jesus am Kreuz, ich versprech dir hoch und heilig, nie wieder seh ich Barbara und Walter beim Eber und Sau spielen zu, nie wieder!

Ich versuch’s die ganze Woche zu vergessen, doch dann zieht Vater mit der wilden Katharina zu Drostenburs Bullen, ich muss wieder helfen. Der Tausendkilobulle, sonst dreifach mit dicker Kette um den Hals und Ring in der Nase gebunden, grollt und brüllt dumpf, dass ich zittre.

»Halt die Kuh fest!« Vater gibt mir den Strick.

Neugierig wie nie seh ich: Der Bulle springt rauf und stülpt ruckartig den langen, roten Knochen vor. Katharina schüttelt sich unwillig, bevor er in ihr ist, und geht einen Schritt vor. Der Bulle hinkt keuchend auf den Hinterbeinen mit, gleitet aber ab.

Klagend glotzt mich Katharina an, wie Eva, als Vater ihr den Alois verbot.

»Vielleicht is’ es schon vorbei.« Drostenbur stinkt nach Fusel.

»Die hat die ganze Nacht bullig gebrüllt«, sagt Vater. »Ich konnt kein Auge zumachen.«

Wir binden Katharina am Gatter fest und wieder springt der Bulle mit dem bebenden Knochen auf. Sie muht, der Stall hallt vom Gebrüll anderer wider. Vater streichelt sie, mich nie. Der Knochen verschwindet in ihr und sie muht kläglicher denn je. Ich seh genau, wie er rein raus macht.

Das passt zu Walter, ich könnt’s nicht.

48

In Wind und Nässe ziehen wir wieder Rüben. Zeit für Erkältungen und Schlachten.

»Heut bist *du* dran«, sag ich zum Schwein mit dem Riss im Ohr. Allein im Stall und nichts zu fressen, weiß es längst Bescheid. Schade, ich hab mich gut mit dir verstanden, aber eins muss sich opfern. Es rennt ängstlich blickend rum. Schlachter-Gerd, Vater und Karl ziehen's an Ohren und Schwanz vor die Waschküche. Es stemmt die Beine in den Boden und quiekt, wie wenn Himmel und Hölle zusammenstürzen, dass es vom Wald durch die Wiese zurückschallt und ich mir zitternd die Ohren zuhalte.

»Heini, schau nicht so jämmerlich drein. Gieß 'n Schnaps ein, sonst zieh ich dir auch 's Fell über die Ohren!« Der stämmige Schlachter-Gerd schärft unheimlich lachend sein langes Messer und hält 's Glas wieder hin. »Auf einem Bein kann man nicht stehen!« Immer fängt alles mit Schnaps an, nur ich krieg keinen. Wie brannte mir der beim Doppelkopf durch die Kehle.

»Willst du nicht Schlachter werden?«, fragt er mich.

Fassungslos fällt mir nichts ein.

»Kollmanns Onkel Kurt hat nachgefragt: ›Willst du da nicht Bauer werden?‹ Die haben keine Kinder.« Vater zieht die Klappe der schwarzen Kippmütze vorm kalten Ost über die Ohren. »Jetzt geht die Schlachtsaison wieder los.«

»Ach, wer hat denn noch Schweine?« Schlachter-Gerd zieht die Feder fürn Bolzenschuss hoch. »Dierks geben auf. Strehlers schlachten das letzte.«

Es schaut mit großen Augen hin und her und steht ruhig, als würd's dann verschont. Einen Hahn kann ich schon kreisend rumschleudern, dass er nicht entwischt, und mit dem Beil den Kopf abschlagen, das schon, aber so ein großes Tier. Schlachter-Gerd setzt den Bolzen an die Stirn. Es will wegspringen und schreit wahnsinnig in Todesangst. Vater und Karl halten's mit aller Kraft fest. Dann der Schuss. Es verstummt, die Beine knicken ein. Ich kneif die Augen zusammen, ahm den Schrei nach, nur *Puuuh* kommt raus.

Schlachter-Gerd zieht 's dünne Messer durch den Hals und in Stößen sprudelt das Blut, wie beim geköpften Paulus im Katechismusbild. Ich muss es mit der Emailleschüssel auffangen. Es riecht widerlich süß.

Paula soll Blut rühren.

»Keine Pause, sonst gerinnt's«, sagt Schlachter-Gerd. »Das ist Frauensache!«

»Wir können nicht alles aufgeben«, sagt Vater, »dann müssen wir gleich in die Fabrik.«

Das Abwasser zum Graben färbt sich rot. Die Beine hängen schlaff am Körper. Das Fell zuckt noch, wie um Fliegen aufzuscheuchen. Der Schlachter übergießt es mit heißem Wasser und schabt Borsten ab. Weißer Dampf steigt auf. Rasiert glänzt das Schwein glatt und hell wie Büroleute, nicht braun gegerbt wie Bauern. »Verleg dich auf Mastschweine oder Bullen«, sagt er.

»Bei Hülsmanns verfaulen Äpfel am Baum und der hat 'n Hafer nicht gemäht. Die neue Schweinezucht brachte erst Schwung, im trockenen Sommer 59. Er tat dicke, aber es reichte nur für Zinsen. Von 'n Schulden für neue Ställe kommst du nie runter, alles Mumpitz. Ich gehör mit siebenundfünfzig zum alten Eisen.«

Mit einem Stock durch die Hinterbeinsehnen zieht der Schlachter das Schwein auf die Leiter, mit der wir Birnen pflücken und die im Steinhoper Wappen ist. Wir stellen sie schräg an die Wand. »Darauf 'n Korn.«

Es hängt mit Kopf nach unten falsch rum, anders als Jesus.

»Oder wie wär's mit hunderttausend Hennen?«

»Jaja, fallen die Eierpreise, kannst du 'n Strick nehmen. Es ist nicht alles Gold, was glänzt«, sagt Vater.

»Die sturen Bauern stellen sich nie um, die wollen bis zum Gehtnichtmehr mit 'm Kopf durch die Wand.«

»Wenn's so schlimm ist, werd ich doch nicht Bauer!«, sag ich.

Vater schaut verdutzt. Sein Untergangsgejammer betrifft mich doch mehr, als ich bisher dachte.

»Es brüllen immer weniger Kühe und Bullen auf 'n Wiesen. Wo rappeln noch Kartoffelsortierer und Rübenschneider? Nur 'n paar PS-starke Trecker auf 'n groß gewordenen Äckern.« Schlachter-Gerd schneidet lautlos den Bauch vom Hals bis zum Schwanz auf. Eingeweide quellen raus. Ich steck die Hände unter die Achselhöhlen und streck die Zunge nach den ersten Schneeflocken raus, es prickelt wie Brausepulver.

»Einmal in der Fabrik – ist der Hof verloren, ein für alle Mal.«

Wie erwartet, kommt der dünne Trichinenbeschauer. Erst einen Korn. »Und wenn's Trichinen hat?«

»Dann frett ick't alleene, dat lecker Biggen.« Vater reibt sich mit der Zunge am letzten Zahn, windschief mit Goldkrone und lacht, anders als Mutter, mit weitem Mund. Zehn Jahre älter als sie, schert er sich nicht drum. Der Beschauer findet keine Würmer und stempelt die Hintern blau. Auf der Tenne seh ich Schlachter-Gerd hektisch schnell den Hosenstall zumachen und das Kalb schlabbern. Seltsam.

Jetzt zügig alles in Teile zerlegen.

»Diesen Winter haben wir genug zu essen«, sagt Vater. Wie in jedem Winter bleibt dieses Dicke für so eine große Familie nicht das Einzige. Katzen schnappen sich was und entwischen. Auch Krähen folgen jeder Bewegung, krächzen kurz und scharf und klatschen schwerfällig mit den Flügeln für ihren Anteil. Nur den Fliegen ist es zu kalt, ihre Larven ins Fleisch zu legen.

Schinken, Speckseiten, Beinstücke, Ohren und Schwanz ins Holzfass, einsalzen. Keulen und Filets in die große Kühltruhe. Manches Stück finden wir erst nach Monaten wieder.

Ich wieg die glatte Lunge in der Hand. »Kann das auch in 'n Himmel?«

»Sicher!« Schlachter-Gerd streicht sich übern Igelschnitt. »Alles, was Gott erschaffen hat, ist in Steinhop extra fromm!«

Er macht hier zwar weniger Sprüche gegen die Kirche als beim Doppelkopfspielen, aber ich zeig auf ihn. »Der hat Unzüchtiges mit 'm Kalb gemacht!«

»Quatsch! Schwiech still«, sagt Vater. »Spül die Därme aus!«

Es stinkt aus den blassblauen Schläuchen, wenn ich sie sacht zwischen Daumen und Zeigefinger lang zieh und das Fahlgrüne rauspress. Auch die Blase spül ich heiß aus. Vater verspricht sie mir fürn Fußball. Ich puste sie auf, sie schwebt zum Trocknen überm Herd wie ein Luftballon.

Mutter dreht mit Tante Maria und Paula das Restfleisch für die Mettwürste durch den Fleischwolf. Ich muss das Durchgedrehte lange kneten, dass keine Luftblasen bleiben und es nicht schimmelt. Es riecht nach Mist und Blut. Ich steck den Finger in die Schüssel: Das mit Salz, Pfeffer, Majoran und Zwiebeln gewürzte Fleisch ist lecker wie Kuchenteig. Wir drehen's in die Därme, dünne, dicke, grade, runde, auch kleine für Kinder, die erste Mettwurst aber fürn Pfarrer. In der Waschküche brodelt's schon im Wäschekessel zum Würstekochen und es dampft.

Ich frag nach Ulla und Otto. Tante Maria spricht von Hausaufgaben. Bei der Lampen-Heimarbeit helfen sie nicht mehr. »Otto ist mit achtzehn frech wie Dreck und will weg. ›Geld liegt auf der Straße‹, sagt der.« Je stiller ich bin, desto mehr erfahr ich. Sie vergessen, dass ich dabei bin. Wie der dritte große Bruder will ich auch abhauen, statt Bauer werden.

Gress' Gustav kommt auf einen Korn vorbei. »Na, hev ji schon 'n betchen Lewwer- oder Puskebrot ferrig tot probeern?«

»Wat givt schon Leckeres äs gebrotene Blotworst!« Vater schiebt ihn zum Herd.

In der großen Pfanne brutzelt das gerührte Blut mit Roggenschrot und Speckwürfeln.

»Das Steinhoper Nationalgericht ist fertig, mit frisch durchgedrehter Leber«, tönt Tante Maria, laut wie immer, mit roten Backen. Mutter salzt die Stücke im Pökelfass ein. Mir schmeckt's gebratene Hirn am besten. Das gibt's, wenn das restliche gerührte Blut in die wolkenförmigen Dickdärme gefüllt ist und alle gegarten Würste in der Räucherbude hängen.

Lange wurde ich dort nicht eingesperrt.

49

Seit Monaten lernen wir das schreckliche *Lied von der Glocke*, jede Woche eine Strophe mehr. Willi trägt angeberisch mit weiten Armbewegungen vor: *»Festgemauert in der Erden – steht die Form, aus Lehm gebrannt …«*

Ich bin dran, stottre aber nur. Ich merk mir nie die schönen Wörter. Willi lacht. Er soll's fortsetzen, kann's aber auch nicht.

»Nach einem halben Jahr sitzt noch keine Strophe. Was mach ich nur mit euch?«, sagt Lehrer Neuhaus. »Tragt morgen ein Gedicht aus dem Lesebuch vor oder schreibt selber was!«

Zu Hause sagt Vater, er konnt auch nie behalten.

»Auswendig lernen ist bloß für Dumme«, sagt Eva, »in der Realschule muss man's nur erklären.« Und macht mit mir ein Riesengedicht über unsere Bauernschaft Staden.

Auch Anna und Vater macht's Spaß, mit Kürbissen und Holzschuhen sogar in Hochdeutsch anzugeben.

In Deutsch kann Cilli *Mein Heimathaus* von Josef Winckler:

»Stets lenkt' ich die Schritte / Zurück zu Dir
Die Heimat ist Mitte / Und Heimat ist hier!…
Und mein Kinderherz klopfte / Zum Weltglück erwacht!«
»Quak, Quak, olle Kamellen«, schreit Karl-Heinz und reimt:

»Alle Leute bleiben stehen, wenn sie meinen Haufen sehen.«

Der schläfrige Erich stimmt's *Steinhoper Lied* an, wir grölen mit:

»Steinhop das ist nicht zu malen, sim se rim…
Steinhop das ist wunderschön tä rä tä…
Auch für den, der's nie gesehn tä rä tä…
und auch niemals seh'n wird schnä der äng täng.«

Als Willi von Droste-Hülshoff *O schaurig ist's, übers Moor zu gehen* aufgesagt hat, ruf ich: »Ich hab's längste« und lese:

»Steinhop – Staden
Staden, tausend Jahr, älter als Steinhop Dorf
kalter Ost, jede Menge Gras und Torf.
Feinste Höfe zwisch'n Mühl'naa und Napoleondamm
die dickste Eiche und den schönsten Hahnenkamm.

Staden, die meisten Fliegen und Kinder, ohne Lüge
Treu'ste Anna-Wallfahrer, lauteste Schützenzüge.
Die größten Kürbisse zum Erntedank,
fleißigste Kartoffelsammler und nie krank.

Staden, bestes Schwarzbrot von Auers Mühle,
Kettlers Kerzen und Holzschuhe von Rühle.
Viele Priester und Nonnen aus jedem Haus,
dank St. Anna geht 's Ewige Licht nie aus!«

Der Lehrer zeigt auf mich. »Gut gedichtet, aber nicht allein.«

»Doch«, sag ich.

»Angeber!« Karl-Heinz bewirft mich mit Kreide.

»Ich hab auch die meisten Kaninchen!«, ruf ich ohne Stottern.

Erich zeigt Muckis. »Rüschendorfer haben dickere Kürbisse.«

»Die dümmsten Bauern haben die dicksten«, hilft mir Willi.

Ich muss lachen und kann nicht mehr aufhören zu lachen.

»Wir zeigen's euch nachher!«, ruft Caspar. »Nummeriert euch schon mal die Knochen.«

»Willst du noch 'ne Zahnlücke? Diesmal kriegt ihr die Hucke voll.« Ich furz bekräftigend.

»Furzheini!« Caspar schielt mich an.

Als beim Klingeln der blöde Dörfler die Bank verlässt, fliegt er hin. Neuhaus sieht's, aber nicht, dass ich Caspar ein Bein gestellt habe, und schimpft: »Träum nicht, Tölpel!«

Ich muss's beichten, aber lach mir wieder einen und sag, als Caspar auf mich zeigt: »Der hat mich *Furzheini* genannt.«

»Das Wort *Furzheini* stammt von Napelon«, erklärt Neuhaus. »Der lagerte mit Reitern am Napoleondamm, der Steinhoper Grenze. Er aß unser Roggenschrotbrot und musste so furzen, dass er es *Furzheini* nannte, französisch: *Pumpernickel.*«

In der Pause folgen mir Caspar, Erich und der stämmige Karl-Heinz. Immer lauern Dorfjungs auf eine Keilerei gegen Bauernjungs, als wär'n Arbeiter und Angestellte was Besseres.

»Gib mir 'n Karnickel ab«, sagt Erich, »du Gedichtangeber.«

»Denkste!« Nicht mehr ängstlich sein. Ich bau mich vor ihm auf, fahr mit den Fingern zwischen seine und bieg die Hände um, dass er in die Knie muss, dreh ihn mit dem Gesicht nach unten und verschränk seine Hände hinterm Kopf. Doch Karl-Heinz schreit: »Los, auf den Bauerntölpel!«, stößt mir den Kopf vor die Brust, dass ich stürze, setzt sich rittlings auf mich. »Tod oder Leben?« Und nimmt mich mit Caspar in die Zange. »Du gibst *jedem* von uns 'n Kaninchen!« Das dunkle Schielauge starrt an mir vorbei. Wenn er nur nicht wieder den Hals wie nach dem Knickern zwischen Drähten würgt. Ich versprech's. Am nächsten Tag bring ich drei kleine weiße mit roten Augen in braunen Bäckertüten mit. Die Armen.

Willi zwinkert mir zu. »Dem leg ich Heftzwecke auf 'n Stuhl.«

Zu Stundenbeginn springt Caspar auf und hält sich den Hintern. »Das gibt Dresche.«

Auf dem Heimweg lauern die drei an Poggen Pauls Trümmerplatz auf Willi und mich. Mir klopft 's Herz.

»Die Stadener haben Schiss!«, schreit Karl-Heinz.

Ich mach Teufelshörner. »Erzähl's deiner Mama!«

»'ne dicke Lippe riskieren?«, ruft Erich. »Du Schweinepriester hast Cillis Rad demoliert!« Sie reißen mir den Ranzen weg. Ich beiße und boxe, aber sie stoßen mich in die Brennnesseln. Willi will mir helfen. Caspar schubst ihn beiseite, dass er nur so trudelt. Erich und Karl-Heinz halten mich fest, schlagen und würgen mich. »Gib's ihm, gib's ihm!« Ich reiß mich frei, greif den Ranzen. Wir nehmen Reißaus. Sie werfen uns Steine hinterher.

Zu Hause kommt Vater mit dem Stock auf mich zu. »Hast du dich wieder gekloppt?« Ich nick und krieg blaue Flecken dazu.

Am nächsten Tag erzähl ich es Neuhaus. »Wehr dich«, sagt er. Ich zuck die Schultern. »Holt ihm die Kaninchen«, befiehlt er.

»Schleimer, das Petzen zahlen wir dir heim!« Caspar pisst in der Pause auf den Lehrerstuhl. Wegen Neuhaus' nasser Hose haben wir die letzte Stunde frei.

Auf dem Heimweg stürmen die drei hinterm Hexenhaus hervor. Willi sprintet mit den Kaninchen los. Ich renn auch, aber auf der Mühlenaa-Brücke umzingeln sie mich. In Armlänge spür ich ihren Atem. »Petze!« Caspars Schielauge glänzt mich an. Gewänn ich nur einmal gegen ihn. Ich ball die Fäuste.

»Packt ihn!« Erich trifft mit dem Stock meinen Arm. Ich greif den Stock, reiß daran, dass er hinfällt, zerr ihn am strähnigen Haar und hämmre ihm ins Gesicht. Er blutet aus der Nase, bleibt liegen und ich renn. Aber Caspar und Karl-Heinz fangen mich, drücken meinen Kopf in einen frischen Kuhfladen und feixen: »Du Schlammschwein.«

Ich box um mich, doch Caspar trifft mich hart im Gesicht. Schwarz vor Augen, lieg ich im Gras, bis ich wieder zu mir komme. Beine und Arme schlottern. Die drei sind weg. Die Schneidezähne wackeln. Die Zungenspitze tut weh. Blut läuft über die Lippe. Ich rapple mich auf, heule und humpel. Die pummlige Thea und Cilli grinsen auf der Straße. Gut, dass ich ihr Rad demoliert hab.

Zu Hause sieht Vater mein blutverschmiertes Gesicht und Mist im Haar. »Zähne locker?« Er lacht. »Keine Bange, die wachsen wieder an. An der Mühlenaa-Brücke haben wir uns früher auch mit 'n Dorfjungs geprügelt. Wirklich schlimm erging's da später den Judenjungs: Die Grünberg-Jungs hatten sich *unter* der Brücke versteckt, aber die Friesenjungs haben die gekriegt und verprügelt. Dann wurden die Judenjungs weggebracht.«

»Weggebracht, wohin?«

»In die Hölle. Gegen *die Herrns im Dorf* kommt man nicht an. Man muss mit 'n Wölfen heulen.«

Mutter erschrickt, als sie mich sieht, und klebt Pflaster. Ich wasch mich und streichel Kaninchen. Könnt ich doch weg wie Robinson. Wenn ich nur nicht wegmuss wie die Judenjungs.

Am Morgen drauf beklag ich mich beim Lehrer. Caspar kriegt eine Strafarbeit auf. »Diesmal machen wir dich alle«, droht er.

Am Mittag renn ich ohne Willi, der zum Friseur muss, vor den dreien los. Sie kommen sicher bald mit den Rädern. Ich versteck mich schnell *unter* der Mühlenaa-Brücke, überall Brennnesseln, und duck mich, starr vor Angst.

»Wo ist der Hänfling bloß?«, hör ich Caspar sagen.

Der *Dicke Leewe Härr* könnt mich retten. Auf dem Sockel hoch am Kreuz guckt er nur *auf* die Brücke. Die Judenjungs hat er nicht gerettet, wohl weil er sich nicht bückt und unter die Brücke sieht. Aber nicht katholisch, kommen sie eh in die Hölle. Da haben die Friesenjungs sie eben hingebracht. Mich kennt der *Dicke Leewe Härr* doch. Ich bekreuzige mich, ich gehör dazu. Ich seh grad meinen alten Stock, als sie die Räder hinlegen und Erich mich entdeckt. »Da ist der Stotter-Heini!«

»Ko-kommt nicht näher! Ich warn euch!« Meine Hände zittern.

»Muffensausen, was? Dir machen wir Beine«, sagt Caspar.

Lachend kreisen sie mich ein. Ich greif den Stock und schlag hart zu, noch mal, noch mal, nur nicht aussetzen, hau sie platt, wie St. Georg den Drachen, hau um mich und schrei: »Scheißdorfschweine! Arschlöcher! Gottverdammich, ich schlag euch tot!« Ich hau auf die Brennnesseln, schlag die Köpfe ab, schlag 's ganze Unkraut nieder, schreie, schlage. Ich seh sie an und mach mit erhobenem Stock wie bei Katharina Schritte auf sie zu. Die drei weichen zurück, kalkweiß, mit offenen Mündern.

»Der is ja irre«, sagt Caspar, »nicht dicht in der Birne.«

Seither jagen sie mich nicht mehr. Erich grüßt lauter als sonst, linst verstohlen in meinen Tornister nach einem Stock und rückt von mir ab. Caspar will sich gar mit mir anfreunden.

Ich brauch nicht mehr bange zu sein und staune, ich stottre kaum noch.

50

Am Kalender zähl ich noch fünf Wochen bis Schulentlassung. In der Achten bleibt nichts mehr zu lernen. Das sehen auch die Jüngeren ein; sonst gibt's eine Kopfnuss. Zur Pause stürzen sie raus und lassen Geschrei ab wie eine Schweinehorde. Wir stolzieren wie Hähne vorbei. Cilli, Thea, Barbara und Evelyn tuscheln und zeigen verächtlich auf uns. Auf grelle Pfiffe hin drehen sie sich zu Caspar. Mit zwei Fingern dehnt er die Mundwinkel: Der schärfste Pfiff kommt raus. Bei mir zischt's nur.

Zum Schulende sollen sich alle aus der Achten zu den Exerzitien anmelden. Auch Cilli lässt Neuhaus nicht in Ruhe. »Cilli, letztmalig, bis Morgen die Unterschrift deiner Eltern für die Einkehrtage!« Er wirft ihr den Zettel auf die Schulbank.

»Herr Lehrer, ist Cillis Vater 'n alter Nazi?«, fragt Willi. Als Cillis Nase rot wird und läuft, sagt er: »Siehste!«

»Ich sag's Papa!«, brüllt sie.

»Poggen Paul, Nazischwein«, flüstert Willi.

»Ruhe!«, schreit Neuhaus. Wir hören alles über Heilige, Kaiser und Päpste, aber von Nazis nichts. »Heute reden wir über Berufe. Der Ernst des Lebens beginnt.« Als war's bisher Spaß. »Ohne die Steinsche Landreform wären die Bauern heut noch Hörige und ihr auch.« Er sieht uns ruhig an. »Erst seit 1807, ist grad hundertfünfundfünfzig Jahre her, können Heuerleute sich vom Grundherrn freikaufen und einen Kotten erwerben. Bauernjungs sind keine Aufschneider. Die reden nicht gern, eigenbrötlerisch, aber sie trotzen erdverbunden dem Leben was ab. Auch die, die zu viel Arbeit schwermütig und geistesträge macht, und bei denen das Hirn langsam läuft, können sich als Anstreicher und Maurer durchs Leben schlagen. Früher wanderte der überzählige Junge aus oder wurde Knecht, das Mädchen Magd oder Nonne. Jetzt kann es ins Büro und zum Kaufmann. Seht: das Steinhoper Wappen!«

Er hält ein grünes Tuch hoch. »Ihr seht ein Huhn zur Leiter aufschauen, als wolle es hochklettern: Ein Steinhoper will hoch hinaus.« Er zeigt auf einen schreitenden Kiepenkerl mit Hut, Rock, Kniehosen, Schnallenschuhen und einen Stoffballen auf dem Rücken. »Mancher Steinhoper Bauernjunge wurde als Tödde reich. Was wollt ihr werden?«

»Ich werd Bauer«, sagt Jan. »Wir bauen mit Europakredit für Schweinemast um, den Rest schaffen wir ab.«

Caspar wird Schlosser bei Treckerkettler, Karl-Heinz Elektriker, Barbara Haushaltshilfe bei Haakbur, wo auch Paula war. Cilli lernt auf dem Amt. Sogar Thea weiß: Sie geht aufs Büro der Kerzenfabrik. Manche wissen's noch nicht. »Papa sagt, ich soll auf 'n andern Hof«, sag ich ohne Stottern.

»Zur *Preussag*! Die Schafberg-Kohle gibt Tausenden Arbeit. Das hat Zukunft, aber Bauer?« Neuhaus sagt stirnrunzelnd zu den wenigen Bauernjungs: »Sicher, einzelne spezialisieren sich mit Maschinen, keine Kartoffeln und Rüben mehr, nur Mais für Bullen- oder Schweinezucht. Heute arbeiten im Kreis Tecklenburg Zwölftausend in der Landwirtschaft, in zehn Jahren aber nur noch die Hälfte. Alte Bauern donnern nieder wie Eichen. Verschonte atmen noch mal auf, verdienen nebenher in der Kerzenfabrik oder mit Heimarbeit. Vor allem Kleinbauern«, er guckt mich an, »halten misstrauisch am Althergebrachten fest, an Hellseherei und Wunderglauben und lassen noch die Kinder unter Unglücken der Vorfahren leiden, sinnlos: Unser schönes Dorf wird entvölkert. Platt stirbt mit den Bauerndörfern aus. Was soll Platt noch? In der Stadt versteht's keiner mehr.«

Nach Schulschluss frag ich Neuhaus: »Was soll ich werden?«

»Du bist schmächtig und so ängstlich. Du musst auf dem Hof hart ran. Naja, euch *von der Tanns* wohnt ein nüchterner Lebensernst inne.« Er zögert.

Nie weiß man mit mir was anzufangen. Ich schau in die Ecke, wo ich oft zur Strafe kniete.

»Halt den krummen Rücken grade. Gut, dass du nicht mehr stotterst! Du bist zäh wie dein Vater. Brenninkmeyer und die *Preussag* suchen Lehrlinge fürs Büro. Für dich wär vorher die Ibbenbürener Handelsschule gut. Aber putz die Fingernägel.«

Nach Ibbenbüren, das wär's, wenn ich noch nicht gleich nach Münster kann! Wie Otto erst zur Handelsschule oder wie Eva eine Lehre, fünfzig Mark Lehrgeld monatlich. Einer der *Krawattenherrns*, wie Vater sagt, wie der Postbeamte. Hol ich Briefmarken, blickt er sich im Anzug mit Schlips bedächtig um. Wart ich auch als Einziger im Schalterraum, er wendet sich mir erst zu, wenn ich mutig nach Briefmarken frage.

Unterm Scheunenvordach stellt Vater mit Gressbur die Kornsähmaschine ein. Ich erzähl von der Handelsschule.

»Quatsch Handelsschule«, sagt Vater.

»Warum Eva und ich nicht?«

»Es können nicht alle studieren.«

»Brockmöllers Ältester hat Abitur und studiert«, sag ich. »Dir wohnt 'n nüchterner Lebensernst inne, hat Neuhaus gesagt.«

Vater schaut mich an, als hätt ich gebellt. »Wir sind keine Krösusse. Das ist nichts für unsereinen.«

»Willi will auch zur Handelsschule, Autohändler werden.«

»Der Filou! Wenn's sein Papa hört, kriegt er 'ne Tracht. Handeln ist Leute betrügen«, sagt Vater.

»Ich könnt aufs Büro zur *Preussag* und bei Brenninkmeyer.«

»Aufs Büro wie Mädchen? 'n ganzen Tag sitzen in stickiger Luft und Diener machen? Und Stottern geht da nicht. Reden ist nicht unsere Sache.« Vater winkt ab. »Und *Preussag*? Ohne Kohlesubventionen gehn in Ibbenbüren die Lichter aus. Werd Bauer, Kollmanns Kurt hat wieder nachgefragt.«

»Du jammerst, wie schlimm's mit 'n Bauern steht. Kollmanns Hof ist noch kleiner. Außerdem stottre ich nicht mehr.«

»'n Kragen tragen nur Nichtsnutze.« Gressbur dreht sich zu mir um. »Wollte meiner 'n Büropinkel werden, nähm ich den auf die Mistgabel. 'n Junge muss anpacken können. Hülsmanns ältester Junge is auch so 'n Lümmel, will auch nicht arbeiten, will aufs Büro. Hat ja gute Noten, aber der Alte sagt: ›So was kommt mir nicht ins Haus. Du lernst Schlosser!‹ «

»Handwerk hat goldenen Boden«, sagt Vater.

»Maurer, Schlosser?« Gressbur lacht los, die Hände in die Seiten gestemmt. »Du? So 'n Schwachmatikus, Muskeln dünn wie Fliegenbeine. 'n Hammer is kein Suppenlöffel.«

»Vielleicht Maler oder Elektriker; aber mit 'm krummen Rücken?« Vater sieht mich an. »Was willst du denn werden?«

»Ich weiß nicht«, sag ich, ärgre mich aber, dass ich mich nicht trau, zu wiederholen, dass ich in die Stadt zur Schule will.

»Komisch, die Jüngeren wissen nie, was sie wollen. Jakob wollt gleich Missionar werden und Karl Bauer.«

»Willi darf zur Handelsschule, der hat keine Lust zum Prozentrechnen, und ich will ...« Ich schau so bockig ich kann.

»Kannst du nicht gehorchen?« Vater öffnet einen Kornsack. »Wenn's nicht wird mit Karls schiefer Hüfte, wirst du Bauer!«

»Ich will aber in die Stadt! Traufeld sagt, ich kann in Münster Priester werden, die Noten sind besser. *Man soll seine Talente nicht verscharren.*«

»In die Stadt?« Hustend greift er eine Handvoll Körner und lässt sie durch die Finger rieseln, als wolle er sie zählen.

»Ja.« Ich schau auf den Boden; nur nicht provozieren.

»Da bist du einsam! Meinst du, da kommst du zurecht?«

»Ich weiß nicht.« Ich steh verlegen, wie ein Verbrecher. Ich könnte zu Gregor in Münster. »Es gehen viele in die Stadt.«

»Sind die da glücklicher? Wohnen in Käfigen.« Er wirft die Körner weg und reibt sich die Hände sauber. »Viele haben weder Kind noch Küken. Im Krieg gehungert, dann die Bomben. Erst rennen sie 'n Nazis nach, jetzt 'n Amerikanern. Wer geht da noch in die Kirche? Die Stadt ist des Teufels! Sicher, da verdient man, aber vergisst hochnäsig Gott und kommt auf die schiefe Bahn! Städter sind von der Mode abhängig; wir sind frei auf unserm Grund, müssen keinem die Stiefel lecken. Wie geht's denn Bauernjungs in 'n Schächten? Ich hab für Jakobs Orden gezahlt, mehr geht nicht.«

»Was mit mir wird, ist dir scheißegal!« Hat Emma doch auch gesagt.

Dafür fang ich mir eine Ohrfeige.

»Klokschieter, da kriegst du die Nase nicht mehr aus 'n Büchern. Kriegst Flausen in 'n Kopf. Als Krawattenträger bist du dir für Drecksarbeit zu schade und rümpfst über uns die Nase. Acht Jahre Schule reichen! Wir haben auch nicht alles gesehen und aus uns ist doch …!«

»Scheiße! Das ist unchristlich!« Ich hau mit dem Fuß gegen die Sämaschine und renn weg. Früher war ich froh, nicht wie Ulla wegzumüssen. Jetzt will ich und darf nicht.

»Dem würd' ich die Flausen austreiben«, sagt Gressbur.

Eva zeigt mir auf ihrer Schreibmaschine das Tippen. Ich finde alle Buchstaben für meinen Namen. Sie lernt Postleitzahlen, Hauptstädte und Abkürzungen aller Länder. Ich hör sie ihr ab und staune, wie viele es gibt. Ich träum tagsüber, ein Fremder von weither zu sein, ohne Familie, so was wie Papst oder Adenauer. Noch weiß es keiner, eines Tages wird 's Geheimnis gelüftet und jeder staunt. Ein Sputnik mit zwölf Dienern landet. Ehrfurchtsvoll stehen alle da; Brockmöller, Kerzenkettler und Doktor Löbbert machen einen Diener und sagen: »Wer ist denn der, dass ihm sogar der Wind und der Sputnik gehorchen?« Ich flieg davon und herrsch in meinem Reich, gnädig natürlich, auch wenn sie es alle nicht verdienen.

Lustig fangen die Exerzitien im Kloster Bentlage an.

Drei Tage weg von zu Hause, schön! Wir steigen aus dem Bus und versammeln uns im Betraum. Aus der Einladung falten wir Schwalben, die wie aufs Kommando fliegen. Der Pater warnt: »Euch steht eine schwere Prüfung fürs Leben bevor!«

Wir reißen uns zusammen, nicht loszuprusten. Es folgen drei Einkehrtage im dunklen Saal, sitzen und knien in hohen Holzbänken, Ermahnungen ohne Widerrede, schweigen und Andacht halten. Der Koloss von Pater mit Bart thront vorn auf zwei Stühlen und predigt über Dreifaltigkeit und Jüngstes Gericht. Jeder kriegt eine Aufklärungsschrift über Heilige, Märtyrertode und Fegefeuerqualen. Lautlos wie Katzen müssen wir durch die muffigen Gänge schleichen. Wie halten die Pater das hintern hohen Mauern aus? Kommt mir einer entgegen, blick ich nach innen und summ *Vater unser.* Vorm Marienbild mit der Beweinung Christi beten wir Rosenkränze und Litaneien … *und in der Stunde unseres Todes, Amen!* Der Singsang macht selbst den polternden Caspar und die aufgedrehte Cilli still und träge. Mir ist, als versinke ich tief in Staub und Asche.

Am dritten Tag erhält jeder das Heft *Gefahren der Liebe.* Auf einmal bin ich wach. Brüste und Schlimmeres: Was ist Sünde daran? Wir werfen Zettel in den schwarzen Kasten. *Ist küssen Sünde?* schreib ich zittrig in verstellter Schrift.

Auf meine Frage geht der Pater nicht ein. »Knabbere die Fingernägel nicht blutig«, sagt er und erzählt von Pille und zweitem Konzil. »Bekämpft die Sünde fleischlicher Lust, wie St. Georg die Schlange zermalmt. Eine Frau lüstern ansehen, ist gegen das sechste Gebot, das Allerschlimmste! Stirbt man dann, holt einen der Teufel für immer in die Hölle. Todsünde ist auch Kinder verhüten.«

Wie geht das bloß?

»Ogottogott, wie macht man Liebe?« Willi grinst.

»Himmelherrgottnochmal!«, ruft der Pater. »Du sollst den Namen Gottes nicht unnütz führen.«

Alle lachen.

»’n Kind macht, wer sich nackt küsst«, wispert Karl-Heinz.

»Doof bleibt doof, da helfen keine Pillen«, sagt Caspar.

»Sich abschlecken wie Kälber«, sagt Karl-Heinz verächtlich.

»Is 'n Negerkuss auch Sünde?«, fragt Willi.

»Noch grün hintern Ohren.« Der Koloss schiebt die Lippen beleidigt vor. »Wer mit dem Feuer spielt, soll umkommen durchs Feuer«, droht er dem, der Liebe macht, ohne zu heiraten. »Kirchlich zu heiraten«, ergänzt er. »Ohne vollkommene Reue wird keinem trotz hundertmal *ego te absolvo* vergeben.«

Mir graut's vorm ersten Mal. Wer sich blöd anstellt, kann nicht heiraten und kriegt keine Kinder. Küssen vor der Heirat ist Sünde, jedenfalls auf den Mund und mit Spucke, schlimmer noch mit Zunge. Cilli hat schon mit Franz-Josef. Sie kichert mit Barbara. Die haben ganz schön was zu beichten. Meine Eltern hab ich nie küssen gesehen. Eva erzählte, in Rheine küssten sich zwei im Bus.

Der Fahrer hielt an und schmiss sie raus.

In der Pause liest Caspar aus der *Bravo* vor: »Ein Pfarrer in Hexenstede soll die Frau vom tödlich verunglückten Mann so getröstet haben, dass sie davon schwanger wurde. In der Anzeige stand: *Gott hat uns einen Sohn geschenkt.*« Caspar biegt die Finger der linken zum Loch, bohrt den Zeigefinger hinein, mit Wörtern, bei denen ich erstarre, und brüllt dabei wie ein Bulle beim Aufspringen auf die Kuh.

Die Exerzitien enden mit Beichte und Kommunion. Als Buße nur fünf *Gegrüßet seist du Maria*. Demütig knie ich auf der Kirchenbank, Hände vorm Gesicht. Wie konnt ich träumen, wie Robinson wegzugehen. Mir ist vergeben! Das Böse, nicht von Barbaras Brüsten und später von Barbara im Doppelpack mit Walter wegsehen zu können. Wären sie doch abgeschnitten wie bei der *Heiligen* Barbara! *Wenn dein rechtes Auge dir zum Ärgernis wird, so reiß es aus.* An abgeschnittene denken ist sicher keine Sünde. Ich verschluck mich an der Spucke. Die Zunge verklebt den Hals, ich fürchte zu ersticken.

Zur Kommunion leeren sich die Bänke vor mir. Ich will auch, aber erst richtig bereuen, sonst wird nichts vergeben. Die ersten kommen schon mit gesenktem Kopf und gefalteten Händen zurück und knien. Die in meiner Reihe schubsen mich an, wollen vorbei und schauen mich blöd an. Ich schließ die Augen, beug den Kopf in die Hände und bete. Warum springt mein Röhrchen wie eine Sprungfeder gegen die Bettdecke? Wollust ist Sünde, fette Sünde, so wohlig, wie wenn das Kalb am Finger saugt. Für immer in der Hölle, wie die alten Steinhoper, die nackt *auf 'm Haufen* saßen, versenkt wie die unzüchtigen Mönche im Heiligen Meer. Unbeherrscht wird man schwächlich, krank wie Schwindsucht. Ich nehm alle Schuld auf mich, wie Christus das Kreuz, doch in mir steckt das Böse: Ich will gehorchen, aber als Bauer arbeiten? Wie soll ich bereuen, dass ich Vater hasse? Ich schaff's nicht mal, es mir vorzunehmen. Lieber Gott, hol mich trotzdem aus diesem Nest! Mir ist übel wie früher, als ich Lakritz klaute. Ich seh plötzlich die Muttergottes lächeln. Ich steh auf, stolpre noch über die Stufe und alle sehen mich als Letzter zur Kommunion gehen, nur das Erleichternde vom Stande der Gnade find ich nicht wieder.

Nach den Exerzitien schenkt mir Traufeld für fünf Jahre Messdienen ein Buch über die Ostzone und die Mauer. Mein erstes eigenes, außer dem Gebetbuch. Stolz schau ich den Umschlag an. Ein Soldat hinter Stacheldraht zielt mit einem Gewehr. Ein Junge verfängt sich im Draht und verblutet. Eingesperrt, wie ich früher in der Räucherbude, in der Kiste, angebunden am Tischbein. Endlich bin ich frei von der Volksschule. Damit das Buch nicht dreckig wird, versteck ich es unterm Pullover in der Schublade.

»Woher hast du das?«, fragt Eva einschmeichelnd.

Ich schieb die Schublade zu. »Vom Pfarrer.«

Eva kichert. »Ach, das doofe Buch, was willst *du* damit?«

»Gehört mir!« Immer wieder schau ich nach, ob's noch da ist.

Neuhaus gibt uns das Entlasszeugnis. »Ihr habt alles gelernt, was man zum Melken oder für den Steinbruch braucht, auch wenn manche nicht richtig schreiben und rechnen können.« Er sieht uns beim letzten Händedruck traurig an. Die Noten sind nicht toll, aber ich hab die letzte Klasse geschafft, anders als Caspar und Barbara. Lieber ging ich wie Willi weiter zur Schule als zu Hause ackern.

Mit dem Zeugnis in der Hand, bemerk ich erst den Frühling. Spatzen baden im Wegsand. Der Flieder duftet. Mühlenaawasser gluckst gegen das Ufer. Schöner als je!

Ostern 1962 bin ich noch dreizehn, und wo bin ich, wenn der Sommer zu Ende ist?

V

Der Schlüssel

51

Nach dem Blutwurstbrot ziehen wir im Morgendunst mit Pferd und Wagen los zum Kartoffelpflanzen in Wittes Kamp, wo Karl am Vortag Pflanzlöcherreihen gezogen hat. Grashalme glänzen raureifnass. Libellen schweben und sinken im Doppel.

»Morgenstund' hat Gold im Mund«, sagt Vater. Das find ich nicht. Im Aprilhagel zittre ich vor Kälte. Mit Karls Westerwaldlied *Ja, da pfeift der Wind so kalt …* pflanzen wir im Takt, jeder in einer Reihe. Aus dem Tuch vorm Bauch, um den Nacken gebunden, greif ich eine nach der anderen, ziel ins Loch und tret sie barfüßig fest.

Mittags brennt sich die Sonne durch den Dunst. Das Hemd klebt mir am Rücken, der Knoten im Nacken drückt schwerer, der Rücken steif, die Reihen werden lang und länger. Anna und ich sind ein Stück hinterher.

Ich starr in die Kartoffellöcher. »Ich will nach Münster oder wenigstens zur Handelsschule.«

Vater dreht sich um. »Fängst du wieder mit der Stadt an?«

»Ich will auch!«, ruft Anna, »und 'ne Lehre wie Eva.«

»Dumm Tüch, heiratest ja doch. Lern nähen und kochen.«

»Werd Schneiderin«, sagt Mutter.

»Dann lieber Nonne. Ich kann nicht mehr!« Anna setzt sich in den Schatten, mit schmalen Lippen.

»Anna ist zu schwach.« Mutter setzt sich zu ihr.

»Alle müssen mit ran«, sagt Vater. »Für doppelt so viele Schweine brauchen wir mehr Kartoffeln.«

»Anna hilft kochen und einmachen«, sagt Mutter, »häkelt sogar für die Aussteuer. Wir stopfen und flicken. Sind wir so arm, dass es nicht fürn Helfer reicht?«

»Nur sparsam, arm nicht«, sagt Vater. »Mittagspause.«

Ich pfeif laut auf einem Eichelhütchen, dass sich Anna die Ohren zuhält. Mutter packt Wurstbrote und Buttermilch aus.

»Das Brot ist hart«, sag ich.

»Altes Brot ist nicht hart. *Kein* Brot, das ist hart«, sagt Vater.

»Wir machen alles noch von Hand, pflanzen, Unkrauthacken, Rübenverziehen.« Karl greift missmutig ein Brot. »Krämers kaufen 'n Bindemäher auf Kredit. Der schafft in Stunden, wozu wir Tage brauchen. Die müssen die Garben nur aufstellen.«

»Krämer is 'n Spekulant.« Vater beißt ins Brot und guckt böse. »Die Dürre vorletztes Jahr! Der Sparkassenfritze droht wieder mit 'm Kuckuck. Der gibt uns keinen Kredit mehr!«

»Wir stampfen mit 'm Einscharpflug den Gäulen nach«, sagt Karl brummig. »Lippertbur sitzt lässig auf 'm Trecker vor vier Pflugscharen. Wir schaffen's nicht ohne.«

»Da brauchst du auch 'n teuren Hänger, 'n Miststreuer und 'n Pflug. Willst du uns fürn Maschinenpark überschulden?«

»Nur bei uns rappeln noch Leiterwagen voll mit Frauen und Kindern aufs Feld.« Karl nimmt einen Schluck Buttermilch.

Vater schiebt breitmäulig die Unterlippe vor. »Von 'n Schulden für neue Ställe kommst du nie wieder runter, wie Lippertbur! Sich totschinden oder aufgeben. Wie man's macht, is's verkehrt. Was half's, 'n Vermesser mit der Mistgabel aufzuspießen? Ohne Harmanns Kamp wird's nichts. Jeden Knopf, jedes Stück Schnur aufgehoben, jeden krummen Nagel grad geklopft, so sühnig wirn und doch… Und sülms bist de nich es schuld dran.« Er stockt, mit Tränen. Er verknust nie, dass er Harmanns Kamp verloren hat. Sein Kiefer mahlt, der Goldkronenzahn steht noch.

Wie ein aussterbender Dinosaurier, es ist vorbei, denk ich und bekomm Angst um den Hof. Mein Blick fällt auf die Steinhaufen am Feldrand. Ich helf ja, dass der Hof überlebt, aber keiner denkt an mich.

»Vielleicht kann ich bei Kümpers in Rheine…«, sagt Karl.

»In die Fabrik?«, schreit Vater. »Dann is's vorbei mit 'm Hof, ein für alle Mal. Solln wir umsonst gerodet haben?«

»So nicht weiter.« Karl macht eine Faust. »Ich will auch 'n Auto, sonst krieg ich nie 'ne Frau. Brügges kaufen 'n Gogo.«

»Für 'ne neue Frau im Haus is's zu früh. Die Kleinen müssen erst raus.« Vater streckt sich der Länge nach hin, beschattet die Augen mit der Hand und kaut am Halm.

»Immer nur *Geht nicht*. Bin nie verreist, geh kaum aus, hab nichts zu sagen. Wie soll ich 'ne Frau finden ohne eigene Kasse? Ich will endlich den Hof!« So sauer war Karl noch nie.

»Bist du närrisch, mit zweiundzwanzig? Geh gleich, wenn du nicht auf 'm Hof bleiben willst! Dann kriegt 'n Jüngerer den.« Vater sieht mich an. »›Wer mit zwanzig 'n eigenen Willen kriegt, tanzt einem mit fünfundzwanzig auf der Nase rum‹, sagt Brockmöllerbur immer.«

»Hagemanns Leo ist im Krach mit seiner jungen Frau vom Hof abgehauen«, sagt Mutter. »Der Junge wollte auch die Kasse und das Sagen, obwohl noch Kleine da sind.«

»Noch is Polen nicht verloren«, sagt Vater. »Das Korn steht gut, sehr gut sogar. Los weiter! We möt wer ran.«

Nach der Mittagspause passiert's.

Beim Heben eines vollen Kartoffelsacks vom Wagen schreit Karl auf. Er stürzt, die Kartoffeln rollen über ihn, ein Bein schief angewinkelt. Vater bringt ihn gleich auf dem Wagen zum Arzt.

»Wie soll's ohne Karl weitergehen?«, sagt Mutter nach dem Abendessen. »Für die schwere Arbeit musst du 'n Helfer einstellen. Man kann's drehen und wenden, wie man will.«

»Das sind Kartoffeln und Getreide nicht wert«, sagt Vater.

»Wer kann noch vom Hof leben?«, sagt Mutter flehend. »Dierks hat die letzte Kuh geschlachtet und arbeitet im Steinbruch. Rühlesbur macht's nur noch nebenher und verdient in der Uffelner Ziegelei. Und Strehlerbur geht gern in die Kerzenfabrik und hat 'n Wochenende, Urlaub, abends frei und richtiges Geld in der Tasche.« Mutter hat wässrige Augen.

»Schwiech still! Der Hof ist alles, was wir haben«, sagt Vater abwesend, »sonst können wir gleich 'n Strick nehmen wie Brinkmanns Bernd.« Mutter erwidert nichts. »Mein Opa hat sich kaputt geschuftet fürn eigenen Kotten, mein Papa starb an Schwindsucht«, redet Vater weiter. »Gerackert, Grünbergs Tannenbusch kultiviert, Scheune neu. Und jetzt alles aufgeben?«

Je mehr Vater rechnet, desto öfter hör ich die Leier mit *Dorn in 'n Foot rammt! Krisse nich weer rut! Sühnig wirn!*, von Krieg, Inflation und *Knoorerei*. Ich kenn jedes Wort. Und die Tränen dazu. Das Foto mit Uropa und Uroma stattlich vorm Hüerhus fällt mir ein, *erstmals 'n eigenen Kotten* und *'n eigenen Brunnen*. Sind wir nun dran mit Aufgeben?

»'ne ausgekugelte Hüfte ist ja keine gebrochene.« Mutter, am Herd, gibt kleinbei. »Karls Hüfte war doch von Geburt an schief, die muss nur mal genagelt und geschient werden.«

Gibt Vater auf, wenn Karl nicht gesund wird? Emma sagt, alle reden über uns. Getuschelt würd überall, nach dem Hochamt, in der Wirtschaft und in der besten Stube. Karl könne einem schon leidtun, hat er sich doch immer fürn Hof krumm gemacht und getan, was euer Papa wollte. Je schwieriger es wird, sich über Wasser zu halten, desto gieriger redet man über Bauern. Wieder einer, der aufgibt. Einer, der sich aufhängt. Einer, wo der Kuckuck klebt. Eine Maul- und Klauenseuche kann reichen, eine Dürre, ein Unfall. Kein Kleinbauer kann sich Ersatz leisten. Seit Karls Operation redet Vater mehr vor sich hin und erschrickt bei jedem Laut. Bei seinem Mittagsschlaf seh ich ihn wach reglos zur Decke starren. Schon bei Kleinigkeiten schreit er rum und schlägt zu, umso härter, je mehr ich mich wehre, wie bei der Flurbereinigung.

Nach zwei Wochen kommt Karl mit Krücken aus der Klinik. »Der Knochenschuster sagt, ich muss die genagelte Hüfte 'n ganzen Sommer schonen.« Am Küchentisch streitet er gleich wieder um Auto und Trecker.

»Und die Schulden? Deine Klinikkosten?« Vater blättert im *Landwirtschaftlichen Wochenblatt.* »Viehpreise sinken wieder.«

»Paula braucht Aussteuer«, sagt Mutter.

»Näht was aus 'n Leinenballen auf 'm Dachboden. Schränke zimmern wir aus 'n Eichen, hat mein Opa dafür gepflanzt.« Vater zeigt durchs Fenster auf die dicken Stämme. Ich staune, wie hoch die Kronen das steilgieblige Dach überschatten.

«Ich kann auf 'm Hof kaum mitarbeiten«, beharrt Karl.

Mutter dreht sich hin und her, seufzt. Plötzlich stampft Vater auf und spricht dumpf, jedes Wort betont: »Also gut, Karl. Geh in 'ne Fabrik fürn Trecker. Heini bleibt solange zu Hause!«

Mir wird schwarz vor Augen, ich stütz die Ellbogen auf den Tisch. »Ich will zur Schule! Nach Münster.«

Mutters Messer verharrt in der Luft. Im Herd knackt ein Eichenscheit. Vater senkt langsam die Zeitung, als wolle er die Fliegen auf dem Tisch nicht stören. »Was is 'n in dich gefahren? Mit dreizehn! Gehorche! Wenn Karls Hüfte nicht wird, wirst du Bauer!« Er kneift die Augen zu, lehnt sich im Stuhl zurück, sieht mich starr an und spricht feierlich wie der Pfarrer: »Uropa hat für uns Land gekauft, gerodet, selbst 'n Küchentisch und Schrank aus Hofeichen gezimmert«, sagt er, als wären die Vorfahren mit im Raum, »und wir geben auf?«

Ich zuck zusammen. Das kommt nicht infrage, weiter ackern! Tausendmal gehört. Was man tun muss, muss man tun. Ich seh die Totenzettel im Schrank mit der Muttergottes, traurig geneigt mit schwarzem Kopftuch. Ich verdreh die Augen. »Ich nicht!«

»Mach kein Theater«, sagt Paula. »Papa sorgt sich um 'n Hof und du bist egoistisch.«

»Besser Lorenz wird Bauer, der ist kräftiger«, sagt Mutter.

»Ich hab mit dreizehn schon 'n Hof bewirtschaftet.« Vater blickt sie böse an. »Mit sieben kleinen Geschwistern und der kranken Mama. Im Schweiße des Angesichts sollst du dein Brot essen. Sich die Erde untertan machen. Es kommen noch schlimme Zeiten wie der Steckrübenwinter 1922.«

»Ist schon vierzig Jahre her«, sag ich.

»Den ersten de Dood, den twetten de Noot, den daten dat Broot! Es geht alles, man muss nur wollen.«

»Sich aufopfern, bis man tot umfällt, so wird man heilig wie Euthymia«, sagt Trude, und zu Karl: »Ich bet für dich Rosenkranz. Nach dir kann *der* doch in die Fabrik.«

Wer, will ich fragen, aber ich weiß schon. »Warum ich? Ich will wenigstens zur Handelsschule!«

Vater schlägt mir links und rechts ins Gesicht. »Warum, warum! Wat sall dat?! Wuss se wat Besseres wirn? Nichts bist du, gar nichts, nur übergeschnappt. Endest als Hungerleider und Suffkopp im Straßengraben, als Gottloser im Abschaum der Gosse! Das ganze Gesockse in der Stadt. Da kräht kein Hahn nach dir. Da findest du nie 'ne Heimat, wirst verloren sein und kommst auf Knien wieder angekrochen!«

Wie ein Unwetter überfluten mich die Drohungen. Mir wird schwindlig. Vor Schluchzen kann ich kaum schlucken. Ich schmeiß meinen Teller auf den Boden, dass er zerspringt.

»Gehorch, sonst setzt's was!« Vater greift zum Stock. Karl schlägt mit der Krücke nach mir. Muttergottes, hilf! Ich spring auf und renn zu Brüggen.

»Muss ich Bauer werden?«, frag ich Brüggen Emma.

»Dein Papa ist schlimm dran mit 'm Hof, man könnt ihn bedauern.«

Emma wischt die gelben Türen ihrer neuen Einbauküche. »Hülsmanns Junge sollte auch Bauer werden, obwohl er gut lernte. Er durfte auf 'ne Berufsaufbauschule, musste aber mittags aufs Feld. Mit 'm Englischbuch auf 'n Lenker paukte er Vokabeln und blieb doch sitzen. Er fing 'ne Schlosserlehre an und musste nachmittags wieder auf 'm Hof ran. Irgendwann ist ihm die Hutschnur geplatzt: Er weigerte sich, Bauer zu sein. Die Alten sind total krank drüber. Dein Papa würd's auch nicht überleben!«

Lesen! Ich hol das Ostzonen-Buch des Pfarrers, lauf in Kerzenkettlers Wald, such mir eine warme Stelle und lese, doch bald ist mir langweilig. Ich lass es unterm Busch liegen und such lieber Vogeleier. Ich find auch Nester, mag sie aber nicht mehr ausnehmen. Der Eierrosenkranz hat nichts gebracht. Als ich das Buch wieder mitnehmen will, find ich es nicht mehr.

Tät doch alles abbrennen! Den Strohhaufen in Feldmanns Viehstall anzünden, wo Barbara mit Walter Eber und Sau spielte! Mit einem Streichholz brennt's gleich heftig, die Flammen steigen durch die Dachziegel. Die Bullen rasen auf und ab, wagen sich aber nicht ran. Ich kann auch nicht stillstehen und lauf kribbelig ums Feuer. Großartig, wie für Moses der Dornbusch. Mit Gänsehaut sing ich: *»Großer Gott, wir loben dich.«* Der Haufen sinkt zusammen wie beim Osterfeuer.

Beim Abendessen sag ich nichts, sonst merken sie was. Karl redet vom Brand. »Sicher war's einer der Feuerwehrjungs; 'n Sechzehnjähriger hat im Herbst schon 'n Heuschober angezündet und war der Erste beim Löschen.«

Wär ich doch auch bei der *Steinhoper Feuerwehr.* Ich bin schlimm, wie Vater es vorhersah. Mich plagen Gewissensbisse und Alpträume. Ich beicht es und bet Rosenkränze, denk aber unaufhörlich ans Weggehen. Ich könnt die Schule schaffen wie Jakob. Auf dem Foto lächelt er angestrengt, kneift die Augen zusammen, die Schultern abwehrend nach vorn, als tät er gleich heulen. Willi geht zur Handelsschule und ich muss zu Hause malochen, das ist mir grausam klar. »Wenigstens mach ich Englisch- und Schreibmaschinenkurse in Ibbenbüren«, sag ich zu Vater, »Rektor Neuhaus sagt, das wär gut für 'ne Lehre.«

»Ist ja gut, einmal in der Woche«, räumt er ein.

In der Steinhoper Kerzen- oder Kesselfabrik gibt's keine Arbeit für Karl, aber in der Rheiner Textilfabrik Kümpers: Maschinen säubern und ölen.

Nachbarn und Tante Maria helfen beim Kartoffelsammeln, Garbenbinden, Dreschen, und nehmen Schinken, Würste, Schürzen voller Äpfel und Birnen mit und wir leihen Gress' Trecker und Miststreuer aus.

Die Tage wie gewöhnlich, morgens halb sechs sitz ich neben Mutter in der noch kalten Küche still am Tisch, die Augen starren blind. Die Kleinen Klemens, Kathrin, Lorenz und Anna schlafen noch. Es riecht nach Pfannkuchen von gestern. Mutters Muckefuck knistert auf dem Herd. Ich löffle Milchsuppe mit Haferflocken und eingekrümeltem Schwarzbrot. Eine Fliege surrt darin mit den Zwirnbeinchen. Ich schieb sie übern Rand. Dann melken, füttern, aufs Feld, mittags Kartoffelsuppe, Kartoffelkochen, Unkrautjäten, abends Mehlpfannkuchen, beten, schlafen. Hundemüde fallen mir die Augen zu.

Dumpf verläuft der April, eine Woche wie die andere, als stünde mein Leben still. Weder Radio noch lesen. Nur sonntags hab ich Ruhe, täten Klemens und Kathrin nicht lärmen. Wirklich in Frieden les ich auf dem Klo unter der Heubodentreppe Zeitung, auch wenn die Kuhstalllampe kaum herleuchtet. Störten mich nur nicht die Fliegen. Zum Abputzen zerreiß ich sparsam das Bistumsblatt, es kommt nur vierzehntägig. Ich nick ein und träume: Ich reise mit Robinson auf einem Ozeandampfer und Cilli klopft an. *Komm mit mir zur Klavierstunde…*

Wieder pocht's, lauter, ich wach auf.

»Mach, es kann sich schon 'n Spatz draufsetzen!«, ruft Anna.

Samstagabends kommen wieder die Freier. Schnell räumen wir die schwärzlichen Messer und die Gabeln mit den verbogenen Zinken weg. Ich späh nach Job und Paula beim Poussieren. Job hebt Paulas Haar und küsst sie hinters Ohr. Sobald sie zum Tanzen sind, wird's still. Mutter räumt auf, wieder traurig, als krieche aus allen Ritzen Verbitterung über Kinder weggeben, Gefallene und Vermisste, Karls Hüfte und Trudes Mähmaschinenunglück, wie Gespenster, die nur fürn Augenblick vertrieben waren.

Ich freu mich auf Ibbenbüren.

52

Nach dem Weißen Sonntag kann ich dienstags endlich los. Nur nicht nach Schweinestall riechen. Ich wasch mein weißes Nyltesthemd, der

Kragen schon grau und abgewetzt, und plätt den graubraunen Anzug. Schwer, die Knitter raus- und die Falten reinzubügeln. Die blanken Stellen an Knie und Hintern bleiben. Den Schlips streich ich glatt. Hässlich, die Kinnpickel.

»Du hast Schwein«, sagt Mutter, aber dann: »Bleib doch hier!«

»Merken die in der Stadt dir den Bauernjungen an, hast du verschissen«, sagt Eva.

Ich radle zum Postbus. *Ibbenbüren* steht vorn dran. Eine halbe Stunde ruckelt er übern Dickenberg. Aus dem Radio klingt: *Ick heff mol en Hamborger Veermaster sehn …* Wie wird's sein in der Schule mit den Evangelischen? Nur nicht stottern und rot werden, freundlich lächeln. Laster kommen uns entgegen, mit roten Steinen von der Uffelner Ziegelbrennerei, ich seh schon die *Preussag*-Schornsteine.

Am Bahnhof steh ich mitten im Trubel. Züge treffen ein. Ich lauf waghalsig wie Robinson mit vielen wie in einer Prozession. Keiner kennt mich, mir graut's. Busse drängeln sich mit Autos, Taxis, einem Feuerwehrauto und Fahrrädern auf Kreuzungen. Ein tolles Getöse. Schöne Teerstraßen. Vater geht nie in die Stadt, nur mal zum Notar wie beim Tannenbuschkauf.

Hohe Häuser, Fenster über- und nebeneinander, Männer mit Krawatte und schwarzen Aktenkoffern. Wie reich müssen die sein. Gehör ich mal zu denen, bin ich was Besseres. Ein Polizeiauto mit Sirene. Mein Herz klopft. Überfällt einer eine Bank? Brennt ein Haus? Auf roten Plakaten lässig langbeinige Mädchen. *Mach mal Pause.* Ich möcht auch Cola und Pommes. Die Fremden rennen wie Hühner hin und her und essen im Laufen Pommes aus der Tüte. Ich sag wie in Steinhop *Guten Tag* und nick, aber sie sehen mich seltsam an. Keiner weiß, was fürn Wunder das erste Mal in der Stadt für mich mit dreizehn ist. Mopeds knattern vorbei. Ein Paar umarmt sich im Hauseingang. Das Mädchen in enger Nietenhose mit offener Bluse und nackten Füßen lacht schrill. Die küssen sich mitten in der Woche. Ich halt die Luft an und kneif die Augen zu. Aber es macht denen nichts, wenn ich hingucke. Hier könnt ich lange auf der Mauer sitzen, Pommes knabbern und Leute anstarren. Kinder toben um Autos rum. Jemand kauft Birkenzweige, die wir als Abfall wegwerfen. Frauen sitzen mit Hündchen auf der Parkbank und quatschen, als hätten sie nichts zu tun. Leute spazieren übern Marktplatz und bleiben vor Auslagen in großen Schaufenstern stehen.

Alles hier ist schöner.

Schwer fällt's mir, nach der Wirtschaftsschule zu fragen, aber ich finde sie, einen Beton- und Glasbau. Die Sekretärin mit Schlitz im Rock zeigt mir den Weg zum Lehrgangsraum. Ich zögre einzutreten. Alles wird sich ändern. Mit Englisch und Tippen bin ich auch ein Mann von Welt. Ich atme durch und drück die Klinke. Einige sitzen schon an den Tischen.

»Mahlzeit«, sagt ein Junge, wie in der Kerzenfabrik.

»Wu is dat Weer?«, frag ich.

Sie schauen mich nach dieser Wetterfrage an, als sei ich vom Mond. Jungen lassen die Beine über die Stühle hängen und verziehen keine Miene, die Spitzen der glänzenden Lederschuhe stolz aufgerichtet. Immerhin keine Schläger wie Caspar. Mädchen stecken die Köpfe zusammen, kichern und schreiben was, verknüllen aber die Zettel und werfen sie verächtlich in den Papierkorb.

«So ein Primitiver.« Er rümpft die Nase. »Ein Zwerg im Anzug, wie 'ne Schießbudenfigur.« Manfred heißt er. Alle lachen.

Riech ich noch nach Mist? Ich hab Schuhe und Fingernägel gebürstet. Ich lach mit, summ wie unbeschwert vor mich hin und blick, als erwart ich was Angenehmes, aber keiner spricht mit mir. Ich bin der Kleinste, lächerliche einhundertvierundfünfzig Zentimeter, der Einzige vom Bauernhof. Nur eine Isolde im engen grünen Niki hält sich zurück, ist auch aus einem Dorf, aus Ostenwalde, sagt sie. Warum schaut sie mir so nach? Nur ich bin im Anzug. Stimmt was nicht damit? Wären die Hosenbeine nur nicht so kurz. Mit knallbuntem Buschhemd wie Manfred, über einer Nietenhose, würd ich was hermachen. Aber Neid ist Sünde. Wenigstens fall ich nicht durch Holzschuhe oder lange Wollstrümpfe auf. Andere treten in Cordhosen locker auf und rauchen sogar.

Als ich mich zu Manfred setzen will, sagt er stirnrunzelnd: »Wo haben wir denn schon zusammen Schweine gehütet?« Ich setz mich dennoch dahin. »Du hast noch 'n Volksschulranzen.« Er legt seine schwarze Aktenmappe und den schwarzen Hut auf den Tisch und sieht nervös auf seine Uhr mit Metallarmband. »Mann mit Hut, steht ihm gut, wie 'n englischer Gentleman«, sagt eine. Der betet wohl nicht Rosenkranz und ist kein Messdiener.

Lehrer Hoppe, klein und freundlich, kommt mit dem Kursheft rein und fragt nach der Religion.

»Katholisch«, sag ich.

Er trägt's ein, bei anderen *evangelisch* oder einen Strich. Sogar Gottlose und keiner empört sich. Vorm Unterricht wird nicht mal gebetet. Was werden die mit mir machen?

»Schau an, dein Vater ist Bauer«, sagt Hoppe. Wieder lachen sie. »Woher kommst du?« Ich riech 's Auslachen im Voraus. »Wie viele Kinder?« Mir wird heiß. Hört's gar nicht auf? Manche staunen über mein R, wie stark ich es in der Kehle rolle.

»Kommst du aus 'm Ausland?«, fragt Manfred.

Hoppe sagt, diesen Akzent gibt es in einigen Dörfern im nördlichen Münsterland. Er sagt *Sie* zu mir, was mich verlegen macht, und spricht mich an wie einen Herrn: »Seien Sie bitte so freundlich und schließen die Tür!« Aber im Ton, als sei ich ein Diener. »Und Ihr Nachname?«

»Von der Tann.«

»Adlig?«, fragen mehrere wie auf einen Schlag, mit großen Augen und kriegen den Mund nicht wieder zu. Ich lächle nur.

»Wir ha-haben einen Hof.« Ärgerlich, dass ich wieder stottere.

»Gutshof«, sagt einer. »Wie groß?« Die Augen noch größer.

»Gut zehntausend Morgen«, sag ich schon sicherer und ergänze »Wind hinterm Hause«, um nicht zu lügen. Es geht im Getuschel unter. *Morgen* kennen Städter auch nicht, sie staunen noch mehr und tuscheln.

»Reitpferde?«, fragt Manfred.

Ich nicke, sag: »Kann jeden Tag reiten.« Verschweig aber, dass ich den lahmen Wallach nicht zum Traben kriege.

»Wie viel Vieh?«

»Hunderte, wenn nicht Tausend.« Denk mir Kaninchen, Katzen, Hühner, Mäuse und Ratten dazu. Sie glauben alles, auch wenn ich es noch so sehr an den Haaren herbeizieh, plötzlich bin ich wer. Ich versuch, ernst zu bleiben.

»Wappen?«

»Na klar, mit Ähre und Sensenblatt, sind wir unserm Namen und den Vorfahren aus 'm hannoverschen Voltlage schuldig.«

»Ein altes Geschlecht?« Auch Hoppe wird neugierig.

»Ja, schon Uropa handelte mit Leinen nach Holland, die Tödden.« Ich verschweige, wie mühsam er ihn auf dem Rücken im Winter dahin trug, damit die Familie nicht hungert. Was wissen die Städter davon, dass in Steinhop viele so ähnlich heißen, auf der Haar, von den Bänken, hinter den Bänken, auf den Bänken. Es gibt was, wofür man sich nicht anstrengen muss, was Achtung einbringt, sogar Ehrfurcht, ohne sich lebenslang krumm zu legen. Unglaublich!

»Gibt's noch mehr Adlige in Steinhop?«, fragt einer.

»Und ob! Unser alter Pastor Ketteler, Freiherr von Ketteler. Beide Eltern stammen von adligen münsterländischen Rittern.« Den Nicht-Katholischen geb ich es. »Der hat immer gegen 's Liederliche gepredigt und die Jünglings- und Jungfrauenkongregation gegründet. Meine Geschwister gehören auch dazu. Kein Dorf hat so viele Priester und Nonnen wie Steinhop.«

Die Mitschüler glotzen wie Kühe.

Nur Manfred zeigt spöttisch auf meinen Tornister. »Wieso ist der abgewetzt? Und deine Hose hat Hochwasser!«

»Verarmter Landadel«, sag ich grinsend. Sie legen mein unsicheres Lächeln als hochmütig aus und bewundern's wohl. Ihre Gesichter platzen fast vor Neugierde. Lange halt ich das Lügen nicht durch. »Es war nur 'n Scherz, nix mit Adel.«

»Dir muss man den Bauernlümmel austreiben.« Hoppe lacht. Isolde auch, nur Manfred stichelt: »Lügner, Steinhop ist 'n mickriges Kaff ohne Pommesbude und Eisdiele. Habt ihr schon Strom und Wasserleitung?«

Sie glotzen wieder, als sei ich aus dem Zoo, ein Dorftölpel aus einer vergessenen Zeit.

Noch schlimmer kommt's im Englischkurs mit Hoppe. Ich kann zwar nach einigen Wochen Vokabeln und langweilige Sätze in Englisch aufsagen: »The Queen is the most important…«, krieg aber später bei der Grammatik den Mund nicht auf, obwohl ich abends lange darüber brüte und alles auswendig lerne, wie früher die Bibelgleichnisse, um zu vertuschen, dass ich trotz eifrigen Zuhörens die Regeln nicht versteh.

Die Mitschüler kichern schon, wenn Hoppe mich aufruft: »Wie heißt die Regel mit *to do*?«

Ich erheb mich, die Knie zittern, so verschreckt, dass ich nichts weiß, immer in Angst, weggeschickt zu werden.

Er blickt mich streng an, fragt nach *Nomen, Verb* und *Attributen.* Ich kenn aus Steinhop nur *Haupt-* und *Tätigkeitswort,* bring alles durcheinander und stottre.

Noch schlimmer wird's, als er Wochen später die Englisch-Aufsätze zurückgibt. »Heinrich, mir graut vor dir«, sagt er, wohl weil ich aus dem dummen katholischen Dorf bin. Alle lachen über meine feuerroten Ohren. Ich lach verlegen mit, mir ist wie früher: *Ich bin klein, mein Herz ist rein* und ich hass mich dafür.

Die Mitschüler stoßen sich an und plappern über mich, schnell wie das Rattern der Schreibmaschinen.

»Heini will die Hauptrolle im Film *Der keusche Josef*.« Manfred schaut mich schräg an, alle kichern.

»Na, musst du heute wieder in 'n Schweinestall?«, fragt eine.

Verflucht! Mit denen red ich nicht mehr, schwör ich mir. Sie wissen nicht, dass man Schweine liebhaben kann. Ich starr sie an. Sie verziehen nur die Münder und quatschen weiter.

Nur Isolde flüstert: »Das ist gemein!«

Und Hoppe sagt tröstend: »Nächstes Mal klappt's.«

Diesen Ton kenn ich nicht. Das tut gut. Ist mein Weg wirklich richtig? Ich bekomm Kopfweh, fühl mich schwach, als wär ich krank. Trotzdem lern ich im Bus Vokabeln und spiel nicht Karten, wie andere Jungs.

»Du liest langsam wie eine Schnecke! Mach den Lehrgang *Schneller lesen!*«, sagt Isolde.

Ich kauf mir vom bei Kerzenkettler Verdienten das Buch *Schneller lesen* eines amerikanischen Professors und übe, auch wenn Vater sagt: »Was soll das? Wir haben nicht das schnelle Reden des Städters!« Ich staune über die vielen Bücher im Buchladen und Zeitungen im Kiosk, sogar mit bunten Bildern, nicht nur das Bistumsblatt. Die Städter haben Zeit und könnten alles lesen. Aber die wollen gar nicht. Manfred guckt nur auf die Fußballtabelle, einer sammelt Witze, eine quatscht bloß übers Nähen und Kochen.

Es riecht nach Rauch und Bier, Teer und Kohle statt nach Heu und Frühling. Ich halt's bei Hitze auf dem Asphalt nicht aus. Raben stochern im Müll. Hier sind selbst die zahm, fett und verwöhnt zu betteln. Ich geh an keinem Schaufenster vorbei, ohne hineinzusehen, und stoß erstmalig auf ein Kaufhaus mit Selbstbedienung. Eine Rolltreppe läuft pausenlos. Ich stell mich drauf und komm von selbst nach oben. Eine Busfahrkarte verschwindet mit den Stufen im Rost. Nur nicht darin hängen bleiben. Manfred erzählte von einer Nachbarin, deren langer Schal sich in der Rolltreppe verfing. Als sie sich beugte, um ihn rauszuziehen, stürzte sie und brach sich den Arm. Ich bind die Schnürsenkel fester, leg die Hand aufs gummibelegte Geländer und fahr wieder.

Bei den Süßwaren bewundre ich die vielen Schokoladen und Bonbons. Was fürn Ärger hatte ich früher fürn paar Lakritz. Dann such ich den Ausgang, zum Bus. Nur nicht verlaufen. Gegenüber der Haltestelle stehen Jungs mit langen Haaren und Bier in der Hand und tun nichts. Isolde steigt auch in den Bus und fährt bis Ostenwalde mit. Hätt ich mich doch neben sie gesetzt! In Steinhop steigen Fremde aus. Dabei ist gar nicht Kirmes. Einer fragt nach Töddenhäusern und Haus *Nyland*. Dichter hätten hier gelebt. Er kennt *Wincklers* Roman über Steinhop, vor dem der Pfarrer warnte. Ein Paar geht ins *Dreilinden*. Einige stehen ums Kettelerhaus, knipsen den Taufbrunnen und die strahlende Madonna in der Kirche. Einer will zum Heiligen Meer, die klagenden Mönche hören. Ich zeig ihm den Weg, ich kenn hier jeden Fleck und bemerk, ich bin stolz auf Steinhop. Ärgerlich.

Zu Hause spricht der Papst im Radio grad *Urbi et Orbi* zur Kubakrise. Trude kniet wieder mit Kopftuch und Kerze vor der Truhe am Küchenfenster, bekreuzigt sich und betet Rosenkranz gegen Krieg und dass der amerikanische Präsident Kennedy die gottlosen Kommunisten hinterm *Eisernen Vorhang* verjagt. Ist der Kalte Krieg mit den Atombomben das Jüngste Gericht? Viel wird geredet von Fremden im Dorf, der gelben Gefahr aus China und vom russischen Geheimdienst und ich will aufgeregt die Welt von Kommunisten säubern, von allen bewundert wie Laurentius und träum, Bundeskanzler wie Adenauer zu sein.

Dienstags klappern in der Klasse die Schreibmaschinen.

Ich hass es, wenn sich die stählernen Buchstaben wie die Beine eines Tausendfüßlers verhakeln, den Brief verunstalten und ich wieder von vorn anfangen muss. Ich schieb die versauten Briefbögen in die Schublade, nehm ein neues Blatt und … wieder Mist! Ich kann nicht mehr, aber es muss perfekt sein. Das ist schwer, weil die fremden Kaufmannswörter die Überhand haben: *Devisen und Bilanz, Kredit und Debit, Bankrott und Liquidation*. Mühsam zwing ich sie in Reih und Glied. So lern ich nach Platt, Latein und Hochdeutsch jetzt Bürodeutsch. Je schneller ich tippe, desto schlimmer. Zehn Anläufe, zwanzig, immer neue Fehler.

Hoppe kommt auf mich zu, die Strafe. Mir wird heiß wie nach Cillis Radsause. Er sieht den Packen vertippter Formulare. »'n besseren Büromenschen als Sie gibt's nicht«, sagt er erstaunt. »Wie beharrlich Sie üben! Merkwürdig, welche hartnäckige Wissbegier arme Bauernkinder aufbringen.«

Ich lehn den Rücken gegen die Wand, lockre die Krawatte, öffne den oberen Hemdknopf und atme tief durch.

»Ein Bauer braucht lange, sich in der Stadt zurechtzufinden«, sagt er. »Manche schaffen's nie. Verwirrt und ängstlich sieht er drein und bemerkt, er hat nichts im Griff. Auf dem Hof kann er zupacken, aber in der Stadt sieht er was Buntes leuchten, kann es aber nicht greifen, wie eine Biene, die immerzu zu den Blüten will, nur gegen die Fensterscheibe prallt. Eine Illusion. Das Wirkliche ist verborgen. Deshalb baumeln ihm in der Stadt die Hände so nichtsnutzig aus den Ärmeln. Er vermehrt Kartoffeln und Schweine, aber begreift nicht, wie die Bank aus Geld mehr Geld macht.«

So einer versteht mich. Ich werd's schaffen! Auch in Englisch platzt der Knoten, als ich bemerk, dass Englisch ähnlich wie Platt ist: *He does it* heißt auf Platt *He döt it. It is better – Et is better. Help me – Help mi. It is too late - Et is too late,* und ich kann damit angeben. Selbst Manfred schaut verblüfft.

Gut, dass ich zu Hause an Evas Schreibmaschine auf dem Schlachtertisch üben kann. Beim Tippen bin ich weit weg wie Robinson auf der Insel. Wenn ich auf dem Hof helfen soll, sag ich, ich muss Vokabeln lernen und tippen. Drück ich auf die Leertaste, gleitet der Schlitten wie von Geisterhand. Ich lass am liebsten den Wagen mit Karacho nach links rasen. Gern schreib ich Sätze ab, ich brauch sie nicht zu sprechen. Sie sind schon fertig, stehen sauber auf dem Blatt, ordentlich in einer Reihe, ein richtiges Schriftstück. Vater bittet mich, eine Eingabe zur Flurbereinigung zu schreiben. Erstmals bittet der mich um was. Tippen kann nur ich, die Seite formvollendet, fehlerfrei. »Das ist Zauberei«, witzelt er. Er bedankt sich nicht, aber ich spür's.

Könnt ich doch mehr als mal wöchentlich in die Stadt. »Hier sind alle dumm. Städter können sogar Englisch«, sag ich.

»Papa, Heini is 'n Angeber, 'n Übertreiber!«, schreit Anna.

»Du Neunmalkluger. Uns geht's doch gut mit Hof und Haus, alle satt und gesund. Schuster bleib bei deinen Leisten«, sagt Vater, stolz, dass er den Hof erhalten hat, im Auftrag Gottes. Städter tun so, als muss man sich schämen, Bauer zu sein und aus dem Dorf zu kommen. Ich will mich nicht mehr schämen, weil ich anders sein will.

Als Manfred am nächsten Dienstag sagt: »Steinhop ist katholisch bis auf die Knochen, die glauben noch an die jungfräuliche Geburt«, lauern die Mitschüler darauf, dass ich Steinhop bis zum letzten Blutstropfen verteidige. Mein Puls jagt. Mir kann doch egal sein, wer was über Steinhop sagt. Als Manfred noch schimpft: »Ihr falschen Katholiken«, sag ich grinsend, so locker wie möglich: »Meinst du etwa *mich*?«

Alle lachen, diesmal aber anerkennend. Erstmals lach ich richtig mit. Nur Isolde, immer bleibt mein Blick am engen grünen Pulli hängen, sieht betrübt drein. Was hat sie für eine tolle Nietenhose, die Hosenbeine bunt kariert ausgefüttert und unten umgeschlagen, und hohe rote Leinenturnschuhe. Sie spricht Platt. Red ich mit ihr, ist mir gleich wohl.

53

Zu welchem Jugendverband geh ich?

Vater sagt gleich: »Zur katholischen Landjugend, da weiß man, wo man hingehört.«

Dahin, mit nur Bauernjungs, will ich sicher nicht.

Franz-Josef vom Gymnasium fragt mich auf dem Heimweg, ob ich nicht mit zu den Pfadfindern will, Nächstenliebe zeigen, Armen helfen. »Jeden Tag 'ne gute Tat!« Und er lädt mich zu sich nach Hause ein, Postkarten von Mallorca gucken. »Aus Steinhop war da außer Kerzenkettlers noch keiner«, sagt er mit schon tiefer Stimme.

Ich bin neugierig, auch wenn Vater sagt: »Bild dir nicht ein, du bist was Besseres.« Bei Franz-Josef zu Hause riecht's nach Fichtennadel und Bohnerwachs. Seine Mutter kommt grad im Bademantel aus einem extra Zimmer mit Klo, Wanne und Haarschampoo. Ein Bad hab ich noch nie gesehen. Das Wohnzimmer ist aufgeräumt. Überm Klavier hängen Bilder mit bunten Menschen und blauen Pferden. Ich krieg den Mund nicht wieder zu. Franz-Josef zeigt mir sein Bücherregal und die Postkarten. Sein Freund Theo, von Kerzenkettlers, schreibt: *Lieber Franz-Josef, unser Hotel liegt am Meer, keine Wolke am Himmel. Schöne Grüße von Mallorca. Dein Theo!* Ich hab noch nie Post bekommen und nie geschrieben, war noch nie auf Reisen. Aber eines Tages reise ich, wie Jakob.

Zu Mittag gibt's Forelle mit Meerrettich und Spargel mit Schinken und Mayonnaise, alles aus fremden Ländern, mit Tischdecke und Servietten, dabei machen die sich die Hände gar nicht dreckig. »Wasch dir bitte die Hände«, sagt sie zu Franz-Josef. »Bei Bauernkindern ist es wohl egal, wie sie rumlaufen, ob sie Zähne putzen und sich kämmen. Die belästigt man auch nicht mit Büchern und Musik. Nur schön fromm und fleißig sein! Blagen kinderreicher Bauern sind zäh wie Müllkatzen, aber was Wertvolles wird nie draus.«

Du blöde Kuh, auch wenn sie CDU-Gemeinderat und ihr Arzt-Mann im Kirchenvorstand ist. Wölfe, mit denen man heulen muss? Pharisäer, die hätte Jesus aus der Kirche vertrieben, denk ich mir, sag aber: »Ich bin 'n Glückskind!«

»Nur Idioten begnügen sich mit Volksschule«, sagt Franz-Josef. »Wer will, kann aufs Gymnasium.«

Mir wird übel. Wollte er an mir eine gute Tat tun? Niemals geh ich zu den Pfadfindern. Lieber zur Feuerwehr, aber es brennt so selten.

Ich bleib nicht zum Essen.

Ich bin froh, als am Sonntag nach der Kindermesse Caspar mit pomadig glänzendem Haar heranflitzt. »Komm zur christlichen Arbeiterjugend; in der CAJ findest du echte Freunde!« Mit blitzenden Schielaugen macht er mich neugierig, der neue Vikar leite die Bibelstunde, glaube nicht mal an die unbefleckte Empfängnis und tät sogar mitsaufen.

Zu Hause erzähl ich es. Anna schwärmt gleich fürn Vikar. »Der sieht gut aus, lacht immer und hat saubere Fingernägel«, flüstert sie wie ein Geheimnis und wird rot dabei. Sie hat ihn beim Bäcker getroffen und weiß, dass er aus Münster ist.

Vater schüttelt den Kopf. »Zu 'n Dorfjungs? Da sind auch evangelische Flüchtlinge, das bringt nur Unglück!«

»Da find ich Freunde.«

»Eh man mit Zugezogenen warm wird, muss man erst mal fünf Sack Salz gegessen haben, das kann dauern.«

Im Hochamt quäl ich mich mit Willi beim Messdienen noch mit Latein. Jedes Stocken ist Schande vorm Dorf. Nach der Messe gehen wir zur CAJ ins Kettelerhaus. Nebenan trifft sich die Jungfrauenkongregation. Der Vikar spielt Gitarre und übt mit uns das CAJ-Freundschaftslied: »*Von Bombay bis Berlin, von Rio bis Hawaii, von Brüssel bis nach*

Kuba sind alle mit dabei. Laßt uns zusammenstehn … Auch Evangelische gehören dazu!« Er schaut auf den schmächtigen Wolfgang, ein Flüchtlingskind aus der Siedlung. Der kräftige Erich, der meist nichts oder nur *Jawoll* sagt, und Caspar sind auch da.

Einige Ältere kenn ich vom Sehen, wie Christian aus der Vogelsang-Siedlung. Christian trägt eine blaue Brille und schwärmt vom neuen Starfighter, den sein Vater als Bundeswehrpilot auf dem Steinhoper Fliegerhorst fliegt, wie von einem Habicht. Der Vater ist im *Starfighter-Turnverein* und rast mit seinem roten *Mercedes-Kombi* durchs Dorf. Nur ich arbeite auf einem Hof.

»Tonius ist euer CAJ-Leiter«, sagt der Vikar. »Wir sind froh, dass er sich um euch kümmert.« Tonius mit Brille und mittigem Haarscheitel, mit dreiundzwanzig zehn Jahre älter als ich, steckt mir eine CAJ-Nadel ans Revers. Damit kann ich glänzen! Er lächelt mich an und legt den Arm um meine Schulter. Er hat gefeilte Fingernägel und riecht nach Parfüm.

Der Vikar erzählt in der Bibelstunde von der Bergpredigt, Nächstenliebe, der Kirche der Unterdrückten und Kinderarbeit. Dass die verboten ist, wundert mich. Davon war nie die Rede. »Die Arbeiterjugend hat Rechte und muss dafür kämpfen!« Nach Willy Brandt am Radio hör ich es hier wieder. Ich will mich auch wehren gegen Ausbeutung und fühl mich groß.

Nach der Bibelstunde lässt Caspar eine Flasche Korn kreisen. Der Vikar nimmt einen Schluck, bevor er geht. Alle geben sich durstig. »Nu trink schon, aber hüt dich vor Tonius, der is 'n Komischer«, sagt Caspar lachend.

Au weia! Ein Schlag, wie der Schluck die Kehle runterbrennt und mich schüttelt, ich huste und keuche. Nichts dagegen ist Mutters Aufgesetzter oder Bier beim Doppelkopf. Bald halt ich mich schwummrig am Stuhl fest und kichre. Nur Schnaps macht so lustig. Aber den dritten lehn ich ab. »Sünde.«

»Du machst auf Angsthase«, sagt Caspar, »unter der Mühlenaa-Brücke hast du wie 'n brüllender Riese getobt.«

»Ich kann Schnecken 'n Kopf abbeißen«, sagt Erich, mit schorfigem Grind am Mundwinkel. Seit er das Kreuz aus der Klasse versteckte, gilt er als der Mutigste. Im Hof findet er zwei schwarze ohne Haus. Barbara, Cilli und Thea von der Jungfrauenkongregation gucken neugierig, als er mit offenen Augen bei beiden Schnecken gleichzeitig zubeißt.

»Schneckengemüse ist nichts, ich brauch Fleisch, Frischfleisch!« Er zeigt auf Zwerghühner im Käfig. »Ich beiß einem den Kopf ab!«

»Du Prahlhans, gegen ein Bier!«, ruft Willi.

»Und 'nen Kuss von Barbara.« Seine dunklen Augen kommen mir noch riesiger vor als sonst.

»Du traust dich gar nicht.« Barbara streicht über ihre Lippen.

»Abgemacht?« Als sie nickt, packt Caspar eins um die Flügel. Der Kopf steht vor seinem und als es piepst, macht er den Mund auf, steckt den Kopf rein, sägt mit den Zähnen, bis Blut übers Kinn läuft, und spuckt ihn in die Büsche.

»Iiii!« Barbara wendet sich ab.

Er ist in zwei Schritten bei ihr, hält sie fest und striegelt ihr Haar wie eine Pferdemähne. »Gönn mir die süße Nachspeise, meine Prinzessin.« Er küsst ihre Lippen, als würd er dran rumbeißen. Sie reißt sich frei. Caspar lacht, ich seh seine Prügelei-Zahnlücke.

Wieder im Kettelerhaus, spendiert er jedem eine *Overstolz* als Friedenspfeife. Sie qualmt, dünner als Vaters Zigarre. Er lässt mit in den Nacken geworfenem Kopf perfekte Rauchkringel aufsteigen und macht Lungenzüge vor. Als Schlosserlehrling verdient er schon, geht ins Kino und fährt Moped. Als ich zögre, sagt er: »Hast Schiss vor Mami und Papi!«

Mein erster Zug brennt widerlich auf der Zunge. Der Rauch sticht in die Kehle, kratzt im Hals, ich huste. Das muss man als Erwachsener wohl hinnehmen. Alle hohen Herrns rauchen, Kerzenkettler, Königschultenbur, Jakob auch. Wenn es nur zu Hause keiner riecht! Ich schnipp die Kippe raus durchs Fenster.

Zum Essen bin ich viel zu spät. Pudding steht noch auf dem Tisch. Vater spricht das *Vaterunser* drohend, wie um mich damit zu erschlagen. Ich setz mich kerzengrad auf die Bank, halt den Kopf gesenkt und mach keinen Mucks.

»Du stinkst«, sagt Lorenz neben mir.

»Mit dreizehn beschwipst«, sagt Paula. »Der kleine Schluckspecht sieht aus wie 's Leiden Christi.«

»Na und? Der ist nach drei Tagen wieder auferstanden von 'n Toten!« Ich nehm vom Pudding.

Vater schüttelt den Kopf und zeigt mit dem Löffel auf mich. »In der CAJ kommst du nur auf Abwege.«

»Wir besprechen mit dem Vikar die Bergpredigt.« Nur nicht schwanken. »Nächstenliebe ist wichtiger als wenn Abraham den Sohn Isaak auf 'm Holzhaufen verbrennt. Der Vikar sagt, Arbeiter kämpfen überall für Mitbestimmung und gerechte Löhne.« Alle schauen mich fremd an. »Auch der Papst fordert im Radio in der Sozialenzyklika mehr Mitbestimmung.«

»Das Radio lügt. Arbeiter wollen alles!« Vater schlägt mit der Hand wie nach Fliegen. »Urlaub, Vierzig-Stunden-Woche, höhere Löhne, das ist nicht katholisch, das ist unmäßig, kommunistisch, das ist unser Ruin!«

»Immer nur arbeiten, keine Reise, kein Taschengeld, nichts. Ich will auch Lohn und mehr freihaben«, sag ich zaghaft.

»Arbeit hat noch keinem geschadet.«

Das beleidigt mich mehr denn je. Gleich ist meine Wut da. »Bauernhof ist Ausbeutung!« Ich denk an den Bauernaufstand. »Neuhaus sagt: ›Der Bauer ist an Ochsen statt, nur dass er keine Hörner hat.‹ Scheißmalochen. Kinderarbeit ist verboten!«

»Sozipack, antikatholisch, genau das führt nach Auschwitz!« Er brüllt von Kubakrise, Sputnik und Weltuntergang.

Ich sag nichts mehr, jedes Wort stachelt ihn nur an. Überall gibt's Revolutionen, in Bolivien, Kuba und Ungarn, nur in Steinhop nicht. Wie konnt ich glauben, seine Prügel sind gerecht, aus Liebe? »Furchtbar, mein Kopfweh!«

»Wenn du mit 'nem Hammer fest auf 'n Daumen haust«, sagt Paula lachend, »spürst du's Kopfweh nicht.«

»Du schamloser Taugenichts kommst noch in die Klapsmühle. Saufen führt zum Krakeelen und Kloppen«, beschimpft Trude mich und labert von Gottes Frieden auf der Erde.

»Du krakeelst ewig gegen Mama, von wegen Nächstenliebe.«

Am nächsten Sonntag winkt Erich in der CAJ mit einem Doppelkorn. »Ich trink auf euch!«

Ich erzähl von Vaters Wutanfall.

Caspar sagt: »Kümmer dich nicht um den Opa!«

Ich trink mit, diesmal auch den dritten Korn. Wir schmettern *Hawe men noch 'n Dröpken* … Hier lacht mich keiner aus. Hier hält jeder zu mir. Wär ich so stark wie Caspar. Wie schön ist die Welt. Noch einen Schluck und noch einen. Ich hab's Malochen satt. Scheißvater. Scheißora-et-labora. Scheißprügel. Nach dem Fünften wird mir leicht und weit bis in meine Beinmuskeln, ich steh auf wie eine Auferstehung und schleudre die Arme. Ich bin stark, kann alles. »Ich bin ich«, lacht's aufgekratzt aus mir und ich muss mich festhalten. Ich kann nicht aufhören zu kichern, als hätt ich nicht alle beisammen, die Worte verknäueln sich. Mir wird duselig. Untern Füßen wellt sich der Boden. Um mich zündelt ein Heiligenschein wie auf Heiligenbildchen, Wände blähen sich. Bäume verschlingen sich in den Himmel, der silberblaue Kirchturm zittert wie ein erhobener Zeigefinger. »Alles in Ordnung«, lall ich mit schwerer Zunge und fall fast vornüber. Die Flasche kreist. Als Fußballmannschaftskind bin ich Bester und kipp noch einen in den Rachen. Ein tiefes Brummen in der Kehle schüttelt mich durch und durch, wie eine Bestie. *»Fest soll mein Taufbund immer stehen …«*, lallt's aus mir und ich nehm einen extra großen Schluck.

Caspar brummt dazu, schlägt um sich und erzählt was vom Friedhof, dass nur Tote lebendig sind.

Willi kringelt sich vor Lachen und furzt. »Du wirst sehen, die Trude zerplatzt vor Zorn. Ich könnt mich beölen.«

Komisch, sie zerplatzt und Gedärme fliegen einem um die Ohren. Vor Lachen tut der Bauch weh, Beine machen schlapp.

»Ich scheiß drauf!« Erich, voll bis oben hin, brabbelt Schweinkram vor sich hin. Wir brabbeln es nach: »Scher dich zum Teufel, du Schweinehund! – Gottverdammt, du Idiot! – Leck mich am Arsch, du Scheißkerl! – Fick dich, Wichser!« Was ich schnell wieder vergess.

Willi steht mit glasigen Augen tapsig auf, hebt die Pulle. »Prost, Freunde!« Und fällt auf den Stuhl zurück. Wolfgang sitzt starr mit trüben Augen und hängenden Lippen da. Willi steht wieder. »Trinkt keiner mehr mit? Wir sind doch Freunde.«

Erich bricht ins Klo; mir wird vor Gestank schlecht. Er schwitzt und sieht wie ein Sterbender aus. Sicher ist der Teufel in ihn rein- oder rausgefahren.

»Noch 'n Schnäpschen? Die Pulle ist noch nicht leer«, lallt Willi und lächelt selig.

Alles dreht sich. Ich halt den Kopf zum Fenster raus, reiß mich zusammen, aber es dreht sich weiter. Schlotternd schwank ich wie neben mir nach Hause. Nur nicht torkeln, nicht an der Mauer festhalten, nicht laut mit mir reden. Die Leute gucken schon. Ich übergeb mich in den Graben. Thea starrt entsetzt, als sie vorbeifährt.

Zu Hause wach ich im Bett mit Kopfweh auf. Wie bin zurückgekommen? Gut, dass Vater es nicht mitkriegt, er macht auch einen Mittagsschlaf. Er schimpft nur, weil ich nicht mitesse, sagt Lorenz. Die Wände schaukeln.

Ich denk an die abgesoffenen Mönche und schlaf wieder ein.

An den Werktagen arbeite ich stumpf, nur noch gereizt mit, mach mich unbeliebt und stachle Anna und Eva auf, dann lässt Vater mich gehen.

»Ich will Taschengeld und weniger malochen«, sag ich. Er spricht von Unmäßigkeit und Sünde. Über nichts lässt er mit sich reden. Dass es für ihn Sünden sind, geht mir nicht aus dem Kopf und bohrt sich wie eine Schlange durchs Gehirn. Hof und Familie sind mir fremd wie nie zuvor und ich warte, neben den Dienstagskursen, nur noch aufs Lustigsein sonntags, auch wenn ich mich in der Woche als hundeelender Sünder fühle. Lange ist's her, dass ich *Mein Herz ist rein* plapperte und mich wunderte, dass Jesus übern See geht, mir bei der Karfreitagskreuzigung Tränen kamen und Messdienen was Höheres war. Heilige wie Paulus sündigen dauernd und kriegen erst spät die Kurve, bis sie erleuchtet werden. Es kann für mich noch nicht zu spät sein.

»Es ist nie zu spät«, sagt der Vikar, »sieh, ich hab auch Glaubenszweifel: Gott hat die Menschen nach seinem Bild gemacht, aber warum sind sie dann so schlecht?«

Mutter hält sich die Hand an die Stirn. »Mein Gott, verlorenes Kind! Was warst du früher brav. Leg dich nicht mit Papa an, der ist doch so sühnig und ich muss's ausbaden!« Und sie klagt, dass ich nichts mehr erzähle. Aber ich hab nie was erzählt, sie hatte nie Zeit, und was soll ich schon erzählen? Von meiner Angst vorm Lernen und vor Mädchen? Aber sie wird verstehen, dass ich wegwill.

Ich werd mit ihr allein reden.

54

Lupinen blühen blau, Fingerhutkelche drehen sich zur Sonne und weiße Schmetterlinge wirbeln. Es fehlt für Paulas Verlobung noch Aussteuer, das weiß auch der Eiermann. Sonst nur samstags stapft er mitten in der Woche durch die Hofpfützen und bimmelt.

»Der Kiepenkerl!«, ruft Mutter, »hol ’n Eierkorb!«

Tabaksduft zieht durch die Küche. Wanderstock und Hut legt er auf die Bank, nimmt die hoch bepackte Kiepe, groß wie ich, vom Rücken, schaut mich an. »Karl, wie geht’s in der Schule?«

»Ich bin Heini und darf nicht zur Schule.«

Er gibt Mutter eine Flasche. »Für dich.«

»Das muss doch nicht sein.«

»Doch, doch!« Er streicht über seine breiten Koteletten. Solche will ich auch.

»Hmm, Schokolikör.« Mutter füllt aufgeregt zwei Gläser.

Er packt Wäsche aus der Kiepe und verstaut die Eier darin. »Wie geht’s, Tina?« Nur er redet Mutter nett mit *Tina* an. Trude spricht höchstens mal verächtlich von *der* Tina.

Mutter lacht. »Gut.«

»Schön, dass’s ’ne Feier gibt. Eva ist bald dran und Jakobs Primiz. Bei Hülsmanns Hochzeit gab’s viele Blumen und Torten. Tina, heut hab ich schöne Stoffe.« Er strahlt sie an und breitet die Wäsche auf dem Tisch aus. Wieder lässt Mutter sich das zeigen und kauft was. Sünde!

»Guck du auf die Schreibmaschine!« So wie Mutter mich ansieht, soll ich mich dünnmachen, aber ich seh alles vom Fenstertisch, wo ich tippen übe. »Bettbezüge mit Rosen. So schön.« Sie lässt den Stoff durch ihre breiten Hände gleiten. Neu riecht die Wäsche. Wie soll ich mich da konzentrieren?

»Schneeweiß, glatt und fein, anders als immer Leinen.« Sie lacht, ich seh ihre Zahnlücken, und gießt einen nach.

»Für dich hab ich was Schönes aus Baumwolle, wie ’n Kleid geschnitten mit kurzem Arm und vorn durchgeknöpft.« Er hält ihr einen bunten Kittel ausgebreitet hin. Mutter zieht ihn übers Kleid und dreht sich vor ihm, Kopf erhoben, seltsam, so ohne Kopfschmerz-Gesicht. »Das steht dir gut.« Er nickt ihr zu, geht auf sie zu und streicht ihr über die Schulter. »Wie ’n junges Mädchen, Tina so schön, blaue Augen, feine Haare.« Er legt den Arm um sie. Kaum hält er still, tritt sich eine Fliege die Füße auf seiner Nase ab. Er bemerkt’s nicht.

»Bist ja unwies.« Mutter kriegt rote Backenflecken, schlägt verschämt die Hände vors Gesicht und verdeckt so die schmutziggelben Zähne und Zahnlücken, aber nur kurz, um die rissigen großen Hände nicht vorzuzeigen. Wenn sie lacht, sieht man die Zahnstummel oder die roten Pranken vorm Mund. Mutter schiebt den Kiepenkerl endlich von sich, aber nur wenig, sie sollte böse auf ihn sein. Was hat der hier zu suchen? Sie trinken noch einen Likör. Mutter schließt selig die Augen, der Eiermann singt: *»Ich hab mein Herz in Heidelberg verloren …«*, und macht ein paar Tanzschritte. Mutter bewegt sich dazu im Takt und singt mit: *»Ich war verliebt bis über beide Ohren«*, ihr Gesicht glüht. Gar nicht krumm und müde wie sonst. Schön sieht sie aus wie zum Muttertag, als wir Butterblumenkränze flochten und sie Mundharmonika spielte. Gut, dass Trude nicht da ist. Ich lern vielleicht mit Cilli tanzen.

»Schön: Kittel und Rosenbettbezug.« Mutters Augen glänzen.

»Und wie wär's mit Handtüchern in Blaugrün?«

»Mehr Eier haben wir nicht, höchstens Räucherwürste.«

»Ach nein.« Er packt die Stoffe wieder auf die Eier, schenkt ihr aus dem unteren Kleinkramfach Nadeln und Zwirn, schnallt die Kiepe auf den Rücken, zündet die Pfeife an, greift zu Stock und Hut – »bis Samstag« –, verneigt sich und schreitet davon wie der Kiepenkerl im Steinhoper Wappen.

»Sag Papa nichts davon! Ich darf nicht mal nach Ibbenbüren zu *C&A*. Guck, Paulas Mitgift.« Sie zieht mich zum Schrank, zerrt Kartons raus und streicht sacht über die Wäsche.

Paula kriegt Neues zur Verlobung und Klemens eine Hose. Meine geflickte ist zu groß. »Wieso kriegt auch Klemens was Neues?« Ich schau Mutter vorwurfsvoll an.

»Ach, das Nesthäkchen.«

»Warum muss Klemens nicht Holz holen und füttern helfen wie ich früher?«

Alle sind fleißig, nur Nachkömmlinge sind faul.

»Du bist mir 'n Heini.« Sie zeigt mir aus der Schublade ein Schwarz-Weiß-Bild mit gezacktem Rand. »Da warst du fünf, wie Klemens heute, etwas klein für dein Alter.« Ich seh mich schüchtern grinsen, mit hellem, gelocktem Haar, in gestrickter, kurzer Hose mit Trägern und langen Strümpfen. Wie blöd, darin wollt ich Märtyrer werden. Mutter, ernst, noch dick mit kräftigen Beinen, hält meine Hand.

Ich schäm mich siedendheiß, als wär's gestern. »Schreckliche Wollstrümpfe!«

»Ach, hör auf! Wie viele Alte klagen mit Tränen von ersten Milchzähnen, schlimmen Keuchhusten und Kratzstrümpfen!« Sie zeigt mir ein noch schlimmeres Bild. Ich, noch kleiner, lutsch Daumen auf Opas Schoß; er streicht mir übers lange Haar, gewellt wie ein Mädchen.

Nie mehr beklag ich Wollstrümpfe. »Warum krieg ich nichts?«

»Du verdienst bald. Paula hat auf 'm Hof gearbeitet für nichts.« Sie verstummt, sieht wieder unglücklich drein, mit geneigtem Kopf wie die Muttergottes und krumm wie das Hockende Weib. Sie kriegt wohl Ärger, weil wieder alles Eiergeld weg ist.

Am Sonntagmittag kocht Mutter am Herd Pudding, still, ihr Gesicht erstarrt. Hab ich was Schlimmes getan? Sie trägt über der weiten Baumwollschürze noch eine helle Halbschürze. Ich wage nicht, sie zu stören und über *mein* Kopfweh zu klagen. Der Mai war nasskalt, jeden Tag viel zu tun: Mist ausfahren, pflügen, eggen, einsäen. Rücken steif vom Bücken und Körbe schleppen. Ich bin wieder zu spät und angeschwipst. Etwas stimmt nicht. Anna, dünn und blass, isst schon seit Tagen vor Bauchweh kaum was und kotzt wieder. Dass sie noch was zu kotzen hat, so wenig, wie sie isst. Dann heißt es, wie im Unglück: Anna hat's! Anna hat's! Was die *Regel* ist, will ich gar nicht wissen, aber ihr todtrauriger Blick geht mir durch und durch. Sie presst die Lippen zusammen und heult im Garten, Kopf auf die Arme gelegt. Ihr erster Freund ließ sie sitzen.

Am Herd lässt Mutter den Rührlöffel sinken. »Wo ist Anna?«

»Ruf sie her!«, brüllt Vater. Sie kommt nicht. »Herkommen!« Dann ist sie da, bleich mit verzerrtem Gesicht. »Iss!«

»Jaaa«, sagt Anna, als ging's sie nichts an, kaut an der Unterlippe und stochert mit der Gabel in den Kartoffeln. Warum so verstockt?

»Keinen Pudding.« Vater schlägt ihr den Löffel ins Gesicht.

Ich ball die Fäuste, flüster ihr zu: »Ich geb dir Pudding ab.«

»Lass mich!« Sie beißt die Zähne zusammen, senkt den Kopf und rührt mit strohgelben Zöpfen in der Soße, als wär nichts.

Mutter setzt sich ans Tischeck, macht nur »Tss« und starrt mit Kopfweh-Gesicht aus dem Fenster. Ist's ihr egal? Es ist doch ein Mädchen. Sie sagt nur mal: »Man kann die Kleinen nicht ständig auf 'm Schoß sitzen haben.«

»Ich werd 'ne Klarissennonne im Paderborner Kloster, leg 'n Gelübde ab, dann seid ihr tot für mich«, sagt Anna auf einmal stolz, »und ich gehör nur dem lieben Heiland.«

Trude freut sich. Vater auch, sagt aber: »Anna, du kannst später ins Kloster, nach deiner Schule bist du erst dran mit zu Hause bleiben, mit Heini, solange Karl in der Fabrik arbeitet.«

Beim Puddingessen steckt Willi den Kopf durchs Fenster. »Spielst du mit Fußball?« Vater guckt ihn scheel an, aber ich nicke. »Heut hab ich keine Lust zur Maiandacht.«

»Verkommene Brut, jeden Sonntag angetrunken«, schimpft Trude. »Die Tina hat euch schlecht erzogen.«

Mutter nimmt's wortlos auf sich, aber mir ist's heut zu viel, ich sing zitternd dagegen an: *»Der Mai ist gekommen, die Bäume schlagen aus ...«* Eva singt mit. Sie hilft mir wieder.

Verkniffen schaut Trude zu Vater und zeigt auf mich.

»Man *muss* sonntags zur Andacht«, sagt er.

»Heut nicht.« Kindermesse und Messdienen im Hochamt reichen.

»Dreimal sonntags Kirche«, Mutter schüttelt den Kopf, »muss nicht immer sein ...«

Ich staune, dass sie mich unterstützt.

»Du bist verrückt. Wär'n das meine!«, brüllt Karl und kratzt am dünnen Hals, »kriegten die was hinter die Löffel. Du machst mit der Aussteuer 'n Hof kaputt und wegen dir lief mir die Freundin weg.« Bloß weil er meint, den Hof zu kriegen, schimpft er wie Vater und Trude auf Mutter. Beim Ausmisten treibt er sie gar mit der Forke vor sich her und schreit: »Ich hass dich lebenslang!«

Sie läuft, mit Händen an den Schläfen, in die Schlafkammer.

»Gemein, über Mama herziehen!« Ich hau seine Krücke weg.

»Die nimmt's nicht schwer, die hat's leichtere Blut in 'n Adern, aber dir fehlt 'ne Tracht!«

Zum Nachmittagskaffee steht Emma in der Tür und ich beklag das Schimpfen gegen Mutter. Sie schließt mich in die Arme und drückt mich an die großen Brüste. »Genier dich nicht! Eure Mama schweigt, wie sich eine Rehmutter 'm Fuchs gegenüber lahmstellt. Weißt du, warum? Die lockt den von 'n Kitzen weg und gibt rechtzeitig Fersengeld«, redet Emma. »Euer Papa ist der Fleißigste im Dorf, 'n schwermütiges Arbeitspferd, aber Tina die Bescheidenste. Was die alles mit 'n paar Groschen Eiergeld erreicht. Morgens als Erste auf 'n Beinen und als Letzte ins Bett. Jeden Abend stopft, häkelt oder strickt sie, als wär sie nie müde. Aber die wurde menschenscheu. Die frisst alles in sich rein. Die müsste Bücher schreiben, um es loszuwerden. Mein Gott, ist die gealtert und abgemagert.« Sie zeigt aufs Hochzeitsbild im Küchenschrank. »Rappeldürr nach so vielen Kindern, nur noch 'n Schatten ihrer selbst.«

Zur Andacht droht Vater Prügel an. Wieder kein Fußballspiel.

Nach dem Abendessen hören Karl und Paula in der alten Stube Radionachrichten. Gleich fängt der Edgar-Wallace-Krimi an, auf den ich gespannt bin. Mutter hält den Krach nicht aus und setzt sich in die Schlafkammer. Seit ihrem Krach mit Karl versteh ich mich besser mit ihr und seit sie weiß, dass ich in die Stadt will, erzählt sie mir mehr, nur mir.

Vorm Krimi will ich es ihr sagen: Nach drei Monaten Arbeit auf dem Hof, seit ich aus der Schule bin, halt ich es nicht mehr aus und will endgültig weg. Schweißnass, meine Hände. Sie sitzt am Fenster vor der Waschkommode mit dem Spiegel, die Schüssel mit dem Wasserkrug auf der Marmorplatte beiseite geschoben, und riecht nach Schokolikör. Eine Fliege putzt sich auf dem Spiegel mit den Vorderfüßen den Rüssel. Überm Bett die Dolorosa und der Gekreuzigte mit Palmstrauß. Im Bett dicke Kopfkissen, auf denen sie nachts mehr sitzt als liegt und doch Schmerzen hat. Auf der Kommode Strümpfe und Pullover, auch mein rotgrüner mit Ärmellöchern. Tag für Tag neue Risse und Löcher, aussichtslos stopfen und Flicken erneuern.

Sie starrt an mir vorbei, lehnt sich schwerfällig zurück. »Was soll bloß werden?« Gleich führt sie die Nadel mit dem Faden wieder in den Pullover zum Stopfpilz, hält inne, blickt bekümmert auf, zerfahren, und will was sagen. Sollt ich sie heute nicht fragen? Oma, ihre Mutter, ist tot, so kurz nach Ostern und vor Paulas Verlobung, auch wenn keiner zur Beerdigung geht, da wir uns nicht mit Heymeiers vertragen.

Mutter lässt die Nadel stecken, reibt den durchgeknickten Mittelfinger über die Fusseln. »Ich weiß nicht … Es ist nur so … Ich kann's nicht ausdrücken. Immer die schrecklichen Gedanken. Warum lassen die mich nicht in Ruh?« Sie schaut auf die verhornten Hände und atmet heftig. »Alles Unglück geht auf eins zurück, die Heirat.« Sie stockt. »Es hat doch keinen Zweck. Gelebt wie Vieh, ohne Murren. Immer *schwiech still.* Vor Morgengrauen Ofen anmachen, vierzehn Stunden jeden Tag. Ach, was erzähl ich alles.« Sie kratzt sich am Kopf und murmelt, die Nadel zwischen den Lippen: »Nichts ist man wert.« Als Märtyrerin, wie die Bäckersfrau sagte, muss Mutter doch leiden. Aber es lassen sich wohl nur große Märtyrer lächelnd quälen. Ich schaff's nicht und hab 's Leiden satt. »Schimpf doch gegen Vater und Karl!«

Sie hört gar nicht zu. »Was war ich mit neunzehn froh: Als Hausmagd zu reichen Bauern nach Roxel.« Sie nippt vom Likör und blickt in den Garten, als suche sie was. Ihr Gesicht hellt sich auf, nur kurz. Sie schiebt den Stopfpilz in den Strumpf. »Auch wenn die Arbeit schlimm war: Im Korn so viele Wicken, dass sich die Garben nicht aus 'm Binder trennten. Ich hinterher, sie rausziehen, bin über Garben gestolpert, es war so heiß. Für die schwere Arbeit gab's 'ne Mark extra am Tag. 'ne Bäuerin wollt ich nie werden.« Ihr kommen Tränen. Sie wischt sie am Strumpf ab. »Dann hab ich Papa geheiratet.«

»Warum denn?«

»Ich hab ihm geglaubt, dass es mit 'm Hof besser wird, doch es wurd nur schlechter. Ach! Mehrere waren in mich verschossen, der Lindemanns Alfons, der Teeken Toni«, seufzt sie, mit wässrigen Augen. »'ne schöne Zeit, wie gern hab ich getanzt. Ich bekam auch Tänzer.« Sie schweigt eine Weile. »Heute weiß ich nicht mehr, wo mir der Kopf steht, jedes Jahr 'n Kind und keiner gönnt mir was. Noch zwei vor der Zeit verloren, dreizehn Mal geboren und so viel Kopfweh. ›Wie kannst bloß du *dahin* gehen?‹, hat Oma gesagt, kein Zuckerpott auf 'm Tisch, armselig bei *dem* Sandbauern und *der* griesgrämigen Trude. Oma hatte ja so recht. Jetzt ist sie tot. Auch Maria hat darüber gelacht, aber Ulla und Otto musste ich ihr geben.« Sie schluchzt. »Alles sinnlos«, sagt sie mit gebrochener Stimme mehr zu sich, als könn ich ihr doch nicht helfen, flüstert noch: »Sag Papa und Trude nichts. Mit denen kann man nicht reden. Die haben mit der Bibel immer recht. Meine Koppiene«, sagt sie so, als habe nur sie so was und als solle ich gehen und stopft weiter, als wär nichts. Ich weiß nichts über sie. Vater jammert über Krieg, Inflation, Uropas Hofkauf und Schulden, dass ich mich verdrück, wenn er zu klagen anfängt. Aber nie hat sie viel geredet, nicht mit Trude, nicht mit Vater, mit keinem. *Ohne Fleiß kein Preis!* les ich auf der Borte im offenen Wäscheschrank.

»Ich komm hier nie weg. Der geht mit mir nirgendwo hin und wird gleich wütend, ich fang nicht mehr davon an. Ich war doch immer sühnig.« Als hätt sie sich zu was entschlossen, schiebt sie die Fusseln zusammen und blinzelt mich an.

»Doch sühnig.« Was will sie? Ich halt 's Jammern nicht aus.

»Wofür plagt man sich ab? Immer gutmütig, und der Dank dafür? Man hat nichts Schönes mehr. Hier ist es so tot. Der schimpft nur, was ich für Kleider ausgebe. Dabei näh ich alles selbst.« Sie weint und zittert.

Ich werd nicht hocken bleiben wie sie. »Das wird doch besser«, red ich drauflos. »Jakob hat bald Primiz, Paula heiratet, der Jüngste geht zur Schule.«

»Alle gehen weg«, sagt sie, Kopf gesenkt und Hände im Schoß um den Stopfpilz gefaltet. »Was ist dann hier noch? Nur der Bauer, und Karl ist genauso und das Geschimpfe von Trude, der alten Vogelscheuche, immer in Schwarz, wie in der Trauerwolke, und sonst keiner mehr. Hätt ich nur Ulla und Otto nicht weggegeben, und du?« Sie starrt mich an, dass es mich fröstelt. »Du willst auch weg? Wenn du auch noch gehst, sterbe ich!« Sie weint heftig, es schüttelt sie.

Nie hab ich sie so weinen sehen. Mir wird schwindlig. Bin ich schuld, weil ich wegwill und ihr nicht helfe? Ich strample wie eine Fliege in der Milch. In der Stube nebenan läuft schon lange der Krimi. Die Fliege vom Spiegel zappelt am Klebestreifen. Mutter kümmert sich doch sonst nur um die Mädchen, wie sie sagt. Warum sagt sie *mir* das alles? »Ich halt's nicht aus«, sagt sie, steht plötzlich auf und bewegt ihre Hand, als wolle sie mir übers Haar streichen. Nein, sie legt ihre kalte Hand auf meine und sieht mich mit müden Augen dankbar an. Das kenn ich nicht.

»Ich will weg, aber wohin? 's schlimm«, flüstert sie.

»Wirklich?« Es würgt mir in der Kehle. Jammert sie, weil ich jetzt wegwill? Wütend auf ihr Geklage, kann ich sie nicht mehr ansehen. Meine Beine kribbeln.

»Ich kann nicht mehr. Wär ich doch tot.« Sie lässt sich auf den Stuhl fallen. So was sagt sie? Komisch! Vor vier Jahren hat sie mich vom Brückengeländer gezogen. Ich gieß einen nach. »Hätt ich nur den Lindemanns Alfons …« Sie stockt und weint wieder. »Was hab ich vom Leben? Bin fünfzig und keine Liebe.« Nie hätt ich gedacht, dass sie weinen kann wie Vater. »Ich werd hier nur untergebuttert und komm nie auf 'n Teller.«

»Wein doch nicht. Trude is doof, die kann nicht anders.« Ich leg die Hand zitternd auf ihre Schulter, das ist neu, und mir wird heiß. Sie lächelt mich unter Tränen an. Ich seh erstmals den Flaum in ihren Ohren.

»Es gibt keine Liebe. Hier kann man nicht lachen, nur beten.«

Ich starr mit offenem Mund. »Keine Liebe? Doch, doch«, würgt's mir heraus.

Sie sieht mich an, als hätt sie so was noch nie gehört. Ich fühl mich gleich ein Stück größer, aber sie sagt: »Könnt ich nur weg. Aber ohne Geld? Land kaufen sie und 'n Trecker, mehr Schulden. Von 'n Bullen bleibt wieder nichts. Immer gearbeitet und was hab ich? Nichts, gar nichts. Dem Manne untertan, wie's in der Bibel steht.« Ihr Gesicht zuckt und verfinstert sich, gleich versucht sie zu lächeln. Sie schlägt die Hände vors Gesicht und keucht. Nie hab ich ihre Hände so zittern gesehen. Muss sie nach Lengerich? Ratlos kau ich am Daumennagel und gieß für mich auch einen ein.

»Sag Papa bloß nichts davon«, sagt sie.

»Sparkonto?« Ich schluck den Likör. Lecker.

»Nichts!« Mutter streicht immerfort über ihre Schürze. »Alles Eiergeld für die Aussteuer. Vielleicht geh ich mit Paula, wenn sie heiratet. Aber solange halt ich's nicht aus.«

»Zu Onkel Bruno?«

»Den mag ich nicht, noch nie, auch damals nicht, als er so schneidig bei 'n Nazis war. Die Tante kann noch zwanzig Jahr in der Küche gnöttern und alle kommandieren. Das überleb ich nicht. Und Papa tut nichts dagegen.« Vater ist feige und lieblos. Sie schluchzt mit eingesunkenen Wangen vor sich hin, drückt sich das nasse Taschentuch auf die Stirn und greift zitternd das Glas. So unglücklich, wie sie dasitzt, verkrümmt in sich zusammen gesunken, kann ich den Tränen nicht widerstehen. »Wenn ich eines Tages geh, nehm ich dich mit!« In ihren Augen blitzt Hoffnung auf, dass es doch gut wird, sie lächelt, aber nur 'n Augenblick. Sie kann ja doch nicht gehen.

Paula kommt. »Ihr quatscht? Mama, du hast rote Augen.«

»Ach, Gott, was red ich denn. Es hilft doch alles nichts.« Mutter nimmt eine Tablette.

Der Krimi ist bald zu Ende.

Zu müde, über Mutters Worte nachzudenken. Trotzdem kann ich erst nicht einschlafen. Liebe ich Vater falsch, wenn ich hasse, dass er mich schlägt? Ich darf nicht weggehen, muss den Hass auf Vater verheimlichen und Mutter beschützen, ist der letzte Gedanke, als ich neben Lorenz einschlafe … Ein Ungeheuer hält im Wald ein Mädchen gefangen. Ich schleich mich an und spreche mit ihm. Es kenne mich, ich müsse auf mich aufpassen. Da kommt das Ungeheuer und ich bemerk, sie hat mich nur angelockt. »Wehe, du …!« Er springt auf mich zu, wirft ein Netz über mich und erschlägt mich. Und ich stürze wie früher den

Schacht runter, an Fensterhöhlen vorbei. In einer steht eine, mit Mutters Gesicht, aber sie greift mich nicht. Ich reiß die Augen auf. Wieso Mutter, die Einzige, der ich vertraue?

Am Dienstag bring ich Mutter Schokolade mit. »Fahr doch mal mit nach Ibbenbüren!«

Sie lacht nur verschämt, singt: *»Horch, was kommt von draußen rein?«*, und macht richtigen Kaffee.

Dann drückt sie mir Astern, Stiefmütterchen und Buchsbaum in die Hand. »Geh mal mit auf 'n Friedhof! Die Eisheiligen sind vorbei. Ich muss mal raus. Wann komm ich schon ins Dorf? In die Kirche oder 'n Toten unter die Erde bringen, aber sonst?«

Auf dem Friedhof grüßen andere sie nett und ich staune, wie lebhaft Mutter sich unterhält. Ihre braunen Hände schwingen mit, wie welke Blätter im Wind. Dann pflegen wir die Beete.

»Ist Opas Grab mit den Margeriten nicht schön? Und dort mein Onkel, Theologie-Professor.« Sie weist auf einen vermoosten Grabstein. »In meiner Familie gibt's Studierte, Priester und Nonnen. Nicht so armselig wie bei von der Tanns.« Sie guckt mich mit blauen Augen lieb an. »Du gleichst mir. Karl gleicht Papa. Da drüben unter der Eiche dein anderer Opa, an Schwindsucht gestorben.«

Ich lese 1874 bis 1918. Sie hält eine Hand in den Sonnenstrahl und, als sie erwärmt ist, streicht sie mit der anderen darüber und lächelt nachdenklich. Die Frühlingsluft ist frisch, der Flieder duftet.

Die Wolken ziehen langsam, die Schatten werden dünner.

55

Mutter spricht immer wieder mit mir, mit keinem sonst.

Sie mag mich doch und hilft mir sicher, wegzukommen. Damit ich eines Tages zur Schule nach Münster kann, lern ich täglich eine Stunde Englisch. Stolz übers Geheimnis mit ihr find ich Vater umso schlimmer, je mehr sie klagt. Ohne Geld kann sie nie weg, ich auch nicht. Aber was verdienen mit Kartoffelnsammeln und Kerzenziehen ist schwer. Bei Onkel Ludger karr ich drei Tage lang fürn Anbau Backsteine an und lad sie beim Maurer ab. Knie und Armmuskeln zittern, halten aber durch. Mich durchbeißen, das schaff ich. Zwanzig Mark.

Auch beim Doppelkopf streng ich mich an. Die anderen lachen und witzeln. Schlachter-Gerd klimpert mit Geld, steckt Groschen in die Juke-box, wählt Schlager, kauft sich *Sinalco* und Zigaretten.

Verliert er, sagt er: »Ach, die zwanzig Pfennig«, als puste er eine Fliege weg.

Als ich verlier, angespannt mit eisigen Fingern, sag ich: »Geld allein macht auch nicht glücklich.« Wie blöd! Vaters Spruch. Hätt ich doch auch Geld in der Tasche wie ein Tödde. Das Gesparte geb ich nicht aus, auch nicht für Schnaps. In der CAJ bringt immer einer eine Pulle mit und wir spielen wöchentlich zu viert Lotto, jeder mit fünfzig Pfennig. Mal haben wir drei Richtige: vierzig Mark für mich, Glück wie nie.

»'n Heidengeld«, sagt Vater, »so viel, wie der Doktor bei deiner Geburt kriegte. Unverdient bringt Unglück, spend's fürs Heidenkind!«

Das Bild steht noch auf der Kommode.

Genug gespendet. Ich steck's in die Spardose und bring's am Weltspartag aufs Konto, zusammen schon zweihundertvierzig Mark.

»Du bist ja sparsam wie Papa«, sagt Mutter lächelnd.

Stadtfein im Sonntagskleid, fährt sie dienstags heimlich mit mir nach Ibbenbüren. Ihre feine beige Handtasche hängt in der Armbeuge, wie am Haken, und schlägt ihr auf die Hüfte. Nach einigen Schritten nimmt sie sie in die Hand. Nun reibt die Tasche am Schenkel. Dann hält sie sie im Arm. Sie weiß wohl nicht, wie sie die halten soll, anders als Besen und Hacken. Ich geh zur Schule, sie zum Wochenmarkt. Danach zeig ich ihr das *C&A*-Kaufhaus, fahr mit der Rolltreppe rauf und runter, dann fährt sie mit und hält sich an meinem Arm fest.

»In Steinhop kennt einen jeder, da geniert man sich und kauft wenigstens Strümpfe oder Schnürsenkel.« Sie staunt, was es alles gibt. »Hier is es billiger als beim Kiepenkerl. Da lohnt 's Stopfen nicht.« Sie kauft Handtücher für Paula, einen Likör und eine Schokolade für mich. »Sag Papa nichts davon!«

Nach dem Roggenmähen geht Brockmöllerbur rum und lädt witzig, nicht herablassend wie sonst, als Gästebidder mit Korn Nachbarn und Verwandte zur Verlobung ein. »Guoden Dag, hier sett ik minen Staff un niehm den Hot aff. Mi schickt Lögers Job und sine Brut Paula. Ik soll ju to jähre Verlobung inla'en.« So wie er schwankt, weiß er sicher nicht mehr, wer zugesagt hat. Doch Mutter sieht an der Anzahl bunter

Bänder am Stock, wie viele kommen. Er trinkt noch einen. Ich krieg keinen, leere aber Mutters Glas. Trude schimpft übers Saufen.

»Das ist Brauch«, sagt Vater gutgelaunt. »Pflügen, Ernten und Dreschen schaffen wir ohne Nachbarschaftshilfe nicht. Haben alle erst Telefon, braucht's keinen Gäste- und Leichenbidder mehr.« Stolz auf Paula, klagt er diese Woche nicht. Er lässt sich zum Fest anstelle des abgewetzten Ehegoldrings, der schon mit dem wulstigen Finger verwuchs, ein Zehn-Pfennig-Stück aushämmern. Mutter kriegt einen vergoldeten Aluminiumring.

Ich muss das Tennentor und alle Viehstallfenster putzen. Bloß für Paulas Verlobung tagelang Spinnweben und Staub abfegen, wischen und mit Papier trocken reiben. Immer die Älteren! Ich hass Paula eh, dass sie wie Karl das Sagen über uns Jüngere hat und mich ohrfeigt. Sogar ein fettes Schwein muss extra sein Leben ausschreien und ein paar Hähne krähen letztmalig. Man muss gehorchen und ich trau mich erst nicht, die Stimmung zu vermiesen, weil viel Besuch kommt. Ich freu mich sogar aufs Festessen. Die Nachbarn kommen zum *Frageabend*: »Möt wi auk en Bogen maken?«

»Und ob, för de Niendörn und Kengdörn«, sagt Vater. Gleich zwei Türbögen! Und sie betrinken die Aussteuer in der besten Stube: Bettzeug und Hand- und Tischtücher in Kartons.

Karl hält die neuen Handtücher vor Vater anklagend hoch. »Noch mehr Aussteuer für Paula? Himmel, Arsch und Zwirn!«

»Ich hab's dir verboten!«, brüllt er zu Mutter, die kleinbeigibt.

»Warum hat Mama nichts zu sagen?« Ich starr Vater an.

»Kümmer du dich um Fenster und Türen! Sind die sauber?«

»Nein! Ich hab auch keine Lust zum Putzen nur für Paula.«

Er droht mir, mit zuckender Hand. Dennoch sag ich: »Ich muss auch Vokabeln lernen!« Da scheuert er mir ein paar, links und rechts, und gibt mir noch einen Fußtritt, und das vorn Nachbarn. Ich lass es mir nicht mehr wie Mutter gefallen. Sich gegen Unrecht wehren, wie der Vikar in der CAJ sagte. Gleich bin ich auf Hundert und steck mir Welthölzer ein.

Lichterloh wird's bei der Verlobung brennen.

Erst am Tag vor der Verlobung hab ich die Viehstallfenster sauber. Mit Ziehharmonika, vielen Klaren und Traras stellen die Nachbarn mit Papierrosen geschmückte Birken auf der Tenne, auf dem Hof und auf dem Weg vom Haus zur Kirche bis zur Milchbank auf. Die Frauen binden für die Tennentür einen großen und für die Nebentür einen kleinen Birkenbogen und flechten gedrehte, rote Papierrosen hinein. Auf einer Firstleine flattert Kinderwäsche neben einem Storch mit Säugling im Schnabel.

Am Verlobungsmorgen sieht's Emma als Erste: Nachbarjungs haben von unserer Gartenpforte zu Schlachter-Gerd einen Pättkesweg aus Sägemehl gestreut. »Wer hätt gedacht, dass Paula auch mit dem was hatte?« Emma lacht abgehackt wie die Kirchturmsdohle.

Wir finden noch einen Pättkesweg und noch einen. Der krummbeinige Job nimmt's gelassen, scheitelt das Haar überm linken Ohr, kämmt sie auf den kahlen Kopf und ruft Paula zu, die grad mit Locken vom Frisör kommt: »Wir müssen los zur Messe!«

Ihr Kleid riecht nach frisch eingebügeltem *Hoffmanns Stärkepulver*. Emma deckt mit Nachbarinnen, auch Thea, die Tische auf der Tenne mit weißen Tüchern und Servietten. Thea lächelt mich wieder an. Seit sie im Kerzenfabrikbüro lernt, macht sie sich und hat schon richtig was unterm Hemd, die Spitzen wippen unter der weißen Bluse. Isolde ist viel schöner. Mein struppiges Haar bring ich mit Spucke zum Liegen.

Bald nach der Messe kommen die Gäste auf Leiterwagen, mit Brockmöllerbur voran. Als Hauptnachbar kümmert er sich um alles, fegt am Schluss noch die Tenne und darf erst nach dem letzten Gast gehen. Jungen in Anzügen mit Krawatten, Mädchen in Kommunionszeug, ältere mit langen Kleidern, Männer mit Zylindern übergeben Paula und Job die Geschenke. Ich zähl vierzehn Kuchenheber, sechs Salz- und Pfefferstreuer, zwölf Puddingschüsseln, viele Milch- und Zuckertöpfchen, sogar ein Kaffeeservice für zwei.

»Für alle Tage, ist das nicht fein?«, kreischt Paula wie blöd. Mehr Leute als auf Opas Beerdigung, so viel Aussteuer und Geschenke und fünf Tage feiern: der *Frageabend* mit Aussteuer gucken, *Bogen machen*, heute am Samstag *Verlobung*, Sonntag *Hahnen holen* und Montag *Bogen abmachen*.

»Saufen und fressen, koste es, was es wolle. Sonst muss man *sühnig wirn*«, sag ich mit Wut im Bauch, ich könnt platzen. Vater grinst nur. Die wundern sich noch! Ich zieh mir den weißen Hemdkragen vom Hals, kau an der Unterlippe und fingre in der Tasche an den Welthölzern. Zünd ich den Heuschober oder das Stroh in der Schweinewiese an? Aber wie beichten? Steif warten wir, zappeln, hüsteln. Ich sitz bei Job und Paula am Kopfende der Tische neben Jobs Vater. Der dicke alte

Bauer, im engen Anzug, raucht gemütlich eine Zigarre. »Donner un Düwel, dat is ne Verlobung, sicher zweihundert Lüde.« Er zählt mit der Zigarre nach.

Vor der Suppe kommt der Pfarrer. Paula sagt herrisch: »Heini, setz dich nach hinten zu Anna!« Ich streck die Zunge raus und maule. Da brummt er: »Man setzt sich nicht auf den ersten Platz, sonst könnt ein Vornehmerer kommen und sagen: ›Mach Platz.‹ Jeder, der sich erhöht, wird erniedrigt.« Für ihn selbst gilt's wohl nicht!

Er bringt nur den Segen mit, setzt sich aber breitbeinig in die obere Reihe wie zur Taufe und Beerdigung, als gehört er zur Familie. Statt Widerworte lass ich einen donnern und tu so, als war ich es nicht.

»Sei anständig!« Eva im blauen Faltenrock und roter Bluse stößt mich an. Anna und Karl sehen verzweifelt an die Decke und schütteln ihre Köpfe. Willi kratzt sich am Kopf, räuspert sich blinzelnd und deutet mit dem rechten Daumen verstohlen zu Trude hinüber, fletscht mit den Zähnen wie sie sonst, und ich muss loslachen.

Klemens mit Bürstenschnitt und hängendem Augenlid soll als Jüngster vorbeten. »Du Trottel«, feix ich und lauer darauf, dass er sich verspricht, erfolglos.

Wozu hab ich drei Gabeln, Löffel und Gläser vor mir? Als ich nach der Suppe rauswill, tragen die Nachbarn grad Kartoffeln, Kaninchen- und Schweinebraten, Hühnerfrikassee und ein knuspriges Spanferkel auf. Es fiele auf, lieber später! Gierig greif ich beim Ferkel zu. Trude, schwarzgrau gekleidet, schaut mit verkniffenem Mund und strähnigem Haar drein, als zählte sie Fliegen an der Decke. Als der dritte Gang gebracht wird mit reichlich Rindfleisch, mit Zwiebel- und Senfsoße, Kalbskopffleisch mit Hirn und Schinken, Leber-, Blut- und Plockwurst, dazu Käse, Ei und Kartoffelsalat, ruft sie: »Verschwendung!«

Sie hat ja recht. Paula hat alles, Kleider, Aussteuer und Dauerwelle. Geld zum Fenster rausgeworfen. So viel zu essen. Ich hass sie. Ich ess und ess auch noch Wackelpudding und Herrencreme mit den Anfangsbuchstaben der Verlobten in Schokozuckerguss, öffne unterm Tischtuch den Hosenknopf und kann noch mehr essen. Jetzt zeig ich es euch. Mein Herz klopft und ich schwitze. Ich schließ meinen Pferdestall, klemm aber versehentlich das Tischtuch mit ein, und als ich aufsteh, zieh ich mit dem Tischtuch meinen Teller runter, dass er zerbricht. Alle sehen her, ich spür den Kopf feuerrot werden und setz mich wieder, Schwächling! Egal, ich verschieb's auf später.

»Du frisst wie 'n Drescher!« Paula verdreht die Augäpfel bis zum Gehtnichtmehr.

»Bald heißt du nicht mehr Fräulein«, sagt Anna zu Paula.

»Ich bin schon neunzehn.« Paula nimmt noch Herrencreme. Sie unterhalten sich, als wär nichts. Ich kann mir nicht vorstellen, so alt zu sein, geschweige denn fünfundzwanzig wie Job. Brockmöllerbur geht mit Korn und Aufgesetztem rum.

Paula sagt zu Mutter: »Ich hol dich ein und will mehr als elf«, greift 's Löffelchen, spreizt den kleinen Finger ab und betupft die Lippen mit der Serviette.

Vornehm geht die Welt zugrunde.

»Das schaffst du nicht.« Mutter hört auf, im Kaffee zu rühren.

»Wieso nicht?« Paula streicht über ihre Dauerwelle und schielt Mutter an. »Man darf nur nicht verjammert sein.«

»Du vergisst die Verlorenen«, sagt Mutter. Sicher schafft Paula das, mit viel mehr Brust als Mutter.

»Bei elf kriegt man nicht viel Liebe ab«, sag ich.

»Schlimm, dass die Älteste nicht Nonne wird«, sagt Trude.

»Du musst unbedingt zum Frisör«, gluckst der stämmige Otto zu ihr und fährt sich fahrig durchs kurz geschnittene Haar.

»Wieso?« Trude, mit der Krüppelhand, nimmt noch Sahne.

»Haare auf 'n Zähnen rasieren lassen«, sagt Otto.

Wieso wurde er bei Tante Maria und Onkel Ludger so frech?

»Wo er recht hat, hat er recht.« Ulla streicht ihr glattes blondes Haar aus der Stirn.

»Ich geh sicher ins Kloster«, sagt Anna zu Trude und zerschneidet Rindfleisch.

»Mit Nonnen und Priester hält Steinhop 'n Weltrekord!«, ruft Otto. »Hier kommen ja alle mit 'm Rosenkranz zur Welt.«

»Anna, du läufst rum wie 'n verscheuchtes Huhn«, sagt Ulla. »Ha, ich werd Geschäftsfrau – und will nur zwei Kinder und die sprechen von klein auf Hochdeutsch.« Sie macht mit rotem Petticoat-Kleid und weißen Schuhen auf *Die Schönste im ganzen Land* und bildet sich was auf ihre Realschule, die Lehre beim Gemeindeamt und darauf ein, dass sie bei der Apothekertochter und dem Amtsdirektorsohn ein- und ausgeht. »Ich heiße jetzt Sanders!«, ruft sie. Sie ist inzwischen adoptiert und schämt sich wohl, vom Kleinbauern zu kommen. Mutter schweigt. Nie wurde über Otto und Ulla geredet und ich weiß nichts von ihnen.

»Immer am Stänkern. Beide hochnäsig erzogen«, sagt Vater. »Das kommt vom Hochdeutsch reden.«

»Otto will nicht zu Hause bleiben.« Onkel Ludger rührt in der Soße. Tante Maria sagt nichts.

»Ich lass mich doch nicht von Pflegeeltern kommandieren!«, brüllt Otto.

Fürn Moment ist's still, dass man die Flügelschläge einer Fliege hört. Ich halt die Luft an. Er erschrickt wohl selbst über seine Worte. Die Gäste starren ihn an, am Nachbartisch tuscheln Verwandte, die ich nicht kenne. Manche hab ich lange nicht gesehen, manche noch nie. Vater legt ruhig die Gabel beiseite, als hätt er nichts gehört, wohl um die feierliche Stimmung zu retten. Anna steht der Mund offen. Mutter zieht verwirrt die Augenbrauen hoch.

»Geld liegt auf der Straße, man muss 's nur aufheben«, sagt Otto. Seit der Handelsschule verdient er mit Versicherungen. »Mit einundzwanzig will ich was erleben, geh nach Hamburg zur Bundeswehr. Da lernt man 's Leben kennen. Ihr kommt ja nicht über Telgte hinaus. Auf der Reeperbahn geht's richtig zur Sache. Dann heirat ich eine vom größten Steinhoper Bauern.«

»Was ist Reeperbahn?«, frag ich ihn.

»Du hast noch 'n ungetrübtes Verhältnis zur Jungfrau Maria, glaubst sicher noch an die unbefleckte Empfängnis und hast Hochwasser.« Ich zieh im Sitzen die Hosenbeine länger. »Unbefleckt bleiben überlass lieber der Jungfrau Maria!«, ruft er, worauf das Geschrei erst richtig losgeht.

»Das is leeres Stroh dreschen.« Vater schlägt mit der Hand wie nach einer Fliege. »Schwiech still, de Lüde kürt dröwer.«

»Lass sie reden!« Otto streckt den Arm vor und schaut auf seine Uhr mit Metallarmband. Der Angeber!

»Otto tut, was er will.« Tante Maria starrt auf die Tischdecke.

Otto haut auf den Tisch. »Du hast mir nichts mehr zu sagen. Ich zieh 'ne Mauer wie in Berlin durchs Haus!«

»Du Klugscheißer spuckst große Töne, weil du auf der Handelsschule warst. Die Tour zieht hier nicht«, sagt Vater. Die Leute reden los, vor allem die Nachbarn auf der Kuhstallseite, dass ich nichts mehr versteh. Könnt ich doch auch so frech wie Otto sein und mit ihm abhauen.

Trude klagt über ungezogene Blagen, und Vater, wohl ums Thema zu wechseln, über den Brand bei Lippertbur. »Der Alte sitzt wegen Brandstiftung ein. Der wollte im Suff den Hof von der Versicherung sanieren lassen. Der Hof gehörte schon der Bank. Bald sind wir alle dran.«

Vater dreht sein Schnapsglas zwischen den Fingern.

»Verkauf den Scheiß«, Schlachter-Gerd nimmt noch Schweinebraten, »dann lebst du wie 'n Fürst.«

»Man kann nie genug klagen«, sagt Jakob. »Euer Geschrei hört man übern ganzen Hof.«

»Jakob, wann ist deine Primiz?«, fragt Emma. Er lächelt nur.

»Mäh!«, blökt Kathrin den Klemens an, er kleckert mit Soße.

Nach dem Essen stehen manche müde auf und gehen auf dem Hof um den Misthaufen rum. Zu spät fürn Heuschober. Man würd mich entdecken. Feigling! Aus Wut öffne ich das Tor zur Schweinewiese. Die Säue nutzen die Freiheit und trollen sich in den Nachbarrüben. Enttäuscht seh ich die Gäste sie vergnügt wieder einfangen und dabei Lieder singen.

Zum Kaffee gibt's von Nachbarn gebackene Obst- und Streuselkuchen, so viel ich will. Das Gerede geht los. Das neue Krankenhaus wird wieder zugemacht, weil die Leute lieber mit dem Auto in die Stadt fahren. Statt zwei Apotheken nur noch eine. Statt zwei Tierärzten einen, der auch nach Halverde fährt. Die Realschule wird dichtgemacht. Selbst Bauern haben weniger Kinder.

Vater klagt, dass aus der katholischen Volksschule eine staatliche wird und die Kirche nicht mehr voll ist. »Fehlte früher einer im Hochamt, wusste man bald, ob sein Pferd oder er selbst krank ist. Seit Samstag abends Messe ist, weiß man's nicht mehr.« Die Leute machen sonntags Autoausflüge. Bisher war's Todsünde, am Sonntag nicht zur Kirche zu gehen.

»Kerzenkettler hat 'ne neue Sporthalle durchgesetzt«, erzählt der dicke Brockmöllerbur Vater. »Ohne den geht im Gemeinderat nichts, der hat überall seine Finger im Spiel.«

»Wozu noch 'ne teure Halle. Die Leute jagen mit Autos nach Ibbenbüren. Steinhop steht schon auf Autobahnschildern.«

»Bald wird's ruhiger im Haus, Eva ist am Freien.« Mutter trinkt Eierlikör und lächelt angestrengt. Nach ihrer Miene geht's ihr wieder schlecht. »Je früher Paula heiratet, desto besser.«

»Sie heiratet erst, wenn Karl richtig gesund aus der Fabrik zurück ist, und das dauert. Der kann auch im Herbst noch nicht richtig anpacken«, sagt Vater. »Anna bleibt nach der Volksschule auch zu Hause, bis der Trecker verdient ist!«

Paula guckt wie ein dummes Huhn.

»Du tät'st es keinen Tag in der Fabrik aushalten«, sagt Karl großspurig zu Vater. »Da würd'st du rammdösig.«

»Meinst du, das Leben war 'n Zuckerschlecken?« Vater schlägt mit dem Löffel an die Tasse und spricht laut zu allen: »Jo, wat soll ick nu sengen? Ick glöv, et is'n grotes Glück, dat Paula Job kreegn hev, un we froit us up die neie Verwandtschupp. Dorup drink wie ennen, Prost!«

Wie peinlich, er und spendabel! Nach der Rede räumen wir die Tische beiseite. Drosten Walter spielt mit der Quetschkommode zum Ehrentanz auf. Nach dem dritten tanz ich mit Mutter Langsamen Walzer. Vater tanzt doch nicht mit ihr. *»Wir wollen niemals auseinander gehen«,* singt sie auch mit, aber sie will doch mit mir weg! Den Walzer kann ich vom Üben mit Eva, den Schlager auch: *Pigalle, Pigalle, das ist die große Mausefalle mitten in Paris!* Wohl was Unanständiges mit Parisern. Als ich Schlachter-Gerd nach Pigalle frage, lacht er und erzählt: »Beim Frühstück nach der Hochzeitsnacht sieht der junge Ehemann, dass seine Frau ihm nur 'n Salatkopf auf 'n Teller legt. ›Ich wollt bloß sehen, ob du auch wie 'n Karnickel isst‹, sagt sie.« Ich kapier nichts.

Dann will Thea mit mir tanzen, sie drängelt sich im blauen Kleid an mich. Mir wird warm. Neben ihr komm ich mir dünn wie eine Bohnenstange vor. Keiner geht schlafen, auch die Kleinen und das Vieh nicht. Fliegen ertrinken summend in den Gläsern. Ein Bierfass leert sich nach dem andern. Plötzlich ist neben mir der Platz leer. Thea ist so früh weg? Als Drosten Walter *In einem kühlen Grunde* spielt, trällern Ulla und Otto *La Paloma* und dann *Meine Oma fährt im Hühnerstall Motorrad…*

»Schluss jetzt!« Vater stimmt *Großer Gott, wir loben dich* an.

Dagegen johlen Schlachter-Gerd und ich angeschwipst *Bier her, Bier her oder ich fall um…* und hauen mit Fäusten im Takt auf den Tisch, die Gläser hüpfen.

Prompt schimpft Trude: »Ji könnt mit 'm dicken Kopp morrjen nich in de Karken goan. Jederzeit kann Jüngster Tag sein.«

»Jüngster Tag ist, wenn alle Bauernkäffer kaputt sind!«, brüllt Schlachter-Gerd. »So halsstarrige Bauern geh'n erst mit 'm Weltuntergang unter.« Und zu mir sagt er lachend: »Dein Jüngster Tag ist, wenn du abhaust aus diesem Regenloch!«

Hass auf Trude schießt mir in die Augen, Hass auf Vater und den Hof. Sie kommen mir kleiner vor als sonst. Wer sich erhöht, wird erniedrigt? Nein! Ich spür eine zügellose Kraft. Und Trotz und Wut. Die mach ich klein! Stark wie beim Saufen in der CAJ brüll ich wieder: *»Bier her… oder ich fall um…«*, bis sich Trude verzieht. Schwummrig halt ich mich fest, reiß aber Stühle und ein Bierglas um, es zerbricht. Schlachter-Gerd und Otto haken sich bei mir unter, wir schaukeln und grölen: *»Wir machen durch bis Morgen früh und singen Bumms fallera…«* Vielstimmig fallen andere mit ein.

»Dass du gegen die Alten mitmachst, hätt ich dir nicht zugetraut, du alte Stinksocke!« Otto prostet mir zu.

»Wir hauen zusammen ab! Prost!«, sag ich. Er nickt. Mit ihm weggehen, das wär's! Ich trink noch ein Bier und noch eins.

Schlachter-Gerd trinkt zum Bier Schnäpse wie Wasser, ohne umzufallen, und spricht noch klar. Doch dann fällt er um – als Erster. Mit Karl und Willi bugsieren wir die Schnapsleiche auf der Schubkarre nach Hause und schmettern schwankend auf dem Rückweg *Nach Hause gehn wir nicht, bei von der Tanns brennt Licht.* Aber Brockmöllerbur steht mit dem Besen auf der Tenne: »Ab ins Bett!«

Nach dem ersten Bier am nächsten Mittag geht's mir wieder besser. Trecker und Leiterwagen voll gestopft mit Nachbarn und Verwandten fahren zum *Hahnenholen* vor, singen: *»Haw we men noch nen Dröpchen, hawe men noch nen heelen Emma vull«*, spannen quer übern Weg einen Strick und geben den Verlobungspaarwagen erst nach einer Ladung Bonbons und ein paar Klaren frei.

Thea blinzelt mir zu, ich stärk mich mit ihr wie alle für die Hahnensuche mit Spiegeleiern und Schinken auf Schwarzbrot und Bier mit Schnäpsen. Eng gepresst sitz ich zwischen Thea und Evas Freundin Vroni und kann mich kaum bewegen. Aus Spaß berühr ich ihre Brüste wie aus Versehen. Sie kichern nur, rot im Gesicht. Beschwipst zeigt Thea mir, wie man von einem Bein aufs andere tanzen kann, und sie will mit mir den Hahn fangen. Könnt ich doch mit ihr gehen? Aber Isolde! Gress' Gustav hat den roten Hahn mit in Schnaps eingeweichtem Brot gefüttert. Über Gräben und Zäune folgen wir dem torkelnden Gockel. Die Schweine heben die Köpfe und starren uns nach.

»Trinkt noch einen, sonst fangen wir ihn nicht!«, ruft Job. Mit großem Halodrie bringen wir den Roten im Triumph Paula zum Schlachten, aber ich muss kotzen. Einige Verwandte begießen ihn die ganze Nacht und sitzen noch am Folgetag zum *Resteessen* mit den Nachbarn auf der Diele.

»Die sind von gestern übrig«, sagt Paula, »und saufen sich nüchtern! Prost!«

Mir ist schlecht.

56

Nach der Verlobung redet Paula nur vom Weggehen. Sorgen und Ärger nehmen zu, je länger Karl auf dem Hof fehlt. Ich will auch weg. Früher freute ich mich aufs Ferienende, Ausruhen in der Schule, jetzt aufs Trödeln nach den Dienstagskursen, und auf Isolde. Nach den Lehrgängen kau ich an der Haltestelle auf der Mauer Pommes mit Mayo.

Isolde setzt sich zu mir. »Du bist vierzehn, Volksschule, zehn Geschwister, aus Steinhop-Staden.«

Ich halt ihr Pommes hin, schau in die blauen Augen, verblüff sie auch. »Du wohnst in Ostenwalde, nah bei Kollmanns, bist fünfzehn, zwei Brüder, Papa Maurer und Säufer.«

Sie lächelt mich aus ihrem runden Gesicht an. »Trinkst 'ne Cola mit?«

Die erste Cola, im Becher, mein erster Plastikbecher, ein Prickeln! Es dreht sich in mir. Sie ist so schön, dass ich mir noch dürftiger vorkomm. Mit Delle und Hasenzähnen, wie wenn man schwach ist und unsicher dazu, oder langsam und ungeschickt. Wie ich.

Dann der Bus. Ich geh nach hinten, sie setzt sich vorn hin.

In Steinhop fährt Willi mit neuem Moped zur Bushaltestelle vor, um es mir zu zeigen. »Auf die *Zündapp* hab ich gewartet, wie früher auf 'n Osterhasen.« Er lehnt sich ans Moped, im Arm sein rotes Kofferradio. Es singt *Heißer Sand und ein verlorenes Land…* Ich betaste neidisch das schnittige, chromglänzende Blech, es brummt, dass die Hand zittert. Er fahre damit zur Handelsschule. »Ich lern dort 'ne Geheimschrift, schnell schreiben wie sprechen! Wer stenographiert, kommt vorwärts im Leben. Meine Briefe kann zu Hause keiner lesen.«

Ich will auch vorwärts kommen.

»Mit der *Zündapp* geht's mit 'n Weibern wie geschmiert«, sagt Willi, »Lederjacke, Elvistolle, Grinsen und schon hängen sie an dir dran.« Er hat eine rasante Tolle, fest mit Zuckerwasser, und Stoppeln, ich nur Pickel. Ein Bart wächst mit Hühnerkacke, sagt man. Er gibt Gas, fährt eine Runde, hinterlässt mir den Qualm und umkurvt die kichernden Mädchen an der Telefonzelle. Sie drehen sich nach ihm um, Cilli setzt sich hinter ihn. Sie bildet sich wohl was auf die Amtslehre ein.

Als ich Samstagabend nach dem Melken noch den Hof fege, fährt er, nach Schaumbad riechend, im Hemd mit Kragen, mit blanken Fingernägeln, zum Heideköniginnenfest zwei Dörfer weiter nach Recke.

»Statt Maiandacht zum Ball«, sagt er, »sehn, was so läuft. Da lern ich Neue kennen. Dir würden die Augen aus 'm Kopf fallen.«

Ich darf nicht mit. Dahin fährt auch kein Bus.

Immerzu denk ich an Isolde. Eine Woche später geht sie mit mir nach der Schule zur Haltestelle. »Warum hast du hochgestapelt?« Genüsslich knabbert sie Pommes.

»Hab mich als Bauernjunge geniert.«

»Geniert? Du nimmst mich auf 'n Arm.«

»Ja, weil – ich dachte, ihr denkt, ich …«

»Wieso? Für mich bist du ganz normal.«

Ich setz mich neben sie auf meine Hände. »Aus 'ner Bauernschaft und ich spreche Platt.«

»Ist das alles? Du lernst tippen, Englisch und kannst 'ne Lehre machen, wie ich nächstes Jahr bei der Sparkasse.« Sie guckt mich an. »Scheue sind mir lieber als Angeber. Ich mag Jungen mit dicken Lippen. Die sehen so gefühlvoll aus.«

Ich erzähl von Prügeln, Malochen bis spät und Messdienen.

»Is ja schrecklich«, sagt sie mitleidig, als kämen ihr die Tränen, was ich gar nicht mag.

»Ach, is ganz normal.« Ich zieh meine Linke unterm Schenkel hervor und leg sie an ihre.

»Normal? So viel arbeiten, Schläge, jeden Morgen Messe?«

Obwohl mir davon übel ist, sag ich: »Bauern sind anders.«

»Lass dir nicht alles gefallen. Mit 'n Bauern ist's vorbei.« Sie lächelt. Ich schau ihr in die Augen und senk gleich den Blick. Sie spielt mit der Halskette. Alles an ihr glitzert. Ich trau mich, sie wieder anzublicken, ihr Lächeln. Meine Zähne graben sich in die Unterlippe und mir wird heiß. Ich leg zitternd meine Hand auf ihre warme. Sie zieht sie nicht weg. Ich versuch die herschauenden Leute ungeniert anzusehen, als wär Isolde nicht die Erste, neben der ich Hand auf Hand auf der Mauer an der Haltestelle sitze. Bald liegt meine Hand still, ohne zu zittern. Schön ihre sauberen Fingernägel. Meine plump und grob.

Zum Bus trag ich ihre Schultasche, federleicht, als hätt sie Flügel. Diesmal setzt sie sich neben mich. Am Heiligen Meer zeigt sie aufs Moor mit dünnem blauen Nebel, aus dem Rehe ihre Köpfe heben, als schwämmen sie darin. Geh ich mit ihr ins Kino, Ami-Schund aus Hollywood gucken, wie Vater sagt? Nach Hause kann ich sie nicht mitnehmen, die Küchenwände voller Fliegen, wo es nach Schweinestall stinkt, Mutter stopft, Vater Zeitung liest, Anna, Lorenz, Kathrin und Klemens lärmen.

Ehe sie aussteigt, verabreden wir uns zu Kirmessonntag um drei.

In Steinhop ist's noch warm und stiller als sonst. Schön riecht's nach Kartoffelfeuerrauch. Mit großen Schritten geh ich heim. Hagebutten leuchten, Astern strahlen wie glühende Sonnen. Cilli und Barbara sind auch aufregend, aber mit Isolde kann ich reden, kein Mal belustigt sie sich über mich. Ein Bauernjunge, krumm, stottern, Platt sprechen: gar nicht schlimm! Cilli kommt im grünen Kleid aus dem Gemeindeamt, ihrer Lehrstelle, und stoppt auf der Treppe, als sie mich im Anzug mit Schlips sieht, lächelt mir zu und hüpft im Hinkelschritt runter.

Alles ist anders.

Am Sonntag fragt mich der schlaksige Caspar im großkarierten Hemd vorm CAJ-Treffen: »Wieder keine Weiber mitgebracht?« und deutet mit Händen ein Wichsen an. Dass ich fürs Pornoheft den Bahnhofskiosk umschlichen habe und nicht fragte, sag ich nicht. »Ich mach vielleicht 'ne Bürolehre bei Brenninkmeyer, du dreckiger Schlosser.«

»Du Mistbulle, du!« Er legt sich auf die Türschwelle zur Bücherei, stellt die Beine hoch an den Türrahmen und spielt *Mädchen untern Rock gucken.* Eine nach der andern der Jungfrauenkongregation steigt über ihn. Vor Cilli ruft er: »'n Satansweib. Rate: blonde oder schwarze Muschihaare?«

»Mach Platz!«, ruft Cilli, steigt aber beschämt drüber.

Er spitzt die Lippen, wie um ihr einen Kuss zu geben. »Jaaa, ich hab's gesehn!« Er springt auf und hüpft herum.

Barbara kommt. Ich bin verdutzt, wie stolz sie lachend ihre Brüste rausstreckt und den Po bewegt. Sie soll mal nicht angeben, sie arbeitet auch nur beim Bauern, im Haushalt bei Haakbur. Warum bloß fürcht ich die dunklen Augen?

»Hau du ab«, sagt sie zu mir und lächelt Caspar träge zu. »Heb mich auf die Mauer!«

Er hebt sie hoch, legt den Arm um sie und sie schlecken sich ab wie Kälber. Später gibt er an: »Der hab ich schon an der Pflaume gestreichelt. Das will ja jede, einfach zupacken, gibt bloß keine zu. Die wollen keinen Verkorksten, keine traurige Vogelscheuche wie dich.« Lang und breit redet er von seinem Mädchentyp, mehr mit den Händen, wie er sie rund formt, als mit Worten, die mich beschämen. »Die hat 'n Knackarsch: Üppige halten besser still, schmale zappeln.«

Ich fühl meinen Kopf rot anlaufen. Mir ist zum Heulen, dass ich so ängstlich bin. Wieder leeren wir in der CAJ eine Schnapsflasche, doch auch wenn ich kotze und im Rausch eine Weile schlafe, geht mir nicht aus dem Kopf, was er mit ihr anstellt. Er pinkelte schon in der Volksschule bis zur Decke.

Beim nächsten CAJ-Treffen klagt Caspar: »Die hat 'n andern. Ich weiß, wo die hinstöckelt, hinter welcher Haustür es passiert. Die ist wie 'ne Bombe, lässt sich immer neue Ringe schenken und zieht dauernd Neue an.« Ihn auch, aber sie wolle ihn nicht mehr. Er warte, bis endlich alles explodiert.

Hat Barbara doch den bösen Zauber? Mutter geschieden, eine Hexe! Das ist ansteckend. Schon Mauser ließ Barbara vor der Tafel knien und die Schiefertafel mit dem Satz *Ich bin dumm!* hochhalten.

Danach trinken wir von Karl-Heinz' Doppelkorn auf die Hexe. Caspar zieht ein knittriges Hochglanzheft mit nackten Busen aus der Tasche. »Boah!«

Ich schau nur mit einem Auge hin.

Auf dem Heimweg seh ich Caspar mit fünf Entenköpfen im Garten des Hexenhauses. »Was machst du?«, flüstre ich.

»Ich hab den Enten von Barbaras Mutter die Hälse durchgeschnitten und pflanz sie so ins Beet, dass sie zu Barbaras Schlafzimmer gucken: in V-Form, auf 'n Vogelflug in 'n Süden. Die wachsen wieder an, für die Hure!«

»Was ist 'ne Hure?«

»Die ist nicht mehr Jungfrau.«

Heut Nacht blinken die Sterne. Eulen schreien, Vieh brüllt.

Tags drauf schimpft Trude über mich verkommene Jugend, über Enten und Barbara. Sie war mit dem Jungfrauenverein beim Pfarrer. Seit der Verlobung schwärzt sie mich überall an. Traufeld hätt auch gesagt, Unzüchtiges passiert in Steinhop, nicht nur Barbara. »Und du«, sie zeigt mit den Krüppelfingern auf mich, »du willst auch wie früher Onkel Bruno alles besser wissen; wie schimpfte der auf die Kirche; und das mit Juden.«

Jetzt fängt sie auch mit Juden an. »Was hat 'n der gemacht?«

»Schande über uns gebracht!« Sie schluchzt. »'ne Warnung: Gegen die Kirche bringt's Unglück.«

Am nächsten Sonntag sause ich mit dem Rad im Wind freihändig zur Anna-Kapelle, Daumen in die hinteren Taschen gehakt. Ich treff Isolde um drei. Sie mag mich, weil ich zurückhaltend bin. Warum macht es *ihr* nichts, dass ich als Bauer arbeite?

Sie trägt ihr kastanienbraunes Haar offen und die Lippen glänzen in der Herbstsonne, dass mein Herz bis in die Fingerspitzen pocht wie beim Habichtshorst. Ihre warme Hand greift unerwartet fest zu. Ich lass sie nicht los. Mit jedem Schritt durchs Gras scheuchen wir Mücken auf. Wir setzen uns ans Aa-Ufer und sehen uns lange an. Sie hat Flecken am Hals. Knutschflecken? Sie errötet und legt ihre Hände in den Schoß, ihre Lippen wölben sich vor. Ich nähre mich ihr. Sie wehrt ab, lässt aber ihren Schenkel an meinem liegen.

Ihr Vater brülle sie im Suff an, erzählt sie, und ziehe ihr an den Haaren. Ich such mit den Fingern in ihrem Haar wie nach Sandkörnern. Sie springt auf und zeigt mir blaue Flecken auf dem Rücken. Was soll ich dazu sagen? Sie legt sich wieder ins Gras, bewegt sich nicht, weder weg noch zu mir hin. Mal ist mir, sie spitzt die Lippen fürn Kuss, mal starrt sie kühl und blind in die Ferne. Sie riecht nach Vanille. Ich drück ihr die Lippen auf die Backe.

»Nicht doch!« Sie schlägt die Augen nieder.

Meine Hand sucht die ihre.

»Ich weiß nicht.« Sie legt ihre Hände zusammen.

Ich zeig ihr, wie man Saft aus Taubnesselblüten saugt. »Süß, probier mal!« Ich halt ihr welche hin.

»Geh'n wir zur Kirmes?« Sie steht auf.

Mal unterm Sternenhimmel mit blinkenden Lichtern an der Rampe mit ihr *Love me tender* hören und in die Raupe steigen! Ich geh mit ihr gradwegs dorthin. Caspar und Karl-Heinz stehen schon da. Und Walter mit Barbara, ihr runder Hintern im kurzen roten Rock und darüber, vom breiten Gürtel in der Taille geschnürt, eine türkise Bluse, aus der die Brüste quellen. Die Flecken überpudert, das rote Haar hochgesteckt. Walter mag auch rotes Haar. Langsam fängt die Raupe an, die Musik dreht auf: *Love me sweet.* Ich sitz außen, Isolde, neben mir im Arm, wird zu mir gedrückt, bis sich endlich das Verdeck senkt, und ich ihr im Dunkeln bei rasender Berg- und Talfahrt auf die Wange schmatze. Zitternd steig ich mit ihr aus, kauf ein Lebkuchenherz – *Ich liebe dich!* in zuckersüßer Schrift – und häng's ihr um. Sie schaut auf den Boden. Schämt sie sich? Gern tät ich ihr Rosen schießen oder Glückslose kaufen, doch sie stellt sich mit dem Herz auf dem Bauch zu Walter und älteren Halbstarken.

»Steif wie 'ne Bohnenstange stehst du da.« Walter grinst.

Ich schau Isolde an. Sie zuckt nur mit den Schultern. Die Knie schlottern, ich renn Hals über Kopf, dass sie die Tränen nicht sieht. *Heini is doof!* Ich könnt mich erhängen, verflucht! Der Schlager *Rosamunde, schenk mir dein Herz und dein Ja* kreischt mir nach. Mädchen wollen doch keinen Bauern. Ich bin zu unsicher, aber Scheue mag sie doch. Nächstes Mal erzähl ich ihr was vom Glück, ein Bauernjunge zu sein.

Aber am Dienstag enden in Ibbenbüren die Kurse. Das halbe Jahr ist schon um. Ich hab sie bestanden, mit Zertifikat. Ich würd auch die Handelsschule schaffen, sagt Hoppe.

Traurig, Isolde dort nicht mehr zu treffen, erzähl ich Willi davon. Er sieht mich mit zugekniffenen Augen an. »Bist du in die verknallt? Nimm's nicht tragisch«, tut er lachend. »Bedräng sie nicht und Vorsicht, die klebt wie Uhu, wenn du die küsst.«

Ich muss schlucken und such ein Glitzern in den Augen, es muss ein Witz sein. »Angeber, woher weißt du das?« Er lacht nur. »Wie geht's in der Handelsschule?«, frag ich ihn.

»Ach, der Direx hat gesagt: ›Du spuckst nur große Töne, statt dich auf 'n Hosenboden zu setzen‹ und mir 'n blauen Brief geschickt. Aber ich hab's dem gezeigt: Vor Wut hab ich meine *Zündapp* auf 'm Schulhof voll aufgedreht, bin die Treppe hochgerast und volles Rohr durch die Schulgänge gebrummt. Der kriegt mich nicht, hab ich gedacht.«

»Dass du dich das traust!«

»Tags drauf hat mich der Direx rausgeschmissen.« Willi grinst. »Aber ich hab diesen Sommer auch Gutes getan, im Stillen. Hab's nur nicht erzählt. Manche halten mich für verrückt. Ich hab geholfen zu überleben, wo andere totschlagen. Ich bewahrte eine vorm Ertrinken, eine in der *Fanta* zappelnde Fliege, und setzte sie eigens in die Sonne, dass sie trocknet und weiterfliegt, ganz ohne Eigenliebe!«

Erstaunlich, wie Quatsch-Willi angibt.

57

Der Mohn verblüht, Korn gemäht, Runkelrüben geerntet. Nebel zieht kühl über die Wiesen und Wildgänse fliegen über uns südwärts. Vater und ich helfen bei Onkel Ludger und Tante Maria tagelang die Gartenmauer erneuern. Vater bringt wieder eine Schubkarre roter Backsteine. Ich greif einen nach dem andern und pack sie zu Onkel Ludger, der sie vermauert.

Die Arme tun mir weh. »Ich kann nicht mehr!«

»Onkel Ludger hat auch bei unserer Scheune mitangepackt«, sagt Vater. »Ohne gegenseitige Hilfe kann keiner bauen.«

»Otto und Ulla fassen nicht mit an!« Rotze hängt mir an der Nase. Ich zieh sie hoch, doch gleich ist die Nase wieder voll.

»Otto macht sich drüber lustig«, erzählt Onkel Ludger. » ›Quatsch Hilfe‹, sagt der. ›Nehmt Handwerker, wir leben in 'ner Dienstleistungsgesellschaft‹, hat er aus Handelsschule.«

Vater lacht. »Ist der bekloppt? Wat givt süss Neiet?«

»Nix. Wat soll't given?«, sagt Onkel Ludger.

»Wet nich. Nix.« Vater füllt wieder die Karre.

»Nee, nee – wenn's nur nich 'n Kubakrieg gibt.«

Die Mauer wächst von Tag zu Tag. Mal steht der Nachbar im Garten. »Hört auf! Die ist hoch genug.« Und später: »'s reicht, man kann nicht mehr drübersehen«, sagt er zu Onkel Ludger.

»Nu mal halblang, ich will gar nicht drübersehen.«

»Schon früher bei 'n Großeltern war die Mauer nur kniehoch.«

»Ach früher. Hast du da nicht Schnaps schwarz gebrannt?«

»Na und? Du hast damals schwarz angebaut.«

»Und du schmückst nicht mal zur Annen-Prozession.« Onkel Ludger legt die Kelle weg. Sonst seelenruhig, brüllt er fuchtig und rot im Gesicht: »Du mit SS-Runen auf 'm Arm! Hast Juden gejagt und in 'n Judenhäusern mit der Axt Klavier gespielt.«

»Ihr Scheinheiligen! Dein Schwager«, der Nachbar zeigt auf Vater, »hat auch Nazis gewählt.«

»Brandstifter! Hast die Synagoge abgefackelt und die Ruine dann mit faulen Eiern beworfen. Und dass Grünbergs weg…«

»Frag den, sein Bruder Bruno war dabei und der«, der Nachbar zeigt auf Vater, »hat aus 'm Schutt 'ne Scheune gebaut und…«

Die Nachbarin zieht den Mann rein. »Lass die alten Sachen.«

Im Mund sammelt sich Spucke. »Ja?«, frag ich Vater. »Du hast Nazis gewählt? Und die Steine… aus der Synagoge?«

Vater lacht verlegen. »Du hast doch Fliesen abgehaun.«

Schwindlig halt ich mich an der Schubkarre fest und verschluck die Spucke. Hier eine Synagoge? Und Juden, nie davon gehört. Acht Jahre lief ich am Schutt vorbei, an der Bruchsteinmauer, am verfallenen Gartenhaus und der Blutbuche, einen Steinwurf von der Kirche entfernt. Hat sich da einer erhängt, wie in der *Judenbuche* von Droste-Hülshoff, die wir in der Schule gelesen haben? Und der Brandgeruch beim Steineholen. »Das war 'n riesiges Feuer?«

»Die war klein wie 'ne Stube. Man durfte nur nicht löschen.«

»Nicht löschen?«

»Wer dagegen war, wurd gleich an die Wand gestellt. Schwiech still!« Vater mahlt mit dem Kiefer. Er war doch für die Kirche, dachte ich, ora et labora, dass es nicht so endet wie bei den Nazis. So sehr ich einschniefe, hängt der Rotzpopel am Nasenloch. Ich wisch's am blauen Jackenärmel ab, aber nur ein schmaler, weißlicher Streifen bleibt hängen. Es reicht! Mit dem Finger gegen den Nasenflügel schnaub ich den Rotz raus.

Als Ulla in blauem Rock und weißer Bluse von der Amtslehre kommt, sagt Onkel Ludger: »Feierabend. Essen!«

»Jetzt noch wat etten? Middag is längst vörbi«, sagt Vater.

»'n Schinkenbrot oder 'ne gude Mettworst?«

»Nee, is doch Friedag.«

»'n Kümpken Stipmälk un Speckpannekoken mit Koppsalat?«

»Nee, nee, dat durt to lang«, sagt Vater. »We möt melken.«

Die glitschigen Blätter auf der Straße riechen faulig.

»Was ist mit Grünbergs?«, frag ich Vater unterwegs.

»Ach, Viehhändler Swine-Emil, der lange Grünberg blieb ’s letzte Ferkelgeld schuldig. Trude sollte dafür von seiner Frau mit dem Textilgeschäft, was jetzt Pruß haben, noch ’n rotweißes Kleid kriegen. Die hat ja nur graues Zeug.«

»Und?«

»Die sind nicht mehr gesehn worden. Ach, nichts wussten wir.«

»Was nichts?«

»Schwiech still. Wieso fragst du so was?«, schreit er und fährt mit der staubigen Hand übers Gesicht.

»Wer hat ’n die Synagoge angesteckt?«

»Is lange her. Wir hatten selbst genug Unglück. Adenauer tut nichts für die Vermissten. Sozis, Nazis, alle gleich.«

»Du hast doch Nazis gewählt!«

»Hitler war für Bauern und verbot die Sozis.«

»Onkel Bruno und ihr alle wart Nazis, habt Juden gejagt und Trude wollte ’n neues Kleid!«, ruf ich zu Hause.

»Halt ’n Mund«, sagen gleich Paula und Karl zusammen.

»Nicht alle.« Trude winkt mich in ihre Kammer. »Ich war zulange still. 38 war’s schrecklich. Die Dorfjungs, die Friesen-Büllekes, waren schlimm, nicht zu bändigen, die mussten ja nicht in ’n Kuhstall. Der Friesen Anton, ’ne Schnapsdrossel, saß ja an der Quelle und Hubert, beide Rüpels, haben Juden gejagt. Ich sag doch, trinken führt ins Verderben, will ja keiner hören. Die Mama ist denen noch nachgerannt: ›Tut wenigstens den Grünbergs nichts.‹ Dem Viehhändler Swine-Emil gehörte der Synagogengrund, der war nett, brachte mir Kekse. Er wohnte da mit ’n Jungs und seiner Frau. Viele standen bei der im Textilgeschäft in der Kreide. Und ich-ich«, stottert sie, »sollte endlich ’n neues Kleid kriegen. Aber die Friesenjungs haben Schaufenster und Türen mit Stiefeln eingetreten, sich Kleider umgehängt, auf der Straße getanzt und gegrölt.« Trude hat nasse Augen. »Poggen Paul hat Stoffe und Teppiche auf der Schulter nach Hause geschleppt. Tagelang lagen Röcke und Blusen im Regen, auch das schöne Kleid mit roten Punkten.« Trude schluchzt, dann lächelt sie. Lächeln sieht bei ihr aus wie

Grinsen. Ihr Gesicht eingetrocknet, müde, mit Runzeln und tiefen Falten am Hals und grauer Schürze, die mal hellblau war.

Jetzt versteh ich sie besser als Vater, der nur von den Grünberg-Jungs erzählte.

»Die Judenjungs hatten sich in 'n Brennnesseln unter der Mühlenaa-Brücke versteckt?«, frag ich.

»Die Friesenjungs haben die da gefunden, bunt und blau gehauen, Arme und Beine zerschlagen, die ganze Nacht Schreie. Später mussten sich die Grünbergs auf 'm Börnebrink im Judenhaus einkaufen, für fünftausend Reichsmark, 'n Vermögen, um wie im Heim zu wohnen, dachten sie. Aber nach drei Monaten, Onkel Franz war grad gefallen, mussten die Armen weg.« Trude stockt und schnäuzt sich.

»Hat denen keiner geholfen?«

»Dreyerbur hat die Grünberg-Jungs 'ne Weile versteckt. Das wussten die Nazis, trauten sich aber erst nicht ran, um sich's nicht mit 'n Bauern zu verderben.«

»Und dann?«

»Weggebracht. Onkel Bruno weiß mehr, und Poggen Paul.« Trude schließt die Augen. »Keine Achtung. Vor nichts! Poggen Paul, einer der ersten Nazis, hat 'n Swine-Emil in dessen Viehwagen nach Ibbenbüren gekarrt und wurd selbst der neue Viehhändler, hat sich 'n Synagogengrund untern Nagel gerissen und bebaut. Später haben sie fast alle Juden gekriegt, wohl zwei Dutzend, alle umgekommen. Nur Helga Goldschmidt von der Leuchtenburg war mit Mann schon nach Amerika.« Trude droht mit dem Zeigefinger. »An Gott versündigt! Der Untergang! Poggen Paul, der Glatzkopf, hat am lautesten *Heil Hitler* gegrölt und schrie noch *Sieg heil* und sang *Die Fahne hoch, die Reihen fest geschlossen,* als die Russen schon über die Oder waren und die Engländer übern Napoleondamm anrollten. Nur den alten Friesenbur haben die Engländer rangekriegt, im Pferdestall erschossen, wo er die Polen wie Vieh gehalten hat.«

»Und wer hat die Synagoge angesteckt?«

»Frag Onkel Bruno, und bet Rosenkranz! Kein Denkmal ... der Judenfriedhof verwüstet.« Trude schluchzt, greift zum Rosenkranz und schickt mich weg.

Deshalb weinte sie immer.

Ich kann kaum Onkel Brunos Besuch am Sonntag abwarten. Sein

neuer *Opel* ist mir egal. Ich zeig ihm auf dem Hof im Schneematsch das Fliesenstück. »Hat Onkel Ludgers Nachbar die Synagoge angesteckt?«

»Wie, wie ko-kommst du darauf?«, stottert er und dreht den Hut in den Händen. »Weiß nicht. Ibbenbürener waren dabei.«

»Du konnt'st nicht genug auf die Kirche schimpfen!« Trude verzieht den Mund.

»Sonst hätt ich nicht studieren können. Natürlich wurden auch in Steinhop Juden vermöbelt, nach 'm Motto: *Willst du nicht mein Bruder sein, schlag ich dir 'n Schädel ein.*« Onkel Bruno sieht zur Schweinewiese. »Mit eigener Schule und Synagoge gehörten die nicht zur Dorfgemeinschaft, hatten 'ne andere Religion, waren nicht vaterländisch, wollten städtisch sein. Ich musste beim Sockenkauf aufpassen, dass sie mich nicht übers Ohr hauten. Sprechen die von *Handel und Wandel*, betrügen die.«

»Nichts durfte man gegen die Nazis sagen«, sagt Trude.

»Wer nicht für mich ist, ist gegen mich. Aber deshalb ist man kein Mörder. So schlimm waren die Nazis nicht, erst recht nicht die Steinhoper.« Sein Schnauzer ist heute breit und dick.

Trude schaut ihn böse an. »Nach 'm Krieg warst du plötzlich wieder katholisch.«

»Hinterher ist man schlauer.« Er zieht tief an der *Ernte 23*.

»Gottlos! Wer gottlos ist, wird Mörder«, sagt Trude.

»Aber in Steinhop waren doch alle katholisch«, sag ich.

Er schnippt die Zigarette weg und geht zum Kaffee in die beste Stube. Mein Herz klopft bis zum Hals. Hast du auch Juden vermöbelt? Mit dem Dolch die Grünberg-Jungs gejagt? Die Synagoge mitangesteckt? Es steckt mir in der Kehle. Wie toll fand ich Onkel Bruno, gebildet, weltmännisch. Damals Mörder – nun wieder gläubig? Die Feldpostkarten mit dem geknickten Kreuz und sein altes Foto fallen mir ein.

»Früher war dein Schnauzer schmal! Und wann ist Endsieg?«, ruf ich.

»Halt die Klappe!«, brüllt er.

Onkel Bruno, Vater, Poggen Paul: Wölfe, mit denen man heulen muss? Alle Lügner, Mörder! Sicher auch die Gefallenen! Für die hab ich Ablässe gebetet! Schlimm seien die Russen, Kommunisten bringen Katholiken um, heißt es, punktum. Steinhoper seien katholisch, keine Mörder. Hat sich einer widersetzt? Ein Gerechter auf dreitausend? Und reicht einer aus, das Dorf zu retten? Ich hab Wut wie früher, als Willi verriet, wer das Christkind ist. Ungerecht: Wieso fiel Onkel Bruno nicht statt Onkel Franz, der gegen Nazis und für Gott war? Plötzlich versteh ich Trude, dass sie alles schlimm findet. Vater ließ sich verführen, weil er verflucht ist. Darum verlor er Taufpatenkinder und tut umso strenger für die Kirche.

Vier Wochen nach Weihnachten kommt der eisige Ost gradwegs aus Sibirien, wo Onkel Franz und Onkel Otto liegen, überzieht die schwarzen Holunderbeeren mit Eishäuten und bringt tiefen Schnee und glitzernde Schlafkammerwände.

Am Samstagabend spielen wir bei *Dreilinden* wieder Doppelkopf. Die Tür fliegt auf. Friesen Christian, Friesen Antons Sohn, und Otto stürmen herein und geben eine Abschiedsrunde. Weiß Christian das von seinem Vater und den Grünbergs?

»Was is 'n mit euch Ofenhockern?« Christian mit blauer Brille, Bier in der einen Hand, in der anderen eine Zigarette, steht mit Otto grinsend mit dem Rücken zur Theke.

Otto streicht sich übers pomadig glänzende Haar. »Anderswo kann man 'n Haufen Geld machen, mit 'n bisschen Mumm in 'n Knochen. Hier sind alle so blöde.«

Die meisten schlagen die Augen nieder. Wir trinken schweigend das Bier.

»Ich wollt doch mit dir abhauen«, flüster ich Otto zu.

»Du bist noch grün hintern Ohren.«

»Soso, blöde?«, kichert Königschultenbur in sich hinein. »Habt ihr schon von Haaken Herbert gehört? Der hat aus Kerzenkettlers Jagd im Brooke fünf Fasanenküken gefangen und die dem Kerzenkettler verkauft. Der ist gefuchst.«

Alle lachen. Ich will's draußen auch zu was bringen, aber dass ich Platt kann, melken und dreschen, zählt in der Stadt nicht.

Christian und Otto bestellen eine neue Runde. »Habt ja keine Ahnung, was man draußen erleben kann. In Spanien liegen Mädchen nackt am Strand. Hier immer dasselbe, schuften wie verrückt, und am Ende bleibt doch nichts.«

Alle lauschen. Einer der Alten sagt: »Nee, am Ende bleibt nichts, gar nichts. Aber auswandern? Da muss 's Elend größer sein, ehe man sich die Wurzeln in der Heimaterde ausreißt.«

Still trinken wir, nur Onkel Ludger nicht. Er sieht Otto nicht an, starrt auf den Tisch, sagt: »Mein Otto spinnt bloß noch. Tante Maria heult nur vor Magenschmerzen.«

»*Du* spinnst! Hier tobt der Schneesturm. Im Süden muss man nicht frieren«, sagt Otto und die beiden verschwinden.

Am Sonntag spricht sich rum, dass sie mit Geld, *Mercedes* und Pistole von Christians Vater auf und davon sind. Die erleben was, wie Onkel Bruno früher.

Könnt ich doch mit!

58

Im Winter sucht Karl im *Landwirtschaftlichen Wochenblatt* einen alten Trecker, Miststreuer, Hänger und Vierfachpflug.

»Verdienst du dafür genug bei Textil-Kümpers?«, fragt Vater.

Sicher jammert Vater gleich, wenn ich die Billionen in der Zigarrenkiste durchblättre. Tatsächlich! »Wie man's macht, is es verkehrt«, klagt er. »Gespart, gespart, die Inflation hat alles gefressen, 1923 kostete 'n Brot 'ne Billion.«

Nicht meine Schuld; soll er doch klagen. Extra sag ich: »Ich krieg nie was. Ich will auch 'n Moped wie Otto!«

»Nichts haben wir uns gegönnt, jeden Nagel glatt geschlagen, jeden Stein gesäubert, und du?« Wirklich, er hebt den Kopf und schaut grämlich, ihm zuckt sogar die Hand. »Undankbar bist du, hochmütig. Was hab ich für euch gerackert, Schulden abbezahlt und hab auch nur 'n paar Schuhe, 'n Anzug, sonst nichts. Sicher hast du wenig gekriegt, aber man muss bescheiden sein.«

Mit dem Jammern will er mich nur gefügig machen. Ich schließ den Kasten. Er klagt weiter: »Alles wird teurer, nur Milch, Getreide und Fleisch werden billiger. Ferkel kosten nur noch fünfzig Mark. Das führt ins Unglück!«

Ich hör nicht hin. Wär'n doch die Schulden durch ein Wunder weg und der Hof gerettet!

»Wer hackt noch Unkraut von Hand? Über zehn Hektaren lohnt sich 'n Trecker. Von nichts kommt nichts.« Karl kratzt an Kinnpickeln. »Gress lassen Kartoffeln mit 'm Vollernter, Getreide mit 'm Mähdrescher ernten und holen nur die Strohballen ein.«

»Das ist so teuer, dass sie nächstes Jahr keine Kartoffeln mehr anpflanzen und kein Getreide aussäen«, sagt Vater. »Im Dorf gibt's schon keinen Bauern mehr. Die Siedlung wächst über die toten Höfe in die Aa-Bauernschaft. Selbst Fünfzig-Hektar-Höfe hören auf. Übrig bleiben Großbetriebe mit Zuchtställen.«

Am ersten Märzsamstag steuert Karl einen grünen *Deutz*, mit Frontlader und Miststreuer, auf den Hof. Vater verschränkt die Arme und sagt gegen den Lärm: »Was is 'n das?« Als hätt er noch keinen gesehen. »Er kann ja kaum durch die Einfahrt!«

Karl springt runter, stellt einen Fuß aufs Vorderrad und lehnt sich gegen die vibrierende Haube. »Mit dem Frontlader ist der Mist an einem Tag auf 'm Acker.«

Ein Wunder! Nie mehr mit der Forke Mist aufladen.

»Bei dem Motorengeheul ist's mit der Ruhe vorbei.« Vater klagt, dass mehr Trecker, Milchwagen, Selbstdrescher und Motorräder lärmen. »Im Dorf überfahren Autos alte Leute.«

Ich staune, wie schnell sich alles ändert.

Vater setzt den *Deutz* in Gang, findet aber die Bremse nicht. Mehrere Wiesenpfähle müssen dran glauben. »Nicht zu bändigen, nie wieder fahr ich«, sagt er.

Dann dreh ich einige Runden und schau stolz, dass auch wir so was Modernes haben und ich damit umgehen kann, auf ihn herab. Jetzt wird's unserm Hof endlich besser gehen!

»Gar nicht schlecht, hätt ich dir nicht zugetraut; darfst du nun immer«, sagt Karl, was mich ärgert.

Nach dem Essen fährt Karl mit dem Vierscharpflug pflügen. »Zur Seite!«, schreit er, dass Drosseln auffliegen. An der Hofeinfahrt queren Hühner vor Schreck noch schnell vorm Trecker den Weg, eins stürzt unters Vorderrad. »Blödes Huhn«, sagt Karl. »Aber lieber 'n Huhn als 'ne Oma.«

Die ruhigen Wallache rollen vorm Trecker scheu die Augen. Wir haben für sie kein Gnadenbrot. Bald wiehern sie nicht mehr. Der Glatzkopf Poggen Paul lädt sie fürn Schein ein, zum Verwursten. Vater hat Tränen in den Augen. Nie wieder reite ich zur Schmiede. Die Pferdewiese mit dem alten Birnbaum weicht dem Maissilo für Bullen, die nur noch im Stall stehen, auch im Hühnerstall, obwohl Vater beklagt, dass nach den Gänsen und Bienen nun auch die Hühner wegkommen. Und der Schmied hämmert nicht mehr. Statt nach Holzkohle und verbranntem Horn riecht's nach Schmieröl. Pferde laufen wohl bloß noch bei Springtournieren im Fernsehen. Gress' Wagenmacher *repariert* nur noch Leiterwagen, der Junge macht's nicht weiter. Auch Rühles Holzschuhmacher hat kaum noch zu tun. Holzschuhe trag ich nur noch zu Hause.

Ich fahr gern Trecker, aber ohne Karl muss ich die schwere Arbeit machen wie Garben hochstechen. Doch nie mehr Mist von Hand aufladen, das gefällt mir mehr als das Gerede, es sei gottgefällig, sich mit Arbeit aufzuopfern.

»Mistaufladen war 'ne Skavenarbeit«, sag ich zu Vater.

»Sicher hast du's mit der Arbeit schwer gehabt, geheult beim Garbenschmeißen, aber wir können's uns nicht aussuchen. Was man tun muss, muss man tun. Gott hat uns hierher gestellt und wir haben nicht gehungert.«

Eine Woche später kommt Karl mürrisch wieder. »Kümpers macht dicht. Asien liefert Textilien billiger.« Er steht nun ohne Arbeit da. »Die Bauern können nicht raus aus Steinhop. Italiener und Türken kriegen die Arbeit, schon über 'ne Million in Deutschland, schreibt die Zeitung. Heiraten kann ich auch nicht, wo hier noch so viele Blagen sind. Welche will überhaupt noch 'n Bauern?« Er kratzt sich wieder an Pickeln.

Vater wird unruhig. Nach zwei unbezahlten Raten droht der Sparkassenmann, den Trecker abzuholen. Und das Dach muss erneuert werden, es regnet durch. Aber Karl findet eine Hilfsarbeit auf dem Steinhoper Flugplatz. Paula muss weiter mitarbeiten und später heiraten. Anna bleibt Ostern nach der Schulentlassung auf dem Hof.

»Auf jeden Fall«, sagt Vater, »bei der Ernte und in 'n Gemüsebeeten ist viel zu tun.«

»Anna ist schwach«, sagt Mutter, »'n Haushaltsschuljahr tät ihr gut. Gress legen Rasen und Rosenbeete an.«

»Wer 'n Gemüsegarten aufgibt«, schimpft Vater, »muss für Gurken und Zwiebeln ins Geschäft. Wer' s letzte Huhn schlachtet, muss Eier kaufen. Anna kann später in 'n Haushalt oder auf 'ne katholische Haushaltsschule.«

Anna schweigt erst. Sie tut mir leid, aber ich muss ja auch. Sie will mit achtzehn ins Kloster, das kann keiner verhindern, sagt sie dann, nicht mehr trotzig, sondern lächelnd. Sie betet sogar freiwillig Rosenkranz, immer fröhlich, irgendwie überirdisch, dass es auch Mutter nicht geheuer ist.

59

Ewig zieht sich die Woche dahin, bis Tonius Freitag und Samstag mit uns in den Recker Forst zelten fährt. Warm weht der Aprilwind über die gelben Forsythien. Ich mit der besten kurzen Hose, weißem Hemd und Evas Kniestrümpfen. Am Lagerfeuer singen wir das Freundschaftslied zu Tonius' Gitarre. Schön, wirkliche Freunde! Mit denen kann ich über Mädchen reden.

»Die haben auch nur Schiss«, sagt Tonius. Sein pomadiges Haar, gewellt wie Jakobs, glänzt vom Feuer. Weil ich aber bei der Nachtwache einschlafe und uns eine Bande eines fremden Jugendlagers überfällt, alle Heringe rauszieht, Zelte umreißt und Wimpel klaut, beschimpfen mich alle als Pflaume und wollen mich verdreschen. Tonius stellt sich zu mir, sein Parfüm berauscht mich, er legt den Arm um mich, und brüllt sie an. Sie weichen zurück, nur Caspar mault ihn an: »Was mischt du dich ein?!«

Müde am Sonntag kann ich nach dem Messdienen das Ende der Bibelstunde kaum abwarten. Diesmal geht Wolfgangs Korn rum. Tonius stößt auf Freundschaft mehr als sonst mit an. Erich mit korngroßen Stirnpickeln brabbelt übern geklauten Wimpel. »Heini is schuld dran!« Er stützt sich schwankend auf den Tisch und wirft sein Gebetbuch, vorbei.

»Du grunzt wie 'n Schwein«, sag ich.

Karl-Heinz hebt auch die Fäuste. »Du Arschgeige!«

»He, du Achtel Portion!« Caspar droht mit einem Stuhl.

Alle taumeln. Nur Tonius verteidigt mich wieder. Hätt ich den doch als Vater. Angestellt bei der Sparkasse, redet er freundlich und streicht mir über die Schulter, wie keiner zu Hause. Er riecht nach Zigaretten und Parfüm. Er vertrete eine moderne Kirche und verstehe mich und wie tyrannisch Vater ist. »Ich kann's mir gut vorstellen: Dein Papa fürchtet, du bist freier als er. Du sollst bescheiden sein. Er steht als Versager da, wenn du es trotz aller Quälerei weiterbringst als er. Blass siehst du aus, hast du Kopfweh?«

Wie ruhig er jedes Wort ausspricht, als wär er nie geprügelt worden. Er hört mir zu und lobt mich. Seltsam, ein Mann versteht mich. Er fragt, wie Vater mich schlägt, ob er mir die Hose runterzieht und wie tief ich mich bücken muss. Ich schau ihn an. Wir trinken weiter.

Außer aufs CAJ-Treffen sonntags freu ich mich die ganze Woche auf die Tanzschule am Samstag. Schlimm nur das Rumhampeln mit der pummligen Thea. Könnt ich doch mit Barbara eng wie Willi tanzen. Erst Hofharken. Kathrin läuft ins Geharkte, sie hört nicht. Ich zieh sie am Ohr auf den Mist. Wer nicht hören will, muss fühlen. Sie schreit wie die Feuerwehr.

Eva hat einen neuen Freier, Markus. Er kommt schon ins Haus. Ein fleißiger katholischer Bauer, so einer ist Vater recht. Feingemacht im Kostüm mit rundem weißem Kragen, nimmt Eva in der Küche die Schlagerparade mit Tonband auf. Wir üben Foxtrott, Walzer und Hully Gully. *Pack die Badehose ein …* rechts vor, links seit … und stoßen zusammen. Beharrlich zeigt sie mir, wohin ich welchen Fuß stellen muss, wohl weil ich wegen Alois zu ihr hielt. Über den hör ich nichts mehr. Ich staune: Sie will nicht mehr in die Stadt und glaubt, doch beim Bauern richtig zu sein.

Markus kommt, sagt »Tach«, drückt lachend Evas Hände so fest, dass sie aufschreit, und umarmt sie, als wären die fünf Zentimeter, um die er sie überragt, fünfzig. Anders als Job sitzt er wie ein gutmütiger Ochse lange da, presst die Lippen zusammen und schiebt den Mund vor, ohne ihn aufzumachen, bis sie tanzen gehen. Der größte Stockfisch. »Du warst so lustig mit Alois«, sag ich Eva. Sie wird traurig, nur 'n Moment.

Auf dem Weg zur Tanzstunde in Frieses Saal radelt Isolde vorbei, schon im Sommerkleid, grün mit weißen Punkten. Sie lächelt. Meint sie mich? Sie dreht sich aber nicht nach mir um. Seit Lehrgangsende treff ich sie kaum und wenn, trau ich mich nicht, mich mit ihr zu verabreden. Erkennt sie mich nicht? Ihr Hintern wiegt sich überm Sattel hin und her und zittert vom Holpern übers Kopfsteinpflaster. Ich muss ihr nachsehen und mir fällt sogar in der Fastenzeit was ein, was mir schwerfällt zu beichten und wofür Traufeld einen Rosenkranz aufgibt.

Vor der Tanzschule steht Willi im karierten Pullover mit Mecki ans Moped gelehnt, raucht eine und unterhält sich locker mit Cilli und anderen Mädchen, und sie lachen über seine Witze. Keine stört sich offenbar an seinen abstehenden Ohren und keine beachtet mich. Mit dem Moped kann er jede zum Tanzen mitnehmen nach Hörstel oder Recke. Manche tragen einen kurzen Rock, dass es mich durchrieselt wie im siebten Himmel. Die meisten überragen mich mit ihren Stöckelschuhen. Bestimmt will keine einen so Kleinen. Cilli mit toupierten Haaren im rotweiß gewürfelten Rock trägt eine himmelblaue Bluse mit viel drin. Seit es beim Schützenfest wegen Barbara und Walter so kribbelte, muss ich bei allen darauf gucken. Barbara fehlt heute, es sei was Schlimmes passiert, keiner weiß was.

Der Tanzlehrer zeigt auf die Uhr, los geht's. Cilli stellt sich zu Franz-Josef. Ihm werfen sie sich an den Hals. Der hat eine Zukunft, sein Vater hat ihm schon Baugrund gekauft. Cilli und andere, die im Büro verdienen, putzen sich mit schicken Blusen, weißen Schuhen und eierschalfarbenen Handtaschen raus. Ich kneif die Lippen über die vorstehenden Zähne zusammen. Sicher liegt's an meiner Hühnerbrust und den fehlenden Haaren darauf. So schmale Schultern sind eine Schande fürn Jungen. Statt Bart nur Pickel und die Hinterkopfdelle. Was bin ich doch fürn Trottel. Nur die gutmütige Thea mit langem Kleid bleibt für mich. Bei der Verlobung war sie ja nett; nun nörgelt sie, wenn ich nicht im Rhythmus tanze. Mit dicken Brüsten sieht sie von der Seite so breit aus wie von vorn. Mit Vortanzen blamieren wir uns bis auf die Knochen, dass ich krebsrot werde.

Tanzen ist wie Schmetterlinge flattern, trichtert uns der Tanzlehrer ein, über die Tanzfläche schweben. Mit Barbara oder Isolde ging's bestimmt besser. Willi sagt, Isolde gehe mit Wolfgang. Sicher vergackeiert er mich wieder.

Am Palmsonntagmorgen ist die Kirche zum Hochamt am Karwochenanfang übervoll. In den Gängen und auf der Empore stehen noch Männer.

»Früher war Steinhop schon mal verkommen, vor der Zeit unseres verehrten Pfarrers von Ketteler!«, donnert Traufeld im rotweißen Gewand in der Bußpredigt zur Fastenzeit, »da kam auf dreißig Kinder ein Uneheliches.« Totenstille. Weihrauchdunst flimmert aufgewühlt in den Sonnenstrahlen. Selbst hinten verstummt 's Murmeln über Ferkelpreise und Wetter. »Das Schlimmste aller Laster, die Haupttodsünde.« Er schleudert die Sätze wie Keulen von der Kanzel. »Es sind drei«, sein Hals schwillt an, »drei Jungfrauen in Steinhop haben Unzucht getrieben!« Sein Kopf glüht. »Drei!«, schallt's wieder. »Der Herr erbarme sich ihrer!«

Stille, als wär Jüngster Tag, starren alle zum Pfarrer, wie er mit gestrecktem Arm über uns ins Leere sticht. Der Jungfrauenverein hat wohl wieder bei ihm geklagt. Trude, vorm Marienalter, hält sich die Hand hinters Ohr, dass ihr nichts entgeht. Jeder sieht, wie fromm sie ist. Nur die ganz hinten Stehenden, die, fast draußen, auf Bier und Schnaps warten, nehmen's wohl lockerer auf. Der Pfarrer zeigt aufs Marienaltarbild mit der Himmelfahrt und brüllt: »Die Fackel der Reinheit muss alles Unkeusche versengen bis auf die Grundmauern, mit Stumpf und Stiel!«

Mir sträubt sich das Nackenhaar, ich zittre. Welche drei? Ich hab Barbara beobachtet, gegen das sechste Gebot, auf ewig verdammt! Die Apostel an den Pfeilern scheinen mir zu schwanken, der Heilige Geist, das Jüngste Gericht an der Decke und die über uns hängende Strahlenkranzmadonna. Stürzt sie herab und spießt sie Sünder mit den spitzen Eisenstrahlen auf?

Ich reck mich und seh auf der Mädchenseite Barbaras rote Haare. Davor kauern Gress und Brüggen in den Bänken. Traufeld haut auf die Kanzel. »Sodom und Gomorrha.« Dumpf hallt's in der Kirche von Hexenverbrennung und reinigendem Dornbuschfeuer. Steinhop kommt in Verruf. Wird's zerstört? Der Pfarrer sieht mich und weiß, wir gehören nicht zu den Bösen, der frömmste Ort Westfalens, im Schatten vom Kölner Dom, von Münster und Paderborn. Mein Mund wird trocken. Barbara hat die Schule nicht geschafft, jetzt hat sie getan, was man nicht tut. Dafür brennen Hexen. In der Hölle ist der Schrecken ewig.

Der Pfarrer stampft auf, die Kanzel bebt, schwer wie er ist, und er fuchtelt in den Weihrauchdunst, Hände und Augen gen Himmel. »Nur wer der Versuchung widersteht, geht ein ins Ewige Licht!«

Barbara, ein gefallenes Mädchen. Mich friert's. Alles wie unwirklich, dumpf wie hinter Glas hör ich Traufeld Pille, Wirtshaus, Fernseher und Kino als Teufelszeug verfluchen und die Unzüchtigen als zu exkommunizieren brandmarken. Die Köpfe drehen sich zu den roten Haaren, strecken sich, scheu oder frech gegen sie. Barbaras Mutter steht plötzlich auf, klemmt 's Gebetbuch unterm Arm, kniet im Gang, bekreuzigt sich und verlässt schamrot die Kirche, ohne aufzusehen. Barbara folgt ihr mit rot verweinten Augen. Die Arme, sie war so lustig, nur, mit Walter hätt sie es wirklich nicht machen müssen.

»Pfui, hol dich der Teufel!«, ruft die Bäckersfrau. Barbaras Hände verkrampfen sich um den roten Schal zitternd ineinander, wie um Walnüsse zu knacken. Verkrampft schaut sie nieder, nur bei Walter sieht sie auf und starrt ihn an. Der dreht den Kopf weg, gemein!

»Dem schlechten Gewissen entkommt man nur durch Buße«, predigt Traufeld. »Schon Ketteler bekämpfte hier die Sünde liederlicher Burschen und Mädchen und St. Georg beschützt mit der Lanze alles, was sich im Kirchenschatten tut, vor Überschwemmung, Dürre, Seuche und der Unzucht.« Alle senken die Köpfe, nur Walter guckt starr und schlägt die Augen nicht nieder, nicht mal vorm entrüsteten Blick des Pfarrers. »Tut Buße«, wiederholt Traufeld. »Viele könnten mehr spenden, nicht nur mit Münzen klingeln. Ich will Scheine in der Kollekte für die Turmrenovierung sehen! Statt sie bei *Dreilinden* zu vertrinken.«

Als hätten wir Scheine zu verteilen!

Warm fährt der Wind durch die kahlen Lindenäste auf dem Marktplatz unter dunklen Wolkenballen.

Ich hör die Alten sagen: »Barbara ist 'ne Hure. Dass Mädchen so dreist Schweinkram machen, hätt sich keiner träumen lassen. Nur Lotterleben! Sind noch Backfische und werfen sich den Mannsleuten an den Hals. Für Gefallene führt der Weg, wenn sie nicht heiraten, ins Wasser oder ins Kloster.«

Mich fröstelt's. Wie gefährlich ist alles.

»Kommt da die Polizei?«, frag ich.

»Wer hier was verbricht, dem machen *wir* 's Leben zur Hölle, drauf kannst du Gift nehmen«, sagt Brockmöllerbur grinsend.

»Aber Barbara war wirklich nett«, sag ich. Ich seh noch ihre Brüste am Recker See aus dem BH rutschen.

»Kein Anstand hat die, trägt nicht mal mehr 'n Kopftuch«, sagt Trude, »arm, aber Seidenstrümpfe und Stöckelschuh.«

»Die hätt dich als Anstandsdrachen gebraucht«, prustet Schlachter-Gerd los, »oder die Pille.«

»Pille! Ihr verdammten Sozis, wohl auch noch Abtreibung«, sagt Königschultenbur.

»Na und? Ist die Natur gesund und stark, muss sie ferkeln. Das ist der Lauf der Welt.« Schlachter-Gerd lehnt sich an die Marktplatzlinde. »Man vermisst eher des Nachbarn Bullen als die eigene Unschuld.« Er lacht schallend und kriegt sich nicht wieder ein. »Scheinheiliges Gerede von Nächstenliebe! Behandeln die, als hätt die Lepra, immer mit 'n Namen vom lieben Gott im Mund. Vorn so rum, hinten andersrum.«

Auch ohne Häckselpfad spricht sich rum, wer der Übeltäter war.

Barbara war Haushaltshilfe bei Haakbur. Dessen jüngster, der Herbert, in der Schule auch eine Niete, war's, aber er leugnet's.

»Solange er sie nicht heiratet, ist er 'n Kinderschänder und Verbrecher«, sagt Trude.

»Woher weißt du das?«, frag ich sie.

»Der Wind verbreitet in Steinhop Gerüchte. Der Alte hat den jungen Schnösel nicht umsonst halbtot geprügelt. ›Wenn du die nicht heiratest, erschlag ich dich eigenhändig!‹ So hat Haakbur auf ihn eingedroschen, bis er's versprach.«

Über Walter spricht keiner.

Man traut's Bauern wohl nicht zu.

In der CAJ-Bibelstunde streicht der Vikar ernst das Haar aus dem schmalen Gesicht. »Schlimm, wenn die eigene Familie die Tochter mit einem Bastard aus dem Dorf treibt. Barbara malocht monatelang bei Haakbur, früh um fünf raus, melken und Schweine füttern, Gemüsegarten jäten, Essen kochen und aufs Feld bringen, Betten machen, Kinder füttern und wickeln, abwaschen, Milchkannen schleppen. Nie vor zehn, elf ins Bett. Nicht mal eine Tür zum Abschließen. Das hätt sie vor der Schande bewahrt, vorm ganzen Dorf als Sünderin zu knien.«

»Ist es wirklich 'ne Todsünde?«, frag ich.

»Gott liebt den Sünder«, sagt er zögerlich. »Wir dürfen Barbara nicht verdammen. Jesus hat Maria Magdalena auch verziehen, das ist Nächstenliebe!«

Als ich Barbara im Dorf treffe, sag ich ihr, ich find sie toll und tanz gern mit ihr. Sie soll nicht kleinbeigeben. Doch sie schließt ihre verweinten Augen und weicht aus. Sie spricht mit keinem mehr, aber ich kann mich bestimmt mit ihr anfreunden. Auch Haakbur seh ich nur noch selten. Verdüstert geht er zur Kirche und ohne Frühschoppen heim und meidet die Hauptstraße. Selbst Kinder schauen weg. Er trinkt mehr als früher, sagt Karl, und bringt schon frühmorgens auf wackligen Beinen benebelt die Milch zur Milchbank. Herbert fliegt aus der katholischen Landjugend, Barbara aus der Jungfrauenkongregation.

Ostern soll Verlobung der sechszehnjährigen Barbara mit dem neunzehnjährigen Herbert sein. Zur Einladung schreibt Trude:

Grüß Gott, Barbara und Herbert!

Die Heilige Euthymia hat gesagt: ›Fleischliche Unzucht ist mir der größte Gräuel.‹ Ihr habt Christus gequält, gegeißelt, mit Dornen gekrönt und gekreuzigt. Wollt Ihr dazu noch den kirchlichen Segen? Zu solchem Spott kann ich weder kommen noch gratulieren. Bekehrt Euch und bereut.

Ich bete für Euch!

Trude.

Trude trägt, noch frommer als sonst, Bilder und Texte über Euthymias letzte Wunderheilung zu Nachbarn, unbeirrt vor sich her wie der Pfarrer die Monstranz. Zu Brügges geh ich mit. Trude lässt sich auf den Stuhl fallen, von Emma Kaffee bringen und schimpft: »Die Kirche ist nicht mehr wahrhaft religiös. Wer betet noch täglich Rosenkranz? Der Pfarrer isst zu viel. Der Vikar trinkt zu viel. Der Kirchenvorstand, Kerzenkettler und Dokor Löbbert machen Witze über Fromme, wirtschaften in die eigene Tasche, haben Hausmädchen, Telefon, Auto, Fernseher, spenden aber kaum und gehen weder Ablassbeten noch zur Frühmesse. Nur im Hochamt sitzen sie vorn, damit's jeder sieht. Früher blieb ohne Grund keiner fern. Jeder saß bei seinem Messingschild.«

»Ach, du lieber Himmel«, sagt Emma. »Mein Rudolf sagt immer: ›Die Mädchen sind falsch wie Geld.‹ «

»Die ungezogene Jugend bringt die frommen Alten ins Grab«, sagt Trude mit Rosenkranzblick.

Mir wird speiübel. »Gemein, abfällig über die zu reden. Verzeihen ist Nächstenliebe! Barbara hat's längst bereut.«

Emma lacht. »Barbara is eine, man hört allerhand. Wer nicht mit Kartoffeln auf'n Augen rumläuft, weiß es. Das Luder lief rum ohne BH in 'ner Taftbluse, lachte wie verrückt, und Haaken Herbert düste los, mit ihr hinter sich auf'm Moped.«

»Was is 'n schlimm dran, wenn man schön ist?«, frag ich.

»Halt du 'n Mund!« Trude holt den Rosenkranz raus. »Die ist noch 'n Kind und kriegt schon eins. Das kommt davon, 'n Uneheliches is 'n Nichts, 'n Bastard. Einfache Mädchen müssen wissen, wo sie hingehören. Rumstolzieren ist Fleischeslust und Gotteslästerung. Und sie wollen die Pille, wo der Papst im Radio gegen die Pille als Todsünde predigt.«

»Ist Radio nicht Teufelszeug?«, sag ich. Sie überhört's.

»Barbaras Mama hat sie am Haar durchs Haus gezerrt«, sagt Emma.

»Wie sie schimpfte, kann ich nicht wiederholen, aber Barbara schrie: ›Eher bring ich mich um, als den heiraten.‹ «

»Und wenn sie den Herbert nicht liebt?«, sag ich.

»Bei 'n Bauern Liebe erwarten ist wie Milch aus vertrockneten Eutern!« Emma schlurft lachend zu Spitz und streichelt ihn. »Es ist leichter, Tiere zu lieben als Menschen.«

»Zu Euthymia beten hilft gegen Unzucht.« Trude legt die Schriften auf den Tisch.

»Lies das nicht, wirf's weg«, sagt Willi zu Emma.

»Ich tu's in die Schublade. Wer weiß, wozu's gut ist.«

Spitz leckt an Trudes Schuhen, hebt 's Bein und bepinkelt sie.

»Ach, du lieber Himmel«, sagt Emma.

»Es kommen schlimme Zeiten!« Trude humpelt nach Hause.

Ich halt Trudes heiliges Getue nicht mehr aus. Abends im Bett hör ich sie noch in der Küche reden: »Der Haaken is 'n Liederjan.«

Ich halt still, aber das meiste versteh ich nicht. Karl atmet ruhig, Blätter rascheln, eine Kuh brüllt brünstig. Schritte schlurfen durch den Flur. Licht wird ausgeknipst, die Wasserpumpe geht an. *Es wegmachen* fällt mir ein, wozu der Pfarrer *unmoralisch* sagt. Die Wasserpumpe hat zu Ende gepumpt. »Barbaras Mutter weiß mehr als wir, ist wirklich 'ne Hexe, glaub mir«, hat Emma gesagt.

Mir fallen wieder die abgeschnittenen Brüste der Heiligen Barbara ein und wie Barbaras Brust aus dem Bikini quoll und sie von der Beichte mit dem Kribbeln beim Vikar erzählte. Ist sie mit roten Haaren doch eine Hexe? Karl dreht sich um im Bett. Wenn sie nur nicht ewig in der Hölle brennen muss. Gern ließ ich mich von ihr auf dem Schützenfest übers Haar streichen. Nur nicht an den kurzen Rock denken, mir wird heiß. Im Traum schauen mich ihre Augen an. Die roten Haare brennen lodernd.

Wie ein Lauffeuer rast die Nachricht am Karfreitag übern Marktplatz: Barbara ist ins Wasser gegangen. Haare wirr über die Augen, wie bei Vaters Patenkind Annegret, hat man sie im Heiligen Meer gefunden. Bedrückt stehen die Leute. Sterben ist wie das Erlöschen einer Kerze, wenn ich sie mit dem Blechhut ausmach und eine Dampfwolke entweicht. Barbaras Seele sinkt mit Flecken in die Hölle.

»Fürchterlich, sich umzubringen«, sagt Tonius. Schon vorher versuchte eine aus seiner Klasse, sich die Pulsadern aufzuschneiden. Ich schweig entsetzt, könnt nur stammeln und weinen. Warum tut Barbara das, lustig, wie sie war?

»Die haben's gemacht«, sagt Caspar. Als ich ratlos schau, zeigt er es wieder mit den Fingern. »Ficken, davon kriegt man 'n dicken Bauch, wie zwei Hunde Liebe machen.« Er tut so, als wüsste nur er das.

»Ficken muss eklig sein«, sagt Erich. »Aber es wird schon was dran sein, sonst täten sie's ja nicht. Bloß, deswegen ins Wasser gehen … Jetzt ist die Stimmung total im Eimer.«

»Sich ertränken tun nur Weiber«, sagt Caspar.

»Anita, die zweite von den dreien, schon achtzehn, ist auch weg, sicher nach Lengerich«, sagt Tonius. Sie ist mir nie aufgefallen. »Die wollt auch ins Heilige Meer gehen. Ein Ami-Soldat vom Fliegerhorst hätt ihr eins angehängt, sagt sie. Die gehört ins Zuchthaus, die hat 's Neugeborene in 'n Müll getan.«

»Wie kann man so 'n Rattengesicht«, Erich schüttelt den Kopf, »mit Biberzähnen und fliehendem Kinn bloß küssen?«

»In der Not frisst der Teufel Fliegen«, sagt Caspar.

»Davon haben wir ja genug«, sagt Willi.

Huilmanns Anni sei auch so eine, die Nummer drei, schon hochschwanger. Eine Woche später hat sie eine schlimme Totgeburt und es heißt: »Die kriegt keins groß, die ist verhext!«

Der kleine Sarg wird still im strömenden Regen, mit Tränen ohne Unterlass, auf den Friedhof geschafft. Ich hör Annis Schluchzen wie einen Wahnsinnsanfall beim Messdienen.

Alle wissen von Barbaras Begräbnis im Dunkeln irgendwo in Hollings Busch hinterm Friedhof. Keiner sagt mir, wo genau.

Mit dem Glauben stimmt was nicht.

Die treiben Barbara in den Tod! Mörder und Lügner. Gläubige als Wölfe, mit denen man heulen muss. Wieso hab ich das nicht schon früher bemerkt? Auch der Pfarrer. Ich bemerke, dauernd verfluch ich ihn und Gott in Gedanken, hastig stoß ich die Worte stimmlos aus, bitte gleich um Verzeihung, aber wiederhole sie. Ich erschreck: Sünde! Tu ich mir mit dem Glauben selbst was Schreckliches an? Wenn mein Röhrchen kitzelt, streichle ich es jetzt. Von wegen Sünde. Blöd, sich deswegen zu schlagen.

»Barbaras Selbstmord is auch deine Schuld«, sag ich Trude.

»Bist ja unwies!«

Mit Wut geh ich zu Emma. »Du hast gesagt, Barbara is 'ne Hexe. Wär sie eine, hätt sie sich nicht umgebracht.«

»Ach, was weißt du schon.« Sie lacht und schiebt mich raus.

»Du schlurfst wie 'ne Hexe!«, ruf ich. Ich kann ihr Gerede nicht mehr hören. Sie kennt die Welt, ihr Rudolf ist Eisenbahner, dachte ich, aber der Schrankenwärter sieht den Zügen nur nach und sie kommt auch nie aus Steinhop raus.

Eine Woche nach Ostern. Die Eichen blattlos, alle Zweige voll lärmender Krähen. Im südspanischen Tarifa haben sich Otto und Christian mit dem *6mm-Engelmacher* von Christians Vater erlöst, steht in der *Volkszeitung*, mit Tagebuchauszügen: *Wenigstens können wir richtig einen draufmachen. Wir hatten von Steinhop die Schnauze voll und verschwinden. Endlich Ruhe vor den Scheinheiligen im Bauernkaff! Den Entschluss abzuhauen*, schreibt Otto, *hätte nur Barbara ändern können. Schade, dass sie mich als Vater des Kindes nicht wollte. Die anderen versteh ich eh nicht. Nur Mutter tut mir leid.* Ins Heft sind lauter Grabkreuze gemalt. *Meinem Vater konnte ich es mit seinem Hart-wie-Kruppstahl nie recht machen*, schreibt Christian. *Der macht sicher einen Riesen-Hermann davon. Mir egal. Schön war nur, sich mit ihm im Cockpit seines Starfighters auszumalen, russische Flieger abzuballern.*

Die Jungs werden zum Fliegerhorst Steinhop geflogen. Ein Gabelstapler holt die Särge raus.

»Wie konnt sich mein Otto nur vom Friesen Christian verführen lassen?«, klagt Tante Maria. Als Ottos Sarg beinahe aus den Seilen rutscht und ins Grab stürzt, flüstert sie: »Bei dem geht auch alles schief.« Ulla heult. Mutter steht unbeweglich am Grab, ihr Gesicht hinterm schwarzen Schleier. Vater sagt die ganze Zeit nichts. Es ist gespenstisch still, was mich frieren und schwitzen macht.

»Die besudeln Steinhop. Einer aus Steinhop bringt sich nicht um!«, sagt Gressbur beim Leichenschmaus. »Die haben nicht richtig getickt. Eure Tante Maria ist jetzt die Rabenmutter, aber so viel Pech hat sie nicht verdient.«

60

Unter Trommelwirbel zieht der Neue mit der Königskette vorm Bauch in großen Schritten in Frieses Tanzsaal ein. »Jetzt wird getanzt«, verkündet Dreyerbur, diesmal Gewinner des Scheibenschießens, und winkt mit der blauseidenen Schärpe. Ich wink zurück. Drosten Walter stellt grinsend die Stadener Hubertus-Schützenfahne hinter ihm ab. Musikanten spielen auf, der Saal wogt voll hin und her, unter Blumengirlanden, die sich in der Mitte mit einer Krone kreuzen.

»Du stehst da schüchtern wie mit 'nem Sack Kartoffeln auf 'm Buckel«, pflaumt Willi mich an. »Wozu kommst du überhaupt, wenn du nicht mit 'n tollen Bräuten tanzt, haha!«

Wär ich doch auch ausgelassen. Immerzu denk ich an Barbara, an ihre Brüste auf dem Schützenfest, und es macht mich traurig. Sie schaute mich so an, dass ich von ihr träumen musste. Da dachte ich noch, das ist Sünde, die roten Haare, eine Hexe, eine Versuchung des Teufels. Hätt ich sie doch geküsst. Ich will mutiger sein, egal, was der Pfarrer sagt. Ich kann mit der CAJ-Nadel am Revers glänzen. Die Biere drücken. Ich geh aufs Klo, mich frisch machen, Kragen von Schuppen säubern, Schlips glattziehen. Wieder neue Pickel. Dann ist grad ein Tanz zugange, verdammt und zugenäht, was jetzt? Noch ein Bier. Ich hab doch genug geübt mit Eva. Aber so leicht geht's mit den Schmetterlingen nicht, wie der Tanzlehrer sagte.

»Halt die Ohren steif«, sagt mir Eva in weißer Bluse und schwarzweiß kariertem Plisseerock, unter dem Petticoat-Spitzenstoff wieder schief hervorschaut. Sie tanzt mit dem Stockfisch Markus, Paula mit dem krummbeinigen Job, Anna mit dem Tanzschulpartner.

Karl steht auch wie ich an der Theke. »Kommt Zeit, kommt Rat«, sagt er. Dabei könnte er nach der Hüftoperation schon etwas tanzen. Ich trink noch ein kleines Dortmunder. Ging doch der Mut des Bieres endlich auf mich über!

Die Mädchen sitzen artig an den Tischen und ziehen die Kleider glatt über die Knie. Cilli, mit schönen blonden Haaren, in taillierter Kostümjacke und engem Karo-Rock, der an den Knien noch enger wird, nimmt die Perlenkette zwischen die Zähne. Seit dem Fahrrad ist sie komisch zu mir, aber sie blinzelt mir zu. Ich raff mich schon auf. Wie schön hab ich mit Mutter auf Paulas Verlobung getanzt. Viele sitzen nur zehn, zwanzig Schritte entfernt an der Wand, wie Hühner auf der

Stange, Hände im Schoß, mit eleganten Taschen; immer kichern sie, wegen mir? Wenn ich geh und eine mich ablehnt, muss ich elendig allein zurück zur Theke. Das schaff ich nie. Was weiß der Pfarrer schon, wenn er vor Saufen und Tanzen warnt? Und was soll ich reden?

Ein Junge muss Mädchen was ins Ohr flüstern, damit sie so lachen, dass sie sich nach hinten biegen und man sie im Arm halten kann. Da bleibt eine sitzen, schon lange, bleibt wohl immer Mauerblümchen, von keinem aufgefordert, bis es mit Mädchen tanzt. *Ilse bill se, keiner will se.* Es trinkt *Sinalco*, dann Malzbier, wenn es hochkommt, Bier mit *Regina* oder *Fanta*, Getränke für Mädchen.

Ich trink noch ein Bier. Willi gibt eins aus, dann tanz ich, ganz sicher! Wer als Erster sein Glas leert, ist der Größte. Bier schwitz ich leicht wieder aus. Mit Bier gehör ich wie bei der CAJ dazu, auch wenn ich nicht tanze. An der Theke kann mir nichts passieren: Ich trink ein Dutzend, kotz vielleicht alles wieder aus, geh nach Hause und fertig. Doch beim Tanzen muss ich auf Draht sein, früh loslegen.

Als der Schlagzeuger die Stöcke nimmt, schlängle ich mich unauffällig durch die drei, vier Reihen Männer vor der Theke, bis an den vorderen Rand, wie bei auslaufenden Wellen, um diesmal eine abzukriegen. Die evangelische Evelyn mit den dicken schwarzen Zöpfen, bläulich schimmernd wie Rabenflügel, nicht. Cilli sitzt aufgeregt mit glitzernden Augen da wie auf dem Sprung, die cremehelle Handtasche schon über die Lehne gehängt. Ich renn auf sie zu, aber sie sieht an mir vorbei; verdammt, sie meint nicht mich, sie lauert auf Willi. Ich brauch sie nicht zu fragen, ich Idiot, ich könnt heulen. Willi mit Faconschnitt und dichten Augenbrauen, noch hinter mir, wohl schon einssiebzig, immer Hahn im Korb, kriegt leicht ein Mädchen lässig, wie er die Hand ausstreckt. So auf die Art *Komm-schon-Mädchen,* dass es nicht im Traum auf die Idee käme, nein zu sagen, und wie sicher er sie auf der Tanzfläche führt. Egal, was fürn Tanz, selbst Charleston tanzt er locker.

»Die Letzten werden die Ersten sein«, grinst er mir zu. Wieso hat er Glück bei den Mädchen? Ich kann doch Englisch und Tippen. Er umfasst sie und wirbelt sie mit Schwung rum, dass ihr die Puste vergeht, auch wenn sie ihn mit der Linken energisch auf Abstand hält. Dennoch fasst er sie bald enger und sie lächelt ihn an. Gewiss, weil er größer ist und ihm schon ein Bart wächst.

Ich will nicht mehr schüchtern sein. An Brüste denken ist keine

Sünde! Egal, was andere von mir denken und ob ich mich lächerlich mach. Mich schnell umsehen, mit welcher nun? Nein, die nicht, die sieht mürrisch aus wie Trude. Schütten Christa tut so vornehm. Wär Isolde doch da. Ich will jetzt eine, nehm wieder Thea, *in der Not frisst der Teufel Fliegen,* genügsam sein, wie Vater sagt. Alle stehen ja plötzlich auf. Ich stolpre auf den Bauerntrampel zu, froh, überhaupt eine abzukriegen, und sie geht gutmütig mit. Sie riecht nach Bratkartoffeln. Ich erklär ihr gleich, dass ich es noch nicht gut kann, und fass um ihre Hüfte, aber o Gott, ihr Fett gibt nach, da kann ich nicht führen. Ich zieh's vor und zurück, trau mich aber nicht, stark zuzufassen. Da packt sie zu, fest wie eine Schraubzwinge, und zieht mich rum. Sie ist ja nett und nimmt mir nicht übel, dass ich ihr auf den Fuß trete. Und mit ihr muss ich nicht reden. Sie singt ausgelassen mit: *»Marina, Marina, Marina mit dir wird die Liebe erst schön …«* Da fällt uns das Tanzen leichter, ich greif stärker um sie. Wir schütteln uns vor Lachen und sie lächelt mich an und drückt ihre dicken Brüste an mich. Meine Ohren glühen. Ich stolpre, sie stolpert mit, es wird ein Tanzschritt draus, und ich fühl mich wie der Tanzbodenkönig in der Geschichte vom kalten Herz; wie Schmetterlinge übern Tanzboden flattern. Meine neuen spitzen Schuhe strahlen. »Du bist nicht der schlechteste Tänzer«, sagt sie.

Nach dem Tanz zieht Willi mit Cilli zur Bar. Mädchen wollen zum Jungen aufschauen und zum Sekt eingeladen werden. Ich riskier nur 'n Blick durch die Tür zur Treppe nach unten, zur Theke mit roten Leuchten und Barhockern. Cilli legt den Arm um Willi. Dahinter ist noch ein Raum mit Sofas, da fängt wohl die Todsünde an. Ich hätt mir in die Hose gemacht, wollte ich in die Bar gehen. Schnell weg, bevor mich hier jemand sieht.

An der Theke bin ich sicher, noch ein Bier. Musik spielt wieder auf, aber nur die Trommel wummert. Ich erstarr jedes Mal, wenn ich vom Ansager »Damenwahl!« hör. Sicher bleib ich übrig, aber ich drängle nach vorn. Mir ist, als ob jetzt alle Mädchen, die sich sonst wie eine Kuhherde vorm Gewitter aneinander drängeln, die Brüste vorwölben, auch die Mauerblümchen, und kreuz und quer auf uns zulaufen, wie Hühner, vom Fuchs aufgescheucht. Willi hat's gut mit Cilli, immerzu muss ich zum Minirock gucken. Doch er hat die Handelsschule nicht geschafft, ich aber die Lehrgänge. Mädchen wollen Studierte. Die ersten rennen an mir vorbei. Da kommt Cilli, will die Eingebildete zu mir? Und Thea. Beide steuern auf mich zu, kommen sich in die Quere, stürzen vor mir übereinander. Alles lacht.

Unglaublich, mich wollen beide.

Cilli hat ihren Schuh verloren. Thea rappelt sich zuerst auf und knickst mich an. Noch baff, als sie fragt: »Willst du oder nicht?«, reich ich ihr die Hand, tanz einen langsamen Foxtrott mit ihr und zieh sie eng an mich. Dann der schnelle Wiener Walzer. Der Schweiß läuft mir runter und ich fürchte zu stinken. Nur nicht das Gleichgewicht verlieren. Und kräftig in die Drehungen, da krieg ich sie rum und sicher beneiden uns manche. Ich schieb sie, zieh sie und wirble sie rum wie einen summenden Kreisel, auch wenn mein Hemd am Rücken klebt. Jedenfalls tanz ich besser als Vater. Der tanzt immer nur 'n Langsamen Walzer und sitzt wieder.

Der Schützenkönig legt besoffen den Kopf auf den Tisch. Was für eine Hitze im Saal, mir ist schummrig. Cilli legt den Kopf an Willis Hals. »Ach, ich ersticke«, sagt sie, öffnet oben ihre Bluse und lässt sich von ihm aus dem Tanzsaal rausschieben. Wie krieg ich Thea mit, frische Luft holen? Sie nickt sofort. Willi wird staunen.

Das Gläserklirren und Gewummre bleibt hinter uns. Draußen unter der Laterne pöbeln und rempeln uns betrunkene Jungs an und grölen: *»Bier her, oder ich fall um …«* Keine aus Steinhop. Ich fürchte eine Schlägerei. Immer wollen die uns unsere Mädchen wegnehmen. »Eh, ihr aus Recke«, sagt Thea ruhig, »ihr habt dem Erich bei der Kirmes das Bein gebrochen.« Ich guck nicht hin.

Wir drehen nach links hinterm Tanzsaal lang. Zwischen den Büschen küssen sich welche, aber Willi seh ich nicht. Motten und Fledermäuse umschwirren das Licht. Kühle vom Friedhof. Mir egal, ob wir die Totenruhe stören. Ihre heiße Hand tastet sich in meine und will dort bleiben. Ich halte sie sacht, unsere Arme schwingen zusammen. Werden ihre Schritte auch zögernder? Sicher will sie auch. Die Luft riecht wie frisch gemolkene warme Milch. Zwischen zwei Laternen bleiben wir im Dunkeln gleichzeitig stehen. Ihr Atem streicht über mein Ohr, Wärme breitet sich aus. Sie schließt die Augen. Ich riech ihre Haut, sie riecht nach mehr. Leicht zittern meine Lippen über ihre Wange, geschafft! Mann, wie schön! Vielleicht könnte Thea doch meine Freundin sein!

Wieder im Saal, schlägt uns der Bierdunst entgegen. Ich zieh Thea beim nächsten Tanz noch näher an mich, ihre weichen und warmen

Brüste, vor, zurück, zwischen ihren Schritt, Schenkel an Schenkel. Ich spür mein Röhrchen aufgeregt und neig meine Wange an ihre, wohl zu nah. Sie löst sich, stammelt von »zum Klo gehen«, drängelt sich hochrot durch und kommt nicht wieder. Was nun? Evelyn sitzt dort, evangelisch, egal! Ich geh auf sie zu, mein Herz klopft.

»Duuu?«, fragt sie.

Wir tanzen eine Runde. Ihre dicken Zöpfe hüpfen auf der Brust. Sie lächelt und bedankt sich. Gar nicht schlimm: Ich brauch Evangelische nicht zu fürchten. Ich ergattre noch andere, ohne mich zu blamieren. Sogar Cilli tanzt mit mir. Sie streckt die Brust raus, dass ich es nicht lassen kann, sie zu berühren und fang mir eine Ohrfeige; peinlich, egal.

Um zwölf muss ich zurück sein.

Laternen leuchten bis zur Mühlenaa. Die Bauernschaft ist duster. Der Mond steht wie eine ganze Hostie und wirft Baumschatten auf die Straße. Es riecht nach Maiglöckchen und Holunder. Kein Hofhund bellt, kein Lichtschein aus Häusern. Zu Hause ess ich ein Spiegelei mit Schinken auf Schwarzbrot und trink stolz noch ein Bier. Vorm roten *Ewigen Licht* blitzt mein weißes Hemd auf.

61

Eisheiligen.

Ein Sonntag, an dem es nur einmal regnet, wie man so sagt. Ohne Ende läuft der Scheibenwischer. Heute darf ich nach dem Pulleleeren duselig mit Tonius in seinem Käfer durch Steinhop kutschieren, Plakate an die Bäume fürs nächste CAJ-Fest heften. Am Eichenwald fährt Tonius in den Sandweg und hält. Was will er hier?

»Leg mal 'n Ohr ans Polster, nur einmal, ich probier mal was. Nein, nicht das linke.«

Ich soll mich umdrehen, auf den Sitz knien, mein Gesicht mit dem rechten Ohr ans Polster. Ich wundre mich, leg's aber mit gestrecktem Hals an die Rückenlehne und er sticht mir gleich mit was durchs Ohrläppchen.

»Aua, was soll das?« Ich will den Kopf wegziehen. Er aber drückt ihn ans Polster und macht mein Ohr dran fest. Ich ertaste eine Sicherheitsnadel, durchs Ohr im Polster festgehakt, und will sie zu lösen. Er greift meine Hände und bindet sie hinter der Rückenlehne zusammen. Ich brülle. Er streicht mir übern Po, fährt los, gibt Gas und bremst. Ein brennender Stich zieht vom Ohr hoch übern Kopf. Er fährt wieder, ich schrei und umklammre die Lehne, dass es mein Ohr nicht zerreißt.

»Macht doch Spaß«, sagt er, zieht mir die Hose runter und streicht mir wieder übern Po, gibt Gas und bremst, gibt Gas und bremst. Ich schrei und schrei, mein Ohr wie verglüht. Dann stellt er den Motor ab, beugt sich über mich, fummelt am Po rum, piekt und kneift. Mir ist schlecht. Gleich muss ich kotzen, ich schwitze, dann ein heftiges Stechen, es zerreißt mich. Jesus ist am Kreuz für mich gestorben und hat unendlich gelitten. Ewig dauert's, bis er aufhört und die Nadel löst. Nichts wie raus.

Ich öffne die Tür, taumel ins Gras, hechel wie ein Hund. Er fährt weg. Mein Magen rumort. Nie wieder sauf ich Schnaps, schwör ich, eklig das Kotzen. Der Bauch tut weh. Schwindlig sitz ich zitternd am Weg. Regen mischt sich mit Tränen und kaltem Schweiß. Das Ohr brennt und blutet. Den schlag ich tot. Ich spür mein Herz wie noch nie. Der soll verrecken, bet ich wie eine Litanei. O Gott, was wird aus mir? Das geschieht mir recht, Strafe Gottes, weil ich zur CAJ wollte. Hätt ich doch auf Vater gehört, ich Idiot. Er hat nicht umsonst geklagt, dass ich verdammt bin, auf Abwegen. In der Landjugend wär's nicht passiert. Keinem kann ich es erzählen. Vater würd mich verprügeln. Tonius, der Sauhund, nutzt es aus. Wie blöd, mich quälen zu lassen. Willi würd sagen, nur Schwächlinge lassen sich das gefallen. Die glauben's mir nicht und selbst wenn, kann ich es nicht sagen, weil ich mich schäme, so hilflos geschrien zu haben. Mir fällt Brinkmanns Bernd am Fensterkreuz ein, nur nicht so hässlich starren.

Zu Hause sagt Mutter: »Wor bis du so lange wirn? Bist ja käseweiß und stinkst wieder nach Schnaps.«

Ich lächle gequält, die Hand aufs glühende Ohr, geh gleich ins Bett und zieh mir die Decke übern Kopf. Im Traum hetzt mich was und ich erwach verschwitzt, schwindlig, wie als Vater mich so schlug. Die Schraube dreht sich tiefer in die Stirn, es wühlt im Magen. Immer wieder schreit nachts die Eule, von weiter her. Mal schreckt sie mich nach kurzem Schlaf, mal nach Mitternacht auf. Mal wart ich zitternd vergebens. Schreit sie dann, kann ich entsetzt nicht schlafen, und liege wie zertrampelt noch wunder wach. Karl hört sie nicht, sagt er. Mein Kopfweh, unerträglich, auch die Tage danach.

Mein Ohr brennt lange. Wie konnt ich nur auf den CAJ-Leiter reinfallen? Nächstenliebe! Wartet nur! Beim Kochen der Schweinekartoffeln halt ich eine Lupe in der Sonne übers CAJ-Mitgliedsbuch, bis es glimmt. Mit dem Lichtpunkt brenn ich Löcher in Zeitungspapier, die qualmend größer werden. Sogar Stroh entflammt. Mein Ohr ist rot, dick entzündet.

Am Sonntag sag ich es dem Vikar, der ist für Gerechtigkeit. Vor der Messe geh ich hin. Der Pfarrer ist auch da. Ich bin der Fromme, Gutmütige, der die Bibelgeschichten kann und so schön als Messdiener vorm Altar steht.

»Tonius … im Auto … gepi-piesakt«, stotter ich, puterrot. Am verdatterten Vikarsblick seh ich, er versteht's nicht.

Sie sehen sich mein Ohrläppchen an. »Ein entzündeter Pickel?« Der Pfarrer guckt mich schief an. »Hast du schlecht geträumt oder was getrunken?«

»Alle haben getrunken.« Ich starr ihn an. »Auch der Vikar, ich lüg nicht. Tonius hat mich …«

»Verworrenes Zeug, lüg nicht«, unterbricht mich der Pfarrer.

»Ist das gerecht?« Ich schau zum Vikar. Blass sieht er weg durchs schmale Sakristeifenster. »Ist das Nächstenliebe? Ich bin kein Lügner.« Ich zeig aufs Ohr, mit Tränen. »Der hat mir sogar was in 'n Hintern …«

»Schweig! Üble Nachrede ist eine schlimme Sünde. Tonius macht so was nicht«, herrscht mich Traufeld an. »Der hat sich nie was zuschulden kommen lassen.«

»Woher weißt du das?«, schrei ich. »Gemeinheit, Scheiße! Barbaras Selbstmord ist auch eure Schuld! Verflucht!«

»Ist der Teufel in dich gefahren? Weißt nicht, was du sagst!«

Mit dem red ich nie wieder. Ein Lügner! Einer der Wölfe, wie Onkel Bruno, Vater, Poggen Paul. Speiübel geh ich. Willi muss allein messdienen. Nie mehr will ich messdienen. Ich geh nie mehr zur Kirche, auch nicht mehr zur CAJ, nie mehr. Tonius soll krepieren. Und ich sauf nicht mehr mit. Alles steckt mir drohend im Nacken, das In-die-Kiste-stecken, ans Tischbeinfesseln, Vaters und Mausers Prügel. Ich hass alle und zeig's euch. Der Pfarrer mit dem scheinheiligen Getue treibt Barbara in den Tod und mich nennt er Lügner. Ich werd mich rächen! Nur Caspar kann ich was andeuten. Er sagt: »Tonius is 'n Sadist.«

Wir verabreden uns für abends zum großen Friedhofskreuz.

»Da sieht uns keiner. Ich bring 'n Korn mit«, sagt er.

Im Dunkeln klettre ich leise übern Zaun. Irgendwo lacht jemand. Mein Bauch verkrampft sich. Die kleine Glocke schlägt, grau die sonst rotglühenden Kirchenfenster. Eine Krähe fliegt über mir, der Geist unseliger Toter. Barbaras? Brinkmanns Bernds? Immer musste ich beten für Gefallene, Vermisste, Verlorene, Patenkinder. Alles Quatsch!

Die Nacht ist still. Mir ist, augenblicklich fangen Leute an zu schreien und Glocken zu läuten. Bläuliches Licht liegt über den dunklen Kreuzen. Vorbei an Opas efeuüberwuchertem Eisenkreuz. Stolpernd erreich ich das große Kreuz. Wie hab ich mir damals ums geklaute Licht ins Hemd gemacht. Fern winselt ein Hund. Wo bleibt Caspar? Wie glühende Augen funkelt's hinter schiefen Steinen durch die Zweige. Dicht hinter mir schlägt was ein. Der Sand knirscht. Endlich, Caspar. Gleich brennt ein großer Schluck mir die Kehle runter.

Ich erzähl von Tonius und dass mich der Pfarrer als Lügner hinstellt. Die Pulle geht zwischen uns hin und her. Caspar sagt: »Diese scheinheiligen Arschlöcher! Je mehr Kreuze die machen, desto schlimmer.« Wenigstens an Toten kann man sich rächen, mit dem Schnapsgeist unbesiegbar.

Was steht das Grabkreuz da rum? Du stehst nicht mehr auf! Wie in Zeitlupe senkt es sich und knallt auf die Grabumrandung. Du auch nicht! Rache ist Blutwurst. Tonius schlüge ich den Kopf wie dem Hahn ab. Sieben auf einen Streich. Steigt doch aus den Gräbern. Runter vom Sockel, du Engel! Hebt sich da ein Stein wieder hoch? Zu zweit schaffen wir ihn. *Ruhe in Frieden* blitzt es auf im Mondlicht. Du Blumentopf musst auch dran glauben! Stein um Stein stürzt um, unwiderstehlich, manche langsam, manche schnell. Opa verschonen wir. Wir rennen.

Den Letzten beißen die Hunde.

In Aufruhr sucht das ganze Dorf die Täter. Eine Kornflasche fand man. Dann weiß Vater, Caspar hat's zugegeben und ich war dabei. Sein Alter soll ihn grün und blau gedroschen haben. Mutter schaut mich schockiert und zornigrot wie noch nie an, nur 'n Augenblick, aber es trifft mich, ich vergess ihn nicht.

»Wie soll das je wieder Gutwerden?« Sie schließt müde die Augen. »Armes Kind!« Übrig bleibt ein graues Gesicht mit traurigen Augen. Sie schämt sich sicher, dass sie als Mutter von elf Kindern, die immer auf dem Hof mitarbeitet, mir doch nicht helfen kann. Nervös beguck ich die abgekauten Fingernägel.

»Is also wahr!« Grimmig starrt Vater mich an. Will er mich mit Handkantenschlag wie ein Kaninchen erschlagen? Er traktiert mich mit Ohrfeigen und Faustschlägen. »Zu nichts nutze. Mit fast fünfzehn. Du musst weg, verkommener Sauhund!« Er greift den Stock mit wutverzerrtem Gesicht, die Stirnader schwillt rot an. »Durch die CAJ geht's mit dir nur bergab, bück dich, bringst Schande über uns, Verbrecher«, keucht er. Soll er doch das Schlechte aus mir rausprügeln, aber es geht nicht raus, er hat schon solange geprügelt. Rasend schlägt er mir auf Schultern, Rücken, Hintern.

Ich schrei nicht, bin kein Kind mehr. Mit jedem Schlag brennt sich mein Hass tiefer ein. Als er fertig ist, halt ich die Hand hin, wie Jesus die andere Wange, starr ihm trotz Tränen an, brüll heiser: »Das ist Nächstenliebe! Hau mich tot!«

»Bist du völlig plemmplemm? Und das zwei Wochen vor Jakobs Primiz. Die im Dorf zerreißen sich über uns das Maul!« Und zu Mutter: »Der ist und bleibt unser schwarzes Schaf.«

»Du willst mich nur ausbeuten. Schick mich doch nach Lengerich oder weg wie die Judenjungs. Da is' es besser.«

Fürn Augenblick schaut er verwundert.

Nur raus. Ich lauf wie blind über die Tenne. »Gott verdamm mich, verdammte Scheiße!«, fluch ich wie noch nie gegen Vater und schau mich um. Hat's einer gehört? Egal, ich das schwarze Schaf, na und? Einer muss es ja sein.

Auf einmal tret ich auf eine Harke. Sie trifft mich vor die Stirn. Noch eine Beule. Ich zittre, mir ist kalt. Ich ball die Hände zu Fäusten, press die Fingernägel in die Handballen, bis es schmerzt, und schlag mich wie von Sinnen vorn Kopf. Ich bin 's schwarze Schaf, nicht evangelische Flüchtlinge. Was helfen mir all die Gebete um Regen und gegen Blitzschlag, die Litaneien für die Erlösung, die Ablässe für die Gefallenen?

Wieder muss ich weinen wie ein kleines Kind. Stroh soll entflammt von Dach zu Dach fliegen, alle Dächer sollen brennen. Der Hof ist mir egal, Vater auch. Wann tun sich die großen Wasserwände wie im roten Meer für mich auf und ertränken die Verfolger? Ich bin verwirrt, unruhig, alles kaputt und verschlissen, nichts freut mich noch. Ich will nicht mehr fromm sein, gehorsam, alles.

Am Morgen schreckt Mutter mich aus dem Traum hoch. »Geht's dir nicht gut?«

»Doch, doch.« Gleich heul ich wie heiseres Bellen und ich schwitze, schwindlig. Ich zwing mich, ruckartig aufzustehen.

Der Po schmerzt, als ob einer mit Messern zusticht.

Am Sonntag will ich nicht zur Kirche. Als Vater es mitkriegt, sag ich: »Ich geh nicht, Traufeld is 'n Lügner, einer der Wölfe.«

»Bist du irre? *Du* hast dich an Gott und Kirche vergangen!«

»Da kriegen mich keine zehn Pferde mehr hin. Der CAJ-Tonius hat mich gepiesakt und Traufeld glaubt mir nicht.«

»Schwiech still! Noch 'n Wort gegen den Pfarrer, und ich schlag dich tot!« Er fasst mich hart im Genick, dass ich in die Knie geh, und schleift mich mit festem Griff am Handgelenk zur Kirche. Schlimmer noch als Prügel: Keiner glaubt mir.

Diesmal zeigt der Pfarrer auf der Kanzel auf mich und Caspar. Es geht ohne Polizei. Das machen wir im Dorf unter uns aus, sagt er. Mein Erspartes, schon zweihundertachtzig Mark, nimmt Vater von meinem Konto.

Mit Caspar muss ich an diesem Sonntag vor und nach jeder Messe hinten an der Kirchentür jedem ins Gesicht beim Rein- und Rausgehen sagen: »Ich bin schuldig!« Ich schwör mir bei jedem Satz: *Nie mehr geh ich zur Kirche, nie mehr! Ich hasse die Kirche!* Wenn es sich bloß nicht bis nach Ostenwalde zur Isolde rumspricht.

Die Schande erdrückt mich, dreckig, wie Lehm auf der Haut. Die gaffen mich an und reden, als hätten sie nie einen *von der Tann*-Jungen aus Staden gesehen. Spitz fühl ich die Augen der Kirchgänger. Ich seh keinen an, seh auf den Boden, knibble mit den Fingern. Franz-Josef stolziert im feinen Anzug mit Fliege, sein Haar mit Creme glattfrisiert. Dabei hat er immer Witze übern Pfarrer gerissen. Zu Cilli sagt er: »Schön, dein Kleid!«

»Aus Batist«, kräht sie.

Tonius kommt und guckt starr an mir vorbei.

Ich schließ die Augen, ich will ihn nicht sehen. Alles verkrampft sich in mir. Mir ist eiskalt.

Bloß Eva flüstert: »Unkraut vergeht nicht. Tu so, als wärst du wieder brav, dann hast du Ruhe, sonst schlägt er dich tot.«

62

Tagelang ist mir schlecht.

Das Feld auf und ab hinter der Rübensämaschine und endlos Unkrauthacken in der Hitze. »Damit Gottes Schöpfung nützlich wird«, sagt Vater. Ich glaub's nicht mehr. Abends hundemüde ins Bett, tagein, tagaus. Ich hüte mich, mit ihm allein zu sein. Seit der Friedhofsgeschichte schlägt er jäh zu, wenn ich nicht zu allem Ja sage. Ich hab den Stock auf dem Küchenschrank geklaut. Da liegt wieder ein neuer. Er redet und redet, ich schweig und schweig. Nichts mehr denken, vergessen. Triezen Paula und Karl mich, geh ich. Trude ist wieder völlig verschlossen. »Ich hab's gewusst«, sagt sie, »wie dein Patenonkel Bruno früher gehst du nicht mehr zur Kirche.«

Schweigsam arbeit ich verbissen, verberg den Hass, ess etwas mit und blick freundlich drein, als sei alles gut, dass sie mich in Ruh lassen. Erstaunlich falsch. Gibt mir einer die Hand, sträubt sich mir alles. Sagt Eva was Nettes, lach ich verlegen, es abwehrend, so dass sie fragt: »Was grinst du?«

»Ich soll ja Ruhe geben, hast du gesagt.« Ich lass mich aber nicht wie sie unterkriegen.

Vater drängt noch früher, vor der Tageshitze aufs Feld. »Dann kommst du nicht auf dumme Gedanken! In der Bibel steht, das Leben ist schön, wenn's Mühe und Arbeit ist!« Und er klagt über den Sparkassenmann: »Wie lange lässt der uns noch Zeit. Ich Tor, am Ende schlägt der rundweg ab, mir noch was zu leihen, erzählt aber rum, dass ich noch was leihen wollte, und macht den Düngemittel- und Saatguthändler misstrauisch. Wir kommen an 'n Bettelstab.«

Ich hör gar nicht mehr hin.

Mein Ohrläppchen ist heiß und eitert. Als ich einkaufe, fährt Erich mit Radio in Badehose vorbei. Parfüm beim Frisör, helle Mädchenstimmen am *Haribo*-Automaten, Bierduft aus Frieses Tanzsaal, wie Stiche in die Brust. Ich muss losheulen, schleich trübselig umher und wag nicht zu denken, was kommen kann. Alle hacken auf mir rum. Mutterseelenallein red ich mit keinem mehr, aber keiner nennt mich noch *Der kleine Heini*. Es graust mir: Komm ich auch um wie Barbara und Otto, wenn ich wegwill, was anderes als *ora et labora?* Mutter wartet doch auch, dass sie zu Paula kann, wenn die heiratet. Ich kann nicht bleiben, gehorsam wie ein Hund, ohne mich zu hassen. Mit fünfzehn bin ich alt genug fürs Malochen von morgens bis abends, aber zu jung für die Schule in der Stadt.

»Du gehst ins Verderben.« Mutter scheint was zu ahnen.

»Ich hass die Kirche, die hat Barbara in den Tod getrieben.«

»Besser, ich wüsste nichts. Bin zu alt dafür.« Sie starrt mich erschreckt an, wie um mich schweigend zu bitten, zu schweigen. »Es kommt doch nichts dabei raus.«

»Alles nur Betrug. Keine Nächstenliebe. Alles nur fürn Hof!«

»Du meinst, man betrügt uns sogar mit Gott?« Sie schüttelt beim Spülen seufzend den Kopf, schließt die Augen mit Tränen. Wie kann sie den Alten bloß mögen? »Früher warst du so lieb, fleißig, guter Messdiener und heute…« Sie spricht's nicht aus und presst die Lippen zusammen, dass sie nicht zittern.

Ich messdiene nicht mehr, drück mich so, dass Vater es nicht sieht, auch sonntags an der Kirche vorbei und nehm die Todsünde dafür in Kauf. Und wenn es Gott doch gibt, der mich bestraft? Einer muss ja das Bauernkaff erschaffen haben! Im Zweifel und um Mutter nicht bloßzustellen, geh ich mal wieder zum Hochamt, auf dem letzten Drücker, stell's Rad an die Kirchhofsmauer und begnüg mich mit einem Stehplatz in der dunklen Ecke am Ausgang, wo mich der Pfarrer nicht sieht, ich vor mich hindösen und im Gesang und der Orgel schläfrig hin und her wiegen kann. Karl meckert zwar: »Du kommst zu spät!« und »Warum singst du nicht mit?«, aber ehe sich die Leute am Ende umdrehen, bin ich wieder draußen.

Wie konnt ich das Hochamt früher schön finden, Weihrauch, Geklingel, Kerzenduft und das *Großer Gott, wir loben dich*-Brüllen und als Messdiener das lateinische Credomurmeln. Ich kann die heilige Stimmung nicht festhalten. Mein Glaube ist wie ein Kartenhaus zerfallen. Als schwarzes Schaf mit den Wölfen heulen. Stark im Lügen, ohne rot zu werden, geh ich sogar mal zur Kommunion, ohne *absolve te,* die schwerste Todsünde, senk aber beschämt vorn Leuten den Blick. Ich kann nicht bereuen, schon gar nicht beim Pfarrer beichten und mir fällt auf, dass ich kaum mehr bete. Lächerlich das *Mein Herz ist rein…* Nie wieder Märtyrer sein, mich selber schlagen, nachts nackt auf dem kalten Boden.

Traufeld liest einen Hirtenbrief von Kardinal Frings gegen die Ausartung der Volksfeste. Ausschweifungen gefährden die Jugend, zerrütten Familien, lähmen den Sparwillen. Ich will den Sermon von der verlorenen Jugend nicht mehr hören. Ich weiß, warum meine verloren ist. Ich sehn mich nur nach Isolde, ihr warmes Lächeln, die blauen Augen, der Vanillegeruch, aber ich treff sie nicht, nur einmal, da sieht sie an mir vorbei.

Öfter drück ich mich an der Kirche vorbei, über Wiesen und Äcker, nur keinem begegnen. Man sieht weit über die neuen großen Felder ohne Hecken. Alles weg, auch mein Appelhokversteck, Obstbäume, Kopfweiden, Wildschweingänge im Brombeergebüsch, Vogelnester. Auch die sich durch Wiesen und Felder schlängelnden Sandwege, verbreitert und überteert wie das Kopfsteinpflaster im Dorf. Wie ausgestoßen, hör ich die helle Glocke zur *Wandlung* schlagen. Allein, wie früher beim inbrünstigen Ablasssammeln. Alles Quatsch!

Laub auf dem Weg vermodert. Ein Kaninchen hoppelt vor mir. Was weiß es von Liebe und Kirche. Das Land ist leer, kahl und stumm. Ich zähl alle viertel und halbe Stunden, die Schläge drohend vom Kirchturm. Nicht zu früh und zu spät zurückkommen.

Mal geh ich statt zur Kirche mit Caspar in die Wirtschaft. »Schon gehört? Tonius ist hopsgegangen«, erzählt er gleich. »Mit so viel Fusel konnt's nicht gutgehn, wie der rast. Es hat 'n Richtigen erwischt, beim Kreuz vom *Dicken Leewen Herrn* in der Kurve. Man musste ihn vom Eichenstamm runterkratzen.«

»Vom Eichenstamm runterkratzen?« Ich bin sprachlos.

»Nach der Bibel is 's besser, so einen mit 'm Mühlstein um 'n Hals zu versenken«, sagt er.

»Für den 'n Mühlstein verschwenden?« *Großer Gott, wir loben dich!* Es gibt doch noch Gerechtigkeit. Zum Begräbnis werd ich nicht gehen. Alles schal wie das abgestandene Bier. Ich will nicht mehr saufen. Trübes Licht sickert durchs staubige Glas. Ich trink den letzten Schluck. »Ich will raus aus Steinhop.«

Caspar lacht. »Nie lässt dein Alter dich, nur im Sarg oder in der Zwangsjacke! Der Vikar muss gehen: Du hast verraten, dass er mitsäuft.«

Gemein! Mir ist mies, aber er hat mich auch verraten. Nach der Glocke zum letzten Segen geh ich heim, mulmig: Ich hab doch Tonius' Tod gewünscht.

»Warst du in der Kirche?« Vater fängt mich mit dem Stock am Wasserbecken vor der Waschküche ab. »Was hat Traufeld gepredigt?«

Mein Herz klopft, sicher hören's alle, die Knie zittern. »Hab 'n Umweg übern Esch gemacht.«

Seine Schläfenadern schwellen an wie dicke Regenwürmer. Er herrscht mich scharf an: »Du gehst nicht mehr zur Kirche und zur Beichte und ich hör, Bürschchen, du warst lange nicht mehr messdienen. Ohne Gott wirst du nirgendwo heimisch. Hätt's Mama doch in 'n Graben gehalten!« Wirklich! Er hat Tränen in den Augen. »Der Herrgott wird mich später fragen, wo sind deine Kinder? Und wenn sie verdammt sind, wird er mir sagen: ›Geh zu deinen Kindern in die ewige Verdammnis!‹ Kinder kommen von selbst, aber sie fromm zu kriegen, ist schwer!« Er fasst mir in den Nacken und erste Schläge zerschneiden den Po. »Immer mit 'm Dickschädel durch die Wand!« Mit jedem Satz brennt's sich tiefer ein. »Verfluchter, schwör, du bleibst katholisch!« Um nicht durchzudrehen, denk ich an Isolde. Soll er mich verfluchen. Mir wird flau, ich atme tief ein. Er sagte wirklich wieder: »Hätt's Mama doch in 'n Graben gehalten!«

»Beten, aufopfern, nur Lüge!«, schrei ich trotz schneidender Schmerzen. »Bist immer unzufrieden! Ich bin nicht bloß zum Arbeiten da! Der Hof geht eh unter!« Auf einmal fühl ich mich stark.

Vater schluckt, sprachlos. Dann richtet er sich auf, mit nur noch Härte in den Augen. »Hätt man dich doch gleich wie 'ne Katze ersäuft!« Er packt mich, taucht mich ins Wasserbecken. Darauf nicht gefasst reiß ich den Mund auf und schluck gewaltig Wasser. Hustend ring ich nach Luft. »Ohne Kirche bist du keinen Pfifferling wert, nutzloser als die Fliege an der Wand.«

»Rutsch mir 'n Puckel runter, Onkel Bruno ging auch nicht zur Kirche«, sag ich, als ich wieder Luft habe.

»Gehst Irrlehrern auf 'm Leim! Besser, du wärst nicht geboren.«

»Arschloch, du letzte Sau!« Ich renn mit zittrigen Knien weg.

»Ich sag's doch, wie Onkel Bruno früher!«, ruft Trude mir nach.

Nie mehr lass ich mich schlagen. Eichen sollen auf ihn stürzen! Bullen ihn totrennen! An Schwindsucht soll er verrecken! Mit Onkel Brunos Dolch erstech ich ihn. Ich werd den Hof abfackeln, wie das Osterfeuer. Gott verbrennt auch das Böse in der Hölle. Ich beiß mir Fetzen von den Lippen.

Besser in 'n Graben gehalten! steckt mir im Gedächtnis wie ein Splitter im Finger und hindert mich, an anderes zu denken. Getrieben pack ich heimlich das Nötigste in den Kriegspappkoffer, versteck ihn im Schuppen und schleich mit den Welthölzern auf den Dachboden. Ich zünd ein Streichholz an, schaff's aber nicht, es ins Stroh zu halten. Sünde! Und wohin kann ich? Nur nicht enden wie Barbara und Otto!

In den nächsten Tagen meide ich die Küche, wenn Vater da ist. Wie kann er so starrsinnig vor sich hinleben? Ihn interessiert nur das eine, ob ich wieder zur Kirche geh. Alles Quatsch, sein Gerede, wie Patenkinder durch einen Fluch umkommen, wie gierige Mönche mit dem Kloster versinken, wie Hexen einen im Dunkeln mit glühenden Augen verwünschen oder Blitze einen treffen, wenn man nicht Rosenkranz betet. Nur der Radiokrimi oder Schlager wie *Pigalle, Pigalle, das ist die große Mausefalle mitten in Paris* lenken mich ab und die Gedanken sind einen Augenblick still. Wieder pule ich den Schorf vom Ohrläppchen ab, es entzündet sich neu und eitert. In mir ist was zerbrochen, wie mein Schäfchen zur Erstkommunion. Vorbei! Ich muss abhauen! Zum Ferienjungen Gregor nach Münster? Komm mich besuchen, hatte er gesagt.

»Was tust du uns an?«, sagt Mutter. »Gib nach um des lieben Friedens willen.«

»Du bist ichsüchtig, geh wieder zur Kirche«, sagt Paula. »Katholische Firmen wie *Brenninkmeyer* und *Preussag* fragen beim Pfarrer nach und stellen nur Gläubige ein.«

»Nie mehr!« Ich hau den Teller auf den Tisch, dass er zerspringt. »Soll er mich doch totschlagen, dann kommt er ins Zuchthaus oder nach Lengerich.«

»Dir hilft nur jeden Tag 'ne Tracht Prügel!« Trude will mir aus der Bibel vorlesen und verfolgt mich mit Lourdes-Weihwasser.

»Du Vogelscheuche kriegst gleich Prügel!«, schrei ich, dass sie erschrickt, und ich zerschlag auch die Flasche.

»Du gehörst nach Lengerich!« Diesmal betet sie für mich Rosenkränze ohne Unterlass.

Tags drauf tun beim Kartoffelpflanzen alle so, als sei's vergessen. »Kollmanns Kurt hat wieder nachgefragt. Du kannst da Bauer werden«, sagt Vater.

»Ich weiß nicht.« Ich wisch mir den Schweiß von der Stirn.

»Nie weißt du, was du willst. Die sind kinderlos und wollen dich auch an Kindes statt annehmen. Pass dich ein und du kriegst den Hof. Ich hab auch mit dreizehn den Hof geführt. Geh hin, erstmal für sechs Wochen!«

»Das hast du auch gesagt, als Ulla zu Tante Maria musste.«

»Was hätt ich um so 'ne Chance bei Kollmanns gegeben.«

Enttäusch ich ihn, gibt's Prügel. »Der hat nur zehn Hektar.«

»Man kann den später mit unserm zusammenlegen. Wär gelacht, wenn wir nicht 'n Hof dazukriegen.«

»Du klagst immer übers Bauernsterben. Und ich soll Bauer werden? Heymeiers Heinz macht 'n Hof nur nebenbei, obwohl er der einzige Junge ist, und eine Lehre bei Treckerkettler.«

»Eines Tages kommt's noch ganz anders, 'n neuer Krieg, Inflation, dann braucht man Bauern wieder. Gehorche! Und Anna bleibt noch auf dem Hof!«

Ich stampfe wie verrückt die Kartoffeln tief in die Löcher, dass mir die Hacken schmerzen.

Zu Hause steht Emma mit Mutter im Garten. Als ich von Kollmanns erzähl, sagt Emma: »Richtige Jungs müssen von zu Hause weg, zeigen, dass sie Kerle sind, draußen was Tüchtiges lernen und eigene Wege gehen, so schön Steinhop auch ist. Aber Kollmannshof ist kleiner als eurer, das wird doch nichts. Sicher gute Leute, Kurt schlägt nicht, das hat der nicht in sich. Aber es is 'ne Schande, dass ihr noch 'n Jungen abgebt. Was musstet ihr so viele in die Welt setzen.«

»Halt einmal die Klappe«, sagt Vater.

Vater kann mich wohl nicht schnell genug loswerden.

Kollmanns Kurt sitzt schon in der Küche. »Da ist ja der Heini.« Er winkt mir zu und schaut mich aus den Augenwinkeln an. Könnt ich mich doch vor dem Blick verstecken. Mein Herz klopft. Ich kenn ihn kaum, aber weiß längst: Er ist nur um acht Ecken mit Mutter verwandt. Es hat sich wohl die zehn Kilometer nach Ostenwalde rumgesprochen, dass meine Eltern Kinder ins Kloster oder in Pflege weggeben. Beim Pfannkuchenessen schaut er nervös in die Runde.

»Heini, mach dein Glück bei Kollmanns«, sagt Vater gespielt freundlich, als könnt er mich nicht wie eine Katze ersäufen.

»Schafft er's, mit fünfzehn?«, fragt Mutter beim Pfannkuchenbacken. »Lorenz ist kräftig und passt sich mit zehn besser ein.«

»Wenn du nicht willst, geh ich«, lispelt Lorenz.

»Das schaff ich schon«, sag ich, aber ich bereu's. Ich bin nicht zu schwächlich, ich will ja weg, aber nicht als Bauer.

»Heini kann auf 'm andern Hof frühzeitig was lernen«, sagt Vater. »Karl war nur mal auf der Landwirtschaftsschule, hat nicht auf 'nem fremden Hof gelernt. Das war 'n Fehler. Mit dreiundzwanzig ist's zu spät.«

»Ich kümmer mich um Heini.« Kurt stockt, scheut sich wohl, es auszusprechen. »Als wenn er mein eigen wäre. Seine rechte Schulter hängt tiefer?«

»Ach, vom Milcheimer- und Körbetragen.« Vater schließt verärgert die Augen, schmatzt mit den Lippen und fährt hoch, als ob ihn was gestochen hätte. »Bei dir, Kurt, ist Heini gut versorgt. Die Aussteuer ist teuer genug.«

»Für die Mädchen sorg ich«, sagt Mutter.

»Und 'n Esser weniger«, sagt Trude, als müsste man mich wie einen Mitesser ausdrücken.

Nach dem Abendessen nimmt Kurt mich mit. Vater steht unbeholfen in der Tennentür und hüstelt ein paar Mal verlegen. Ich mach die Fliege. Kollmanns haben einen Jagdhund, einen *Lanz*-Trecker und ein Motorrad. Und ich freu mich auf Isolde! Nur sonderbar, wirklich wegzugehen. Mutter gibt mir Hosen, Hemden und eine blaue Arbeitsjacke mit Mütze in einer Tasche mit. Auch ein Handtuch, für mich allein, mit Jakobs Nr. 13 aus dem Kloster, in Rot eingenäht.

»Den Abschied müssen wir feiern«, sagt Eva.

»Das macht nur unnötigen Lärm. Vergiss 's Beten nicht«, sagt Vater, »und hör auf Onkel Kurt.«

»Jaja«, sag ich mit Kloß im Hals.

Schaut Mutter im Schatten der halb offenen Tennentür zu, ob ich mitfahre? Mit Taschentuch im Gesicht? Nichts. Ich krieg kein Wort raus, schau mit nassen Augen umher, sag Kühen und Schweinen Wiedersehen und darf vorn im *VW Variant* mitfahren. Da unter der Mühlenaa-Brücke hab ich mich versteckt. Da ging ich acht Jahre zur Volksschule. Da war ich Messdiener. Übern St.-Annen-Prozessionsweg nach Ostenwalde. Mir wird bange. Nur für sechs Wochen, beruhige ich mich. Erstmal raus aus der Schusslinie.

Ein schönes Gehöft, rot verklinkert, umstellt von dicken Eichen. »Kusch«, sagt Kurt. Der Hund legt sich murrend hin. Sechs Kühe zähl ich, zwei Rinder, fünf Bullen, drei Kälber, zehn Säue.

Erstmals allein, kann ich nicht schlafen. Zu Hause ist Lorenz jetzt allein im Bett mit Karl in der Jungskammer. Mutter hat sicher mit Klemens zu tun. Trude schimpft und Vater melkt. Hier könnt ich neue Eltern haben. Mir ist, als wär ich durchgebrannt. Eine eigene Kammer mit Bett, Schrank und Nachttisch, nur für mich. Hab nur kaum was reinzutun. Und keine Strohmatratze. Bekomm auch ein zweites Hühnerbein, Kuchenstück und Schokolade, ohne dass quengelnde Geschwister was mausen. Und Isolde in der Nähe. Gleich wird mir leichter. Zwei Fliegen mit einer Klappe. Aber komm ich noch bei ihr an?

»Wir fahren Heu ein, schön trocken«, sagt Kurt, »das entzündet sich nicht.«

Es duftet sonnenwarm, der Hitzedunst voll Schmetterlinge. Mir klebt die Zunge am Gaumen, das trockene Schlucken kratzt im Hals. Meine Oberarme zittern beim Heuhochwerfen. »Rech 's Heu zusammen, mit dem Traktor kannst du ja umgehen!« Kurt traut mir viel zu. Er schimpft und schlägt nicht, auch wenn ich hinterher bin. »Bei euch lobt keiner«, sagt er. »Immer tadeln macht krank.«

Vielleicht werd ich doch Bauer. Kollmanns Karla ist zwar traurig, dass ich meist nicht mit zur Ostenwalder Kirche geh, aber Kurt lässt mich in Ruh. Hier bin ich wer und der Mai gefällt mir. Weite Wiesen, stille Wolken, rote Kleeköpfe, blaue Glockenblumen, weiße Kamillesonnen. Die Ibbenbürener Lehrgänge sind schon ewig vorbei, scheint mir, nicht erst ein halbes Jahr, aber ich kann Isolde nicht vergessen, pfeife, um es leichter zu ertragen, arbeite wie ein Besessener, zwei Kühe gemolken in der Zeit, in der Kurt eine schafft. Er lässt mich auch Motorrad fahren, an Wildenten ranpirschen und sie abschießen, wenn sie quarrend über die Wiese streichen. Er erlaubt alles. Grüßt ihn einer, sagt er bedächtig: »Chudden Tach.«

Den schmeißt keiner so schnell um, der will keinem gefallen, nicht mal dem Pfarrer. Ihm ist egal, ob Sonne scheint oder Regen an ihm runtertropft, als bemerke er es nicht, im Gehen die Hände auf dem Rücken verschränkt. So ein Bauer will ich auch sein, wenn ich denn muss. Ihm und Karla zuliebe müsste ich bleiben. Kurt sagt: »Woran denkst du? Die schlechten Kartoffeln kommen in 'n Eimer!« Täglich Quälerei von morgens bis abends. Schwer wie ein Sack Futtermehl fall ich auch hier ins Bett, aber trau mich nicht, ihm zu sagen, dass ich wegwill. Heute wieder den ganzen Tag Heu stechen und es wird spät, noch drei Fuder abladen.

Als Kollmanns Karla in der Kaffeepause sagt: »Du treibst dich zu viel in der Küche rum zum Puddingnapf ausschlecken. 'n richtiger Bauer muss aufs Feld«, kommen mir die Tränen. Ich liebe doch Vanillepudding.

Plötzlich zieht sie mich in ihre Arme. Sie trägt auch eine Wickelschürze. Nicht mal Mutter hat mich je umarmt, nur der verdammte Tonius. Vater fuhr mir mal beim Schuhputzen durchs Haar. Ich zuck zusammen, steif wie ein Zaunpfahl, als sie mir auch noch einen Kuss auf die Wange drückt. Ewig dauert's, bis sie mich loslässt. Verstohlen wisch ich mit dem Jackenärmel über die Backe und verdrück mich, glühend rot. Ich könnt losheulen und doch fühl ich mich wohl, nur einsam, als wär ich immer schon einsam trotz zehn Geschwister. Mir ist, als hätt ich immer schon Mutters Nähe vermisst. Mama, wie das klingt, ich sag immer Mama, doch sie ist mir fremd, zwar hass ich sie nicht wie Vater nach einem Verprügeln, aber ich sag nicht mehr wie die Geschwister *use Mama*, *use Papa*, höchstens noch *mine* Mama und *min* Papa, und meine die, die ich wie keins der Geschwister hasse.

Es legt sich ein fremder Schatten auf mich, immer schärfer, dunkler. Ich weiß nicht mehr, wer ich bin, und mich plagt das Gewissen. Ich will's vergessen, steh um fünf auf und arbeite jede Minute. Nur sonntags ist's still, kein Hahn kräht. Schon lange hab ich mit keinem gesprochen. Bei Kollmanns bin ich wie losgerissen von mir selbst in der Ferne, während der echte Heini zu Hause Schweine füttert. Mir ist, ich müsst dauernd heulen. Hab ich nicht Grund dazu, wenn Vater mich fürn Hof verschenkt und weil er sich wegen Kirchenumgehens und Grabsteinumwerfens schämt?

Kinderweggeben ist keine Nächstenliebe.

Ich muss Isolde treffen, abends am Ibbenbürener Bus. Ich radle wie zufällig an der Haltestelle vorbei. Sie steigt aus, den Kragen des blauen Mantels hochgeschlagen.

»Tach, Isolde.« Am Blick seh ich, sie weiß alles.

»Tach«, sagt sie gedehnt, als wolle sie mir was sagen.

»Schön, dass du da bist ...«, sag ich heiser.

»Findest du?«, sagt sie.

»Tschüss.« Sie hat mit ihr geredet, juchhu! Ich stemm mich in die Pedalen, gegen den Wind, und sing laut ins Dunkle. Hab ich Bauernlümmel doch Glück für so eine Schöne? Die ist viel zu gut für mich. Tausend andere kriegen sie vor mir.

Drei Tage später geht sie mir schwebend entgegen und kann nicht ausweichen. Ich starr sie an. Sie neigt den Kopf nach vorn, als suche sie was auf dem Weg, richtet aber die Augen nach oben wie die Jungfrau Maria und lächelt traurig, sicher wegen des Friedhofs. Ich halt ihr die Hand hin, mein Herz hämmert. Versteinert hält sie die Hände in den Manteltaschen, die sich wölben, wie um mir zuzuwinken. Sie bemerkt, dass ich darauf starre, sagt: »Samstagabend bei Frieses?« und wendet sich frostig ab. Hab ich es mir doch wegen des Friedhofs auf ewig verdorben? Mit weichen Knien geh ich weiter und seh mich nach ihrem Umsehen bis zur Ecke um.

Samstag frag ich Kollmanns Karla. Sie sagt: »Geh nach 'm Essen, kein Hahn kräht danach. Isolde hat dich gern.« Das geht mir wie Schnaps durch und durch.

Bei Frieses tanzt Isolde eng angeschmiegt mit Franz-Josef. Ich könnt ihn erwürgen, was Freches sagen, aber ihr strenger Blick hält mich zurück.

»Dein Kopf wird immer röter, geh bloß nicht am Stroh lang, das fängt Feuer«, sagt Caspar lachend, als er das mitkriegt. »Hau dem eins auf die Schnauze.«

Mit Abitur könnten mir die beknackten Steinhoper den Buckel runterrutschen. Ehe ich Isolde zum nächsten Tanz bitte, hat Karl-Heinz sie aufgefordert. Wenn ich nicht noch mit ihr tanze, ist sie für mich verloren. Nach einem Walzer bringt Karl-Heinz sie zum Tisch zurück. Ich geh einfach hin, setz mich zu ihr und schau nach unten.

Sie sieht mich an. »Lad mich zu 'ner *Sinalco* ein.«

Noch keiner hab ich was spendiert. »Mein Sparbuch ist leer.«

»Macht nichts, ich zahl.« Wir trinken die *Sinalco.*

»Du weißt vom Friedhof?«, frag ich. Sie nickt. »Ich geh nie mehr zur Kirche, ich hass den Pfarrer«, sag ich, aber sie erschrickt. Ich red lieber nicht weiter.

Sie fängt von ihren Eltern an und hört nicht auf zu reden. »Du kannst gut zuhören, das mag ich«, sagt sie.

Das sieht nur so aus, wie bei Mutter. Was kann ich schon sagen? Ich schau auf, ihr ins Gesicht, schöne Augen, die Haarlocken. Mal küssen, einmal, ihr feines Ohrläppchen, weißer Hals, loser Mund. Ich näher mich ihr.

»Nächstes Mal.« Mit schon sechzehn tut sie sicher, als wüsste sie, was ich nicht weiß und sieht mich an, als erwarte sie was. Ich neig mich zu ihr, ganz wild will ich sie in die Arme nehmen. Doch sie sagt frech zum Abschied: »Ach, du lieber Heini, kannst ja mal anrufen.«

Meint sie das ernst? Ich kann das gar nicht.

»Telefonieren ist 'ne ganz schlimme Sache«, sagte Willi. Er hat schon mal und Blut und Wasser geschwitzt. Sie schaut um die Ecke noch mal nach mir. Ein Glückskind, summ ich auf dem Rückweg. Mausestill zu Bett, aber ich schlaf nicht. Wie kindisch, hätt ich sie einfach geküsst, ich Hornochse. Andere sind galant zu Mädchen. Wenn sie mich nur nicht aufgibt. Caspar sagte: »Du musst ihr einfach an die Titten gehen.«

Die Junisonne wärmt jeden Halm, mich auch. Ich bin's, der Heu zusammenrecht. Kiebitze schnurren übers gelbgrüne Gras. Ich lausche dem *Kiwitt-Kiwitt* und staune, so aufgeregt zu sein.

Ewig lang ist's bis Samstag.

63

Denk ich an Isolde, kribbelt's wie beim Habichtseierrauben. Pfeifend lauf ich bei ihr vorbei, aber sie schaut nicht raus. Guckt sie hinter der Gardine zu? Ruf mich mal an, sagte sie. Wie geht das bloß? In der einzigen Telefonzelle, vorm Gemeindeamt, meist von kichernden Mädchen umlagert, quatschen manche für zwei Groschen ewig. Sie wird mich auslachen.

Auf dem Kollmannhof ist viel zu tun, Kartoffelpflanzen, Unkrauthacken und wieder Heu einholen. Ich stech's auf den Wagen und lad's in der Scheune ab. Je höher der Heustapel, desto schwerer wird mir jede Forke. Dürfte ich nur zur Schule!

Da fährt Isolde vorbei, zum Ibbenbürener Bus, im wehenden blauen Kleid, ärmellos, sieht aber nicht zu mir her. Sie kann Kollmanns Hof von drüben gut sehen. Könnt ich doch mit ihr eine Sparkassenlehre machen. Wie schön der Vanilleduft unterm Raupenverdeck, mein Mund auf ihrer Wange. Sie schob meine Hand nicht weg. Am Samstag sagte sie, das nächste Mal. Wie fang ich es nur an? Mit ihr zur Kirmes oder zu ihr nach Feierabend. Immerhin, Kollmannshof könnt ich kriegen, das weiß sie. Sicher, er ist klein, aber was Eigenes; ich kann nach dem Hochamt wie Vater Schnaps trinken und Zigarre rauchen. Kann melken, Holz hacken, sogar Traktor und Motorrad fahren.

In der Mittagshitze schläft Kurt. Jetzt oder nie: Meine blaue Jacke häng ich über die Forke und fahr ins Dorf. Schwalben fliegen hoch überm stillen Dorf. Das gelbe Häuschen steht zum Glück leer. Wie ein Dieb schleich ich in die Zelle und erschreck, als die Tür zuklappt. Mein Herz klopft lauter, als der Hörer tutet. Jemand geht vorbei, ich sprech mit dem Freizeichen. Sicher mag sie gar keinen Bauern. Karl kriegt ja auch mit Hof keine. Ihr Maurervater kann abends im Garten Bier trinken. Mir wird der Hörer schwer. Ich hab ihre Nummer nicht. Ich schlepp mich zurück wie beladen mit einem Sack Kartoffeln. Als ich mit dem Rad um die Ecke rase, fährt sie an mir vorbei. Ich blick mich nach ihr um und sie schaut mir lachend nach. Ich Dussel hab nicht gerufen! Am Abend lauf ich mit dem Hund bei ihr vorbei. Der bellt laut und lange, bis sie rauskommt und mich sogar zu ihr nach Hause für Samstagabend einlädt; ihr Vater wird in der Wirtschaft sein.

Mir wird schwindlig: abends mit einer allein.

Ich horch schlaflos in die stille, mir noch fremde Ostenwalder Nacht, der Wecker zeigt schon nach zwölf. Dann träum ich vom Unkrauthacken, gebeugt in endlosen Rübenreihen. Die Sonne verglüht Kopf und Rücken, der Hals schwillt zu vor Durst. Hacken, hacken, nur nicht die jungen Triebe zerhacken. Da schlängelt sich ein Waldpfad, von Brombeeren zugerankt, zu einer Lichtung junger Schoten mit saftig grünen Perlen. Ich beiß hinein, zuckersüß! Da ein zähnefletschender Löwe. Ich reiß Schoten ab und verschling sie rennend, Mund und Hände voll. Er springt brüllend auf mich. Ich schreck auf, Haar nass und Bett verwühlt.

»Du schreist im Schlaf«, sagt Kollmanns Karla.

Nach dem Melken am Samstagabend wasch ich mich, zieh mich um, renn durchs Wäldchen und betrete den dunklen Flur. Es riecht nach Bratkartoffeln und Bier. An der Treppe nach oben ein Schatten, ihre Mutter. Isolde gibt mir die Hand. »Setz dich!« Ihre beiden kleinen Geschwister sind schon im Bett. Die Schweißhände putz ich an der Cordhose ab und sink tief ins Sofa, mit ausgeleierten Federn. »Wie bei uns zu Hause in Staden«, sag ich. Paula poussiert dort mit Job oder Eva mit Markus. Etwas fehlt mir hier: Fliegen. Keine Einzige!

Erste Tropfen platschen auf die Fensterbank, der Sturm reißt Blätter von den Bäumen. Ab und zu grollt ein frühes Sommergewitter. Das ewige Licht zeigt die dunklen Wohnzimmerecken. Isolde bringt Johannisbeersaft, zieht die Gardinen zu und setzt sich zu mir aufs Sofa. Ich leg den Arm um sie. Sie faltet die Hände im Schoß und schweigt. Fürchtet sie sich vorm Junigewitter oder vor mir? Sie freut sich doch, hat extra den hautengen, roten Pulli an und riecht lecker nach Vanille. Sie redet über die Schmerzen der gichtkranken Mutter und wie der Vater sie prügelt.

»Du kannst schön zuhören«, sagt sie wieder. Was könnt ich schon erzählen? Sie streicht mir übers entzündete Ohrläppchen. Nur nicht an den denken, der an der Eiche klebte, an den gottverd … Egal, ob so ein Wort Sünde ist. Ich fingre unter ihrem Pullover. Sie blickt mich gespannt an, aber schiebt die Hand nicht weg. Die Hand bleibt, als gehöre sie nicht zu mir und wolle was Ungehöriges. Eine Weile liegt sie brav, dann krabbelt sie vor. Und die Linke streicht über ihr Haar, wie um sie zu trösten. Doch grad, als meine Hand vortastet, erhellt ein Blitz das Wohnzimmer und zeigt ihr unsicheres Gesicht. Eigentlich darf man doch nicht. Mehr als Küssen ist Sünde. Traufeld donnerte über Unzucht von der Kanzel, die Haupttodsünde, was Männer unglücklichen Mädchen antun, aber ich glaub's nicht mehr. Meine Rechte strolcht weiter umher, warm und weich.

Doch Isolde legt den Arm zitternd auf meinen Rechten. »Ich weiß nicht, ich hab Angst«, sagt sie. Meine Hand verharrt, ihr Druck auf meinen Arm lässt nach und von neuem kreist meine Hand. Sie hält die Luft an, schwillt mir entgegen, warm wie ein Euter, aber klein und fest. Jetzt! Jetzt hab ich sie in der Hand. Ganz, wie ein gefangener Spatz. Plötzlich weint sie. Meine Hand zieht sich erschreckt zurück.

»Schlimm?« Ich muss lachen, von ganz unten, und kann mich nicht dagegen wehren.

Sie staunt mit großen Augen. »Warum lachst du?«

»Schö-schön. Gar nicht wie 'n reifer Pfirsich, was Willi sagt.«

»Du lachst mich nicht aus?« Schon wieder Tränen.

»Was ist?«

»Ach, ich war mit Cilli bei *Brenninkmeyer.*«

»Na und?«

»Mir passt noch keiner. Cilli hat mich in der Umkleidekabine ausgelacht. Ihr passt schon einer und die is 'n Jahr jünger.«

»Macht doch nichts.« Wie zur Bestätigung streicht meine Hand wieder höher. »Die is 'n Biest, hänselt mich auch, wenn ich stotter.« Für mich behalt ich lieber, wie Cilli ihre Brust beim Tanzen rausstreckte, und ich mir fürs Berühren eine Ohrfeige einfing. »Die hat kaum die Volksschule geschafft«, ergänz ich.

Isolde lehnt sich seufzend zurück. Die Hand folgt ihr unterm Wollpullover, weich wie Kaninchenfell. Viel zu heiß. Sie atmet heftig, als weine sie wieder. Behutsam muss die Hand sein, aus Versehen die knackige Erbse berühren, zuckersüß! Eine Mutprobe stärker als beim 6-Volt-Kribbeln am Wiesendraht.

»Mutter kommt.« Isolde schiebt zitternd meine Hand weg. Der Pullover noch ausgebeult. »Willst du wirklich Bauer werden?« Mir ist schwindlig. Am Ton merk ich schon, sie will keinen. Die Mutter sieht mich seltsam an. Was will der Junge noch hier, scheint sie zu fragen. Ich trink schnell den Saft.

»Bis dann, gut Nacht«, sagt Isolde.

Schon nach Mitternacht.

Überm Bett leuchtet groß und gelb der Mond, wie sonst nie. Knospige Birnbaumzweige zeigen schwarz und scharf in den Himmel und die Holunderblüten duften herein. Wildenten flattern vorbei. Eine Kuh klirrt an der Kette. Drüben hinterm Wäldchen Isolde, wie neben mir, mein Herz klopft, und in den rechten Fingerspitzen noch das warme Vogelweiche. Ich heb die Hand im Bett vor die Augen. Wo steckt das Prickeln, Glühen? Ich seh's nicht, es ist aber da. Was hab ich nicht schon alles in der Hand gehabt, Hühnereier, Mehl, Kuchenteig, Matsch. Aber fühlt sich je so die Hand an? Fiebert sie? Ich streich mit beiden Händen über die Bettdecke und seh alle Fingerspitzen an. Kein Unterschied! Steckt die Sünde in der Rechten? Ich seh Marias Herz mit sieben Schwertern in der Brust, darum ein Lilienkranz, in der Steinhoper Kirche. Warum Isoldes Zittern? Ich hab Fingerspitzengefühl! Unkrautjäten, knickern, schnitzen, Vogeleier ausblasen. Auf einmal ist alles neu. Ich könnt vor Freude heulen. Mir ist, ich schwebe. Diese Hand hat was Kostbares gefunden, was nie Geahntes. Wie sie mich ansah, und der Vanillegeruch, Isolde, ein schöner Name, viel schöner als Thea oder Cilli. Gar nicht schlimm, dass ich bei Kollmann bin. Jetzt weiß ich wieder sicher: Hier bleib ich nicht, niemals werd ich Bauer! Mit fünfzehn größer und stark wie nie, ball ich die Fäuste und beiß die Zähne vor Freude knarrend aufeinander. Auch dem Jakob zeig ich es Sonntag.

Der mit den goldgeprägten Einladungskarten zur Primiz. Auf immer Priester.

Ich kann 's heilige Getue nicht mehr ausstehen.

Vorm Spiegel stell ich mich nackt auf den Stuhl, streck mich und mustre jeden Zentimeter, jeden Pickel. Von der Seite sieht's Röhrchen viel größer aus. »Bis dann«, sagte sie, aber die ganze Woche seh ich sie nicht, ärgerlich, auch nicht, wenn ich mit dem Hund vorbeigeh. Sicher mag sie meine Hände, einfühlsam durchs Melken. Soll ich ihr was schreiben? Sie wirft's sicher weg! Ich fang an und zerreiß den Brief wieder. Ich find nicht die richtigen Ausdrücke, zu hart, zu weich.

Dann schreib ich: *Du bist eine Butterblume im Gras, ich ein Schmetterling im Himmel. Wann treffen wir uns?* Nie hab ich so was Schönes geschrieben. Viel schöner als das *Stadener Gedicht*, das Prügel einbrachte. Ich warte zitternd wie ein hungriger Löwe.

64

Ich radle los, mit gesenktem Kopf gegen den Regen. Steinhop kommt mir fremd vor, als war ich viel länger als acht Wochen weg. Mehr Fernsehantennen zeigen in den Himmel, mehr Autos auf dem Marktplatz. Heiß läuft's mir übern Rücken: Beim Frisör der geräuberte *Haribo*-Automat, am Synagogenschutt Cillis kaputtes Rad, die Friedhofssteine.

»Is's der doofe Heini?«, reden zwei Jungs, mit Gebetbüchern.

»Nein, der is's nicht.«

»Doch, der is's.«

Ich schau sie grimmig an und sie rennen. Die mit ihrem *Heini-is-doof* täten sich wundern, sähen die mich mit einer gehen.

Am Mühlenaa-Weg treff ich die Bäckersfrau. »Backstube und Bäckerladen verschwinden für 'ne Einkaufshalle. Brot kommt aus der Fabrik«, sagt sie. »Heini, wie dankbar warst du fürn Bonbon. Hast Stuten auf 'm Rad deiner Mutter geholt. Jetzt hat sie die Kinder bald groß, das ganze Leben 'ne Qual, 'ne Heilige. Hat sie noch Kopfweh?«

»Weiß nicht.« Schnell fahr ich weiter. Staden erscheint mir kleiner und leerer. Kaum noch Pferde, Hühner und Schweine in den Wiesen. Mir war gar nicht aufgefallen, wie schief die alten Bauernhäuser stehen.

Brinkmanns Heuerhaus verkriecht sich unterm eigenen Gewicht langsam in den Boden. Ziegel verwittern, Steine bröckeln, Schindeldächer fallen ein. Lipperts Fachwerkhaus abgerissen, Spiegelbergs verputzt. Gress' haben schnell wachsende Fichten statt Eichen gepflanzt und in den Gemüsebeeten Koniferen.

Am Esstisch erzählt Jakob von der Priesterweihe. »Die ganze Woche haben wir im bunten Gewand still die Heilige Schrift im Hiltruper Kloster gelesen und gebetet. Zur Weihe trugen wir weiß, die Farbe der Reinheit und des Lichtes. Der Bischof von Münster im roten Kleid mit weiten Ärmeln fragte: ›Versprichst du mir und den Nachfolgern Ehrfurcht und Gehorsam?‹ ›Ja‹, sagten wir und streckten uns vorm Altar aus mit der Stirn auf dem Boden. Als der Chor die Allerheiligen-Litanei sang, hätt ich noch umdenken können, aber ich kniete hin. Der Bischof legte mir die Hände auf den Kopf, salbte meine Hände mit Olivenöl und überreichte mir Kelch und Hostienschale.«

»Du willst nur was Besonderes sein«, sag ich.

Jakob lächelt und zündet sich eine *Ernte 23* an.

»Du Armer kriegst nie 'n Mädchen«, sag ich schadenfroh.

»Ich bin Priester. Wir hätten nachträglich Ausbildungsgeld an die Ordensschule zu zahlen. Das geht nicht.« Er kämmt 's wellige Haar. »Ich geh als Missionar nach Papua-Neuguinea.«

Ich starr ihn mit offenem Mund an. So weit?

Alle erwarten uns auf dem Marktplatz, geschmückt mit Blumenteppichen, Birken und weißgelben Fahnen. Der Küster hat die Kirchenfahne aus dem Turmloch gehängt und setzt, als er Jakob sieht, das feierlichste Geläut in Gang.

Jakob guckt entrückt mit blauen Augen zum Himmel. Messdiener laufen vor ihm her, wie Vogelscheuchen. Mich lässt's kalt. Wie erstarrt geh ich aufrecht mit in die Kirche. Keiner spricht mit mir. Manche schauen verächtlich. Allen voran zieht Eva mit zweien von der Jungfrauenkongregation in blauen Röcken und weißen Blusen zum Altar, schwingt die weiße Fahne; die beiden anderen knien nieder und stellen sich rechts auf. Jan schwenkt die Jungmännerfahne, dass sie sich um die Stange wickelt. Dann stehen sie den Mädchen gegenüber.

Nach goldbestickten Fronleichnamsfahnen mit der weißblauen Muttergottes und der Feuerwehr-Standarte schreitet Jakob mit den drei

Neuen, mit Weihrauch und Orgelmusik, in die voll gepfropfte Kirche und feiert die Primiz als seine erste Heilige Messe.

»Kommet alle zu mir, die ihr mit Mühe und Arbeit beladen seid, so will ich euch erquicken«, predigt er auf der Kanzel mit ausladendem Arm wie der Pfarrer. »Sicher, eine Steinhoper Kindheit ist hart, aber in einer Bauernschaft aufzuwachsen, ist ein Glück. Andere leiden unterm Überfluss, können übersättigt nichts mehr bestaunen und haben keinen Sinn für Wallfahrten. Statt Wiesen und Felder nur schreiende Plakate für Zigaretten und Benzin. Statt bei den Eltern mit Schlüssel um den Hals in den Kindergarten. Wir waren glücklich ohne Fernseher, Dusche und Fön. Mit ausgedachten Spielen ohne TÜV-geprüfte Pfeile und Stöcke, ohne uns die Augen auszustechen, badeten in der Mühlenaa ohne Klärwerk und im Recker See ohne Badeanstalt. Fuhren in Seifenkisten, selbst gebaut aus alten Kinderwagen ohne Bremsen, aßen Würmer und tranken Wasser nur aus der Pumpe, aus derselben Tasse ohne Ansteckungsangst. Wie war so eine glückliche Kindheit nur möglich? Es ist schön mit so vielen Geschwistern und nie langweilig. Wir waren uns immer einig und haben uns immer geholfen.«

Verblüfft lass ich mein Gebetbuch runterfallen. Die Leute drehen sich nach mir um. Ob ich will oder nicht, ich brech in lautloses Lachen aus. »Wir hatten ein frommes und fröhliches Leben«, redet er. »Nur Kleingeister meinen, die Liebe wird kleiner, wenn man sie unter elf aufteilt. Geteilte Liebe ist doppelte Liebe.«

»Haha«, pruste ich los. Als sich mancher nach mir den Hals reckt, mach ich ein Hatschi draus. Der hat keine Ahnung, war schon früh hinter Klostermauern. So 'n Quatsch, will ich rausschreien, aber es zischt bloß, dass es nur die Nächsten hören. Doch als Jakob sagt: »Wir danken Papa und Mama für so viel Liebe, haben gern auf dem Hof geholfen, mit viel Spaß, und waren glücklich dabei«, will ich mutig rufen: »Ausbeutung, Kinderarbeit ist verboten!«, aber mein Herz pocht in den Ohren, ich krieg nichts raus. Doch das zahl ich ihm heim.

Nach der Predigt verwandelt er erstmals Brot und Wein in Leib und Blut Christi. »Nehmet und esset alle davon, mein Leib, der für Euch hingegeben wird«, spricht er salbungsvoll, als sei er der Stellvertreter Christi, und legt jedem die Hände auf den Kopf. Der Primiz-Segen eines Neugeweihten habe eine extra große Kraft. Ich kann die inbrünstig Betenden nicht mehr sehen, geh nicht nach vorn und denk beim

Agnus Dei statt ans Lamm Gottes nur an Rache mit riesigem Dornbuschfeuer.

Nach der Messe Festessen bei *Dreilinden.*

Nur Tante Maria geht, mit hochgezogenen Schultern. Onkel Ludger und Ulla bleiben, aber keiner spricht von Ottos Tod. Vornehm, wie Ulla Hochdeutsch redet, kommt sie mir nicht wie eine Schwester vor.

Alle wollen Jakob nah sein, sprechen bewundernd von ihm und geben ihm Geld im Kuvert, seine Aussteuer als Missionar. Jakob stößt mit an und raucht eine. Auch Mutter bestaunt ihn vergötternd mit roten Backen und Vater hat gar Tränen des Stolzes in den Augen, zufrieden, der Älteste gottgeweiht, all die Mühen haben sich gelohnt. Nur das mit der ersten Tochter ins Kloster hat nicht geklappt. Aber Anna geht ja noch. Bloß ich bin der Versager.

Es riecht nach Nudelsuppe mit *Maggi.* Die meisten sitzen schon, prosten sich mit Aufgesetztem zu, an noch mehr Tischen als bei Paulas Verlobung. Wieder komm ich mir verloren vor. Manche tun so, als sei ich gar nicht da. Als wir Geschwister dran sind, Jakob zu gratulieren, geh ich auch hin, noch mit dem Kloß von der Predigt im Hals. »Geh doch zu 'n Heiden und lass dich von 'n Menschenfressern auf 'n Bäumen vertilgen«, sag ich zu Jakob, stolz, dass ich das schaff.

Er guckt mich von oben herab an, Cordhose, Struwwelhaar. »Was sagt der Herr dem ohne festliches Gewand? ›Werft ihn hinaus in die Finsternis, dort wird Heulen und Zähneknirschen sein. Viele sind berufen, wenige aber auserwählt.‹ «

»Ich will gar nicht auserwählt sein. Du hast 'ne Meise.« Ich zeig ihm den Vogel. »Du tust so, als bist du schon im Himmel, dabei rauchst du! Du hast gut quatschen über Maloche und reist mit neuen Schuhen und Koffern wieder ab.«

»Was ist mit dir? Geht's dir nicht gut?« Bestürzt sieht er mich an, einen Augenblick, doch dann sagt er: »Bist ja nur neidisch!«

»Von wegen glückliche Kindheit, die Eltern hatten gar keine Zeit für uns, es war wie im Heim«, sag ich.

Zwar ruft Karl »Ruhe!« und Eva »Leise, was denken die Leute«, doch Geschwister und Mutter hören erstmals ernst zu.

»Selig, die Armen im Geiste.« Jakob im blauen Anzug lehnt sich aber wieder lächelnd zurück und wippt mit den glänzenden, schwarzen Schuhen. »Natürlich war deine Kindheit unglücklich, die unglücklichste überhaupt, wenn du alles Glück vergisst. Mach's umgekehrt. Vergiss das Unglückliche, dann hast du 'ne glückliche Kindheit. Dafür is's nie zu spät. Den Heidenkindern geht's viel schlechter.« Er redet alles weg, wie man mit Fingerspitzen Fliegen wegschnellt.

Ich hass es, dass er so tut, als wüsste er, was gut ist und was ich muss. »Du bist scheinheilig und verlogen«, sag ich, obwohl ich kaum Luft krieg, krebsrot. »Du hast gesagt, dass Jesus ohne alles übern See geht, muss man nicht wörtlich nehmen und das mit der unbefleckten Empfängnis und Mariä Himmelfahrt ist übertrieben. Du glau-glaubst doch selber den Scheiß nicht, und Rauchen ist Sünde!« Ärgerlich, dass ich noch stottre.

»Nur wer durch die Sünde geht, kann ein Heiliger sein.« Er wischt Schweißtropfen mit dem Ärmel von der Stirn. »Du Widerspruch-Heini! Was bist du plötzlich so fanatisch?«

»Quatschkopf mit Heiligenschein! Lügner!« Nichts gefallen lassen, sagte Isolde. Sie wär ruhig geblieben.

»So ungezogen!« Trude befühlt Jakobs Priestergewand.

»Hier gab's keine Liebe, nur dauernd Prügel.« Ich schau Mutter an, sie ist doch auch unglücklich.

Aber sie sagt: »Lustig war's früher mit ganz vielen beim Kartoffelsammeln, und schön die Pause unter der Eiche. Jetzt kommt wegen der großen Maschinen keiner mehr.«

»Ja, wir hatten viel Spaß beim Heuen!« Erleichtert streicht sich Paula einen Fussel vom Kostüm. »Arm, aber fröhlich!«

»Schön war's beim Heiligenbildchenverkauf«, ergänzt Anna.

»Du machst jetzt schon auf Nonne«, sag ich ihr.

»Wenigstens haben wir 's Ranklotzen gelernt«, sagt Karl.

»Hä?« Ich starr Paula und Karl an. »Ihr wart immer wie Oberpolizisten. War's 'n Vergnügen, Rübenziehen im eiskalten November, Hände rot und blau, Garbenbinden, Unkrauthacken in der Hitze, Kartoffelsammeln statt Schule?«

Sie glauben wohl selber nicht mehr, was sie erlebt haben.

»Ich darf gar nicht helfen«, sagt der kleine Klemens.

»Verwöhnte Nachkömmlinge«, sag ich.

»Schwer war 's Heudüwe zerstreuen«, klagt Lorenz. Er kaut wieder am Daumen und starrt mich die ganze Zeit an.

»Ganz unrecht hat Heini nicht«, sagt Eva, »Lorenz konnt nicht mehr, hat geheult beim Garbenbinden mit Blasen an 'n Fingern.«

»So ist eben das Leben: Kinder existieren fürn Hof praktisch nur als billige Arbeitskräfte. Großbauern brauchen sie nicht und hatten auch früher nur ein oder zwei Kinder«, sagt Jakob.

»Musstest du zu hart ran?« Paula sieht verdutzt zu Lorenz.

»Nein, aber Ohrfeigen gab's«, sagt Lorenz lispelnd.

»Die paar Ohrfeigen«, sagt Anna. »Schlimm nur in der düst...«

»Wir wurden gar nicht eingesperrt«, sagt Paula heftig.

»Und ob, in die Kiste!«, sagt Ulla klar.

Alle Geschwister sind dabei, für jeden war's anders; die Stimmen verwirren mich.

Vater kommt keuchend und heiß vor Zorn dazu. »Hört auf mit 'n Sabbeleien. Loat de Karken in 'n Darpe!«

Ich starr ihn an. »Du mit Prügeln, hast nur 'n Hof im Kopf.«

»Ich hab dich nur mal gehaun, dass du dich besser einfügst.«

Irgendwo fällt der Name Tonius. Alles zieht sich in mir zusammen, meine Wut rast. »Arschlöcher! Ihr seid alle beknackt!«

Vater guckt, als hätt ich geblökt. »Du Kindskopf!«

»Kannst mir 'n Hintern putzen«, würg ich raus, wie er beim Landvermesser.

»Völlig durchgedreht, pass auf, du landest im Heim!« Er schaut mich wie einen Aussätzigen an. »Du kriegst noch deine Tracht.«

Wär nicht Primiz, würd er gleich losschlagen.

»Heini, sicher hast du's schwer.« Mutter zieht mich zur Gardrobe. »Die großen haben 's Sagen und man kümmert sich meist um die Jüngsten. 'n Mittlerer läuft so mit, kommt leicht unter die Räder. Wenn du nur nicht ganz auf Abwege gerätst.«

Zum Essen setz ich mich weit weg von meiner Familie zu Brüggen Willi, Emma und Rudolf. Emma guckt mitleidig. »Bei der tierischen Plackerei hatten deine Eltern keine Zeit, dir zu zeigen, was Liebe ist«, sagt sie. »Vielleicht kennen sie's selbst nicht oder zeigen's grad im endlosen Ackern. Zu 'n Tieren ist euer Papa ja gut. Er schlägt und beschimpft sie nur, wenn's nötig ist. Doch gegen dich war er ungerecht. Naja, einer muss 's schwarze Schaf sein. Lass dich nicht kujonieren!«

Es gibt wohl bei Müttern mit dicken Brüsten mehr Liebe. Es quält mich, anders zu sein. Ich war doch frommer Messdiener, fleißig auf dem Hof, und doch war gleich der Wurm drin. Keiner hat so lange eingenässt, gestottert, knallrot im Unterricht, mit blutig abgebissenen Fingernägeln und eingeritzter Zunge. Ich beiß auf die wunden Lippen. Ich dreh noch durch. In die Kiste gesperrt, ans Tischbein gefesselt, geschlagen. Wie Fotos eingebrannt. Ich glaub keinem mehr. Anna weinte doch in der Räucherbude endlos zum Steinerweichen. Aber die machen sich die Kindheit schön. Ich kann's nicht. Sicher wegen der Delle, weil ich mal auf den Kopf gefallen bin. Nur nicht verrückt werden wie Barbara. Immer hieß es, wer zweifelt und nicht genug Rosenkranz betet, muss nach Lengerich wie Lakemeiers Lieschen. Mir ist hundeelend.

»Bewerb dich doch auch wie ich an der katholischen Oberschule in Münster«, sagt Willi. »'ne andere gibt's ja nicht!«

»Oder werd Eisenbahner wie ich«, sagt Brüggen Rudolf.

»Aber bei Kollmanns wird das nichts«, flüstert mir Emma zu. »Ich sag dir die Wahrheit: Dem Kollmanns Kurt gehört nur eine Hofhälfte, die andere seinem Onkel und der will, dass einer von seiner Seite den Hof kriegt. So wie der über dich klagt, du tät's dich immer in der Küche rumtreiben, kriegst du den Hof nie.«

Ich fühl mich von Vater verraten und verkauft, obwohl ich nicht Bauer werden will. Ich hör ihn über Schulden vom Land- und Treckerkauf klagen und dass wieder Bauern aufgeben. »Alles, auch Kunstdünger, wird teurer, nur unser Vieh nicht. Und mehr Steuern. Steinhop baut Abwasserkanäle, wir müssen jetzt fürn Wasseranschluss und fürs Wasser zahlen. Immer war 's Pumpenwasser umsonst und das Abwasser Dünger fürs Feld. Die Gemeinde schmeißt 's Geld für 'ne neue Schule und 'n Schwimmbad raus und wir schuften uns kaputt.«

»Sogar Treckerkettler geht pleite«, sagt Gressbur.

Ich kann's nicht mehr hören und will mich nach dem Pudding grad verdrücken, als der Pfarrer mir sagt: »Vielleicht hab ich dir mit Tonius Unrecht getan, man hört ja so allerhand über ihn. Komm mal und wir reden über alles.« Er lächelt mir zu. Er hat wohl nicht gehört, was ich zu Jakob gesagt habe.

Dann zieht Schlachter-Gerd, der Igelkopf, mich am Arm zur Doppelkopfrunde mit Onkel Ludger und Königschultenbur. Schlachter-Gerd könnt mir zur Schule oder Lehrstelle verhelfen. Aber anders als bei der Verlobung witzelt er nicht mehr über die Kirche. Er sei letzten Sonntag schön kegeln gewesen und sie hätten lecker gegessen mit zwei Glas Wein. Doch plötzlich habe er Schmerzen bis zum Gehtnichtmehr.

»Scheiße, denk ich, Herzinfarkt. Ich krieg kaum Luft, Nachbarn helfen mir noch in 'n Notarztwagen. ›Nicht bewegen‹, sagte der Arzt. ›Blutwerte schlecht, aber sonst finden wir nichts.‹ Es dürfte nicht wehtun, tat's aber bestialisch! Ich bet zur Euthymia, wirklich lange, wie ewig nicht mehr. Ist doch eine von uns. Wenn noch einer helfen kann, dann die! Am Morgen staunt der Arzt. Schmerzen weg, Blutwerte normal. Seitdem weiß ich, Euthymia wird nicht richtig gewürdigt.« Er hebt das Euthymia-Medaillon an der Halskette hoch. »Die trag ich nun gegen Herzinfarkt. Die Kirchenoberen tun nichts, sie selig zu sprechen. Und wisst ihr«, flüstert er, »weshalb auf'm münsterschen Zentralfriedhof die Kapelle, in der doch Kerzen zur Fürbitte an Euthymia standen, abgebrannt ist? Urplötzlich gab's von 'n Kerzen Flammen, dass das Dach Feuer fing, die Scheiben platzten und die Kapelle zusammenbrach. Ich war ganz von 'n Socken. So hat sie's allen gezeigt, und sie wird noch mehr Wunder wirken. Glaubt's mir!«

»Euthymia hat dir 'n Schrecken wegen deiner Lästereien gegen den Pfarrer eingejagt!« Königschulte hebt 's Bierglas.

Sogar Schlachter-Gerd ist wieder gläubig, und das durch Schmerzen. Mich haben Schmerzen von der Kirchenbank weggeschoben wie der Frontlader einen Haufen Mist, der Kopf dröhnt. Ich muss raus aus dem Dorf. Hier mach ich keine Lehre, niemals. Nur nicht wie Otto umkommen. Kann ich zu Gregor nach Münster? Am Ende der Spielrunde schleich ich raus.

65

Zurück in Ostenwalde, fällt mir die Arbeit noch schwerer. Das wird doch nichts, mit nur einer Hofhälfte. Hier muss ich weg. Wie Willi zur katholischen Oberschule nach Münster und dort im Schulheim wohnen? Mit Hilfe von Rektor Neuhaus und dem Pfarrer? Eine nichtkatholische Schule wär mir lieber, aber es gibt keine. Nur diese kostet nichts und ich bekomm Ausbildungsförderung, zwei Wunder auf einmal. Auf Kurts Frage, ob ich Bauer werden will, red ich mich raus. »Vielleicht später, ich bin zu schwach.« Er macht uralte Augen und ich hör Kollmanns Karla weinen. Das Haus ist leer, nur der Hund im Zwinger bellt mich an. »Bleib noch bis Ende Juli zur Roggenernte«, bittet Kurt. Ich kann ihn nicht enttäuschen und versprech's. Es stört ihn nicht groß, dass ich nicht zur Kirche geh. Er erlaubt mir alles: Motorrad fahren, Enten schießen und vor allem zu Isolde. Und auch zwei Wochen nach der Primiz bin ich immer noch zu feige, Isolde anzusprechen. Je weniger ich sie sehe, desto mehr denk ich an sie. Als ich sie endlich treffe, vertröstet sie mich aufs Steinhoper Johannisfest.

Ich renn rum fürs Foto, seh mich erstmals allein auf einem Bild, stolz, auch wenn Vater denkt, Stolz ist hoffärtig. Pickel und Biberzähne gefallen mir nicht. Ich schreib den Lebenslauf: Juni 1948 geboren als siebtes Kind des Bauern Heinrich von der Tann und der Ehefrau Martina geb. Heymeier. 1954 bis 62 katholische Volksschule, dann Arbeit auf dem Hof und zwei Lehrgänge in Ibbenbüren.

Mit weißem Kragen, frisch von mir gebügelt, klingle ich beim Pfarrer. Er hat auch Jakob zur Missionsschule und Ulla zur Tante Maria verholfen. Das ist er mir Messdiener und wegen Tonius schuldig, trotz Friedhof. Im Flur riecht's nach alten Büchern. Nimmt er mir übel, dass ich nicht mehr messdiene und Kirche und Beichte meide? Fromm schau ich drein, sag in feinem Hochdeutsch: »Ich möchte bitte eine Empfehlung für die katholische Oberschule in Münster.« Wie Onkel Bruno betrüg ich Gott persönlich fürn guten Zweck.

»Du fühlst dich auch zum Priester berufen?«

Ich muss jetzt *Ja, natürlich, wie Jakob!* sagen, stark im Lügen, aber ich nick nur. Ich kann ihn nicht ansehen. »Ich hab den Eierrosenkranz gemacht und Heiligenbildchen verkauft.«

»Ja, du bist ehrgeizig, Sohn frommer Eltern. Fällt dir auf, dass weniger Leute zur Kirche gehen?«

Mir stockt 's Herz, jetzt kommt's raus. »Ja, weniger«, sag ich.

Er nickt. Einfältig fromm tun genügt ihm wohl. Wenn er nur nicht vom Friedhof anfängt. Da sag ich lieber gleich: »Ich ka-kann hier nicht blieben ... To-Tonius«, stottre ich.

Er sieht mich an, mit zusammengezogenen Augenbrauen, und schaut auf den Boden. Ja, er hat ein schlechtes Gewissen! »Ich gebe dir einen versiegelten Brief mit. Die werden dich aufnehmen!« Der Betrug klappt. Er will mich wirklich loswerden, damit über die Sache mit Tonius im Dorf nicht mehr geredet wird. Mit dem Brief in der Hand kann ich nicht schnell genug wieder raus.

Draußen hol ich tief Luft. Jetzt noch einen schweren Gang zum Rektor Neuhaus. Weiß er noch, dass ich in der Vierten bei Mauser fast sitzenblieb? »Du hast doch das schöne Stadener Gedicht gemacht«, begrüßt er mich am Schreibtisch, mit Bauerntruhen und alten Dorfbildern an der Wand. »Bist nicht auf den Kopf gefallen, Begabung, na ja, etwas spätreif, immer ängstlich und misstrauisch«, murmelt er vor sich hin. »Förderung bekommst du. Ob's reicht?«

»Von 'n Eltern krieg ich nicht mal Kindergeld.«

»Wer mit dieser Welt bricht, dem hat sie Schlimmes angetan.«

Ich nicke.

»Kopf hoch, du schaffst es. Bist kein Linkshänder, rauchst nicht, stiehlst nicht und mir scheint, du stehst nicht mehr so krumm.«

Ich nicke. Hoffentlich schreibt er mir was.

»Warum ziehen alle weg?«, sagt er. »Das Münsterland ist doch das schönste, das Land der tausend Eichen. Andere sehnen sich nach Beschaulichem. Mit dem Bauernlegen sterben uralte Bräuche und Plattdeutsch, die tiefe Frömmigkeit, Sagen, alte Lieder. Wir müssen sie im Heimatverein pflegen. Keiner dachte, dass alles so schnell vorbei ist: stille Sommer, tiefverschneite, einsame Winter, blaudunstige Moorwiesen, das ärmliche Ducken der Bauernkaten.«

Ich nicke.

»Ein durch Plackerei und übermäßige Frömmigkeit in der Reife zurückgebliebenes Kind«, schreibt er mir endlich ins Gutachten. »Strebsam und zum einfachen Denken fähig, ackert geduldig wie der Vater. Es fiel ihm nicht leicht, alle Volksschulklassen zu durchlaufen, aber so karg er aufwuchs, so zäh ist er im Leben. Keine Glanzleistungen, aber er treibt auch keine üppigen Spitzen, die man stutzen müsste. Mit fünfzehn steht er stabil wie ein Baum für sich, der keinen Pfahl braucht.«

Überall ein Weggehen, wie ein Dammbruch: Jakob nach Papua-Neuguinea, Paula heiratet, Eva will sich verloben, Anna freut sich aufs Kloster, Franz-Josef geht zur Schule nach Ibbenbüren.

Auf dem Rückweg pfeif ich *Hänschen klein* und muss lachen, mich so was Kindliches pfeifen zu hören. Die Dorfstraße, die Kirche, der Marktplatz mit den Linden, selbst die Kreuzgangsteine sehen in der Sonne hell und heiter aus, als könnten sie keinem was zuleide tun. Wie rein war meine Seele nach der ersten Beichte als neuer Messdiener, wie schön der goldene Tabernakel, die funkelnde Monstranz und Vaters Sonntagszigarre, die *Maggi*-Suppe, geharkte Gartenwege, Mutters Mundharmonika. Wenn Vater es bloß nicht vorher erfährt, er würd mich totschlagen. Um Mutter tut's mir leid. »Bleib hier, ich überleb's nicht, wenn du gehst«, wird sie sagen.

Was wird bloß mit Isolde?

Am Prüfungstag bringt mich Kollmanns Kurt nach Münster.

Tief sauge ich die Stadtluft ein, vornehme Leute in Anzügen, Springbrunnen. Noch höhere Häuser, breitere Straßen und mehr Autos und Ampeln als in Ibbenbüren. Schaff ich es in der großen Stadt wirklich, ganz allein, Babylon, Sprachgewirr, Sodom und Gomorrha? Die Käfige am Lamberti-Turm hoch oben kommen mir für die heutigen Wölfe zu klein vor. Beim Eintritt in den Stahl-Glas-Schulbau würgt's mir in der Kehle, ich bekomm Kopfweh. Ich geb 's Papier vom Rektor und den versiegelten Brief ab. »Mit schönen Grüßen von meinem Steinhoper Pfarrer«, sag ich so andächtig wie möglich. Würd nur nicht das Dorf und Platt an mir kleben wie Schweinegeruch.

Ich kann nicht ruhig stehen. Dann treff ich Willi. Nur jeder Vierte wird bestehen, sagt er. Einige seien sogar von ihrem Pfarrer zur Prüfung gebracht worden. Da hab ich keine Chance. Ich weiß nichts mehr und löse nur wenige Matheaufgaben. Auch beim Aufsatz über die *Bedeutung der Aufklärung in der modernen Gesellschaft* weiß ich nicht, worum es geht, und schreib nur Mist. Willi schreibt und schreibt. Das liegt uns nicht im Blut, sagte Vater immer. Englisch und Tippen helfen mir nicht. Das Credo hätt ich gewusst, wie Abraham den Isaak auf dem Holzhaufen verbrennen will, wie man Kerzen dreht oder schreiende Schweine beruhigt. Willi grinst siegesgewiss. Mit Tränen geb ich den Bogen ab. Verpfuscht!

Zitternd verlauf ich mich im Gebäude. Spring ich aus dem Fenster? Sicher passiert Schlimmes. Ich bin gewarnt, Vater zahlt noch nach Peru, weil Onkel Bruno nicht Priester wurde. Ich fahr gleich mit Kurt zurück. Zum Glück keine Neugierigen auf der Dorfstraße. Wie es war, fragt er. Ich schüttle nur den Kopf und geh gleich ohne Essen ins Bett. Vor Willi und Lehrer Neuhaus kann ich mich nicht mehr sehen lassen. Denk ich an Isolde, kommen mir die Tränen. Der Pfarrerbrief, beruhige ich mich, oder ich schaff's im Mündlichen.

Wie im Nebel vergehen die Wochen.

Auf dem Steinhoper Johannisfest such ich Isolde.

Bei *Dreilinden* hör ich Jan von Investitionen in Viehzucht schwärmen. Als ich näherkomm, haut er mich an. »Dich schmeißen wir ins Teufelsmoor!« Und fasst sich grölend mit anderen stiernackigen Jungbauern an die Schultern. Seit der Friedhofsgeschichte verachten sie mich offen. Nichts wie raus. Ich kann in Steinhop nicht bleiben. Das Ungewisse mit Münster quält mich am meisten. Wo bleibt nur Isolde? Draußen auf dem Marktplatz dröhnen Schlager. Ich seh Caspar und Karl-Heinz eine rauchen und stell mich dazu, ebenso lässig, das rechte Bein angewinkelt, Arme hängen locker, die linke Hand in der Tasche. Hätt ich doch Lehrlingsgeld wie sie. Seit ich nicht mehr zur CAJ geh, kann ich mit ihnen kaum noch reden.

Thea, Cilli und Evelyn, am Eisstand, winken mir zu, kichern und lachen. Ich kann mich nicht satt dran hören und sehen. Cilli, im dunklen Taftkleid, mit schwarzen Schuhen und weißen Socken, sagt: »Ist das 'ne schwüle Luft!« und rundet ihre roten Lippen. Evelyn dreht mit dem Zeigefinger um einen Zopf, erstaunt, dass ich sie anstarre, und schlägt im Stehen die nackten Beine übereinander. Sie sagt nichts, als erwarte sie, dass ich was sage, und lächelt mich an, ohne Zähne zu zeigen. Ich weiß nichts zu sagen und schau nur auf ihre Schenkel. Ich könnt wieder mit ihr tanzen. Noch kein Jahr ist's her, wo mich Mädchen nur auslachten. An Cilli gefällt mir das laute Lachen. An Thea das Schüchterne und Rundliche. An Evelyn die bläulich schimmernden, dicken Haarzöpfe und wie sie den Hintern im kurzen Rock bewegt. Auch ein evangelischer Hintern kann schön sein. Die drei tratschen wohl über mich, es stört mich nicht mehr. Cilli lehnt an der Bude, leckt am Eis und pult mit dem Mittelfinger durch die Bluse im Bauchnabel. Sie hat geschwungene Lippen, bedrohlich geschwungen. Sie starrt in meine Richtung, mal blinzelt sie mich an. Die Radgeschichte ist wohl vergessen. Nur Thea spricht trotz voller Brüste und Schenkel leise. Ob sie wohl wissen, dass ich so lange schon mutiger sein will und verzweifelt darüber bin?

Erich scharwenzelt mit offenem Hemd um Cilli herum. »Dein Taftkleid ist todschick!« Und stibitzt einen Kuss. Sie wird rot und lacht schrill, trotz ihrer schiefen Mäusezähne. Sie lässt sich von Jungs umschwärmen wie Fliegen den Vannillepudding. Als ich mich dazustelle, sagt sie lachend: »Na, du Bauerntölpel?«

»Rutsch mir 'n Puckel runter, blöde Kuh«, sag ich auch lachend und krempel die Ärmel hoch.

»Ärger dich nicht«, tröstet mich danach Willi, »ich dachte auch mal: Cilli, das Traummädchen, meine Freundin! Wir haben uns sogar hinter Frieses Tanzsaal geküsst, jetzt knutscht sie mit 'nem anderen. Fand'st du's in Münster auch so schwer?«

»Red nicht davon. Wie krieg ich bloß die Isolde rum?«

»Die ist spitze«, sagt Willi. »Du brauchst dreierlei. Geh mit ihr paddeln. Sie sitzt dir gegenüber, lächelt dir zu und sonnt sich. Vielleicht öffnet sie schon die Beine 'n bisschen. Nimm 'n Erdbeerwein mit, lad sie ein, als Dosenöffner«, er kichert, »'ne Tornisterdecke mit Riemchen, gefaltet überm Rücken, und wandre mit ihr 'n bisschen.«

»Wieso Dosenöffner?«

»Klößchen und Döschen gucken: Döschen im Schößchen, Möschen im Höschen!« Er lacht sich kringelig. »Ich hab euch küssen gesehn. Ich sag's keinem.«

»Is lange her.«

Willi zieht sein Mickeymaus-Hemd grade. »Und wenn ich nu' mit Isolde ins Kino geh, da bleibt dir die Spucke weg, was?«

Am Marktplatzende beim *Haribo*-Automaten seh ich Isolde. Ich lauf auf sie zu. Sie kommt mir entgegen, wie ein Engel, mit himbeerrotem Mund, wehendem Haar und wippenden Brüsten. Der Wind weht ihr hellblaues Kleid zwischen ihre Schenkel. Sie umarmt mich, drückt mir die Lippen an den Hals und hakt sich bei mir ein. Wie schön, aber ich erstarre. Kein Gespräch kommt auf, doch sie lässt meinen Arm nicht los. Etwas ist neu.

»Na, du Schmetterling, willst weg, was?« Sie lächelt mir zu.

»Isolde, wenn du mit dem gehst, dann …« Willi von der anderen Straßenseite zeigt auf mich.

»Ha, ich geh auch zur Oberschule nach Münster!«, ruf ich.

»Bleibst du wirklich nicht bei Kollmanns?« Isolde liebäugelt mit mir und streicht mir mit ihrer schmalen Nase übers Gesicht. Ich schmatz ihr auf die Wange, dass jeder es hört. Sie öffnet ihr Täschchen mit nichts drin als ein weißes Taschentuch und einen winzigen Spiegel. Sie schaut hinein, ein zartes Gesicht, schlank, gar nicht bäuerlich. Mit weißen Zähnen und Lachfältchen leuchten ihre Augen noch blauer. Tausendmal hab ich diese Augen gesehen, nur wo?

Sie blickt mich nachdenklich wie noch nie an. »Ich will auf keinen Fall 'n Bauern.«

»Ich will auch keinen Bauerntrampel wie Thea«, sag ich leise, dass die es nicht hört.

»Aber du hast mit der getanzt.«

»Was kann ich dafür?«

»Die himmelt dich an!« Da ich schweig, ruft sie: »Die oder ich!«

»O Gott, die hat immer eiskalte Hände.«

»Woher weißt du das?« Sie schaut mich wütend an.

Ich betont gleichgültig: »Ach, die blöde Bauerntrine!« Ich biete ihr Lakritz an, sie will nicht. Aber es kommt anders. Es tröpfelt.

«Wohin?«, fragt sie. Zu ihr geht's nicht. Sie schaut mich an, ich mach mir fast in die Hose. Ein Wunder! Die Schönste ist erpicht auf mich, den kleinen, schüchternen Heini. Ich nehm sie vorn auf die Lenkerstange. Sie legt den Kopf an meine Schulter und haucht mir ins Ohr. Wind bläst mir ihr kastanienbraunes Haar ins Gesicht. Ihr Vanilleduft und Lachen gehen mir durch und durch. Könnt ich doch stehen bleiben und sie küssen!

Aus dem Tröpfeln wird Regen, wir suchen Schutz in einem Wiesenstall und setzen uns auf die Strohballen. Ich leg den Arm um sie, ihre Schulterblätter stehen spitz ab, und wie aus Versehen streifen meine Lippen ihre Wange. Sie schiebt ihre warme Hand auf meine. Ihre feinen Hände werden nie wie Mutters verwittern.

Locker kann ich sagen, was ich will: »Is's nicht seltsam? Uropa hat uns mit 'm Kottenkauf *'n Dorn in 'n Foot rammt*, dass Papa sich auch ewig quält und uns nichts gönnt. Seine Patenkinder sterben klein. Is ja seltsam: Ulla weg, Otto weg, Jakob Missionar, ich geh wieder zur Schule. Aber Papa soll's nicht wissen! Mama weiß's auch nicht.«

Wie unwirklich, ich red ungehemmt mit einem Mädchen. Das bin ich nicht.

Sie sieht mich verwundert an. »Nicht mal deine Mutter?«

Ich zerr den Hemdkragen vom feuchten Hals. Das Stechen im Kopf fängt wieder an. Mir fällt alles wieder ein, in der Kiste eingesperrt, Vaters und Mausers Prügel, endloses Dreschen, bis mir schlecht wurde. »Die waren nie zufrieden«, sag ich heiser, mit Tränen. Nie hab ich so viel geredet, und sie hört mir zu wie noch niemand.

»Lass doch deinen Papa, der kann nicht anders.«

»Ich habe alles versucht, beten, fasten, mich schlagen.« Ich schau wie gleichgültig zur Seite, aber meine Lippen zittern.

»Auch geschlagen? Du bist was Besonderes«, sagt sie.

Ich fang an, es wieder zu glauben. Mutter hat mich ja Sonntagskind genannt. Aber durchs Reden kommen wir uns nicht näher. Wär ich nur nicht so verwirrt. Ich stottre, was wollt ich noch sagen, mein Mund trocken wie Sandpapier, Knie schlottern, Zähne klappern. »Ach«, ich schau verzweifelt in ihre blauen Augen, »ach, es wär so schön …« Es würgt mich, wie gelähmt. »Du, du … bist so schön …«

»Nein, ich bin nicht schön. Sagst du nur zum Spott.« Sie lächelt mich an, gleich mir wird warm. Diese hartnäckige Fliege unter meiner Nase, ich greif hin, es ist ein Strohhalm in ihrer Hand. Ich streichle ihr über die Wange. Doch sie beißt mir in den Finger, wie eine Katze, die sich erst streicheln lässt und dann blitzschnell kratzt. Ich fahr mit dem Zeigefinger über ihre Wirbel vom Hals bis zum Po, sie lehnt sich zurück an einen Strohballen. Ich lege ratlos meine Hand auf den Bauch, wo sie mir's schon beim letzten Mal erlaubte. Schön ihre Achseln im ärmellosen Kleid. Ich wag's nicht, sie dort zu berühren. Sie spitzt die Lippen und wirft mir einen Kuss zu. Ich roll einen Halm über ihre Lippe, sie wird weich und zittert. Ich press den Mund auf ihren und saug ihre Unterlippe zwischen meine Lippen, aber sie dreht den Kopf weg.

»Ich weiß nicht«, sagt sie. Ich öffne zwei Knöpfe des Kleides und seh mehr, als ich darf: Die Brustwarzen zeigen nach oben. Sie wird rot, beißt sich auf die Lippen und verschließt die Knöpfe. Sie hält nicht still, wie die Kuh, der ich übers Euter streiche. Denkt sie nicht daran, woran ich dauernd denk, wenn ich nicht aufpass? Wie hat mich der erste Blick auf Barbaras Brüste am Recker See umgehauen! Mein Röhrchen treibt mich in den Abgrund. Würd 's Stroh nur nicht so pieken.

»Ich bin so allein«, flüster ich. Sie will mich wohl nicht mehr klagen hören und dreht sich weg. Ich jammre selber wie Trude und Vater. Sie bemerkt wohl, wie unerfahren ich mit fünfzehn noch bin. Ich schling meine Arme fest um sie, sie lehnt den Kopf an meine Brust. Mit dem Finger gleite ich über ihr Haar, Ohrläppchen und den Hals zur Schulter. Ich staune über ihr verdutztes Gesicht. Ablecken wie ein Kalb möchte ich ihre weiße Haut, sehnig und zart, nicht rosig und weich wie Theas, dem Bauerntrampel.

Errät Isolde meine Träume? Mutig drück ich meine Lippen auf ihren Mund, wohl zu hastig, wie Spitz, wenn er nach dem Wurstende beißt, dass sie zurückzuckt. Ihr Kleid zeichnet die Brustspitzen nach. Ich streich darüber. Sie blinzelt mir zu, schiebt aber die Hand weg, keine zuckersüßen Erbsen. Wohl unentschlossen, nimmt sie meine Rechte, legt sie auf den Bauch, ruhig liegenlassen, und umschließt sie, ewig lange. Warum bin ich so durcheinander? Hat die Kuh keine Lust auf den Bullen, geht sie fressend weiter, das weiß ich doch. Meine Hand bleibt auf ihrem Bauch. Nur die Lippen suchen nach warmen Stellen hinterm Ohr und am Hals. Sie stützt sich auf einen Ellbogen aufs Stroh. Ich kann nicht von ihren Schenkeln wegsehen. Blut schießt mir in jeden Pickel. Ihre Hand gleitet auf ihr Knie, zeichnet das Ringelmuster des Kleids nach. Schwindlig folgen meine Hände ihrer Hand in Schlangenlinien und streicheln fiebrig ihre Schenkel ins Dunkle, sündiger als Worte oder Gedanken, wollen zum Schamhaar. In den zitternden Händen spür ich den Teufel auf mich warten. Der Mühlstein des sechsten Gebots würgt mir um den Hals. Jetzt versteh ich den Pfarrer, wenn er vor Verkommenheit warnt und warum Jesus im Wandbild mit traurigen Augen aufs Herz in seinen Händen sieht, aus dem Flammen bis zum Bart lodern, die keiner löschen kann. Der Pfarrer ist ein Lügner. Ich bemerk, ich entfern mich noch weiter von der Kirche, oder sie sich von mir? Ich leck meine trockenen Lippen. Die Finger glauben nicht mehr an Gott und schieben ihr Kleid hoch. Isolde lässt's zu, dann richtet sie sich auf und zieht mir die Hose runter. Das hab ich nicht erwartet, gar nicht ängstlich wie neulich mit dem BH.

»Es ist heiß«, flüster ich benommen. Meine Hitze kommt von tief innen. Sie beugt sich zu mir und küsst mich. Aber das Röhrchen lässt halbwach den Kopf hängen. Heiß sticht's mir in die Brust. Sei kein Spielverderber, blamier mich nicht! Ich kann's nicht überreden. Wir lächeln uns an wie Kinder, die vergeblich Fische mit der Hand fangen wollen. Alles Streicheln hilft nichts. Wie kleinlich! Langsam zieht sie die Hände zurück, ich bin sprachlos. Stille, nur Tropfen auf dem Dach, die Schande schreit zum Himmel. Sie hebt bloß die Augenbrauen und lächelt, als sei nichts. Eingezogener Kopf, das Blödeste, was mir passieren kann. Ob's je groß wird? Immer der Kleinste, zum Heulen! Ich werd nie heiraten und Kinder haben können. Lieber Pfarrer werden? Aber ich hab's nicht eilig, war nur neugierig. Sicher hätt sie auch nicht gewollt.

Sie legt zärtlich glitzernd den Arm um mich. »Ich mag dich!«

Kein Mädchen redet so ungehemmt. »Was sagt deine Mama dazu?«, frag ich, ärgre mich aber gleich darüber.

»Liebst du mich? Ich liebe dich und will drei Kinder.«

Das erschreckt mich. Ich starr sie an. »Sag so was nicht!« Auch das tut mir gleich leid. Wie unwirklich! »Ich muss los.« Ich steh auf, Vaters strenges Gesicht und *ora et labora* vor Augen.

Zärtlich schaut sie mich an. »Sehn wir uns Samstagabend? Aber nicht klingeln. Hier! Mein Schlüssel, verwahr ihn gut.« Sie reicht ihn mir. Schwer wiegt er in der Hand, mit großem Bart. »Mutter wird schon im Bett sein. Vater darf davon nichts mitkriegen.« Sie lächelt verschämt.

Der Schlüssel füllt meine Hosentasche aus. Unterwegs tast ich nach, ob er noch da ist.

Der Mond schiebt sich schon hoch, die Glühwürmchen blinken.

Im Bett schreckt mich ein naher Kuckucksruf auf, dünn wie ein flacher Stein.

In mir zittert was, mein Märtyrerwunsch, früher im Winter nachts nackt, mich schlagen, jagt kitzelnd rings unter der Haut umher. Aber erstmals spür ich was, was mir keiner nehmen kann: Das ist sicher Liebe. Mein saublödes Röhrchen drängelt, reibt wie von selbst übers Bett und schon zuckt's. Ich schäm mich für die tierische Lust, bin aber stolz drauf, egal, ob's Sünde ist.

Im Traum seh ich ein verchromtes Türschloss in der Sonne glänzen. Mein Schlüssel passt. Was ist bloß hinter der Tür? Ich steck ihn rein, aber das Schloss glüht und wächst, verschmilzt mit dem Schlüssel, wie in Luft aufgelöst, Blitze durchzucken die Hand. Ich kann sie nicht zurückziehen. Und die Tür öffnet sich: Ich erzittre, alle Zimmer leer, Wände weiß, Dielen glänzen. Ich schau durchs offene Fenster in die blendende Sonne, fall in die Tiefe und ... erwach heulend, dass ich erschreck.

Verschwitzt greif ich zum Schlüssel. Gott sei Dank – er liegt noch da.

66

»Ich hab die Aufnahmeprüfung verpatzt«, sagt Willi. »Der blöde Handelsschulrektor macht mir 'n Strich durch die Rechnung. Ich fang 'ne Bürolehre bei der *Preussag* an, die sagen *Sie* zu mir.« Hierbleiben falle ihm schwer, aber er stehe nun über Maurer und Schlosser wie Caspar und über Bauern erst recht.

Wenn schon ein Handelsschüler durchfällt, dann ich ganz sicher. Der Postbote bringt auch für mich einen Brief aus Münster. Mir wird schwindlig.

Das muss ein Fehler sein, schwarz auf weiß: zugelassen, ohne mündliche Prüfung! Der Brief vom Pfarrer, zuckt's mir durch den Kopf. Sorgt

Gott doch für mich, obwohl ich den Pfarrer belüge? Ein Glückskind! Odysseus kam auch nach dem Schweinehüten groß raus.

Nun weich ich Lehrer Neuhaus nicht mehr aus und tanz nicht mehr nach Vaters Pfeife. Wenn er mich nur lässt, noch verdammte sechs Jahre bis zur Volljährigkeit. Er wird mich dahinlassen, er muss nichts bezahlen, und heimlich sogar stolz auf mich sein. Immer hieß es, ein Bauernjunge bloß mit Volksschule schafft's nicht. Zu viel hab ich mir gefallen lassen, um zur Dorfjugend zu gehören. Mich geschämt, dass ich verzweifelt war, von Vater geschlagen, von Tonius gequält. Vergangen die nächtlichen Drohungen aus den Wänden, zu fallen, erstarrt, von Löwen gefressen, ausgeliefert dem Vorhersehen, sogar gezittert vorn Mönchen im Heiligen Meer. Lächerlich! Schlachter-Gerd hat zurecht gespottet. Und das ängstliche Rosenkranz- und Ablassbeten, täglich zur Messe, sonntags dreimal zur Kirche. *Wenn die bunten Fahnen wehen* schmettre ich übern Hof. Ich hass den Namen *Heini*.

Ein dünnes Rot der untergehenden Sonne liegt überm Horizont, rot wie das Grabenwasser beim Schweinschlachten. Seltsam nur, es wühlt mich auf, wirklich wegzugehen. Alles verlier ich, von allem ausgeschlossen! Aber werd ich das Fliegenplumpsklo, die Strohmatratze und die Schublade mit den Habseligkeiten wirklich vermissen? Die viele Arbeit, Trudes Geschimpfe, Vaters Prügel?

»Du Glückspilz gehst in die Stadt«, sagt Caspar.

»Geh doch auch!«

»Ich bin zu faul für die Schule.«

Auch von Thea hör ich: »Ich geh mit!« Sogar Cilli sagt: »Schade!« Sie interessiert sich doch für mich.

Lehrer Neuhaus schüttelt den Kopf. »Donnerwetter!« Und gratuliert mir. Oder mich? Egal. Das hat er wohl nicht erwartet. Ich steh gleich aufrechter.

Den ganzen Samstag denk ich nur an Isolde. Am Abend werden ihre Eltern nicht zu Hause sein und sie wird mich zu sich lassen, Mädchen wollen Studierte. Kraftvoll wie nie werd ich sie ausziehen.

In der Tageshitze mähen wir Roggen bis spät, abends noch melken. Und noch Mais häckseln und Rüben schnitzeln. Schnell wasch ich mich und rase los, viel zu spät. Dunkelrot steht die Mondscheibe schon hoch. Verschwitzt klink ich die Gartentür auf, den Schlüssel in der Hand. Aber sie steht barfüßig in der Tür. »Na du, Heini?« Sie darf mich noch Heini nennen. Wir umarmen uns, wieder durchströmt mich ihr Vanilleduft. Sie zündet in ihrem Zimmer eine Kerze auf dem Nachtschränkchen an, gießt Bier ein und fängt wieder von dem prügelnden Suffkopp an. Der säuft sogar in der Fastenzeit. »Was grinst du wie ’n Weihnachtsmann?« Sie sieht mich unsicher an, als wir uns aufs blaukariert bezogene Bett setzen, auf ihrer Brust Vogelbeeren auf einer Schnur, leuchtend rot.

»Alles wird anders, geh du auch weg!« Ich tu wichtig.

»Du immer mit ’m Weggehen, ich lass Mutter nicht allein.«

»Bin angenommen!« Strahlend erzähl ich vom Pfarrerbrief.

»Wirklich? Du bist gar nicht dumm.« Wir umschlingen uns wie Paula und Job. Auf einmal ist’s so, wie Caspar über Mädchen sagt, wenn sich eine nach hinten biegt und man sie im Arm halten kann. Alles wie verwandelt: mein Mädchen. Ich sag erstmalig »Meine Isolde«, staune noch, wie heftig es in meiner Brust pocht und berühr mit den Lippen den Hals mit der Haarsträhne, ihr kurzes Ohrläppchen, die lustigen Augen, den Mund. Es prickelt und strömt warm tief in den Bauch bis in die Fußspitzen. Ich greif ihre Hand und leg sie an mein Gesicht. Sie zieht sie nicht weg. Ich spür ihren Mund auf meiner Wange. *Macht hoch die Tür, das Tor macht weit …* Aber wenn sie nicht will? Sie blinzelt mir zu. Im Nu macht mich ihr Lächeln sicher. *Es kommt der Herr der Herrlichkeit …* Ich werd nicht ein bisschen rot. Halleluja! Sie hält meine Hand auf ihrem Bauch, schließt die Augen und sagt nichts. Wie einfach. Was hatt ich mir alles überlegt zu entschuldigen, dass ich so spät komme und warum es beim letzten Mal nicht ging. Ich drück sie an mich. Ihr Haar streift meine Stirn. Sicher will sie, dass ich weiter küsse. Ich kann kaum atmen geschweige denn sprechen. Ich drück den Schenkel gegen ihren. Sie rückt lachend zur Seite und blickt auf ihre Schuhe, klein neben meinen. »Heini, warst du schon mal verliebt?«

Ich denk an Barbaras Brüste auf dem Schützenfest, an Cillis Ohrfeige nach dem Berühren ihrer Brust und ans Küssen mit Thea beim Tanzen. »Vielleicht ’n bisschen.«

Sie legt den Kopf an meinen, ihr Atem und Mund berührt mein Ohr. »Sag, is’s nicht Sünde? Kannst du noch beichten?«

»Sag ich später.« Das Ohr schmerzt noch, es verheilt wohl nie.

»Und dein Vater?«

»Mir egal!« Ich scheiß auf Gott und den Teufel. Wir gehören uns, keinem sonst und ich stotter nicht, wie lange nicht mehr. Sie sieht mich an und umfasst mich, als gehör sie schon immer zu mir. Die Brust, die feinen Achselhärchen im Kerzenschein, schön! Sie und ich. Ich könnt weinen. Wieder fängt sie an, mich auszuziehen. »Jetzt is es ungefährlich.« Sie schämt sich nicht, als ich ihr den Pullover übern Kopf ziehe, Bluse, BH, und sie in den Arm nehme. Überall Gänsehaut, meine Hand glättet sie. Der fremde Puls, ich beruhige ihn. Wie im Vogeleierfieber kann ich mit dem Suchen der wärmsten Stellen nicht aufhören.

Sie schaut mich unsicher an. »Probiern wir mal was?« Sie legt sich hin, die Hände nach oben. Ich pack zu, aber sie greift meine Hände und führt sie streichelnd überall hin. Ich hör sie atmen, mir entgegen, Knospen am Mund.

»Nein, da nicht!«

Ich will ihr was sagen. »Isolde, soll ich ...«

»Nein, psst!«

Ich richte mich auf, die feuchten Spuren des Mundes auf mir, streicheln, saugen, keuchen.

»Noch nicht!« Schwerer der Atem. »Langsam!«

Dann lässt sie mich gewähren, mehr, schneller. Ich gleite über sie, noch mal, noch mal. Die festen Brüste, ich greife, greife, alles frei, oh, diese Macht über sie, es überrieselt und berauscht mich, ihr alles zu geben, auf ihr zu schwimmen, pochend, pulsierend, fliegen, fliegen. Das ist mehr als das Kribbeln beim Habichtseier ausnehmen oder Zündeln. Die Schauer übern Rücken hören gar nicht mehr auf. Sie leuchtet, wie Feuer abends unter der Asche aufglüht. Ich spüre, sie ist glücklich. Nie kam mir das Wort in den Sinn. Jetzt ist es da, einfach so, und bleibt. Das ist keine Sünde! Zusammen gerollt, aneinander geschmiegt, eng umschlungen der Duft. Das muss Liebe sein! Was wollte ich ihr noch sagen?

Ich weiß es nicht mehr.

Ich laufe pfeifend zurück; es rauscht mir in den Ohren, als läuteten alle Glocken zu Ostern; alles schlagartig anders. Lachend stell ich mir vor, wie ich morgen ins Dorf geh, unscheinbar, niemand weiß es, und doch: *Es ist vollbracht.* Ich spring in die Luft, kann's selber nicht glauben. Linden duften süß, ihre Blätter stechen scharf und schwarz in den Himmel wie nie. Vater kann machen, was er will, ich geh Anfang August! Nur nichts überstürzen. Unglaublich, sie gibt allem nach. Mich will sie, mich! Das im warmen Döschen ist wie frei fliegen, wie ein

Habicht in der Luft. Willi und Caspar, schon sechszehn, wären neidisch. Von dieser Stunde an geht's mir besser. Ich könnt mich sogar mit Vater wieder vertragen und mit den Wölfen im Dorf heulen. Was Neues gehört zu mir.

Liebe ist großartiger als *Großer Gott, wir loben dich* oder die Fußballflanke!

Ich riech am Finger, den ich in ihr hatte. Noch lange riecht er, schöner als früher beim Schuhputzen, worauf ich so stolz war, weil es Vater so beeindruckte. Im Bett kann ich mich nicht beruhigen. Ich lieg wie im Glück. Etwas trägt mich wie noch nie. Immer musste ich malochen, um hingenommen zu werden, immer gegen den Strom. Hier ist's anders, erlöst, stärker als durch Beichten. Und ich beicht es nicht. Ich spür Isolde und mich noch überall zugleich und staune, was mir alles einfällt. Wie schön war's, Thea unterm Raupenverdeck zu küssen und Eva und Paula beim Waschen samstags auszuspähen.

Warum hab ich Idiot mich geschlagen nackt auf dem kalten Boden, weil du steif warst? Ich streichle es, halbwach, ein Rohr. Unfassbar, sich zu schämen, dass du klein warst und nicht wie Caspar an der Klowand hochpinkeln konntest. Isoldes Streicheln hebt alles auf. Wie nach einem Alptraum ziehen sich die Schreckgestalten in Wände und Dielenritzen zurück. Im Traum flieg ich wie ein Vogel zum Fenster hinaus weit über den Garten, von Baum zu Baum, von Kirchturm zu Kirchturm, ich schwebe, schwebe, schwebe. Aber dann wein ich um Isolde im Grab, ihre Augen starren abwesend und als ich aufwach, muss ich weiter weinen. Wie vom Schlag getroffen, sitz ich benommen im Bett, bis ich weiß, was ich will: Was ich ab jetzt tu, tu ich für mich und sie! Wieder seh ich mich im Spiegel von der Seite an. Heut Nacht ist er erneut gewachsen, ganz sicher.

Auf der Hofwiese leg ich mich untern Kirschbaum und atme tief den Geruch reifer Kirschen ein. Ich freu mich auf Isolde, ein Glück wie ein Milchstern, geöffnet nur für mich. Dann seh ich sie wieder lächeln. Ja, es ist alles noch so, sagt ihr Lächeln, und sie kocht meinen Lieblingsvanillepudding, mit Sahne, halbsteif. Wir treffen uns heimlich sooft wie möglich, doch der August rückt näher. Ich zähl die Tage auf dem Abreißkalender. Samstag geh ich wieder nach Steinhop. Alles wird anders, kein Versteckspielen mehr. Ich sag Vater alles, die Bewerbung, Traufelds Brief und dass ich Montag nach Münster geh. Doch verwunderlich, ich fürchte mich noch immer, nach Lengerich oder woandershin weggegeben zu werden. Nachts lausch ich den Schlägen der Turmuhr und pack x-mal in Gedanken den Koffer, in dem Jakob die Sachen ins Kloster geschafft hat.

Am Freitagabend verabschiede ich mich von Isolde.

»Gehst du wirklich? Dann geh!« Sie hat's wohl nicht geglaubt.

»Ich komm jeden Sonntag!« Könnt ich sie nur mitnehmen.

»Ich geh mit!«, schluchzt sie und drückt sich an meine Seite.

Blut steigt mir in den Kopf, mir ist auch zum Weinen. Am liebsten liefe ich davon. »Du woll'st dich um Mutter kümmern.«

Sie legt meine Hand auf ihre Brust. »Du lässt mich sitzen.« Die Stimme zittert.

»Ich liebe dich! Immer!« Ich reiß mich aus den warmen Armen los. Sie lässt sie hängen und spannt den Mund, wie um was zu sagen.

»Ich vergess dich nie«, sag ich. Nie wollt ich ihr wehtun, aber ich kann ihr Böses tun: Grad weil sie mich liebt, kann ich zu ihr grausam sein und weggehen. »Wenn ich die Oberschule in Münster schaff, kommst du nach!«

Sie sieht mir erwartungsvoll nach. Wir werfen uns noch Küsse zu, als mich ihr Vater, früh aus der Wirtschaft zurück, wegradeln sieht. Er flucht mir nach.

Wenn er sie nur nicht wieder schlägt.

67

Samstagmittag. Das Gras zwischen den Wagenradspuren steht kniehoch.

»Ich mäh's, wenn ich mal wieder da bin«, vertröst ich Kurt. Unglaublich! Ich entkomm ohne eine einzige Ohrfeige, er hat nicht mal eine angedroht. Er gibt mir für die acht Wochen sogar hundert Mark mit. Was wird nur mit seinem Hof? Kollmanns Karla lächelt mich wehmütig an, ihr Busen hebt und senkt sich. Gern wär ich Ersatz fürs eigene Kind, was sie nicht bekommen konnte.

Mit der Tasche auf dem Gepäckträger radle ich nach Steinhop, vorbei am Kolonialladen, Schmied und Hexenhaus. Sicher wird Vater nicht in Tränen aus Freude übern verlorenen Sohn ein Schwein schlachten. Nur blöd meine Angst, ihm zu sagen, dass ich fortgeh. Er wird einlenken, es kostet ihn nichts. Ich sag, ich werd Priester, auch wenn er ahnt, dass ich die Kirche umgeh. Alles oder nichts. Er wird in Wut ausbrechen, mich wieder verfluchen, soll er doch, aber er muss es schlucken. Nur schlagen lass ich mich nie mehr!

Ich lauf erst noch übern Hof am Grünkohl vorbei übern Eichkamp. Appelhokversteck, Tümpel, Milchsterne, alles planiert, kahl, ausgedörrt von der Julihitze. Der Wind bläst mir Staub in die Augen. Hier hab ich nichts mehr zu suchen. Selbst die Krähen sind weg. Ich glaub nicht mehr, dass sie Unglück ankündigen. Montag bin ich auch weg. »Es rrreicht!« Ich roll das R genüsslich, wie es nur Steinhoper können. Die Wiesen verschwimmen im Dunst vor Kerzenkettlers Wald. Ihn durchstreif ich, hoffnungsvoll wie lange nicht. Vogelnester sind mir egal, nur noch der Habicht lässt mein Herz pochen. Es duftet nach Holunder und Harz, der Ginster blüht. Ich werf mich ins Moos, staune in den blauen Himmel und spür Isolde in jeder Faser.

Sie will mich bleiben machen.

Der Giebelschatten hängt weit übern Hof zwischen den beiden Scheunen und die Gartenseite glüht warm im Weinlaub mit schon blauen Trauben.

Ich geh übern Flur ins Haus. Es kommt mir muffiger, düsterer und drückender als je vor. Die Räucherbude riecht noch nach Schlägen und Tränen. Die Pinkelflecken von der Kiste sind verblasst. Es könnt ein schöner stiller Nachmittag sein, der Rest Hühnersuppe im Topf, der dampfende Kessel auf dem Rost. Ich gieß etwas Wasser auf den Herd und Perlen hüpfen zischend hin und her, verdampfen.

Eva, Anna und Lorenz begrüßen mich, als wär ich vermisst. Klemens läuft mir lachend in die Arme. »Mühle rumwirbeln!« Gern schleudre ich ihn rum, wie Vater mich früher. In der Waschküche schält Trude welke Kartoffeln und sticht faule Stücke raus. Mutter mahlt Kaffee in der Mühle zwischen den Knien. Erstmals seh ich ihre schlaffe Haut im Gesicht, am Hals, an den Armen. Mutter und Trude schweigen sich nur eisig an. Von Mutter und Paula hör ich vorwurfsvoll, sie wissen von Kollmanns, dass ich wegwill.

»Papa sitzt mit Fieber hustend in der alten Stube im Sessel, und das im Hochsommer«, flüstert Mutter, mit Tränen. »Er ist wunderlich, hat wieder wie wahnsinnig ›Feuer‹ geschrien, reiz ihn nicht! Der Sparkassenmann hat den Trecker abholen lassen. Alles, auch Mist aufladen, müssen wir wieder von Hand. Papa jammert nur noch über die Schulden, über dich und Karl. Karl geht ja ohne Krücken, aber noch langsam wie 'n alter Mann hinter Kühen her, mit dreiundzwanzig, 'n Jammer.«

»Was gibt's zu glotzen«, sag ich zu Lorenz.

»Papa sagt, ich muss sofort für dich zu Kollmanns und dort in die fünfte Klasse.«

»Da hast du's besser«, sag ich, denk aber mit schlechtem Gewissen: Der Arme wird auch einfach weggegeben.

»Warum willst du weg?«, fragt er.

»Scheißdorf hier«, sag ich, wie Otto, bevor der abhaute.

»Heini, du hast ja recht, aber sei 'n bisschen diplomatisch, nicht so stur wie Papa«, sagt Eva, mir zublinzelnd.

»Ich lass mir nicht wie du die Liebe kaputtmachen.«

Mutter spreizt die Finger auf dem Tisch, wie um sich zu vergewissern, ob sie noch alle da sind. »Das endet im Unglück. Hilf erst wieder auf'm Hof und mach, wenn Karl wieder richtig kann, hier 'ne Lehre in der Sparkasse, da sitzt du hoch und sicher. Da wirst du mal was.«

»Hier im Dorf? Nie! Der haut mich noch tot. Montag geh ich.«

»Es wär schön für dich, wenn's mit der Schule in Münster klappt, aber Papa will, dass du gehorchst! Du weißt, wie schlecht's um 'n Hof ohne dich steht«, sagt Mutter weinerlich. »Er ist krank dran, die Schulden wachsen uns übern Kopf.«

»Ach, Mama, du kümmerst dich nur um die Mädchen.«

»Ausgekochter Dickkopf«, sagt Paula. »Der lässt dich nie. Selbst schuld, wenn er wütend wird.«

Ich zeig ihr den Vogel.

»Schäm dich was, du hast 'n Rad ab«, sagt Karl.

»Ihr haltet eh zu dem. Haltet die Klappe!« Sinnlos, mit denen zu reden. Die glauben noch nicht, dass ich *wirklich* gehe.

Ich öffne die Stubentür und seh Vater stumm und verlegen an, sein faltiges Gesicht, ein müder alter Mann, eigenartig still. »Wie geht's?«, frag ich. Er sieht erschrocken auf, als ob er was fürchtet. Ich geb ihm die Hand im Vorbeigehen und seh mich um: Weihwasserschüssel, Stammbaum, löchriger Fußboden. Verstaubte Geranien und Fuchsien vorn Fenstern. Auf dem Wandregal das Radio und Jakobs blöde Figur aus Neuguinea.

»Gut. Und Kollmanns?« Er runzelt die Stirn.

»Auch gut.«

»Warum bleibst du nicht da?«

»Ich krieg ja doch nicht den Hof.«

»Irgendwann hätt'st du den schon gekriegt, du Versager willst dich nur nicht einpassen.« Er schließt die Augen. »In der Stadt rumlungern? Da gibt's nur Unzucht: Da laufen die Leute bald nach der Heirat auseinander, wenn sie überhaupt heiraten. Nur Bauernwerk ist beständig, Gottes Auftrag. Der Bauer is auf'm Hof zu Hause, sein Land und sein Dorf, Arbeit, Frau und Kinder, seine Kirche. Es kommt wieder 'n *Schwarzer Freitag* wie 29.«

»Ist lange her! Ich weiß: Am Ende kann man nichts mitnehmen. Immer deine Sprüche.«

»Du Grünschnabel hast keine Ahnung«, flüstert er.

»Mehr als du denkst«, sag ich beiläufig wie möglich. »Ich geh übermorgen nach Münster.«

»Du treibst uns in 'n Ruin, wir müssen Treckerraten zahlen. Alles haben wir für dich getan!« Gereizt flammt seine Wut auf, als hätt er alle Kräfte wieder. »Kannst später auf'ne Schule, aber nur, wenn du Priester wirst!«

»Will ich ja vielleicht.«

»Vielleicht, vielleicht, geh erst regelmäßig zur Kirche! Ohne Trecker brauch ich dich hier. Du bleibst auf'm Hof! Wenigstens bis Karl wieder kann, basta!«

»Sinnlos, der Hof geht eh unter, ich geh.« Seinen Schlägen mit der Zeitung weich ich aus. Es schnürt mir den Hals zu.

Die Luft ist warm, ich kann nicht schlafen. Was kann ich nur tun, dass er mich gehen lässt oder rausschmeißt? Alles hab ich für ihn und den Hof gemacht: Am schnellsten Kartoffelsammeln, ausdauernd Unkrauthacken, nachts allein Ferkeln helfen. Nie war's genug. Noch ein ganzes Jahr auf dem Hof geackert und zu Kollmanns. Nie zufrieden. Schon drei Monate eitert mein entzündetes Ohrläppchen. Nur der Gedanke an Isolde bringt mir Schlaf, aber am Morgen erwach ich verschwitzt aus Träumen, dass ich im Feuer ersticke.

In Rot zeigt der Wandkalender: Sonntag, 4. August 1963.

Die Sonne steht hoch, ein heißer Tag. Vater kommt schon vorm Frühschoppen aufgebracht nach Hause und greift den Stock. »Du Satan! Onkel Kurt und Isoldes Vater haben mich auf'm Marktplatz gesucht. Wenn du der noch mal was antust, erschlägt der dich eigenhändig! ›Missbrauch Minderjähriger‹, hat der Nachbar gesagt. Lass dich da nie wieder blicken!«

»Die ist doch ’n Jahr älter!« Ich schau Vater erst wohl wie ’ne Kuh vorm Berg an. »Lieber wär ich tot!«, sag ich dann.

»Dor sidd de Düwel drin!« Zucken im Mundwinkel, um die Augen.

Ich weiß, ausweichen und steif machen. »Nie wieder! Hast du gehört? Nie wieder!« Bei jedem *nie wieder* zieht er mir mit dem Stock eins drüber. Hätt ich doch den Dolch. Ich starr ihm in die Augen, schütz den Kopf mit den Armen, verkneif mir jedes Winseln und denk an Isolde. »Is jetzt *Jüngster Tag*?«

»Besser, du wärst nicht geboren!«

Ich greif einen Binsenstuhl, halte gegen. »Krepier du doch!«

»Ich schlag dich tot, verfluchter Hundesohn! Hätt’s Mama doch in ’n Graben gehalten.« Er schlägt mir auch auf den Kopf, es dröhnt wie die Posaunen von Jericho. Mein Herz klopft in den Ohren. Mit irrer Angst, Isolde wirklich nie wiederzusehen, hau ich mit dem Stuhl zu, so hart ich kann. Vater schreit. Karl greift den Stuhl, hält mich im Schwitzkasten und würgt mich, hundsgemein. Vater haut rasend zu, schneidet mir Hintern, Rücken, Beine entzwei, auch auf den Kopf. Mir wird schlecht.

Als ich wieder die Augen aufschlage, brüllt er: »Geh Schweinekartoffeln kochen und miste mit der Forke einen Stall aus! Vier Wochen Hausarrest! Schloa di dat mit de Skoole ut’n Kopp!« Und geht zum Frühschoppen.

Es reicht, ich starr mit Tränen aufs zuckende Holz unterm Schweinekessel und werf Stroh drauf, schwindlig wie im Frühjahr, als ich aus Tonius’ Käfer freikam. Ich bin zu viel. Oder er. Einer muss weg. Stroh raucht, wird schwarz, flammt auf, weiße Fähnchen ziehen hoch. *Nie wieder Isolde sehen, nie wieder!* Niemals lass ich mir das gefallen. Wieder schluchz ich auf. Im Namen des verfluchten Vaters soll alles in Flammen aufgehen, auch er; ich seh seine Kleider Feuer fangen. Ich hab keine Familie mehr.

Mein ganzer Körper brennt. Ich kann weder sitzen noch stehen. Das Reisig anzünden, mich mit. Laurentius schmort in Flammen und verbrennt nicht. Dann bin ich wichtiger als die anderen, auch als Klemens. Sie werden mich brennend ins Wasserbecken stecken und um mich besorgt sein wie nie. Lange schon knie ich vorm Kessel und überhör Mutters »Essen kommen!« Ohne Hof wär Vater nicht so brutal. Auch für Mutter wär's leichter.

Ich steck eine Handvoll brennendes Stroh unters Reisig, es flammt auf, Wärme durchflutet mich und Qualm beißt in die Augen. Ich bin 's verfluchte schwarze Schaf. Barbara musste auch ins Wasser gehen. Lügner, Mörder. Ich versteh Otto: Sich lieber erschießen als nach Steinhop zurück. Mit den Wölfen kann ich doch nicht heulen. Der Haufen brennt, die Bodentreppentür steht offen. Flammen fressen die Halme auf den Stufen, Funken fliegen. O Gott, das Stroh auf dem Dachboden! Ich schlag aufs brennende Reisig ein und versuch's auszutreten. Mein Hosenbein glimmt. Ich lösch es. Als Mutter wieder »Essen!« ruft, lauf ich hin.

Alle löffeln schon Hühnersuppe mit Eierstich, nur Vater nicht. Ich setz mich. Keiner schaut mich an. Mutter stellt das Huhn mit Kartoffeln auf den Tisch. Da kommt Vater vom Frühschoppen zurück, über die Tenne, macht die Zigarre aus, hängt die Jacke auf und setzt sich dazu.

»Wohl 'n Korn mehr intus«, sagt Karl. Vater lacht nur. Die Kirchglocke schlägt zwölf, ich beiß grad in den Hühnerschenkel, als Vater sagt: »Riecht's nicht nach Qualm?«

»Nach Schweinestall, wonach sonst?« Eva lacht.

»Heini hat gekokelt!«, ruft Anna.

»Still!« Vater geht auf die Tenne.

Jeder hält den Atem an. Tatsächlich, es riecht nach Rauch, es zischt und knackt leise. Wir schauen ihm nach. Unheimlich heult der Ruf durch die Küche: »Feuer!« Augen starr, Gesichter blass. Wer hat's zuerst gerufen, alle gleichzeitig? Mein Hühnerschenkel fällt auf den Teller zurück. Karl rennt los zur Tenne, alle hinterher.

Vom Heuboden überm Kuhstall bricht Rauch herein, Flammen knistern auf. In allen Luken züngelt und prasselt es. Ein Lodern, Rauschen, Rasen. Mutter schlägt die Hände überm Kopf zusammen. Alles raus, rettet das Vieh! Wir ziehen die Kälber aus den Ställen. Sie scheuen und stemmen sich mit den Vorderfüßen gegen den Boden. Dann stürzt das Dach überm Schweinestall ein, wo keine Betondecke die Schweine schützt. Gruselig schmoren die Armen und schreien erbärmlich. Der beißende Gestank treibt mir Tränen in die Augen. Gänsehaut steigt mir ins Gesicht, alles dreht sich. Ich versteck mich im neuen Schuppen, hör alles wie durch Watte und beweg tonlos die Lippen, Das geschieht euch Recht!, wiederholt eine Stimme im Kopf wie eine Litanei. Ich zittre, die Hände halten nicht still. Gress' Gustav ruft nach mir, als ich raus komm, sagt er: »Gott sei Dank!« und springt wieder ins Haus. Sie schleppen raus, was sie zu fassen kriegen: Bettzeug, Geschirr, Kleidung.

»Meine Aussteuer in der Dachkammer«, klagt Paula. Mit nassem Kartoffelsack überm Kopf rennt Vater in den Qualm.

»Komm zurück!«, schreit Mutter wie noch nie, und hält die Hände vorn Mund mit großen Augen.

Flammen wirbeln hoch, blau, rot und grün aus dem Strohdachboden, Rauch steigt auf, Ziegel poltern runter. Von allen Seiten laufen Leute herbei und helfen, den Feuerschein auf den Gesichtern. Vater springt hustend mit Aussteuerwäsche raus, wirft den glimmenden Sack weg, schöpft Atem, Ruß und Schweiß im Gesicht, und rennt mit nassem Tuch vor Mund und Nase noch mal rein, obwohl Mutter wieder nach ihm schreit. Die Flammen umlecken schon die Dachkammer und die Weinreben mit dem Drosselnest am Giebel. Ich kann nicht zusehen, wie das Feuer die piepsenden Jungen frisst, und lauf ums Haus.

»Wo ist Papa?«, schreit Mutter. Eva und Paula rufen auch. Es klirrt. Mit bloßer Faust und Ellenbogen schlägt er Glas aus dem Dachgiebelfenster, Blut läuft vom Arm. Was schiebt er aufs Fensterbrett? Eine Leinenrolle nach der anderen wirft er in hohem Bogen auf den Rhabarber: Tödden-Leinen von Uroma, die hat doch Geld damit gemacht, und den Kriegskoffer. »Der verbrennt noch!«, heult Mutter in den Flammensturm.

Alle rennen umher, nur ich bin wie erstarrt, mein Bauch verkrampft. Nie wieder wird er mich prügeln! Vorbei, das Ende, wie Weltuntergang, und ich überleb's. Auf einmal werd ich ruhig. Himmelhoch treiben die Flammen den Wind oder der Wind die Flammen. »Komm raus!«, brüllt Karl durch die Gartentür ins Haus. Toll brennt's, gewaltiger als das Osterfeuer. Der Feuerlärm übertönt die Stimmen. Ich reib mir die Schläfen, mein schmerzendes Ohrläppchen. Feuersäulen schießen über die Eichenwipfel, winden sich im Wind und fallen runter, wie um mich zu fressen. Heißer Schweiß steht auf meiner Stirn. Dann schlägt das Feuer auch aus dem Giebelfenster und Qualm quillt heraus; die letzten Scheiben zerspringen und Laibungen bersten. Der verbrennt! O Gott, ich wollte doch nur weg. Angst um ihn drückt mir die Kehle zu. Ich renn ins Haus, um ihn rauszuholen, doch Gress' Gustav fängt mich ab.

Dann springt Vater aus dem Qualm, Haar und Jacke angesengt. »Is doch alles, was wir haben.« Er hustet, mit Tränen.

Der Dachstuhl bricht ein. Glühende Balken bersten, funkeln, stürzen ohrenbetäubend nieder. Dazu das Tütata. Keiner weiß, wer die Feuerwehr rief. Sie kann nicht löschen. »Brandherd bewachen, Heu schwelt tagelang.«

Der Wind treibt Flammen und Funken zur neuen Scheune. Man fordert die Flugplatzfeuerwehr mit Löschschaum an. Einer verbindet Vaters Brandblasen und Schnittwunden. Ein Feuerwehrmann bringt ein Bierfass. »Zum Löschen!«

Als Schaum das offene Feuer erstickt hat, sagt Gressbur: »Hat der verfluchte rote Hahn wieder zugeschlagen. Wir bauen mit auf.« Auch Brügge und Brockmöller bieten Hilfe an.

Kripo in Zivil fragt wegen Brandstiftung. Punkt zwölf sei 's Feuer ausgebrochen, sie verhören Vater. Beim Glockenschlag sei er vom Frühschoppen mit Sonntagszigarre und Schnapsfahne über die Tenne gekommen, als alle anderen ums Huhn saßen.

»Euer Papa hat doch 'n Brand vorhergesagt«, sagt Emma. »Kein Wunder, bei den Schulden.«

»So hat ihn noch keiner weinen sehen«, sagt Brockmöller, diesmal ernst. »Der ließ sich nie was zuschulden kommen. Nie verdächtigen die 'n rechtschaffenen Bauern als Feuerteufel.«

»Nein, die behalten den nicht; so viele Blagen will keiner am Hals haben.« Emma winkt ab.

Ich seh Anna dem Kripomann auf mich weisen, und der zeigt mit dem Daumen auf mich. »Den Rabauken nehm ich mal beim Schlafittchen.« Er starrt mich an. »Ist doch normal: Wenn Jungs heimlich kokeln, testen sie ihre Kräfte.« Immer wieder befragt er mich. Die Augen der Nachbarn durchdringen mein Genick. Ich tipple nur von einem Bein aufs andere und rede, verwirrter als ich bin, von Zeit abkürzen, dass einer wegmuss und der Weltuntergang eh komme.

»Was faselst du?« Er winkt abfällig ab.

Ich muss weg von seinem Blick. Merkwürdig, ich hör Krähenlärm, Schwärme von Krähen, seh sie nicht, aber ihre Schreie fallen über mich her und hallen im Kopf wieder.

»Jaja, Heini kokelt manchmal, aber 's Feuer hat er nicht gelegt«, sagt Vater, wohl wegen der Versicherung.

Auch Trude sagt: »Heini saß am Tisch.« Die lügt ja nie.

Dann findet der Kripomann Feuerspuren am Sicherungskasten und mit Draht geflickte Sicherungen. Und man spricht davon, dass Heu sich erhitzt und selbst entzündet habe.

»Ihr habt noch feuchtes Heu geholt, als andere zum Schützenfest gingen, selbst schuld«, sagt Emma.

»Sicher hat's sich selbst entzündet«, sagt auch Vater.

Dem Kripomann scheint's für heute zu genügen.

Mutter steht reglos unter einer Eiche und klagt immerzu: »Was soll bloß werden? Wohin mit den Kleinen?« Ich soll bei Brüggen schlafen, andere bei Gress oder Tante Maria.

Der Gestank der verschmorten Schweine zieht übers Land und die Sonne versinkt wie eine blutgetränkte Hostie.

Bei Brüggen liege ich schlaflos, die Hiebe brennen. Die Gedanken kreisen wie Fetzen im Wind. Ich schreck von Feuerfontänen und vom Ersticken im Qualm schweißnass auf, wimmre keuchend auf allen Vieren. Es blubbert im Bauch. Ich hechle nach Luft, gekrümmt auf dem Holzboden.

Mein Himmel brennt. Ach was, meine Hölle brennt!

Immer wieder seh ich Vater im Dachfenster von Flammen und Rauch umschlossen. Streck ich die Hand danach aus, kann ich das Bild anfassen. Langsam entkrampfen sich die Hände, wund vom Fingernägel reinstechen. Wachte ich doch morgen auf und das Haus stünde noch. Ich schäm mich, aber es ist gerecht und Isolde wird's verstehen. Mit Fieber träum ich wie früher. Der Löwe weiß, ich hab 's Feuer gelegt, und hetzt mich im Schlaf zu Tode.

Am Morgen rinnen mir Tränen aus verklebten Augen.

»Heini steht unter Schock, zieht ja nicht mal die Tropfnase hoch«, sagt Emma. »Hat er auch 'n Viehstall angezündet?«

»Anna sagt, du kokelst immer«, sagt Willi. »Das hätt ich dir nicht zugetraut, aber fürs Abgefackelte kriegt ihr was Neues.«

»Ich war's nicht!«, schrei ich lauter, als ich wollte. »Es fiel nur was aus 'm Ofen.«

»Wenn der's war, gehört er eingesperrt bei Wasser und Brot«, sagt Brüggen Rudolf. »Vielleicht hat er 'ne Kerze ins Stroh gestellt.«

Immer neue Gerüchte über mich.

Ich denk nichts, nur: Heute fängt in Münster die Schule an.

Das eingeschäumte Heu schwelt noch. Vom Schweinestall stehen nur noch Mauern. Es stinkt verkohlt in allen Fugen. Die Giebel und Betondecke über der Tenne und den Wohn- und Schlafräumen haben gehalten, aber Paulas Schlafkammer unterm Dach ist weg. Als der Pfarrer zu Besuch kommt, bringen Nachbarn was fürs Frühstück auf dem Hof unterm Schuppenvordach. Alle tun so, als sei ich nicht da.

»Es wächst euerm Papa übern Kopf. Sein Lebenswerk und das der Vorfahren ist zerstört«, sagt Traufeld. »Aber auch Feuer ist Gottes Werkzeug. Heini ist ein guter Messdiener. Der Teufel hat ihn nur verwirrt.« Er legt wohl wegen Tonius ein gutes Wort für mich ein.

Ich weiß nicht, wohin mit mir.

Trude humpelt mit dem geretteten Rosenkranz in der Hand heran. »Der Brand Sonntagmittag ist die Strafe Gottes. Die Küchenuhr steht auf zwölf, das Jüngste Gericht ist nah. Alles nimmt uns der Herr wieder.«

»Ich wette«, sagt Gress' Gustav, »ihr baut's so sparsam wieder auf, dass das Versicherungsgeld noch fürn neuen Miststreuer reicht. Aus 'n Leinenballen näht ihr Aussteuer und fürs neue Dach fällt ihr Eichen.«

Wieder aufbauen? Mir wird übel.

»Alles unterversichert«, sagt der Versicherungsvertreter. »Wer weiß, ob der Kram noch zu was taugte. Und die letzten Prämien sind nicht gezahlt.«

Vater isst nichts. Er sitzt auf der Futterkiste auf der Tenne zwischen Aschehaufen und verkohlten Balken, starrt vor sich hin, den Kopf in den Händen, und redet nur mit sich selbst von »Dorn in'n Foot rammt, Krisse nich weer rut!« und sagt auch nichts, als Onkel Bruno auf den Hof fährt, den Dolch, Säbel und andere Militärsachen beklagt. Stille, als hätten sich alle verkrochen.

Dann ruft Vater mich. Schlägt er mich tot? Er schaut mich schräg an, mit grauem Gesicht, das rot wird, als er heiser losjammert. Ich versteh nicht alles. »Sich aufhängen« kommt darin vor. Er sinkt zusammen. »Alles verloren! Man kann's drehen und wenden, wie man will, 's bleibt nichts anderes übrig.« Meint er den Hof oder mich? Muss ich ins Gefängnis? »Dat wed nümmer nich weer gud. Nee, nümmer nich. Dat is aol he in schuld. Worüm? Worüm bloß?« Zitternd schielt er mich wie eine auszurupfende Quecke an. »Raus aus 'm Haus, sofort; lass dich hier nie mehr sehen, nie mehr!«

Ich fühl mich leer, alles meine Schuld. Anna und Lorenz gucken bedrückt durchs Tennentor. Ich weich den Blicken aus. Ich schau traurig, aber innerlich lach ich. Es ist vorbei, ich weiß nicht genau was, aber es ist vorbei. Ich könnt weinen, und laut lachen, aber ich verkneif's mir.

»Zu Kollmanns ... oder soll doch die Schule in Münster für ihn sorgen«, sagt er, ohne mich anzusehen, als wär ich schon weg. Mutter weint. Mein Bauch krampft. Wie Adam und Eva muss ich raus aus dem Paradies, aber es war keins.

Paula sagt: »Du hättst statt Ulla zu Tante Maria gemusst.«

Mein Puls rast, ich muss keuchen, würgen und übergeb mich in die Schweinewiese.

Schnell werf ich Hosen und Hemden in den Kriegskoffer und umbinde ihn mit Strohseil. Erleichtert schau ich in Evas Taschenspiegel. Nicht übel, keine Pickel. Mutter gibt mir still eine verrußte Wurst und Eier der neuen braunen Züchtung mit. Vater zieht den Rosenkranz aus der Tasche für mich. »Vergiss 's Beten nicht, und komm mir nie mehr unter die Augen!« Er gibt mir nicht die Hand und schaut auf Mutter. Sie nickt, gebeugt, ihre Hände verschränkt. Der Abschied macht mir zittrige Knie. Als ich sie anseh, sagt sie: »Was willst du noch? Nun geh.«

»Nichts, Mama.« Meine Stimme ist heiser. Jetzt könnt sie doch auch gehen. Ich schlucke und lächle ihr unsicher zu. Sie sieht blicklos zur Seite. Ich geh für immer und sie weint nicht um mich? Keinem geb ich die Hand. Nur weg, geräuschlos, wie ein ausgeblasenes Licht, ein verfluchter verlorener Sohn.

Eva winkt mir nach. »Komm wieder!«, ruft sie. Ich bieg um die Scheune durchs trockene Gras. Klemens trippelt mir nach, schenkt mir sein gemaltes Bild mit gelben Löwen um Daniel, greift meine Hand und geht ein Stück mit. Mir kommen die Tränen. Dann herz ich ihn und er bleibt zurück. Die Striemen schmerzen kaum noch. Vorbei an Opas Milchbank. Der frische Ost fröstelt mich. Ich setz einen Fuß vor den anderen, schneller, nur weg, mit neuer Kraft wie nach langer Krankheit. Fünfzehn Jahre hab ich hier überlebt. Weg vom *Dicken Leewen Herrn*, soll er weiterleiden. Er macht mir keine Angst mehr, bloß ein Denkmal, mit Drahtgitter statt Holzzaun. Weg von der Mühlenaa-

Brücke, der Bäckersfrau mit dem Märtyrergerede, der Blutbuche auf Poggen Pauls Synagogenplatz. Weg vom Kirchturm, weiter, als ich von ihm aus sehen konnte. Stark wie die *Dicke Eiche* wollt ich glauben, Papst werden, Bundeskanzler, lächerlich! Jetzt steh ich allein.

Mit dem Pappkoffer steig ich in den Bus. Was hätt ich mit zweihundert Mark auf dem Sparbuch alles anfangen können. Wenigstens hab ich die hundert von Kollmanns. Die würden staunen, mich schon wieder zu sehen. Ich fahr aber weiter nach Ibbenbüren. Dort lauf ich rum, mutter- und vaterlos, überzählig wie das dreizehnte Ferkel, noch mit Brandgeruch auf der Zunge. Schweine können doch wirklich stinken! Das hätt ich nicht gedacht. Ich fahr einfach so zur Schule mit dem Zug nach Münster, aber nie mehr bet ich *Im Namen des Vaters*, des verfluchten Vaters; wie der Betrug mit dem Pfarrer wird's auch in Münster klappen, aber niemals werd ich Priester.

Ich steh wie festgewurzelt auf der Eisenbahnbrücke, der Koffer neben mir. Zwei eiserne Linien laufen auf mich zu, unter mir weg. »Nie wieder 'ne Heimat finden, wirst verloren sein, kommst auf Knien wieder angekrochen«, hallt mir Vaters Stimme nach und all der Quatsch mit den Gottlosen und der Gosse in der Stadt.

In Tränen schwimmt ein bleiches Zuglicht auf mich zu. Forsythien zittern, alles schwankt, geht unter. Ich schließ die Augen, greif ums Geländer, das Ungetüm donnert auf mich zu, das Geländer vibriert. Mit einem Sprung auf die Schienen endgültig alles hinter mich lassen? – blöd, damals von der Mühlenaa-Brücke springen zu wollen.

Die Schule wartet auf mich. Ich lass es mir nicht verbieten!

Und Isolde hat mich so erwartungsvoll angesehen. Ich seh sie wieder! Mehr als die Stockschläge spür ich ihre Umarmung, greif ihren Schlüssel am Halsband, riech den Vanilleduft, lauf zum Bahnsteig und steig in den Zug.

Glossar

Erklärungen der Ausdrücke aus dem Münsterländischen Platt

S. 6 *Mama hev Koppiene.* – Mutter hat Kopfschmerzen.

S. 8 *Dat is nix för kleene Kinner.* – Das ist nichts für kleine Kinder.

S. 8 *Kinners dröwt woll allet etten, awer nich allet wetten.* – Kinder dürfen wohl alles essen, aber nicht alles wissen.

S. 9 *Ji frett mi de Hoare von'n Kopp.* – Ihr fresst mir die Haare vom Kopf.

S. 13 *De brukt den nu.* – Der braucht den nun.

S. 15 *Wi möt los, plögen.* – Wir müssen los, pflügen.

S. 18 *Nu schwieg men still, ick bin öller.* – Nun schweig mal, ich bin älter.

S. 18 *Die Blagen.* – Die Kinder.

S. 19 *Schwiech still!* – Schweig!

S. 20 *Hopsa, hopsa Liinken springen; dat is'n Pläseer!* – Hopse, hopse, Leinchen springen; das ist ein Vergnügen!

S. 27 *Du moss Trude rutsetten!* – Du musst Trude rauswerfen!

S. 28 *Dann bekikse de Kartuffeln van unnen.* – Dann beschaust du die Kartoffeln von unten.

S. 29 *Mit denn Kotten hässe di 'n Dorn in 'n Foot rammt, krisse nich weer rut.* – Mit dem Kotten (kleinen Hof) hast du dir einen Dorn in den Fuß gerammt. Den kriegst du nicht mehr raus.

S. 29 *'n egenen Pütt. Dat hev 't in de Familie noch nich given!* – Einen eigenen Brunnen. Das hat es in der Familie noch nicht gegeben!

S. 29 *Hüerhus.* – Heuerhaus (kleines Bauernhaus von Hofbediensteten – Heuerleuten)

S. 31 *De Blagen hinkelt buten.* – Die Kinder spielen draußen Hinkeln. (Hopsespiel).

S. 32 *Ik kumm es Daodsegger.* – Ich komme als Totenansager.

S. 36 *Groat un kleen.* – Groß und klein.

S. 40 *De Osterhase is doarwiehn.* – Der Osterhase ist dagewesen.

S. 40 *Jakob steckt dütmoal dat Paoskefüer an.* – Jakob zündet diesmal das Osterfeuer an.

S. 41 *Wiehnachten satt Flesk, Ostern satt Eier un Pingsen satt Ries.* – Weihnachten genügend Fleisch, Ostern genug Eier und Pfingsten genug Reis.

S. 48 *Wahr di vör de Dörper!* – Hüte dich vor den Dörflern!

S. 48 *Zum Dicken Leewen Herrn.* – Zum Dicken Lieben Herrn.

S. 54 *Kinners möt gehorsam wirn!* – Kinder müssen gehorsam sein!

S. 57 *Prumenkötter* – Kleinbauern, die vom Ertrag ihres Kottens nicht leben können.

S. 57 *Mit denn Kotten heve us'n Dorn in'n Foot rammt.* – Mit dem Kotten haben wir uns einen Dorn in den Fuß gerammt.

S. 60 *Awa dat ko we nich verschwiegen.* – Aber das konnten wir nicht verschweigen.

S. 61 *We möt Erpel potten.* – Wir müssen Kartoffeln pflanzen.

S. 63 *Appelhok* – Eine brachliegende Ecke zwischen Feldern, mit Apfelbäumen.

S. 72 *We möt sühnig wirn!* – Wir müssen sparsam sein!

S. 72 *Den ersten de Dood, den twetten de Noot, den daten dat Broot.* – Dem Ersten der Tod, dem Zweiten die Not, dem Dritten das Brot.

S. 74 *Dat hillige Feld* – Das heilige Feld.

S. 84 *Loa di nich bange maken.* – Lass dich nicht ängstigen.

S. 89 *Dat hesse dorven.* – Das hast du davon.

S. 90 *Morren merrag Erpel söken. Du moss klock twölv tohuse wirn. De Skole fellt ut.* – Morgen Mittag Kartoffeln sammeln. Du musst Punkt zwölf zu Hause sein. Die Schule fällt aus.

S. 91 *Klutenschlacht* – Schlacht mit Sandbrocken.

S. 91 *Du kriss bi de Noababurn fört Erpelsöken Karemstegeld.* – Du bekommst bei den Nachbarbauern für das Kartoffelsammeln Kirmesgeld.

S. 91 *Hess du ok dat Armeseelen-Lüden hört?* – Hast du auch das Arme-Seelen-Läuten gehört?

S. 94 *Spökenkieker* – Hellseher. Menschen, die vorhersehen, ein zweites Gesicht haben.

S. 104 *Wenn ick no'n Doktor goan wör, läch ick el lange up'n Karkhoff.*

– Wenn ich zum Arzt gegangen wäre, läge ich schon längst auf dem Friedhof.

S. 105 *De Lüchterboam is ferrig!* – Der Weihnachtsbaum ist fertig.

S. 105 *Kinner mit'm Willen kriegt wat för de Brillen.* – Kinder mit einem Willen bekommen was vor die Brillen.

S. 109 *Klokschieter!* – Klugscheißer!

S. 111 *Donner un Doria, wat häff de Swinehund mi anschetten.* – Zum Donnerwetter, wie hat der Schweinehund mich angeschissen.

S. 116 *Hochdüütsk küert bloß de finen Herrns in'n Dorpe.* – Hochdeutsch sprechen nur die feinen Herren im Dorf.

S. 117 *Süss steck ick di in 'n Waterkumm!* – Sonst stecke ich dich in das Wasserbecken!

S. 117 *Du moss doan, wat Karl sech!* – Du musst tun, was Karl sagt!

S. 130 *Nu süpp he sik dood!* – Nun säuft er sich tot!

S. 133 *'ne versimpelte Flenntrine* – Eine verwöhnte Heulsuse.

S. 133 *Kiek, dor kump dat Rostbäf, mine Herrns.* – Schauen Sie, hier kommt das Roastbeef, meine Herren!

S. 133 *Lästermuul, pass up, dat du nich in de Kohschiete pattkest!* – Lästermaul, pass auf, dass du nicht in die Kuhscheiße trittst.

S. 136 *Kramsbeeren, Markwart, dat Aohr.* – Vogelbeeren, Eichelhäher, die Ähre.

S. 138 *Wenn du dat dös, kasse dine Knocken numereern loaten!* – Wenn du das tust, kannst du deine Knochen nummerieren lassen!

S. 142 *Der is'n Gnötterpott.* – Der ist ein Jammerlappen.

S. 143 *Lange nix mehr achter de Ohrn kreegn, wat?* – Lange nichts mehr hinter die Ohren bekommen, was?

S. 150 *Trude hev segg, du hes nix makt!* – Trude hat gesagt, du hast nichts gemacht.

S. 150 *Dor sit de Düwel drin!* – Da sitzt der Teufel drin!

S. 150 *Ji möt helpen, süs geht nich. Ven nix kümp nix.* – Ihr müsst helfen, sonst geht es nicht. Von nichts kommt nichts.

S. 151 *Upn Spiker biet Prumen inmaken flög Eva ne Huornte achte de Brill. Un et durde nich lange, dat Oage wöd dick äs ne Prume. Un Mama segg me: Go no 'n Doktor henn!* – Auf dem Speicher flog Eva beim Pflaumeneinmachen eine Hornisse hinter die Brille. Und es dauerte nicht lange, bis das Auge dick wurde wie eine Pflaume. Und Mutter sagte zu mir: Geh zum Doktor!

S. 158 *Du bis noch grön achte de Ohren!* – Du bist noch grün hinter den Ohren.

S. 163 *Slah em dot, den Engelsman, slah em dot, den Hollandsman…* – Schlag ihn tot, den Engländer, schlag ihn tot, den Holländer…

S. 166 *Sing man tau, von Herrn Pastor sie 'n Kauh.* – Sing mal los, von Herrn Pastor seine Kuh.

S. 171 *Dunnerkiel, wu dat rummst hev.* – Donnerwetter, wie das gekracht hat.

S. 176 *Hoal den Püüster stille!* – Halt dein Gewehr ruhig!

S. 179 *Mak de Dörn to! Ick hebb koale Föte.* – Mach die Tür zu! Ich habe kalte Füße.

S. 180 *Wi möt sühnig wirn!* – Wir müssen sparsam sein!

S. 180 *Wör dat bloß mit de Mähmaschine nich wirn!* – Wär das bloß mit der Mähmaschine nicht gewesen!

S. 184 *Du Döskopp!* – Du Schlafmütze!

S. 186 *Et sall sick wol oal riegen.* – Es wird sich schon alles fügen.

S. 186 *Et geht allet de dale!* – Es geht alles zugrunde!

S. 200 *Mit 'n Kotten heve us 'n Dorn in 'n Foot rammt! Krisse nich weer rut!* – Mit dem Kotten (kleinen Hof) haben wir uns einen Dorn in den Fuß gerammt! Den kriegst du nicht wieder raus!

S. 202 *De schwatten Katten möt in 'n Waterkumm!* – Die schwarzen Katzen müssen ins Wasserbecken!

S. 210 *Et kömp 'n Schur, segg Uphusbur. Et treck wer weg, segg Wibbelich Knech. Dann spann men an, segg Poggen Jan.* – Es kommt ein Schauer, sagt Uphus Bur. Es zieht wieder weg, sagt Wibbelich Knecht. Dann spann mal an, sagt Poggen Jan.

S. 210 *We möt los.* – Wir müssen los.

S. 228 *Wenn du up min Land gehst, hau ik di dood!* – Wenn du mein Land betrittst, erschlag ich dich!

S. 241 *De olle Brinkmanns versöpp allet, Hus un Hoff!* – Der alte Brinkmann versäuft alles, Haus und Hof!

S. 257 *Treck diene Quanten in!* – Zieh deine Füße zurück!

S. 258 *Wat ist dat för ne Doorerei.* – Was ist das für ein Ärger.

S. 259 *Et get alles de dale. De Kleenen möt upgiven.* – Es geht alles zugrunde. Die Kleinen müssen aufgeben.

S. 259 *Den ersten de Dood, den twetten de Noot, den daten dat Broot!*

– Dem ersten der Tod, dem zweiten die Not, dem dritten das Brot.

S. 272 *Dat krich Farreken. Du gehs vannachte in 'n Swinsstall.* – Das bekommt Ferkel. Du gehst heute Nacht in den Schweinestall.

S. 276 *Hesse wer 'n Bühl vull Knickers.* – Hast du wieder den Beutel voll mit Murmeln.

S. 277 *Wu de ut 'm Dorp över us kürt.* – Wie die aus dem Dorf über uns reden.

S. 278 *Wat wirn mot, mot wirn!* – Was sein muss, muss sein!

S. 285 *Erpel kocken!* – Kartoffeln kochen!

S. 285 *Hoal dien Muhl. Lange nix achter de Ohrn kreegn, wat?* – Halt den Mund. Lange nichts mehr hinter die Ohren gekriegt, was?

S. 287 *Dann schloh wi em'n Stohl up'n Kopp.* – Dann schlagen wir ihm einen Stuhl auf den Kopf.

S. 287 *Et wett nich so heet etten, äs et kokt wed.* – Es wird nicht so heiß gegessen, wie es gekocht wird.

S. 288 *Wenn he segg, he wör dat nich, dann was he dat ok nich.* – Wenn er sagt, er war das nicht, dann war er das auch nicht.

S. 291 *Dat ist waor, awer Katten do we ersupen!* – Das ist wahr, aber Katzen ersäufen wir!

S. 292 *Up 'n Hop setten? Nee! De Düwels hebt hier up 'n Hop schätten.* – Auf einem Haufen gesessen? Nein! Die Teufel haben hier auf einen Haufen geschissen.

S. 293 *Wat stört he me!* – Was stört er mich!

S. 295 *Allet Kokelores. Stell dat Geduddle ut!* – Alles Blödsinn. Stellt das Gedudel aus!

S. 296 *Aol dumm Tüch.* – Alles dummes Zeug.

S. 296 *Dorn-in 'n-Foot-rammt- und Wi-möt-sühnig-wirn-Blick.* – Dorn-in-den-Fuß-gerammt- und Wir-müssen-sparsam-sein-Blick.

S. 303 *Papa kümp gliks. De is bit Swine foarn.* – Papa kommt gleich. Er füttert gerade die Schweine.

S. 303 *Slo män Eier in de Panne, he is 'n richtiger Kärl.* – Schlag mal Eier in die Pfanne. Er ist ein richtiger Kerl.

S. 304 *In 'n Düstern sin alle Katten schwatt. De Leewe kümp van sülwst!* – Im Dunkeln sind alle Katzen schwarz. Die Liebe kommt von selbst!

S. 304 *Kür nich son dumm Tüch! Mit 'nem Evangelischen kümms'te mi nich in 't Hus!* – Rede nicht solch ein dummes Zeug! Mit einem Evangelischen kommst du mir nicht ins Haus!

S. 305 *Dat hesse nu von diene Wichters.* – Das hast du nun von deinen Mädchen.

S. 307 *Dat hev we süms makt.* – Das haben wir selbst gemacht.

S. 309 *De is duhne, he kann nich mehr kieken, ik werd König.* – Der ist besoffen, er kann nicht mehr gucken, ich werde König.

S. 310 *Kinners, wat is dat nen Pläseer.* – Kinder, was ist das für ein Vergnügen.

S. 315 *Dann frett ick't alleene, dat lecker Biggen.* – Dann fress ich es allein, das leckere Schwein.

S. 316 *Hev ji schon 'n betchen Lewwer- oder Puskebrot ferrig tot probeern?* – Habt ihr schon ein bisschen gebratene Leber- oder Blutwurst fertig zum Probieren?

S. 316 *Wat givt schon Leckeres äs gebrotene Blotworst!* – Was gibt es schon Leckeres als gebratene Blutwurst!

S. 320 *Der Dicke Leewe Härr* – Der Dicke Liebe Herr.

S. 330 *We möt wer ran.* – Wir müssen wieder ran.

S. 332 *Wat sall dat? Wuss se wat Besseres wirn?* – Was soll das?! Willst du was Besseres sein?

S. 336 *Wu is dat Weer?* – Wie ist das Wetter?

S. 346 *Hawe men noch 'n Dröpken.* – Hätten wir doch noch ein Tröpfchen.

S. 349 *Bist ja unwies.* – Bist ja unmöglich.

S. 358 *Guoden Dag, hier sett ik minen Staff un niehm den Hot aff. Mi schickt Lögers Job und sine Brut Paula. Ik soll ju to jähre Verlobung inla'en.* – Guten Tag, hier stelle ich meinen Stock hin und nehme den Hut ab. Mich schickt Lögers Job und seine Braut Paula. Ich soll zu ihrer Verlobung einladen.

S. 359 *Möt wi auk en Bogen maken?* – Müssen wir auch einen Bogen machen?

S. 359 *För de Niendörn und Kengdörn.* – Für die Dielentür und die Nebentür.

S. 361 *Donner un Düwel, dat is ne Verlobung, sicher zweihundert Lüde.* – Donner und Teufel, das ist eine Verlobung, sicher zweihundert Leute.

S. 363 *Schwiech still, de Lüde kürt dröwer.* – Sei ruhig, die Leute sprechen darüber.

S. 365 *Jo, wat soll ick nu sengen? Ick glöv, et is'n grotes Glück, dat Paula Job kreegn hev, un we froit us up die neie Verwandtschupp. Dorup drink wie ennen, Prost!* – Ja, was soll ich nun sagen? Ich glaube, es ist ein großes Glück, dass Paul den Job gekriegt hat, und wir freuen uns auf die neue Verwandtschaft. Darauf trinken wir einen, Prost!

S. 365 *Ji könnt mit 'm dicken Kopp morrjen nich in de Karken goan.* – Ihr könnt mit dem kranken Kopf morgen nicht in die Kirche gehen.

S. 366 *Haw we men noch nen Dröpchen, hawe men noch nen heelen Emma vull.* – Hätten wir doch noch ein Tröpfchen, hätten wir doch noch einen ganzen Eimer voll.

S. 373 *Wat givt süss Neiet? – Nix. Wat soll't given? – Wet nich. Nix.* – Was gibt's sonst Neues? – Nichts. Was soll's geben? – Weiß nicht. Nichts.

S. 374 *Jetzt noch wat etten? Middag is längst vörbi.* – Jetzt noch was essen? Mittag ist längst vorbei.

S. 374 *'n Schinkenbrot oder 'ne gude Mettworst?* – Ein Schinkenbrot oder eine gute Mettwurst?

S. 374 *Nee, is doch Friedag.* – Nein, es ist doch Freitag.

S. 374 *'n Kümpken Stipmälk un Speckpannekoken mit Koppsalat?* – Ein Schälchen Stippmilch und Speckpfannkuchen mit Kopfsalat?

S. 375 *Nee, nee, dat durt to lang. We möt melken.* – Nein, nein, das dauert zu lang. Wir müssen melken.

S. 397 *Wor bis du so lange wirn?* – Wo bist du so lange gewesen?

S. 410 *Use Mama, use Papa, mine Mama und min Papa.* – Unsere Mama, unser Papa, meine Mama und mein Papa.

S. 421 *Hört auf mit 'n Sabbeleien. Loat de Karken in 'n Darpe!* – Hört auf mit dem Gequatsche. Lasst du Kirche im Dorf.

S. 441 *Schloa di dat mit de Skoole ut'n Kopp.* – Schlage dir das mit der Schule aus dem Kopf.

S. 446 *Dat wed nümmer nich weer gud. Nee, nümmer nich. Dat is aol he in schuld. Worüm? Worüm bloß?* – Das wird niemals nicht mehr gut. Nein, niemals mehr. Das ist alles er in schuld. Warum? Warum bloß?

Danksagungen

Dankbar bin ich für den 1. Preis, den *Mein Himmel brennt* beim Wettbewerb der Romansuche.de gewann, und für Heike Prassels Unterstützung, die mir lektorierend zur Seite stand und mich auf diesen Wettbewerb aufmerksam machte. Danken möchte ich auch:

- der Verlegerin Katarina Graf für ihren Mut und dem Cheflektor Ruben Mullis für seine Sorgfalt
- Elisabeth Göbel, Claus Mischon und Elsbeth de Roos, die mir im *Kreativen Schreiben* anfangs auf die Sprünge halfen
- der *Wolfenbüttelner Bundesakadamie für kulturelle Bildung* mit Olaf Kutzmutz und Stefan Meyer, die das Romanfundament absichern halfen
- der *Gesellschaft für Neue Literatur* und der *RomanRundeBerlin* mit Petra Nouns, Gitta Mikati, Salean A. Maiwald und Albrecht Piper, die mich bis zur letzten Seite anfeuerten
- dem *Autorenforum Berlin*, vor allem Bodo C. Hacheney, Thomas Klotz, Brigitte Jaschke, Wolfgang Rill
- dem *Literatur-Kollegium Brandenburg* mit Manfred Richter, Walter Flegel, Cora Pech, Sonja Puras, Astrid Hoffmann
- meiner *Lesegruppe* Eva Stullich, Peter Braune, Conny Döhring, Heide Lage, Heidi Schrepel
- meinen *Schreibfreunden* Yvonne Friese, Grit Grapentin, Christoph Klein, Krista Köpp-Blodau, Rita König, Doris Kollmann, Barbara Kuhrau, Karsten Lieberam-Schmidt, Niels-Arne Münch, Wolfgang Schönau, Tanja Schurkus, Stefan Sprenger, Alexa Stein, Heiner Welz, Kathrin Wildenberger
- meiner Frau Claudia und meinen Geschwistern
- der freien Berliner Luft.

Dankbar bin ich auch für die Anregungen, welche ich durch die Romane *Der abenteuerliche Simplizissimus, Die Blechtrommel, Herbstmilch* und *Die Asche meiner Mutter* bekommen hatte.

Und nicht zuletzt danke ich Paul Schuster (†). Ohne seinen Glauben an dieses Romanprojekt wäre es nichts geworden.

Heinrich von der Haar, März 2010

Wir glauben Erfahrungen zu machen, aber Erfahrungen machen uns.

Eugène Ionesco

Lesen Sie von Heinrich von der Haar auch
den Fortsetzungsroman

Der Idealist

Heini schafft es, aus der Enge seines Heimatdorfes ins verlockende West-Berlin zu entfliehen. Voll skurrilem Idealismus glaubt er, die Welt verändern und Schwachen und Benachteiligten helfen zu können. Bei seinem Kampf um mehr Gerechtigkeit erlebt er in den Siebziger- und Achtzigerjahren Wunderliches ...

In der WG

In Kreuzberg, Kottbusser Straße, betreten wir ein Mietshaus.

»Aus der Gründerzeit«, sagt Alexander.

Betteln und Hausieren verboten und *Vorsicht frisch gebohnert* steht auf abgeplatzten Emailleschildern neben der Eingangstür. Das Haustürschloss ist herausgebrochen, die Briefkästen sind verbeult; es riecht nach Kohl, in der Ecke nach Pisse. Wir steigen die Treppe hoch. Überall blättert Putz ab.

»Auf halber Treppe sind die Außenklos«, sagt Alexander und zeigt mir im zweiten Stock die Wohnung. »Vom Flur gehen fünf Zimmer ab. Da rechts wohnt Wiltrud.« Er klopft an.

Schöne blaue Augen. Wiltrud, schlank und groß, trägt eine Halskette mit silbernem A im Kreis als Anhänger: Anarchistin oder Alexanders Ehemalige?

Ich strecke ihr die Hand hin, doch sie umarmt mich und sagt: »Willkommen!« Ihr langer Hals riecht stark süßlich und erdig. Als ich nochmals schnuppere, sagt sie: »Indisches Patschuli!«, und streicht mir über den Bart …

Ein Mann mit Schnauzer und Mittelscheitel tritt plötzlich aus der Küche auf mich zu, schlingt seine haarigen Arme um meinen Brustkorb und drückt zu. Mir wird heiß. Was fasst der mich an? Bisher berührten mich Männer nur beim Prügeln. Trete ich zu oder versetze ich ihm eine mit der Faust? Ehe ich reagiere, lässt er schon wieder los. Ist er schwul?

»Cannabis!« Er streicht über Pflanzen auf dem Fensterbrett.

An der Wand hängen ein *Jimi-Hendrix-Experience*-Poster und ein Plakat: JOIN THE IRA. Darunter die Vietcongfahne mit einer roten Fahne gekreuzt.

»Ich bin Dustin, studiere Politik und bin im KSV.«

»Katholischer Studentenverband?«, frage ich entsetzt.

»Kommunistischer!« Dustin zeigt aufs rote fünfzackige Abzeichen mit Hammer und Sichel an der schwarzen Lederjacke und redet von Black Power und Hippies, von Bob Dylan und Neil Young. Er kennt sich wohl aus. Ich höre ihm gern zu.

»Und du«, sagt er, »hast wohl alles verpennt.«